朴《パク》婉緒《ワンソ》
PARK Wan-seo

あんなにあった酸葉《すいば》を
だれがみんな食べたのか／
あの山は本当にそこにあったのか

[訳]
真野保久
朴暻恩
李正福

影書房

그 많던 싱아는 누가 다 먹었을까
(Who ate up all the shinga?)
그 산이 정말 거기 있었을까
(Was that Mountain Really There?)
by PARK Wan-seo

First published in Korea in 2007 by Segyesa Publishing Co., Ltd.

朝鮮半島地図
（本書に登場する主な地名）

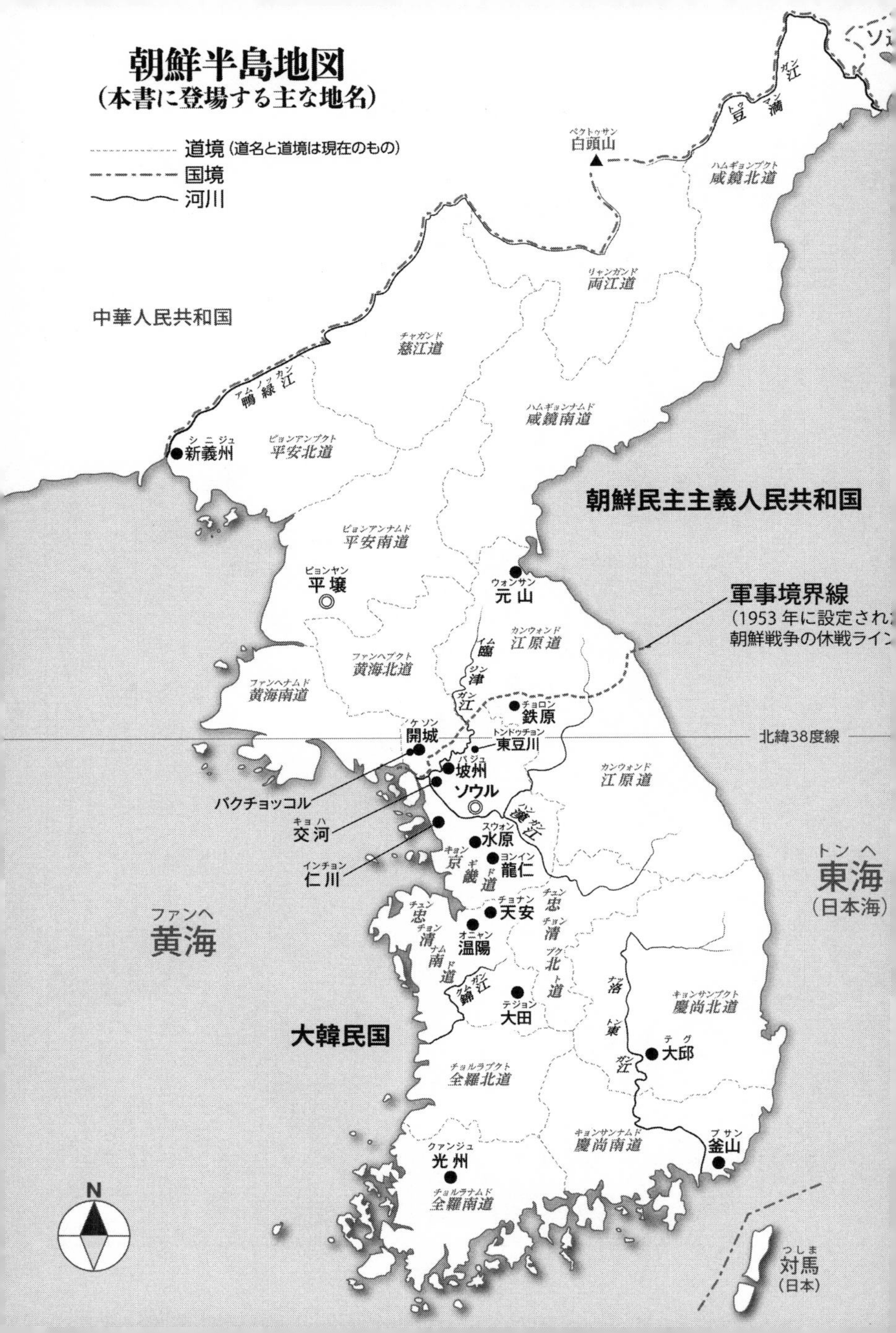

ソウル市街概略図

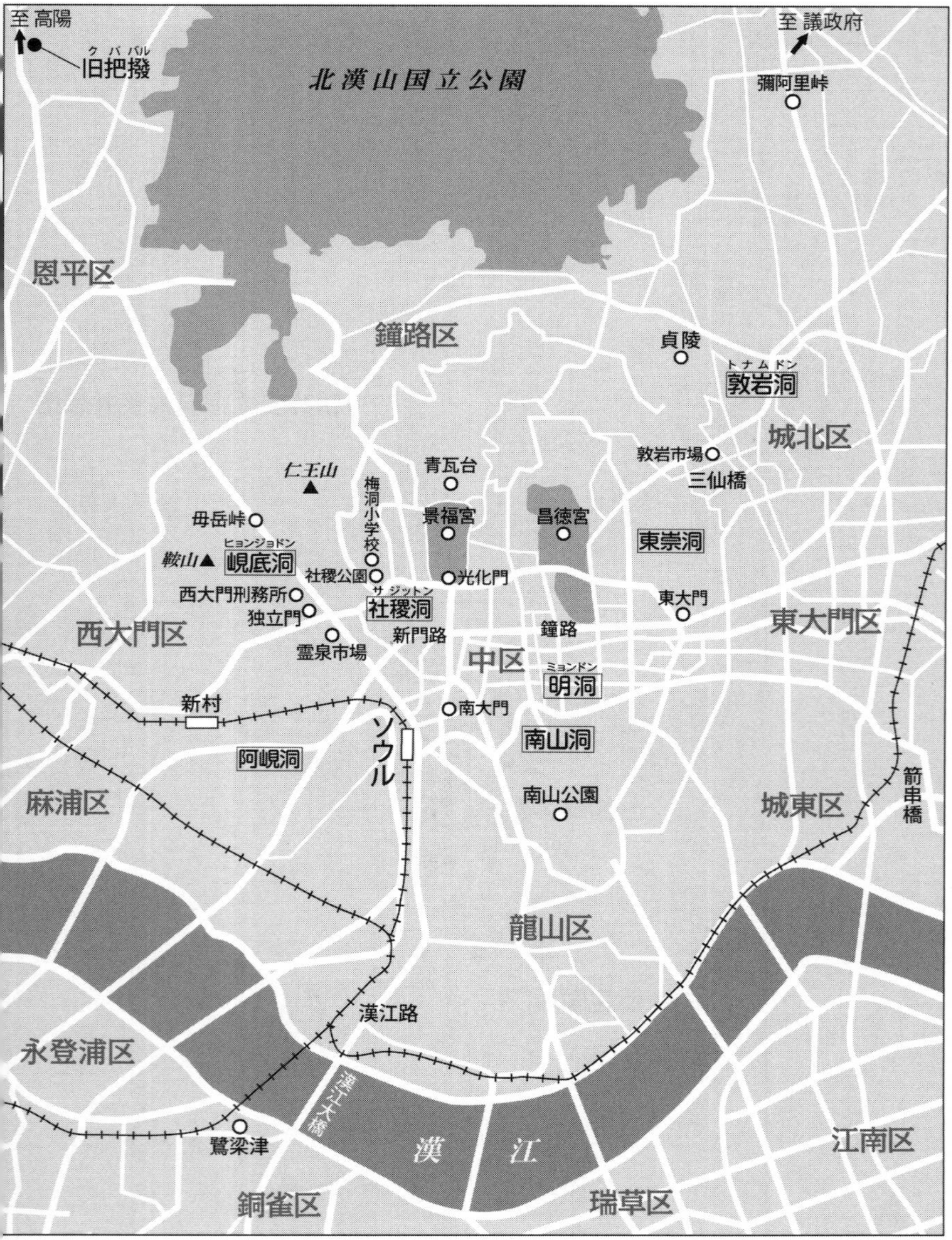

至 高陽
旧把撥《クパバル》
北漢山国立公園
至 議政府
彌阿里峠
恩平区
鐘路区
貞陵
敦岩洞《トナムドン》
城北区
敦岩市場
三仙橋
仁王山
青瓦台
梅洞小学校
景福宮
昌徳宮
東崇洞
母岳峠
峴底洞《ヒョンジョドン》
鞍山
社稷公園
光化門
西大門刑務所
社稷洞《サジットン》
東大門
独立門
鐘路
東大門区
西大門区
新門路
霊泉市場
中区
明洞《ミョンドン》
新村
南大門
ソウル
南山洞
阿峴洞
麻浦区
南山公園
城東区
箭串橋
龍山区
漢江路
永登浦区
漢江大橋
鷺梁津
漢
江
江南区
銅雀区
瑞草区

あんなにあった酸葉《すいば》をだれがみんな食べたのか

◈目次

あの山は本当にそこにあったのか

凡例

＊本書は、朴婉緒《パクワンソ》著『あんなにあった酸葉《すいば》をだれがみんな食べたのか』および『あの山は本当にそこにあったのか』の二著を合わせて単行本化したものである。それぞれの初版発行年、底本は巻末に示した。

＊原著者による本文中の補註は（　）内に、訳者による補註は〔　〕内に、本文より小さな文字で示した。長めの訳註は＊印を付して、その見開き頁の左端に示した。

＊原則として、本文中の漢字につけたカタカナのルビは韓国語の読み、ひらがなのルビは日本語の読みを表わす。

＊今日から見て不適切と思われる表現があるが、著者が故人であること、また時代の記録としての価値を考慮し、そのままとした。

あんなにあった酸葉《すいば》をだれがみんな食べたのか

再びの序文に

この本を初めて出したときに書いた序文を読んでみると、末尾に「私はいま疲れていて慰めが必要だ」と書いている。脂がすっかり抜け落ち乾き切った皮だけの木のように虚脱状態になるのは、小説を書き終えると確実に巡ってくる代価なのだが、この小説においてとくにそのことを強調したのは、おそらく純粋に記憶に依拠して書いた小説のためなのかもしれない。記憶を喚起させるということは覆っていた傷を剝がすみたいなもので、つらくなり自分が腹立たしくさえなる。それでその日からなんともなくなるまで慰めを求めることになるのだが、幸いなことにここ一〇年という長いあいだ、絶えることなく読者に会えるという幸運に恵まれて十分に慰めを受けることができた。

さらに絶えることなく青少年の読者が多かったのは私にとっては大きな幸福でもあったし、もしかしたら奇跡的なことなのかもしれない。いまでも酸葉《すいば》はどのように生えているのか知りたいという読者からの手紙を受けとると、私の口に酸葉の味が広がってくる。その記憶の中の味はいつも若々しくて生々しい。

私の生々しい記憶の空間を受け継ぐ次の世代がいるというのは、作家に恵まれた特権といえる。

こうした新しい読書運動を通してたくさんの人たちが紙の本に親しむのはうれしいことだし、その収益金が有益に使われるのも誇りに思う。

二〇〇二年一月

朴婉緒

《作家の言葉》

自画像を描くように書いた文章

こうした文章を小説と呼んでいいのかどうかわからない。純粋に記憶力だけに依拠して書いてみた。書いてみると小説や随筆のなかで一、二度は題材にしていたと気づいた。その時どきの書きぶりによって小説的な潤色を施していたが、今回はあるがままの材料だけを使って家を建てるようにして、記憶を仕立てたり装ったりするのを最大限に抑制して文章にした。しかし小説というのは家のようにその規模と均衡により、記憶の堆積から取捨選択するようになるのは不可避だし、消えた記憶と記憶のあいだを自然につなげるために想像力で連結する材料をつくり出さなくてはならなかった。

さらに大きな問題は記憶の不確実性だった。歳をとるほど過ぎた時間を共有する家族や友人たちと過去の話をすることが多くなるが、そのたびに同じ経験をしたはずなのに互いの記憶がずいぶんとちがっていることに驚きながら、記憶というものは結局、各自の想像力に依拠するのだと悟った。

これまでとはちょっとちがう方法で文章づくりをしたからといって、自分の小説技法にある変化を促す契機にしようと意図したのではない。画家が自画像を一、二度描いてみたいと思うような心境で書いた。これまでに自分がつくりだした数多くの人物の中に自分が反映しないということはないのだが、いまになって自分が表舞台に出ようというのだ。顔を上げ前に出ようというのだから、何よりも自己美化の欲求を克服するのが難しかった。

校正で読み返しながら発見したことだが、家族や周辺人物の描写が細密で容赦がないのにくらべ、自分を描くのに曖昧にごまかしたり省略したりした部分が多かった。それこそがまさに自分に正直になるのが最も難しかった痕跡だと思えた。

小説がしだいに短命化し、一回性の消耗品のように扱われる時代になっているけれど、小説は少しも簡単には書けない。悔しいのなら書かなければそれまでのことなのに、それも悔しい。熊津《ウンジン》から成長小説を書いてみないかと誘いを受けたとき、それなら人物や大筋を新たに創造しなくてもすむ自叙伝的なものでいけるかなと思い、書く気になった。要するに、ちょっと楽をして書こうという腹づもりだった。しかし己を直視するみたいで勇気を要することこの上なかったし、自分が生まれてこのかた影響を受けてきた血縁者たちに対する哀惜の念、それがもたらす苦しさといったらなかった。

骨の髄まですべて絞りだすような大変な思いで書いたにしては心残りな面もある。四〇年代から五〇年代に入っていく社会の様相、風俗、人の心など、すでに資料として定型化しているとは思うが、より詳細でより真実に近い証言をしようと私なりに最善を尽くしたということをつけ加えておきたい。

何を偉そうにと思われるかもしれないが、私はいま本当に疲れていて慰めが必要だ。せめて活字公害や消耗品になるために心血を注いだのではないという慰めがほしいのだ。

長いあいだ待ってくれた熊津社に感謝する。熊津（社）のおかげで処女作以降初めて、連載によらないで長い文章を書くことができたこともあわせてありがたく思う。

一九九二年九月

朴 婉緒

1　野生の時代

いつも洟《はな》をたらしていた。鼻水でなくて黄色くねっとりとした洟汁だったから、すすろうにもうまくすすれなかった。私だけでなく、あの当時の子どもはみなそうだった。大人たちが子どもをひとからげに洟たれと呼んでいたのを見てもわかるだろう。母親になり自分の子をみて不思議に思うのは、風邪をひかなければ絶対に洟をたらさないことだった。うちの子だけでなく他の子もそうだった。それで、学校や幼稚園に行くとき胸元にハンカチをつける習慣までなくなった。このごろの子どもが洟をたらさないのを不思議に思う反面、あの当時なぜあんなに洟をたらしていたのかと不思議に思う。

紙とか布切れが貴重だった。ハンカチのようなものがこの世にあるということも知らなかった。洟がたれて口に入りそうになると袖でさっとぬぐった。それでひと冬が過ぎると袖口は膏薬がこびりついたみたいにまっ黒になった。分厚い綿入れの上着一つで冬を過ごしたが、母がチョゴリの掛け襟を替えるたびに、袖口の汚れもゴシゴシとこすりもみ落とそうとしたが、落ちなかった。下は綿入れのズボンの上に肩から吊るした筒状のスカートをはいた。木綿を色染めして糊をきかせたものだった。

田舎では染料はとても貴重だった。お祖父ちゃんが開城《ケソン》で買ってきてくれた。私が生まれた村は開城から八キロほど南西側にある開豊郡青郊面墨松里《ケプングンチョギョミョンモクソンニ》パクチョッコルという二〇戸にも満たない僻村だったが、村人たちは開城《ケソン》を松都《ソンド》〔高麗の首都で開城の古称〕と呼んだ。幼ない私にとって、松都は夢の地だった。染料だけでなくゴム靴や櫛、金色のテンギ〔おさげ髪の先につけるリボン〕や包丁、それに草取りや草刈りの鎌などはみな松都に行ってこそ買えるものだった。

他の家では女たちも松都に行った。うちではお祖父ちゃんと叔父たちだけが松都に行くことができた。それが他の家とうちとのちがいだった。女が松都に行けない家はパクチョッコルでうちともう一軒あった。二つの家はともに朴《パク》家で互いに親戚だった。その他の家は洪《ホン》家で、彼らは彼らで親戚だった。それでも村の名はパクチョッコルだった。お祖父ちゃんはうちは両班《ヤンバン》〔高麗、李朝時代の特権階級的な身分階層〕で、他の村人は身分の卑しい者たちだと言った。

村人たちがお祖父ちゃんのいう両班というものをどう評価していたのかよくわからない。開城地方では伝統的に両班なんかたいしたものではないと考えていた。だからお祖父ちゃんの独りよがりな自負だった。お祖父ちゃんのせいで松都への外出が自由にできなかったうちの女たちも、心からお祖父ちゃんに承服して暮らしていたのではなかった。いつだったかお祖母ちゃんに両班というのはなんなのと訊いてみたところ、フンと笑いながら「犬を売って二両《ヤン》と半《バン》、それで両班《ヤンバン》というのさ」と答えられた。お祖母ちゃんは口達者だった。おもしろい話もよくされたが、お祖父ちゃんの前では従順なふりをされていた。お祖父ちゃんは家の女を松都に行かせなかっただけでなく、野良仕事もさせなかった。それも他の家とちがう点だった。お祖父ちゃんはそれも両班の証だと考えていた。

パクチョッコルではこのように二つの両班家と、一六か一七軒の両班ではない家があったが、地主と小作人という関係ではなかった。岩らしいものが一つもなく稜線のなだらかな裏山が両腕を広げて包みこんでいるような村は、前が開け野原が広がっていた。広い野原の中を川が流れ、鄭《チョン》芝溶《ジヨン》の詩のごとく「昔話をささやく小川」は網の目状にどこにでもあった。うちでは厠《かわや》に行くにも小川を渡らなければならなかった。小川は田んぼに流れつくとあちこちで淀みをつくっていたが、私たちはそれをクヌムルと呼んで飲み水とは区別していた。いま思い返してみると小規模な貯水池だったのではなかったろうか。ほとんど凶作になることはなかった。広い農地はすべて村人が所有していた。土地を独占している家も、土地を持っていない家もなかった。みんな一年を通して食いはぐれることのない勤勉な自作農家だった。

そんな田舎で七歳〔原著では数え年だが、本書では満年齢で表記する〕まで育ったからか、この世に金持ちと貧乏人がいるということを知る機会がなかった。友だちと手をとりあって他の村に行ってみる機会も多くはなかった。前に広がる野原は広く、いくら行っても他の村に出られそうになかった。裏山を越えてようやく隣村に出ることができたが、隣村の風景も別に変わったところはなかった。裏に畑がある家々が山裾に抱かれ、広い田んぼをゆったりとしたチマの裾のように包みこんでいた。人はみなそのようにして暮らしているものだと思っていた。

いくら峠を越え川を越えても朝鮮の地であり朝鮮人しかいないものと思っていたが、初めて聞いた他国の名は徳国《トック》だった。後に徳国がドイツだということを知ったが、その舶来品は珍らしかった。お祖父ちゃんが松都で買い物をするのはたいてい秋夕《チュソク》〔旧暦の八月一五日、仲秋節〕か正月を前にしたころだった。これは徳国のものだといって取りだした染料は四角い袋に入っていて、赤い染料には赤紙、青い染料には青紙が貼られていた。郵便切手を対角線状に折ったような三角形のラベルは光り輝いていた。まるで濃い花びらを口にくわえたようだった。なぜかその徳国の染料を見ると、決まって胸がドキドキした。それはおそらく私が最初に嗅いだ文明の香り、文化の予感だった。

うちの女たちはお祖母ちゃんもお母ちゃんも叔母ちゃんたちも、みんなその徳国《トック》の染料にぞっこんだった。その染料を買ってきたお祖父ちゃんは得意満面だったし、そんなときのお祖父ちゃんに対する嫁たちの尊敬ぶりたるや、ちょっと卑屈にさえ思えた。けれど、いつも嫁たちはお祖父ちゃんを心から尊敬していたわけではなかった。笑いの種にするときもあった。お祖父ちゃんは足早に歩き、怒ったときなんかは無礼な言い方をするとただ浮かれ騒いでいるだけだった。母屋に駆けこんでくるときは雷が落ちる前ぶれで、女たちが慌てて手を止めどんな雷が落ちるかと待つ瞬間にも、こっそりと冗談を言いあった。

そうした冗談はお母ちゃんが一番うまかった。「あのさ、台所でご飯が焦げてるみたいよ」とお母ちゃんが叔母ちゃんたちにそっと耳打ちをすると、叔母ちゃんたちは笑いをかみ殺そうと必死になったものだった。台所で本当にご飯が焦げているのではなく、それは「しゃもじあご」というお祖父ちゃんのあだ名と関係があった。髭が長く伸びずに縮れ、しゃくれ気味のあごは、まるでご飯粒がついた杓子《しゃもじ》のようだった。それで、嫁たちが徳国の染料を買ってきてくれたお祖父ちゃんに表わした最大の敬意は、お祖父ちゃんの人格とは無関係に、近ごろの言葉でいえば「舶来品かぶれ」のようなものではなかっただろうか。

私は心のなかでも外面的にもお祖父ちゃんを怖いとは思わなかった。三歳のときに父を亡くした私には、お祖父ちゃんの愛情は格別だった。お祖父ちゃんはいつも鳳凰のような眼をしていたけれど、私を見るときは目に入れても痛くないと目じりが下がりっぱなしだったように思う。おそらくそれは胸が張り裂けんばかりに憐れんでくれる気持ちだったはずだが、私は何か大きな弱みでもつかんだかのように思っていた。いくら私がわがままなことをしても、お祖父ちゃんは私の味方だと信じていた。お祖父ちゃんのことを信じてわざわざ悶着を起こすようなことはしなかったが、いないときはひどくしょぼくれていた。

　いつだったかお祖母ちゃんがお祖父ちゃんに、あなたがあんまりよしよしとかわいがられるからあんなにわがままになるんですよ、あなたがいないときはあの子はどんなにおとなしいか知っていますか、と文句を言われたことがあった。そのときお祖父ちゃんは怖いくらいに腹を立てられた。子どもは頼るところがないと落ちこんでしまう。そうなるのがいいのか、うん、あれくらいしてやるのがいいんだ、とカッとなられ、お祖母ちゃんに拳までつきつけられた。

　たしかにお祖父ちゃんは外出が多かった。松都《ソンド》ばかりでなく親戚や友だちのちょっとしたことがらにまで家族を代表してぬかりなく顔を出されていた。いつも白衣ばかりを着ていたから家の女たちはその世話が大変だった。とくにポソン〔朝鮮足袋、日本の足袋とはちがい指先が割れていない〕を繕うのは並大抵の苦労ではなかった。いつも母と叔母たちは薄暗い灯火の下で車座になって足袋をしきりに繕いながらひそひそ話をしていた。お祖父ちゃんのポソンは私が頭にかぶれるほど大きかった。

　一度外出されると何日も帰らないこともあったが、お祖父ちゃんを待つのは幼ない私にとって大きな楽しみだった。お祖父ちゃんの居間は垣根のない別棟の庭に面していた。上段、下段に分けられた居間のある棟は板の間も広く、まん中に柱があった。その柱に片手をついたり寄りかかったりすると、村の外に出ていく牛車道がはるかな山裾の曲がり角に消えてゆく地点まで見渡すことができた。

　白衣がどんなにすばらしいかというと、家々の藁屋根から立ち昇る夕餉《ゆうげ》じたくの煙がスウーと墨のように広がり、道や野原や林それに裏山との境をゆっくり消しながら灰色の空とつながり、大きなひと塊になったときも、白衣を着た人が山裾の曲がり角にやってくるのがしっかりと見分けられるのだ。しかし村人たちもみな白衣を着ていた。とくに松都《ソンド》に行くときはこざっぱりとした白衣を着た。それでも、私はお祖父ちゃんと他の人とを見分けることができた。

お祖父ちゃんの独特の歩き方を言葉では言い表わせないが、強い光となって直に私に届いた。お祖父ちゃんだと思うや、私は弾丸のように村の外に飛びだしていった。ただの一度もまちがったことはなかった。息を切らせながらはしゃいでしがみついたお祖父ちゃんのトゥルマギ〔韓服の外套着〕の裾は砧《きぬた》打ちがちゃんとされていていつもきりっとしていた。そして松都の匂いがこもっていた。私はその匂いが好きだった。お祖父ちゃんは必ず、おお来たか、来たか、いい子だと言って私を軽々と抱き上げた。その胸板は頑丈で、息づかいは穏やかだった。お祖父ちゃんの息はいつも酒の臭いがした。私はお祖父ちゃんの和やかさとともにその酒の匂いも好きだった。

お祖父ちゃんは私をおろすと、トゥルマギのポケットから食べ物を一つ取りだして私の手に握らせるのを忘れなかった。黄封筒に入れた飴玉、でなければ宴の膳からいただいてきた薬菓《ヤッカ》〔油で揚げゴマ油と蜂蜜を塗った菓子〕や茶食《チャシク》〔澱粉、豆、松の花粉、トウキ、栗、黒ゴマなどの粉に蜂蜜や水飴などを入れこね型に入れた菓子〕なんかだった。それらを味わおうとお祖父ちゃんの手から離れピョンピョンと前を飛び跳ねるとき、どんなに意気揚々としていたことか。家に入っていくと、お祖母ちゃんにみっともないと叱られるくらいだった。お祖母ちゃんの目には、いま風に言えば私にバックができたみたいで憎たらしかったのだろう。しかしそのときの私の気分は待ったかいのある達成感みたいなものだった。

待っていてもいつもうまくいくわけではなかった。いくら待っても山裾にだれも現われなかったときは、悲しみが喉元にまでこみあげてきた。季節によっては寒くてブルブルふるえるときもあった。

他の部屋からいくら呼ばれても頑として聞き入れなかった。大人たちはそんな私を同情を引いているようで哀れだと言った。母はそのように哀れっぽくふるまうのはやめなさいと舌打ちをし、お祖母ちゃんは頭をこづいた。お祖父ちゃんに言いつけてやる、私はそう決心しながらそんないじめに耐えた。しかし実際にはそんなことはしなかった。それはそれで待つこと自体が楽しかったからだ。

待つ楽しみはその他にもあった。「お祖父ちゃんがいま、トンビ峠まで来ていらっしゃるなら親指が中指とぴたっとくっつく」、くっつかないなら「お祖父ちゃんはいま、つづら岩峠まで来ていらっしゃる」に変えればよかった。私が知る峠や小川の名はたくさんあったが、実際どこにあるのかよく知らなかった。けれどそれがどこであろうと、指がくっつかないよりはくっつくほうがよかった。くっつけば想像力を働かせ、お祖父ちゃんをこっそり追いかけ峠や野を越え、小川を越えた。

お祖父ちゃんが歩く道はまっ暗な夜のときもあったし、煌々と明るい月夜のときもあった。星しかない闇夜でも、ヒラヒラとはためくお祖父ちゃんのトゥルマギの裾はとてもまっ白で堂々としていたから、見落とすことはなかった。歩くのが早いお祖父ちゃんは瞬く間に村はずれまで来た。私はお祖父ちゃんを息を切らしながら追いかける一方で、気をもみながら待った。山裾にお祖父ちゃんは姿を現わさず、後を追っていた私は足踏みしているお祖父ちゃんをもどかしく思いながら見守っていた。そのうち緊張が緩み眠くなるのだった。待ちくたびれて寝入った私を大人たちが抱きかかえて寝床に入れるとき、私は半分ほど起きていながらもわざと眠ったふりをしていた。

私の幼年期の第一章を飾っていたお祖父ちゃん待ちは、あまり長続きしなかった。お祖父ちゃんがある日厠《かわや》で倒れ、立ちあがることもできず大声で人を呼ばれた。厠は居間棟から三段ほどの石段を下りてかなり広い中庭を横切り、その庭を囲む桑の木の下を通って小川を渡った畑の端にあった。近くを通った人が知らせてくれ、皆があたふたと駆けつけてお祖父ちゃんをようやく居間に寝かせた。中風〔脳卒中発作の後、全身または一部分に痙攣がおきる症状〕だと言われたが、とくに厠《かわや》でかかった中風は薬がないという言い伝えをだれも疑わなかった。

お祖父ちゃんはあの当時のソンビ〔官職には就いていないが学識が高く人格の高潔な人〕がそうだったように、漢方に知識があって子どもたちに処方してやり、薬草を収集し丸薬のようなものをつくって薬たんすに保管されていた。村人に急な患者が出ると分け与えたりされていたが、自身の病に対しては早ばやとあきらめて腹ばかり立てられた。お祖母ちゃんは居間からおまるを持って出てくるたびに、お祖父ちゃんのお気楽なふるまいや酒好きで友だちづきあいのよいことまでぶつぶつと文句を並べ立てられて、そら見たことかというふうに嫌味を言われた。家の中に暗雲が立ちこめ、とくに私は羽をもがれた小鳥のように元気がなくなった。父を亡くしたのは三歳のときだったから何も思い出せないが、お祖父ちゃんが中風で身動きできなくなるのを見るのは、私にとって二度目の父を失うことだった。

弱り目に祟り目のような年、母がお兄ちゃんの世話をしにソウルに行ってしまった。お兄ちゃんは面所在地にある四年制国民学校を卒業して、松都《ソンド》に行ってさらに二年間学校に通い、そのとき改定された学制で六年間の初等教育を終えた。叔父たちはみな四年制の国民学校だけだったが、村でお兄ちゃんが唯一進学した青年だったことから、お祖父ちゃんは松都でもう二年学んだことをすごい高学歴だと思われた。さらにソウルの学校に行くというのは家計上もたいへんだったが、それは孫に対する期待ともちがっていた。

あの当時、二人の叔父は結婚していて皆で一緒に暮らしていたけれど、不思議なことにまだ子どもがいなかった。お祖父ちゃんはお兄ちゃんと妹の私を掌中の宝石みたいにかわいがってくれていたが、突然中風にかかった。それで唯一の男の孫であるお兄ちゃんを広い世界に送りだすよりはそばに置いて、家を継ぐことや先祖の墓を守ることを言い聞かせて、早く結婚させたいと思っていた。

しかし母は祖父母にひとことの相談もせずにお兄ちゃんをソウルの商業校に行かせた。商業校は松都にもあるのだが、ソウルに行かせたのは母の重大な反乱だった。そのために家中がひとしきり大騒ぎとなった。寡婦になった長男の嫁が息子の勉強を口実に義父母に仕えるのを拒否するなんてことは、当時としてはありえないことだった。老人たちの心に負った傷も大きかったが、何よりも家の恥さらしだった。お祖父ちゃんは小さな村とはいえ両班《ヤンバン》としての面目を保とうとするなら、その体面に恥じぬよう一族を取り仕切らなければならなかった。世間が認めようが認めまいが、お祖父ちゃんはわが一族は村で模範的に暮らさなくてはならないと信じていた。お祖父ちゃんはとても怒り、母は義務放棄をした代価としてさらにたくさんのことを放棄しなければならなかった。

しかし息子をどうにかしてソウルで育てなければならないというのは、おそらく母のやむにやまれぬ信念だった。母は都会で暮らしていたなら、父があのように早ばやとこの世を去ることはなかったと固く信じていた。そうした母の考えには私も後日、物心がつくようになると同意するしかなかった。父は兄弟の中で一番体格がよく、病気一つしたことがない健康な体だったという。そんな父がある日急に腹痛でのたうちまわったのに、お祖父ちゃんは自分で処方した漢方薬と生薬だけで治そうとし、お祖母ちゃんは巫女《ムーダン》の家でお祓いをしてもらっていた。そうするうちに、父はまさしく瀕死の状態になった。

そんな事態になってようやく、母は断固として父を牛車に乗せて松都に連れていくことができた。

父の盲腸はすでに腹膜炎を起こし、腹の中は膿でいっぱいになっていた。そんな状態になってから手術することになり、抗生物質もないときだったからどうにもできずに、結局は死ぬハメになったというのだ。母は運命だとあきらめることができず、田舎の無知蒙昧がもたらしたものだと断定した。子どもたちをどうにかしてそんな田舎から抜けださせようとしたのは、お母ちゃんの娘時代のソウル体験と無関係ではなかった。

お母ちゃんの実家もやはり田舎だったが、母方はソウルでかなり良い暮らしをしていた。お母ちゃんはパクチョッコルに嫁いでくる前の娘時代、ひとときをソウルで母方の従姉妹たちと過ごしたことがあったようだ。そのとき母方の従姉妹たちが真明《チンミョン》や淑明《スンミョン》学校に通っていて、すごく素敵に見え羨ましかったそうだ。お母ちゃんはフレアスカートに靴を履いて新教育を受けた女性たちをひっくるめて新女性と呼び、私にもそのようにさせたいと思っていた。しかし私はまだ幼なかったし、また暮し向きからいって娘にまでそうしてやるのは難しかった。まず息子をソウルの学校に入学させ、自分も世話をするという口実で長男の嫁の立場をさっさと蹴飛ばしてソウルに行ってしまったのだ。私は祖父母はもちろん、叔母ちゃんたちまでがひそひそと話をしながらお母ちゃんを責めるのを聞かなくてはならなかった。

しかし、相変わらず一人しかいない孫娘だったので、叔母ちゃんたちから大事にされる一方で、お祖父ちゃんの半身不随と母の不在により多くの自由を享受することができた。

開城《ケソン》地域とその近郊の住宅様式の特徴は外棟を低くして質素に、母屋は高くし品格のあるものにした。それとともに庭の手入れもよくしていた。居間棟に面した中庭は前が開け、両側には桑の木や箒草が、それに大山蓮華や菊を数株植える程度だったが、裏庭は見栄えよく手入れしていた。

うちの裏庭も真冬を除いて絶えず花が見える小園になっていてかなり広い遊び場にもなった。かめ台〔キムチ用のかめや味噌醤油のかめを置いた場所〕や敷地を守る祭壇も裏庭にあった。垣根としてレンギョウ〔春を告げる黄色の花が咲く〕を植え、果実の味はもうひとつだったけれど花がみごとな山梨の木と満州杏の木が一本ずつあり、ゆすら梅の木が数本、そしてイチゴが毎年自然になった。祭壇の周辺にはニラが自生して鬱蒼たる雰囲気をつくりだしていた。レンギョウの垣根の下ではホオズキがいっぱいになり、かめ置場に上がる高台には段があり、そこには一年草が生えていた。

一人寂しく遊んでいた裏庭に友だちを連れてきて遊んだり、友だちと村中を駆けまわったりして好き勝手にふるまった。お祖父ちゃんが仕切っていた家の掟に穴が空いたことをだれに教えられるまでもなく見抜き、それを最大限に満喫した。

ついには厠《かわや》までも遊び場にした。お祖父ちゃんが厠で倒れられたので怖くなったこともあったけれど、しばらくすると厠は私の幼年期の思い出の場所、いろんな遊び場のなかでも一番メルヘンチックな遊び場になった。

この地方に伝わる厠の話はすべて鬼に絡むものだったが、恐しい鬼ではなくて少しぶさいくで愛嬌のある鬼だった。鼻がつまって臭いを嗅げない鬼が厠でウンチを粟だと見まちがい、夜通し粟餅をこねてつくるというものだった。灰をキナ粉や小豆餡だと思ってきれいにできた粟餅にまぶすことを繰り返すが、もったいなくて一つも口にせず夜を明かしてからようやく味わっては、ぺっぺっと吐きだしながら、腹立ちまぎれに元どおりにかき混ぜてゆくというのだ。もしもその粟餅づくりに熱中しているときに咳払いもせずに厠の戸を開けたりすると、鬼は見つかったことを恥ずかしく思い、すぐに「粟餅一つ食べな」と言って一番大きいのを差しだすという。食べなければ何をされるかわからないという話だ。

鬼ばかりではなくてこんな話もある。冬至の日、小豆粥をおいしくつくった嫁が一杯食べただけでは物足りなく思い、家族に気づかれないようもう一杯持って厠《かわや》に行ったという。嫁より先に小豆粥を厠に持ってきていた舅が嫁が駆けこんでくるや、びっくりして小豆粥の器を慌てて頭にかぶったというのだ。嫁は嫁で臨機応変に「お義父様、小豆粥を召し上がってください」と言いながら、持ってきた小豆粥を差しだすと、舅は「嫁よ、私は小豆粥を食べなくともこのように小豆粥みたいな汗を流しているよ」と言ったというのだ。二つの話はどちらも厠に行くときは、必ず厠の前で人の気配を知らせよ、という教訓のために大人たちがよくした話だった。

田舎の厠について恐怖感を抱いているこのごろの子どもたちが聞いたら吐き気をもよおす話かもしれないが、実際に私の田舎の厠は小豆粥を食べてもよいくらい清潔だったし、たっぷりと広かった。大人たちが用を足すときには木枠の便器が別にあったが、子どもたちは地べたにしゃがんで用を足していた。子どもたちがウンチをするところは地べたの後ろ側が低くなっていて、ウンチが自然に低いところに落ちていくようになっていた。だが深くはなくて、その低いところはかまどの灰を捨てるところを兼ねていた。

むやみに身長ばかり高い人をウンチ棒と呼んだが、長い棒の端に板切れがついた棒が用意されていて、子どもたちがしたウンチを灰の中に押しこむことができた。厠のそうした構造を知らないと、鬼が粟餅にキナ粉や小豆餡をつける話はちょっと理解できないだろう。

大人たちは朝夕に厠の下を掃いてきれいな箒跡を残した。堆肥とともに人糞を肥料として使った時代だった。農地にくらべ人口が少なくいつも人糞が足りなかった。厠に灰を持っていくのも人糞を見えないようにしようという目的とともに、人糞の肥料としての効用を上げたり分量を増やす目的もあったようだ。

ときには松都《ソンド》まで行って人糞を買ってくることもあった。そのたびに開城《ケソン》の抜け目のない奴らは小便、大便に水を混ぜて糞尿の量を増やして売りやがったと悪口を言ったものだった。そのように悪口を言う村人もまたその開城の抜け目のない奴らに劣らず、出かけたとき小便がしたくなってもがまんして自分の畑に戻ってしたものだ。もったいなくて人の畑ですることなどなかった。

幼なかったからそんなことまでは考えなかったけれど、厠に行くときは友だちと一緒に行った。ままごと遊びをしていて一人の子がかくれんぼをしようか？　と言ったら、ワァと集まるようにだれかが厠に行こうと言うと、便意をもよおしていなくてもみんながついていっていっせいに丸いお尻を出してしゃがみ力んだものだった。女の子たちはチマ〔スカート〕の下にお尻を簡単に出すことができる尻のところが割れた下着をはいていた。昼間でも厠の中は薄暗かった。それで厠の屋根の下ではまだ熟していないユウガオを月夜の下で見るみたいに、女の子たちの白いお尻がおぼろげに見えた。

便意をもよおさなくても損をすることはなかった。ずらりとしゃがんで便をしながらする話はなぜあんなにおもしろかったのか、本当にメルヘンチックだった。トウモロコシを食べた後のそれらしい便をしながら、カプスンの家の黄色い犬が子犬を六匹生んだけれど、黄色いのが一匹もいなくて黒いのと白の斑《まだら》しかいなくて変だ、というようなたわいのない話。そんな話をしながら、薄暗くて隔離された田舎の地でたわいもなく歓声を上げ、ワイワイと騒ぎながら楽しく想像力を膨らませたりしたものだった。

しかし厠では便をたくさんするのが何よりだ。便は汚いものではなく、土に戻りキュウリやカボチャをたくさん育て、スイカやウリなどの甘い果実を実らせるということを私たちは知っていた。それで本能的な排泄の喜びだけではなく、有益なものを生産しているという誇りすら感じることができた。厠《かわや》もおもしろいが、厠に長くいて出たときの外の美しさは格別だった。野菜畑や草むら、そして木や小川にきらめく陽射しがとてもまぶしかった。まるで初めて見たかのように目を細め、ため息をついたものだった。何かタブー視されていた快楽の場に解き放たれた気分さえした。後日、学生入場不可の映画を制服の白い襟を内側に隠して観た後、外の明るさに面食らうたびに、私は幼年期の厠体験が蘇ったように感じたものだった。

それからずいぶんと経ったある日、李箱《イサン》の「倦怠」という随筆を読む機会があった。遊び道具などというものがなかった五、六人の田舎の子どもたちはどう遊んだらよいのかわからなくて、石ころで草をすりつぶしたりしていたが、すぐに飽きてしまった。それで空に向かって両手を広げてやたらと奇声を上げたりしたものの、最後には並んで座り糞の山を一つずつつくったというのだ。李箱はやることがなくなった末の彼らの最後の創作遊戯だったと書いている。そんな説明がされなくてもずば抜けた文章力で、突破口のない倦怠の極致をギクリと感じさせる文章だ。

しかしそれは骨の髄までソウルっ子である李箱の感受性がつくりだした観念の遊戯でしかない。田舎の子どもらはいったいどのように過ごすのかとかわいそうに思うのはソウルっ子たちの自由だが、私に退屈という意識が芽生えたり押さえつけられているように感じたのは、ソウルにやってきてからだった。ソウルっ子たちの遊び道具より田舎の自然のほうがはるかにましな遊び場だったというのは一種の冗談に聞こえるかもしれないが、そんなことはない。

私たちはそのまま自然の一部だった。自然はいっときも留まることなく生きて動いて変化していくから、私たちも退屈する間がなかった。農民たちが穀物や野菜の種を蒔き、芽が出て茎を伸ばし、花を咲かせ実を結ぶあいだにいくら手入れをしようとも、それらが内に持つ成長の速度を早めることはできない。

子どもたちも同じだった。私たちは幼ないときから三食以外の間食と暇つぶしの種を自ら山野に求めた。チガヤの新芽、野ばらの芽、山イチゴ、葛の根、昼顔の根、酸葉《すいば》、栗、ドングリなどがあちらこちらにあり、自分たちの食い気だけではなく大人たちを喜ばせることも多かった。山菜やキノコがそうだった。壺キノコや箒茸《ほうきたけ》は早く生えたので、地中からだれかが指で押し上げているみたいだった。

村のあちこちに流れている小川で水遊びをしているときも、だれかが使い古したふるいを持ってくると跳ねまわる麦エビをいくらでも獲ることができた。そのエビで夕食の味噌汁がおいしくなることも知っていた。手にとって遊ぶのはみな生き物たちだった。王蟻の酸っぱいお尻を舐めてから火蟻の群れに入れて足をかじらせたり、トンボをつかまえて長いしっぽを切って、代わりにもっと長い麦藁を差しこんで飛ばしたりもした。

草で女人形をつくって嫁入りするときのかんざしを挿したり、蟹の甲羅をかまどに見立てたり、松葉を素麺にし、セグン草でキムチを漬けた。最後にスベリヒユの根を引き抜き、熱心に「新郎の部屋に明かりをともせ、新婦の部屋に明かりをともせ」と呪文を唱えながら指でこすってまっ赤にして明かりにした。遊びは無尽蔵にあったから、私たちは一日たりとも同じ遊びをする必要はなかった。

焼けつくような陽射しが降り注ぐ真夏には、川の水が合流する村の外にまで遠征することがあった。そうしたときに出会うにわか雨は実に壮観だった。ソウルっ子はにわか雨が空から降るものと思っているだろうが、私たちは前の野原からにわか雨が軍隊のように突入してくることを知っていた。遊んでいるところで陽射しがじりじりと照りつけていても、野原に黒い影が広がってきたとたん、にわか雨が私たちに襲いかかってきた。私たちはわけのわからない奇声をあげて村に向かっていち目散に逃げだした。そのにわか雨がどれだけ速く移動するかを知っていたから、私たちは必死になって走った。

不安なのか歓喜なのかわからない気持ちを煽るかのように、野原のぐったりしていた穀物や野菜、草が眠りから覚めて一気にざわめき始めるのだ。そして、にわか雨はいつも村の家の軒下にたどり着く前に私たちに襲いかかってきた。鞭打つように激しい滝のような涼しい雨足が、真夏の暑さと駆け足で熱くなった体に容赦なく降り注いだ。

ああ、それはなんと爆発的な歓喜だったことか。私たちは空に向かって狂ったように歓声を上げながら雨でずぶ濡れになった。ざわめいていた田んぼもつられて歓喜の舞いを舞った。そのとき私たちは波打つトウモロコシや唐ゴマと自身を区別することができなかった。歓喜だけでなく悲哀も自然からやってきた。

私が最初に味わった悲哀の記憶は、前後になんの脈絡もないぽつんとした風景だった。お母ちゃんの背に負ぶわれていた。末っ子だったから大きくなっても大人たちによく負ぶわれていたが、四歳のころだったろうか？　夕焼けがひときわ赤かった。空があっちこっちで血を流しているようだった。村の景色も暗くも明るくもなくちがう村のようだった。よく知っている人もたき火を通して見るとまるで別人に見えたように。

私はがまんできずに泣きだした。お母ちゃんは私の突然の泣き声を理解できなかった。私もまた説明することができなかった。それは純粋な悲哀だった。それに類似した体験はその後にもあった。風がひときわうすら寒く感じられた夕暮れどきに、友だちと別れて一人で家に帰るとき、熟した柿色の残光が残っている稜線を背景に、家の畑の端のほうでトウキビの穂を見たときの悲哀をなんと喩えたらよいのだろうか。

　そのときはお母ちゃんの背なかに負ぶわれていたときとはちがい、悲しみをより深めたいと思って機転まで利かせた。どうすればそのトウキビの穂のゆれをさらに悲しく、寂しくできるだろうかと、ぴったりくる視点を求めて身を低くしたり首をあっちこっちにめぐらしてみた。さらに草むらに横たわってみたりもした。そして胸に溜まった悲しみが涙になってあふれるのをじっと待った。

　お祖父ちゃんが中風になって家の中が陰気になり、規律が緩んだときが私の全盛時代だった。お祖父ちゃんが矍鑠《かくしゃく》とされていたとき、女たちに松都《ソンド》への外出も野良仕事もさせなかったように、私が友だちと一緒になって遊びまわったりするのを嫌がった。お祖父ちゃんは幸いなことに左足だけの麻痺ですんだ。お祖父ちゃんは中風になりたてのころ、外出できなくて癇癪《かんしゃく》を起こし、家族の者につらく当たったりしたが、しだいにその不便な事態を受け入れられて時間つぶしの術を見つけだされるようになった。

　それは村の子どもたちを集めて文字を教えることだった。うちの居間が書堂《ソダン》〔読み書きなどを教える伝統的な寺小屋〕になった。叔父たちが四年制の国民学校を出たことを近隣では新学問を学んだと評価するくらい開化が遅れていた村だったから、漢文こそが本当の文字だと信じて尊ぶ風潮が残っていた。ハングルは漢文ではないから諺文《オンムン》として低く見なされていたが、習うのが容易だということも蔑まれた理由の一つだった。

　お祖父ちゃんの書堂はうまくいった。パクチョッコルの者だけでなく峠を越えた村からも子どもたちがきて、うちの書堂で学んだ。居間では一日中文字を読み上げる声がやむことなく、お祖父ちゃんが勝手にいばっていたころより、村人たちのうちに対する態度がずいぶんと変わった。老人たちが私にペコペコすると感じられるくらいだった。

ある日、お祖父ちゃんが私も居間に来るようにと言われた。私はその日から千字文を学ばなければならなくなった。幸いなことに、お祖父ちゃんが私にくれた千字文の本には諺文《オンムン》でルビがふってあった。諺文がわが国の文字であるハングルだということも知らないときだったが、私はそのときすでに諺文を半分くらい理解できる状態だった。お母ちゃんが教えてくれたのだが、とても強引だった。自分は一夜漬けで覚えたからあなたもそうしなさいといった感じだった。

お母ちゃんは村の女性たちの手紙を一手に引き受けて代筆してやるくらい、村の婦女子の中では物知りだった。村の女性たちが手紙を書いてくれと頼みにくるのはたいてい夜遅くだった。寝ていてふと目が覚めると、ぼうっとした明かりの下で巻紙に筆を走らせるお母ちゃんの姿を見たことがあった。一人ずつ行くのもなんだからといって、お母ちゃんが暇なときを見計らって一度に頼みにきていたようだった。

お母ちゃんが書き終えた手紙を読んでやると、女たちはチョゴリの結びひもを涙で濡らしたり、気が抜けたように口をぽかんと開けたりしていた。そんな女たちに囲まれたお母ちゃんの表情は別人のように輝き、声には威厳さえ感じられた。他の女たちとはちがうお母ちゃんが畏れ多くもあったし、誇らしさで胸がいっぱいになった。翌朝目が覚めると夢を見ていたのではないかと思ったものだ。

けれどもお母ちゃんは諺文を読み書きできたことで輝くことができたのに、諺文の由来についてはあまりにも無知だった。無知どころか、むちゃくちゃだった。世宗《セジョン》大王が創製した文字だということは知っていたが、大王が便器に座って用を足しているあいだに格子戸を見て思いつき、すぐにできた文字だと言うのだった。

文字の形が障子戸の桟を切り取って合わせたように見えるからか、お母ちゃんはそんな簡単な文字を覚えるのに時間がかかるのはバカだと、その覚えやすさを繰り返し強調した。

私も本当にそうだと思っていたが、解放になってようやく、その諺文という文字が漢文にくらべ卑しい文字などではなくて、誇らしいわが民族の文字ハングルだということ、それは世宗大王と学者たちが長い歳月をかけて苦労して創り上げたものであることを知った。

すぐに覚えられなければバカだという強迫観念のために、お母ちゃんが書いてくれた가《カア》、갸《キャ》、고《コオ》、교《キョ》〔ハングルの母音と子音を組み合わせた文字〕をすらすら覚えはしたが、理解したのではなかった。それをどう使って単語や文章をつくるのかも知らず、それを試してみる読み物のようなものも家にはなかった。お母ちゃんが自ら書き写した物語本が奥の部屋に数冊あったが、それは一行一行が最初から終いまで水が流れるように書かれていて、お母ちゃんが正確にきちんと書いてくれた가《カア》、갸《キャ》、고《コオ》、교《キョ》とはまったくちがう文字に見えた。覚えるどころか、私の目にはたったの一文字も知っている文字には見えなかった。

お母ちゃんがソウルに行った後、お祖母ちゃんが時どき가《カ》にㄱ《キヨク》をつければ각《カッ》、ㄴ《ニウン》をつければ간《カン》という具合に教えてくれなければ、それさえもすっかり忘れてしまったはずだ。お母ちゃんはどんな腹づもりだったのか、あるいは傲慢だったのか、ほんの少し教えるだけですべてを知ることを願い、またそうできると信じていた。私は覚えるというよりは覚えるふりをするしかなかった。そのように中途半端だったのだが、諺文で하늘《ハヌル》は漢字語の天、땅《タン》は漢字語の地だとお祖父ちゃんが言うように、千字文に従って読みながら、ようやく合点がいった。漢字の下についた諺文の部分がまさしくその音だと

いうことを理解すると、漢文より諺文《オンムン》を読むほうがおもしろくなった。

それは一挙両得だった。二つの相異なる文字同士でお互いカンニングすることができるために、お祖父ちゃんからは一度教えてやれば忘れない子だとほめられた。当時、結婚してもおかしくない年ごろの男が、文字を覚えてこなかった罰としてお祖父ちゃんにふくらはぎを叩かれたときも、私の聡明さを例に挙げられながら叱られた。私は意気揚々となったが、千字文の次に習った本は諺文のルビがなくて内心怖くなった。私が聡明だという虚構が崩れてしまうからだ。

しかしお祖父ちゃんの書堂《ソダン》はそれほど長くは続かなかった。中風が再発したのだ。今回の中風は厠《かわや》で倒れたときのような劇的なものではなかったが、お祖父ちゃんたる最後の威厳までへし折ってしまうほどのものだった。右側の手足までふるえるようになり、ようやく行けるようになっていた厠へも行けなくなってしまった。箸や匙の使い方も不自由になって汁をこぼされた。話をされるときも唾があふれ出て、それをぬぐう手ぬぐいをいつも膝に置いて座っていた。

一日に何回か言葉がうまく出てこなかったが、依然として口うるさく私を呼んでお使いや話し相手をさせられたりした。幼な心にもそんなお祖父ちゃんがかわいそうで見たくなかったが、疲れたり癇《かん》癪《しゃく》が起きると私を呼ばれるようだった。

私に墨を磨らせて手紙を書かれることもあった。ふるえる手でとても長い時間をかけられたが、よれよれの筆跡だった。とうていだれが見ても判読できないような文字に、心の中で私に墨を磨らせてわざわざ意地悪をしているのだと思った。お祖父ちゃんは手紙を書きもしたが、うちでは手紙を受けとる唯一の人だった。お母ちゃんやお兄ちゃんも見舞いの手紙を送ってきたし、他からも届いた。

自然とうちの居間は、三日に一回はやってくる郵便配達夫の休息所となった。配達する手紙がないときも送る手紙があるかと立ち寄った。そのとき送るものがあれば配達夫に頼めばよかった。お祖父ちゃんも配達夫を待っていて、来るとうれしそうに歓迎し話をさせた。二回目の中風が起きてからはとくにそうだった。

配達夫はいろんな村をまわりながら見たり聞いたりした噂話をした。お祖父ちゃんは彼に休んで行けと居間に通し、私は叔母ちゃんに言ってすぐにお菓子を出してもらった。それはお祖父ちゃんと私との暗黙の約束ごとだった。そうした私をお祖父ちゃんは「いい子だ、よく気が利く子だ」と言ってかわいがってくれた。

とはいえ、お祖父ちゃんが手ぬぐいに包んでいた茹で栗や餅のかけらのようなものをご褒美にくれるのは本当に嫌だった。汁と唾をぬぐうときに使うその手ぬぐいはいつも湿っぽく饐《す》えた臭いがしていた。

お使いをちゃんとできなくて叱られることもあった。一度はせっぱつまった声で呼ばれて駆けつけてみると、火鉢の火種が燃えつきていた。それで煙草の火が点けられないからマッチを擦ってくれというのだ。私はそのときまでマッチを擦ったことがなかった。嫁が火種を消してしまえば追いだされるというほどの昔ではなかったが、暑いときでも家のどこかに火鉢があってマッチをそれほど必要としなかった。人が擦るのを見たことはあっても、よもや自分が直接マッチを擦るとは思ってもみなかった。私が泣き顔になるや、お祖父ちゃんは私にマッチ箱だけを持っておれと言って自分でマッチ棒をこすろうとされたが、手がふるえ何度も失敗された。

その姿がどんなに哀れだったことか、とても見るには忍びなかった。煙草なんかあきらめればよいのに、今度は自分がマッチ箱を持っているから私にマッチ棒をこすってみろと言われた。もし私が勢いよく擦ってボウと火が点いたら、私はそれを放りだしてしまいそうだった。すると、動けないお祖父ちゃんはそのまま焼け死んでしまうのではないか。考えただけでも鳥肌が立った。私はそんなことをしでかしたみたいに恐怖におびえ、大声で泣きながら居間を飛びだした。そのころの私は泣き虫だった。

しかし、火への恐怖症にはそれなりの理由があった。私はその前から火事を出しかけた子だと言われてきた。お兄ちゃんが開城《ケソン》にある北部国民学校に通っていたころだった。いつだったか、家に虫メガネを持ち帰ってきたことがあった。黒い縁取りに取っ手がついたその小さな虫メガネはおそらく理科の実習用のものにちがいなかった。

その丸いガラスを通してみると、お兄ちゃんの目が牛の目のように大きく見えたり、自分の指が母の指のように太く見えたりするのを私があまりにもおもしろがったので、お兄ちゃんはさらに不思議なものを見せてくれたのだった。虫メガネで太陽光を集め紙を燃やしてみせてくれたのだが、なんであんなに不思議だったのだろう。

丸いガラスを通過した太陽光がしだいに熱くなり始め、暗闇に隠れていた猫の目が妖怪のように光ったかと思うと、紙がモクモクと煙を吹きだし穴が穿き、その穴が紙を食い尽くしてゆくのを見守っているあいだ、私は息を殺し内臓がぎゅっと締めつけられるのを感じながら小便を漏らしそうになった。

その日の夜、私は本当に寝小便をしてしまった。だから、私はいまでも子どもたちが火遊びをすると寝小便をするという巷の俗説を信じている。ここまで記憶は鮮明なのだが、その後私が火事を出しそうになったという事件はまったく思い出せない。大人たちから聞いた話どおりならこうだった。収穫し終えた藁が納屋に積んであり、その藁束の隙間に入りこんで秘かに虫メガネ遊びをしていたところ、藁に火が点いたというのだ。

舎廊棟《サランチェ》〔居間のある棟〕から門までの中庭、ときには反対側の庭に干すことがある穀物類や唐辛子をにわか雨が降ってきたときにすぐに取りこめるようにと建てられた屋根だけがある納屋でことが起こった。火を最初に見つけた隣家の若奥さんがちょうど井戸から水を汲んで帰るときだったので、頭に載せていたバケツの水をかけ、すぐに消し止めたというのだ。

危うく家を燃やすところだったが、なぜ記憶からきれいに消えているのだろう？　自分の記憶の中ではとくに幼ないころの記憶に自信があったのだが、その件に関しては訝しげに思いながらも、大人たちがひょっとしたら私に火遊びをさせないために大げさに話したのではないかと疑いさえした。それでも火事を出しかけた子という意識は長いあいだ私を苦しめた。

国民学校を卒業したころになってマッチ棒を擦るのが怖くて不便なことも多かったけれど、お祖父ちゃんの煙草の火を点けてあげられなかったときが一番悲しかった。お祖父ちゃんのために何か私の中の限界のようなものを打ち破ろうともがきながらも、そうできなかったいらだちと、私はなぜこうなんだろうと思う自己嫌悪など、複雑な心理的葛藤をしたことをいまだに覚えている。

2　はてしなく遠いソウル

お祖父ちゃんの二度目の中風で家の中にさらに暗雲が立ちこめ、家運が傾くのを幼な心にも感じた。

二番目の叔父夫婦はソウルに出た。お母ちゃんに鼓舞された面が大きかった。お母ちゃんがまずソウルで道筋をつけていたからだ。やはりお母ちゃんは大したものだった。お母ちゃんをけしからんと思っていた大人たちの心も大いに和らいだようだった。和らいだというよりは圧倒されたと言ったほうがよいのかもしれない。

お母ちゃんはこの前の休みにも制服をかっこよく着たお兄ちゃんを連れて帰り、休みを過ごすあいだも堂々とふるまった。そしてお兄ちゃんがなかなか入れない公立学校に入学したことをそれとなく自慢した。卒業さえすれば総督府〔日本が植民地支配をするためにつくった官庁〕や府庁に問題なく就職できると自慢した。

うちの家柄はなんとか字が読める程度の田舎ソンビだった。恥ずかしいけれど、お祖父ちゃんも両班《ヤン》《バン》というだけで民族的な自負心や歴史意識があるほうではなかった。その両班意識はもっぱら自分たちより地位の低い両班を無視することであり、両班としての責任があるとするなら、子どもたちの婚姻を決めるときには両班のなかでも老論《ノロン》派〔朝鮮王朝時代の支配層で四大党派の一つ〕の家系と結ばれなくてはならないと意地を張るぐらいだった。他人を仰いだり踏みつけたりするとき、お祖父ちゃんがいつも言っていたのは、いろんなことは騙せても血筋だけは騙せないというものだった。

この程度の両班意識だったから、日本の官庁でも入りさえすれば官職だと思っていた。それで初孫が今後家運を盛り立てると夢を膨らませていた。お祖父ちゃんでさえそんなだったのだから、家族の中でだれが出世を保証された息子を持つ母親を見下すことができただろうか。その上、二番目の叔父夫婦までがお母ちゃんを手本にソウルに出たのだから。

そのときでさえ二人の叔父にはまだ子どもがいなかった。二番目の叔父まで家を出るや、家の中がさらに寂しくなった。その家は私が生まれる前に父が建てたという。三兄弟が一つの家で両親の世話をしながら子どもをたくさん産み、後々までも仲睦まじく栄えていこうと、広々としながらも細やかな配慮をして建てた家だった。

家族が少なくなりなんとも寂しいかぎりで、私はしょんぼりしていることが多くなった。居間の柱にしょぼくれてもたれ、ずうっと村の外を眺めるのが気に入っていた。そうしているところを家族が見つけ、私の寂しくて孤独な心の内を理解してくれた。とくにお祖母ちゃんは慌てて私を抱きしめながら、沈んだ声で「かわいそうな子」と繰り返した。

みんなは私がそんなふうにしてお母ちゃんを待っていると思ったようだ。人がそう言うのだからそうなのだろう。しかしお祖父ちゃんを待つときのような甘美なときめきは少しもなかったし、待つということが私には初めてで慣れない感覚だった。「お母ちゃんがつづら岩峠まで来ているなら、私の親指と中指がぴたりとくっつけ」そんなことを何百回となくやってみたところで、くっつかないことはわかりきっていた。私が待っているなんて信じたくもなかった。それでだれかが、あの子お母ちゃんのことを思って元気がないんだわと言うと、私は発狂したように泣きじゃくった。しかし全身でちがうと否定すればするだけ、それはますますたしかなものになっていった。

指占いより強い願いが通じたのか、ある日お母ちゃんが突然現われた。休みの期間でもないのになんの連絡もなしに帰ってきたお母ちゃんを見て、お母ちゃんも私に会いたかったのだと再確認できて安心した。しかしお母ちゃんは単に私に会いたくて来たのではなく、私をソウルに連れていくために来たのだと言った。

「おまえもソウルに来て学校に行かなくちゃ」

お母ちゃんが言った。私は良いことなのか悪いことなのか、わからなかった。ソウルという地に憧れがあったかもしれないが、そこの学校に通うことは想像してみたこともなかった。お母ちゃんの意図を知ったお祖母ちゃんがまず、「なんだって。女の子を国民学校からソウルで通わせるだと？」と驚きの声を上げられた。再び家の中に波風がたった。

「おまえが何をしてソウルでいくら稼いでいるかは知らないが、小さな女の子をソウルで勉強させると言うのかい、うん？　そんな話をだれかに聞かれるかと思うと、ああ恐しい」

お祖母ちゃんはそんなことまで言われた。お母ちゃんが何も答えられないでいると、「お祖父ちゃんがあんなになってしまっただろう。だからあの子を膝元においていると気晴らしになるんだよ。それでもおまえはあの子を連れていくと言うのかい？　本当にどうかしているんじゃないかい？」

そのように哀願しても、お母ちゃんの決意は変わらないようだった。お祖母ちゃんは作戦を変えて私に拳を振り上げながら脅してきた。

「おまえ、お祖母ちゃんがいいのか？　お母ちゃんがいいのか？　さあ言ってみな、お祖母ちゃんがよければ、お母ちゃんにお祖母ちゃんと暮らすと言いな。さあ早く」

そのときの私は、

「わからない、わからないよ」

と泣くしかなかった。幼ない子にはまったく理解できない窮地だった。大人になった後も私は、お母さんがいいの？　お父さんがいいの？　といった類の質問を幼ない子にする人を見ると嫌な気がしたものだった。

余計な混乱に先に終止符を打ったのはお母ちゃんだった。実際、お母ちゃんはそうもゆっくりしていられなかったのだろう。お母ちゃんはだれにも相談することなく、それにもまして私に対してさえ問うこともせずに、私の髪に櫛を入れるふりをしながらスパッと切ってしまった。私はそのときまで村の女の子たちがみんなそうしていたようにチョンジョン髪を結っていた。

チョンジョン髪というのは女の子たちが長くした髪にリボンを結わえる前までの髪形だった。頭のてっぺんから囲碁板のように分けて筋ごとに編んでいって色糸や布切れで縛って仕上げる髪型だった。手間がすごくかかって毎日手入れをしなければ夜叉のようになってしまうから、髪だけを見ても家で大事にされている子かそうでない子かがわかった。

私の髪は、父の妹が嫁ぐ前からおもしろがって手入れしてくれていたのを叔父の妻が引き継いでいつも端正に梳いてくれていた。私はそれが秘かに自慢だった。幼ないときからだれかが私をきれいだとかかわいらしいとか言ってくれると、それは私の髪のことだとすぐに気づくくらい一番自信があるものだった。

そんな髪をお母ちゃんはスパッと切っただけでなく、後頭部を刈り上げて白いうなじを目立つようにしてしまった。ソウルの子たちはみんなそんな髪型にしていると、お母ちゃんは私に駄々をこねる隙さえ与えずに言った。

「あらまっ、なんてことを」

お祖母ちゃんも開いた口がふさがらず、私も額で一直線に短くなった前髪より、後頭部がスカスカになった感じのほうが気分が悪かった。ためしに外に出て見た私はすぐに子どもたちの笑いの種になった。

「あれっ、見てよ。あの子、後ろにも顔があるわ」

あのころ、おかっぱの髪型といえば後頭部を高く刈り上げ、本当に後ろにも顔があるみたいだった。私はからかわれながらも信じられるものがあったから、それほど気にならなかった。

「ソウルの子たちはみんなこんな髪形をしているんだって。あんたたちは知らないだけなのよ」

私はすぐにそんなことも知らない友だちをバカにした。おかっぱの髪型はお祖母ちゃんをあきらめさせただけでなく、私の心も田舎から離れさせた。早くお母ちゃんと田舎から離れたかった。

お祖父ちゃんに別れのあいさつをしに居間に入った。お祖父ちゃんは私を見なくてもすべてを見透かしているかのように「まったく、こりゃ、なんてことだ」ときつく叱られた。それから小物入れを探って五〇銭の銀貨を一枚投げてよこされた。どうせくださるなら投げてよこさなくてもよいのに、そうすれば自尊心も傷つかないですんだはずだ。私は油紙を貼ったオンドル床を転がる銀貨を拾い上げ「ありがとうございます」とお礼を述べた。私の屈辱感よりはお祖父ちゃんの傷心のほうがもっと慰めを必要としていたはずだ。お祖父ちゃんが弱気な心情を明かされたりしたら、泣いてしまうところだった。お祖父ちゃんは早く行きやがれと怒りだした。

お母ちゃんはこのように怒りばかりを買ったが、長男の嫁であり、たった一人しかいない総領家の孫の母親でもあった。生き馬の目を抜くと言われている大都会ソウルで、何もないところから生活の基盤を固めたしっかり者だった。大人たちが憎みながらも無視できないのは、外に置かれた土産の荷物を見ただけでもわかった。人まで雇って穀物や唐辛子などを小分けにした袋を背負子に載せ、私たちは出発した。お祖母ちゃんも外出着姿で私たちの後に続いた。

開城《ケソン》までの約八キロの道は本当に遠かった。峠をいくつも越えた。野や山があり、村もあった。パクチョッコルより大きな村もあり、小さな村もあったが、村のあり様や家々の様子は似ていて、少しも違和感や物珍しさはなかった。それらの村々もいつも見ている自然の一部だった。四つ目の峠が最後の峠でつづら岩峠といったが、最も険しかった。足が痛かったからとくにそう感じたのだろう。その峠を越えさえすれば松都《ソンド》〔開城〕だからがんばれとお母ちゃんが言った。ハアハア息を弾ませる私をお母ちゃんが後ろから押してくれた。口の中がカラカラに渇きしんどかったが、ついに頂上にたどり着いた。

眼下に初めて見る風景が広がった。話にだけ聞いていた松都だった。私は喚声を上げた。銀色に輝く美しい都市だった。道も家もなぜあのように白く見えるのだろうか？　後で知ったのだが、松都高《ソンドコ》普《ポ》、好寿敦高女《ホスドンコニョ》をはじめとした新式の大きな建物はすべて花崗岩で建てられ、土地も砂質だったから道や岩がとても白いのが開城地方の特徴だった。「人はあんなふうにも暮らしているんだ」。私は口をぽかんと開けたまま、その人工的な整然さと清潔感にひたすらうっとりと見とれた。

そのときだった。四角い建物の一角に炎のようなものが燃えているのが見えた。いままでに私が見たどんな火ともちがっていた。火の手は上がっていないが、炎よりもっと強烈な輝きだった。私は怖くなりお母ちゃんにしがみついた。お母ちゃんはバカねと言い、あれは窓ガラスにお日様が照りつけているのだと言った。そう言われてみると、お日様がぶつかって粉々になったような輝きだった。私が窓ガラスがなんなのかわからないという顔をすると、お母ちゃんは松都やソウルのような大都会では家ごとにガラスで明かりを採るのだと教えてくれた。

パクチョッコルの家でもガラス製のものはあるにはあった。大人たちは日本酒瓶と言ったが、ガラス製の透明瓶を縁側の下に置いて、石油缶から石油を少しずつ小分けして入れるのに使った。あのように透明なガラスを窓に使った家に人が住むなんて、不思議でもあったし、不安でもあった。さっき松都《ソンド》を初めて見て感じたうっとり感も、実は半分くらいが不安感だった。私はつづら岩峠ではなく、まったく異質な二つの世界の境界線に立っているように感じた。未知の世界に魅惑されながら、一方で引き返したいと思った。

心臓のドキドキする音が聞こえてくるようだった。それは心の中で平和と調和が壊れる音だった。順応する生き方から闘って生きる生き方への分岐点で、本能的に感じる恐怖感だった。

下り坂は楽だった。途中、六面体の大きな岩がまるであっちこっちにつづらを置いたようなところがあった。だからつづら岩峠だったのだ。岩の隙間には薬水《ヤクス》〔おいしい水〕まで湧き出ていた。細長い金櫃《かねびつ》のように横たわっている岩に腰かけて、その薬水で喉を潤した。

とうとう松都に入った。線路を越え、瓦屋根の家が整然と並ぶ道を通り過ぎた。道路は舗装され、ガラス窓がついた二階建て、三階建ての四角形の家々が立ち並ぶ大通りにさしかかった。初めて見る光景だったが、圧倒されたり、きょろきょろしてはいけないと思った。お母ちゃんがそうしてみせたように。

松都でのお母ちゃんの堂々ぶりはどこか不自然だったけれど、私にそうしてほしいというお手本のようにも思えた。子どもたちがみんな、私のように後ろ髪を切りそろえたおかっぱ髪だったのも、お母ちゃんを尊敬させた。一束に結ってリボンをたらした娘たちも少しはいたが、チョンジョン髪の子どもには一人も出会わなかった。

ついに到着した開城《ケソン》駅は壮大で、その中は複雑で騒々しかった。ここで迷子になったらどうなるか？　いままで一度もそんな心配をしたことがなかったから、その恐怖感といったらなかった。お母ちゃんが荷物を改札口近くに置いて切符を買いに行くあいだ、私はお母ちゃんのスカートの裾を握って離さなかった。切符を買い、中に入ってみると、橋が空に架かっていた。お母ちゃんはそれを跨線橋だと言った。ソウル駅の跨線橋はこんなものではなく、もっと大きくて複雑だというソウル自慢も忘れなかった。

しかし荷物が多い私たちは渡るのがすごく大変だった。お母ちゃんは荷物を頭に載せたうえに手にも持ち、入場券を買ってついてきたお祖母ちゃんも頭に載せ、私も何か持って一生懸命に走った。お母ちゃんが走ったから、お祖母ちゃんも走った。私も必死になって後を追いかけた。ガラス窓がたくさんついた大きな蛇のような汽車にふらふらになりながら乗った。お祖母ちゃんも乗ってきて荷物を網棚に載せるのを手伝ったあと、一人汽車の外に出た。

そして、私が座った席のガラス窓の外に立った。お祖母ちゃんが何か言ったようだが、よく聞こえなかった。ガラス窓の外は見送りに来た人がたくさんいた。その中でもお祖母ちゃんは一番小さくて哀れに見えた。その寂しさが私をガラス窓に引き寄せたようだ。ガラス窓というのはなんて不思議なんだろう。お祖母ちゃんの目に涙がにじむのがはっきりと見えた。私はお祖母ちゃんに抱きしめられ、「アイゴー、私の孫」となでてくれる手を感じながら、一緒に泣きたかった。

私は体ごとガラス窓に張りついた。顔だけが氷に押しつけられたように無慈悲に広がっただけで、お祖母ちゃんに触れることはできなかった。汽車は大きく物悲しい警笛を鳴らすと動き始めた。見送り客たちも一緒に動き始めたが、しだいに見えなくなった。私はお祖母ちゃんも動いたのか、そのまま立っていたのかわからなかった。ぽろぽろと涙が滴り落ちた。涙を出さずに声を出して泣くことはよくあっても、涙がたくさん出ているのに声を出さずに泣くのは初めてだった。心が引き裂かれたようにつらかった。

とうとうソウルに着いた。やはり開城《ケソン》駅の数倍も大きく、複雑な跨線橋を私たち親子は一番後からあえぎながら上がった。たくさんの荷物のせいだった。他の人たちはそれほどの荷物でなくても、赤い帽子に紺色の洋服を着たポーターに持たせたが、お母ちゃんは荷物をめいっぱいぶら下げてあえぐように歩いた。ようやく改札口を出て、駅前の大きな広場に出た。お母ちゃんはその一角に荷物を放りだすようにして座りこんだ。たくさんの人が行き来し集まっては散る中で、私もぼうっとなり、ここがソウルだということを忘れた。

乞食みたいなボロ服を着た担ぎ屋たちが周りにわっと集まってきた。彼らのあいだで自分が荷物を運ぶと騒ぎだした。何も言わずにまず荷物を担ごうとする者もいた。パクチョッコルから開城まで荷物を運んだように、ソウルでも背負子で荷物を運ぶ者がいるのを知ってほっとした。しかしお母ちゃんは路面電車に乗っていくと彼らを追い払った。

汽車の一車輌よりも短く青い路面電車が背に角《つの》を立てて大通りを走っているのが見えた。角と空中に張られた線とのあいだに青い火花が飛んでいるのを見ると、路面電車に乗る好奇心よりも怖さが先立った。さっき追っ払った担ぎ屋たちがお母ちゃんがへたりこんでいるとみるや、一人、二人と集まってきた。

お母ちゃんはその中の一人に目星をつけて交渉を始めた。お母ちゃんがどんな基準で彼を選んだのかは私の理解力を越えていた。お母ちゃんはあごで道の向こうを示して西大門《ソデムン》の外まで行くといくらだと訊いた。彼がいくらだと答えると、それじゃ頼まないとすでに担ぎ始めていた荷をひっぱり下ろしてしまった。それならいくらならよいのかと担ぎ屋が逆に問い返してきた。しばらく値引き交渉が行なわれ、ようやく親子は荷物から解放され、担ぎ屋を先頭にして歩きだした。

猥雑で騒がしい薄汚れた路地を通り過ぎた。人びとの衣服も地べたもほこりで薄汚れていた。路面電車が走る大きな四つ角を過ぎると道行く人も少なくなり、道も開城の大通りに似てきた。少し離れた通りをふさいで立っている大きな門が見えた。

「独立門《トンニムン》というんだよ」とお母ちゃんが言った。後ろについてきた担ぎ屋が「もうほとんど来たかね?」と息を切らしながら訊いた。

「もうちょっと行きましょう」

お母ちゃんの顔に突然あいそ笑いが浮かんだ。

「あの、もうちょっとってどこだね?」

「向こうの峴底洞《ヒョンジョドン》〔西大門《ソデムン》区〕」

お母ちゃんが言い終える前に彼はその場で憮然となり、「人を騙したな。あんな山の上までだれがこんな金で引き受けるものか」と怒った。お母ちゃんも負けていなかった。「平地なら路面電車に乗って楽に行けるところを、電車賃の何倍も払って労力を買ったのよ」と言い返した。「マッコリ代ぐらいは上乗せしてもいいと思っているから、早く行きましょう」となだめた。「今日はツキに見放された」とぶつくさ言いながらもついてきたが、お母ちゃんの口から峴底洞という言葉が出てから彼の目は不信感を露わにし、私たちを見下し始めた。いったい、峴底洞とはどこでどんなところなのか。私はその場の雰囲気が変わったのを感じ、尻ごみしてしまった。

路面電車の終点から、お母ちゃんは坂道に入った。その坂道はすぐに切り立ったような階段に変わった。家々も階段状の斜面にへばりついていて、いまにもこぼれ落ちんばかりの異様な界隈だった。階段の両側もそんな家ばかりだった。家々には板っぺらでできた門らしきものがあったが、その暮らしぶりは露わに表に出ていた。小便とご飯粒、生ごみなどからできたぬかるみが、階段の両端の溝に垂れ流されていた。

苦労して山の上まで上がったが、そんな町並みが続いていた。人がようやくすれちがえる細い路地をしばらく曲がりくねりしながら上がって、また最初の階段よりさらに不規則で険しい上り坂に出た。その中ほどにある藁屋根の家の前で、お母ちゃんはようやく歩みを止めた。その界隈でも藁屋根は珍しかった。その家でさえもうちの家ではなかった。お母ちゃんはその家の玄関の脇部屋〔玄関脇にある部屋で使用人などが使う〕に間借りしているのだった。

小さな縁側がついた玄関の脇部屋は狭苦しくみすぼらしかった。鹿、亀、不老草を原色で描いた紙を貼りつけた衣装箱が唯一の所帯道具だった。田舎のうちの女は野良仕事をしない代わりに長時間ふき掃除をしたからか、たんす類はピカピカだった。お祖母ちゃんが嫁いだときに持ってきた三段のたんすは、白銅装飾がとれていたが、木目がはっきりしていて品のよい艶を出していた。

たんすがある二間続きの上の部屋の隅に置いてあったお腹の部分がふっくらとして首の長い酢を入れる瓶はなんとかっこよかったことか。不透明な青灰色の瓶に長いあいだ酢だけを入れていたので、酢が染みだして自然な模様のように見えた。裏庭の祭壇とともに上の部屋の酢瓶は私には神聖なものだった。薬酒やマッコリのようなものが残れば、その瓶に注いで酢をつくっていたようだ。小さな蛾が飛びだしたときもあった。お祖母ちゃんはうちの酢の味が村で一番だと言って酢瓶を大事にされていたから、だれかが酢を少し分けてくれと言うと、うちの酢の味が逃げるからと丁重に断っていた。それは人情がないというのではなく、その瓶の中に神秘的な力がこもっていると思われたからだった。

首の長い酢瓶と木目がきれいなたんすが調和していた田舎の家を離れてしまったいま、楽園の一部を失くしたように胸が痛かった。長いあいだ安定した構図に慣れた私の審美眼に、粗悪な原色に彩られた衣装箱はとんでもなくひどいものに見えた。

3　城外で

「ここがソウルなの？」

私の抗議をこめた問いかけに母は意外にもちがうと言った。

「ここはソウルの城外と言うのよ。おまえの兄さんがこれから就職してお金をたくさん稼げば、私たちもそのときには堂々と城内で暮らせるわ」

母がうまく慰めた。その日の夜、遅くなるほどに外から人の怒鳴り声が近づいてきたかと思うとまた遠くなったりした。

「まんじゅう、クルミまんじゅう」

何かを売るような声だったが、それがなんなのか母に訊かなかったのはとくに気にならなかったからだ。

田舎の家でもときおり、獣の鳴き声で目を覚ますことがあったが、そんなときには大人たちも目を覚ましたようだった。

「あの山犬はどうしてまた下りてきたのだろう？」

そう言いながら、お祖母ちゃんが起きあがるときもあった。山犬に鶏が食われはしないかと心配しているのだった。鳴き声は聞いたことがあっても、一度も山犬を見たことはなかった。また山犬の遠吠えを聞いて眠りたいという衝動にかられた。

翌日から、私はソウルで暮らしてゆく術を身につけなければならなかった。それはソウル暮らしの術というよりは、間借り人生活の術だった。目が覚めて厠《かわや》はどこなのと訊く私に、お母ちゃんは便所は家主の家族みんながすませてから行くのよと言った。厠を便所と呼ぶことは汽車の中ですでに習っていた。一人しか入れない母家の便所に昨日、一度行ってみた。しかし便所に行きたくなっても、家主の家族が優先することを初めて知った。

お母ちゃんはさらにもうひとこと「おまえをここに連れてくるにあたって、家主の機嫌をどれだけとったかわかるかい？　部屋を借りるとき、家族は二人だと言ってあったのにおまえが加わることになって、おまえと同年代の子がいる家主側が嫌がったんだ」。お母ちゃんはそんなふうに言ったが、嘘をつくにもほどがある、どうしている子をいないふりができるの、あの立派なお母ちゃんがなぜ？みんなに大事にされてきた私なのに、急に邪魔者扱いされるなんて、とお母ちゃんが嫌いになった。自分こそが騙されたという気分だった。お祖父ちゃんに言いつけて、お祖母ちゃんに助けてと言いたかったが、二人とはあまりにも遠く離れてしまった。

間借り生活で守るべきことは、便所に行きたくなってもがまんするだけにはとどまらなかった。

「家主の子どもとは遊ばない。へたをすると、子ども同士のけんかが大人のけんかになるから」

「家主の子が何か食べていても見ない」

「家主の子が持っている物をほしがったり、触ったりしない」

「家主の家側に入らないようにする」

いっそのこと、足を縛り柱にくくりつけておいたら？　いったい私にどうしろと言うの？　わかるはずもなかった。母は私がいてもいないようにふるまうことを望んだ。パクチョッコルで仔馬のように飛び跳ねて遊んでいた七歳の子に、それがどれだけひどいことなのか母は理解しようとしなかった。間借り暮らしに適応することも大変なのに、さらに学校に通う日が近づいていた。

お母ちゃんは自分たちは貧しいので城外で暮らすしかないが、学校は城内にある良い学校に行かなくてはならないと言った。お母ちゃんはそのように勝手にすべてを決めていた。私の意見などは聞こうともしなかった。当時は国民学校も義務教育ではなかったし、試験を受けてようやく入ることができた。それも入りたい学校ならどこでも試験を受けられるわけではなく、いまの学区制のように住んでいるところによって行ける学校が決められていた。お母ちゃんはそのことを知らぬはずがない。いまの住民登録に当たる寄留届けをとっくに社稷洞《サジットン》〔鐘路区《チョンノ》〕で暮らす親戚の家に移していた。

城内にあるお母ちゃんお気に入りの学校の中からさらに私の通学距離を考えて選んだ学校が梅洞《メドン》国民学校〔小学校〕だった。峴底洞《ヒョンジョドン》から学校に行こうとすると、山一つ越えなければならなかった。仁王山《イナンサン》だった。峴底洞の中腹から城壁が残る近くまで行き、さらに登っていくと社稷《サジク》公園に通じる平坦な道に出る。道は険しくはないけれど人の往来がほとんどない道だ。道から少しでも離れれば、森の中にハンセン病患者たちがうようよいることで知られていた。試験を受ける日が近づき、お母ちゃんは私を連れてその道を確認しながら、ハンセン病患者に対して巷で広がっているひどい噂を一笑に付した。

ハンセン病患者が子どもたちを捕まえ、胆を取って食うという話を信じてはいけないよ。あの人たちも私たちと同じ人間だ。人がとうていできないことはあの人たちもできない。ありもしないことをつくりだして怖がるような奴はバカだ。ハンセン病患者に出会っても驚いたり逃げたりしないで平然としていなさい。何があっても前だけ見て歩くんだよ。

母の口調はいつも自分が正しいという確信に満ちていて威圧的に聞こえた。私はそれが嫌だった。しかしハンセン病患者の話をするとき、母の気持ちもゆれているように見えた。私は母が話してくれた中でそれが一番気に入った。私はなぜかハンセン病患者に出会うのが怖くなかった。通学路を確認し終えると、本格的に受験勉強が始まった。おまえならなんだってちゃんとできるだろうよ。そう言いながらもお母ちゃんは一日に何回も予想問題をつくって、私を遊ばせてくれなかった。名前書き、数計算、時計の読みとり、足し算、引き算などだった。

お母ちゃんの言うとおりにやったが、私が一番嫌いだったのは住所を二つ覚えることだった。お母ちゃんが最初に教えてくれた住所は寄留届けを出した社稷洞《サジットン》の住所だった。それしきのことはすぐ覚えた。それで終わればよかったのに、突然、私が迷子になったときにその住所を言ったら大変なことになりはしないかと、峴底洞《ヒョンジョドン》の住所も覚えるように練習させた。番地に番号までついた長いものだったが、なんだってすぐに覚えてしまう私だったから、それもまた難しいことではなかった。お母ちゃんの心配はちょっとオーバーだった。おそらく住所を偽って入学願書を出したから良心がとがめたのだろう。二つの住所を覚えると今度は試験を受けるとき、こんがらがってまちがいはしないかと心配し始めた。お母ちゃんは自分の安心のために私を放っておいてはくれなかった。黙っていたかと思うと不意に
「おまえ、どこに住んでいるの？　おまえの家はどこ？　おまえはいま、道を迷っているのよ」

そうすると私は峴底洞の住所を言った。反対に

「おまえの家はどこ？　おまえはいま、先生の前で試験を受けているのよ」

このように問われると、社稷洞のにせの住所を言わなくてはならなかった。お母ちゃんは私がひょっとしてこの二つの住所をこんがらがりはしないかと戦々恐々としていた。私はこんがらがりはしなかったけれども、お母ちゃんがしきりにそんなことをやるから、頭がこんがらがったようにいらいらしてきた。そうこうするうちに、本当にこんがらがってきてしまった。奇襲的な質問にまちがって答える割合が増えた。

お母ちゃんはおまえのようなぼんくらに、いたずらに二つの住所を教えるミスをしたと後悔しながら、試験の日まで峴底洞の住所は忘れてしまいなさいと言った。忘れろと言われたって忘れられるものではなかった。その住所は頭の中にこびりついてしまった。社稷洞の住所はもちろん、その後ソウルで移り住んだ数多くの住所はほとんど忘れてしまったが、峴底洞四六番地の四一八号という最初の住所はいまでも忘れないでいる。

試験に出てこないかもしれない住所のために頭の中が混乱したまま、試験の日を迎えた。パクチョッコルから持ってきた薄緑色の絹のトゥルマギを着て、床屋に行き髪も切り揃えて試験を受けた。住所なんか問われもしなかった。囲碁の石を四つと三つを別々に置くとみんなでいくつになるかと聞かれたり、紳士と学生が立っている絵と中折れ帽子と学生帽子の絵を別々に見せながら、各々に似合う帽子を選びなさいと言われた。そして煙突から煙が出ている絵を見せ、いま、風がどっちからどっちに吹いているかと聞かれた。問題を三つ出されたが、私はそのうち二つしか正解できなかった。風が煙のなびく方向と反対に吹いていると答えてしまったのだった。

お母ちゃんに住所は訊かれなかったと言うと安心したものの、一問まちがえたと言うとひどく失望した。その場で落ちたと断定され、もう終わりだと言いながら風になびく髪、トゥルマギの裾、運動場の旗台のてっぺんに吊るされた日本国旗などを次々と指差して

「風はどこから吹いている？　うん、どこから吹いている？　それもわからない？　落ちて当然、当然さ」

お母ちゃんはそんなふうに悔しがった。周囲に人家がなかった梅洞《メドン》学校の運動場はものすごく広く、その日に限ってなぜか風が強かった。その晩、母は兄にも私が落ちるだろうと言って悔しがった。

「ふたは開けてみないとわからないよ」

一〇歳になってから国民学校に通い、まだ中学校に通っている兄は、私とは歳がずいぶんはなれているが、寡黙で思慮深かった。

合否通知は葉書で来ることになっていたが、むろんそれは社稷洞《サジットン》のにせの住所に送られる。葉書を待つにしてもわざとゆったりと構えていたお母ちゃんは、試験を受けた日のように私に絹のトゥルマギを着せ、社稷洞の親戚の家に行った。嫌というほど住所を覚えさせられた親戚の家に、そのとき私は初めて行った。途中、ここがまさしく城内だよとお母ちゃんはしきりに強調した。

さすがに峴底洞《ヒョンジョドン》とはちがい、はるかに整然とした落ち着いた町だった。何よりも家々が斜面に貼りついていなくて、平坦な地に建っているのが気に入った。親戚の家は別棟の建物が長く道沿いに建ち、母屋は中門の中にあった。別棟も瓦葺だったが、田舎の居間とはまったくちがってみすぼらしく小汚かった。そのうえ臭いまでした。後に知ったことだが、そこは居間ではなくて玄関の脇部屋だった。その脇部屋に続く路地のような庭で洗濯をしていた下女はお母ちゃんを目にしたとたん、喜色満面になりながら立ちあがった。

「いらっしゃいませ、よかったですわね。お嬢様が合格されたんですって」

そう言いながらしきりに愛想をふりまいた。奥様、お嬢様などという敬語で対応されたのも初めてだったが、お母ちゃんがそのように傲慢にふるまうのも初めて見た。

「何をそんなに騒ぎ立てる。たかが国民学校に受かったぐらいで」

お母ちゃんは急に横柄にふるまった。中門に入っていくとそこは別世界のようだった。ぴかぴかに輝くガラス戸が入った大廳床《テチョンマル》〔母屋の部屋と部屋のあいだにある広い板の間〕は、花崗岩の基石の上に建っていた。きれいに掃かれた庭には水道の蛇口とセメントの四角い水槽が見えた。下女が水槽から水をすくってバケツに入れた。水がドンドン出てくる水道の蛇口が不思議で羨ましかった。

峴底洞には水道のある家はなかった。家ごとに水を買うか、自ら汲んできて飲用水にしていた。あの階段下の平坦地にある共同水道はいつも水運びの容器を二つずつ持った人たちが列をつくっていた。水の容器はすべてブリキ製で、水運び用の天秤棒の両端にぶら下げてある鉄輪にひっかかるように、溝をほった木の取手がついたものだった。水屋が使う容器と、自分で汲んで運ぶ人たちの容器はちがっていた。水屋の容器は石油缶のような四角形で、自分で汲んで運ぶほうは倍くらい入る円筒形だった。容器の大きさに関係なく水の値段はひと担ぎ〔天秤棒の両端に吊るす二缶分〕につき一銭だが、毎朝数十軒に水を配らなくてはならない水屋はできるだけ楽をしたかっただろうし、水を買うほうとしては同じ値段ならたくさん持ってきてもらいたかった。

お母ちゃんも水運びの天秤棒を担げなくて、一日にひと担ぎ分ずつ水を運んでもらっていた。飲用水としてだけでなく、洗ったり、洗濯したりするのを二缶でやらなければならなかった。ソウルに来て一カ月余りのあいだに、間借り暮らしのあれこれの小言、次はいかに水を節約して使うかについての小言をたくさん聞かされた。顔を洗った水を捨てずに足を洗いなさい。その水も捨てないで雑巾を洗い、雑巾を洗った後の水も捨てないでおきなさい。後で庭先を掃くときに撒くというのだ。お母ちゃんは家の前の路地を自分の庭先みたいに言い、その庭先も掃かない町内の人たちのマナーの悪さを暴くみたいに、毎日その庭先を掃いた。お母ちゃんが大事に汲んでくれた洗顔用の水が、万一自分のミスから最後まで使わずに捨てようものなら、大変なことでもしでかしたかのように舌打ちをして怒った。

私たちが台所として使う門そばの空き地の片隅には、水がめが土の中に埋められていた。水屋は薄暗い明け方に来た。家主のほうでも水屋の水を使うので、だれかがあらかじめ門を開けるのだろうか。それとも盗まれるものもない家だから夜も閉めないのか。門を開ける音は聞こえなかった。それでバシャ、バシャ、と水がめに水を注ぐ音で目が覚めたのだが、その水音はどんな窮乏感よりも私を惨めにさせた。石油缶二つの水で一日を暮らさなければならないなんて。水をこんなに節約することなんか田舎では想像もできなかった。

居間側の庭と厠《かわや》がある裏の畑のあいだを流れる小川は、裏庭のレンギョウの生垣の外側をまわって流れてきていた。裏庭は奥の間の端のほうにも面していて、雨季には水音がうるさいくらいに聞こえたが、いつも鳥がさえずるように楽しげに流れていた水が盗まれるとか、干上がることはなかった。冬でも川の両端だけは凍りついたが、中のほうは凍ることもなく流れていた。端の凍ったところにはいろんな不思議な模様ができていた。寒さも気にせず、幻想的な模様の薄氷を割って口に入れてみると、血管まで洗われたようで爽快だった。

飲み水は別にお母ちゃんや叔母ちゃんが村のまん中にある井戸から汲んできたが、喉が渇けばよく小川の水を手ですくって飲んだ。洗濯も小川の水でやり、ジャガ芋やさつま芋もそこで皮を剝いたし、野菜もそこで洗った。もちろん厠に行ったときもその水で手を洗った。小川の水はきれいだと信じていたし、汚れているとは思わなかった。どこに行っても水の流れる音は聞こえていた。

田舎にいたときに水を大切にしなさいと習ったのは冬にお湯で顔を洗うときだけだった。大きな釜で湯を沸かしたけれど、洗面器になみなみとお湯を入れると叱られた。そんなふうにお湯を使いすぎると、あの世に行って水を飲むときにたらいで飲む罰を受けるぞと戒められた。布団の中で一日に一回、バシャ、バシャという水音を聞くたびに、体中から水分がなくなり干鱈《ほしだら》になったような恐怖感にとらわれた。

水道水がどんどん出てくる社稷洞《サジットン》の女主人はお母ちゃんを大母《テーモ》と呼びながら喜んで迎えてくれた。お母ちゃんと同じぐらいの歳に見えたが、紫朱色の結びひもがついた薄い黄色のチョゴリを着て、私に対しても「お嬢様、学校に受かってよろしかったですね」と敬語を使って話した。後でわかったことだが、私たち親子が先祖の代から数えると先で、その女性は孫の嫁に当たるらしい。お母ちゃんは目下に対する言葉づかいで話し、その女性は敬語を使った。女性は下女を呼んで、ご飯を新たに炊いて昼食を用意しなさいと言いつけ、学校から届いたという入学通知書をお母ちゃんに差しだした。お母ちゃんはその葉書をちらっと見ただけで、よく見もしなかった。

「落ちることを願っていたのに、受かってしまって」

うれしくもないという顔で言った。私はなぜ心の内とはちがうことを言うのか理解できなかった。社稷洞の親戚は、何を言うんですかとばかりに驚き、この町内には幼稚園を出た子でさえ落ちた子がたくさんいると言って私を誉めてくれた。その話を待っていたかのようにお母ちゃんは、落ちたなら勉強する運がないということで田舎に返せた。そうなればこの子も田舎の学校に気軽に通えたし、私も後悔せずにすんだ。そんなことも考えていたから何も教えずに試験を受けさせたのだけれど、受かってしまったと、もう一度心にもない嘘をついた。あんなに大騒ぎをしておいて、まるで落ちてほしいと祭祀でも行なってお願いしたかのような顔をするお母ちゃんを私は複雑な思いで眺めていた。

下女がちゃんとした昼食を整えて持ってきた。お膳にいっぱい並べられた白い器には同じようにふたがされていた。しかしふたを開けてみると、おかずは少しずつしか入っていなかった。豆の醤油煮も一〇粒余り、貝の塩辛や干鱈《ほしだら》の和え物もほんの少しだった。お腹は空いていたけれど食欲がわかなかった。女主人がお母ちゃんにふろしき一包みの針仕事を回してくれた。彼女があちこちでお母ちゃんの裁縫の腕前を宣伝して集めてくれたものだった。

「あなたにはすっかり世話になるわね」

お母ちゃんは簡単に礼を言いながらも、堂々とふるまっていた。私はそんな大人たちにはさまれて早くおいとましたかったが、お母ちゃんは彼女といろいろと話しこんでいた。

「まあ、大母様がそんなこと気になさらないで、私が前に申しあげたように考えてみませんか」

「妓生《キーセン》の縫い物のことかい？　そんなことまでしないつもりだったけど、今年から家族や学費が増えることを考えると、どうのこうのと言っていられないわね。話が出たついでに、あなたはそっちのほうに顔が効くみたいだから、お願いしようかしら」

「大母様、いい考えですよ。奥方たちの縫い物だといろいろ言われて大変です。妓生たちは、着物が新しくて着心地がよければ、それにチョゴリのかけ襟の先さえちゃんと合っているならそれでいいんです。襟や衽《おくみ》をみても、妓生たちは縫い手の腕前なんかわからないそうです。文句も言われず、手間賃も気前よく払ってくれれば、ためらうことなんかないですよ」

「ソウルで何をしながら、娘まで連れていって勉強させるのか、という田舎の年寄りたちの意見を聞きたくなかったからね。妓生の縫い物みたいなことまではやりたくなかったのだけれど」

「妓生をやるというのなら別ですが、妓生の縫い物がどうして責められるのですか？」

「元々それくらいの両班《ヤンバン》なの」

「心配しないでください。聞くに堪えない噂が出たら、私が証人になりますから」

「しょうがないけど、あなたに仕事を探してもらうしかないみたい。迷惑かけるわね」

「今日用意した縫い物の中にも、この町に住む元は妓生だったお妾さんのもありますよ。お妾さんになる前は、みんなそんなものじゃないですか。妓生の知り合いがたくさんいますから頼んでみます。大母様の針仕事を気に入ってくれているから、うまくいきますよ。お使いは下女のおばさんにさせるので、大母様が妓生たちの家に出入りすることはないです」

大人たちのそんな裏話を聞いたせいで、合格通知書をもらった日は憂鬱だった。一つだけでなくもっとまちがえていたら、お母ちゃんはめんどうな荷物を背負わせずにすんだのではないかと後悔したが、元には戻れなかった。お母ちゃんは前から針仕事をしていた。派手な衣装たんす、小さな火鉢と針箱も重要な家具だった。一束、二束と買った薪でようやくご飯を炊き、薪が燃えつきる前にすばやく火鉢に入れ、そこに埋めて熱くした焼きコテを布にぎゅっと押しあてて一日中使った。コテ当てをしないと針仕事ができなかった。

妓生の縫物以外でも使う服地は田舎で着ていたあの綿布を染めたものとは大ちがいで、軟らかくてきれいな本絹だった。お母ちゃんは裁断して残ったきれいな布切れをふろしきいっぱいに保管していた。私が退屈まぎれにそんな布切れを縫い合わせでもしようものなら、お母ちゃんは何をすると驚いて取り上げた。田舎なら私ぐらいの歳になると、串縫いやまつり縫いぐらいはみんなできた。自分のチマの腰部分を縫いつけできる子もまれではなかった。しかしお母ちゃんはそんなこと習ってもなんにもならないと言った。

「おまえは勉強をたくさんして新女性にならなくちゃならない」

それはお母ちゃんの信条だった。私は新女性がなんなのか理解できなかった。お母ちゃんも同じだったのではないだろうか。新女性という言葉は開化期に生まれた言葉だったが、お母ちゃんはそこまで理解できていなかった。だが、それは何か魅惑的だった。昔の女たちが生きてきたのとはまったくちがう運命を生きる可能性、お母ちゃんが生きられなかった恨みもこめてそこに魅力を感じたのだろうけれど、私には理解できなかった。私はお母ちゃんの血を引き継ぎ性質は似ているかもしれないが、女としての生理もまだ始まっていなかった。いまの私には自由がほしかった。お母ちゃんは家主の子どもと遊ぶことすら認めず、外に出て町内の子らとも遊ばせてくれなかった。

「おまえは両班《ヤンバン》の血を引く家系の子だ。ちゃんとした教育を受けないで育ったこの町内の子らと交わればよくないことばかり覚える。外に出て遊んではいけない」

お母ちゃんは妓生《キーセン》の縫い物なんかをしながら、両班の家柄にこだわった。両班の家柄と言われてもよくわからないが、新女性よりはわかった。田舎で羽振りをきかせてきた家、体面を重んじながら生きてきたうちの暮らしぶりをいうのだと、おおよその理解はできた。私も田舎の暮らしが懐かしく、この町内の子らとはちがうと感じていたから、その意味するところを理解できなくはなかった。しかし、お母ちゃんはなぜああなんだろうか？　自分のすることは無条件にすべて正しいと信じるお母ちゃんをひそかに情けなく思うきっかけになった。田舎に置いてきた私たちの根っこを自慢するときのお母ちゃんと、田舎に行ってソウルに住む都会人になったことを誇らし気にするお母ちゃんが同居していたからだ。田舎ではソウル住まいを口実にいばり、ソウルでは両班の家の出なのだと自慢するお母ちゃんの二つの顔は私を混乱させもしたが、私だけが知るお母ちゃんの弱点でもあった。

私を針箱の傍らにずっといさせておくのは無理なことだった。縫い物の賃仕事はやむことはなかったが、縫い終えたものを社稷洞《サジットン》の親戚の家まで持っていくのはお母ちゃんの仕事だった。下女のおばさんは妓生の家に行ってくれはしたものの、峴底洞《ヒョンジョドン》の家には来てくれなかった。社稷洞の親戚宅は妓生の家とちょうど中間くらいのところにあった。お母ちゃんは「親戚のおかげ様さま」と口癖のように言っていた。

お母ちゃんのいないあいだ、七歳の子が部屋にじっとしていられるわけがなかった。しだいに外での遊びに興味を持つようになった。近所には鋳掛《いかけ》屋もいたし、おやじが担ぎ屋でかみさんがふるい売りをしている家があったり、煙突掃除屋もいた。ふるい売りのかみさんは小柄だった。目の粗いものから細かいものまで二、三〇個のふるいを両肩にぶら下げて出かけた。たくさんのふるいの丸輪のあいだに埋もれた彼女の頭は、見えたり隠れたりした。その家の娘は私より大きいのに学校に行っていなかった。ふるい屋は静かに出かけていくのに、煙突掃除屋は家を出るときからドラを鳴らした。彼も肩に商売道具を担いで行く。それはぐるぐる巻きにされていたが、伸ばすことができるように長い竹を割ってできていた。その先には人の頭ほどの松の枝葉をブラシ代わりにつけていた。いくら煙突とかまどのあいだを何度も通すとはいえ、それはススの塊のように見えた。煙突掃除屋はそのもじゃもじゃの松の枝葉から切り取ったかのようにまっ黒な口髭をたくわえていたが、口がよく見えなかった。それで彼が口の代わりにドラを使っているのもうなずけた。

　彼だけでなく町内で煙突掃除屋をよく見かけたが、ちゃんと口があるのに他の煙突掃除屋も黙ったままドラだけを鳴らして行き来したから不思議に思った。まっ黒な中で真鍮のドラだけが輝いていた。彼らが綿を巻きつけた棒のようなもので叩くドラの音は、グァーンと余韻が長く響いた。彼らは続けざまには叩かず、余韻が空に届くのを待ってから、ゆっくりと一回ずつ叩いた。私はその音を聞くたびに、畑で秋風にゆれるキビの穂を眺めていたときと同じ哀愁を感じた。煙突掃除屋には子どもがたくさんいた。その他にも何をして食べているのかわからない家の子どももたくさんいた。

　ある日、女の子が私を見て「田舎っぺ、田舎もん」とからかうと、他の子たちもいっせいに同じ声を上げた。その子らがからかう根拠にしている田舎の暮らしと、その子らの現在の暮らしをくらべながら、「なに言ってるのよ」と思った。私もいつのまにかお母ちゃんに似て俗世間的な傲慢さに染まり始めていた。その子の前で泣きたくなかったから、お母ちゃんから聞いていた両班《ヤンバン》の出であるという助けを借りた。私は田舎の名誉を守るためにも、ずうずうしくふるまわなければならなかった。

　みんなが集まると私をのけ者にしたが、一人で会うと「遊ぼう」と話しかけてきた。ソウルっ子たちの「遊ぼう」という言い方は本当に耳に心地よかった。うちの田舎の語尾は少しちがった。抑揚はソウル言葉とかなり似ていたが、甘美で味わいのある「遊ぼう」という発音にはならなかった。しかし「遊ぼう」という言葉にうなずいて友だちになっても、たいした遊びなんかできるわけではなかった。石蹴りをする平坦な地面さえなかった。

　ある日、道で拾った蠟石で地面や人の家の壁に何か描きながら、一緒に遊んだ友だちがおかしな提案をした。お尻を出して座りお互いの性器を地面に書くというものだった。なぜそんな奇想天外の遊びをしたのか。きっとすごく退屈していたのだ。少し大きくなって公衆便所のようなところで性器などの絵を見るたびにそのときのことを思い出し、好奇心とか嫌悪感よりは、あのときのことをいじらしく思うのだった。

私たちは互いに写生するように性器を描いて、慣れた手つきで自分の家の壁にまで書いたのだが、お母ちゃんにばれてものすごくぶたれた。もうその子とは遊ばないと誓いを立てたが、私はお母ちゃんに隠れてその子と遊んだ。お母ちゃんは私を叩きながらその子のせいにした。私はその子と遊んだのであって、その子にやらされたのでは決してなかった。私はぶたれたことよりも、友だちだけではなくてその子の父母に対してもお母ちゃんが悪態をついたことが耐えられなかった。

ある日、お母ちゃんのいない間に、こっそりその子と自分たちの住む町内を抜けだした。その子について入り組んだ路地と階段を通り過ぎ、路面電車の音が聞こえるところまで来ると、私は急に不安になってたずねた。

「自分の家の住所知ってる？」

「そんなの知ってなんになるの？」

「迷子になったらどうするの」

「心配しないで、私から離れないようにして。わかった？」

そう言いながらその子は私と肩を組んだ。田舎で肩を組んだことはなかった。私より指尺一つ分大きい子と肩を組むと、気持ちがおのずと昂ぶった。その子は頼もしかった。お母ちゃんはその子のことをよく知りもしないのに悪い子扱いし、いまも遊んでいないかとときおり訊いてきた。

私たちは歩調を合わせて勇ましく歩いた。路面電車道を渡り、広い空き地に出た。一里近くの長くて赤い塀が、空き地より一段と高いところに見えた。その塀は先が見えず、長くて高さもあった。しかしその塀の中に何があるのかのぞいてみようという気にはならなかった。

塀を取り囲んで広い道があり、広場はその道より下にあって階段で上り下りするようになっていた。階段は峴底洞《ヒョンジョドン》の階段よりは整美され幅があった。両側には雨水を流すために溝が掘られていた。子どもたちがお尻を入れるのにちょうどよい幅で、セメントが塗られた溝はつるつるしていた。多くの子どもたちが滑って遊んでいた。

私も友だちとはしゃぎながら滑って遊んだ。あまりにおもしろくて、日が暮れるのにも気がつかなかった。初めてソウルに出てきたかいがあったと思えるほどで、田舎にいたら味わうことができない新しいおもしろさだった。滑り下りるには上がらなければならなかったが、上がると赤い塀を取り巻いている大きな通りの向かい側に高くそびえる鉄の門が見えた。だれも越えようとは思わない高い鉄の門なのに、両側に刀を差した巡査が立っていた。私が巡査を見てびくっとするたびに、友だちは捕まりはしないから怖がらなくていいと言った。滑り下りるたびに巡査に首根っこをつかまれるようで背骨がゾクゾクしたが、それがまた滑り下りる楽しみを刺激した。

だれも通らないその広い道におかしな一団が近づいてくるのが見えた。前後に刀を差した巡査が見張り、その行列はくすんだ赤色の同じ服を着ていた。血を乾かしたみたいな気分が悪くなるような色合いの服だった。近くで見ると、足に鎖までついていた。鎖を見たとたん、私はその場から動けなくなってしまった。友だちもひどく怖けづいた顔になったが、足で三回地面をトントントンと蹴ると、唾をペッと吐いた。そして私にもまねをするようにと言った。そうしないと悪いことが起こると言うので、私はとっさに従った。

あの一団は服役囚で、縁起が悪いからあんな方法で厄払いをしたのだという説明を家に帰る途中で聞いた。服役囚がどんなものなのか、その子も彼らがあの高い塀の中で暮らす悪者だということしか知らなかった。足首からガシャ、ジャラジャラと響く音を思いだすと、それを見たこと自体が悪いことのように思われた。友だちが教えてくれたとおりに唾も吐き足を踏み鳴らしもしたが、嫌な気持ちが収まらなくてお母ちゃんに服役囚を見た話をした。滑り台のおもしろさに心を奪われ、お尻の部分が大きく割れた幼児用のズボンの代わりにお母ちゃんが買ってくれた新式の下着のお尻の部分がすり切れていたのにも気づかなかった。それで叩かれる覚悟をした。

しかしお母ちゃんはメリヤスがすり切れたことより、監獄所そばの空き地で遊んだことをもっと大変なことだと思ったのだ。カンカンになって怒り、監獄所〔位置関係から推測して西大門《ソデムン》監獄所と思われる〕の近くに住んでいる境遇に長いため息をつき、涙まで流した。これからも監獄所の空き地で遊ぶのなら、すぐに田舎に送り返すと脅かされた。私は二度とそこで遊ばないと許しを乞うた。田舎に送り返されるのは怖くはなかったが、お母ちゃんの怒り方が尋常ではなかった。お母ちゃんは気が強かった。舅から小言を言われると、叔母ちゃんたちは台所で涙を流したが、お母ちゃんは冗談話をしてたちまち雰囲気を変えてしまった。娘を監獄所の空き地で遊ばせるしかないという境遇をそんなにまで恥ずかしく惨めに思っていたとは、私にとっても衝撃だった。その子と再び友だちにならないという約束も素直に受け入れた。お祖父ちゃんが村人たちを「サンノム」〔下層民〕と言ってバカにしていたより、お母ちゃんはそれよりもっとひどい「一番下のサンノム」と言っていた。

喧嘩が絶えない町内だった。夫婦のあいだでも「あいつ、こいつ」と言いあいながら喧嘩をした。結局は路地にまで喧嘩の場所を移した。「アイゴ、死んじゃうよ。こいつ、人を殺そうとしている、この町内にはだれも住んでいないのかい？」と言いながら、町内の人たちまでひっぱりこもうとした。そんなとき、お母ちゃんは妓生《キーセン》のチョゴリのしなやかな線を自信ありげにコテ台の上でつくりだしながら、「あんなのは最底のサンノムがすることだわ。いつになったらこの品のない町内を出ていけるのかしら？」とため息をついたものだった。お母ちゃんはそんなとき、口でこそ妓生たちのおかげで食べていけると言っておきながら、そのことをしばし忘れてしまうのだろうか。

お母ちゃんの矛盾はそれだけではなかった。ふるい屋、煙突掃除屋、左官屋、鋳掛《いかけ》屋など町の人たちに対するお母ちゃんの態度は、本音では疎んじておきながら、表面ではそんなことはおくびにも出さずに接していた。深いつきあいをしないことでそれとなくあらわれていたが、彼らとそうちがいがない水屋とだけは例外的なつきあい方をしていた。

水屋は夜明けまで仕事をし、まっ昼間は寝ているのか、ともかく昼間に彼らを見かけることはなかった。彼らも共同水道で水を汲むのだから、自家用に汲む人たちが並ぶ時間帯を避けて、能率的に仕事をするためにそうしているようだった。水屋の水を買っている家で義務的にしなくてはならないことが、月ごとに水代を払う外にもう一つあった。それは集金しにくる彼らに交代で夕食を食べさせることだった。常連さんが順に食べさせるので、だいたい月に一度ぐらい回ってきた。

お母ちゃんはその日になると、水屋を完全にお客様扱いした。以前からお母ちゃんは水屋には、「一番下のサンノム」という言い方はしなかったものの、お客様扱いはちょっとやりすぎだろう。水屋に対してだけ、ぞんざいな扱いをしてはいけないという慣例があるわけでもなかったし、それは大家の食事のさせ方を見てもわかった。わざと雑穀がたくさん入った飯を山盛りによそい、大根の塩漬けに味噌汁を用意した。それも板の間ならまだしも庭や台所にムシロを敷いて食べさせた。人はどうであれ、お母ちゃんは市場であれこれ買い物をしてナムルを和《あ》えたり、香ばしいゴマ油の匂いを漂わせながらチヂミを焼いた。貧しい暮らしなのに必ず肉が入っていた。そうしてご飯を炊き、大きなご飯茶碗に山盛りによそった上に、さらにもうひと山盛りつけた。それはおそらくだれもまねできないお母ちゃんだけのやり方に見えた。そんなふうに用意したから、朝から宴を催す家みたいだった。

田舎の家風で人を無視することはあっても、食べ物で差別することはなかった。食べ物で差別すると家は滅びると、お祖父ちゃんが叔母ちゃんたちに注意していたのを何度も聞いた。しかし水屋の膳を兄の誕生日の膳よりずっと立派にするというのはおかしなことだし、逆の意味で食べ物の差別だった。

そのように立派に整えた膳ならば、私たちが台所として使う玄関の脇部屋で食べさせればよいのに、私たちの部屋に座布団を敷いて水屋をもてなす心境がわからなかった。お母ちゃんも板の間ぐらいが適当だと考えたが、膳が置けないくらい狭かった。年齢より老けて見えるが、たくましい水屋が入ってきて座ると部屋が窮屈に感じられた。当時の風潮からいっても男女が向きあうのはおかしなことだったし、子どもの目にも非常識に見えた。ご飯だけじゃなくてたっぷりと盛ったおかずを水屋は食べきれずに残した。

するとお母ちゃんはそれらの残りを別の器にきれいに盛りつけし、お盆に載せ布切れをかけ持ち帰れるようにしてやった。水屋の膳は元来このようにするものだと言った。腹が裂けるくらい食べてもたくさん残るようにしてやると、水屋は恐縮して水をたくさん使うことがあったらあらかじめ言ってくれと言った。無料でひと担ぎ分余計に持ってくるという意味だが、お母ちゃんはそんなことをする人ではなかった。

私の目にも、お母ちゃんは水屋を気に入っているように見えた。これというものもないのに誇りばかり高いお母ちゃんが、水屋だけ同等に接するのはおかしい。尊敬までしているようで私は気分が悪かった。それで外に出て遊んでもいいよというお母ちゃんの言葉まで曲解して、私は部屋でじっと水屋が食事するのを睨んでいた。自分の領域が重大な挑戦を受けていると思いこみ、全身でその挑戦に対抗しようとしていたのだった。

しかし疑惑はすぐに解けた。お母ちゃんが何かの話のなかで、水屋を尊敬するだけでなく、羨ましく思うわけを話した。彼は水屋をして息子を専門短期大学〔専門学校〕にまで行かせているのだと話した。

「あの人、ああ見えても息子に四角い帽子まで被らせているのだから、私は自然と尊敬してしまうのよ」

そう言いながらため息をついた。お母ちゃんが懸命にがんばって針仕事をしても、息子を商業校に入れるくらいが限界だと考え、情けなくなったのだろう。変な疑惑は解けたのだが、一方でお母ちゃんは本当に大きな夢を見ているようで、かわいそうに思った。

おかずを一つ残さずきれいに食べた膳を見て「水屋の膳」というのをいまでもよく聞くが、そんな比喩は水屋のあまりにも食べっぷりがよいことに由来するのか、食べ残したものをすべて包んで持っていく慣習に由来するのか。そんなしょうもないことが気になる癖が私にはあった。それこそが私の峴底洞《ヒョンジョドン》出らしい疑問なのかもしれない。

4　友だちのいない子

国民学校の入学式は四月だった。私はまた絹のトゥルマギを着てお母ちゃんの手を握り、山を越えて学校に行った。上品な町の子らは、やはり私の住む町内の子らとはちがって見えた。かわいくて背格好に合った洋服を着た子が多かった。保護者は一週間だけついてくるのを許された。ひと月ほどは教室に入らずに、運動場で歌や遊戯などをして先生の後ろにまとわりつきながら、学校のいろんな施設の名前を日本語で覚える練習をした。

最初に習った日本語が奉安殿だった。奉安殿は運動場の右側、草花が手入れされた花壇の中にある白い小さな社だった。校門を入るとき、必ずその方向に向かってお辞儀をしなければならなかった。そのお辞儀は先生にするお辞儀よりもっと体を折り曲げて体を直角にする最敬礼にしなければならないと習った。その社は窓もなく、戸も閉まっていたが「祝日」だけ開けられた。授業のない式だけがある「祝日」になると、私たちは式が始まる前に、まず黄金色の房飾りがついた黒いビロードで飾られた壇上から奉安殿まで、両側に並んで立って待った。

ほどなくして黒い洋服に白い手袋をはめ、勲章までつけた校長が誇らしげな顔で先頭に立ち、その後ろに来賓者が続いてその社に向かった。その仰々しい列がその社に着くまで私たちはそのまま立っていればよかったが、その社から戻るときには雷が落ちたみたいな「最敬礼」という号令がかかり、私たちは頭を深々と下げた。偉い方々の靴先ばかりが見えた。

私はまるで田舎の家の地の神を祭った祭壇を秘かにのぞき見るときのように、どぎまぎしながらちらりと顔を上げた。校長が黒い漆箱を目の高さに掲げて歩くのを盗み見た。式の最中、校長はその箱の中のものを広げ、ふるえ声で読み上げると壇上から降りた。

つまり奉安殿は天皇の勅語をしまっておく場所だった。天皇の勅語は日本語を習った後でもひとことも理解できず、難しくて長かった。校長の式辞はもっと長かった。あちこちで倒れる子が出るくらい退屈な式辞だったが、終わると餅が二つずつ配られた。それがあったからこそ、拷問のようなわけのわからない式に耐えられたのだった。

奉安殿の次に私たちが必ず知らなくてはならない日本語が便所だった。それに先生、学校、教室、運動場、友だち、何年生の何組といった日本語を習いながら、ひと月のあいだ運動場で先生につきまとった。入学すると、ひとことの朝鮮語も使ってはならず、目につくものや行動を日本語で繰り返し注入された。私のように日本語の予備知識がまったくない者にとっては本当に大変な時期だった。

しかしお母ちゃんは文字だけが勉強だと思っていた。「今日も文字を書かなかったのかい」と訊き、高い月謝を取っておきながら何も教えないのかと不満げだった。月謝は八〇銭だった。子どもたちは皆一円札一枚と貯金通帳を持ってきて、お釣りの二〇銭を貯金した。お母ちゃんは八〇銭だけをくれたが、私が毎月貯金する子どもたちを羨ましがるのを見て、ときおり九〇銭をくれるときもあった。お母ちゃんが月謝をもったいなく思う期間は、先生が朝鮮語を使わなくても子どもたちを統率し、互いに最小限の意思疎通ができるよう日本語に習熟させる重要な期間だった。

先生はきれいでよい匂いがした。お母ちゃんがいう新女性とはまさにこのような女性だろうと思った。子どもたちは先生になついた。運動場でクラス別に集まっているあいだ、みんなで先生の手を握ろうと大騒ぎした。きれいな先生は優しく、母鶏にぴったり寄り添うヒヨコのような子どもたちに、関心と愛情を公平に分け与えようとすごく気をつかっていた。それで手をつかむ子、スカートをつかむ子をしょっちゅう換えようと、遠くにいる子を近くに呼んだりしていた。

私は先生のそうした細心な配慮にもかかわらず、仲間に入れずにいつも端っこにいた。端っこは中心部で起こることがよく見えた。先生がいくら公平にしようと努力しても、先生の手やスカートの裾をつかめる子は限られていると知った。そうした子たちはたいていきれいでかしこく、活発だった。田舎や峴底洞《ヒョンジョドン》で仲良くした友だちとはちがう本物のソウルっ子たちだった。

私は中心部にいるそんな子らをひどく羨ましがったり妬んだりしたが、その子たちみたいになれる自信はなかった。人にはまねできないものがあるが、私にとって中心部の仲間に入ることがまさにそれだった。

教室に入るようになってから教科書で初めて習ったのは「はるがきた、はるがきた、どこにきた？やまにきた、のにもきた」という日本語だった。教科書では桜の花がぱっと咲いていたし、歌も習った。けれど社稷《サジク》公園ではすでに散っていた。私は毎日山を越えて通っていたが、本物の山と春に飢えていた。

私が越えていく仁王山《イナンサン》の麓にはヨモギ一つ生えていなくて、岩が小さく砕けたような痩せた土によう やくアカシアがへばりつくように生えていた。アカシアは田舎で一度も見たことがない新しい樹木だったから、まったく親近感が湧かなかった。

そのうえ木の周囲には何も生えていなかったので、いつもの道を外れてその林の中に入ってみようという気にはならなかった。山独特の匂いもなければ、小鳥のさえずりもなかった。ハンセン病患者たちにも会えなかった。こっそり薪を取りにいって見つかった女たちは、まちがいなく峴底洞の女たちだと思いながら、私は怖さと恥ずかしさを感じた。

通学路はいつも一人ぼっちだった。お母ちゃんは私を城内にある学校に入れることだけを考えていたから、仲間たちとつきあえないことがどれだけ不幸なことか、理解しようとはしなかった。私は寂しくなるたびに、友だちよりは、田舎の裏山のほうがはるかに懐かしかった。長く続いた日照りのように生気のない木がまばらにあるだけで地面を曝けだしている山はとても変だ。

私は山も野と同じようにいくらでも食べ物を生みだすものと信じていた。子どもたちになじみの深い食べ物は木になるよりその木の根元にあることを知っていた。田舎の裏山には松もあったが、栗の木、榛《はん》の木、柏の木、クヌギの木、欅《けやき》などの落葉樹が茂っていた。秋になると、家ごとに冬の燃料としてそれらの落ち葉をいくつも山のように積みあげていた。だがそのたくさんの落ち葉は、かき集めきれずに毎年積もっては腐り、やわらかな湿気を含んだ土になったから、草と山菜、茸と野の花を育てた。もちろん役立つ草ばかり育てたのではなかった。

厠《かわや》のほうから裏山に続く道には露草《つゆくさ》が辺り一面に生えていた。清らかな朝露を宿した藍色の露草をむやみに踏みつけていると、足はひとりでに洗われ、爽やかな喜びが樹液のように地面から体に上ってきた。こみ上げてくる喜びを抑えきれずに露草の葉で笛をつくると、か細いながらも音が出た。

しかし山に入る前の道には子どもたちの身の丈ほどに草が生い茂っていた。そうした草むらでは蛇の抜け殻を見つけることも稀ではなかった。ちっぽけな抜け殻もあったが、ひょっとすると山の神が下りてきて便意を催し、腰帯をはずしたのではと思われるまっ白な本体に優雅な模様が入った抜け殻もあった。私も無意識に近くに山の神がいないかと、きょろきょろと探したこともあった。実際に神が住んでいると思われるほどの大きな山でもなかったし、秀麗な山というわけでもなかった。

運よく抜け殻を見つけると、家に戻らなくてはならなかった。蛇の抜け殻をたんすにしまっておくと、運が良くなるという迷信が村にあったからだ。大人たちは山菜や茸よりずっと歓迎した。伸びた草むらにはいつも鋭い刃を持つやっかいな草が潜んでいて、蛇の抜け殻を得る代わりに足をあっちこっち切られた。村の裏山は赤ん坊のように柔らかいながらも、神秘と生命力に満ちあふれていた。

ソウルの子どもたちははたして知っているだろうか？　辺り一面に広がっている露草の藍色がどんなに澄んだものか、露草の葉にどれだけきれいな音が隠れているかを。露草の厚くて艶々した葉を爪で注意しながらひっかくと、野草よりも薄くて繊細な葉脈だけが残る。その葉脈を震わせると音が出た。私はようやく音を出せる程度だったが、もの悲しい曲調を奏でる子もいた。

私は息を引き取る老人のように禿げて生気のない山を一人で毎日越える、潤いのない孤独を自ら慰めるために思い出をたどり、ソウルっ子たちを軽蔑する口実を探した。社稷《サジク》公園の桜が散ると、近くの山が青臭さを放ってアカシアの花が咲きだした。アカシアの花が満開になると、男の子たちが群れをなして山に向かった。狩りをするみたいに争ってみごとな枝を折り、花をとって食べた。

大きな枝を折ると、山林の管理人が飛んできて、子どもの手首を捩じり上げ悲鳴を上げさせた。そんな子どもたちは主に峴底洞《ヒョンジョドン》の子たちだった。三食の食事だけではひもじい思いをする年ごろではあったが、管理人に見つかって逃げたり叱られたりするおもしろさが、さらに輪をかけているみたいだった。子どもたちがひとしきり襲った後には、花が食い散らされたアカシアの枝があっちこっちで見られた。

アカシアの花は初めて見たが、ソウルっ子たちも自然界の物をとって食べることをアカシアの花を通して知った。上手に食べる子は花の房を、葡萄の房からとって食べるようにうまそうに食べた。私もだれかに見られはしまいかと気づかいながらその花を食べてみたところ、生臭くほんのり甘かったが、吐き気がした。何かで口直しをしないと吐き気が収まりそうになかった。

酸葉《すいば》のことがひらめいた。田舎では酸葉も露草《つゆくさ》と同じくらいありふれた草だった。山裾や道端などのどこにでもあった。その茎には節があり、野いばらの花が咲くころ茎が太くなり、やわらかかった。赤みがかった茎を折り、皮を剝いて食べると酸っぱかった。口の中に生唾が出そうなあの酸味が、口直しにちょうどよいと思った。

それで私はまるで傷ついた体につける薬草を探す獣のように、慌てて必死になって山の中を探しまわったが、酸葉は一株もなかった。あんなにあった酸葉をだれが食べたのか？　私は空が黄色く見えるくらい吐き気がし、その場所と田舎の裏山がごちゃ混ぜになり混乱してしまった。

初夏に家庭訪問があった。お母ちゃんは兄と私に正直であることを求め、自身がそういう人間だと信じていた。学校も正直な教育に最も力点を置いた。修身教科書に一貫して流れているのも天皇に対する忠誠で、次が正直だった。嘘をついた子が先生から一番怒られた。物やお金を拾ったときは、学校では先生に、学校の外では派出所に持っていかなくてはならないと繰り返し教育された。お母ちゃんにその話をしたところ、お母ちゃんはあざ笑うように言った。

「おまえは落としものを見ても見ないふりをしなさい、拾わないで。落とした人はすぐ戻ってくるだろうから、その人が探しにきたときにそのままそこにあればいいのよ。正義面したい人だけが派出所や先生に持っていくんだよ」

もっともらしい話だったが、落とし主が探しにくる前に別人が拾って持っていったら、どうするのかと心配すると、お母ちゃんは人様の物を持っていく人がいけないのだから、私たちがそこまで関わることはないと言った。お母ちゃんが想像したのは、黄金の入った包みを落としたとしても、その場で再び探しだすことができる理想社会だったのだろうか？　でなければ利己主義だったのだろうか？ここではそれは重要なことではなく、正直の完璧主義が嘘までも完璧にしようというのが問題だった。

お母ちゃんは私の寄留届けを偽って親戚宅に移し、志望校に入りさえすればそれでよかった。その寄留届けを家庭訪問まで伸ばし、それから移そうというのだった。おそらく途中でばれると、学校を追いだされるかもしれないという田舎者の生真面目さからそうしたのだろうが、私はお母ちゃんのそうした二重性につきあうのはうんざりだった。それきりにしてほしかった。お母ちゃんは学校生活のことを何も知らないのに、その日一日だけを取り繕いさえすればそれでよいと考えているようだった。社稷洞《サジットン》方面を回る日はあらかじめ決まっていたから、お母ちゃんはその日だけその家の主人役になることの了解を親戚の家に求めた。

その日は社稷洞方面の子どもたちだけが教室に残り、先生と一緒に学校を出た。その子たちは近所に住んでいたり、同じ通学路で会うので、お互いだれの家がどこなのかということもたいがい知っていた。学校に近いほうから順番に訪問することになっていた。私は前に出なかったので後ろになった。教室でも存在感のない子だったし、目立たないようにしていた。ある子が私をこの町内で初めて見ると言いだすと、他の子たちもそうだと言いながら私を変な目でちらっと見た。その子らとまったくちがう田舎臭い服装はそのひとことで異端視するには十分だった。それでも私は田舎から引っ越してきたばかりだと言い繕った。

その場はなんとかごまかしたが、一番最後に残った子が親戚の家のすぐ近くだった。その子は利口で優しい子だった。明日から学校に行くときはお互い声をかけあって一緒に行こうと言った。私は

「だめなの、明後日また引っ越しをするの」と嘘の上塗りをした。

何も知らないお母ちゃんは親戚の家の板の間に座って先生を出迎え、玄関の脇部屋のおばさんが飲み物を銀色のお盆に載せて出した。その日を無事に乗り越えられたことでお母ちゃんは安堵したが、親戚の家近くに住んでいる子は私にとって長いあいだ禍根になった。

その日以降、私はその子の前で小さくなっていた。その子がやらせることはなんだってやった。ゴム飛びをするときも自分だけやって、私には持たせるだけだった。靴をやたらと足で放り投げて拾ってこいと命令されると、仕方なく拾ってきた。その子はそんなことを楽しむ一方で、私はその子の子分だと噂された。その子は私が住所を偽っていることを大きな弱点だと思い君臨しようとしたのか、私がひどくいじけていたから与《くみ》しやすいと見たのか、どっちが先なのかはわからなかった。

しかし子どもの世界でそうした主従関係がいったんできてしまうと、それを壊すのは容易ではなかった。私は学校生活が地獄のように思われ、家に帰っても退屈さを持て余していた。私の住む町内では、子どもたちは当たり前のように自分の町の学校に通う子どもたちだけで集まって通学していたから、山まで越えて城内にある学校に通う田舎者の私を異端視した。

梅洞《メドン》の学校に向かう方向ではなく、私の住む町のほうに延びていく坂をさらに上がっていくと、人家が途絶え、岩山に出る。人びとはそこを先岩《ソンパウィ》と呼んだ。先岩から水のない渓谷に沿ってさらに上がっていくと、渓谷の右側に祭祀堂が現われ、向かい側には人びとが神々しい岩だと信じてやまない兄弟岩《ヒョンジェパウィ》がある。背後の絶壁とは別に、二人が並んで肩をつきあわせているように見える大きな岩だった。

その前で祈る人の姿は絶えなかった。祭祀堂で大きな祭祀があるとき、巫女《ムーダン》が祭祀を執り行なう前にまず鬼神に奉げる意味で、餅の一部をちぎって周囲に撒いた。いつごろからということもなく、私はにぎやかな風楽《プンアク》が鳴ると、お尻を振って踊りながら祭祀堂に駆けあがるのがおもしろくなっていた。退屈な日々からの脱出だったのだろう。

私にとって祭祀見物は、なじみのあるものだった。パクチョッコルは有名な巫俗の本山である徳物《トンムル》山《サン》とそう遠くなかった。崔瑩《チェヨン》将軍〔高麗末期の将軍。一三七六年倭寇を撃退したことで有名〕を祀った祭祀堂があり、そこで三年に一度、地方の巫女が集まって執り行なわれる大きな祭祀は有名だった。そうした全国的な規模の祭祀以外にも、巫女の家が多く集まっている場所だったから、開城《ケソン》の金持ちたちが金運を祈る大小の祭祀が絶えなかった。

崔瑩将軍が生前に言っていた「黄金を石のようにみなせ」という教えにもかかわらず、金持ちたちは崔瑩将軍にお金をもっと儲けさせてほしいと盛大な祭祀を執り行なった。大きな祭祀が行なわれるという噂は、関係のない人びとをも煽る魔力を持っていた。男たちが商いでよその地に行く家が多かったから、そんな家には巫女たちが吉凶占いをしによく出入りしていた。

農家でも新年を迎えると、正月の中旬ごろまでに一年の運勢を見てもらった。決まった担当区域があったわけではないが、いくつかの村に一つ、村人の吉兆禍福を占う巫女の家があった。パクチョッコルには巫女の家がなかったから別の村に行かなければならなかった。

新年に運勢を見てもらうときは、米を二升ほど入れた袋を頭に載せていった。連絡をとりあって一緒に行くようにし、米袋を頭に載せた女たちが村の入口に集まるのを見ると、巫女の家に行くのだとわかった。うちではそれはお祖母ちゃんの仕事で、私は毎年ついていった。

巫女の家は占いに来た女たちであふれた。一年の運勢占いの結果はどれも似たものだった。いくら想像力が豊かな巫女《ムーダン》だといっても同じ人間だ。お祖母ちゃんは家族の運勢を見てもらうと、最後に私を占わせた。五、六月は水辺に行かせないようにし、一二、一月は火に気をつけるようにといった、どんな子にも当てはまる無難なものだった。

大人たちの占いも、特別な事情がある人以外は深刻に信じていなかった。それよりは久しぶりに会った他の村の人たちとのあいだに話の花が咲き、にぎやかだった。巫女の家は女たちのストレス解消と情報交換の場であり、縁談話が出ることもあった。自分の運勢がわかったからといってすぐに帰る者は一人もいなかった。

正月初めの占いがすむと、雑煮が出た。巫女の家では農業を営んでいなかったから、正月に入る米で一年分を賄っていた。そのお礼として雑煮をふるまった。だからそこは分かちあいの場でもあった。巫女の家の雑煮は格別においしかったから、その味に惹かれて私はお祖母ちゃんについていったのだった。

お母ちゃんは私がそうしたところについていくのを止めはしなかったが、巫女や占いに対してはとても冷ややかだった。お祖母ちゃんが家に帰ってきて、占いに現われた家族の運勢を話すときも上の空だった。お祖母ちゃんが巫女の話だけを信じ、一刻を争うお父さんの病を巫女の厄払いで治そうとしたことに対してのお母ちゃんの恨みといったらなかった。よくわからないのに知ったかぶりをして手を出し、しくじったときによく使う「へぼな巫女の人殺し」いう俗談も、お母ちゃんが言うと棘が感じられた。

しかし、私は私だった。私は巫女に親近感とともに畏敬の念まで抱いていた。一度、徳物山《トンムルサン》に行ったことがあるが、そのときもお祖母ちゃんについていった。村人が大勢集まって行ったから、おそらく数年に一度の大祭のときだったのだろう。大きな祭祀では神がかり的な興奮状態が数日間続くものだが、その中でも天寿をまっとうできなかった崔瑩《チェヨン》将軍の怨念を慰めるための祭祀は、幼な心に強い印象を残した。

祭祀場のまん中にムシロを敷いて、そこに水をなみなみと入れた水がめが置かれていた。その水がめに木のふたをかぶせ、そこに米袋を置き、米袋の上に青白く研いだ押し切り〔干し草やわらなどを切る用具〕を二つ並べ置いた。それが昼間だったか夜だったかはよく思い出せないが、押し切り刃の青白い刃がまばゆいかがり火に怪しく光っていた。

将軍のいでたちで帽子まで被っていた巫女が足袋を脱いだ。いつも足袋できつく締めつけられて足の指が折り重なったような小さくて白い足が押し切り刃の上に乗る。蝶のように自由で軽々と、二枚の刃の上でひらひら舞う。その瞬間、風楽《プンアク》も最高潮になり、ついには静寂の境地に達した。巫女の体も消滅し、白い蝶二匹だけが飛んでいた。それは祭祀見物というよりは、全生涯を通して唯一無二の神秘体験となった。ただの一度だけ見た、理論では説明できない神がかり状態だった。

それにくらべれば、仁王山《イナンサン》の祭祀堂で見た祭祀は子ども騙しみたいなものだった。刀を振りまわす巫女はいても、刃の上に乗る巫女は見たことがなかった。それでも私は祭祀を見るのが好きだった。藍色の袖のない服の裾をはためかせながら、跳ねあがる巫女のほっそりとした足を見ていると、ハラハラドキドキする緊張感でいっぱいになったものだった。

巫女がぐるぐる巻きにした五色の旗を見物人に差しだし、引き抜かせて口寄せをした。しかし、私は意味がよくわからないながら嘘だと思った。それで巫女の適当に放つひとこと、ひとことに泣いたり笑ったりしている大人たちの中にあって一人冷めていたから、その点ではいつのまにかお母ちゃんに似てきたのだろう。

大きな祭祀が行なわれるときは見物人たちに大人、子どもに関係なく餅や色とりどりの飴などが配られることがあった。そんな期待がなかったら、祭祀見物に一生懸命にならなかったかもしれない。そのころは口がさみしい年ごろだった。三食口にできなかったわけではないが、間食をすることがまったくなかった。長い真夏の午後の倦怠をいったいどう過ごせというのか。

けれどまさにそうした実益のせいで、祭祀見物が禁止されてしまった。夏の制服は白い半そでの上着に肩から吊るす青いスカート姿だったが、ある日そのスカートの前の部分が汚れ、祭祀でもらったものを食べたことがばれてしまった。色飴が溶けだしてシミをつくってしまったのだ。

お母ちゃんは刑務所前の広場で滑り台に乗ったのを見つけたときと同様にすごく怒った後、いつこんな町内から出られるのだろうといつものように嘆いた。孟子のお母ちゃんみたいにこれ見よがしにこの町内を離れたかったようだが、私たちは孟子の時代に生きているのではなかった。お母ちゃんにはお金がなかったし、私は孟子よりかしこくふるまった。もうそんなことはしないと詫びて、別の暇つぶしの種を探した。

暑くなってくると、お母ちゃんの針仕事も夏向きの袷《あわせ》やチョゴリに変わってきた。それでミシンがどうしても必要になった。ミシンを買うお金なんかあるはずもなく、お母ちゃんはそんなことまでも社稷洞《サジットン》の親戚の世話になった。私たちを学校に送りだすと、親戚の家に行って針仕事をし、昼食までいただき、夕食をつくるためにあたふたと帰ってくる日が続いた。

一年生の授業はなぜあんなにも早く終わったのか、お昼前には下校して帰ってきていた。薄暗い借間の隅にぽつんと置かれている昼食の器を見ると寂しくなり、怒りがこみ上げてきた。田舎から持ってきた真鍮のこぶし大の食器は、部屋の雰囲気に馴染まずいつも鈍く光っていた。

　お母ちゃんは不釣りあいなことが得意だった。ちゃんとした家系の子だというお母ちゃんの洗脳が効いたのか、私も町内の子どもや大家の子らに関心がなかった。そのうえ、その子たちが通う学校を見下していたが、逆に地元の子らは他の町内の学校に通う私を快く思っていなかった。一日は長かったし、家の中にも外にもまったく心安らぐ場がなかった。

　他の子たちはそうしたとき何をして遊ぶのだろうか？　私はお母ちゃんの家財道具や兄の引き出しをくまなく探してみた。色とりどりの紙を貼りつけた箱の中、お母ちゃんの足袋のあいだから財布を探しだした。それは財布というよりは煙草入れだった。お祖父ちゃんの煙草入れは油紙でできていたが、お母ちゃんの煙草入れは布製だった。

　お母ちゃんは私に豆もやしやネギを買いに行かせるとき、そこから一銭、五銭と取りだして渡した。私はお母ちゃんがそこにお金を入れていることを知っていた。だから退屈だからといって例の箱の中を漠然と探したのではなく、確実な目標を持って探したのだった。お母ちゃんは一日中部屋を空けるときだけ財布を奥に隠したが、普段はそこいらに放ったらかしにしていた。お使いをしてお釣りを持ってきても、財布に入れておきなさいと言うだけで細かく確認するようなことはしなかった。月謝代や家賃のような大きなお金を払う際には、しわになった紙幣まですべて取りだして数え、まるで盗まれるみたいなもんだ、とため息をついた。いくら節約しても不足するお金についてため息をつくばかりで、だれかを疑うなんてことはないと、私は漠然と知っていた。

　私は煙草入れの中から黄色い一銭を一つ取りだした。お母ちゃんのいい加減なお金の管理を知っていたから、ばれる心配もなかったが、悪いことをしたという気もなかった。坂道をさらに上っていくと、角の家が雑貨屋だった。私がよくお使いで行く平地にあるおかず売りの店とはちがい、この店は明らかに子どもたちの小遣いを狙って一銭から五銭ぐらいの駄菓子を売る店だった。そこで何か買ってみるのが私の夢だったから、私はすぐにそこに向かった。

大きな飴玉が五個で一銭だった。田舎にいたときも甘いものに飢えていたわけではなかった。冬には自家製の飴を数カ月分保存して舐めていたし、水飴や蜂蜜なんかも一年じゅう台所の戸棚に置いてあって必要なときに使った。私はソウルの子どもたちよりずっと黒ずんだ虫歯をしていた。けれどもお祖父ちゃんが開城《ケソン》に行ったときに買ってきてくれた菓子や飴の味は格別においしかった。自家製の飴より都会的なしゃれた甘さと言おうか、胃にもたれなかったからたくさん食べたかった。

何カ月ぶりかに味わう甘い味にうっとりした。五つの飴玉のおかげで、物足りなくて退屈だった午後が限りなく甘美で待ち遠しいものになった。お母ちゃんは毎日一銭ずつなくなっていることに気づかなかった。私は何日かに一度、穴のあいた五銭貨を抜きとるようになっていた。五銭あればいろんな味覚を味わうことができた。

そのころのことだった。お母ちゃんが家にいたときに客が来た。暑くなりはじめたころでアイスキャンディー屋がこの坂の町内にもひっきりなしにやってきた。客は手ぶらで来たことに恐縮し、アイスキャンディー屋の声を聞くと五銭貨を一つくれながら、アイスキャンディーを買ってきてと言った。「五銭全部?」とお母ちゃんが訊くと、客はみんな一本ずつ食べましょうよと汗をぬぐった。お母ちゃんは私が五本ものアイスキャンディーをちゃんと持ってこれないと思ったのか、鍋を持たせた。お鍋を持って飛びだしたときには、アイスキャンディー屋の姿はどこにもなかった。どこからかアイスキャンディー屋の叫び声が聞こえてはくるのだが、どこにいるのかはわからなかった。

このままではアイスキャンディーを食べ損なうと思い、鍋を持って電車の終点地に飛び跳ねるように向かった。終点地に大きなアイスキャンディー屋があることを知っていたからだ。五銭も買ったのでおまけにもう一本くれた。しかし上りの坂道は楽ではなかった。嫌というくらいの階段をくたくたになりながら上がるあいだにも、焼けつくような暑さが照りつけた。あえぎながら家に着いたとき、アイスキャンディーはほとんど棒だけを残して溶け、鍋の中は赤みを帯びた水だけになっていた。客があきれ返ったようにチッチッと舌を鳴らした。

「やあ、おまえだけでも食べればよかったのに、なんでまたぜんぶ溶けるまで?」

客のつれない言い草に、お母ちゃんがきっぱりと言い返した。

「うちの子はそれくらい真面目なんですよ」

お母ちゃんがこのように正直者だと固く信じた娘は、毎日一銭、二銭とお母ちゃんの財布から抜きとっていた。いけないという意識はさらさらなかったが、しかし〈尻尾が長いと捕まる〉という諺があるではないか。当時の駄菓子屋は板の台の上にずらりと並べた木箱に飴や菓子を種類別に入れて売っていた。決められたサイズの箱には木枠にガラスを嵌めたふたがついていたが、ある日、私は奥のほうの箱のふたを開けようとして手前のガラスぶたに手をついてガラスを割ってしまった。

店の片隅に設けられた薄暗い部屋に座りきりで、子どもたちの小遣い銭を黙って受けとり、一度も菓子など取ってくれたことがない無愛想な主人は、私が驚いて泣き顔になっても早く飴を持ってきなさいと言った。飴は受けとらずにお金だけ払ってそれで堪忍してもらえると思った。飴を持ってきなさいというから、私は許されたものと思いその場から逃げ帰った。

夕方、お母ちゃんが帰ってきて玄関わきでご飯を炊き、お兄ちゃんは部屋で勉強しているときだった。急に外が騒々しくなり、お母ちゃんが大声を出すのが聞こえた。私はある種の予感で胸がひどく高鳴った。案のじょう、お母ちゃんが私を呼んだ。行ってみると、店の主人が奥さんと子どもまで連れてお母ちゃんに食ってかかっていた。全家族がいまにも暴れださんばかりの勢いだった。私より少し大きい子は枠だけが残ったふたを持っていた。

おまえ、本当に割ったのかと、お母ちゃんがそっと訊いた。私はこっくりとうなずいて認めた。私はガラスを割った失敗よりも、お金を取ったことがばれることのほうが恐ろしかったし、恥ずかしくもあった。恥ずかしさで頭がボウッとなり、いますぐにでも死にたかった。お母ちゃんはその場であっさりとガラス代を払うと言った。そんなに簡単に決着がつくなんて、貧しい暮らしの中でわずか半文でも命がけで決着をつけようとするこの町内では、めったに見られない穏やかな結末だった。しかし、今日中にガラスをはめておいてくれとガラスのないふたを残していく家族の背中に向かって、お母ちゃんは言い放った。

「人生、生きているあいだにはおかしなことに出会うもんだ。うちの子が割ったガラス代を弁償してもらえないかと、男が家族まで動員してくるなんてなんとも情けない、子どもをちゃんとしつけておきな、ちゃんと」

お母ちゃんはガラス代の弁償というささいなことに、夫婦が一緒になって来たことで自尊心が傷つけられたようだった。彼らはお母ちゃんが聞こえよがしに言った言葉を聞き流すような輩《やから》じゃなかった。あっけなく片がついてしまい、すごすごと帰るしかなかった彼らは待ってましたとばかりに振り返り、喧嘩は抑えようがないほど大げさなものになっていった。男がまず、お母ちゃんの胸元をつかんだ。お母ちゃんは相手にせず、兄を呼んだ。お母ちゃんは自分にも息子がいることを誇示したかったようだが、思慮深く口数の少ない兄は自分が加わらないでこの争いが終わることを望んでいたはずだ。
しかし、お母ちゃんの助けを呼ぶ声に駆けつけてきた兄は、大騒ぎになっている中でまず男をお母ちゃんから引き離したつもりだったが、そこらへんに投げ飛ばしていた。女が夫を立たせながら、あの無礼な奴が大人をぶっ叩いたとわめき散らした。見物人たちがさらに集まってきて調子づいた女は、お母ちゃんに向かって、おまえんとこの子は「本当にしつけが行き届いているな、まったく」と逆襲してきた。お母ちゃんはそれからひとことも言い返さなかった。兄もうなだれ、私たち三人は声も上げることもなくすごすごと退散した。争いはあっけなく終わった。

部屋に戻った私たちは重苦しい気分の中で、外でまだ悔しがっている女の泣き声が止むのを待った。私はそのあいだに次に起こる事態に備えてどう嘘をつこうかと考えていた。お母ちゃんは当然買い食いのお金の出どころを訊いてくるだろうと思い、それで道でお金を拾ったことにしようと考えた。死んでもくすねたとは言えなかった。

しかしお母ちゃんは私にお金の出どころを訊かなかった。お母ちゃんは長いあいだふさぎこんでいたが、それは兄が礼儀作法も知らない奴だと悪口を言われた衝撃のためだった。お母ちゃんは兄にすまなかったと謝りさえし、兄もお母ちゃんに何回も頭を下げ、すみませんでしたと謝った。二人は口にこそしなかったが、礼儀知らずと罵られたことに対する謝罪だった。

お母ちゃんは息子が礼儀知らずと罵られたことにひどく心を痛めたようだ。それで、なぜあんなことになったのか、その一部始終を問い直してみることを忘れてしまったみたいだ。おかげで、私はお母ちゃんから問いつめられずにすんだ。その場だけを免れたのではなかった。翌日路面電車の終点まで行ってふたにガラスをはめて戻ってきてからも、その話をしなかったし、その後も持ちだすことはなかった。

お母ちゃんはすごくしつこい面がありながら、いい加減なところもあった。お母ちゃんが計算高いのは自他ともに認めるところだが、実際には乏しい財布の中身を計算もしないという反面もあった。私はいままでもそうしたいい加減な一面があることに感謝もし、それ故にいっそうお母ちゃんが好きになった。

お母ちゃんがもしあのとき私を疑い、問いつめて真相を明かしていたなら、そしてあのとき、もし私が恥をかかされていたらと思うと、いまでも冷やりとする。その後、二度とお母ちゃんのお金を抜きとるようなことはしなかった。他人様のものについても同じで、お母ちゃんの望んだとおりいままでも道端に落ちたお金を拾うことはない。

もっとも欲が出るくらいの大金や物が落ちているのを見たこともないが、ささやかなお金を拾うこともなく過ごしていると、お母ちゃんのことを思い出して無性に笑ってしまう。それが善行だと考えることは毛頭ない。肉親の手垢にまみれたもののように、私だけが知る愛憎半ばした、そして大事なものとなった習慣でしかない。

しかし、もしあのとき、お母ちゃんが私の盗癖を知り、ひときわ敏感な私の羞恥心を責めていたらどうなっていただろうか？　敏感だということは壊れやすいということでもあった。私は手のほどこしようもない子になるところだった。いずれにせよ、善人、悪人が別々にいるのではなくて、生きているあいだに数多くの善悪の分かれ道に出会うだけだと考えてしまう。

夏でも仁王山《イナンサン》の殺伐さは変わらなかった。渓谷は梅雨どきだけすこしばかり水が流れたが、祭祀堂に上がっていく道は岩壁が立ちはだかるばかりだった。右側に雑木林が少し残っていたが、夕方になるとそこから犬を屠殺する凄絶な悲鳴が聞こえたりした。男の子たちはその声が聞こえると目を輝かせ、群れをなして林の中に駆けあがった。犬を屠殺して吊るす木も決まっていた。その木の枝には縄が縛りつけられ、その周囲では犬を焼いた獣じみた臭いがいつもしていた。そうでなくても寂しい林は怖かったし、吐き気さえした。

暑くなってくると、落ち着き払っていた兄も部屋にいられなくなるのか、夕食がすむと私を連れて先岩《ソンパウィ》まで風に当たりに行った。私はそのときが一番楽しかった。先岩の風に当たりにくるたくさんの人たちのなかで、兄が一番かっこよく見えるのが自慢だった。

私は兄との親密感を誇示するためにチョリ草を摘んできて、兄に片方を持たせてチョリ草を編んだ。チョリ草を摘むたびに習慣的に食べられる草を探したが、先岩の周辺の痩せ地には丈夫な雑草しか生えていなかった。ときおり私は田舎のあんなにたくさんあった酸葉《すいば》をだれが食べたのかとしきりに考えた。口数が少ない兄も私のホームシックに気づいて、数日もすれば夏休みになるのを指折りながら教えてくれた。

夏休みまであと五日となった日、お母ちゃんは入学以来初めて私を夜市場に連れていった。霊泉《ヨンチョン》から西大門《ソデムン》の四つ角に至るまで夜になると市が立った。包丁やおまる、箒などの日用雑貨品も売っていたが、主に生地屋が多かった。日除けを吊るし、麻や綿の布地を三面にカーテンのように吊るして売る商人たちは、口も立つし節をつけて客を呼ぶ声もおもしろかった。電灯の明かりに輝く布地は華やかで、私は夢心地の中にいた。生地屋の前は人だかりでにぎやかだった。

お母ちゃんはいろんな店で交渉したが、価格面でなかなか折りあわなかった。私の上下続きの子ども服をつくってくれるようだった。私の体に服地を当てて見るたびに、生地屋たちはとてもお似合いだとお世辞を言い、私は胸を躍らせたのだが、お母ちゃんの目に適うものはそう簡単には見つからなかった。ようやく白地に藍色の水玉模様がある半端になっている服地を買うことができた。お母ちゃんは上下続きの子ども服をつくるのにぴったりな分だけの服地を売ってほしいと言い張り、店側は生地を半端な状態で置いてないからチマチョゴリ一着分からなら売ると言う。それで半端な服地を探して買うのが大変だったのだ。

田舎に行くのがようやく実感された。胸がときめいてなかなか眠れなかった。一年生の初遠足のときにも感じなかったドキドキ感だ。一年生の初遠足は総督府裏の広場に行った。総督府は田舎者を委縮させるには十分な物々しい建物だった。広々とした裏の広場に着いた私たちは、担任の先生からこの広場内で絶対にしてはいけないたくさんの禁止事項を聞かされて解散すると、ついてきたお母ちゃんとお昼の弁当を食べた。塀代わりに中が広々と見えるばか高い鉄格子を巡らし、門ごとに帯剣した巡査が守るその建物が、まさしくお母ちゃんが将来息子を就職させたいと願う建物だった。けれど、ただ圧倒されただけでつまらない遠足だった。

私の身長と胸囲をお母ちゃんはおおまかに測って服地を大雑把に裁断してから再び私の体にあわせ仮縫いをした。仮縫いをした服は親戚宅のミシンを使って上下続きの子ども服になった。いまで言うワンピースで、その当時はネリダッチと呼んだ。お母ちゃんの裁縫の腕が評判になり、妓生《キーセン》の衣装以外にも金持ちの婚礼衣装一揃いを頼まれたりもしたが、洋服を縫う自信はなかったようだ。私にその服を何度も着せて前や後ろからもよく見て、自信なさげだったお母ちゃんは、兄のそれほどおかしくはないよという辛口な言葉にも喜んだ。

学期末修了式の日、先生が休み中に田舎に行く人は先に申し出なさいと言った。休み中にも二回の登校日があるので、田舎に行く人はあらかじめ申し出れば欠席扱いにしないというのだ。そのときようやく、夏休みを田舎で過ごせる子は一クラスにわずか二、三人しかいないことを知り、夏をソウルで過ごすしかない生粋のソウルっ子たちを本当にかわいそうに思った。ソウルっ子たちが一日中狭苦しい路地でおはじきやゴム飛びをし、せいぜい一銭をもらって買い食いするあいだ、私は田舎ですべてのものが生き生きと呼吸し太陽が照りつける野原で、子犬のように飛びまわり遊ぶのだ。

明日になれば、峠を越え野を越え、小川を渡るのだ。草と野の花と堆肥の匂いが混じった空気を心ゆくまで吸いこめるのだ。初夏の朝、露草《つゆくさ》が青々と生えた道を素足で露を払いながら歩くときの喜びを想像するだけで感じることができた。それはホームシックというよりは獣のような飢えであり、ソウルっ子に対する初めての優越感だった。ソウルっ子をかわいそうに思うのは、言葉にならないくらい気分の良いことだった。しかし、あまり早く喜んではいけなかったようだ。

終業式の日、通信簿をもらった。一年生の一学期だけは六から一〇までの点数で成績を表わすことになっていた。私は平均で八点だったが、四捨五入した八点だった。九点が二つで後はすべてが七点で、唱歌が最低の六点だった。お母ちゃんは私に勉強しろとせかすこともなかったし、宿題を一度だってちゃんと見てくれたことはなかった。越境入学までさせたお母ちゃんは学校に通わせること以外、勉強に気を使うことはほとんどなかった。そんなお母ちゃんが通信簿を見てがっかりしているところを見ると、無関心にしていてもちゃんとできるものと信じている傲慢さがあったようだ。そんなやり方でも兄はいつも優秀で、田舎の国民学校で飛び級までしていたから、自慢にしていた。私の通信簿を見たお母ちゃんの嘆き方は変わっていた。

「まあ、この恥ずかしい点数をどうしましょう。この子の通信簿、雁が飛んでるわ」

お母ちゃんが七を雁だと言ったのには理由があった。縫い物で通う社稷洞《サジットン》の親戚宅の下女部屋のおばさんの子どもが国民学校に通っていて、勉強がすごくできるとそのおばさんは自慢していたようだった。しかしあるとき、お母ちゃんがその子の通信簿を見たのだが全部七点だった。漢字をくずした七の字がきれいに並んでいて、まるで雁が飛んでいたというのだ。お母ちゃんは深刻な事態を笑いで和らげるという才能に恵まれていたが、その子の通信簿の雁はユーモアというより、自分の子が一番だと言って他人の子を見下す傲慢さの裏返しだったのではないか。そのことを悔いるくらいお母ちゃんの落胆ぶりは深刻だった。

お母ちゃんが田舎の人たちに合わせる顔がないので行かないみたいなことを言ったとき、私は地団駄を踏みながら悔しくて泣いたが、自分の成績を反省したからではなかった。これから点数が良くなるという自信もなかった。兄が最も適切にお母ちゃんの傷ついた自尊心を慰めた。国語、算数が九点取れており、残りは少し不十分だけれどもそれらは重要な科目ではないと言った。兄のこうした通信簿の見方をお母ちゃんはすごく気に入った。それだけでなく、唱歌や体操、童話なぞは勉強ができない子が得意なものだと話を飛躍させた。

兄と私が通信簿をもらった日、明日田舎に行く日でもあった夜遅くに、二番目の叔父夫妻が訪ねてきた。そのときもお母ちゃんは少しも悪びれずに通信簿を見せ、兄から教わった通信簿の見方を誇張して説明した。唱歌や体操の点数なんかがよい子で勉強がちゃんとできる子は見たことがない、それらの科目ができないのは親のせいだというのだ。私はそれ以後、今日まで音痴なのはお母ちゃんのせいだと思うことにした。

叔父夫妻はお母ちゃんの屁理屈に全面的に同意した。同じソウルに暮らす唯一の身内であり、また当時の風習としては、父のいない子に対しては父親の兄弟が同等の責任を感じていたから、双方の家はいつも互いに行き来し、気づかいあい相談しながらやってきた。叔父夫妻は子どもがいなかったこともあって、義務感を超えて強い絆で両家は結ばれていた。

叔父夫妻は鹽川橋《ヨムチョンギョ》を越えた蓬萊洞《ポンネドン》〔中区《チュン》〕に住んでいたが、叔父ちゃんは日本人の魚卸商の配達人として働いていた。叔母ちゃんは雑貨の卸商で働き、出納伝票を切る仕事をしていた。叔父ちゃんからはいつも魚の臭いがし、肉体労働者の雰囲気が漂い始めていた。一方、ヒサシ髪〔額の部分の髪を前方につき出すように結った髪型〕にし薄化粧もして、日々ハイカラにしている叔母ちゃんは私のあこがれの的だった。

叔母ちゃんの職場にお母ちゃんと一緒に行ったことがあった。すごく大きな倉庫のような建物の中には品物が詰まった箱が山積みされていた。背中に会社の印が入った半纏を着た少年たちがあちこちで働いていた。叔母ちゃんはチマチョゴリの上に青い事務服を着て、少年たちを君づけで呼びながらあれこれ指示を出していたが、かっこいいといったらなかった。

後に知ったことだが、叔母ちゃんは最初日本人家庭に住みこみの女中として入ったようだ。叔母ちゃんが女中をしているあいだ、叔父ちゃんは魚卸商の冷凍倉庫の屋根裏部屋に寝泊まりしていて、その苦労たるや並大抵のものではなかったらしい。日本語も上手で、見よう見まねでなんでもすぐにできた叔母ちゃんは、わずか数カ月で雇い主の信用を得ることになった。それで雇い主が経営する雑貨卸商の仕事をするようになって、初めて夫婦は一緒に暮らせるようになったという。

叔父夫妻がともに休みの日、私たち家族を招待して肉や魚をたっぷり用意して何度もご馳走してくれた。用意してくれた料理を見ると稼ぎはよさそうだった。しかし、住まいのほうはうちより良くなかった。借屋が一〇所帯余り、狭い路地にトタンの庇が両側から覆いかぶさるようにしていたから、陽が当たらなかった。それで路地はでこぼこでぬかるんでいた。

行き止まりの一番奥にある叔父夫妻の家に行こうとすると、汚水まみれの水たまりをよほど注意して歩かなくてはならなかった。峴底洞《ヒョンジョドン》みたいに水にはそれほど困らないかもしれないが、非衛生的な地域だった。お母ちゃんは西大門《ソデムン》の内側を一律に城内と呼び、城内こそが人の住む町内だと思い、いつの日か城内に住みたいと考えていた。だが城内にもこうした貧民街があったのだ。

ついに開城《ケソン》駅に着いた。お母ちゃんは夏の制服をこざっぱりと着た息子と水玉模様のワンピースを着た娘を誇らしげに先頭に立たせ、駅に降りた。お祖母ちゃんと一番目の叔父ちゃんが迎えにきていた。お祖母ちゃんは私を抱きしめた後、背中に負ぶさるようにとしきりに言ったが、私は嫌だと拒んだ。故郷の山や川はみな青々としていた。峠を越え、野の花を摘み、小川の水で汗をふいた。ソウルにいるしかないソウルっ子たちは本当にかわいそうだと思った。野には酸葉《すいば》が依然として広がっていたが、もはや薹《とう》が立って食べられなかった。

だが、畑では食べ物が豊富に実る時期だった。もいですぐに茹でたトウモロコシの甘みをなんと表現したらいいか。暑くなる前の朝方、露に濡れた大ぶりな葉の下で恥ずかしげにしているズッキーニの細身ながらも艶やかな姿を見つけたときの喜びをなんと言えばよいのだろう、器量のよくないのをカボチャに喩えるのは何も知らない都会人たちの言い草だ。カボチャに喩えるなんて不公平だ。人もすべからく年齢に応じて見るというのなら、人の老後がカボチャのように十分使い道があれば、だれが老いることを恐れるだろうか。

大人たちには最も忙しい季節だったが、子どもにとっては天国みたいな季節だった。上半身裸だったり、おちんちん丸出しの子たちの青蛙みたいにふくれた腹が、マクワ瓜の汁でべとべとになってその上にハエがうるさく群がってくると、小川にドブンと飛びこめばそれで万事解決だった。家の厠《かわや》に行くには小川を渡らなくてはならなかったが、飛びこめるほど深くはなかった。その川辺には唐レンギョウがまっ盛りだった。裏庭には杏の木、ゆすら梅の木、山梨の木はすっかり花を落としていたから、山吹色の花びらに赤紫色の模様がある唐レンギョウがきわだって華麗に見えた。私はこれらのすべてがうれしかった。

私を最も歓迎してくれたのはお祖父ちゃんだった。居間のお祖父ちゃんは半年前よりさらに寂しげで衰弱していた。動かなくなった右頬がこそげ落ちて、ときおり痙攣の発作が起きた。五〇銭銀貨を投げられたときの覇気がなくなったお祖父ちゃんが哀れに思われて、涙が出てきた。兄に次いであいさつをしながら、休みのあいだはお祖父ちゃんのお世話を心をこめてしようと決めた。

ソウルに出てから初めて夏休みに帰郷したが、最初のいとこが生まれた。女の子だ。田舎の家を守っている叔母ちゃんが妊娠してお腹が大きくなっていたのを見ていたはずだし、三〇歳を過ぎてからの初産なので大人たちは喜びながらも、安産であってほしいという声も聞いていたはずだ。それなのに、私の記憶ではなんの予備知識もなくて突然生まれたことになっている。

夜中だった。そばにだれもいなくて目が覚めたのだろうか、それともざわざわしている気配で目が覚めたのだろうか。ともかく目が覚めてしまったところをみると、向かい部屋に自分一人でいて怖くなり、お祖母ちゃんのそばに行こうとしたようだ。板の間に出てみると奥部屋に明かりがともっていた。奥部屋の戸を開けてのぞきこむと、早く閉めなさいとお母ちゃんが手で合図した。お祖母ちゃんはたらいの中で何かを洗っていた。私は寝ぼけ声で、お祖母ちゃんに「鶏をつぶして洗っているの?」と訊いた。お母ちゃんは吹きだしそうにしながら、私を追いやるように向かい部屋に行かせた。私は再び眠りについた。

牛肉、豚肉は正月と秋夕《チュソク》〔陰暦の八月一五日〕のときにしか食べなかった。誕生日や客が来たときは鶏をつぶしたから小さいときからよく見てきた。赤ん坊を洗っているのなら泣き声もしたはずなのに、なんで鶏を洗っているように見えたのだろう。そのときの私の奇想天外な問いかけはしばらくのあいだ、大人たちの笑いの種になったようだ。

久しぶりに赤ん坊が生まれたから、家の中に活気がみなぎるようになった。小さな一つの命が家を覆っていた死と憂いの暗い影を追い払い、明るい笑いをもたらした。お祖父ちゃんも喜びながら「緒《ソ》」という行列字《ハンニョルチャ》〔一族のあいだで始祖から数えた男性の世代の前後関係を表わす語。同一世代男性は名前の一字に同じ漢字を使うが、ここでは女性にも適用〕に明るいの「明」という字を入れて、「明緒《ミョンソ》」という名前をつけた。家の門に貼りつける「産後忌不浄」というお札もふるえた文字で書かれた。この村ではお産した家に不浄除けのしめ縄の代わりに、この「産後忌不浄」と書いたお札を門に貼った。

隣近所や親戚から、どうせなら男の子がよかったのにと残念がる声もあったが、赤ん坊が生まれただけでもありがたい、それ以上望めば罰が当たるとお祖父ちゃんが婉曲にたしなめられた。私も赤ん坊のそばにいたかったので、外に出て遊ぶことはほとんどなかった。

一緒に遊んでいた友だちと会っても以前のようではなかった。お母ちゃんが一生懸命になって身につけさせたソウルらしさも友だちとのあいだを気まずいものにしたが、問題は私の心の持ちようだった。ソウルでの生活を半年経験しただけで、すでに自分が田舎の子たちとは格がちがうとでもいうように思いこみ、意識的にそのように行動しようとしたから、田舎の子たちはずいぶんと胸糞が悪かったはずだ。

その年の冬休みの帰郷はさらに見られたものではなかった。冬用の制服はとくになくて、できることなら紺色のコートを着るようにとのことだった。私は黒のチマチョゴリの上にトゥルマギの代わりにそのコートを着、肩にスケート靴をかけて帰郷した。兄がいつからスケートをやり始めたのかはっきりしないが、賞をもらってくることもあったし、昌慶園《チャンギョンウォン》の池でスケートをするのを見たこともあった。

スケートはソウルの人たちには最もなじみのある運動だが、私はスケート靴を履いたことも、やってみたいとも思わなかった。お母ちゃんはスケート靴をどこからかもらってきて、きっと足に合うはずだから田舎の田んぼの氷の上で滑ったらいいだろうと言った。足にはぴったり合ったが、そのスケート靴を履くと部屋の中で立つことさえできなかった。お母ちゃんは部屋では立つことができなくても、氷の上に立てばみんな滑れるようになると言った。兄がみんなの中に混じって悠然と滑っているのを見ていたから、たぶんスケート靴を履いたらひとりでに滑れるのだろうと思っていた。

田舎の子どもたちが一度も見たことがないスケート靴をこれ見よがしに肩にかけて帰郷するのが何よりも気に入った。お母ちゃんと何も言わなくても心が通じたのだろうか、ソウルで貧乏暮らしをしているくせに、田舎に行くとなるとどうすれば得意になれるのか、そんなことに想いを巡らしていたのだ。お母ちゃんと娘が心を一つにして夏にはワンピース、冬にはスケート靴で故郷に錦を飾ろうとしたのは、いま考えてみるとなんともいえないお笑い種だった。

スケート靴を田舎の子たちは羨ましがったのか、不思議がったのか、思い出せないが、十分に見世物になったはずだ。あのころの冬の寒さはいまどきの比ではなかった。帰郷した翌日、すっかり凍りついた田んぼにスケート靴を持っていった。ソリに乗っていた子どもたちが好奇の目で見守るなか、スケート靴を履きひもを結ぶまではよかったのだが、まともに滑れるわけがなかった。立っては転び、立ちあがっては転んでばかりいた。生まれつき運動神経は鈍かったが、かっこいいところを見せようと思うあまり強迫観念まで重なって必死だった。そんな姿を見ていた子どもたちも笑うに笑えなかった。幸いなことにお祖父ちゃんが四苦八苦している私を居間から見つけ、ようやく悪夢のようなスケートショーから逃れることができた。

スケート場となっている田んぼはうちのものではなかったが、うちに近い小川と村の外に連なる牛車道のあいだにあった。いつからかお祖父ちゃんは障子戸に小さなガラス窓をつけさせて、そこから外を見るのを楽しみにされていた。私の変な姿を見たお祖父ちゃんは部屋の中で、あんな変なことをしくさってと大騒ぎされ、私にすぐ部屋に来るようにとおっしゃった。お祖父ちゃんは何も問いただすことなく、長い竹製のキセルの柄で私の頭を打ちすえながら怒鳴りつけられた。

「やい、女の子のくせに家門に泥を塗るのか。いったいなんのまねだ。よりによって徳物山《トンムルサン》の巫女《ムーダン》がやる刃上の舞いのまねでもしたつもりか？」

私は脳天から火花が散るような痛みを感じながら、こみ上げてくる笑いをがまんできなかった。私はあのときすでにスケートがなんなのかも知らずに、せいぜい徳物山の刃上の舞いぐらいしか想像できないお祖父ちゃんを小ばかにするほど悪知恵が働くようになっていた。だがその後今日まで、スケート靴を履きたいとか習いたいと思うことはなかった。初めて氷の上に立ってみたとき、これはできないと直感したときのとまどいと恥ずかしさをいまだに忘れられない。

その事件さえ除けば、冬休みも夏休みに劣らず楽しかった。夏に生まれたいとこの〝妹〟はかわいい盛りだった。お祖父ちゃんが私たちの都合に合わせて陽暦で正月をするように命じたから、おいしいものがいっぱいあった。陽暦の年の初めを日本の正月、陰暦の年の初めを朝鮮の正月と呼んでいたころだ。日本の植民地下だったから、むろん陽暦による日本の正月が勧奨されていて、陰暦の朝鮮の正月は学校とか官公庁は平日扱いで学校は普段どおりだった。しかし、朝鮮の正月は取り締まりが始まるまでは旧暦だった。都市部では一部で二つの正月を迎えたりしていたが、田舎では日本の正月がいつなのかさえも知らなかった。

田舎の正月はのんびりと長かった。正月の晴れ着を縫うことから始まって、飴を煮つめ、餅をつき、豆腐をつくり、何軒か集まって豚をつぶして餃子をつくるなどした。目がまわるほど忙しい準備期間と、正月のあいさつから始まって小正月の一五日まで年始まわり、墓参り、正月のあいさつ、新年の占いと、年齢や性別にあったいろんな遊びなど、食べて飲んで楽しみながら仲良く過ごす期間を合わせると、ほぼ一カ月近くになった。一年のうちで最も長くて満ち足りた農民たちのお祭り期間だった。

お祖父ちゃんが正月を日本の正月期間に合わせられたのは、孫たちのいない正月は無意味だと考えられたからで、孫たちの冬休み期間と正月の期間を一致させられたのだ。それは孫たちへの愛情からなのだろうが、それ以前からも陽暦のほうが正しいという考えを持っていた。だれが送ってくれるのか、測候所で出す暦本がお祖父ちゃんに毎年届いた。暦本には陰暦、陽暦だけでなく、二十四節気、お日柄、月の干支などが出ていて、陰暦も重要だという村人たちが味噌や醬油を仕込む日、祭祀を執り行なう日、葬礼の日などお祖父ちゃんに相談しにきた。

なかには、今年の冬の寒さは厳しいかどうか、梅雨が長引くか、旱ばつになるか、それらの問いに対しお祖父ちゃんは暦本を見て予言されるのだった。とくに半身不随になってからは暦本を読みこむのを趣味にされ、没頭する中で何か結論を得られたようだった。陰暦を使わないと農業をやれないという農民たちの一般常識は正しくないと思うようになり、そのことを機会があるごとに村人に伝えられた。

「立春が大みそかから始まるのか、一月に入ってから始まるのか」と訊かれると、「陽暦は毎年同じ日なんだから、考えても見よ。節気がちゃんと決まっているし、夜と昼の長さが同じ日、夜が一番長い日、昼が一番長い日なんかが毎年同じ日に決まっているのだから、陽暦が正しいのではないか」

「年ごとに不規則で閏月がひと月もある陰暦が良いのか、いくら日本のものとはいえ、良いものは良いと言わなくちゃならない。日本の奴らが白いものは白いと言ったとしても、私たちがそれを黒だと言い張るのが正しいのか?」

お祖父ちゃんはそうしたことをじれったく思い怒っておられた。しかし、農民たちは二十四節気が確定していることより、年ごとに変わったとしてもいろんな兆候を読むのにたけていたので、この陽暦が良いという説を受け入れなかった。お祖父ちゃんとしては自らが納得し理解した唯一の開化思想だったが、しょせんそれは日本の正月にすぎないという根深い固定観念の壁を崩すには力不足だった。それでうちの新正月はその後村の共同体からは疎まれ、わが家だけの勝手な正月になってしまった。

豚も二軒の朴《パク》家が一緒になって一頭の豚をつぶしたのだが、自らの手でつぶすのではなく村人を雇ってやらせた。大みそか近くの凍てつくような夜、中庭から裏庭に入る端の部屋の片隅に明かりが煌々と灯され、雇われた男衆たちの騒ぐ声、つぎに豚が首をはねられたときの悲鳴が聞こえてきた。飴を煮つめているうちにぽかぽかになったオンドル部屋の布団の中で、私は死んでゆく豚がかわいそうと思うよりは、障子戸に映る明かりや男衆の活気に満ちた声と豚が首をはねられたときの悲鳴に、楽しい祝祭の雰囲気を感じとっていた。

しかし、豚をつぶす現場を見た兄は豚肉も腸詰めもいっさい口にせず、大人たちを大いに困らせてしまった。兄は長男の子でただ一人の男だった。兄が口にしない以上、せっかく用意した豚料理は意味がなかった。お祖父ちゃんは男がそのように気弱でどうするとひどく残念がられ、無理をしてでも食べろと腹を立てられた。それにもまして私を指さしながら、男の孫と女の孫が入れ替わっていたならと愚痴までこぼされた。それは兄だけでなく私をも傷つけるひどい言葉だった。

茶礼《チャレ》〔陰暦の元旦や秋夕《チュソク》、毎月一日、一五日などに祖先の位牌を安置した廟や祠堂で行なう簡単な祭祀〕の儀式を行なうときの汁物にだけ牛肉を使うが、餃子やヌルムジョク〔串焼き〕、緑豆チヂミなど、豚肉が入っていないものはほとんどないので、兄には特別にケジャン〔蟹の醤油漬〕が出された。兄が蟹味噌をほじくって食べた後の甲羅をもらい、そこにご飯を入れ漬け汁を少しかけて食べたが、おいしいといったらなかった。前にもお祖父ちゃんの膳でよくそんなことをして食べた。何も残っていない甲羅だといっても、そこにご飯を入れてかき混ぜて食べると、普通の白いご飯よりはるかにおいしかった。

蟹は全国的に坡州《パジュ》のものが有名だが、ここの蟹も負けないくらいおいしかった。沢蟹が少なくなり、ケジャンの味を知らないこのごろの人たちにはわからないかもしれないが、私がこの世で食べたものの中で一番忘れられない珍味は何かと訊かれれば、ためらいなくケジャンをあげるだろう。田んぼが黄金色に色づくころになると、雌蟹は甲羅の中が膏薬みたいな黒っぽい味噌でいっぱいになる。この時期の醤油漬けの蟹の味はいくら絶賛しても足りないくらいだ。〈食べている最中に一〇人のうち九人が死んだとしてもあまりのおいしさのために気がつかない〉という諺があるが、これくらい言わないと言い表わせないほどうまいのだ。

兄が豚肉を食べられなかった事件はお祖父ちゃんの気持ちをしばらく不安にさせた。跡取りの孫として信じるには足りないと思われたようだ。休みが終わってソウルに帰るとき、男子たるものあれこれと動じてはならぬという訓戒を長々とされた。お祖母ちゃんは私に、担任の先生の土産にしろとゴマカンジョン〔炒りゴマを飴で固めた菓子〕を一包み持たせた。

田舎の正月の食べ物で、飴を煮つめてつくったカンジョンは外せなかった。ポン菓子や炒った豆、ピーナツなどでつくったカンジョンはおいしそうに見えたけれど、それほど形にこだわらず、おもに子どもたちのおやつに用いられた。白ゴマと黒ゴマを別々に炒ってつくったゴマカンジョンは薄くて、ちゃんと菱形に均等に切り、主にお客さんに出した。お祖母ちゃんはそんなゴマカンジョンを包んでくれながら、これをつくるときから担任の先生を念頭において真心をこめてつくったんだと言われた。

しかし中身がどうであれ、黄色のしわくちゃな野暮ったい紙に包んでひもでくくったその包みを先生に渡すのは恥ずかしかった。先生は便所にも行かないものと思っていたころだった。きれいで優しい先生の周りにはいつも母鶏に寄り添うヒヨコのように子どもたちが集まり、どうにかして先生の手を握ろうと争っていた。先生は先生なりにほほ笑みながら公平に手を握ろうと努めていた。

だが、私はなぜかそうした公平な愛情にすら、初めから除外されていると感じていた。いまさらその野暮ったい包みを渡して私に注目してもらおうとは思わなかった。私の名前も知らないのではないかと勝手に思いこみ、存在感のない子として疎外感と劣等感にさいなまれて過ごしていた。私は学校にゴマカンジョンの包みを持ってはいったが、先生に渡さなかった。登校の途中にある陽当りのよい社稷《サジク》公園に子どもたちを集めて、香ばしいゴマカンジョンを全部分け与えてしまった。

その菓子を食べてしまうのは簡単だった。言うことを聞きそうな二人の子にまず試してから、食べたい人はこっちについておいでとからかい半分、息を切らしながら子どもたちを引き連れて社稷公園まで走っていったときの気分は、脱皮した蝶が飛び立つようで気分がよかった。お菓子ほしさに急に媚び始めた子をわざと見ないふりをして、素朴に喜ぶ子たちにたくさんあげた。それを機会に親しい子ができたわけではないが、ソウルっ子たちを引き連れたような気分とともに私を意識しない先生に復讐した感覚さえ味わった。しかし、後味は言うまでもなくもの悲しいものだった。

初秋からお母ちゃんが家で再び針仕事を始めたのは、大きな慰めだった。家に帰ればお母ちゃんがいると思うだけでも山を越える足取りは軽かった。お母ちゃんに入ってくる針仕事はほとんどが黄色、赤色、紅色、赤紫、草緑、藍色など濃い色の絹の布地を使ったから、暗くてジメジメした部屋を別世界のように華やかにした。冬休みが過ぎ陰暦の正月が迫ってくると、昼夜もわからなくなるくらいお母ちゃんの針仕事は忙しくなった。そんなとき、お母ちゃんは自分の心配事や眠気を紛らわすのを兼ねて昔話を聞かせてくれた。

お母ちゃんが知っている話はいくらでもあった。お婆ちゃん、餅一つくれるならつかまえて食べないよというお話（「お日様・お月様」）、たんこぶを売った話（「こぶ爺さん」）、甘いおならの話、「コンチュイパッチユイ」の難関を切り抜ける勧善懲悪の物語、継母と前妻の娘たちとの悲劇的な話（「薔花紅蓮伝」）などはお祖母ちゃんから何度も聞いたが、お母ちゃんから聞くとまた新鮮だった。お母ちゃんはその他にもたくさんの話を知っていた。「朴氏婦人伝」、「謝氏南征記」、「九雲夢」、「水滸伝」、「三国志」など、お母ちゃんは私の歳では難しい昔話を理解できるように話せる特殊な能力を持っていた。

私は中でも「朴氏婦人伝」がすごくおもしろくて何度もねだって聞いたものだった。最初は退屈しのぎに話してくれていたのだが私がすっかり虜になると、お母ちゃんは「昔話に夢中になると貧乏になるんだって」と心配しながらも、また昔話をしてくれるのだった。

この世でお母ちゃんぐらい三国志をおもしろく語れる人はほかにいるだろうか？「ゆくぞ、曹操、この刃《やいば》を受けてみよ」とその動作までまねてみせ、針仕事をしていた手を高く振りかざすとき、お母ちゃんの指先できらりと光る針は冷やりとするほどまばゆかった。長い刀を振りかざすまねをしてもかっこいいお母ちゃんが、かろうじて針仕事でしか稼げないことに私は同情した。

最も貧乏だったころ、お母ちゃんの昔話は大きな慰めにもなったし力にもなったが、悪影響もあったのではと思う。国民学校に一緒に通う友がいなくても深刻な不幸とも思わず、一人ぼっちであることをほとんど楽しんでいた。頭に入っていた昔話が私をそんなふうに生意気にさせたのではなかろうか？

後から振り返っても詮ないことだが、六年ものあいだ、山を越えて通学しながら、めったに怖いとか退屈だと感じたことはなかった。もし通学の友ができたら互いに何か話さなくちゃとわずらわしく感じただろうし、一人で通学するほうが気楽でいいと思っていたのだ。幼ない子がそんなふうにできたのも昔話に触発され、空想する楽しさをおそらく味わっていたからだ。それもまた正常な情緒発達だと考えてよいのだろうか。

5　三角庭の家

お兄ちゃんがついに卒業して就職した。お祖父ちゃんとお母ちゃんの願いで総督府に就職した。それに先だって一人でする農作業が手に負えなくなっていた一番目の田舎の叔父が、村役場に就職していた。家近くの畑は残して数十石分の田を小作に出した。村に小作だけをしている家がとくにあったのではなく、自作農の中で人手がたっぷりある家にお願いをして耕作をしてもらうことにしたのだった。

村人たちより学識が高いと自負し、どうかすると村人たちを下層民だと無視したがるお祖父ちゃんの両班《ヤンバン》意識というものがいかに情けないものだったか、孫や息子が総督府や村役場に就職しただけで鼻高々だった。国がどうなっても、農業を営むよりは筆をもてあそんで暮らすのが偉いと思い、どうせ筆をもてあそんで暮らすなら官庁に勤めるのがよい。そう考えたところを見ると、両班意識の中からソンビ精神を捨て下級官吏の卑しい根性だけが残ったものと見えた。うちのいわゆる卑《さも》しい一面がのぞいたのではないかと思う。

田舎の叔父が村役人として就職したときも後ろ盾が必要だったが、なってくれたのはお祖父ちゃんと同じ一族で同世代の遠い親戚だった。その方の父は歴史の本にも出てくる国を売る文章に印鑑を押した国賊だったおかげで、その方は日本の爵位まで持っていた。村役人ごときには過分な後ろ盾であり、村役人ごときを出世だと考えるお祖父ちゃんもお祖父ちゃんだが、その方にへいこらしているのは見るに耐えなかった。

その方は時どき田舎に来たが、お祖父ちゃんや一族の者たちは臣下のように遇した。お祖父ちゃんは身のほど知らずにも最上級のもてなしをしようと、女たちを数日前からしきりに悩ませた。お祖母ちゃんは嫁たちに、その子爵が年に二回もやってきたら私らはくたびれはてて死んじまうよと冗談を言われたものだった。

率直に言って、下っ端の両班の家から総督府に就職したのは家門の誇りだった。お母ちゃんが堂々とし始めたのは言うまでもなかった。しかしお兄ちゃんは半年も経たないうちに総督府を辞めてしまった。お兄ちゃんが次に就職したのはワタナベ鉄工所という日本人の個人会社だった。

お母ちゃんは鉄工所という話にひどくがっかりされた。精一杯勉強させてきたのに鍛冶屋だなんて。お兄ちゃんはその会社が大きな鍛冶屋と変わらないと認めたが、自分は事務職で総督府より月給も多く、腹いっぱい食べられるとお母ちゃんを慰めた。お母ちゃんはお祖父ちゃんや田舎の人たちに会社に勤めだしたと言ってもよいが、鉄工所とは言うなと、総督府に対する未練を捨て切れなかった。

お兄ちゃんが鉄工所から初めてもらってきた賞与は百数十円だった。ソウルに住む二番目の叔父夫婦まで集まってきて、私たちはワクワクしながら、青みがかった百円紙幣を次々に手にとって見た。叔父夫婦はどうだか知らないが、お母ちゃんと私は生まれて初めて見る百円紙幣だった。袋のようなものを肩に担いだふくよかな老人の絵が描かれていた。私たちはそれが米の入った袋なのか、お金が入った袋なのか、本当に気になった。

お兄ちゃんはお母ちゃんが針仕事をやめて安穏に暮らすことを願ったが、お母ちゃんは家を買うまではやめないと宣言した。四〇円余りの月給と百円を超える賞与で早まったお母ちゃんの家を買うという夢は、総督府を辞めた残念さを慰める以上のものだった。針仕事は相変わらず立てこんでいたが、合い間を見つけては家を見に行くのがお母ちゃんの趣味になった。

家を見に行くとき、お母ちゃんは一番良い服を着て金持ちみたいにふるまった。お金もないのにただ見に行くだけなので、そのことを不動産屋に見抜かれないようにしていたのだ。だからといって、分不相応な大きな家を探すことはなかった。城内の落ち着いた住宅街を選んで見に行っていたことはたしかだ。よく城内の内と外では家の価格がまるでちがうと嘆いていた。なので私は、家を買った日には峴底洞《ヒョンジョドン》を離れるだろうと思っていた。

そんななかでお母ちゃんはすごく慌てて家を買った。また峴底洞にある家だった。ちゃんとした家を買うつもりだったお母ちゃんが突然無理をして家を買ったのは、純粋に私のためだった。お母ちゃんは私が大家の子と遊ぶのを嫌ったが、二年も同じ屋根の下に住みながらトラブルが生じないよう、まったく相手にせずに暮らすのは無理だった。さらに子どもの世界には互いに引きあう親密感みたいなものがある。つきあうなと言われたらもっと遊びたくなるのが人情だ。それでその子とは秘かに親しくなっていた。

路地に蠟石で何か描きながら遊んでいて喧嘩になった。ちょうど仕事帰りのお兄ちゃんが見つけて喧嘩をやめさせようとしたのだけど、私は頼もしい味方が来たとばかりに、その子に最後の一撃で顔をひっかいた。それで子どもの喧嘩が大人の喧嘩へと発展してしまった。

私が町内の子をひっかいたりつねったりしたのは、そのときが初めてではなかった。ガリガリに瘦せて虚弱に見えるという劣等感からか、口喧嘩からつかみあいの喧嘩になり、私も無意識のうちに爪でひっかいた。喧嘩になってもひっかいて爪跡を残すな、としきりにお母ちゃんから言われていたのにもかかわらずまたやってしまったのだ。

大家の女房からすれば、子どもの顔に爪痕が残ったことも悔しかったのだろうが、普段だれともうまくつきあえない子がそんな危害を及ぼしたのだから、いま風に言えば深刻な問題児に見えたはずだ。大家の女房はお母ちゃんに向かって、将来どんな問題児になるかが見たくて子どもにそんな教育をしているのかと悪態をついた。それを横で見ていながらやめさせようともしなかったと、お兄ちゃんまで悪く言われた。

お母ちゃんは自分が正しいと思えばなんとしてでも押し通す強い性格で、それがときには傲慢になることもあり、大家の家族を秘かに軽蔑していた。大家の家族関係は複雑で、妾もいたし先妻の子もいた。定収もない貧乏人のくせに金づかいが荒かったから、お母ちゃんは機会があるごとにばかにしていた。ときおり大家の女房がお母ちゃんにお金を借りにくることもあったが、お母ちゃんは女房の前では気前よく貸してはやったものの、いなくなると悪態をついた。

「さんざん苦労して生きてきたはずなのに、なんたる醜態だ。米や薪がなくなったのならもちろんお金を借りてでも買わなくちゃならないけど、コムタン〔牛の肉や内臓を煮こんだスープ〕の材料を買うからお金を貸してくれというのか。私たち三人が間借りしているから金を貸してやったけど、よその家の女房がそんなことを言ってきたらあほらしくて貸すものか」

コムタンをつくるのにお金を借りにきたようだった。見下していた女に大事な子どもたちが叱られ、辱しめまで受けたのだから、お母ちゃんの心中は煮えくり返っていたにちがいない。しかしお母ちゃんは私たち兄妹を強く叱らず、大家の女房にも文句を言わなかった。そうしたときのお母ちゃんは実は怖いのだ。きっと何か考えているのだ。その後、峴底洞《ヒョンジョドン》で初めて家を買った経緯を『経済正義』誌に詳しく書いたことがあるので、ここではそのうちのいくつかを引用しておこう。

翌日母はさっそく家を買いに出かけ、数日もしないうちに本当に家を買う契約をしてきた。同じ貧民街のさらに上の丘に建つ六つの区画を持つ小さな家だったが、どこかで泥棒でもしない限り家を買えるはずがなかった。幼な心にもこの間の母は正気ではないと思った。正直に言うと、母はこの間に本当に泥棒をしたのだ。

そのころ、私たちがまずソウルに居を構えたというだけで、田舎の人たちがたびたび出入りしていた。ちょうど村のある人がソウルで商売を始めようと、土地を売りまとまったお金を持ってうちにやってきて数日世話になっていた。たまたま田舎のほうで用事ができて母にお金を預けて帰っているあいだに、そのことが起きたのだった。母はその人のお金をこっそり流用して家を買う契約をした。ことを起こしておいて、それから田舎の祖父母や叔父にことの顚末を知らせて助けを求めた。急いで土地を売ってお金を用立ててもらおうと、先に人様のお金に手を出してしまったのだ。田舎の協力を得たことで、人に損害を与えることもなく、恥をかくこともなくすんだ。

しかしその後しばらくのあいだ、母は田舎の人たちの前ではしおらしくしていなければならなかった。私の目から見ても母はちょっと異常だった。母はどうしてあんなことをしたのだろうか？（中略）母を道徳的に完璧な人だと思っていたから、あのときばかりは罪人のような母の行動はは子ども心に深刻な混乱をもたらした。飢えた子どものために残飯を盗んだのとちがわなかった。悲壮感と盲目的な母性愛からだったということを理解するには、私はまだ幼なすぎた。

母の性格から考えても、それは狂気に近い勇断だった。耐えがたい侮辱を受けた末に、ようやくソウルで最初に手に入れた家は瓦屋根だった。その家は六つの区画を持ち、部屋が三つ、その他に台所、板敷きの間、玄関の脇部屋が調和よく配されていた。あまりにも半端な土地の上に建てられた家だったから、名ばかりの庭は三角形だったし土台を高くして造られていた。

その日暮らしをする者たちにとって、家を飾るなどありえないことだった。その家の前の持ち主は鋳掛屋《いかけや》で、家族も多かったから暮らし向きは大変だったようだ。南京虫がいなければソウルの家ではないといわれるほど、当時は南京虫がうようよいたのだが、いつ壁紙を張り替えたのだろうかと思われるほど汚れ、南京虫を叩きつぶした跡がすごかった。お兄ちゃんや私がその家を気に入ろうが気に入るまいが、母はせっぱつまっていたお金の問題が解決したとたんに上機嫌になり、家中の戸をすべて外して灰汁を使ってきれいにして、柱と梁まで手が届くところはすべてみがいた。

お母ちゃんによれば、家の骨組みがしっかりしているので、少し荒れて見えるが問題ではないと言った。骨組みというのは、柱と梁がどれだけ丈夫かということだ。数日間掃いたりみがいたりすると、ようやく家らしくなってきたが、お母ちゃんがなぜひたすら骨組みだけを見てそのすさんだ家を買うことにしたのか、後になってようやく理解できた。父の取り分の少しばかりの土地を処分し、足りない分をとりあえず田舎の叔父に出してもらった。その叔父に借りたお金も家を銀行の抵当に入れて返し、銀行に少しずつ返済してゆくことにした。

そのころ庶民が手軽に利用できる金融機関は金融組合だった。融資申請をすると組合から鑑定人がやってきて、どれくらいの金額を融資してもよいかを鑑定したが、その人は決められた日にまちがいなくやってきた。母はその日、学校の先生が家庭訪問に来るときのように、家の内や外をきれいに掃除して待った。

鑑定人は母の予想どおり、やはり壁紙やオンドルの床よりは骨組みを注意深く見て、どれくらい融資してほしいかと訊いた。母はこれくらいの家なら八百円は融資してもらえるのではと応じ、鑑定人は何も言質を与えずに帰っていった。しかし母は別に心配もせず、水一杯、煙草一服勧めることもせず、媚びたりすることもなかった。

だが、いくらも経たないうちに八百円の融資が下りて、母はそのお金ですべての問題をきれいに解決することができたのだが、融資に特別にありがたいとか、運が良かったとは思わなかった。当時の金融事情は手続きさえすればだれでも簡単に融資が受けられたし、それは当然のことだった。

あのとき母は、峴底洞《ヒョンジョドン》の丘の上に六つの区画を持つ瓦屋根の家を千五百円で買った。半分余の八百円を融資でまかなった。金融組合に知りあいがいたわけでもなく、母に他人とちがう交際術があったのでもなかった。官庁や派出所の前では顔色が変わる平凡な田舎のおばさんにちがいなかった。そうした田舎のおばさんでも、怖けづくこともなく銀行の扉を何回も叩くことができたし、望みどおりの融資を受けることができた。

このことはまちがいのない事実なのだが、みんなは信じようとはしなかった。信じがたいと思うのはなぜか？　おそらく解放後の歪んだ金融風土のために、融資といえば特恵や特権などの不正、でなければ人とはちがう手腕があってようやくコネができるという先入観がそうさせたのだろう。

面書記や洞書記でさえ、ぞんざいな口をきく下級官吏たち、遠くで腰に帯びた刀剣がきらりと光るのを見ただけでも逃げだしたくなる巡査の姿、鎖を足首につけた囚人たちを獣のように残酷に扱った看守たち、殺気とがむしゃらさがみなぎっていた日本兵、家庭訪問に来て日本語がひとこともできない母を野蛮人を見るように軽蔑と憐憫の視線で見ていた日本人教師等々、幼年期、それに続く少女期を押さえつけていた植民地下の悪夢を列挙しようとすればきりがなかった。

しかし、そのときだけでなくその後も、母が大きな家に買い替えていくたびに手軽に助けてくれた金融機関は官僚主義とは縁のない別物で、敵意みたいなものはほとんど感じられなかった。だが日帝の支配期、銀行が敷居を低くしてむやみに借りさせ、返せなくなるとその財産を持っていったという事実を見過ごそうというのではない。

私たちはその家を三角庭の家と呼んだ。庭の形が女の子が腰に飾りつける三角形の巾着みたいだったからだ。家族みんなその家に満足し、愛しもした。お兄ちゃんは向かい部屋を一人で使うことができたし、玄関の脇部屋を貸し出した。鍵型の家の両端、つまり向かい部屋と玄関の脇部屋を直線で結ぶと三角形になる。家が囲んでいない三角形の一辺は高台で、その下は下の家の裏庭になっていた。母は高台の下にある家の了解を得て庭を庇のようにせり出させた。そして広くした庭を花壇にした。下の家では裏庭に屋根ができてよかったと言い、私は花壇ができてうれしかった。

木の柱を立て板を敷きつめ、そこに土を盛った花壇にオシロイ花とキンセンカがいっぱいに咲き誇り見応えがあった。秋には家の安全祈願の祭祀もしっかりと行ない、近所にもお供え物を分けた。今度の家は前の家よりさらに上のほうにあったが、お母ちゃんは引っ越した界隈が気に入ったようで、私に近所で遊ぶなとも言わなかった。お母ちゃんが嫌がったのは大家の家族とその暮らし方であって、この町内の人全部ではなかったようだ。

三角庭の家のすぐ前の家は区長の家だったが、ちゃんとした四角形の家で草花をたくさん育てていた。なかでもいろんな種類のギボシ〔ユリに似たじょうご状の花が咲く〕が夕方になると白い花を咲かせ、甘美な匂いがうちにも漂ってきた。狭い路地で門を開け放って暮らしていたころだから、うちではその家を区長の家とは呼ばずにギボシの家と呼んだ。その家には私より二つ年上の女の子がいてギボシの球根を何回かくれたのだが、お母ちゃんはうまく育てられなかった。その隣の家は門に屋根があったから屋根付き門の家と呼んだ。お母ちゃんはギボシの家とも屋根付き門の家とも親しくした。

玄関の脇部屋の賃貸料も入るようになり、お兄ちゃんがたくさんの月給をもらってくるようになると、お母ちゃんは針仕事を減らした。お兄ちゃんには内緒でお母ちゃんの腕前を買ってくれる人の注文だけを受けていたようだ。お兄ちゃんは親孝行の気持ちが強かったから、お母ちゃんが針仕事をするのを見ると、悲しそうな顔をして怒った。自分の家で暮らすこと、月給をもらって一月をやり繰りして家族が仲良く暮らすことがどれだけ幸せなことなのかを幼な心にも感じた。たとえ峴底洞《ヒョンジョドン》を抜けだせなくとも、精神的にも物質的にも都会生活に適応し、調和し始めた時期だった。

夏休みが始まると田舎に帰郷するのは、以前と変わらなかった。帰郷を前にすると気持ちが落ち着かなかったし、夏休み中ソウルで過ごすしかないソウルっ子たちをかわいそうだと思うのも同じだった。けれど、田舎でずっと暮らしなさいと言われても無理だろうと思った。薄暗い灯油ランプの下で暮らすのはとくに息がつまる気がした。学校が始まりソウルに戻ると、昼間のように明るい電燈が懐かしく思われ、故郷の爽やかな草の匂いを嗅いだときに劣らない喜びを味わった。

就職したお兄ちゃんは、夏休み中はソウルに一人残って二番目の叔父夫婦の家から勤めに出た。叔父ちゃんは大変な苦労の末に南大門《ナンデムン》の通りに自分の家を持つほどお金を貯めた。そして私たちが家を買うときも、少なくないお金を都合してくれたのだった。魚の卸商に勤めていたときの縁から叔父ちゃんが最初に始めたのは、氷を売る商いだった。小綺麗な食料品店が密集した商店街にある叔父ちゃんの氷屋はいつも忙しく、活気にあふれていた。叔父ちゃんの家に遊びに行くのもソウル暮らしの楽しみの一つだった。叔父ちゃんにはそのときになっても子どもがいなくて、私たち甥っ子、姪っ子に対する愛情はひとかたならぬものがあった。休みになって田舎に行くときも、まず叔父ちゃんに通信簿を見せてほめてもらい、汽車の中での食べ物もたくさんもらった。私の成績は三、四学年までは中間より少し下のほうだった。しかし叔父ちゃんもまた国語、算数ができる者は唱歌や体操なんかはできないものだ、というお母ちゃんの通信簿の見方に無条件に従ったから、少しも気に留めなかった。叔父ちゃん宅に行くとかわいがってくれるのもよかったが、朝鮮人と日本人が半々に混じった商店街独特の雰囲気が峴底洞《ヒョンジョドン》とはちがう世界を見せてくれた。叔父ちゃんの店には大きな倉庫があり、その当時としてはとても貴重な電話もあった。冬には炭も売ったが、その店は「氷屋」で通っていた。

叔父ちゃんがソウルで商いを成功させたという噂は実際よりおおげさに田舎で知れ渡ったようだ。商いをしてみようとか、商店に勤めてみようと、叔父ちゃんを頼って上京する田舎の人たちが少なくなかった。そうした人たちは叔父ちゃんから長い成功話を聞かなくてはならなかった。なんの計画もなしに上京し、魚卸商の氷倉庫の屋根裏部屋で冬を越した苦労話だった。しかしいばって見せる以外にこれという助けにはならなかった。人の世話をする身分でもないのに叔父ちゃんの家にいつも田舎からの訪問が絶えなかったのは、叔父ちゃんの店が京城〔ソウル〕駅の近くだったこととも無関係ではなかったようだ。

結局、そうした縁で叔父ちゃんは村の少年一人を働かせることにしたが、自分の成功話と同じように少年を一人前に育てようとした。自分がしたように、氷倉庫の天井の屋根裏部屋に少年を住まわせた。さっぱりとした気質の優しい叔母ちゃんが準備した屋根裏部屋は、私が見たところかなりすてきだった。私はそのころしきりに二階家に憧れていた。梯子を上るのでまるで二階家の気分なのだ。床に畳が敷かれていることもその気にさせた。ひょっとしたら、漠然と日本式の生活に憧れていたのかもしれなかった。

その屋根裏部屋で私は初めて漫画を見た。日本の侍が刀を振りかざして戦っている漫画だったが、叔父ちゃんに見つかってしまいきついお叱りを受けた。私だけでなく少年まで呼んで、夜学に通って勉強しているからと夜遅くまで点灯を許していたのに、漫画を読ませるために電気代を払っていたのかと漫画本で少年の坊主頭をぽんぽん叩いて叱った。私は少年に本当にすまないと思いながら、全部読みきれなくてじれったい思いをした。そのとき、漫画のおもしろさをすごく感じたのだ。悪い子扱いをされたから、余計にそのおもしろさを忘れられなかった。

その後しばらくはその漫画が目の前にちらついて仕方なかった。次の展開が気になり、どこかで盗んでこれるものなら盗んで残りを読みたいとすら思った。いまどきの常識では信じられない話だが、私が教科書以外のものを読んだのはそのときが初めてだった。うちが貧しかったせいもあるが、友だちの中でも童話のような本を持っている子はいなかった。

お母ちゃんは語り上手で娘を物語好きにしておきながら、当然次に出てくるだろう娘の読みたいという欲求に対してはまったく無頓着だった。学期初めに新教科書をもらうと、国語や修身の本からあらかじめおもしろい話を選びだして、退屈すると声高に読み上げ、さらにもっと声を大きくして読み上げるのが、私の読書への渇きを癒す方法だった。大声で本を読んでいると、お母ちゃんは私が勉強をしているものと思って喜んだ。すると私は舌を出して、お母ちゃんを騙したという妙な快感を覚えたのだった。

お兄ちゃんの部屋にはほんの少し本があったが、ほとんどがハングルで書かれた小説だったから、私は少しも興味が湧かなかった。学校では朝鮮語を教えていなかったからハングルを読み書きできる私は、同年代の子の中ではとても珍らしかった。けれどそのことを誇りに思うには私はあまりに幼なすぎた。

田舎で幼ないころ学んだのだから忘れてもおかしくはなかったのだが、忘れずにいたのはハングルを書く機会が時どきあったからだ。その機会が巡ってくるのが本当に嫌でたまらなかった。その機会というのは田舎にいるお祖父ちゃんにご機嫌伺いを書くことだった。私はお祖父ちゃん、お祖母ちゃんが本当に好きだった。故郷とお祖父ちゃんお祖母ちゃんは切っても切れない一つのものだった。もし故郷にその方たちがいなかったら、年に二度の帰郷にそんなに胸がときめくはずはなかった。しかしその方たちがパクチョッコルではないどこかにいたら、それほど懐かしくは思わなかったかもしれない。

私はお祖父ちゃんが半身不随であることまでも、パクチョッコルの主らしいと思った。休みが近くなると、お祖父ちゃんの唾の酸っぱい臭いがこもった麻の手ぬぐいに包まれた干し柿や栗などがひどく懐かしくなるのだった。それは食べたいというのとはちがう。まっ赤に染まった夕暮れを背景に風にゆれるキビの穂を見たような、甘美でどこか寂しげなその風情だった。お祖父ちゃんの火鉢の火が消えたとき、だれがたばこの火を点けてあげるのか。田舎のいとこはまだ幼ないし、ああ、今度の休みに帰郷したら、お祖父ちゃんの言うままにお世話しなくちゃ。私が書きたい手紙はそうした気持ちだった。しかし、お母ちゃんは私に思うがままに手紙を書かせてはくれなかった。お母ちゃんは手紙には一定の形式があると信じて疑わなかった。形式を外れた手紙を目上の方に出すなんてことはとんでもないと思っていた。それでお母ちゃんは私を座らせて、まるで書き取りでもさせるように手紙を書かせた。

手紙はいつも似たような文句で始まった。「お祖父様に申しあげます。お祖父様ご機嫌麗しゅうございますか」だいたいこんな具合だった。順に家族みんなの様子をたずねてから、こちらのほうもおかげ様で元気にしているということを一人一人について知らせ、再び春夏秋冬に合わせて少しばかり言葉を変え、天候不順な季節に体調を崩されていないかを伺う文章で締めくくるものだった。

私はこんな書き取りのような文章があまりにも退屈でおもしろくなかったから、書くたびにいらいらし、ハングルができなかったらこんな思いをしなくてもすんだのにと思った。私は自分が知っているハングルの唯一の使い道がこのような退屈なものだったから、ハングルで書かれたものに興味を持てなかった。形式的でおもしろくないと思ってしまった。

第二次世界大戦をむかえたときも三角庭の家だった。日本人たちは大東亜戦争と呼んでいたが、私たちはその意味も知らないで浮かれていた。私たちはその前からすでに好戦的になるようにしむけられていた。日本はすでにシナ事変〔日中戦争〕という戦争をしていたし、私たちは中国を「チャンコルラ」〔中国に対する差別用語〕、「チャンゲソク」〔蔣介石〕を「ショウカイセキ」と呼びながら無視していたころだった。友だちと喧嘩するときもチャンコルラとからかうのが一番ひどい侮辱語になっていた。運動場で朝礼をするたびに皇国臣民の誓いをやり、その後軍歌に歩調を合わせて教室に入っていくと、とても血が騒いだ。それはやってやるぞという身震いみたいなもので、好戦的な気分が高揚した。

チャンコルラにはずっと勝ってばかりいると聞いていたから、敵としては取るに足りない奴と思っていた。私たちもいつのまにかもっと大きな敵に対する期待感を膨らませていた。ショウカイセキに加えてルーズベルト、チャーチルをやっつけねばならない悪の親玉にあげていた。そんななかで、毎日勝ち戦が伝えられた。「陥落したシンガポール、退け英国」という歌を朝鮮の有名なソプラノ歌手が歌い、またたく間に流行った。南洋群島を一つ、また一つと陥落させるのを誇りに思った。祝いのために、夜になると提灯行列がソウル市内を練り歩いた。ゴムが無尽蔵にとれる南洋群島がすべて日本の領土になると、全国の国民学校生にゴムボールが一つずつ無料で支給された。

しかし自慢も度を越すといざこざが起きるように、その後いくらも経たないうちに米が配給制になったかと思うと、運動靴とゴム靴まで配給制になった。米は家族の人数によって配給通帳がつくられ、ゴム靴は愛国班を通して一つの班に一、二足ずつ配給されたから、くじ引きをして受けとる者を決めた。班常会〔行政区画の単位である班で毎月行なわれる例会〕のたびにくじを引いて当たらないと、お母ちゃんはクジ運がないと嘆いた。そうしているうちに、生活必需品が日に日に貴重になっていった。

創氏改名令〔姓と名前を日本式に創り変えること。一九三九年発令〕はそれよりも前に出ていたが、暮らしが世知辛くなるなかでその強制性も強まり、さらに事態を息苦しいものにしていた。私たち一族は創氏改名をしなかった。お祖父ちゃんが自分の目が黒いうちはそれだけはだめだと頑強に反対されていたからだ。戸主の権限はそれほど絶対だった。南大門《ナンデムン》通りで商売する二番目の叔父ちゃんは、姓を変えないと商いがうまくいかないとお祖父ちゃんを恨んだ。お母ちゃんはお母ちゃんなりに、お兄ちゃんの社会生活や私の学校生活に支障があると思って、お祖父ちゃんが考えを変えてくれるのを切実に願っていた。

三年、四年生の二年間、担任の先生は日本人だった。お母ちゃんはよくその日本人の先生から姓を変えないのかなどと嫌がらせを受けていないか、と私にたずねた。私がそんなことはないと言うと、お母ちゃんは私が鈍感だからじゃないのか、なぜいじめられない、おまえが極楽とんぼだからそうなんだろうと勝手に決めつけた。よい先生に出会ったのだろうけど、クラスで姓を変えない子は三、四人ぐらいしか残っていなかった。そうした子たちを先生がとくにいじめたり、無言の圧力を加えてきたという記憶は私にはまったく残っていない。

不逞鮮人の烙印を押された特別な家系ならいざ知らず、うちのような普通の家では、創氏改名をするかしないか相当に迷ったようだ。なぜわずかなあいだに創氏改名があのように急速に広がったのか、私の経験からしてもいまだによくわからない。パクチョッコルの人も二つの朴《パク》家を除いて、洪氏などは初期のころに早々と徳山に姓を変えていた。姓を変えないことで実質的な不利益が憂慮されたのは、村役人である一番目の叔父だったはずだ。村役人ぐらいでも出世したかのように思うお祖父ちゃんが、その反面で創氏問題についてだけは、不思議なくらいまともにふるまわれた。

それがお祖父ちゃんの矛盾というなら、陰暦の正月だけが朝鮮の正月だとあらゆる障害をも顧みずに守る一方で自ら姓を変えたのは、村人にとって矛盾のはずだ。お母ちゃんも自ら変える派の代表格だったが、私はそれとはちょっとちがう理由から、やはり創氏改名することを切に願った。私の名前を日本語式に読むと「ボㇰエンショ」になるのだが、時局がせっぱつまってくると防空演習が毎日のように行なわれるようになり、防空演習を日本語で読むと「ボオクウエンシュウ」になる。発音が似ていて、防空演習のたびに子どもたちが私をからかった。創氏改名をすれば漢字を音読せずに訓読するようになるので、ハナコとかハルエとかいう女の子の名前は聞こえがよくて恥ずかしくなかった。

家でも日本語を使っていると自慢する子もいた。そうした子の母親はだいたい若くておしゃれだった。私たちには夢でも考えられない話だった。お母ちゃんはそんな噂を聞くと、民族の魂を失くしたふぬけ者だと激昂した。父兄会があるとお母ちゃんは必ず出席したが、担任の先生が日本人で、父兄が日本語を知らない場合は級長を呼んで通訳をさせた。日本人先生の前で糊のきいた綿の服を着て、チョックの髪型〔既婚女性が髪を後頭部で束ねる髪型〕に黒かんざしをした頭をきりっと上げ、子どもの通訳に対しても少しの遠慮もせずに自分の言いたいことを毅然と話すお母ちゃんを見るのは、拷問にあっているみたいにつらかった。

しかしそんなことはどこまでもお母ちゃんの自尊心の問題であって、民族意識とは関係ないように思えた。なぜかというと、お母ちゃんは創氏改名をしないことで子どもたちにひょっとして不利益となって跳ね返ってくるかもしれないと、過度に心配していただけなのだ。万一、不利益や迫害を受けた場合、子どもたちが堂々とふるまえるようにと覚悟していたわけではなかった。お母ちゃんが願う息子の出世というのは、もちろん日本の植民地支配の枠の中であり、朝鮮の自主的な運命に対して針の穴ほどの予感も持ちあわせていない凡庸な女にすぎなかった。

6　祖父と祖母

父兄会があるたびにお母ちゃんが必ず出席していたのを恥ずかしく思っていたのに、ある日、授業中にお母ちゃんが急に現われた。ゴム靴も脱がずに教室の戸をガラガラと開けて入ってきたのだ。日本人の男の先生が担任をしていたときだったが、お母ちゃんは彼が日本人であることを知らないみたいに、礼儀正しく難しい朝鮮語で田舎の義父が危篤だという電報が届いたので娘を連れにきたという意味の話をした。

先生もただならない気配を察したのか、級長ではなく私を呼んで通訳をさせた。私はそのときお母ちゃんが使った高尚な朝鮮語をそのまま日本語に訳せないのが悔しくていらだつあまり、泣きべそ顔になってひどい通訳をしてしまった。とにもかくにも意味は伝えることができたので、先生はすぐ行きなさいと許可してくれた。

お母ちゃんはそんなせっぱつまったなかにあっても、お祖父ちゃんが亡くなった場合、葬儀の期間中は欠席扱いしない校則があるそうですが、そうなんでしょうかと確認することまで通訳させてから、ようやく私の手をつかみ教室を出た。お母ちゃんは田舎に行く準備をしてから学校に来たようだった。私は教科書の入ったカバンを持ったまま京城駅〔現ソウル駅〕に直行して、待っていたお兄ちゃんと二番目の叔父ちゃん夫婦と合流した。休みになって帰郷する時には土城《トソン》行の鈍行列車に乗ったものだが、その日初めて新義州《シニジュ》行きの急行列車に乗った。列車は途中一度も止まることなく走り続けて、最初に停まったのが開城《ケソン》駅で、しばらく停車した。まっ暗な夜だったが、私たち五人は休息も取らずに約二里の道を駆けつけた。

居間には明かりが煌々と灯り、人でごったがえしていた。お祖父ちゃんに意識はなかったが、まだ生きていらっしゃるということだった。三度目の発作だったからみんなは臨終を覚悟して居間に集まっていたが、私はまだ幼ないからと入れてくれなかった。私も死の影が忍び寄っているお祖父ちゃんを見るのが怖くてその場を離れた。

母屋にも明かりが灯り、寝ている者はだれもいなかった。私はいつのまにかぐっすり寝こんでいたが、大きな泣き声で目が覚めた。明け方だった。お祖父ちゃんが亡くなったという話を聞いても、涙は出てこなかった。五日間に及ぶ葬儀中、当時の風習で必ずだれかが泣き続けていたが、長寿をまっとうして亡くなったからか、家の雰囲気は沈鬱ではなかった。

パクチョッコルの人たちはもちろん、近隣の村人が子どもたちまで連れてきて寝泊まりし、食事にあずかった。葬家ではそこまでしてもてなした。この非常時にそうしたことを手厚く行なったから、だれもがお祖父ちゃんの幸運を称えて羨ましがった。お祖父ちゃんに最後まで尽くした一番上の叔父ちゃんのおかげだった。実際に亡くなってみると、ソウルに出てお金を稼ぎ出世もした二番目の叔父ちゃんやお兄ちゃんよりも、村役人である一番上の叔父ちゃんのほうがずっとその威光を発揮した。そのとき叔父ちゃんは村役場の総務部長だった。

喪中、お祖父ちゃんの死を最も悲しんだのはお兄ちゃんだった。お兄ちゃんはお父ちゃんが亡くなったときも、悲しみすぎて一時体調まで崩したので、お母ちゃんは気をもんだという。だけれど私は三歳だったから、お父ちゃんの死の記憶がない。

今度もお兄ちゃんが喪主で、喪主用の麻の頭巾と喪服を着た。お兄ちゃんはいまこそ凛々しい青年だが、お父ちゃんの葬儀のときはまだ一〇歳余りの少年だった。喪主として悲痛な面持ちで泣いているのを想像してみる。私はそんな重責を背負わなくてもよいけれど、お兄ちゃんにだけ背負わされた運命にやるせない悲しみを感じた。それはひょっとすると、お兄ちゃんの弱くて繊細な気質に対する憐憫だったのかもしれない。家で屠殺した豚肉を最後まで食べられなくて大人たちが心配したことまで思い出しながら、今度も同じように心配になった。

出棺する日は墓のある山が近いせいもあって、弔いの幟《のぼり》が家の前から山まで続いた。棺の輿もソウルではめったに見られない豪奢なものだった。当時の風習がそうだったのか、それともうちだけの風習だったのか、女性たちは棺の輿にすがって悲しげに泣いてから、そっとその場を離れ、墓のあるところまでは付き添わなかった。

亡くなった後のほうがむしろ大勢の人が集まり、複雑でわけのわからない手順と格式にもとづいて五日間の葬儀が執り行なわれた。昼夜を問わずに君臨していた遺体がなくなった後の空虚感は、たくさんの後始末が残っていたにもかかわらず、喪中の女たちを途方に暮れさせた。埋めようのない空虚感は幼ない私の胸にも大きな恐怖となって迫ってきた。ぽんと触れられるだけで泣き声が張り裂けそうなのに、お母ちゃんが突然、私にひどいことを言った。

「泣き虫のおまえが、お祖父ちゃんが亡くなられたのに涙一つ流さないのかい、おまえをあんなにかわいがってくださったのに。子犬でもあれくらいかわいがってもらえば、数日は食事も喉を通らないだろうよ。まあ、娘でも孫娘でも、女の子なんて育てても無駄だということなのか」

お母ちゃんは言葉でそのようにきつく言っただけでなく、私を見る目もすっかり愛想がつきたと言わんばかりに冷淡だった。そのときになってようやく、私は泣き始めた。意識が朦朧としてきて体に力がなくなるまで、身もだえしながら激しく泣いた。お祖母ちゃんや叔母ちゃんたちは、私がこの間耐えていた悲しみを爆発させたものと思い、娘の気持ちも知らないできつく言ったお母ちゃんをたしなめ、私を軽くトントンと叩いて慰めてくれた。

しかしはっきりしているのは、あのとき私が泣いたのは悲しかったからではなく、侮辱されたからだった。だからといって、お母ちゃんが私の心の内を正確に見抜いていたわけでもなかった。私は喪中に泣きはしなかったが、だれよりも長くお祖父ちゃんを失くした喪失感とお祖父ちゃんに対するこまごまとした記憶を大切にしまっている。写真を残していないお祖父ちゃんの顔の細部やみんなが忘れてしまったちょっとした癖とか逸話まで、大人になって嫁いだ後も記憶している。記憶力がよいと言われるが、記憶力の問題ではなく、愛情があったからだと思う。

居間の縁側には梁からしっかりとした太い麻縄がいい具合にぶらさげられていた。お祖父ちゃんはそれをつかんで、縁側と庭をつなぐ石の踏み段を上り下りされていた。中風になる前もお祖父ちゃんはその麻縄に軽くつかまって上り下りされていたが、最初の発作後いくらか回復されて厠《かわや》や庭に出入りできた時期に、その麻縄につかまりながら足をワナワナと震わされているのをいく度となく見たことがあった。

お祖父ちゃんが亡くなった後もその麻縄はそこにぶら下がっていて、私は休暇で帰郷するたびに、遠くからもがらんとした居間にぶらさがっているその麻縄が目に入ると、必ず心臓に亀裂が入ったように強い痛みを感じた。それで、長いあいだ待っていた人のもとに駆けつけるようにしてまっ先にその麻縄のところに行き、なでさすったものだった。お祖父ちゃんの手垢にまみれたその麻縄はしっとりとしていて、それがまたよかった。私はその麻縄につかまってお祖父ちゃんの懐に抱かれたときと同じような感動をしきりに味わった。そんな様子をだれかに気づかれはしまいかと秘かに心配したものだった。

戦況がしだいに悪くなるなか、防空演習も増え、初めてモンペというものを制服のように義務的に着用するようになった。学校がやれということに背くと大変なことになるとわかっていたお母ちゃんだったから、黒色に染めた木綿の生地を買い求めてモンペを手作りしてくれたけれど、そのモンペを私にはかせてみて嘆かれた。

「まったく、日本の奴らの褌《ふんどし》姿くらいみっともないものはないと思っていたけど、このモンペでは女の太ももが見えてしまうじゃないか。この先どんなことになるやら」

お母ちゃんは日本の風習を見下していたが、なかでも服装が一番やり玉に挙がった。昔、素足にほとんど下半身だけおむつのようなもので隠して暮らしていた人間が朝鮮にやってきて、自分らに合った服と靴を縫う方法を教えてくれと哀願した。それで服はわれわれの喪服を、靴はまな板みたいなものを教えてやった。それが現在の羽織と下駄になったという話をお母ちゃんは歴史的事実のように私たちに話してくれたのだった。

それはまるで世宗《セジョン》大王が戸の桟《さん》からヒントを得て一晩でハングルをつくったというとんでもない話を歴史的事実のように言うのと同じで、だれも止めようのないお母ちゃんの勝手な思いこみだった。真夏の夜、南大門《ナンデムン》通りや本町通りではいまも褌一つでうろつく輩《やから》がいるだけでもお母ちゃんは、われわれが喪服の縫い方を教えてやる以前の風習が残っている証だと話した。

しかしお母ちゃんの反日感情は信ずるに値しなかった。お祖父ちゃんの葬儀をしてソウルに戻るやお母ちゃんは、お兄ちゃんと叔父ちゃんに私たちも創氏改名をしようとせかされた。それは私も秘かに願っていたことだったし、またそうできるだろうと思っていた。しかし今度はお兄ちゃんが反対した。いままでがまんしてきたのだから、もう少しがまんしてみようというのだ。もう少しがまんしてみようというのは、あの非常時局においてある結末を見通していたようで、私たちもちょっとぎょっとしながら聞いた。

お兄ちゃんの態度も普段の気弱なお兄ちゃんらしくなく強腰で、どこか悲壮感が漂っていた。私はまだ幼なくてよくわからなかったが、かなり見通しのきくお母ちゃんも日本を憎んだり見下してはいても、日本の終わりはわれわれ朝鮮の終わりでもあると考え、日本の終わりが私たちに新しい道を切り開いてくれるとは夢にも思っていなかった。

お母ちゃんよりもっと驚いたのは、二番目の叔父ちゃんだった。創氏をせずに日本人商店街の中で商いをしていくのは、まるで白米の中に混じる籾《もみ》みたいで難しいと訴えた。お兄ちゃんはそれなら叔父さんが別途に分家をして姓を変えるのはどうかと提案をした。お祖父ちゃんからお兄ちゃんは戸主を引き継いでいたが、その権限は絶大なものだった。お兄ちゃんのこの新しい提案は、叔父ちゃんを怒らせ悲しませもした。自分に子どもがいなくてもおまえたちを実子のように思っていたから寂しくなかったが、戸籍分離という生き恥をかかせるのかと言って嘆かれた。それでお母ちゃんがあいだに入って、謝罪と和解をさせようと懸命に奔走された。

姓を変えなかったために困難な目にあってきたのは、二番目の叔父ちゃんよりは末端公務員である一番目の叔父ちゃんのほうだったはずだが、やはりお兄ちゃんの反対で姓を変えることができなかった。お母ちゃんはいつも親の言うことをよく聞いていたお兄ちゃんが、なぜ急に余計な主張をするようになったのか、わけがわからないとすごく心配した。いつも意気投合していた三家に、創氏改名をめぐって初めていざこざが起きた。しかしみんなはお兄ちゃんの意に従うことで暗黙の合意に至ったところを見ると、叔父ちゃんたちはそれでもお兄ちゃんの主張を単純なカラ元気とはみなさなかったようだ。

私は初めてお兄ちゃんを他の人とはちがうと思い、妙に誇りを感じた。私のほうこそ何か知っているというよりは典型的な俗物世界にいながら、急に屹立する精神の高みを見たような気がした。そのような生意気な感覚は、そのころ旺盛になった読書体験とも関係しているようだった。

五年生のとき、初めて親しい友だちができた。転校生だったが、先生が私の隣の席に座るよう指示された。転校してきた子が新しい環境に適応するあいだ、やさしい子の隣の席にするのが先生たちの共通したやり方だった。私はクラスで存在感のない子だったから、クラスの何かの役に選ばれることはなかったが、そんなことにうってつけの役だと選ばれたのだ。私は侮辱を感じもしたが、表だって嫌というそぶりを見せられなかった。自分がよい子でも親切でもないことを知っていたが、先生が私に望む唯一の期待を裏切る勇気がなくて、そんなふりをするしかなかった。その子は姓だけ日本式に変え、名は福順《ポクスン》という野暮ったい本名のままだった。顔つきも野暮ったくて服装も古くさかった。

その子と初めて隣の席になって受けた国語の授業は、図書館についてのものだった。図書館に行って本を借りて読み、返却する過程が詳しく出てきたのだが、先生はあなたたちも実際に図書館を一度利用すれば良い経験になるからと、図書館の場所を教えてくれた。そうしたことはよくあることだった。先生は、教科書に勤勉で成功した話が出てくると、あなたたちもそうなるようにしなさいと言い、正直が出てくれば、正直こそが最も価値のある道徳だと強調するように、今回もまた同じだと聞き流してもよかった。ところがその田舎くさい福順が、次の日曜日に一緒に図書館に行ってみようと私を誘った。先生が教えてくれた公立図書館の場所をしっかりと聞いていたので、探して行けるだろうと思った。国語の本に出ていたとおりに図書館で読みたい本を借りてぞんぶんに読んだら、すごくおもしろいだろうと思った。福順は本のおもしろさがなんなのか私より知っていた。彼女とくらべると私なんかはまっさらみたいなものだった。先生が教えてくれた図書館はいまのロッテ百貨店の場所にあった。当時、その図書館を公立図書館とも総督府図書館とも言った。解放後、国立図書館になったまさにその建物だった。日曜日に一緒に行くことにして、まず彼女の家を知っておこうと思った。

その子の家は楼上洞《ヌサンドン》にあった。城内にそんな家があることに驚いた。藁屋根で軒がとても低くて地面につきそうだった。平地なので水道も出たが、そのことを除くと、うちよりかなり劣っていた。三兄弟に父母、それにお祖母ちゃんまで含めると、六人家族が小さな部屋二つに寝起きしていてかわいそうに思った。さらに一人しかいない弟は、一日中よだれをたらして奇声を上げる障がい者だった。それで母親は腹立ちまぎれでそうなのか、姑の前で無表情なまま煙草を続けざまに吸っていた。

私はそうした環境でも素直で朗らかな彼女を哀れに思いながらも尊敬した。彼女は自ら台所に入っていき、ジャガイモの皮を使い古した匙でさっと剝き、蒸かしてごちそうしてくれた。そんな気どらなさに感動した。私はついに友だちができたと思った。そのときまで遊ぶ子がまったくいなかったというわけではない。しかし友情に対する渇望を満たしてくれたのは彼女が初めてだった。

図書館に行くのは学校の宿題だからと言うと、お母ちゃんの許しはすぐに出た。休日の朝、彼女の家から図書館までの道のりは、私には遠くてなじみのない道だった。彼女も初めてだったが、臆することなくだれかれなく道をたずねながらなんとかたどり着いたところは、子どもたちが気軽に利用できるような建物ではなかった。赤い煉瓦の建物は権威主義的な静寂が漂っていて、どこからどのように入って本を借りる手続きをすればよいのか、まったく見当がつかなかった。

建物内のどんよりとした薄暗さや冷んやりとした静寂さは、のぞき見ることさえ怖かったが、開いている門をあちこち恐る恐るのぞいてみた。制服を着た守衛が走ってきた。私は悪いことをして見つかったようにドギマギしていたが、彼女はハキハキと教科書で習った図書館の利用方法を実際にやってみたくて来たと話した。すぐにも追いだしそうな目つきをして走ってきた守衛は、友だちの明快な物言いに感心したようだ。「ほう、それは見上げたものだ」と言いながら、この図書館には子ども用の閲覧室はないから、別の図書館に行ってみなさいと言った。守衛のおじさんが教えてくれた別の図書館はそこから近かった。いまの朝鮮ホテル正門の真向かいにある府立図書館だった。解放後にはソウル大の歯学部になったりして何回か用途が変わったが、そのときは総督府図書館の次に大きな図書館だった。その図書館もまた、私たちのような田舎者が気楽に利用できるようなものではなかった。堂々とした陰鬱な雰囲気の建物だった。子ども用閲覧室は本館ではなく、別棟になっている平屋の学校の教室みたいな建物だった。

入っていくとなんの手続きもいらなくて、おじさん一人が先生のように前方の机に座り、おじさんの背中側の壁一面が本棚になっていた。だれもが自由に取りだせる開架式だった。教科書で習ったような閲覧のための手続きがとくにあるわけではなかった。家の本棚にある本のように気の向くままに取りだし、おもしろくなければ本棚に戻して他の本を持ってくることをいくら繰り返してもかまわなかった。実際に読まずにふざけてばかりいる子もいた。おじさんは子どもたちに向かいあって座っているだけで、あれこれ言わなかった。彼は一日中本を読んでいた。そんな場所があるなどとは夢にも思えない別天地だった。

その日初めて借りたのが『ああ、無情』という本で、児童向けに読みやすくした『レ・ミゼラブル』だった。もちろん日本語だったし、読む楽しさに加えて挿絵がすごく美しかったから、なおのこと私はうっとりとなった。読みやすくなってはいるが、かなり分厚い本で図書館が閉まる時間まで早読みをしたけれども読みきれなかった。貸し出しはしていなかった。読みきれなかった本をそのまま返して退出しなくてはならないときの心情、それは魂を半分そこに置いて帰るようなものだった。二番目の叔父に屋根裏部屋で漫画を取り上げられたときと似ていたけれども、あのときとはくらべようもないくらいつらかった。気が狂いそうだと言っても過言ではなかった。友だちが読んでいたのは『小公女』で最後まで読んだと言った。私たちはとても興奮してお互いに読んだ本の話をし、次の休みにもまた来ようと約束した。

　お母ちゃんは私が休日のたびに図書館に行くのをともかく感心なことだと言い、お兄ちゃんは私が勉強しに行くのではなく童話本を読みに行くのだと知っていたが、図書館に備えられている本に信頼を寄せていたから止めはしなかった。その日以降、休日のたびに図書館に行って一冊ずつ本を読むことで私の少女期はときめき、福順《ポクスン》とさらに親友になっていった。

　夢の中で毎晩王様になる幸福な乞食と、毎晩乞食にならなくてはならない不幸な王様の話もそのときに読んだ。福順が先に読んだ『小公女』ももちろん読んだ。小公女セーラも下女に転落した後、いつからか毎晩自分の帰宅を待つ温かくておいしい食べ物とぽかぽかの暖炉を夢見るようになった。私には府立図書館の子ども閲覧室はまさにそうした夢の世界だった。

　私の夢の世界である図書館。その窓の外にはポプラの木々が、子ども閲覧室の平屋の建物よりはるかに高くそびえ、夏になるとその葉が数えきれないほどの銀貨をぶら下げたみたいに強烈に輝き、冬になると寒空に向かって伸びた力強い枝が、感化力を持った偉大な意志のように見えた。本を読む楽しさはもしかしたら本の中にではなくて本の外にあるのかもしれなかった。本を読んでいてふと窓の外の空や緑陰を見ると、これまで見てきた平凡なそれらとはまったくちがって見えた。私はそれらの目新しさにうっとりし、喜びを感じた。

　六年生になると上級校の入学準備がはじまったが、いままでとはちがい、担任も怖い先生に替わった。授業が終わった後も残って遅くまで勉強し、試験も受けた。しかし福順と私は依然として日曜日の図書館通いを止められなかった。宿題もたくさん出たが、土曜日に二人一緒になってさっさとすませた。福順と私はいつも一緒だったから、先生やクラスのだれもが認める親友になっていた。福順は勉強もすごくできた。私も福順と親友になってからは成績が少し上がった。親友を失いたくない一心からかえって親友との競争意識が芽生えたのかもしれない。

四年生のときから遠足が修学旅行に変わった。すべての国民学校では行き先が決められていた。四年生は仁川《インチョン》、五年生は水原《スウォン》、六年生は開城《ケソン》と目的地まで一律に決められていた。旅行ではあるが泊まったりせずに、ただ汽車に乗っていって帰ってくるのを修学旅行と呼んだ。私は自分の故郷に修学旅行に行くのが嫌で、ひそかに不安になった。開城についてすっかり知っているから気乗りしないのではなかった。実際、開城は帰郷するたびに立ち寄るだけでろくに見物したことはなかった。私が心配になるのは、お母ちゃんがあらかじめ手紙を出していたから、お祖母ちゃんや叔母ちゃんが出迎えにきたらどうしようかという心配だった。

うちの家族が故郷に行き来するたびに駅まで来て見送ったり、出迎えたりするのは格別なことだった。休みのたびに田舎に行くときも、その間お兄ちゃんを二番目の叔父夫婦に預けて世話をしてもらい、必ずお母ちゃんが私を連れて行き来した。それなのに、いつも田舎とソウルの叔父夫婦たちが大騒ぎして見送りと出迎えをしてくれた。私は年を重ねるごとにそれが嫌になった。田舎の一族、ソウルの一族が、他の家族よりずっと強く結びついているのも気に入らなかった。お母ちゃんやお祖母ちゃんが私をひたすら子ども扱いするのも嫌だった。

開城行きの切符を買うときは、同じ京義線《キョンウィ》である奉天《ポンチョン》行きの切符売り場のすぐ横の列に並んだ。改札を通るときも同じだった。汽車時間まで似かよっているとは思わなかったが、ともかく早く行って長い行列に並んで待つしかなかった。そんなとき、近くで見た中国の奉天に行く旅人は国内の客とはまったくちがっていた。布団袋など荷物が多く、パガジ〔ふくべを二つに割り、中身を取り出して乾燥させ、容器にしたもの〕なんかをたくさんぶら下げた荷に寄りかかり、うとうとしている老人がいるかと思えば、ケトック〔小麦粉、そば粉をこねて蒸した餅〕や粟飯なんかを広げてがっついている子どもらもいた。老若男女が入り混じった家族連れが多くて騒然としていた。

奉天はわが国の地図にはない地だ。一晩走ってさらに半日以上かかる満州の地にあるという奉天は、私が知る外国の地名のなかで唯一、一歩だけ横に列をずらせば行くことができる土地だった。「奉天、奉天行き」と奉天行きの改札開始を知らせる放送が流れると、その列がざわめきだし、私はなぜかしきりに胸が高鳴った。その無秩序な列にさっと混じって家族たちの保護から行方をくらましたいと思った。それは未知の地に対する憧憬からではなく、もっぱら家出の夢だった。わけもわからずただ家族の干渉にうんざりしているころだった。家族から逃れたいと思えば思うほど、福順《ボクスン》との友情が深まり排他的になっていった。

開城《ケソン》に修学旅行に出かける日、お母ちゃんは京城駅まで見送りに来て、ひょっとしたら開城駅にだれも迎えに出ていないかもしれないが寂しいなどと思わずに楽しんできなさい、と言って帰っていった。お願いだからだれも迎えにこないで、こなければよいのに、だがきっとくるだろうなという予感がして、気持ちが晴れないまま開城駅に到着した。六年生は全部で五クラスだった。開城駅前の広場にクラスごとに列をつくり人員点呼をしているときだった。「ワンソ、ワンソや」と私の名を大声で呼ぶ声が聞こえてきた。少し離れたところでお祖母ちゃんが、無法者のように子どもたちのあいだをむやみにかきわけて近づきながら声を嗄らしていた。叔母ちゃんではなくてお祖母ちゃんだった。あまりに恥ずかしくて、しばらく消えることができるものならば消えたかった。

お祖母ちゃんは糊のきいた小ざっぱりしたキャラコのチマチョゴリを着て、頭には麻の風呂敷に包んだ大きな物を載せていた。恥ずかしさと怒りでほてった顔をぐっと隠し、知らんぷりして福順の手をぎゅっと握った。私の朝鮮式の名前は福順以外はだれも知らないだろうと思った。お祖母ちゃんには悪いが目を固くつむり、耳が聞こえないふりをしてその場をやり過ごそうとした。

しかしなんということか、いくら叫んでもまた子どもたちに訊いてみても、私を探せなかったお祖母ちゃんは、どこで聞いてきたのか今度は日本式に変えた私の名前を呼び始めた。それはだれにも聞きとれない舌がもつれた変な音にすぎなかった。私はそれ以上耐えられなくなった。お祖母ちゃんにその難しい発音をさせる私自身に対する嫌悪感でいっぱいになった。そんなときに泣くのは私の唯一の得意技だった。私は「お祖母ちゃん、お祖母ちゃん」と言いながら、その糊のきいたチマのもとに走り寄り悲しそうに泣き始めた。お祖母ちゃんも泣きだしそうな声で「アイゴー、かわいい孫や。アイゴー、かわいい孫」と言いながら、しきりに私の背をトントン叩いた。

そうして私たちはまるで長いあいだ、何十里も離れていた孫娘とお祖母ちゃんのように感激の対面をした。生徒がぐるりと囲んで私たちを見ていた。お祖母ちゃんが風呂敷包みをほどいた。その中にまた包みが三つ入っていた。ソンピョン〔うるち米を粉にして練り餡《あん》を入れて松葉を敷いた釜で蒸した餅〕だった。きっと嫁をせきたてて昨晩のうちにつくらせ、朝方に蒸して持ってきたにちがいなかった。柔らかなソンピョンから松の葉とゴマ油の香りがした。

でも私はみんなに見られて恥ずかしい気持ちでいっぱいだった。早くその苦痛な時間から逃れたかった。乱れた列をすぐに直そうとする先生の笛の音がすると、お祖母ちゃんは一つの包みは先生に差し上げ、一つはソウルに持ち帰ってみんなでわけて食べ、もう一つは子どもたちと分けあって食べなさいと、ソンピョンを三つに分けた理由を説明され、ようやく名残り惜しそうにその場から離れられた。

幸いなことに、そのとき担任の先生は足をくじいて来ることができず、他のクラスの先生が私たちを引率していた。私はひょっとして担任の先生にあいさつをしたがるのではないかと思い、その話をいち早くお祖母ちゃんに耳打ちし早く行ってくださいと促した。お祖母ちゃんが少し離れたところに行った。私たちが整列し、順に駅広場を離れるまで見守るつもりらしく、私は暗澹たる気持ちになった。福順《ポクスン》が黙って新たに増えた荷物を一緒に持ってくれた。

満月台《マンウォルデ》、善竹橋《ソンチュッキョ》など決められたコースをめぐるあいだ、私の気持ちは憂鬱だった。お昼を食べるとき、私はそのソンピョンをだれにも分けず食べもしなかった。もちろん先生にもあげなかった。六年生にもなっておきながら、お祖母ちゃんを恥ずかしく思うことを反省する気持ちもなくはなかったが、恥ずかしく思う気持ちだけで憂鬱になったというのは正確ではない。私がなぜそう思うのかという反省と、うちはなぜこうなのかと反発する気持ちが半々だった。親族間の特別な絆と過保護がしだいに私を締めつけてくるようで、そのことに耐えられなくなっていらいらしていたのだった。

夜に着いた京城駅にはまたお兄ちゃんが迎えにきていた。お兄ちゃんにソンピョンの包みを引き継ぐまでうじうじとそのような思いにとらわれ、自分のぐちゃぐちゃになった内面を理解してくれる福順にもソンピョンを味わわせはしなかった。お兄ちゃんと私はまず南大門《ナンデムン》通りの二番目の叔父ちゃんのところに立ち寄り、ソンピョンの包みを開いて二つの家で公平に分配しながら、叔父ちゃん夫妻が田舎の叔母ちゃんのソンピョンづくりの苦労と腕前をほめたたえる話を聞かなくてはならなかった。国民学校最後の修学旅行はこうして憂鬱な中で終わった。

7　兄と母

日本の敗色が濃くなるなか、ますます暮らしは悪くなった。朝鮮の青年に対する志願兵制〔一九三八年〕が徴兵制〔一九四二年閣議決定、四四年四月から八月にかけ徴兵検査、九月から入営〕に変わった。お兄ちゃんは徴兵にひっかからなかったが、徴用という労務動員制度〔一九三九年、鉱山、工場、軍事基地などに徴用〕が別にあって、いつ徴用になるかわからない状況だった。お母ちゃんはお兄ちゃんが総督府にそのまま勤めていたなら徴用にひっかからないのに、と残念がった。お兄ちゃんはワタナベ鉄工所が軍需品工場になっているから徴用の心配はないとお母ちゃんを安心させた。しかしお兄ちゃん自身はそのことを運が良いとは思っていなかった。

当時、朝鮮で初めて志願兵として戦死した李仁錫《イインソク》という上等兵を英雄扱いし、彼の一代記を日本の浪花節に仕立て上げて朝鮮の青年たちを戦場に送りだそうと血眼になり始めていた。それで、その浪花節を毎日のように放送していた。お兄ちゃんはその放送が聞こえてくると気色ばんで、すぐに消せと声を荒げた。

二学期からはどうしても入試勉強に集中しなければならなかった。担任の先生は足をひどくくじいて家で休んでいるあいだも、級長と緊密に連絡をとりあって試験問題を出し、採点もして体罰までも命じた。娘が一人いる朝鮮人の女の先生だったから、お母ちゃんはものすごく気に入っていた。朝鮮人の先生までもが、日本語がわからない父兄と面談するときは通訳を入れて話をするなんてことをしていたが、その先生はそんなことはしなかったから、お母ちゃんの好感度は増すばかりだった。

しかしその先生が私たちに加える体罰は、とても独特で嫌悪すべきものだった。六年生は五クラスのうち二クラスが女子組で、成績を上げるためだろうけれど、先生は絶えず別のクラスとの競争意識を煽った。一斉テストの成績がもう一つの女子クラスより少しでも落ちると、個々人の点数に関係なしにクラス全員が罰を受けた。先生は自分の手をまったく汚さずに私たちにひどい体罰を加える方法を知っていた。それは隣の席の者と互いに向きあって立たせ、相手方の頰を先生がやめなさいと言うまで互いに叩かせるという方法だった。

生徒同士で叩くとなるとそっとやるように思うが、決してそうはならなかった。生徒がそっと叩くところを見ながら薄笑いを浮かべ、あなたたちがそんなこざかしいまねをするならいつまでも叩きあうようになると脅した。自分が叩くより相手方がより強く叩いたと感じて、悔しくなって相手方よりもっと強く叩きたくなる。想像してみてほしい。一三、一四歳にしかならない女の子たちを向きあって立たせ、互いの憎悪心をむやみに煽り、かわいい頰を赤く腫れあがるまで叩かせる陰惨な光景を。それこそ救いようのない地獄だった。

福順《ポクスン》と私は成績や身長も似ていたから、成績順に座るときや身長順に座るときなどに隣になることが多かった。私たちも仕方なしにこの野蛮な憎悪心に取りつかれ、徐々にその強度を増して互いの頰を叩いた。ピークを越えるとどちらがより強く叩いたかは関係なくなった。その行為をやめない非人間的な自分の一面を思い知らされた。先生のやめろという声がかかると、私たちの憎悪心は必ず羞恥心に変わり、互いの顔をまともに見ることができなかった。思い出したくもない残酷な体罰だった。お母ちゃんはいままでに出会ったどんな先生よりも純朴で気に入ったと言ったが、そんな先生がなぜ年ごろの子たちにあんな獣のような時間を持たせたのか、本当によくわからない。

お母ちゃんは私を京畿高女《キョンギコニョ》に入れたいと考えていた。希望するなら行けないこともないという担任の先生の言葉が災いの元だった。私は六年のあいだ一度も優等を取ったことがなかった。最初から京畿高女に行けると先生が目星をつけた子たちの実力にくらべ、私の成績は及びようもなかった。お母ちゃんもそのことを知らないはずがなかった。欲はあっても冒険をする度胸のないお母ちゃんだったから、欲を抑える口実が必要だった。お母ちゃんはお兄ちゃんに対し、創氏をしていただけでも京畿高女に入れたのに創氏をしていないから到底無理だと、とんでもない恨みごとを言い始めた。しばらく静かだった創氏問題が再燃した。

お母ちゃんは自分の考えに確信を得るために、先生にもその問題を相談した。先生はそうした規定はないが、公立学校だから万一同点の場合には不利になるかもしれないという程度の話をした。自分がいいだしたほどの決定的な回答は引き出せなかったけれども、お母ちゃんには十分な口実になった。たしかに強引だと知りながらお兄ちゃんを悩ますお母ちゃんが嫌で、お母ちゃんのいらだちをいまだに受けて耐えているお兄ちゃんに対し尊敬の念が生まれた。よくわからなかったが、お母ちゃんや私では持ちえないある信念を持ったお兄ちゃんを助けなくては、とあのとき思った。

私はお母ちゃんを説得して淑明高女《スンミョンコニョ》に志願した。そのときはまだ先生が成績によって勧めてくれた学校は参考にするだけで、各自の意向とか事情によって自由裁量権が尊重されていたころだった。福順が京畿高女に志願したことも、私が京畿を避けた原因の一つだった。度を越した友情に疲れたというか、近ごろの言い方で言えば、愛するが故に別れるというか。福順も別れることに同意していた。感傷的な少女小説に感染した私たちは、手紙でさらに多くのことをやりとりすることにして、生意気にも別れることにした。

お母ちゃんは私が淑明《スンミョン》に願書を出した後も依然として創氏していないことを心配し、さらにもう一つ身体検査で落ちるのではないかと心配した。私はお母ちゃんのこうした心配を聞き、お母ちゃんがいまから万一不合格になったときのための口実を準備しているんだと感じた。絶対に実力不足で落ちたとは言いたくないお母ちゃんだった。どこで知ったのか、お母ちゃんは体重がいくら以上なければ不合格になるという不確かな情報を仕入れてきて、私の体重を早く増やそうといろいろと試みた。

私は心身ともに丈夫だったものの、とても痩せていた。福順《ポクスン》の身長は私と同じくらいだったが、顔が丸くて太っていたから、クラスでのあだ名がおたふくだった。私たちはいつもつるんでいたし、あらゆるものを二人で分かちあっていたから、先生までもが福順に、あなたの肉を少しあの子に分けてやったらと冗談を言われたくらいだった。お母ちゃんがいくら気をもんだとしても体質的に痩せ型の者が急に太るわけがなかった。身体検査の日、お母ちゃんは私の下着の中に銀の指輪など重くなるものを縫いつけてくれた。他方で、入試日に飴やもち米を蒸かして食べさせるという風習にお母ちゃんは目もくれなかった。万一お母ちゃんがそうした迷信的な風習に積極的だったらと思うと、想像するだけでも笑いがこみ上げてくる。

福順も私も無事に合格した。入試が卒業前にあったから、合格してからも学校にそのまま通ったのだが、先生は授業を適当にやって新派劇を観たときの話や、今日で言うところの性教育のような話もしてくれた。合格した子たちは時間をつくってお礼に神社参拝をしなさいとも言った。私たちは入試前に合格祈願のために団体で神社参拝をしていた。

ある日、福順が二人で神社参拝に行こうと言いだした。いくら先生が行ってみなさいと言っても、それは奇抜な提案だった。先生が言われたことをいちいち守るような物わかりのよい模範生でもなかった。図書館を訪ねていったときのような好奇心が神社にあるはずもなかった。しかし私は二つ返事で同意し、福順が本当によいことを考えてくれたと思った。

卒業までまだいく日かあるときだった。私たちは以心伝心で、各々が別々の学校を志願したことを後悔していたし、このまま別れることはできないと考えていた。私たちはどんな形にせよ、気持ちの深いところで別れの儀式が必要だった。しかしどこでどのようにすべきかわからない二人だった。二人で思いきり感傷に浸れるような自分の部屋を持っていないのは、福順も私も同じだった。それでようやく考えついた家の外が神社だったのだ。

よりによってその日はみぞれが降った。三月なのに、いまの真冬に劣らぬくらい寒くて風が吹いた日だった。朝鮮神宮《チョソンシングン》〔一九二五年に日本がソウルの南山《ナムサン》の山麓西側に建立した広大な神社。三八四段の階段があった〕に上がっていくそのめちゃくちゃに長い階段に人影はほとんどなかった。水っぽくぐしゃぐしゃに積もっている雪の中に運動靴をとられ、靴下を濡らし足先がかじかんでも、その長い階段をだれかにせっつかれるかのようにあえぎながら上っていった。神宮前までの砂利が敷かれた道もだれも歩いていなくて雪でまっ平に見えた。私たちは神宮のほうをちらりと一度見上げて京城神社《キョンソンシンサ》に行くほうの緩やかな下り坂の道に近づいていった。季節のよいときならその道は恋人たちの散歩道として有名な場所だった。私たちのあいだに、いま風に言えばムードが必要だと感じたとき、その道を思い出したのもおそらくそうした理由からだろう。

しかしその日はあまりにも天気が悪くて通る人もいなかった。私たちは何か解きほぐさなくてはならないわだかまりがあるように感じていたが、最後まで解きほぐせずに、日本人だけが住んでいる南山町にたどり着き、道の向かい側の本町通りの家々に明かりが灯るのを眺めた。

涙が出そうな苦行の道だった。二人は会えば死にそうになるくらい一日中しゃべりあっていたのに、その日はほとんど話さなかった。そしてすごく気づまりなまま別れた。互いに気持ちが食いちがっているのを意識してそれをどうにかしようと努力してみたが、無駄だった。その日にひいた風邪のために卒業式の日まで学校を休んだ。

その間、福順《ポクスン》は一度も見舞いに来てくれなかった。お兄ちゃんが一度、入学祝いに食事をごちそうするからと和信《ファシン》百貨店〔民族資本によってつくられた百貨店。焼失後、一九三七年ソウル一の高層建物として再建〕に連れていってくれた。兄も思いきりしゃれたことをしたつもりだったが、私も洋食屋に行くのはそのときが生まれて初めてだった。しかしそのころはすでに日本人たちが銃後と呼ぶところの一般の人びとの生活は窮乏を極めていた。それで和信百貨店の四階だったか五階にあった洋食屋に入るためには、下の階から一日中、列に並ばなければならなかった。

兄が私を連れて出かけるとき、お母ちゃんはやさしい兄がいるから特別に贅沢をさせてもらえると言ったが、実際に行ってみるととくに贅沢をしたという気分にもならなかった。列に割りこみがあったりして、長いあいだ待った末にようやく食堂にたどり着いた。けれど食堂のきれいなテーブルクロスと、スープの入った皿、拳くらいのパン二つが思い出されるだけで、かんじんなメインディシュがなんだったかは思い出せない。

卒業式の日はうちの家族はもちろん叔父夫婦までが来た。福順は優等賞をもらい皆勤賞ももらったが、私はなんの賞ももらえなかった。うちの家族にはそのことで残念に思う者はだれもいなかった。お母ちゃんのゆるぎない持論によれば、唱歌と体操の成績が良くなかったから優等賞をもらえないのは当然だし、勉強がものすごくできる子だったら創氏をしないでも良い学校に行けただろうというのだった。お母ちゃんが京畿高女《キョンギコニョ》に未練を断ち切れないあいだは京畿高女が「良い学校」だったが、いったん淑明《スンミョン》に合格してからは淑明が「良い学校」になった。しかし私は気が晴れず、式に出席したうちの家族の多さまでが恥ずかしくていらいらした。父親一人だけが来ていた福順が羨ましくてしょうがなかった。

卒業式が終わると、団体でまた神社参拝をして解散するという。福順と私は困ったように視線を交わした。福順も私と同じような気持ちだと気づいた。私たちがすでにした儀式が冒涜されたように感じていた。私たちが行った日からいく日も経っていなかったのに、春の気配がはっきりと感じられるうららかな陽気だった。卒業する日まで私たちはペアだったから、いままでと同じように手をつないで、弼雲洞《ピルンドン》から南山《ナムサン》の頂上まで歩いていかなくてはならなかった。私たちを困らせたみぞれは跡形もなかった。

しかし私たちの関係はもっと気まずくなっていた。私は自分の気持ちが嫉妬と劣等感にさいなまれているとわかっていたから、さらに惨めになった。福順と私は結局そのようにして別れた。解放後、福順が学校を中退して田舎の国民学校〔小学校〕の先生になって私を訪ねてくるまで、私たちは手紙一つ出さずにいた。いま思い出してみると、自分の心の狭さを恥ずかしく思う。

女子高に通学し始めて、ようやく仁王山《イナンサン》の麓を越えて通学しなくてもよくなり、電車に乗って通うことになった。最初のころはソウルの禿げた山に馴染めなかったが、六年間ずっと歩いて通った山道だった。四月の桜、五月のアカシア、冬の雪景色が思い出され、ソウルっ子たちがめったに味わえない通学路だったなあと回想するようになった。しかし六年間ずっと一人で通ったことは、私の性格にも少なからぬ影響を及ぼしたのではないかと思う。一人でも退屈しない方法を心得ていたというか。

いまでも歩いていようが、何かに乗っていようが、だれかが傍らにいても気を使う必要がない場合を除くと、一人がよいのだ。

上級学校に行くと、みんなは登下校するときは必ずペアになって通学していた。片ほうが掃除当番だったりして遅くなる場合は待ってやり、一緒に帰るなどしていたから、一人で通学するのはかわいそうと思う子たちがほとんどだった。私は逆に一緒に通学する機会があってもわざと避けた。だからといっていつも一人でいるのが好きというのではなかった。ただ通学時一人のほうが心安らぐし、またそれを楽しむほうなのだ。その間に放心、よそ見、空想、構想、観察などを気ままにして、とても甘美な時間として活用していたのは、おそらく私が国民学校のときに培った癖ではないかと思う。

女子高生活が始まったとき、時局はすでに日帝支配の末期だった。正規授業は数日も受けないうちに、私たちは軍需産業に動員された。午前中に二時間の授業を受け、午後には教室がただちに工場に変わった。軍服にボタンをつける作業もやったが、もっともよくやった作業は雲母の作業だった。六角形、五角形、四角形などになった半透明な雲母の破片は薄くて剝がすのが簡単だった。私たちがやる仕事は雲母の入った箱を一箱ずつ渡されて、それを先が尖った刃で薄く剝がす作業だった。

それをどこに使うのかはだれも教えてくれなかったし、知ろうともしなかった。噂では飛行機の窓ガラスに使うと聞いたが、たしかではなかった。窓ガラスだけでつくられた飛行機があるのなら理解できるが、飛行機の胴体部分をつくる材料があったのかも怪しい時期だったのに、私たちが作業する雲母だけはずっと供給されていた。大砲の弾をつくるといって家々の真鍮類はすべて持っていかれた時期だった。極度の窮乏が続くなか、ひどく寒い日に松脂《まつやに》の採取の仕事に動員され、新村《シンチョン》のどこかの山をさ迷い歩いて凍えた飯をふるえながら食べたこともあった。松脂はなかなか見つけられなかったし、いたるところで皮まで剝がされて枯れた木々を見た。人間たちよりもっとぼろぼろに疲弊した国土を見た気がした。

防空演習もたびたびやったが、学校での避難所は寄宿舎地下にあった。そこには石炭も貯蔵されており、焚き口もあって、そこから出てくると鼻の穴がまっ黒になった。演習ではない本物の警報が鳴ることもあった。そんなときは家に帰らせてもらえたが、まだ峴底洞《ヒョンジョドン》に住んでいた私は一人で家に走って帰る途中で死ぬかもしれないという恐怖感を味わった。かばんを持たずに登校する日でも、必ず携帯しなくてはならないのが救急袋だった。救急袋の中にはちょっとした救急薬と負傷したときに使う止血用の三角巾が入っていて、各自の姓名、住所、血液型などが明記されていた。三角巾を結ぶ方法も繰り返し教わったが、実際にことが起きたらそれが役立つとはだれも考えてはいなかった。

東京、大阪などが空襲で無惨に破壊されたというニュースが新聞にも出たが、巷の噂ではもっとあけすけに語られていた。そんな噂を日本当局は流言蜚語という罪名まででっちあげて捜索した。母はどこで聞いてきたのか、アメリカは朝鮮を爆撃しないと自信ありげに話した。

ある日学校から戻ってみると母が青ざめていた。ついに兄に徴用令状が来たのだ。ワタナベ鉄工所は軍需工場に指定されているから徴用に駆りだされることはないと言っていたのに、そうではなかったようだ。母は兄をどこかに逃亡させ家族もみな夜逃げをしようと言った。母はほとんど正気を失なっていた。ワタナベ鉄工所に勤めている限りそんなことはないと固く信じていたから、万一の場合に備えての具体的な計画はまったくなかった。配給手帳がなくてはどこに行こうと一食にもありつけない世知辛い世の中になっていた。まず考えられるのは田舎のパクチョッコルだったが、どこに行こうとしっかりと本籍地が明記されていたから、そこを隠れ場所にすることはできなかった。いまなら電話を入れてすぐにも相談しただろうが、当時はただ一刻でも早く兄が帰ってくるのを待つしかなかった。

軍需工場だったので毎日のように夜勤をしていた兄は、夜の一二時近くまで働いて戻ってきた。母は気丈にも不安を隠して兄が夕食をすっかり食べ終えた後、ようやく徴用令状を差しだした。兄は心配するなとそっけなく言っただけで寝床に就いた。大人たちに絶対に心配はかけまいとする兄のいつもの言いぐさなのか、本当に自信があるのか、まったく察することができなかった。それは母も同じだったが、逃げろという話を切り出せずにそのまま夜は更けていった。

翌日、兄は会社から証明書をもらってすべてうまくいったとだけ言った。三日目には徴集に応じなくてはならないが、いつもと同じように出勤してもなんともなかったから、正式に免除されたようだった。母はしばらくワタナベ鉄工所の持つ力に感激しながら、姓も変えない頑固者の兄を日本人の社長がなぜかかわいがって面倒をみてくれたのかと不思議がった。

母の頭の中は混乱していた。灯火管制で電灯を消し、まっ暗な部屋に閉じこめられるとき、自分たちが爆撃に遭って死ぬような目にあったとしても日本人の奴らがドカンとやられるのを見れたらよいのにと暴言を吐いた。そんな暴言をだれかが聞いていないかと怖れながら、息子が日本人にかわいがられ大事にされていることを誇らしく思い周囲に自慢したかったようだが、時が時だけにがまんしたようだ。

李承晩《イスンマン》と金日成《キムイルソン》の名前を聞いたのも、防空演習や本当の空襲警報ですばやく灯りを消して布団に潜りこんだときで、母が昔話をしてくれたときのように非現実的な情報を通してだった。金日成は満州平原で独立運動をしている将軍だけど、意気盛んなだけでなく、縮地の術〔仙術によって土地を縮め距離を短くする術〕を使って一晩で険しい山道を千里も行くというのだ。李承晩はアメリカで独立運動をする学識の高いソンビで、朝鮮の地は絶対に爆撃されないから安心するようにと放送し、飛行機からビラを撒いているという。倭奴《ウェノム》〔日本人に対する蔑称〕どもがアメリカの飛行機が飛んできたといって防空壕に閉じこめるのは、私たちを保護するためだとうそぶいているが、飛行機からのビラを見せないためだというのだ。倭奴たちがそんなビラを見つけたらどんなにか怒るだろうと言いながら、いたずらっ子のように笑うのを見ると、母が私より幼稚に見えた。母は重大な話をまったく深刻がらずに漫談でもするかのように話してくれたので、私たちが置かれていた当時の暗黒状況の中では慰めになった。しかし暗黒の時代にそれがどんな光や勇気になるかまでは、母は語ることができなかった。そこらあたりが母の限界だった。

しかし兄はちがっていた。兄が徴用も免れる会社に通っているという事実に私たちはとても感激し、兄が苦悶している問題はたいしたことではないと思っていた。

兄が旋盤技術者を会社に就職させたことがあった。兄より年上で妻と娘がいた。その彼に徴用令状が来たとき、会社側は徴用を免除される証明書類の発行を断わった。兄はそのために社長と喧々諤々と言い争ったようだ。それにもまして会社に絶対必要な者を順に挙げるならその技術者が一番なのだから、自分が会社に残り彼が残れない理屈がどこにあると言って談判したようだ。その技術者は徴用にひっぱられていくときに兄に礼を言いに来て、ようやく私たちもそのことを知った。母がそれを聞いてあきれはてたのも当然だったし、私もそう思った。自分の身さえもどうなるかわからない状況下で他人の心配をして、自分の身まで危うくしようとする兄が哀れで幼稚にさえ見えた。兄が毎日会社に出ていくのを幼ない子を水辺に送りだすみたいに見送り、安心できない日々が続いた。

食糧の配給が減ってきてとうてい食べられそうにない豆かすまで混ざるようになり、母の田舎通いも増えていった。米をもらいに行くのだ。田舎の家は一番上の叔父が村役人をしていたから、一定量の供出さえすれば、収奪のような目にあわなくてすんだ。しかし食糧を奪うにはたいがい面の役人たちが先頭に立たなくてはならなかったから、その分だけ怨嗟の対象になったようだ。いくら兄が徴用を免れた小さな特権に悩もうと、その悩みは田舎の叔父ほどではなかったはずだ。結局、うちは田舎の叔父が受けている卑怯な特権におんぶして飢えを免れていたのだ。

一九四四年の冬休みに帰郷したときは、パクチョッコルもとても殺伐としていた。巡査と村役人が合同で食糧をくまなく探しまわり、村全体が騒然となっていた。まず彼らが手にしているのは武器よりもっとドキリとするものだった。長い棒の先に槍の刃先のようなものをつけて持ち歩きながら、天井、かまど、藁、落ち葉の山などをやたらと突いてまわっていた。うちの村ではなかったが、隣村で落ち葉の山の中に隠れていた少女がその刃先のようなもので脇腹を刺されたという噂は、あまりにも残酷な昼下がりの悪夢だった。

少女がそこに隠れた理由は挺身隊の噂のためだった。ちょうどそれより数日前に、別の村で井戸の水汲みをしていた少女が、日本人巡査によって挺身隊にするためにひっぱっていかれたというのだ。そんな噂を聞いた少女の父母が、背広姿の者たちが村はずれに現われたのを見て怖くなり、娘を落ち葉の中に隠したのだ。人を奪っていくのは食べ物を奪い去っていくよりももっと恐しい。さらに人と食べ物を一度に奪っていくようではこの世も末だ。

終末期の兆候がいたるところに現われていた。同級生を遠くへ嫁にやる幼ななじみの母が、私をつかまえて涙した。私の歳で嫁に行くなんて。そのとき私はようやく一三歳だった。しかし田舎では早婚が流行った。極度の食糧難で、娘を持つ家では家族を一人でも減らしたかったたし、挺身隊問題まで出てくると早く片づけたがった。その一方で、息子を持つ家では兵隊にとられる前に跡取りの子をほしがったからだ。

田舎の叔父がむごい収奪を免れることができたのは、村役人といううしがない官職のおかげだったが、そのやり方がわかってみると、とても恥ずかしいものだった。村の総務部長だったから直接食糧をくまなく探しに出ることはなかった。最前線に出る供出督励班は末端の村役人と駐在所の巡査たちで構成されていたから、彼らがこっそり黙認したのだ。かといって田舎の実家だけを見ずに通過したのではなく、かえって他の家より隅々まで探した。しかし実際は米の入っているかめは見過ごしたのだ。明らかに目をつむってあうんの呼吸で見過ごしたのだ。こうした特権に気づかない村人たちではなかった。村人たちは自衛策として、むごいことをする供出督励班員たちがやってくる前に急いで家の裏から米袋を持ちだした。探索が終わった後に米を戻しながら、あれは祭祀に使う米だったと言い訳をしたものだった。

そんな時局だったから、田舎の叔父の家といえども食糧に余裕があるはずもなかった。それでも田舎の叔父は私たちにまわすのを最優先してくれていたから、私たちは田舎の家の物はすべて私たちの物だと思いながら育った。とくに多いという農地ではないが、兄が当然に相続権のある長男の子だったからそう思うこともできたけれど、何よりも田舎の叔父は、父のいない私たちに父の代役をしなくてはと考える義務感の強い方だった。ずっと自分の子ができなかった二番目の叔父に感じていたのが実の父とちがわない慈しみだとするなら、四人の男女の子を持つ田舎の叔父に感じたのは父親の権威と義務だった。

しかし〈かまどの塩もつまんで入れてこそ塩辛い〉〔いくらたやすいことでも手をつけなければ成就しない意味〕の譬《たと》えのように、いくら持ってくる米がかめにあっても運んでこなければ話にならなかった。しかし運ぶのは容易ではなかった。巡査が米を探しまわっていたのは農家だけではなかった。汽車の中での捜索はもっと厳しかった。闇屋の捜索班がいつも汽車の中を巡りながら疑わしい包みを探しまわっていた。見つかれば侮辱され、もちろん没収された。彼らの肩書きは闇屋取り締まりだったが、やはり人間だったから、何升にもならない米は売るのではなく家族が食べるものだと事情を話すと見逃してくれた。それで母は少しずつ運んでいた。だけどそんなやり方をしていると交通費がかさむので焦っていた。母もしだいに大胆になって衣服の隠しポケットだけでなく腹にも米袋を巻きつけるようになり、母が田舎に行くと無事に戻ってくるまで気が気ではなかった。闇取り引きが経済を攪乱させるからといって取り締まりが強化され、とくに米の闇取り引きを容赦なく罰したが、そんなことをやればやるほど手法も巧妙になり、着ている服の中に米を三、四升ぐらいはやすやすと縫いつけて通う闇屋もいると噂された。

田舎ではそんな苦労をせずにむしろ堂々と搬出証をもらって米を運んで食べろと言ったが、兄がひどく嫌がった。田舎に農地がある地主には搬出証というものが出たので、一定量の米をソウルに持ちこむことを許されていた。だがその代わりに米の配給を受けることができなかった。兄は自分らは地主なんかじゃない、なんで配給米を断わってまで田舎から米をもらうのかと言うのだ。兄の言うことは正しいが、兄は母のおかげで豆かす入りの米を食べたことがなかった。

娘だからと食べ物を差別したことがない母が、このときばかりは兄のご飯を別に炊いた。豆かすの臭いはもともと耐え難かったし、一緒に炊くとそれを取りだして捨てたくなるほど嫌なものだった。

豆かす入りのご飯は私と母が食べたが、それにもちがいがあった。見た目には同じように混ざっているように見えるが、母の器の下には私のよりもっと豆かすがたくさん入っていた。私はそのことをわかっていたが、豆かすが本当に嫌いだったから知らぬふりをした。

母が決して息子と娘の食べ物を差別しないのを叔母たちはありえないことだと見ていた。それくらい男と女は生まれながらにして差別して育てるのが当たり前の時代だった。娘をそんなふうに育ててしまったらその後どう嫁に出すのかと、さぞや母は叔母たちから嫌味を言われたにちがいない。するると母は「娘は口一つで嫁に出すわ」と素っ気なく答えたものだった。母は本当に私が嫁ぐまでその信念を曲げなかった。娘はうまいものを食べてこそおいしいものをつくれるのだし、うまいものを食べなければ決しておいしいものはつくれないという母の考えは〈口が病んだ嫁は使えても、目が病んだ嫁は使えない〉〔食べずに気が利いて働く嫁がよい〕というひどい話がまだ信じられていた当時としては、とても常識外れなものだった。私は嫁に行くときまで、叔母たちから「あの娘は口一つで嫁に行く子だよ」と冗談半分にあてこすりを言われたものだった。

8　故郷の春

兄がワタナベ鉄工所を辞めた。自分は徴用を免れたが、自分が就職させた技術者は徴用から免れさせることができなかったことで、ついに会社まで辞めてしまったのだ。もうあれこれと差別的な状況を見たくないから、田舎に行って農業をするというのだ。事務屋の自分と技術屋の彼が比べられ、彼が差別を受けたことに耐えられないと、職を賭けてまで抵抗する兄をだれも理解はできなかった。だれもがどんな手段を使ってでも自分の身を守り、なんとか生き残ろうと汲々としていたときだけに、なんとも自分勝手なことをしたものだ。

他人のために自分を顧みない行為は一見したところ正義の行動のようだが、実際は逃避だった。兄は国防服を着てゲートルを巻き、靴底に鋲のついた軍靴を履いて軍需工場に通うことに耐えられなくなったのだ。しかし田舎の叔父が村の労務部長になっていなければ、兄がそのようにあっさりと身分保障されていた職場を辞めることはできなかったはずだ。田舎の叔父は村人たちの中から労働力になりそうな者を徴用や報国隊員としてひっこ抜く担当部署の労務部長だった。そんな部署にいる田舎の叔父の庇護を信じる気持ちがそうした勇断を促したのなら、それは勇断ではなくて甘えだったはずだ。

ちょうど京城〔ソウル〕に疎開令〔一九四四年四月四日〕が下されたころだった。空爆と食糧難を口実に京城府民たちを田舎に分散させる政策を疎開令と呼んだ。人だけでなく一部都心の家などを強制的に壊して大きな通りをつくったのも疎開令によるものだった。ソウルもまた東京のように火の海になるだろうし、でなければ食糧搬入が断たれて飢え死にするかもしれないとだれもが戦々恐々としていたころだったから、兄の勝手な退職という衝撃を母はなんとか受け止めることができた。

そうでなくとも、田舎の叔父から疎開してきたらと連絡がたびたびあったことも口実になった。そして何よりも、兄の退職によって生活が立ち行かなくなり都落ちするという真相を隠して、空襲のおそれや糧食の道を断たれたからやむなく都落ちするのだという建前が村人に了解されるかどうかが、母にとっては重要だった。なんとしてでもソウルに踏みとどまりたかった。故郷に錦を飾るではないけれど、せめて時局のせいにしながら故郷に帰りたいと思ったのだった。

ソウルの二番目の叔父も氷の卸業はほとんど廃業状態だった。氷も贅沢品だったから、店の中は炭と薪が積まれているだけで火が消えたようだった。しかし商売の勘が鋭い叔父は早くから闇屋としてかなりうまい汁を吸っていた。統制経済と物資難は必然的に貴重な物資の闇取り引きを誘発し、危険を顧みずにそうした地下経済で利益を上げる商人を闇屋と呼んだ。父親代わりの叔父のこうした隠れた経済力も、兄がしゃくにさわる職場をあっさりと辞めるのを後押しした。叔父も以前から私たちと一緒に疎開するために店をたたむ口実を探していたと言った。秘かに人と会い、こそこそ話をしてしきりに汽車で地方を行き来する闇屋は、必ずしもソウルで暮らす必要はなかった。

それらはすべて二年生に進級したときに起こった。解放されるほぼ半年前のことだった。疎開で田舎に行く学生は転学も簡単にできた。学務局に行って疎開する先とその地域の学校の中から行きたい学校を申請さえすればよかった。私は開城《ケソン》の好寿敦高女《ホスドンコニョ》を申請し、住んでいた三角形の庭を持つ家も売りだした。パクチョッコルから開城までは通学できないので、家さえ売れれば開城市内に家を用意できるだろう。そこを叔父夫婦と一緒に使うことで相談がまとまった。闇屋をしようとすれば町に拠点を置かなくてはならなかったから、二つの家族はパクチョッコルに閉じこもってはいられなかったのだ。

兄は母が失神しないよう時間をかけて第二弾の衝撃を準備していた。結婚するつもりの女性がいると言いだしたのだ。「えっ、それじゃ、おまえが誘惑をしたのかい?」そんな表現は私も嫌いだったが、兄のほうもそんな言い方を嫌がった。眉をひそめてなぜそんな言い方をするのかと怒った。

このごろでは恋愛の一つもできないとバカ扱いされるご時世で男女差別はなくなってきているが、息子がちょっとしたはずみで恋愛をするのはいいけれど、そんな息子の誘惑にどんな女が安易にひっかかったのかと母は考えたのだ。恋をするということと、男女の遊戯を同じに扱っているのだ。私たちにちゃんとした身の処し方を教えておきながら、母のその言い方は相手方の女性を蔑視しているように聞こえた。

しかし母の立場からすれば、兄の軽はずみな態度はその女性の肩を持っているみたいに聞こえたのだろう。親思いの息子として自他ともに認めていたのに、まるで裏切られたかのように感じた母は涙まで見せた。兄は自分の不遜な態度を謝り、ともかくその女性に一度会ってくれという懇願をひっこめなかった。「負けた、会ってみよう。会ったからといってその女の顔に傷がつくわけでもあるまいし、私の面目もつぶれることはないだろう」とまで譲歩した。

ところが会いに行く場所が、あろうことか赤十字病院の入院室だった。家を売って荷作りしているときだった。新学期が始まっていた。私は転学手続きを終えていたものの学校には行ってなかったので、母と一緒にその女性に会いにいくことにした。家から赤十字病院は近かったが、私は未知の門を開けるように興奮していたし、母は一度にいろんなことが押し寄せてきて疲れているようだった。女性は広くて清潔な特別室にいて、なぜ入院しているのかわからないくらい健康そうだった。前もって兄から連絡を受けていたようで、その女性は母を「お母様」、私を「チャグンアガシ〔夫の未婚の妹を呼ぶ呼称〕」と呼んだ。どこが悪くて入院までしているのかという母の問いに、風邪で入院したのですがもう治りましたと答えたが、とうてい納得できなかった。

兄は私たちが田舎に行く前に会うというのなら病室に訪ねていくことになる、とだけ言って、その女性がどんな病で入院しているのかは口ごもったから、すぐに退院できない手術を受けたのだろうと想像した。病院に行くあいだも母は女が恋愛するだけでもはしたないのに、さらに体に手術跡まである女を嫁にはできないと気色ばんでいた。手術跡なんかなさそうなうえに相当な美人だった。どこがとくに美しいというよりは、いま風の言い方をするなら洗練されているというか、品があるというか、私たちがこれまで見てきたどんな女性ともちがってすてきだった。

私も母もその女性に惹きつけられる一方で引け目も感じた。残念だけれど、私は母がまた負けるだろうと思った。私は軽い嫉妬心を感じるとともに憧れも強く感じた。母も半ば結婚に反対できないだろうとあきらめたようだった。

帰り道、母は今日が何日かと訊き、兄の辞職後に立て続けに起きた事件が何日目に起きたのかを数えると深くため息をついた。ソウルになんとしてでも居着こうと精一杯仕事をしてきたことや、息子に対する期待や将来がすべて虚しくなった様子だった。その日の夜、母はあの女が何の病で入院しているのかと兄を問いつめた。兄はその女性が母にはどんなふうに見えたのか、そのことから話してほしいと言った。

「おまえを惑わしただけの女だったさ」

母が言い放った。兄はその女性が肋膜炎で入院しているが、近いうちに退院するだろうと答えた。

「ああ、なんてこと言うんだい」

母は嘆いたが、落ち着きを失うことなくその女性の境遇を訊いた。天安《チョナン》〔ソウル南方九十余キロの交通の要衝地〕に娘ばかり四人いる家の末娘で、名門高女出だという以外は母を失望させる条件ばかりだった。両親は生きているが、裕福な家でもないと言った。根掘り葉掘り問いただしたあげくに、特別室に入れたのも兄の助けが大きかったことまでわかった。次々と失望と怒りを重ねながらも、母は兄とその女を別れさせる自信をますますなくしていくようだった。私と二人になったとき、母は私に「肋膜炎だからといってみんな肺病になりはしないんだろう?」と言いながら、一縷《いちる》の慰めを求めた。肋膜炎はたいがい肺結核に進行し、結核は身を滅ぼす恐しい病だと認識されていた時代だった。

そうした騒ぎの中で、私は通っていた学校にあいさつに行く余裕もなく開城《ケソン》に引っ越した。数日後に学務局から好寿敦高女《ホスドンコニョ》に登校しなさいという通知が届き、自動的に転校することになった。兄はソウルに残り、その女性が全快して退院したので故郷に帰り静養していると伝えてきた。

私たちが開城で新たに用意した家は、つづら岩峠の麓にある南山洞《ナムサンドン》にあった。パクチョッコルにしょっちゅう出入りすることを考えてそこに家を買ったのだ。好寿敦高女も遠くはなかった。母と初めて登校した好寿敦高女は高台にあり、花崗岩の荘厳さもあいまって校舎は美しく感じた。そのうえ庭が広くて緑が多かった。ちょうど桜が満開で別天地のようだった。しかしなぜか自分がずっと通う学校だという気が少しもしなかった。人づきあいもよくなかったうえに自分の学校という考えもなかったから、むっつりと黙って座り、隣席の女子生徒の顔もろくに見なかった。ほんのひと月余りのあいだに私の身のまわりに起きた変化がいまいましく、無念で、ともすると涙があふれそうになった。

一〇日ほど通ったころ、風邪を口実に数日休んだ。明らかに仮病を装ったつもりだったが、微熱が続いた。近くの病院で診てもらうと、道立病院でレントゲン検査を受けるようにと言われた。母がすごく心配し始めた。レントゲン検査の結果は肺浸潤だった。肺という言葉を聞いただけで驚いた母はもしや肺病になりはしないかと問うと、ちゃんと療養しなければその可能性はあると医者が答えた。

私は漢方薬の入った風呂敷包みを持ってパクチョッコルに行かされた。母は兄の好きになった女性が万が一肺病になったらどうしようという秘かな恐れをあきれたことに私に向けたのだ。これまでに風邪もひいたし、食あたり、マラリア、回虫による腹痛などもっとひどい病気にかかったときもろくに学校を休ませてはもらえなかった。死ぬような病でないなら学校を休むなんてことは考えられなかった。レントゲン写真を撮るのもそのときが初めてだった。私はとにかく〝やった〟と思いながらパクチョッコルに向かった。

パクチョッコルの春がこんなに美しいとはいままで知らなかった。ソウルに出た後、春に戻ってきたのは初めてだった。これまでは落ち着きのない年齢だったこともあるが、いまは最も感受性が豊かな一四歳だ。私は友だちもいなくて一人夢遊病者のように山野を歩きまわった。幼ないいとこたちを引き連れ山菜をどっさり採ってきたこともあった。パクチョッコルの女たちのように籠を脇腹にくくりつけて山に入ることが、こんなに心安らぐものとは知らなかった。本の入ったかばんよりはるかに私には似合っていた。母がいくら熱心でも私は勉強する星まわりには生まれていないと思った。この間に注いでくれた母の真心と望みは無駄にしなくてはならないが、私は再び学校に行くつもりはなかった。

谷間でスズランの群生地を見つけたときは心がふるえた。一人山道を彷徨っているうちにいつのまにか谷間に入っていた。ひんやりとしながらも甘く、濃くはあるが気高い、幻覚のような非現実的な香りに導かれたのだった。日陰になった平らな谷間の一角に、絵で見たことのあるだけのスズランの花が広がっていた。いや花が広がっていたというよりは優美な形の葉が広がっていたというのが当たっていた。飯粒くらいの小さな鈴がたわわについたような白い花が、葉のあいだに奥ゆかしく首をたれながら濃密な香りを漂わせ咲いていた。

スズランの花は淑明高女《スンミョンコニョ》の校花だった。胸に誇らしげにつけて通ったバッジもスズランの花を図案化したものだったし、校歌もスズランの花の奥ゆかしさと香りをたたえたものだった。しかしあまりにも厳しい時代に入学したからか、生のスズランの花を見たことはなかった。頭の中で美化されていたスズランの花の実物を発見した日、私はおかしなことに一日中憂鬱で心がひりひりと痛かった。今後この世はどうなり、私はどうなるのか。いまのような状況下で完璧な喜びを感じるのは、この事態が長続きしないことを知っているからではないか？　漠然とだが自然と一致したかのような自分が信じられなくなり、自分の重要な一部をソウルに残してきたかのように感じた。

私たちとほぼ同じ時期に開城《ケソン》に疎開してきた二番目の叔父も、数日に一度はパクチョッコルに来て過ごしていった。最初は私たちが南山洞《ナムサンドン》に買った家に一緒にいたが、すぐに貸し部屋に移っていった。兄が望んだ女性との結婚が急に進展し、結婚式の日取りも決まった。新しくお嫁さんが家に入ってくるのだから叔父夫婦が一緒にいるのは具合が悪いだろうと、あらかじめ別のところに移ったのだ。闇屋でお金を転がしつつ商いにたけていた叔父は、家を買うためにはお金を使いたがらなかった。叔父がパクチョッコルに来るときは、闇屋としてひと仕事を終えていたので機嫌が良かった。

私も叔父が来た日はすごくうれしかった。あの時代の親子関係では考えられないくらいに、私たちは親しかった。いまの時代みたいに親しい親と娘のように気安く甘え、かわいがってもらった。もし二番目の叔父に子どもができたらそうはいかないだろうと思って、生まれてもいない子に秘かに嫉妬を感じたくらいだった。

二番目の叔父の趣味は魚を捕ることだった。釣るのではなく網を投げて捕まえるのだ。叔父は物置きを開けて肩に網を担ぎ、私は魚籠《びく》を持ってウキウキしながらついていった。貯水池まで四キロほどあったが、そこまで行かなくても網を投じる淀みや小川はいたるところにあった。叔父が水面に力強く網を投げる姿はなんであんなにかっこよかったんだろう。

田舎ではその網をチェンイ網〔投網〕と呼んだが、空中で広く円を描きながら水面を覆い、水の中に落ちていった。網の周りには一定の間隔で錘《おもり》がついていて、覆った水面の下に魚をかき集めながら、叔父は手元の綱を引き寄せすぼめていった。引き寄せた網の中で鱗を光らせ飛び跳ねる魚を魚籠に入れると、私は限りない喜びを感じた。運悪く水中にあった木の切り株のようなものに網がひっかかることがあると、叔父は泳いでいってひっかかった網を取り外すこともあった。ごくまれにウナギが捕れることもあった。ウナギという奴は本当に力が強かった。ひどく暴れまわるので私には捕まえて魚籠に入れることができなかった。一度ものすごく大きなウナギを捕ったことがあったが、あまりにも暴れまわるので叔父はそいつを岩に打ちつけ石で頭を叩かなくてはならなかった。文字どおり死闘だった。

ウナギが捕れると叔父は「これはおまえのものだ」と言いながら投網をやめ、急いで家に帰った。生きているうちにさばいて塩を振って焼くためだった。日に日に暑くなりはじめても台所にはいつも火鉢があった。その上に焼き網を置き、骨を取り除いたウナギに大粒の塩だけをパラパラと振りかけて焼くと、なんともおいしかった。一番脂がのったときのウナギは焼くだけでも激しく火花を上げた。いとこたちが走り寄ってきても叔父は私一人に食べさせようとした。そのときの私は肺が悪くて療養中の身だった。私は幼ないときから決断力があると言われていたが、いつも元気がないほうだったから自分でも健康だと感じることはあまりなかった。

しかしその年の春から夏をパクチョッコルで過ごしたことで、生の歓喜というか、体中に清々しい水が巡っているような健康の喜びを満喫できた。よりによってその時期に病人扱いされたというのも妙な気がした。しかしすっかり良くなったと言いたくはなかった。好寿敦高女《ホスドンコニョ》に再び行くのが嫌だったのだ。病人のふりをしていたのは母の私に対する無関心から始まったのかもしれなかった。母は私をパクチョッコルに送るばかりで兄の結婚準備に余念がなかった。一人息子が嫁をもらうのだから慶事中の慶事だといって、力の及ぶ限りちゃんとしたものにしようと焦っていたのだろうが、花嫁候補の健康が釈然としないために、さらに心に余裕がなかったようだ。

「何をしても手につかず、買い物に行っても何を買いにきたのか忘れてしまうし、ボォっとなり心配ごとばかりが多くて、こんな状態で結婚をさせるべきかわからなくなってきたわ」

このように叔母さんたちに訴えてため息をついている母を見ていると、私も漠然と不吉な予感にとらわれた。叔母さんたちも同じように考えていたようだった。

「お義姉さんの考えが本当にそうなら、いまからでもとりやめたらどうです。あのう、男のほうがちょっかいを出したぐらいでは傷にならないし、なぜおいそれと承諾したんです?」

「私がこの婚礼を中止させて他人様の娘を台無しにするくらいなら、最初から体をはってでもやめさせてますよ。私が見たところ、息子が先にまいってしまいそうで、それで仕方なく。すべて巡りあわせなんですよ。よりによって病気持ちであるかもしれないお嫁さんをもらうのも巡りあわせなのかもしれない。だけどこれから私たち家族が直面する災いをそのお嫁さんが厄払いしてくれるのかもしれないし」

母のこうした話を聞いて、どうしてそこまで言えるのかと、息子へのめちゃくちゃな愛情に、私はあきれはててしまった。私は病院で初めて兄の愛する人を見て感じた好感とおぼろげな憧れをそのまま大切にしていた。母も同じだったのかもしれない。母はもともと私たちが好きなものは同じように好きという癖があったが、兄が選んだお嬢さんをとても気に入り、後は虚弱かもしれないということが唯一の気がかりだった。母はそうした心配のために、私をほとんど放ったらかしにしたまま結婚式の日が近づいてきた。新婦側でもいろんなことをあまりにも急いで準備しなければならず、たんすがその日までにできるかわからないので理解してほしいと連絡がきた。

ソウルで新式の婚礼を挙げ、再びパクチョッコルで旧式の婚礼と宴を行なうことになった。愛に目がくらんだというか、兄はいつもとはちがって、新婦を最も華やかにし、そして格式を整えたいと望んだ。私は療養中という口実のもとにソウルには行かず、田舎での大々的な宴の準備を見ていただけだった。

一九四五年の初夏だった。解放を二カ月後に控えた困難な時期だったが、新婦の化粧や着付けがうまいことで有名な美容師に来てもらい、開城《ケソン》地方の伝統的な新婦の装いを再現した。花冠で飾った兄嫁はだれもが息を呑むくらいに美しかった。肌は透きとおるように白く、頬と唇にバラ色をさしていたので花冠の華やかさに負けていなかった。兄は得意満面で口元が緩みっぱなしだった。祝客に新婦を誇らしげに見せ、新婦に付き添ってきた人たちには開城の風習を自慢してみせた。

私はそのときの花冠で飾った兄嫁の恍惚とした表情をいつまでも忘れられなくて、後日『未忘《ミマン》』を書いたとき、女主人公の婚礼の場面で使わせてもらったことがあった。式を挙げ新婚旅行までしてきた新婚夫婦は南山洞《ナムサンドン》の家に落ち着いた。兄嫁は本当に衣服の入った風呂敷包みだけを持ってきた。たんすを持ってこようにも運送状況が極度に悪くなっていた。世の中が激動し始めているのに、兄と兄嫁は新婚生活の楽しさにすっかりのめりこみ、ときの経つのも忘れていた。母はいまだに新婦の健康が気になり、できるだけ楽に過ごさせようと南山洞の家からよくパクチョッコルにやってきた。

そうしたある日のことだった。私の記憶の中に平穏な夏の長い一日が浮かぶ。お祖母ちゃんはどこに行ったのか留守で、母と二人の叔母が久しぶりにパクチョッコルの家に集まっていた。昼食にそばを打って食べた後、嫁いできた嫁たちがなんだかんだとおしゃべりをしながら器をつくっていた。そばには大きなハムチバック〔木を繰り抜いてつくった器〕もあったし、小さなパンピョントリ〔底が平たい真鍮製の汁物用食器〕みたいなものも置かれていた。

そのころ、田舎では紙で器をつくるのが流行っていた。本だとか障子紙みたいなもの、韓紙であればなんだって材料になった。水や灰汁に白くなるまで浸してそれをぎゅっと絞り、ふのりと一緒に臼に入れてよくついたものが材料になった。ついて粘土みたいに粘り気が出たものを家にあるハムチバックや小さな柳行李のようなものの上に適度な厚みで塗りつけるか、あるいは型なしで手で自由に成型し、乾かすと器の形になった。

さらにクチナシの果実からとった染料〔紅色をおびた濃い黄色になる〕を塗り、さらにオンドルの油紙に塗る大豆とエゴマの油を合わせたものを塗った。よく磨くと堅牢な美しい器になった。出来栄えによってはあっと驚くほど奇抜で使い道のある器になったりもした。互いに腕前を自慢しながらつくり上げたものは、乾いた穀物や種子、それにカンジョンなどを入れておくのに役立った。

それを見た田舎の叔母が「そうそう」と言って居間の奥の小部屋にある祖父の書籍をすべてひっぱりだして水につけ、器をつくる材料にしたのだった。祖父が小部屋いっぱいに残した古書のおかげで私たちは村で一番多くの器をつくることができたし、所有者になった。それを羨ましがる村人たちに多少分けてあげたりもした。嫁いできた三人の嫁が器をつくる姿はとても幸せに見えた。まね上手な二番目の叔母はノミの跡がそのまま残っている大きな木の器の中にその材料をほどよい厚さに塗った。おそらくその荒削りなノミ跡をそのまま写し取ることを望んでいたはずだ。田舎の叔母は小さな柳行李に材料を塗った。母はなんの型も使わずに、自分の手でつくり出そうとしたが、失敗をしては口でその場を盛り上げていた。

祖父の本を元手につくったのだから、話題になるのは祖父のことだった。ほとんどは陰口だったが、十分に愛情がこもっていたから聞くのは嫌ではなかった。明け方にもったいぶって大きな空咳と木靴の音を響かせながら中庭に入ってきたので、身をびくっとさせて驚いた新妻だったときの話。嫁をかわいがるのだと言って、食事に肉汁が出た日に髭が入った後の肉汁を少し残し、そばで食事の世話をしていた嫁にさあ飲めと促されても飲むに飲めなかったという話。そんな話がなんでそんなにおかしいのか、一つの話が終わるたびに腹を抱えて笑いあい、器づくりはうわの空だった。

はらはらした兄の婚礼を無事にやり遂げた後の安堵感と虚脱感、そして一寸先を見通せない不安な時局を意識せざるを得ないもどかしいような平和の感覚のせいだったのだろうか。でなければ、嫁という役割を押しつけられてきた権威主義からの唐突で爽やかな解放感からだろうか。私は見物人にすぎなかったが、その場面はいつ思い出しても愛おしく、鮮明に蘇ってくる。

ずっと後になって、新聞などに田舎の儒者の家から貴重な資料となる古書や国宝クラスの価値ある文献が発見されたという消息がもたらされると、母は「あのときは私たち、本当にばかなことをしてしまったわ」と言いながら、照れ笑いをした。けれど、祖父の本の中にもそんなものがあったかもしれないという後悔はなかった。祖父の蔵書を無視するわけではないが、また文献的価値も重要と思うが、あのとき嫁たちが感じていた解放感もそれに劣らず重要に思えた。

あのときのことを思い出すといまでも微笑んでしまうが、彼女たちが子どものように自由でかわいく見えたのだ。大人たちが幼ないころのかわいさを残すのは生やさしいことではない。お祖父ちゃんの古書も、あのときつくった器も残ってはいない。しかし母と叔母たちがいまで言うストレスを解き放ちながら味わった健全な楽しみは、死ぬまで彼女たちの心に残ったのではないかと思う。しかし、それはパクチョッコルの家での最後の平和だった。

母は開城《ケソン》で暮らす兄夫婦の暮らしを見てくると心配そうに言った。

「嫁の実家からはいまだに家具類を送ってきていないのに、なぜ漢方薬があんなにしょっちゅう届くのか。新所帯の家では漢方薬の匂いがしない日はないんだから」

「お姉さんは姑の役割をがんばりすぎるほど果たされていますよ。しばらくぶりに南山洞《ナムサンドン》の家に行ったら、鷹揚に構えて親孝行をしてもらえばよいのに、なぜそんなに匂いに敏感になられているんですか？」

叔母たちは母の過敏さのせいにしたが、私は母の目を騙せない何かが兄嫁に起きていることを漠然と感じていた。蒸し暑い夏休み中のことだった。私はとても健康だったから、夏休みが終われば学校に行かないという名目がなくなるので焦っていた。私なりに何か重大な決断をしなくてはならなかったが、簡単なことではなかった。

しかし学校が始まる前に日本が滅び、私たちは解放された。パクチョッコルに日本が滅びたという事実が知らされたのは、八月一五日より三、四日後のことだった。一六日もいつもと変わりなく村役場に出勤した一番目の叔父は、その日もその次の日も家に帰ってこなかった。それはよくあることだった。そのとき叔父は村役場の所在地近くに妾を囲っているという噂があったが、叔父は決してそんなことはないと否定し、村役場の仕事が忙しいという口実のもとに家に帰ってこない日が多かった。下級官庁がいじめられていたときだったから、叔父の話はもっともらしかった。しかし何よりもそうしたことに最も敏感でなくてはならない叔母が平気にしていたから、だれも心配していなかった。

9　たたきつけられた表札

日本が滅びたことを知ったのは、一団の青年たちがいきなり棍棒を持ってうちに押し入ってきたからだった。彼らは得意顔になって嬉々とふるまいながら、やたらとうちの所帯道具や門をたたき壊し始めた。パクチョッコルの青年も一人、二人混じっているようだったが、ほとんどが知らない顔だった。

しかし地元出身の叔母はほとんどが顔見知りのようで、「おまえたち、突然気でも狂ったか。いったいこれはなんのまねだ」と、体を震わせながらも理由を知ろうと毅然として怒鳴りつけられた。後ろのほうでたじろいでいたパクチョッコルの青年がしばらくここにはいないほうがいいと言いながら、日本が滅んでわが国が解放されたことを教えてくれた。それでパクチョッコルではこの家が親日派《チニルパ》〔日本の植民地下でその支配に協力した者〕とみなされ怒りを買っているというのだ。

すでにいくつかの村をまわってきたと言った。青年らはこの村あの村と巡りながら万歳を唱え、村の親日派の家をたたき壊してまわったが、うちの村の青年は手を出さなかった。数十年もずっと一つの井戸の水を飲み慶弔を共にしてきたことから義理を立てたようだった。ちょうどそのとき、兄が開《ケ》城《ソン》からパクチョッコルに到着した。世の中が一変したのにパクチョッコルにはなんの知らせも届いていないのではないかと心配になり、喜びも分かちあいたいと駆けつけてきたのだった。家をたたき壊していた青年の中には兄にうれしげにあいさつする者もいた。しかし彼らが申し訳なさそうにしているからといってすむことではなかった。彼らの気勢は頂点に達していた。丈夫な門扉までバンバン壊した後、青年の一人が表札を剝がしてたたきつけた。私が幼ないときから慣れ親しんだ祖父の表札だった。祖父が亡くなった後もその表札は依然としてかけられていた。叔父も兄もその横とか下に表札を追加しなかった。

私は何かわめきながら、その青年に向かって突進していった。祖父の書籍で器をつくるのを見たときはただおもしろかったのに、表札がたたきつけられるのを見てなぜがまんできなかったのかはわからない。初めて見る暴力現場はひとつも怖くなかったし、死も覚悟しながら命を賭けようと思った。兄が止めなかったなら、だれかに嚙みつき力つきて倒れていたかもしれない。いまよりはるかに幼なかったときのこととはいえ、自分でも抑えることができない気の強さに落ちこむことがある。

兄が私をずるずる引きずるようにして、私たちは家の裏山にのぼった。叔母とお祖母ちゃんが地面を叩いて慟哭し、青年たちの多くが叔母たちに落ち着いてくださいとなだめているところを見ると、人を傷つけるつもりはなかったようだ。けれど私は引きずられながら、彼らに大人たちの安全を丁重に頼んでいる兄がひどくバカみたいでがっかりした。私は裏山に引きずられながら兄にむやみに食ってかかった。私たちがなんで親日派《チニルパ》? 私たちは創氏改名もしていないのに。「目糞が鼻糞を笑う《パンナンバク》」にもほどがある。徳山、新井、木村なんかに創氏改名しておいて、なんで由緒ある潘南朴氏の家をたたき壊すのかというのが私の言い分だった。

兄はうちが壊されるのを見ながら、怒り狂う青年たちが自然と収まるまでお手上げだと言い、一方で私の肩を叩き私の考えが正しくないということを理解させようとした。私が頑なに自分の考えだけが正しいと主張したために兄がいろいろと話をしてくれた。その内容を細かくは思い出せないが、徳山、新井たちが迫害や受難、恥辱を受けていたそのあいだ、私たちは安泰という特権を享受してきたというのがその要旨だった。それはとても恥ずかしいことだから顔を上げることはできないが、彼らが憂さを晴らしたのだから、こっちも少しは気が楽になったと言った。

私はやがておとなしくなったものの心が痛かった。兄に説得されたからではなく、虚しい怒りの果てにやってきた虚脱感のせいだった。めちゃくちゃになったわが家のせいもあった。その家にどれだけ愛着心を持っていたことか。私がぞんぶんに泣き終えると、兄は私の胸中を察して家のほうに下りていこうと言った。

その日わが家がやられたのは深い怨恨がこもった組織的な暴力というよりは、急に抑圧が解けて押さえつけられていた力が噴出した一種の祭りみたいなものだった。それ故にいくつかの村をさらにまわるとおのずと沈静化した。村人の慰めと助けによって、壊された門や所帯道具などが元に戻され、ようやく暮らすことができるようになった。

こうした現象は青年団とか、自衛団とか、左翼とか右翼という政治的な色合いを持つ人たちの主張が入り乱れる以前のことだった。

叔父は噂どおり妾の家で世間の変化を見極めてから戻ってきた。壊された家の状況を見て、数カ月前に労務部長になってさえいなければここまではやられなかっただろうと言った。その地位は悪名高い地位だったけれど避けようがなかったとも言った。いまさら取り返しがつかないことを後悔している叔父よりは、門扉に釘一本でも打ってくれる村人たちのほうがずっと頼りになった。事務仕事ばかりしてきた人間は、そんなことさえできなければ無能力者と同じだった。

パクチョッコルの家に嫌な予感が漂いはじめて、さらに悪いことに兄嫁がとうとう喀血した。兄は嫁を連れてソウルに行った。母と私は南山洞《ナムサンドン》の家を空っぽにしておくわけにもいかず、ソウルに再び引っ越す準備もしなくてはならないからと、慌てて開城《ケソン》に戻った。一時的な間借り暮らしをしていた二番目の叔父夫婦はなんの支障もなく、兄の後を追ってソウルに向かった。その叔父は商いのチャンスだと言いながら金儲けの期待に胸を躍らせていた。

母は兄と嫁が慌てて出ていった南山洞の家を片づけながら、話すたびにため息をつき涙ぐんだ。家具類はそのときになっても届いておらず、新婚生活らしきものを感じさせるものは何もなかった。追われ者がしばらく息をひそめていた隠れ家のようでもあり、落ち着かない中での二人の切迫した気持ちもわかるような気がした。片づけ作業中によく漢方薬や生薬の包みが出てきた。指尺一つほどの大きなムカデの乾かしたものもあって気味が悪く、そこにまた虫がついているのを見つけた母の顔は青ざめ、手はぶるぶるとふるえていた。

「私はこんなぶざまな様を見るために、息子を育ててきたのか」

ため息をつく母を見ながら私も兄を理解できなくなった。兄はだれよりも新婦の病状を知っていたはずだから、まず病を治すことを優先して結婚は後まわしにすべきだったのに、何かに追われるようにしてその病にもっとも害になる結婚を急いだのはなぜなのか。母も私もその理由がわからずじまいだったが、若者を不意に襲う運命的で無分別な情熱についてだれが知っているというのか。本人たちもおそらくは隠したのではなく説明できなかったのだろう。

開城に初めて駐屯した外国軍はアメリカ軍だった。彼らが駐屯する際に見物に行ったが、その自由奔放な行進に驚いた。ガムをクチャクチャ嚙みながら女性たちにウインクし、子どもたちをさっと抱き上げたりした。まるで軍規がない軍隊のようだった。通りの壁という壁に張り紙が始まったのもこのころだった。自由だとか、民主主義、人民といった言葉は、初めて聞く驚きの言葉だった。親日派《チニルパ》売国奴を処断しようというスローガンも多く、誰だれ絶対支持、誰だれ決死反対という意思表示も乱舞していた。

兄は、嫁をセブランス病院に入院させたから、家が売れ次第すぐにソウルに来てくれと知らせてきた。母はソウルに出ていってさらに焦ったようだった。兄嫁のお母さんが来て看護していたのだが、お年寄りでとても見ていられない、うちの家族になったのだから自分たちが看護すると言うのだ。兄が嫁につききりでいるのも母にとっては不安材料だった。私たちが兄嫁のことにかかりきりになっているあいだに、二番目の叔父は混乱期のソウルでぞんぶんにその商才を発揮していた。その叔父が知りあいの日本人の家屋を一軒手に入れ、そこで暮らすことにしたと伝えてきた。また私たちが家を買うときは援助するから、安値でも開城の南山洞の家を売って早くソウルに出てきたら、と気をもんでくれていた。私たちもちょうど家を売ろうとしているころだった。

開城にアメリカ軍が入ってきたのはまちがって三八度線を引いたからだという噂が流れたが、不意に撤収し、代わりにソ連軍が駐屯した。アメリカ軍が進駐する前からも、開城にはアメリカ軍が入ってくるのか、ソ連軍が入ってくるのか予測できないほど三八度線が微妙なところを通っていると言われていた。はたしてどっちが入ってきてくれたほうが有利なのかとおもしろ半分に予想したり、論争したりするのを何度も聞いたが、三八度線という抽象的な線が現実にどんな拘束力を持つようになるのかはだれにもわからなかった。入ってきたときとはちがってアメリカ軍はこっそり立ち去り、ソ連軍が駐屯するや世間は急に騒がしくなった。

性たちまで「ダワイ」に遭ったと騒いだ。外国人たちはわが国の女性の顔だけでは老若の判断がつかず、老いた女性まで強姦したとも言われた。ソ連兵は目についた時計さえも奪ったから、手首から手のつけ根まで一〇個を超える時計を着けて見せびらかしていたソ連兵もいたらしい。

母は心配ごとがあまりに多すぎたからだろうけれど、そうした危ない雰囲気には無頓着で、周囲が騒ぎすぎていると見ていたようだ。家から線路は近かった。線路を歩いて北側から南側へと下っていく人びとの行列は、日増しにその数を増していた。まだ三八度線の往来が自由なときで、以北の人たちが自由を求めて南下し始める前だったから、徴用や貧しさに追われて満州などの地に散らばっていた同胞たちが故郷に帰ってくるところだった。ソ連軍が進駐してからは、なぜか開城《ケソン》から南に向かう汽車は止まってしまい、移動するには歩くしかなかった。北のほうから開城までは運が良ければ汽車に乗れたが、悪ければ歩くしかなかったようで、みな一様にくたびれはて腹をすかせていた。

鉄道便がめちゃくちゃになっていた。ソウルに行こうとすると、鳳東《ポントン》駅まで歩いていき、そこから汽車に乗らなくてはならないというのだ。徴用や徴兵で夫や息子を奪われた家族が線路に出て、一日じゅう通り過ぎていく人たちを注意深く見ながら時どき引きとめては、どこからいつ出発してきたのかなどと訊く姿を見かけた。そのように押し寄せてくる群衆の中には日本人も相当数混じっていた。声をかけて日本人であることがわかると、苦労して当然だと侮辱したり、唾を吐きかける者もいた。しかし、そのとき解放された祖国に帰ってくる同胞たちの苦労が、追いだされる日本人たちにくらべ少ないということはなかった。見通しのつかない混乱に満ちた時期だった。

初めてハングルで書かれた小説を読んだのもこのころだった。兄の部屋にある本のうち、ハングルで書かれた小説に初めて好奇心を抱いた。同年代の者たちがほとんどハングルを知らないときだった。急にハングルを習おうと大騒ぎになったが、私はとっくに知っていたので、そのころあふれ出てきた壁新聞やビラを自由に読めることに妙な快感と自負心を抱くようになった。自分の国の言葉を知っているという当然なことに対する自負心が、わが国の文学に対する最初の関心を呼び起こした。

題名に魅かれて李光洙《イガンス》の『愛』を読んだ後、同じ作家の『端宗哀史《タンジョンエサ》』を読んだ。朴花城《パクファソン》の『白花《ペクァ》』も読み、崔曙海《チェソヘ》の『脱出記《タルチェルキ》』も読んだ。題名は忘れてしまったが姜敬愛《カンキョンエ》の短編も読んだ。『端宗哀史』と姜敬愛の短編には最も大きな衝撃を受けた。『端宗哀史』を読んで眠れず、姜敬愛の短編を読んでは精神的にも大きな衝撃を受けて気持ちを乱され、数日間食欲もわかなかった。吹き出物がいっぱい出た子の頭に薬としてネズミの皮を剝いだものを帽子のように被せるのだ。するとウジ虫たちがうようよ這い出てくるという話なのだが、私も火傷をするとすぐに味噌なんかをぬる環境で育ってきたけれどもさすがに気味が悪く、そのむごたらしさに吐き気をもよおした。

これまでの読書は、生の現実からポンと飛び立って空想の世界に没入するというおもしろさはあったものの、新しい読書体験は現実を嫌というほど見せつけるまったく新しいものだった。『端宗哀史』は小説ではあるが、私はそのまま事実として受け入れ、わが国の歴史をもう少し深く系統的に知りたいと思うきっかけになった。

その後、学校で正式に国史を学ぶようになり、大人になってからも個人的な趣味として著者によって史観が異なるいくつかの歴史書に接する機会があったが、その時どきに興味をそそられるままに雑学的に夢中になって得た知識はまったく辻褄が合わなかった。まるで、整理しないままやたらに放りこんだ引き出しのようだった。それはどっちにしても役立たない、それこそ雑学にとどまっていた。

世宗《セジョン》の代から世祖《セジョ》の代までの歴史についてかなり正確に知っているとい思っていたのに、そうした錯覚の原因は明らかに『端宗哀史《タンジョンエサ》』に根拠があるのではないかと思う。

　感受性と記憶力が共に旺盛なときにインプットされたものの個人の精神史に及ぼす影響がこのように決定的だと考えると、私のそうした時期の文化的環境が家庭的にも社会的にも貧弱だったことがとても悔やまれる。しかし一方で、私たちが貧しい底辺のなかにあっても珍しく愛と理性が調和した環境を維持できたのは、母のおかげだったと深く感謝する気になったのは、姜敬愛《カンキョンエ》の小説を読んでからだった。

　朝夕には薄い綿入れ布団をかけないとちょっと寒く感じる秋口に入って、ようやく母と私は開城《ケソン》を離れることができた。依然として開城にはソ連軍が駐屯しており、開城駅にはソウル行きの汽車がなかった。ソウルに行こうとすれば鳳東《ポントン》駅まで行って乗らなくてはならないという人もいたし、長湍《チャンタン》まで行かなくてはならないという人もいた。すべて噂で、確実なことは開城駅に南からくる汽車はないという事実だけだった。鳳東駅までは約八キロ、長湍駅までは約二〇キロの道のりだった。当面必要な物だけでもと、母も私も頭に載せたり背負ったりしたが、とうてい足りなかった。だが、数十キロの道を歩くつもりでいたから欲張りは禁物だ。幸いなことにうちを買った人は家族が少なかったので、私たちの家財道具をしばらく預かってくれることになった。鳳東駅まで行こうとすればヤタリ〔正式名称は萬夫《マンブ》橋〕を越えなくてはならなかった。

　高麗が全盛を極めていたころ、遠くはアラビア商人までが交易のために往来し、ヤクテ〔駱駝〕をつないだところからその名前の由来があるというヤタリ〔タリは橋の意〕は、開城の人にとっては最も親近感のある橋だった。開城で育った者で、ヤタリの下から拾ってきた子どもだと冷やかされたり、叱られたりせずに育った者はいないだろう。私は幼ないころから泣き虫だったこともあるが、大人たちから最もよくからかわれたのは、おまえはヤタリの下から拾われてきたという話だった。

私たち以外にも、頭に荷を載せたり背負ったりしてヤタリに向かう人たちで道は埋めつくされていた。開城とソウルのあいだは人びとが頻繁に行き来するところなのに、その鉄道が止まったのだからこうも人出が多いのもやむを得ないと思われた。ヤタリ側にはソ連軍が、向こう側にはアメリカ軍が歩哨を立てていた。

しかし通行を制限したり検問することはなかった。忌まわしい噂のために頭を薄汚れた手ぬぐいで覆い首をすくめて歩く若い女性たちもいた。ソ連軍やアメリカ軍は外見上同じ茶髪で黄色の目をしていたが、私たちを好奇心あふれる目で見ていた。ヤタリのまん中に三八度線だと思われるような線が引かれているわけでもなく、ましてや縄一本張られているわけでもなかった。

三八度線が恐しいものだということをまったく知らないときだったが、軍人をやたらに怖がる癖は日本支配の名残りなのか、罪を犯していなくても胸がドキドキし、こわばった表情で両国軍人の前を通り過ぎた。なんの標識もなかったが、人びとはみな鳳東駅に集結していた。私たちも長湍駅まで行くことなくそこで待つことにした。忍耐強くひたすら待った。汽車の切符を売っているところもなく、勝手に線路に出て立った。

ついに汽車が南のほうからやってきた。私たちはいっせいに走り寄ってわれ先に乗ろうとした。車輌のドアからよりも窓から乗る人のほうが多かった。閉まっている窓はガラスを割った。だがすでに多くのガラスが割られていた。母が私を持ち上げて窓から押しこもうとし、だれかがその私をひっぱりこんでくれた。私も外に残る母を必死になって助け、中にひっぱり入れた。席を取ろうとは思っていなかったが、汽車の中は大勢の人たちでごったがえしていた。まともなガラス窓はなかった。座席も壊れたり歪んだりしているのは連日の混雑のせいなのだろう。座席を覆っていたビロードの布地もあっちこっち鋭利な刃物で切り取られ、中身が次々とはみだしていたうえに、雑な骨組みまで見えているのはまったく理解できなかった。そうした混乱の中にあっても、これが解放なのかと悲憤慷慨する人もいた。

汽車はあちこち止まりながらかなりの時間をかけて、ようやくソウルに到着した。新村《シンチョン》を少し過ぎ、ソウル駅に到着する前にみんなが降りたので、私たちも降りた。ソウル駅で降りると、もしかしたら切符を買わなかったことが問題になるかもしれないと考え、その前で降りたのではないかと思う。

漢江路《ハンガンノ》の敵産家屋〔一九四五年八月一五日の解放後、日本人が所有していた家屋は政府に帰属し、その後一般市民に払い下げられた〕に入居した二番目の叔父の家にひとまず落ち着いた。兄嫁は幸いなことにかなり良くなり、家でちゃんと養生すればよいと退院を勧められ、天安《チョナン》の親元に帰っていた。兄夫婦のためにも住む家を決めるのが急務になった。叔父夫婦にとってはずっと憧れの二階家だったが、私たちはまったく馴染めなかったし、針のムシロに座っているようで居心地が悪かった。というのは日本人たちが使っていた物や家屋はすべて国に帰属する敵産物なのだから、お金で売買したり縁故権は主張できず、そのまま放棄して出ていかなくてはならないということを新聞の社説や軍政庁の警告文を通してよく知っていたからだ。そこに住むというのは違法行為をしているみたいで、恥ずかしくて嫌だった。兄はとくにそうで、その点で叔父とはちがっていた。

しかし大部分の敵産家屋は悪がしこい者たちが大部分を占有していたから、それが原因でソウルの家屋が最も安くなっていた。私たちは開城《ケソン》の家を売ったお金と二番目の叔父が補助してくれたお金を合わせて、当時ソウルで最も高いという光化門《クァンファムン》に近い新門路《シンムルロ》にある家を買った。母があんなにも願っていた城門の中に住むことになったのだ。場所が良かっただけではなく、新しく建ったぴかぴかの家で、まっすぐなクジラの背中みたいな瓦屋根だった。その当時としてはめったにない風呂まである家だった。多少無理をしてでも家らしい家を用意することは、嫁との幸福な暮らしをいまだにあきらめられない兄の新郎らしい見栄もあるようだった。

母は熱心に新婚夫婦の部屋を飾り、兄嫁が退院してくる日を待った。私は淑明高女《スンミョンコニョ》に復学した。ちょっと休んでいてまた授業に出たみたいな感じで、なんの問題もなく受け入れられ、出席簿にも私の名前がそのまま残っていた。夏休み中に解放になったために、故郷が以北にある子はまだ多数戻っていなかったが、席はそのまま空席にされていた。私はこの間に起こったいろんなことと時間軸が混乱したために、自分がわずか一学期間だけ欠席して復学したとは信じられなかった。

変わったことはとくになかった。日本人の校長、日本人の先生たちの姿が見えないのは当然だとしても、日本語を教えていた「国語の先生」がそのままウリマル〔ハングル〕の国語の先生として居座っているのは納得がいかなかった。私たちが入学したときの学制では中学校に該当する期間を高等学校と呼んだが、高等学校二年生が가《カ》、갸《キャ》、거《コォ》、겨《キョ》〔ハングルの母音と子音を組み合わせて一覧表にした初めの部分〕から習い始めて騒がしかった。先生に叱られながらも難しい意思疎通には当然のように日本語が飛びだした。教科書以外の読み物といえばほとんどが日本の小説類だったり、日本語に翻訳されたものだった。

私も新門路の家で初めて文学全集を一揃い持つことができた。日本の新潮社から出た三八巻からなる世界文学全集は、私が持ちたいと夢見た本だった。ある日、兄が私のためにそれを購入してくれたのだが、もちろん日本人が放りだしていった古本だった。日本人が捨て値で売ったり、捨てていった本が日用雑貨とともに道端の露店に氾濫しているときだった。いくら本がありふれているとはいえ、その文学全集が自分のものになったのは夢のようだった。しかしどこで吹きこまれたのか、その全集を初めから最後までことごとく読破しなければならないという使命感のようなものを持っていたために、かなり負担にもなった。『クオ・ヴァディス』や『モンテ・クリスト伯』みたいなものは本当におもしろかったが、『神曲』や『ファウスト』は前述の盲目的な使命感がなかったらとうてい読み切れなかっただろうし、ともかく難解なものだった。しかしそのように無理やり読んだのがよかったとも思えなかった。どんな意味なのか理解もできず、ともかく読むには読んだが二度と読む気はしなかった。だれかがその小説をよかったというのを聞くと、本当に読んだのだろうかと、劣等感半分、疑心半分で受けとめたのだった。

世界文学全集を手に入れた後、しばらくしてトルストイ全集も手に入れた。やはり兄が古本屋で見つけて買ってくれたものだったが、茶色の表紙の装丁がとても厳めしくて、とうてい読みきれそうにない印象を受けた。しかし『アンナ・カレーニナ』、『戦争と平和』、『復活』などトルストイの重要な長編小説はその後ずっと私の支えになってくれたから、何度も繰り返し読んだ。私にはとても重要な文学作品となった。私は一度読んだものをまた読むという性分ではなかった。いくらおもしろくてもそうだし、難しくてよく理解できなくてもそうだった。だがそれらだけは例外で、最初難しくてよく理解できなくても何かありそうだと思い、次に読むと次々とおもしろさを感じるようになった。何よりも性格描写の絶妙さにまず魅了されたのだと思う。それに暗くなっていくうちの雰囲気も、私をトルストイに没頭させたのだろう。

母と兄があんなに真心をこめて嫁を迎える準備をしたにもかかわらず、兄嫁が新門路《シンムンロ》の家で新妻らしくふるまっていたのは一カ月もなかった。兄嫁の実家からはそのときになっても所帯道具は届かなかったが、母は世間体を気にしながらも気にかける素振りを見せなかった。不吉な予感がしたけれど、がまんしておいてよかったと母は後日になって言った。兄嫁の実家では私たちより娘の病状をはるかに深刻に考えていて、万が一亡くなった場合、あまり遺物が多くなるのもよくないとまで考えたのかもしれなかった。兄嫁は再びセブランス病院に入院して再び家に戻ることはなかった。

ある日の明け方、激しく泣き叫ぶ声で目が覚めた。病院で思いきり泣くことができなかったから、うちの門を入るや、母と兄嫁の実母が激しく泣き叫んだのだった。兄嫁の実母はぞんぶんに泣ける場所を探して娘の嫁ぎ先までついてきたのだが、その慟哭の激しさといったらなかった。私も大体は予想していたが、心がものすごく痛かった。その若さでなんで死ななくてはならないのか？　私が描いていた愛に満ちた世界がとても深い奈落の世界に沈んでゆくような恐怖を味わった。

彼らが結婚して一年にもならない、解放された翌年の春のことだった。その間、兄と母は涙ぐましいくらい真心をこめて世話をした。親戚のあいだでは兄の健康を考えて、母がどうして二人を引き離さず、親子そろって頑なにそこまでやるのかと、気をもんだり非難する声があがった。すると母はそうした心配に、引き離せるものならとっくに別れさせています、ですがもはや家族の一員になっているんですよ、息子にしてやるのと同じくらい嫁にもしてやりたい、と言うのだった。

兄嫁が目を閉じる前に、そうした母に深く感謝して旅立っていったという。

母のそんな面は私もまったく予想できなかった。そうした発見は母を尊敬させ、自慢できる重要な契機ともなった。しかし、一方で分別がついた後も肺結核に憧れ美化する癖を捨てられないのは、兄嫁がそのように格別に愛されたからではないかと思う。いつか肺結核を病む男と熱烈な愛を交わしてみたいという想い、それが思春期に夢見た愛の予感だった。

10　暗中模索

思春期に兄の熱烈で献身的な恋愛を見てきたにもかかわらず、男と女はどのように愛しあうのか、という問題はしっかりと鍵をかけられ暗闇の中に隠されているように思えた。とくに正常で自然な性の問題がそうだった。それは早くに夫を亡くし独り身になった母のもとで育てられ、父と母が仲睦まじく過ごしたり、兄弟も生まれたりするのを日常的に経験する機会がなかったからだけではなかった。私の前でだれかが少しでも性的なものを暗示する話をすると、子どもの前で何を言うかと叱る母の際立った純潔教育のせいでもあった。

あのころ、同じ家族のようにうれしいこと忌まわしいことはもちろん、物質的な面でも共有してきた二人の叔父たちも、夫婦が仲睦まじくしているところを私たちに見せないようにしていた。叔父たちのそうした態度は独り身になった母のために当時の礼節に適った配慮だったと大人になってから知ったのだが、性関係があってこそ子どもが生まれるのを知ったのは、かなり早かったと思う。記憶に残るほどのことではなかったが、幼ないころよく見た動物の雄雌の関係やおませな田舎の友だちを通して自然に知ったのだと思う。それにもかかわらず、私がその結果として生まれたことを認めるのが嫌で、叔父たちにもそうした夫婦生活があるのを想像したくなかった。

私はいまでも際立って運動神経が鈍く音痴なのは、母が体操や唱歌が下手なのをひどく自慢したからだと思っている。それと似た言い訳かもしれないが、思春期に性的な想像や赤ん坊がどうしたら生まれるのかを知っていることすら、心の中でひどく恥ずかしいことだと自分を責めていた。それは母が私に、性的なことに関してはずっと子どもであることを願ったからではないかと思う。

一番目の叔父が妾を囲っているという噂が解放を迎えるとついに表面化した。相手は叔父より一〇歳も年上の寡婦だと言われていた。村役場からパクチョッコルまでのあいだにある人里離れた村で、娘が一人いる寡婦と叔父が親しくなったのには合点がいった。日帝時代、田舎の村役場の総務部長や労務部長は寡婦にとってかなり頼りになる地位で、向こうから誘惑してきたのではないかと皆は考えた。叔母はそれでもその寡婦を不憫に思う度量まで見せようとした。しかし問題はそう簡単ではなかった。

解放になるや、叔父は村役場ではもはや働けず失業者になった。だからといって田舎で農業をやろうにも、村人たちから親日派《チニルパ》だと糾弾されてそれも叶わず、強い被害者意識を持つようになった。代々続いた家があんな目に遭った後、叔母はすぐに家の修理を村人たちに頼んで近所関係を好転させたが、叔父はついにパクチョッコルに馴染めず浮きあがった存在になってしまった。だからといって、何もかも知られている田舎から寡婦のところに行くこともなかった。残した財産があるでもなし、権勢をふるっていた村役人の地位も追われたのだから、寡婦がさらに叔父に近づく理由などもないように思えた。叔母さんも夫に仕事がなくなるのは困るが、妾を囲うことは自然とできなくなるだろうと、心の中ではさぞかしいい気味だと思ったのではなかろうか。

しかし、少ないが土地を所有し、お金もそれなりに貸していた寡婦は、噂が広がった田舎を離れて開城《ケソン》にそれなりの家を用意して、叔父の公然たる妾になった。男の恩恵にあずかっていたときには寛大だった人びとも開城に出て男を扶養までしたときには、驚き憤慨した。この事態に一族は蜂の巣をつついたかのように大騒ぎとなった。その寡婦に対してあふれだした一族の恨みのこもった非難とえげつない憶測の声を聞きながら、私も秘かに湧きあがる自分のよからぬ想像力にびっくりした。

けれど隠れて暮らすのを拒否して果敢に自分の正体を現わした女性は、ときが経つにつれ少しずつ妾としての地位を確立していった。叔父が妾の家を離れないので、だれかがその叔父に会おうとするとその家にまで行かなくてはならなかった。その女性は家に立ち寄る人たちを丁重にもてなして人の心をつかみ始めた。しばらくすると祖母の誕生日のような重要な行事にはパクチョッコルにまで現われ、物質的にも肉体的にも六礼〈儒教社会で行なう六つの儀式　冠礼、婚礼、喪礼、祭礼、郷礼、相礼〉をわきまえ、嫁たちの倍ぐらいの孝行をして祖母の心までつかむにいたった。〈息子の妾には花模様の刺しゅうをした座布団に座らせる〉という昔の言い草どおりの事態が田舎の家で起きたのだった。自然と叔母と祖母のあいだに不和の機運が漂った。

パクチョッコルの家がこのようにさびれた後も、私は休みごとの帰郷を欠かさなかった。解放後、アメリカ軍が入り、その後にソ連軍が入ってきてすったもんだしたあげくに、開城は結局三八度線の以北の地として確定されたが、往来は自由だった。祖母が健在だったこともあったが、夏冬の休みをずっとソウルで過ごすのは想像するだけでも嫌だった。母がついてくることはなくなったものの、幼いころから休みが近づくと、いつも心が浮き立った。それは私の心身の重要なリズムになっていた。パクチョッコルこそが私の元気の源だった。

しかしこの間に苦痛でしかない義務が新たに加わった。それは開城駅に降りてまず、叔父がいる妾の家に立ち寄ってからでないとパクチョッコルに行けなくなったことだ。祖母もそうすることを望んでいたし、その女のことを口にするだけで自尊心が傷つくという母ですら、そこに立ち寄らないと叔父に会えないのだから仕方ないと言うのだった。それにもまして叔母までもが嫉妬と義務を厳格に区別し、自分の子どもたちをときおりその女の家にやり父親に会わせていたようだ。

分別ある祖母を自分の味方にするくらいの妾だったから、私たち一族にご機嫌とりをするのは忘れなかった。私が立ち寄ったときなどは履き物も忘れ足袋のまま飛びだしてきて、めったに見られない花でも見たように大げさに喜び、料理の腕をふるった。そうされるほど私によこしまな気持ちがなくても、生真面目な叔母との義理を果たすために、その女に素っ気なくふるまおうと心に決めた。

しかし一方でその女を嫌いながらも、妙な好奇心を押さえることができなかった。その女と一緒にいるときの叔父は私が知る謹厳なだけの叔父とはまったくちがって見えた。話も冗談もうまくて目の色までちがって見えた。その女の前では叔父は骨抜きにされているみたいだったが、そのふがいない姿を恥ずかしいと思うよりも楽しんでいるように見えた。いったいどうやって叔父をあのように骨抜きにしたのだろうか？　仲の良い夫婦の姿を知らずに育った私には、叔父とその女が仲睦まじくしている場面は不潔であっても淫らな想像力を刺激し、その家を出た後も何かひどく汚されたみたいで自己嫌悪に陥ったものだった。

女子高の三年生のときか、四年生のときだった。汽車がすごく遅れて開城に着いた。解放後は列車の運行状態がめちゃくちゃになり、何年たってもよくならないままだった。遅れて出発したり着いたりするのは日常茶飯事で、冬でも暖房どころか窓ガラスはすべて破れ、座席のシート部分は剝ぎとられ骨組みだけが残った座席に座り、ぶるぶるふるえながら旅するのが常だった。その日の遅れはとくにひどくて、かなり薄暗くなって開城駅《ケソン》に降り立った。一人で田舎の家まで二里を歩くのは無理だった。そうしたとき、開城に泊まる家があるのはなんと心強かったことか。心強いと思いつつ、叔父が当然私をパクチョッコルに送ってくれるものと思い、その女の家に行った。もちろん夕食をちゃんと食べさせてくれたが、その後になっても叔父は私を連れていこうとしなかった。その女も私が泊まるだろうと思っていたから、私は言い出せないままおとなしくしているしかなかった。

その女は娘が一人で寝ている奥の部屋があるにもかかわらず、しきりに私を居間で寝させようとした。そうするのが極上のもてなしだと思っているようだった。私はその女の一人娘と一緒に寝るのも気乗りしなかったけれど、その女と叔父が寝る部屋で一緒に寝るのは大変な恐怖だった。それはひょっとすると強烈な好奇心の裏がえしだったのかもしれない。私はその好奇心が恥ずかしかったので、かえってその部屋で一緒に寝ることをなんともないかのように装った。

私の布団をもっとも床暖房の効いた場所に敷き、少し離れて叔父とその女が一つの布団に入った。明かりを消した後も私は布団をすっぽりとかぶり深く寝入ったふりをした。しかし私は神経を尖らせていた。私は生まれて初めて男と女が睦みあうのを見ることになると信じて疑わなかった。私はそのことを知ることによって自分が汚されるのを恐れながらも、知りたかった。しかし二人は話をするだけだった。叔父はほとんど聞き役にまわっていた。

田舎で羽振りをきかせていた家が没落してゆく話だった。別のことを期待していたから退屈げに聞いていたのだが、徐々にその話に引きこまれていった。その家には美人ではあるが冷たくて横柄だと噂されていた若後家がいた。その若後家が作男と情を通わせ子どもを産み、結局はそのことによって一族の没落をもたらしたという話だった。とても複雑なあらすじを妾は詳細に興味深げに話した。妾は最後に「氷のように冷たい女が堆肥にも劣る男となんでくっついたんでしょうね？」そう言った後、しばらくクックックッと笑った。その話をとても肉感的に話したから、私は気味が悪くなり身震いしてしまった。

その日の夜、その女と叔父のあいだには何ごとも起こらなかった。思春期の少女の想像力が成熟した中年の実生活よりもっと猥褻《わいせつ》になったというわけだ。叔父とその女が寝入った後も眠れず、氷のような美人と堆肥にも劣る男が不意に一つの運命に陥るという不思議な力に私は戦慄を覚えた。ひょっとすると、それはいまだに疎い未知の世界に初めて感知した不可解な情欲の目ではなかったか？　私はその日の夜に盗み聞きした話をずっと忘れられずに、数十年後に私の最も長い小説『未忘《ミマン》』を書いたときに重要なモチーフとして使わせてもらった。

その時期は個人的にだけでなく、状況的にもとても大変な時期だった。家庭環境もそうだったし、時局もそうだった。自由とか民主主義という言葉はいたるところで氾濫していたが、急にやってきたそうしたまぶしいものを直視するにはまだ未熟すぎた。

学校に自治会というものができた。どうしてそんな雰囲気が醸しだされたのかわからなかったが、私たちはちょっとしたことでも全校生が講堂に集まって学生会を開いた。学外では左派右派の対立が熾烈になっていた。何某《なにがし》絶対支持、誰だれ絶対反対という政治的スローガンとデモが毎日ように繰り広げられたことに足並みをそろえ、私たちは某先生は親日派《チニルパ》だから追いださなくてはならないとか、某先生は辞任しなくてはならないといったことを学生会で決めようとした。

私たちは当時、自由と民主主義というものを学生には無制限な権利があるものと錯覚していた。授業も拒否して講堂に全生徒が集まり、賛否両論に分かれ熱い討論をする日が多かった。解放後、大部分の学校の運営財団が以北〔分断前、朝鮮半島の北側のほうが経済発展して裕福だったから学校運営する場合が多かった〕にあっていろいろと経済的な混乱をきたしているという事情を少しも考慮せずに、無分別な混乱ばかりつくりだしていたが、それなりに私たちにとっては重要な時期だったと思う。多数決で何かを決定する前には激しく討論したが、そのとき論理的にきちんと話す上級生のお姉さんがかっこよく見え、同学年の中からも自分の意見で他人の考えに重大な影響を及ぼす子も現われた。

新しい校長先生が赴任してきたときも私たちは学生会を開き、はっきりとした理由もなしに新校長を拒否し、前校長を支持しなくてはならないという方向に盛りあがっていった。しかしそれは私たちの権限外の人事問題だったから、新校長は予定どおり就任した。私たちは就任式が行なわれる講堂には行かず、教室にいて最後まで反抗した。

いまになって考えてみると、近ごろの大学生のデモと似たことをしていたのではないかと思う。新校長は巧みに乱れた学校の雰囲気を一新させようと、立派な先生方を多数集めて日帝時代とはまったくちがう夢のような授業を受ける機会を私たちに与え、私たちの主張がまちがっていることを十分に立証したのだった。

学内の混乱期はこうして比較的短いうちに終わった。その間、私は学生会でまともな発言を一度もしたことがなかった。多数派に拍手をしてせいぜい賛同したにすぎなかった。それにもかかわらず、私の成長期の節目のように回想されるのは、ある意識を持って周囲に起きていることを見始めたからだった。あの時期の行動は私たちが関与する必要のない学校の財団問題だったのかもしれない。それはアメリカ軍政庁が小麦粉やドロップスみたいに広めようとした自由と民主主義を受け入れる過程で、必然的にかかる食あたりみたいなものだった。

しかし、私はそのときの混乱を左翼と右翼、進歩と反動の対立としてイデオロギー的視点から見て理解しようとしたし、私が拍手をして肩を持つべき側は左翼だという考えに迷いはなかった。それは言葉の最後に「絶対支持」、でなければ「決死反対」がついていなければ当時の言い方ではなかったから、だれもがどちら側かのイデオロギーに与《くみ》しないと不安でやっていけないという解放後の社会のせいでもあったのだが、そうしたなかにあって私が左翼を支持したのは、兄の影響が決定的だった。

だからといって兄が私に意識的に教育をしたのではない。兄は幼ないときから頭の良いことで噂になっていたし、容姿も際立っていて口数が少なく情が深かった。その上、わが一族の長男の息子だったから自然に一族の中で大事にされた。このような兄は完璧な存在としてだけでなく、無条件に付き従っていく憧れの存在だった。兄の初恋が結核がらみだったために、私も結核患者と恋に落ちたいと思うほどだった。

兄嫁が死んだ後、兄はさらに口数が少なくなり、憂鬱な性格に変わっていった。私はそんなことまでかっこよく見え、叔父たちを始めとする俗物ばかりが集まっているようなわが一族の中で、唯一精神的な高潔さを兄が持っているように見えた。兄のレベルの高い考え方を私だけが理解できそうだったし、なんでも理解しまねしていこうという気持ちになったのは、兄の理想とした世界に憧れたためだった。兄が買ってくる本がそうだったし、その中からやさしいのを選んで読むだけでも感化されるには十分だった。薄いパンフレット類は読みやすいだけでなく、人の心を煽動する大きな力を持っていた。

いまでも思い出すのは、フランスで共産主義運動が起きたときの、ある埠頭労働者の話だった。

彼は埠頭で荷役作業に従事する平凡な労働者だったが、ある日小麦粉を陸地に降ろすのではなく海に持っていって捨てる仕事をすることになった。賃金をもらうのは同じだといっても飢えに苦しんでいる貧民たちが無数いる中でそんな仕事をしていいのかと、納得がいかずに悩んでいた。しかしついに、その年が豊作のため麦の価格が下落するのを恐れた資本家たちが、海に捨てる方法で穀物の量を減少させ、高い穀物価格を維持しようする計画を知るに至った。資本主義というのは貧民たちが飢えようが飢えまいが、利潤追求だけが一番の目的だということを悟ったその埠頭労働者は、そのときから資本家に歯ぎしりしながら有能な共産主義革命家に変わったというのだ。その話を知って、私はまるでこの世に新しく開眼したみたいに感じた。

なんだってこんなに単純で明快な真理があるだろうか？　私はその真理を悟ったことに感謝し、世間を測る物差しにしようと思った。しかし兄はそうした煽動的なパンフばかり読んでいたわけではなかった。

家族が妻を亡くした兄を傷つけないように見守るあいだに、兄はますますよくわからない人になっていった。見知らぬ人たちを呼び入れて部屋で秘密裏な集まりを持ったり、どこかに押しかけたりした。あるときは李承晩《イスンマン》博士や当時の首都長官、治安局長などを激しく露骨に批判するスローガンを皆で集まって書いたり、夜、秘かに電柱や人の家の壁に貼りつけたりした。朝学校に行く途中でそうした不穏なビラの中に兄の筆跡を見つけると、やはり兄の思想は私の考えとちがわないと思ったが、うれしくはなかった。兄ぐらいなら当然大物扱いされなくてはならないと考えた。せいぜいそんな批判的なスローガンを書いては夜にこっそりと貼ってまわっているような兄を想像するのは、私の自尊心を傷つけた。

しかしその後いくらも経たないうちに大物たちが逮捕され、それに続いて兄は逃げまわる身となった。母は泣いて二番目の叔父に助けを求めた。叔父はどこでどう話をつけてきたのか、兄を家に帰れるようにしたと連絡してきた。そのときから母と兄の長い葛藤が始まった。

母はもともと子どもたちが好きだとか正しいと思ったりしたことについては、無条件に賛同していた。私が家でなにげなく学校のことを話し、某先生や某友だちが良いと言うと、母も同調して好きになり名前まで覚えてくれた。反対にだれかを悪く言ったり嫌いだというそぶりを見せると、とがめるどころか私よりもっと嫌いになった。そんな母からすれば、兄がやることにも無条件に賛同したかったはずだ。

だが母は、アカ〔共産主義者〕は一族を滅ぼし、自分の身をも滅ぼすという一貫した考えを持っていた。母のアカへの初歩的理解は李承晩博士に反対する者たちというレベルだったが、そこまでは理解し同情する雅量があるといつも強調していた。

「私も李承晩博士は嫌いよ。けれど一生を独立運動に賭けた人なんでしょ。一度大統領にしてやってみてはどう？　アカはそんな義理人情もないのかい。そう言えば、父母への礼儀も欠いて、お母さん同務《トンム》、お父さん同務なんて言うそうじゃないか」

こうした母の説得と嘆きに、兄はもっぱら寂しげに笑うばかりでうんともすんとも言わなかった。

「母親のことを同務と呼んでもいいんだ」ときっぱり言ってくれたらよいのにという嘆きが、母の口からついて出た。その当時アカの活動をして捕まればひどい拷問を受け、障がい者になってもやむを得ないというのが常識になっていた。母は手一つ上げることなく育てた息子が監獄に入れられ、拷問を受け半殺しの目にあっている悪夢にいつもうなされていた。怪しげな人たちが出入りしひそひそ話していることに不信感を抱いていたので、母はすべての過ちを友人のせいにしながら、彼らと兄を引き離しさえすれば心を入れ替えてくれると信じていたようだ。

新門路《シンムンロ》の家にそうした友だちの一人が訪ねてきたとき、刑事が事件だと言ってやってきた。それを契機に母は急にその家を売る決心をした。兄は無職で私たち家族の面倒をみることもできず、二番目の叔父の助けでやりくりしていたときだったから、敦岩洞《トナムドン》〔城北区《ソンブク》〕の小さな家に引っ越した。ちょうど敦岩洞の電車道沿いの住居付きの大きな店が売りに出ていて、二番目の叔父がその家を買いたがっていたときだった。あれこれとブローカー的な仕事をしていた二番目の叔父は、世間が少しずつ安定してきたのに合わせ、安全な商売をしようとしていたころだった。

母は狭い家に引っ越し、残ったお金を二番目の叔父に渡し、少しでも堂々とその叔父から生活費を受けとろうとした。〈寝所の様子を見て脚を伸ばせ〉〔時間と場所をわきまえて行動せよとの意〕という諺があるが、兄は国学大学《ククカク》〔一九四六年西大門区《ソデムン》峴底洞《ヒョンジョドン》に国学専門学校として設立され翌年大学に昇格。現在は高麗大学に吸収〕の夜間部に入学した。叔父も母も兄を大学で勉強させてやれなかったことを不憫に思っていたので、昼間のもう少し良い大学に行くことを勧めた。どのくらい信じてよいかわからないが、叔父は伝統のある私立大学にお金を使って兄を入学させようと奔走した。一時、大学に行くのが流行ったときで、うちの学校でも卒業はまだ先なのに大学に行く子もいたから、そんなことも可能だったのかもしれない。こんなふうに叔父と母が兄の大学進学を大歓迎したのは、学歴よりは左翼運動から足を洗う絶好の機会だと考えたからだった。

しかし兄の考えはちがった。解放とともに高まった、自分たちの伝統や歴史のことを知らなくてはならないという雰囲気に助長され、教養を身に着けるぐらいに考えてその学校を選択したのであって、左翼運動から足を洗うつもりはまったくなかった。実のところ大学の左翼組織が強大な時期だったから、母が兄の大学進学に一縷《いちる》の望みを託したのは、そうした事情をよく知らないためだった。

結局、私たちは敦岩洞の家でも落ちつけずに、六・二五《ユギオ》戦争が起きるときまでほぼ一年に一回ずつ引っ越しをしなければならなかった。新門路のようにうちが不穏な集まりのアジトになったと判断するや、母は身をふるわせながら発作的に引っ越すことを決めた。ときには家の所帯道具を置き去りにして、夜逃げ同然に二番目の叔父夫婦の家に転がりこんだこともあった。おそらく、彼らが好きな闘争履歴といったものを正直に書いたなら、兄と母との闘争履歴のほうがすごかっただろう。

そうした二人の狭間で私はどうすることもできず、兄がすることを支持し声援を送る一方で、母を不憫に思う気持ちとのあいだでゆれていた。学制が変更されて四年制の女子高等学校が六年制の女子中学校になった。中学校に六年も通うのが退屈だったからなのか、在学中に嫁いで行く子もいたし、前にも触れたように大学に入る子もいた。過度期だったからそうなのか、入学時の約束が四年制だったからなのか、ともかく手を尽くして大学に行くことになれば学歴を認定してくれた。学年末も解放された八月を基準にし、欧米先進国にならって八月に変更された。

うちの学校にも民青組織があることを知ったのは三年生のときだった。私がどうしてその組織の目にとまり抱きこまれたのかはわからないが、とにかくとくに親しくはない子から読書会に出てみないかと誘われた。私はすぐにその意味を理解し、少し心がふるえたが、ためらうことなくその誘いを受けた。集まりがあるアジトを訪ねていく方法といった、何か秘密を持ちたいという欲望を満たしてくれはしたものの、そこで回し読みされる本や討論する話題は私を最初にとりこにしたパンフレットの知識には及ばないものだった。失望したが、私もついに兄の同志になったという満足感でいっぱいだった。

メーデーがやってきた。メーデーの行事を左翼は南山《ナムサン》で、右翼はソウル運動場で別々にやったが、私たちは学校を休んで南山のメーデー行事に必ず出ろという指令を受けた。学校を休んでまで南山に行くべきか、簡単に決心がつかなかった。母のためもあったが、私は左翼であろうと右翼であろうと集会やデモに参加したり、スローガンを叫んだりするのが嫌いだった。しかし読書会があるたびにもっとも批判の対象になるのがこうした個人主義的な傾向だったから、私もいつかは克服しなくてはならない自分の弱点だと考えていた。

私はついに学校をさぼって南山に行った。労働者と学生を最大限に動員したすごい集会だった。一日中、先唱者に続いて激しいスローガンを叫び、人民歌を数限りなく歌った。夕方、くたくたに疲れて家に戻った私は、母の追及を受けて仕方なくメーデーに参加したことを打ち明けた。母の落胆は言うまでもなかった。女が留置場に入れられたらどんな目に遭うかということをどこかで聞いていたようで、あらんかぎりの声で私を脅かし、叱りつけた。そして翌日私が学校に行こうとすると、必死になって止めた。学校には昨日からずっと腹痛が続いているので数日休ませるという電話を入れるというのだ。私は卑怯な手だとピンときたが、母の必死の願いを振り切れなかった。

学校を休んだ後に知ったのだが、メーデーの日に欠席をした子はいっせいに職員室に呼ばれ、南山に行ったかどうかを調べられた。行ったことが判明するとひどく叱責され、父兄まで呼びだされ謝らなくてはならなかったようだ。他の学校では警察に引き渡しもしたようだが、幸いにもうちの学校では、学内問題として穏便にことをすませた。だれも私がメーデーに参加したことは告げず、三、四日後に学校に行ってみると、なんの問責もなしにすんだ。

しかし私はそのことがいつまでも恥ずかしかった。立場を替えてみればかなり卑怯に見えたのでははなかろうか。考えただけでも自己嫌悪に陥った。メーデーについては先生からなんの疑いもかけられなかっただけでなく、クラスの友人たちも私がそうしたところに行くなどとは思いもしていなかった。それは私が日ごろとてもくそ真面目な模範生だと思われていたからだが、私は自分の徹底した二重性に愛想がつきた。その後、民青組織が壊されたからなのか、私だけがのけ者にされたのかわからないが、再び接触してくることはなかった。

家庭環境が安定しないせいか、学校生活もほとんどうわの空だった。その年ごろではすごく関心があって悩みや喜びの原因になる交友関係も希薄になり、だれとどのように親しかったのかも記憶に残っていない。読書だけが唯一の慰めで、イデオロギー的な書籍から解放後徐々に出たわが国の文学に趣向が変わっていたけれど、それらの本は兄の本棚から選んだのだから兄の影響力から抜け出ていなかった。兄は文芸誌も左翼系文学団体である文学家同盟から出ている『文学』だけを読んでいて、買う本の基準もイデオロギーに偏りがちだった。

そのころの新刊の中で、金東錫《キムドンソク》という評論家の随筆集だったか評論集だったかはっきりしないが、その散文はいまも覚えている。文章がとても明快だったからか頭にすっと入ってきた。日本語の小説に馴染んでいたせいか国語〔ハングル〕で書かれた本を読むのはまだもどかしいころだった。そんな中でも『春香伝《チュニャンジョン》』の解説をめぐってだれかと論戦を繰り広げている部分はとてもおもしろくて共感できた。『春香伝』が広く愛され生命力を持ち続けるのは、春香の節操にあるという主張に反駁し、李夢龍《イモンニョン》が暗行御史《アメンオサ》だと名のる前に卞学道《ピョナクド》の酒宴の席で書いた詩、「金の樽の美酒は千人の血であり、玉盤の佳肴〔ごちそう〕は民、百姓たちの膏《あぶら》だ」という言葉にこそ、『春香伝』の本当の生命力があるという論調に納得がいった。

しかしやはり兄の持つ本なのだから、階級闘争的観点から書かれた評論集だったようだ。金東錫《キムドンソク》という名前は六・二五動乱《ユギオ》以後消えたままで再びお目にかかれなかった。近ごろの政治的な緊張緩和によって、消されていた名前や著作がほとんど復元されているので彼の文章も復元されているのではないかと注意して見ているが、いまだ出会えないところを見ると、あの当時私が思ったほどの評論家ではなかったのかもしれない。

六・二五戦争が起こるまで敦岩洞《トナムドン》だけでも三回は引っ越したが、おそらく三仙橋《サムソンギョ》近くに住んでいたときに、兄は一番深く左翼運動に関わっていたのではないかと思う。だがどこまでも推測の域を出ない。時代的にも南労党〔南朝鮮労働党〕が最も活発に地下活動を繰り広げていたときで、兄の態度も気持ちもそっちに向いていて、まるでうちの家族ではないみたいだった。夜中にだれかが訪ねてくると、母は逃げ道まで準備してやった。

その家には台所に裏口があって、外に出ると隣家との境をなす狭い路地があった。ようやく人一人が通れる狭い路地を高いレンガ塀に沿っていくと、一般道に出た。反対方向は他人の家の裏庭をいくつか横切り普通の道をまわっていくのにくらべ、すばやく家とは反対側の町内に行くことができた。兄が逃げるとしたらその道を選ぶはずで、ときおり母は何軒かの裏庭がつながったそのうすら寒い迷路に何か障害物がないか点検したりしていた。そしてこの家にこの迷路がなかったら、どうなっていたことやらと喜んだ。兄のためにかなり都合のよい家だったにもかかわらず、一年も経たないうちに引っ越したのは幸いだったというべきだろう。引っ越したのは兄のせいだけではなかった。

その家の部屋数はうちの家族数より多く四つもあった。お金もほしかったので玄関の脇部屋を賃貸にだした。母は兄のために相当に神経を使った。しかし選びに選んだ間借り人が住んでみると、兄と同類の人物だった。暮らしにこと欠くことはなさそうだが男には仕事がなく、そのうちに間借り部屋に怪しげな人たちが集まって謀議を計っていることがわかった。すぐに母はその部屋が赤のアジトになっていると見抜いた。そのころ兄はうちをアジトに提供することはなくなっていたのに、それに代わって今度は玄関の脇部屋がアジトになったのだから、母はあきれかえるしかなかった。兄とはまったく関係なかったのだが、この家は災いをもたらすとまで言って嘆いた。

しかし同類相憐れむような気持ちもあって、追いだすつもりはないようだった。母はその間借り人の家族の心配まで抱えこんで不安げにしていた。それからいくらも経たないうちに、警察がうちを取り囲んでその男を捕まえていった。驚いた母は、田舎で腸チフスが流行り家族が皆死んだ場合村人がその家を燃やしたように、発作的にうちを放りだし、叔父の家に転がりこんだ。残された妻、息子、娘の間借り人家族はそこに残って暮らした。

11　その前夜の平和

敦岩橋《トナムキョ》近くの路面電車通り沿いにある住宅付き店舗の叔父の家は母屋も広く、両家を合わせると五人になる家族が暮らすのに不便はなかった。私は自分の部屋まで持つことができた。叔父の家で暮らすうちに兄の縁談話が熟してきた。兄を地下活動から手を引かせる方便として以前からも一族のあいだでは再婚話が出ていたが、母が再婚を急がせていないと批判する声が強かった。母だって当然再婚させることを考えていたけれど、だれよりも息子のことを知っていたから、受け入れそうにもないと判断していたのだ。

再婚のことなんか一度たりとも口にしたことがなかった兄が、ある日遠戚に当たる娘を親戚宅で偶然見かけた。あの子はどうかとだれかが冗談のように言ったのを真に受けて、その気になったようだ。兄が私に一度見てきてくれと言った。けれど縁談絡みであることを気づかれないようにとの頼みだったので、彼女が家を出入りする時間に近くで身を潜め、そっと観察することにした。ちょっとみっともなかったが、兄がまず私に見てきてくれと言ったのがどんなにうれしかったことか、大きな使命感を負った気分だった。美人というほどではなかったが知的な印象で、全体的に女らしいというより颯爽としているように見えた。自分が見た印象をそのまま伝えたところ、兄はとても満足していた。三仙橋《サムソンギョ》近くの家の玄関の脇部屋に残っていた家族も夫の田舎に帰り、空き家になっていたから売りにくくなったと母は心配した。それでもその家が売れ、敦岩洞《トナムドン》の路面電車終点近くに引っ越すあいだに、兄はその女性と十分に交際する時間があった。私たちは叔父の家を出て引っ越し、新しい家族を迎え入れた。

中学校の五年生になるとクラスが文科と理科、家政科に分けられた。入学時も三クラスだったから、それぞれが一クラスなので変わりなかった。私はそれほど深刻に悩まずに文科を選んだ。習慣的に本を読んでいたから文科が一番楽だと思っただけで、詩人や小説家になろうという考えはなかった。その方面に素質があると自他ともに認める子たちも少しはいた。以前の学制なら卒業して専門学校に行く時期だったから、そろそろ素質が見えるころだった。しかし私はちがった。文学少女的な素質が際立っている子を見ていると、自分はなれそうにもないと考えた。

文科の担任は新しく赴任してきた朴魯甲《パクノガプ》〔一九〇七〜一九五一。消息不明〕先生で小説家だという。小説はたくさん読んでいたけれど実際の小説家に会うのは初めてだった。ちょうどそのとき、家で購読している日刊新聞に先生の小説が連載されていて、本当に小説家なんだと少し興奮もした。兄の本棚を探すと、文学家同盟の機関誌である『文学』にも先生の短編が載っているのを見つけた。読むとその文学傾向が見えてきて、親近感と憐憫を感じたのも格別な兄を持ったおかげだった。大学入試のための準備授業はほとんど行なわれず、文科ではほとんどの時間を文学や創作などをする時間に充てた。先生は国語だけでなくそうした時間まで担当されていた。

そのころ、先生の『四十年』という長編も出版された。可能な限りそうした作品などを熱心に探して読んでいたが、先生の作品から影響を受けたことはそれほどなかったように思う。おもしろくないと思いながら無理して読んだのにすぎなかった。しかし創作時間の先生の文章指導はとても厳しく、私にも素質があるかもと自信を持たせてくれた。先生が最も嫌ったのは、「ああ」とか「おお」という感嘆詞がたくさん入った感傷過剰な文章だった。そんな文章を叱るときには、きっと鳥肌が立っているのではないかと思われるほど嫌われた。当然他人の感じ方や表現を借りた美辞麗句も批判された。当時はセンチな美辞麗句を適度に駆使するとみんなは文学的素質があると言い、そんな才能がある子を文学少女だと呼んでいたから、先生のそんな文章指導は破格だった。

そのおかげで私は文学少女に対する劣等感を克服できたし、自分にも素質があるらしいと思え、初めて先生を好きになった。先生は目が大きく澄んでいて厳格な印象だったが、笑うとその厳格さがたちまち消え幼児みたいになった。冬はおもにトゥルマギを着ていたが、高級なものではなく木綿地を黒く染めた質素なものだった。漢文も教えられていて、興に乗って漢詩を朗々と吟じられるとき、その黒いトゥルマギがよく似合っていた。

文科には文学や芸能方面に進みたい子たち以外にも、勉強はいい加減にやって遊びたい子たちもたくさん集まっていたから、雰囲気が本当に自由でおもしろかった。教室内の机の配置は内側に二人がペアで座り、窓側は一人で座った。私はグラウンド側に面した窓側に一人で座ることになった。自然に前後に座る子と仲良くなり、後日私よりはるか前に文壇デビューし作家として有名になった韓末《ハンマル》淑《スク》、ソウル音大の教授になった李慶淑《イギョンスク》、それに小説も書いたがたくさんの翻訳をした金鍾淑《キムチョンスク》が前後に座っていたので気が合い、授業中に悪戯もずいぶんとやった。

だれかが読んでおもしろいと思った小説を持ってくると、授業時間中に教科書を開いたまま小説を読み耽けり、先生に指名されてとんちんかんな受け応えをしてみんなの笑い者になったりした。また思いついた奇抜な考えをメモにして回し、それに同調する回答を待つのに時間の経つのも忘れた。韓末淑が自宅にあった芥川全集を一巻ずつ持ってきて回し読みし、すごく興奮したりもしたが、何がそんなにおもしろかったのか、いまでも思い出せない。

金鍾淑の家はそのころ鍾路《チョンノ》書館をやっていた。いまの鍾路書籍の前身がまさしくその子の家だった。その子から、あの当時の純文芸誌の『文芸』も借りて読んだし、新刊書籍も借りて読んだ。いまみたいに新刊がたくさんは出てはいなかったが、鍾路書館に入るたびにたくさんの本がみなその子のものみたいですごく羨ましかった。その子のお祖父ちゃんが売り場のまん中に立っていたが、なぜあんなに気になったのだろうか。いま振り返ってみると、本を万引きするのを見張っていたのかもしれないと気づいた。あの当時、鍾路書館といえばソウルで一番大きな本屋だったけれど、家族を総動員して本を売り、経理もし、監視もする家族経営だった。

私は真面目な模範生のようにふるまいながら、嫌いな授業中に他のことをするだけでなく、もう一つ不埒な得意技があった。学生が出入禁止されている映画館に出入りすることだった。敦岩洞《トナムドン》の東都劇場は出し物が入れ替わるたびに逃さずに見に行く常連だった。二番目の叔父の店が東都劇場のはす向かいにあったので、店のガラス戸や壁に劇場のポスターを貼らせてもらうお礼にと入場券をくれた。叔父は私にその入場券をくれたり、一緒に行こうと誘ってくれたりした。東都劇場の常連だということを母にもクラスの友だちにも秘密にしていたが、それとは別に友だちともたびたび映画館に出入りしていた。暗闇の中では制服の襟の白さがすぐ目につくので、さっと中に押しこみ、しらばくれて座った。だれだって学生だろうとわかっていたはずなのに、世間をまんまとだましたような快感に浸っていたのだ。

一度、金鍾淑と授業をさぼって和信《ファシン》百貨店の五階にある映画館に行った。先生が何か事情があっていらっしゃらないとき、その時間は休講になるとあらかじめ知らされるのだが、その日は授業が二コマ連続して休みになった。ちょうど見たい映画が和信映画館で上映されていて、その休講時間に行ってみようと二人で決めた。期待感でわくわくしながら神秘の闇の中にそっと紛れこみ、白い襟を中に隠しながら、座るといつも胸がドキドキした。ましてや授業をさぼってきているのだからなおさらだった。

残念なことに、その日に限ってなぜか停電がたびたび起きて、見せ場になるとスクリーンが消え、あちこちから非難の口笛が鳴った。解放されてから北からの送電が止まり、極度に悪くなっていた電力事情が少し良くなったと言われていたが、そんなありさまだった。それにしてもこの日はちょっとひどかった。映画館側では舞台にロウソクを灯し、歌手に歌を歌わせて、なんとか観客をなだめようとした。私たちは粘って映画をひととおり見終えてから劇場を後にした。私たちは二人とも時計を持っていなかったから時間もわからなくて、まさか外が暗くなっているなんて思いもしなかった。

あわてて学校に戻った。学校が近いといっても胸がドキドキし、あえぎながらたどり着いた教室には当然だれもいなかった。清掃し終えた教室には二人のかばんだけが並んで机の上に置かれていた。黒板には、戻りしだい職員室に来なさいという担任の厳命と一緒に二人の名前が書かれていた。職員室にあたふたと駆けつけたが、先生たちもみな帰られた後だった。授業時間に映画を観に行った度胸はどこへやら、その日のうちに担任の家に行って謝らないことにはとても眠れないと思った。そんな真面目さは金鍾淑《キムチョンスク》も同じだとみえて宿直の先生を探しに行った。なんとしてでも担任宅を知りたいという私たちのために、宿直の先生は教師たちの身上書を取りだして見せてくれた。そこには自宅の住所だけでなく略図まで書かれていた。

私はそのとき初めて朴魯甲《パクノガプ》先生が峴底洞《ヒョンジョドン》にいらっしゃることを知った。胸がジンとして言葉にならないくらい親近感を持った。宿直の先生も峴底洞について何か知っているようで、こんな略図程度では探し出せる町ではないと言った。しかし私は略図を見ながらだいたいの予測はついた。探し出せる自信はあったが金鍾淑にはそんな素振りを見せずに、とりあえず行ってみようとだけ言った。なぜかその町内について知っていると言いたくなかった。羞恥心ではなかった。探しだすのが難しいかもという心配もなくはなかった。まだ路面電車が走っている時間だったから、霊泉《ヨンチョン》までは簡単に行けたが、家を探すのにはやはり時間がかかった。この間に街並みがかなり変わり、いっぱいある複雑な小路は暗く入り組んでいるように見えた。鍾淑に初めて来た町内のようにふるまいながら、ひょっとしてこの子はこの町内のことを悪く言うのではと気になった。

先生のお宅を探し当てたときはずいぶん遅い時間になっていたけれど、まだ家に帰っていらっしゃらなかった。先生宅は一脚大門〔両側に門柱が一本ずつ立ち、屋根のある質素な門〕を持つ小さな家で、門の外からもその質素な暮らしぶりがうかがえた。奥様に訪ねてきた主旨を伝えながら、先生を尊敬する気持ちがさらに高まったように感じた。その日、母に遅く帰ってきたことを叱られたが、翌朝職員室の先生のところに行くと、なんでそんなことぐらいで家にまで来たのかと寛大に許して下さった。しかしその後先生と私のあいだに特別な関係ができたように思った。それは峴底洞を共有したことからくる連帯感だった。

甥が生まれた。兄に息子が生まれたのだ。子どもが少ない一族にとって、それは大変な慶事だった。二番目の叔父は自分に孫が生まれたみたいにうれしがり、周りからは兄嫁は福の神だとほめたたえられた。長男を産んだことだけではなかった。兄嫁が来てからは、一族を覆っていたあの重苦しく戦々恐々としていた不安感がかなり薄らぎ始めていた。それは兄が地下活動から手を引いたからだけではなく、兄嫁が母のように大騒ぎしたり強引にことを処理することなく、賢明に対処したからだということをだれもが認めていた。

兄嫁は兄の活動を全面的に支持する一方で、兄が忘れている家長としての義務を喚起することを忘れなかった。「飢えたことがない人にはお米の貴重さがわからない。労働者として稼いだ経験もなくてどうして労働者のためになれるの？」という話を力むでもなくズバリと言ってのけた。兄嫁の話し方は独特だった。傍らで聞いている人の気持ちまでストンと納得させながら、兄の自尊心を傷つける辛辣さはなく、素直に聞き入れることができた。兄がお義姉さんを見て一目で気に入ったのも、おそらく異性間の直感でそうした素質を見抜いたからではなかろうか。まさにあの時期、兄に忠告と慰めがどんなに必要だったかがわかるような気がした。

兄は組織から遠く離れるだけでなく、保導連盟〔国民保導連盟。「左翼思想に染まった人たちを思想転向させ、保護し導く」という趣旨で一九四九年六月五日に組織された反共団体〕に入ったようだ。そして旧把撥《クパバル》を越え高陽郡神道面《コヤンシンドミョン》にある高陽中学校の国語教師として就職した。就職するために保導連盟に入ったのか、就職してから保導連盟に入ったのか、その前後関係ははっきりしない。しかし心理的、実利的にもその二つは互いに絡みあっていたと考えられる。

ちょうど南韓だけの単独選挙で大韓民国が樹立〔一九四八年八月一五日〕してから一年近く経ったころだった。新生国家は左翼を弾圧するどころか根絶やしにすることを基本方針としていた。根っからの共産主義者は三八度線を北側へ越えるか、逮捕されて監獄暮らしをするほかなかった。兄のような理想主義的で中途半端なアカには保導連盟という退路が準備されていた。兄が懐柔によってそこに入ったのか、強圧によってなのかはわからないが、ともかく家族と話しあって決定したのではなかったから、私たちは兄が酒に酔ってくだを巻くなかでそのことを知ったのだった。

たとえ酔っ払っているとはいえ、以前にはなかった拙いふるまいだった。オンオンと声を上げて泣きながら、まるで母のために左翼運動から足を洗い、母をみかえすために保導連盟にも加入したかのように言い、転向のすべてを母のせいにした。母はぶざまな醜態をさらして寝入った息子の顔を悲しげに見いって「飲んだことのなかった酒をあおって泣くなんて、どうしたんだろうね」としか言わなかった。息子の眠る枕元さえも歩かない母は、それだけでもひどい衝撃を受けたようだったが、私には本人よりも母のほうが兄の転向の後遺症みたいなものをより恐れているように見えた。

その後も母はずっと兄のことを気にかけていた。兄がやることをやめさせようとずっと大騒ぎしていたときとはちがい、ときおり後悔するというか、未練のようなものを見せることがあった。息子の安全のために法で禁じられている不穏な思想を恐れながらも、息子が危険をも顧みずにやったからには、何か崇高なことをしていたのだと信じたがる母らしい二重性を持っていたのではなかろうか。でなければ、母にも思いどおりにならない不吉な予感のせいだったのだろうか?

とにかく母の態度は意外だった。私はこんな母を当時の流行語を借りて言えば、母こそ「西瓜の赤」〔隠れアカの意〕ではないかと冷やかしたが、母はその後も密かに兄の転向後遺症を心配していた。そうした母を見るにつけ、兄がなすことに松葉杖を振りかざしてでも阻止しようとしていたときにも増して、もういいかげんにしたらと思った。母性愛もイデオロギー闘争の影響を受ければこのような悪夢みたいなことになってしまう。思い返しても嫌な時代だった。

兄が就職した田舎の中学校はいまでは電車も走り、ソウル市内になっているが、四〇年代末の交通事情では毎日通勤するのは無理だった。学校近くに下宿しながら家には週に一回、自転車に乗って土曜の午後に帰宅し、月曜日の明け方に出かけた。その学校は農業校ではなかったけれど田畑をたくさん持っていて、月給日になると現金とともにひと月分余りの米をくれた。月給日になると、兄は米袋を自慢げに自転車の荷台に載せてきた。おまけにジャガイモやさつま芋までがついてくることもあった。生活費の中で食糧費が占める割合が高いときだったから、暮らしがみるみるうちに安定し始め、生活者として堂々としてきた兄からは、しだいに暗い影が消え、平凡な家長としての貫録がついてきた。

土曜日に帰宅すると、兄はそそくさと風呂屋に行った。私たちが兄嫁を迎えて引っ越した家は、新安湯《シナンタン》という風呂屋のすぐ裏の家だった。風呂屋が近いからというよりは、遠く旧把撥からソウルまでのあいだに汗やほこりまみれになった体で赤ん坊を抱くわけにはいかないという、格別な子への愛情からまず風呂屋に行ったのだった。それから普段着に着替えて赤ん坊と遊び始め、兄嫁は台所でジュジュと香ばしい油の匂いを漂わせながら食事をつくっていた。兄は赤ん坊にすっかり夢中になり、兄嫁はそうした父子の姿にうっとりとしていた。私は三人のそうした姿に疎外感みたいなものを感じたが、嫉妬を抱くほどではなかった。

私も久しぶりに戻ってきた家族の平和に気分が良かった。まるで心地よく温められたお湯に体を半分ほど沈めてゆったりと寛いでいるような喜びを味わった。母だけが引き続き少しおかしかった。一番幸せそうにしていなくてはならない母が、そうではなかった。いまだに宿命のように兄がすでに過去を清算したことに疑念を表わすことがあった。兄が載せてきた米を米櫃にあけながらも、暗い顔で「食うためにはやりたくないこともしなくてはならない」と母はため息をついた。兄に頼りきっている家族の生計問題さえなければ転向することもなかったのではと、疑念を抱いているようだった。兄の酒乱癖が直ってもまだうじうじとこだわっているのか、あるいは解放後初めて味わった家族の平和と自立した暮らしがあまりにも満ち足りていて何かを漠然と怖れているのか。母自らもそうしたことを感じているようで、ときおり私にまで兄のやっていることの正当性を確認したがった。

「なあ、正直なところ、いまこそおまえの兄さんは共産党を実践していないかい？　ここひと月余り骨身を削り妻子を飢えさせないようにやっているのだから、それこそ共産党じゃないか。これ以上の共産党があるものか」

そんなとき、母は私に言っているのではなく、兄の転向を見守っているあの暗い視線についての弁明をしているのではないかと思われ、真心がこもっていても少し卑屈にふるまった。母が労働《ノドン》を「ネェイドン」、労働者《ノドンチャ》を「ネェイドンチャ」と呼ぶときの発音は独特なものだった。母はケチのつけようのないきれいな標準語を話す人だが、兄が左翼運動をするようになってからは、その発音だけをわざとそのように耳ざわりにしたのだ。それは口癖というよりは意図的なものだった。それで南労党《ナムノタン》と言うときも、必ず「ネェイドンタン」と「ネェイ」と発音してとどめを刺した。

しかし母が兄の思想に気を配り干渉したのは、単にそれが違法だったからではなく、共産主義や共産党について何ほどかを知っていてそうしているのでもなかった。共産主義に対する単純素朴な知識はむしろ相当に好意的なものだった。母が兄よりもっと転向に対し忸怩《じくじ》たる思いを抱いているのも、そうした生半可な好意と無関係ではなかった。それ故に、母にとって転向を全面的な変節と同一視する傾向があった。母は、息子が追いまわされる違法者であることも耐え難かったが、変節漢とされるのはそれ以上に良心が痛むことだった。母が発作的に引っ越したのも、どうにかして変節漢という烙印を押されずに、そうした組織との接点を断とうとする母なりの浅智恵を発揮したものにすぎず、法を犯すのを恐れるほどには共産主義嫌いではなかった。

変節の話が出たので思い出したことがある。あれから四〇年近く過ぎた最近のことだが、母は亡くなる前の数年間、痛めた足のために外出ができなくなり、家の中で過ごさなければならなかった。篤実な仏教信者だったが、寺にも行けずテレビと読書が唯一の楽しみで、うちに来ているときは本をよく読んだ。私がカトリックに入信してからは、やさしく書かれた聖書の話や信仰の助けになる瞑想集のようなものも楽しみながら読んだ。読んではとても良かったと称賛もし、枕元に置いて本を繰り返し読んだこともあったから、改宗してみてはどうかと一度言ってみたことがあった。孫や孫の嫁たちがみなカトリックに入信してだいぶ経っているが、そのつど一度も反対したことがない母だったから、私のこうした誘いはむしろ遅きに失した感があった。

しかし母は意外にもただちに不快な色を浮かべて私を叱った。自分は三〇で寡婦になったが、夫の死後も貞節を守っているかという疑いや同情をだれからも受けたことがないのに、娘からとんでもないことを言われたといって怒ったのだった。私は改宗と貞女の話を一緒くたにする母に笑いがこみ上げてきたが、さっと笑いをかみ殺すと、思い出したくもない昔のことが蘇ってきた。その昔、兄がやっと手に入れたささやかな平和な家庭の団らんに影のように忍びこんでは母を不意におびやかしていたものが、まさにこの種の誇りと悠久な貞操観念に根差していたのではないかと思った。

それからは二度と改宗には触れなかったが、母もまるっきり私の前でキリスト教系の本を読むことはしなくなった。仏教を信じながらキリスト教系の本に興味を持つこと、それは子に対し威信を失うことだと思ったようだ。もういいかげんにしてほしかった。しかし肉親というのは嫌な面がさらに似通うというではないか。母は子に対しできるだけ威信を失なわないよう極端に警戒し、私もまた母に対し威信を失なわないよう必死に努力した。さらに威信を失なうと考えたのは、私が書いた本を母が読むことだった。

それで私は母が家へやってくる前にまず私の著作物を本棚の一番上の棚に置き、それらの本が見えないように背表紙を反対にして差しこんだ。母も、書斎に入ってきてあれこれ読む本を選びながら、一度くらい「おまえが書いた本はいったいどこにあるのかい」とたずねてもよいはずなのに、まったくそんなことはしなかった。だからといって母が別な方法で私の本を読んでいるという気配はまったくなかった。私は母の生前に一度も正式に私の書いた本を献呈したことがない。露出症患者のように世間にことごとく暴きだした自分の恥部を母にだけは見せたくないというのが当たっているのだろうか。

私が書いたものをなんとか母の目につかないようにしていたけれど、新聞に連載していたときはどうにもならなかった。そんなときはお互い知らんふりをするしかなく、私たちは約束をしていなくても暗黙のうちに了解しあっていた。一度『東亜日報』の連載終了後に、ある雑誌社から私と母を、なんとしてでも一緒にインタビューしたいと申し出があった。固辞したがその記者にはあまり冷たくできなかったから、まずは母に了解を取ってくれと言い逃れようとした。そう簡単ではなかったようだが、母の了承を取りつけたようだった。そのころは実家が禾谷洞《ファコクドン》にあり、私と記者は一緒に禾谷洞に向かった。

母は初めてのインタビューにもかかわらず上手に受け答えしていた。私は誇らしかった。インタビューの締めくくり段階になって、記者が「娘さんの書いている連載小説をひょっとして読んでいらっしゃいますか」と訊いた。

母はすぐに、気位高そうな態度で、けっして小説のためにその新聞を取ったのではないことをまず強調した。私はやはり母らしいと、腹のなかで苦笑いした。記者はその小説を読んだ感想を訊いた。その瞬間から心臓がドキドキしてきた。批評家から何を言われようと気分が良くなったり悪くなったりすることがない強心臓の持ち主ではあるが、母の口から出た言葉は冷ややかで簡潔なものだった。

「ええ、あれも小説なんでしょうかね？」

緊張していた私の心臓がドキドキし、顔が焚き火に当たったように火照った。その後も母のその冷ややかな評価は私をたびたび傷つけた。そのたびに他人様を傷つける言葉だけは控えようと心に誓うことで、母に対する恨をなだめた。

少しわき道にそれたが、もう一度敦岩洞《トナムドン》、風呂屋の裏手にあった家の暮らしのころに戻ろう。

私の見たところ、母がときおり見せる神経不安症は根拠がないものだった。不安になることは何もなかった。兄は初めて自分の将来を探っていた。兄にも峴底洞《ヒョンジョドン》時代の深い印象が残っているだろうと予想された。兄は峴底洞出身ということを知らせたがっていたし、彼らに借りがあると思いたがっていた。彼らの側に立たなくてはという純真な正義感のために、いとも簡単に共産主義に共感したのだろうが、行動するにはあまりにも虚弱でおごった心を持っていた。兄は峴底洞の人たちが豆かすさえ十分に食べられず粥を炊いて食べているときに、妹の入学祝いに洋食を食べに行ったり、肺を病んだ恋人を特別室に入院させたりしていたのだ。

目に入れても痛くない自分の息子に、母はなんで安定を与えてやりたいと思わないのだろうか。それが彼が所属していた組織から小市民根性だと罵倒される安定だったとしてもだ。私はこのように母だけでなく兄の心情の変化までも手相を見るようにはっきり理解していると思った。私は世に出た経験もなく、いつも生意気なことばかりする年ごろだった。兄が転向してわが家に平和が戻ってきたのは、私が中学校六年生のときで、いまでいえば高校三年生に当たるだろうか。

一九五〇年、私は一八歳から一九歳になり、黄金のように光り輝く高校三年生の期間は、その年に限って九カ月しかなかった。三月末に学年を終えて四月が学期初めだった日帝時代の学制が、解放された年の四五年から、欧米の制度のように八月に学年を終え九月に新学期を始めるように変わり、四九年まで行なわれていた。それを元どおりに三月末を学年末に戻すために、過渡的な措置として五〇年に学期を三カ月短縮して五月に繰り上げることになったのだった。おそらくわが国に新式教育制度が入ってきてから五月に卒業したのは私たちが唯一だっただろう。それがどんなに大きな幸運だったかは、厳冬期にある入試と、うすら寒さが残るころの入学式と卒業式を見るたびにいつも思うのだった。

その年の五月はとくに美しかった。あのときはいまのようにいつも何がしかの花が咲いている時代ではなかった。ただ五月だけは樹木たちも花をつけるときで、ライラックと牡丹、それに薔薇や藤などが花を咲かせた。キャンパスに花の匂いがあふれ、蜂が群れながらブンブン飛びかっていた。私は国民学校と中学校を合わせ一二年の期間中初めて優等賞というものをもらった。卒業式には母はもちろん兄、兄嫁、叔父、叔母たちみんなが顔をそろえて祝福してくれたから、私は有頂天になっていた。ソウル大学文理学部国文科に労せずに合格した後だった。いまの人文学部と理学部を合わせたようなもので、その当時は文理学部と言っていたが、実用的なものを好む風潮は朝鮮戦争後に生まれた。そのころはまだ日帝の残滓《ざんし》というか、純粋学問を尊ぶ風潮が勝っているときで、文理学部は大学の中の大学という地位を占めていて私も鼻高々だった。

なんなく合格したから、自分は頭が良く怖いものなんか何もないという気になっていた。あのころは女子高から大学に志願する比率は高くなかったから、入試のための授業というものはとくになかった。模擬テストを二、三回ほど受けた他は各自でやるようにと放っておかれた。私が意識的にやった受験勉強は、鐘路《チョンノ》書館の娘である金鐘淑から借りた予想問題集をやったのがすべてだった。かなり分厚い問題集だったが、おそらくわら半紙に印刷されたものだったからすごくかさばっていたのだろう。私以外にもその問題集が回ってくるのを待っている子がいたので三、四日で集中的にやった。まるで小説を回し読みするかのようにして使った問題集をその後本屋に持っていって売ったかは知らない。とにかく気立てのよい友だちの配慮でその問題集をやりとげることができ、事前に整理がついた気分になっていた。当時のうちの事情ならそんな問題集ぐらいは買えなくはなかったけれど、そうしなかったのは受験勉強なんかしていないかのようにふるまって、なんなく合格してみせたいという幼稚な虚栄心からだった。

入学試験は四月の末ごろだったが、そのときが文理学部の周辺が最も美しい季節だった。いまはマロニエ公園に変わり、小川もふたをされてしまったが、あのころは東崇洞《トンスンドン》の入口から梨花洞《イファドン》まで大学川が流れ、その川面に枝を伸ばしたレンギョウが春の陽ざしを受けながら続いていた。キャンパスでは桜の花が舞い、マロニエが芽吹いていた。その当時は路面電車が唯一の交通手段だった。それで入学願書を出すときや試験を受けるときは、文理学部正門から出てすぐ前の道を渡り、医学部正門を通り抜けながら大学病院正門に出た。そこから苑南洞《ウォンナムドン》に行き、路面電車に乗った。医学部と大学病院がつながる道がなかでもとくに魅惑的だった。

一八歳だからこそ魅かれるロマンチックな夢によってその道が美しかったのか、それとも道沿いの樹木と草花、それに加えて薫風が心をときめかせたのか、その道は単なる自然の美しさだけではない魅惑に満ちていた。

そうだ、その季節に私が魅せられたのは自由への予感だった。女子高生から大学生になったこともすべてのタブーからの解放を意味していたが、母から自由になることさえも予期していた。嫁に行くとかいうなら別だが、娘時代に母から解放されるなんて想像できただろうか。それは夢の中の夢、一番胸の奥に秘めた欲望だった。それが現実になろうとしていた。そのとてつもない自由をどう使うか、悪用、善用、濫用、節制それらすべてが魅惑的だった。これから先はあらゆる面で、この自由なるものと格闘しながら生きていこう。その夢はまさに薔薇とライラックと牡丹が咲く五月の陽射しより、もっと輝かしいものに見えた。

母から離れられる可能性がある日突然やってきた。一九五〇年春、いつものように田舎の学校から週末に自転車で戻ってきた兄は、ちょっと疲れているようだった。そのとき兄嫁は二番目の子を身ごもっていてつわりがひどかった。年子が生まれるのだ。いくら少家族だと言っても、前の子が一歳にもならないうちに次の子ができてしまうのは、母親にも赤ん坊にもよくなかった。家長が田舎の学校の先生になったことで、家族の心が一つとなるなか、つい数日前までは幸せを感じていた。それなのに、家族が増えること以外なんの変化も期待できない単調な暮らしに、互いに閉塞感を感じはじめていた。その日の夕食を終えると、兄が何気なく話を切りだした。

「学校の宿舎に一軒空きが出そうなんです。いまの家より広々としているし菜園までついているから、いい暇つぶしにもなりそうだけど」

そんな話の言葉尻に、母がさっと口をはさんだ。

「私たちが入りたいと言えば入れるのかい？　その宿舎とかいう官舎に」

傍《はた》で聞いていた私は、兄が宿舎と言っていたものを官舎と呼びたがる母に笑いがこみ上げてきたが、現実味があるとは思えなかった。

「もちろん必ず入れます。申請する者が他にいませんから。校長が今日、私にどうするか意向を訊いてきたので、ただ話してみただけです。忘れてください」

「そこに移ろう、みんなで」

「えっ？」

あまりにもあっけなく断固とした決定に、家族みんなが箸を置いてポカンと母の口元ばかりを見つめていた。

「下宿飯を三年ばかり食べているとお腹が空っぽになると言うが、三年どころか半年ばかりで早くもおかしくなってきているようだ。秘かに心配していたんだ。お嫁さんにもそうだろうし、若い夫婦にとっていまの状態はよくないよ」

「ですが母さん、妹をどうするんです?」

兄は私をあごでしゃくりながら言った。

「大学に入ったんだから、二番目の叔父の家から通学すればいいさ。お互いにとっていいはずだ、たぶん」

母は二番目の叔父夫婦と話しあう前にお互いにいいはずだと断定するくらい、二番目の叔父夫婦が私を実の娘のようにかわいがってくれていることや、私もまた慣れ親しんでいることを知っていた。息子や娘がいない二番目の叔父は一時、田舎の兄の娘をもらって育てようとしたことがあった。一番目の叔父には一男三女がいた。しかし一年余り、できる限りの誠意を尽くしてその子を育てたにもかかわらず、その子は母と田舎のことが忘れられなくて、結局は田舎に戻ることになった。そのときの傷心をすぐそばで見守っていたから、私は自分でもなんとかしようと思って尽くしたりもした。叔父夫婦もおまえしかいないと私に愛情を注いでくれた。これから二番目の叔父の家から大学に通うことになりそうだとわかったとき、心が弾んだのは叔父と姪という格別な関係とは無関係だった。母から離れられると思っただけで十分だった。

二番目の叔父の家には私の部屋まであった。一時、うちの家族がみんなで叔父の家に居候していたときも私に一部屋与えてくれていたが、いまの家では依然として母と一緒に一部屋を使っていた。もう一部屋が余っていたのに暖房の薪代を節約しようと使わせてくれなかった。夏のあいだだけでもその部屋を一人で使いたかったけれど、母が寂しがるかと思ってこちらからは言い出せなかった。同じ理由から、家族から離れられることがどんなにうれしいかを母に悟られないようにすごく気を使った。だから当時、私はいくらよくしてもらっていても二番目の叔父を家族とは見てはいなかったと思う。大学の合格と自由は私が両手にすべき餅だったから、決して一つだけ食べればよいというものではなかった。他に手段はなかったからやるしかなく、いくらも残っていない試験日までどうやら緊張感を維持することができた。

母は宿舎の話が出ると、そこに行ってみたいと言った。その日は私も母に同行し、路面電車で終点の霊泉《ヨンチョン》まで行き、そこから旧把撥《クパバル》まで行く市外バスに乗った。バスの待ち時間も長かったうえに旧把撥から高陽《コヤン》中学校まで歩いた距離も相当のものだった。春の日照り続きで黄土の道はもうもうと土埃を上げた。私はまたたくまに汚れてゆく運動靴を見下ろしながら、兄に言いようのない憐憫を感じた。その家はすでに空き家同然だった。病で学校を辞めた先生の所帯道具が少し残っていただけでだれも住んでいなかった。あまり良い印象ではなかったけれども、母は家を見るのもそこそこにしてさっそく菜園に向かった。

しばらくすると母が畝のあいだにしゃがんだので小用でもたしているのかと思い、私は他のほうに目をやった。しばらくして振り返ってみると、母が幼ない子どものように土いじりをしていた。私と視線が合うと、ジャガ芋の花のように生気なく照れながらつぶやいた。

「私は一日でも早くここに住みたいよ。土がなんとまあ肥えていることか。こんないい畑を遊ばせておくなんて」

陽射しが眠気を誘うような暖かな春の日だった。他の畑では葉物野菜が青々と芽を出しているのに、そこの菜園だけ何もなかった。私は週末ごとにその菜園で唐辛子、サンチュ、キュウリ、カボチャ、ゴマ、エゴマなどいろんな野菜を植え、緑がいっぱいの中で草取りをしている母に向かって、さっと手を上げ駆け寄りながら帰宅する自分の将来の姿を想像し、胸がキュンとなった。菜園がこの家にあることで、それは帰宅ではなくて帰郷と呼んでいいだろう。また帰郷できるという予感が、自由の予感に劣らず感動的だった。新しい故郷はこれから先、私が享受する自由とすばらしいバランスを見せることになるだろう。ちょうどそのころ、私たちはパクチョッコルの故郷を失なおうとしていた。解放された後、家との関係がしっくりいかなくなった一番目の叔父は、その後もパクチョッコルの家の様子が気に入らないのか妾の家にいたから、本家のほうは目に見えて傾いていった。その上パクチョッコルにいる子どもたちの教育問題もあり、兄と二番目の叔父は、これを機会にその子どもたちをソウルに呼び寄せようと具体的にことを進めていた。

私が大学に入学したとたん、母は敦岩洞《トナムドン》の家を不動産屋に頼んで伝貰《チョンセ》〔家賃の代わりに所有者に一定の金額を預けてその不動産を借りること〕に出した。そして忙しげに引っ越しの準備を始めた。兄は夏休み中の引っ越しを考えていたが、それでは夏に菜園で採るサンチュの葉でくるんだ昼食が食べられないと、母はことを急いだ。まるで何かに追われているようだった。引っ越しとなると、相変わらず母は発作的に元気が出た。

「母さんは引っ越しするのが趣味みたいね」

いまは追われることもないのに落ち着いて一年余り、また引っ越し準備をしたがる母を私はこのように皮肉ったのだ。引っ越しに気を取られて私を二番目の叔父のところに残すことにちっとも気を配らない母を少し薄情者と思ったのかもしれない。すると母はしゅんとなりながら、はるか遠くを見るようにして「昔から死に場所探しの引っ越しと言うじゃないか」とため息をついた。

母はまだ追われていたのだ。母は左翼組織から逃げまわったときのように、今度は転向後遺症からの逃避を試みようとしていた。私は母が戦々恐々となるのをまったく根拠のない一種の神経不安症だと見ていたから、今度の引っ越しこそ最も効き目のある治療になるだろうと思った。新たに始まる暮らしの予感に満ちた美しい五月だった。しかし、それがよりによって一九五〇年の五月だった。世の動きに鋭敏な母も、破滅に備えることもせずにひたすら希望に心を弾ませていた。なんと愚かだったのだろう。その年の六月が近づきつつあった。

12　輝かしい予感

五月末が学年末だったから、当然六月初めに新学期が始まった。しかし文理学部は何か事情があったのか、中旬ごろに入学式が行なわれた。当然なことに講義をいく日も受けないうちに、二五日をむかえることになった。その間に伝貰に出していた家に貸してもよさそうな人も現われて契約をして中途金〔契約金と残金支払いの途中に払うお金〕までもらっていた。二番目の叔父の家でも、私が住むことになる部屋の壁紙を新しく張り替えたし、兄の学校の宿舎もいつ引っ越しをしてもよいようにおおかたの修理と壁紙の張り替えも終わっていた。あとは母が占ってもらった引っ越しの吉日を待つばかりだった。いつものように週末に戻ってきた兄と私は共有していた本を分けあった。

人民軍が三八度線全域にまたがって南進を試みているというニュースを聞いたが、以前にも三八度線で衝突がたびたび起こっており、そのたびに国軍がしっかりと追い返していたから、またかと思うだけだった。万が一、小競りあいではなく全面戦争になるとしても、うちの家族が田舎に移る前にことが起こるなんて夢にも思わなかった。ついこの前、第二次世界大戦を経験したのだから、よもやそんなことは起こらないだろうと勝手に考えていた。それでも戦争が始まるかもしれないこの時期に田舎に移ることをよくぞ決めたと浅智恵を自慢しながら、後悔することはなかった。そのときでさえ李《イ》承晩《スンマン》政府が豪語してきた、「もし戦争になったら破竹の勢いで北に攻めあがって昼食は平壌《ピョンヤン》〔朝鮮民主主義人民共和国の首都〕で、夕食は鴨緑江《アムノッカン》〔中国との国境を西に流れる朝鮮半島最大の大河〕で食べることになるだろう」という宣伝をそのまま信じてはいなかったけれど、洗脳効果は無視できなかった。最悪の場合でも、三八度線をはさんでほんの少し押しこんだり、押しこまれたりする長期戦になるだろうと思っていた。

　翌日、兄は明け方に学校に向かい、私は東崇洞《トンスンドン》の文理学部に登校した。登校途中、緑の街路樹の枝を折って鉄兜や軍用車を擬装した彌阿里峠《ミアリコゲ》に向かう国軍を見て、ようやく戦争の現実を冷やりと感じた。それでも人並みに、威勢よく拍手をしたり万歳を唱えたりした。午前の講義が終わり、だれかが梁柱東《ヤンチュドン》先生の講義を盗講しにいこうと言った。盗講という言葉も大学生になったという気分をくすぐったが、有名な学者を目の当たりにできることでさらに胸が躍った。盗講ではなかったが、入学していくらも経たないころ、嘉藍《カラン》・李秉岐《イビョンギ》先生の講義を聴いて胸が熱くなった。ただそれは有名な方を直接見ることができるという誇らしさだけであって、その方の学問や業績について何か知っているのではなかった。

　高名な学者や名士がいまみたいに声や姿を見せる機会はなく、文字どおり象牙の塔に閉じこもっているころだった。だから、そうした人たちを見ることができるということだけでも自尊心をくすぐられ、大学生の特権を感じたのだった。そのときも梁柱東先生の人気は大変なもので、教室は立錐の余地もなかった。一番後ろに紛《まぎ》れこんで、ユーモアと学識を次々に披露されながら、壇上を自由に動きまわられる先生の講義をうっとりと見ていた。時どき教室の窓ガラスがビリビリ鳴るぐらいに砲声が近くに聞こえるときがあった。がっしりとした体形から出るよく通る声は少しも動揺することはなかったし、講義を続けられるその姿はかっこよかった。

　下校時の道は朝とはちがっていた。依然として彌阿里峠のほうに向かう軍隊を見たが、勇敢というよりは悲壮感が漂っていて、送りだす市民のほうもまた不安げだった。その日、夜通し母がぶつぶつ言いながら、こうしたときは「家族が一緒にいなくてはならないのに」と何度も口にした。私も同じように兄のことが心配だったが、母の話を聞くのがつらくて、自分の部屋があればといらだった。

　翌朝には砲声が彌阿里峠を越えてきているようだった。しかし、緊急ニュースは国軍が人民軍をほとんど殲滅したかのように言いながら、国民は安心して生業に励むようにと繰り返した。それならそうするかと私は学校に向かった。彌阿里峠につながる敦岩洞《トナムドン》の路面電車通りに、荷車に家財道具を積んだ避難民が続々と彌阿里峠を越えてやってきた。怯えている彼らに、市民たちがどうなっているのかをたずねようとすると、警察官がそれを止める光景も目についた。それでもだれかれの口を通して、彼らが議政府《ウィジョンブ》〔三八度線より南にありソウルより北にある都市〕から避難してきたということがわかった。避難民をこの目で見てどっと恐怖を感じたが、まさか彼らは普通の市民たちではないだろう、おそらくすでに恐怖を味わっていた悪徳地主や左翼弾圧の先頭に立っていた警察の家族かもしれないと自らを慰めた。決して人民軍が攻めこんでくるのを望んではいなかったが、私のそうした見解は多分に左翼思想から影響を受けていたにちがいなかった。

大学では講義がなく、女子学生たちには帰宅措置がとられ、男子学生たちは学徒護国団の名で北進統一を誓う決起大会を開くようだった。私は護国団幹部たちが声を限りにして決議文を読み上げ、スローガンを先唱するのを傍《はた》でしばらく見守っていたが、なんの慰めにもならなかった。

帰宅途中の道には時時刻刻と切迫してくる戦況が反映していて、ひっきりなしの砲声に道行く人たちがむやみに右往左往しているのが見えた。兄のことが心配になって家に向かって走った。この間に兄が家に帰り着いていることを強く願ったが、母が家の外に出てじりじりしているのを見ると、まだ戻っていないようだった。母は私を見るや「早く避難しなくてはならないのに」とつぶやいた。切迫した状況の中でうつろな母の視線が気になった。台所では兄嫁が釜のふたをひっくり返して米を炒っていた。あまりにも早く二番目の子を身ごもったせいで、瘦せ細った赤ん坊がむずがっていても知らんふりをしていた。妊娠して八カ月になる兄嫁が肩で息をしながら、木のしゃもじで黄色くなってきた米をずっとかき混ぜているのを見たとたん、私はカッとなった。

「お義姉さん、こんなときに何をやっているんですか?」

「見ればわかるでしょ、はったい粉〔米、麦などを炒って粉にしたもの〕をつくってるのよ」

お義姉さんは私よりももっといらついた声で答えた。床の片隅に一目で母がつめこんだとわかる綿布づくりの背嚢が無造作に置かれていた。母が命じてお義姉さんがやむをえずやっていることだとわかっていたけれど、私はお義姉さんの手からしゃもじを奪いとってたずねた。

「その体で避難しようというんですか?」

「どうしようもないじゃない?　お義母さんに言われたら避難準備するふりをするしかないでしょ。

ともかくあの人が戻ってきてから、どうするか決めることになると思うわ」

ものすごい轟音が聞こえ、続いて山が一つ崩れ落ちたかのような余韻で、家のガラス戸がブルブルと長いあいだふるえた。母が表から走りこんできながら、早くはったい粉をつめろと袋を広げた。

「まだ碾《ひ》いていないのにですか？」

「碾いている時間なんてどこにある？　一つかみずつ食べるんなら碾いてないほうがいいじゃないか」

母が私たちにいいかげんに炒って黄色くなった米を慌てて袋につめこませたのは、遠くに兄が戻ってきたのを見つけたからだと早合点した。兄嫁もすぐにも家を出なくてはならないのではと泣きべそ顔になった。私は母に、兄だけはなんとしてでも避難させてと頼んだ。

「そりゃどういうことだ、急に？　当の本人が戻ってきていないのに」

母も自分のそそっかしさにあきれたのか、困った顔をして再び外に出ていった。

その日の夜、兄は戻ってこなかった。叔父の店に電話があるのになんの連絡もなかった。もちろん叔父のほうからも終日、学校と通話を試みたが無駄だった。叔父夫婦がうちに避難してきた。彌阿里《ミアリ》峠《コゲ》に通じる大通りよりは静かな住宅街のほうが安全だと思って来たのだった。みんなも一つになっていれば互いに助けあって恐怖に対処できると考えていた。

しかし本家、二番目の叔父の家族が一つになって対処しようとするなかで兄の不在はあまりにも大きかった。砲弾がソウルの空を引き裂いていると感じてからは、私たちは部屋で布団をひっかぶってじっとしていた。大砲や爆弾の破片が綿布団を貫通しないという日帝末期に聞いたいい加減な知識から、汗をかきながらもそうしていたのだ。叔父は布団の中でも懸命にラジオを聞いていた。そして慰めになりそうなニュースが流れると、すかさず私たちに伝えてくれた。

その夜の過ごし方が叔父と母ではまったく対照的だった。母は私たちが何を言っても布団をかぶるどころか部屋にも入らなかった。中庭と門の外をうろうろしながらその夜を過ごした。外の動静を探っているのは兄を待っていたからではなく、通り過ぎていく人たちや町内の人たちの動静から何かを探り出そうとしていたのだった。あたふたと避難していく人たちが数珠つなぎになっていたのが、いまはまばらになっているとか、行くにしてもどこに行くのかと訊いたとか、戻ってきた人もいるという話を母は部屋の中にいる私たちに伝えてくれた。外で人の動きがほとんど途絶えてからは床の片隅に座りこんで、砲弾が空気を切り裂く音と命中して爆発する音を聞き分け、まるで専門家のように自信ありげに敵の前線の位置を推測までした。母も叔父のように自分の推測を私たちに伝えて同意を求めようとしたが、母の報告と叔父の報告はいつも相反していた。

二人の言う戦況はまったく信じられなかったし、なんの慰めにもならなかった。現実とイデオロギーの争いを見物しているみたいでハチャメチャだった。昼間あんなに慌てふためいていた母が、とても沈着で大胆にふるまうのには納得がいかなかった。明け方、戦争の騒音が一段落すると、叔父はちょっと安心したかのように私たちもひと眠りしようと言った。

「やっぱりそうだろう。大統領が首都ソウルは必ず死守すると国民に固く約束していたんだから」

そう言いながら長いあくびをする叔父を母が哀れむように見上げながら言った。

「書房様《ソバンニム》〔ここでは結婚した夫の弟に対する呼び名〕も、あんな爺さんの言葉を信じるんですか?」

夜が明けると、叔父夫婦は今日は店を開けられそうだと言って店に帰っていった。私たちも外が静かになったことで戦争が収まったと思い、引きとめはしなかった。しかしいくらも経たないうちに息を切らしながら戻ってきた叔父は、ひどく愕然とした声で、昨夜のうちに世の中がすっかり変わったことを知らせてくれた。母の顔色がまっ青に変わった。「どうしよう、どうしたらいいの」とうわ言のようにため息をつく母の手をつかんでみると、細かくふるえていた。叔父はそうした母がよく理解できないようだった。笑いながら冗談を言った。

「えっ、お義姉さんは何がそんなに心配なんですか。さんざん李承晩《イスンマン》博士の悪口を言っていたんだから、よかったじゃないですか」

そして私たちにも早く外に出て見たらと言い、道端で人民軍を歓迎する人波が少なくはなかったと言うのだ。母は硬い表情で外に出るのをやめた。大統領が言った言葉をそのまま固く信じていたはずの叔父は、すでに風向きに合わせて生きる覚悟をしたようだ。その一方で、同じ大統領を気に入らなかった母は新しい世に馴染もうとしなかった。兄のためにそうなのかと思ったが、ちょっと過剰反応な気がした。兄が転向したことは闘争経歴に傷をつけるだろうが、情状を酌量してもらえるだろうと私は都合よく考えていた。

そのときの私の態度は本当に卑怯で恥知らずだった。私は変わった世に対して叔父以上に積極的であり、希望を持っていた。その希望とは兄の闘争経歴であり、すっかり忘れていた私の一時的な同調を思い出すことで、さらに現実味を帯びた。私は兄の闘争経歴だけを考え、母は兄の転向についてだけを考えた。母が恐れたのは転向に対する報復ではなく、もう一度兄が転向するかもしれないことだった。

母は一人表に出て世が変わったことを確認して戻ると、さらに安岩川《アナムチョン》が流れる川沿いの大通りまで行き兄を待った。川沿いのほうからは城北《ソンブク》警察署の裏庭が見渡すことができた。人民軍が警察署を接収してすでに反動者たちを捕まえているようだと母が悔しげに言った。兄を首を長くして待っていた母の目から生気がなくなり、呆然と放心しているように見えた。兄が捕まるはずはないから心配しなくていいし、兄はこれから自分の思うように生きられるのよと、私は母を慰めた。それは私の希望でもあった。

「それって、人間のすることかい？」

母は娘を露骨に軽蔑する口調で言った。またもやあの貞操観念のお出ましだ。どうしようもない母だった。天空の太陽と月みたいに、明々白々な二つしかないイデオロギーではない別のものを信奉している母が、とても滑稽に見えた。しかし、しばらくして現われた兄ほど滑稽ではなかった。母はおそらく兄を変わった世の中からすっかり隔離しておくつもりでああして待っていたのだ。はなから家に入れないで叔父のところか母の実家にこっそりやるつもりだったのだ。よりによって兄は待ちくたびれた母がちょっと家に戻った隙に帰ってきた。それはまるでオシロイバナやアサガオがどんなふうに咲くのかと見守っていた子どもがちょっとよそ見した隙に咲いてしまったみたいな自然さだった。

兄はそんじょそこらでは見られないお大尽姿で帰宅した。たとえ母の計画どおりに見守っていた町角で会ったとしても、事態は少しも変わらなかっただろう。兄はほぼトラック一台分の囚人たちを引き連れて家に帰ってきたのだ。坊主頭に囚人服を着ていたが、彼らの表情は勲章をたくさんつけた凱旋将軍よりもっと堂々として威厳にあふれていた。彼らにくらべ平服を着た兄はかえっていま何をやっているのか自分でもわからなくなり、呆然自失状態だった。彼らのうちの一人が踏み段のところでやはり青ざめうろたえて立っている母をさっと抱き上げて床に座らせクンジョル〔両手を額に当て膝をゆっくり折り曲げて座り頭を深々と下げる最も丁寧なお辞儀〕をするや、みんながそれに従った。母もようやく彼がだれなのか気づき、その手を握りこの間の苦労を慰労したが、一度引いた血の気は戻らず青ざめたままだった。

母に最初にクンジョルをしたのは、三仙橋《サムソンギョ》の家に暮らしていたころ玄関の脇部屋に間借りしていてうちから逮捕されていったその男だった。兄もそのときは組織生活〔左翼活動〕をしていたころだったから、たとえ横断的なつながりはなくとも互いに正体を見抜いていたという。彼が逮捕された後、残された家族に私たちが不人情なことをしなかったと妻から聞いて、獄中でいつも感謝していたと話した。

二八日朝、ソウルに入城した人民軍は最初に、監禁されていた思想犯たちを解放した。着替える服もなかったと思うけれど、着替える必要もないくらい囚人服自体が革命闘士の誇りとなっていたから、そのままトラックに乗って市内を巡り、群衆の歓呼に応えながら一般民衆の熱狂を呼び起こしたようだ。兄の学校がある田舎では比較的静かな変化だったという。砲声もそれほど大きくはなかったのでまさかと思ったが、朝、村役場と駐在所に人共旗〔朝鮮民主主義人民共和国の国旗〕が掲揚されていることや、ソウルでは大きな戦闘が繰り広げられたことをだれかが教えてくれた。それで大急ぎでソウルに向かったところ、そのトラックに出会ったのだった。

状況を教えてくれた人が親切にも、兄に赤いリボンのついた麦藁帽子をかぶせてくれ、自転車にも赤い布を結びつけてくれた。兄はそれが照れくさくて、外したりつけたりしてその小心ぶりを表わした。そのように自信のない兄だったから、革命闘士が乗ったトラックを見ないようにして、熱狂することもできずに曖昧に眺めていたらしい。トラックが兄にぐっと近づいてくると、兄はよろよろと避けようとした。するとだれかが手を出せと言った。トラックに乗った者と通行人たちとの熱烈な握手と抱擁を無数に見てきた兄は、はにかみながら手を差しだした。その瞬間、「こんなことがあるのか、同志にこんなふうに会えるなんて」という感激の声とともに、あっという間に兄はトラックの上に引き上げられてしまった。「私の自転車が」と大事にしてきた自転車を気づかう間もなかった。

そして一日中、やむことのない興奮の坩堝《るつぼ》の中で、白米の中に混じった籾《もみ》のように中途半端に加わったまま、やむを得ず彼らを連れて帰宅したのだった。

すぐにうちの板の間がトラックの荷台みたいになった。母と兄嫁、私も台所に入りご飯を炊き、鍋も用意しチジミも焼いた。町内の惣菜屋から豆腐は切り分ける前のケースごと、酒も箱買いしてきた。彼らは飲み食いし、絶え間なく人民歌謡を歌い続けた。小さな家が壊れそうだった。屋根瓦がカタカタと悲鳴を上げているみたいだった。開け放たれた門の外には町内の人たちが集まってきて、見世物小屋でものぞきこむようにしていた。ふぬけたみたいになった母は足をブルブルとふるわせながら何度もしくじった。皿は割るわ、塩と砂糖をまちがえるわ、さんざんだった。ときおり額に手をやりながら「こりゃ、なんの兆候かね？」とこぼした。そうなのだ。母にとって彼らは囚人でもなく革命闘士でもない、ただの兆候でしかなかった。

そうした渦中にあっても母は兄嫁や私に、できるだけ彼らの食事の世話をさせないようにして自分でやろうとした。彼らに食べ物を出すたびに「家族の人たち、どんなにかあなたたちを待ちわびているることやら」と言いながら、哀れむようにするのを忘れなかった。その甲斐があってか、彼らは夜遅くになって散会した。

翌日、うちに伝貰《チョンセ》で住むことになっていた人が契約金と中途金を返してほしいとやってきた。私たちのほうでも昨夜のことでその契約が無効になると思っていたから、すんなりそのお金を返した。母は台所の納戸に上がっていき、しばらくあちこちかきまわしてそのお金を持って下りてきた。下りてくると、使いたいところはたくさんあったけど少しでも使っていたら恥をかくところだったと言いながら、はにかむようにして笑った。

私はふと、先日の菜園に立ってジャガ芋の花のように笑っていた母を思い出しながら心が痛んだ。進行中だったものがダメになると、最近のことというよりはすごく昔のことのように感じられた。この地に地上の楽園がやってきたといっても、母が夢見たかわいらしい百坪の菜園が夢に終わってほしくないと、反革命的なことを考えたりした。母は伝貰の最後の契約金を受けとったら、そのまとまったお金を二番目の叔父の商いに投資して利子をもらい、菜園をやることで野菜を買わずにすませ、そして自分たちがしだいに金持ちになるという考えを膨らませていた。

囚人服を着た革命家たちがうちで大々的な宴を開いた後、町内の人たちの私たちに対する態度がちがってきた。大物クラスだと前もって知らなかったことを恐縮するかのようにペコペコし始め、怖がったり不安がったりする様子がありありと見てとれた。事態は母が心配したのとは正反対の方向に向かっていたが、針のムシロに座っているような不安な気持ちは心配事を抱えているときよりも強かった。もちろん情勢は正反対に向かっているわけではなかった。一人、二人と兄の昔の同志たちが訪ねてきはじめ、兄の優柔不断な態度に接した彼らは党に謝罪する機会を逃すことになると、暗に非難したり懐柔しようとした。そのたびに兄は学校に戻ってちゃんと労働者や農民たちの子どもを革命的に教育するのが自分のできる党への貢献だと弁解した。

その一台のトラックのために、用意周到に立ててきた計画を実行に移す機会を逃した母はやる気を失い、日々薄氷を踏むように注意しながら過ごした。母は何よりも私たちを大物扱いしようとする近所の人たちのために、いつも戦々恐々としていた。同じ町内では門をあけ放して、互いに自由に出入りしあう間柄だった。孫たちの世話をやいていた老婆たちは路地内の家々の味噌、醤油の味を個々に言い当てることができるくらい暇つぶしがてら出入りしていたものだ。おんぶされた赤ん坊はどこかへ出かければむずがらないのは昔もいまも同じだし、それはわが子であろうがよその子であろうが同じだった。そのようになんの遠慮もなしに暮らしてきた隣人たちと、食べ物の心配も一緒にできなくなるというのは耐えられないことだった。彼らがお粥を食べるときは自分たちもお粥を食べ、彼らの米櫃が底をついたときは自分たちもそうだということを彼らは信じなくなった。同じ町内に住む人たちが一団となって纛島《トゥックソム》にキムチ用の間引き大根を買いに行くときも私たちは仲間外れにされた。

災難はわが家だけにとどまらなかった。商売は安定した社会より物騒な社会のほうがうまくいくという二番目の叔父の考えは、今回は当たらなかった。店をすぐに閉めた。路面電車道に面した側が広かったので半分貸していたが、そこも閉めていた。がらんとした店が空き倉庫に見えたのか、装備品を満載した馬車を引き連れた人民軍がそこに馬をつなぎたいと申し出てきた。当時の状況からしてその命令に逆らえるはずもなかった。

叔母の話によれば、人民軍の中でも地位の高い保衛軍の将校たちで、馬をつなぐだけでなく寝食の世話をすべて叔父夫婦にやらせた。それで叔母は人民軍の飯炊きをさせられたのだった。最初これはなんという災難かと思ったが、深刻な食糧難なときにその心配をする必要がなくなったのは、不幸中の幸いだった。ご飯だけでなくおかずの心配もなかった。牛を一頭つぶしてそれを他の部隊とも分けあって食べていた。それで一日、二日とうんざりするほど肉ばかりたらふく食べたというのだ。冷蔵庫があるときではなかったからそうするしかなかったのだろう。

そのときは生臭い獣の臭いが近所一帯に広がり、命令されてやったとはいえ大きな罪を犯したように感じたという。牛をつぶした日、後日の商売のために元手にしようと隠しておいた酒までも見つかってしまい、その日のうちに飲み干されてしまった。叔父の主たる商売は酒の卸しだった。飲み干された酒の代金や食事の世話代なんかまったく望めない状況だったが、三度の食事を白いご飯で腹いっぱい食べられたというのはとても幸運なことだった。

しかし叔母はそうした贅沢をわかちあえずに、自分たちだけがいい思いをして申し訳ないと言った。近所の人たちに合わせる顔がないとも言った。せめておこげでも食べてもらえたらよかったのに、食べ物の監視がすごく厳しくて、とうてい持ちだすことができなかったと言い訳した。親族が出入りすることまではとやかく言わなかったけれど、叔母が彼らに知られないようにして飯の一杯でも食べさせようとするだろうからと、私たちはわざと足を運ばなかった。食べ物に意地汚いのは最悪だとしつけられてきた私たちが、他人様からそんな誹りを受けるなんて想像するだけで鳥肌が立った。それで叔父たちのそうした近況を夜遅くにやってきた叔母から聞いて初めて知ったのだった。一日中台所に立つ叔母は体から食べ物の匂いをさせていたが、おこげ一つ持って出られなかった。こちら側は別に期待もしていないのに、叔母は申し訳なく思ってうちに来たとたんに言い訳から始めた。

「あいつらが疑っているみたいだったから、自分のほうから先に奴らの鼻先にチマをこうしてパタパタはたいて出てきたの」

そう言いながらもう一度下着が見えるくらいチマをはたいて見せた。うちの家族が極度に飢え始めたときだったから、叔母はそんな夜の訪問も遠慮するようになった。

八月初めに兄がついに中学校に戻った。地下に潜る機会も、党に謝罪する機会も逃していた。しかしどっちつかずの無所属の状態で過ごせる世の中ではなかった。青年、壮年を問わず道を歩いているときですら、義勇軍に徴発するために捕まえているときだった。兄が見かけ上のんびりと時局を傍観できていたのも、人民委員会に変わった洞事務所の人たちや、近所に住む班長のほうでも兄が大物クラスなのではと手をだしかねていたからかもしれない。母はそんな状況下で感じていたある種の危機意識や近隣住民たちからの仲間外れのために、いつもうろたえた表情をしていた。それであしろこうしろと自分の意見を言わなくなり、最初の計画が狂ってから自分の判断力に自信を失った母は、臆病になり寡黙になっていた。あの主体性はどこに行ってしまったのか。本当に自分の意見らしいものがなくなってしまった。

兄はまた、出勤して月給をもらえなくても米を配給してもらえるよう取り計らうという同僚教師の言葉に心が動いたようだ。翌月が兄嫁の出産予定月だった。白米を少しでも残しておこうと、母は孫の枕に入れておいた粟をみな取りだして水っぽいウゴジ〔干した白菜や大根のスープ〕に加えた。その同僚教師は次に兄の信任状まで持ってきて通行の安全を保障してくれた。そのようにして出勤した兄をわずか三日ばかりで義勇軍に入れるために捕まえていった。私たちは捕まえられていったことすら知らなかったが、夜中に叔父宅の窓ガラスを叩く者がいて出てみると、兄が立っており、その背後に銃を持った人民軍兵士が二人ついてきていたというのだ。

彌阿里峠《ミアリコゲ》に通じる路面電車道沿いにある叔父の家では、夜中になると軍隊や民間人が移動する音が聞こえた。兄も北に連れていかれる途中、引率する人民軍に了承を得て家族に消息だけでも伝えようと現われたのだ。ようやくそれだけを伝えて再び連れていかれる甥を、そのまま行かせてはならないと思った叔父と叔母は、下着姿で彌阿里峠までついていった。しかし引率の人民軍兵士の銃床で追い払われて見失ったと言った。道端に退いて見ていると闇にまみれて連れていかれる男たちの行列がはてしなく続き、いくらか慰めになったとも言った。叔母もその行列の最後尾を確認すると、すぐにわが家に駆けつけてくれたのだが、私たちは信じ難くて呆然となってしまった。夜が明けると、叔母が何か幻を見て戯言《たわごと》をぬかしたのではないかと思った。母は明るくなると真相を確かめるために旧把撥《クパバル》に行く準備をしながら、私にも一緒に行こうと言った。

国道はとくに砲撃がすごかった。軍隊や民間人は夜に移動するようだった。何回も空襲にあって野原に飛びこんで腹這いになったり、再び歩きだしたりしてようやく兄の学校にたどり着いた。兄が義勇軍として持っていかれたのはまちがいなかった。中学校教師の再教育を実施するから、一校から必ず数名ずつ義務的に出さなくてならないという上部からの指示があり、そうするための出勤工作が熱心に行なわれていた。再教育を青雲国民学校で受けている最中に、全員が義勇軍に志願させられたのだった。だからと言ってだれかを恨むことはできなかった。出勤を促しにきた教師も一緒にひっぱられていったようだから、彼も騙されただけで騙すつもりはなかったようだ。何かのせいにしようとするなら、田舎の人の純朴さをとがめることになるのだろうか？　私たちを騙しているのは彼らよりはるかに大きな組織的な力だった。

田んぼでは赤とんぼがのんびりと飛び、川べりのポプラでは蜩《ひぐらし》がせわしなく鳴き、あの宿舎の菜園はいまだに主人が現われないせいかスベリヒユの雑草に覆われていた。私たちはしょぼい老教師一人が守っている職員室の窓からこうした光景を見下ろしながら、ひどい空腹のせいか、戦争への心配と恐怖が夢のようにゆらゆらと遠のいていくのを感じていた。老教師がさらに年老いた小使いさんと倉庫に行って、叺《かます》から米を取りだしてくれた。私たちはとても感謝してそれを受けとった。母は頭に載せ、私は背負って帰りその日の晩は米を炊いて腹一杯食べた。母は兄が初月給と米を自転車の荷台に載せてきたとき、とくにうれしがりもしなかったが、〈喉が捕盗庁《ポドチョン》〉〔食うためには悪いこともせざるを得ない、の意。捕盗庁は李朝時代の警察のこと〕だと嘆いた。母はその諺をなぜ予言のように言ったのだろうか。その日の夕食では何も言わなかった。しかしその食事こそ〈喉が捕盗庁〉だった。

私は他の学生より早く大学に行った。兄とはちがい、激変した世の中に私はなんのためらいもなく共感した。彼らが李承晩《イスンマン》政府をけなすときも共感したし、労働者、農民に対する約束にも共感した。ほとんど忘れていた、パンフレットを見たときに味わった共産主義に対する最初の感動と魅力までが生々しく蘇り、人民軍の破竹の勢いに拍手喝采を送りたくなった。ひととき、民青組織に入っていたことがすごい闘争経歴みたいに思われ、自慢したい心境にさえなっていた。そのうえ入学してからいくらも行っていない大学に対する愛着も無視できなかった。私は様変わりした世の中に関わりたかったが、所属する大学以外には考えつかなかった。登校してみると文理学部の建物は人民軍が占有していて、蓮建洞《ヨンコンドン》にある獣医学部で登録を受けつけていた。

おそらく七月中旬ごろだった。気持ちは急いていたが家の事情で登校時期が少し遅れた。自分でも思うようにならない不安感にさいなまれいつもの冗談まで忘れてしまった母は、私の登校には関心がなかった。それでも私にとっては勇気のいる登校だった。登校する学生数も民青幹部を除くと科ごとに一人、二人ぐらいしかいなかった。登校してきた学生の主たる任務は登校工作だった。学校に備えられていた身上書を一人が何枚かずつ分担して略図を元に家を訪ね、登校を働きかけろというものだった。そのようにして学生を集めて義勇軍として送りだすことがすでに何回も行なわれていたことを後で知った。兄がやられたのとまったく同じ手口だった。当時はそんな手口も知らなかったが、結果的に犯罪まがいのことに手助けをしないですんだ。家を探すのが苦手だったうえに大学生に学校に出てこいと働きかけることはどうしてもできなかった。相手側の問題というより私の自尊心の問題だった。

それればかりでなく、毎日くだらないことばかりやらされた。文理学部の反動分子の名簿の書き写しをさせられたのだ。だれが作成したのかわからない名簿をなぜそんなに何度も書き写さなくてはならないのか。その名簿の最初に出てきた名前が、後に国会議員を務めた孫道心《ソンドシン》氏だった。たぶんその当時、彼は政治学科に在籍していたはずだ。「学習時間」と称するものもあった。しかし教授を見たことは一度もなかったし、教授の影すら見ることはなかった。

学校の主人は民青だった。民主学生同盟らしい学習方法はソ連共産党史や新聞の一面を飾る金日成《キムイルソン》首領の教旨を順に読み、称賛し熱狂することだった。内実を伴わないのに称賛し熱狂してみせるのは、本当に疲れることだった。体から徐々に生気が蒸発してゆくのを強く感じた。同じ教旨を読み、再び読んでも最初のときと同じように感極まった熱狂を再演しなければならなかった。新しく出てくる教旨もまた同じような内容なのに、熱狂して見せたうえに新しい火をくべなくてはならなかった。そんなことがどうして可能だろうか？　可能だとするならそれはまちがいなくにせ物だ。にせ物が好きな首領はよほどのアホではないのか、そうとでも思わなければやってられなかった。

私は体質的に予習が嫌いだ。高校のときも試験に備えて復習は仕方なくやったが、予習はしなかった。集中力も散漫だった。嫌いな科目の時間は片方の耳で聞き、もう片方の耳では聞き流しながら小説を読むという悪い癖があった。好きな科目も、予習なしにときおりちがうこともちょっと考えたりしながら聞くのが好きだった。それでも必ず知っておかなくてはならない知識には、ぼんやりしていても不意に飛びあがった魚を捕まえたみたいに新鮮に反応した。やたらに予習なんかをしてその時間を鮮度のない復習の時間にしたくなかった。ということは、本当に嫌いなのは予習ではなくて復習だったのかもしれない。

民青の学習は小学生でも理解できるわかりきったことをはてしなく復習することだった。そんな繰り返しにくたびれはて、まるで活きのよくない魚になり、ついには干からびた魚になったようにさえ感じた。民青幹部が同務《トンム》と呼ぶ男子学生の中にも美男子がいて、学習も一緒にし握手もやたらとしたにもかかわらず、一度も異性を感じたことはなかった。

それは決して恋愛感情を意味するものではない。異性間だけにあるもので恋愛感情以前の魅かれるものというか、男と女が一緒にいれば必ずあるものだ。それは兄と妹、父と娘、母と息子といえどもあるものだ。精気といってもよいし、艶《つや》とか和《なご》みといってもよいそんな情緒のおかげで、男と女が一緒に何かするうちに別々にすることでは味わえない小さな楽しみがあるものだ。なぜそんなに無味乾燥になってしまうのか、まるで干からびてしまう感じだった。いや、それは感じではなく、実際にそうだった。荒廃の極みだった。

私は戦時中生理が止まってしまい、同じような経験をしたという話を後になって何度も聞いたが、たいがいは栄養不足のように思われた。むろん栄養不足が最も大きな原因だろうが、心理的中性化現象の影響もあったのではなかろうか。そのころ私は北朝鮮がやはり労働者の楽園なのかと疑うよりは、北朝鮮では男と女がどのようにして人口を増加させるのだろうかと気になり、そっちのほうがはるかに興味深かった。

私はそんな状況下でも楽しくしていたかった。兄が義勇軍にひっぱられたのを機に、学校に行くのをやめた。兄のためだというのではない。ただ疲れはててしまったのだった。受精できない果実のように乾ききり、萎《しぼ》んだも同然だった。考えてみるとわずかばかりのあいだだったのに、あの当時もそうだったし、後日顧みてもそうだった。あの人民軍の支配下の三カ月の期間〔一九五〇年六月二八～九月二八日〕はむやみに長く感じられた。

母は夜ごとかめ置場に井華水《チョンファス》〔早朝一番に汲んだ井戸水〕を供え、真心をこめて祈った。月明かりが煌々と照っていたり、祈りの時間がとくに長いときは、母はまるでムーダン〔祈祷師〕のように見えた。兄がひっぱられて人民軍になったのなら、人民軍の勝利を願わなくてはならないのだろうが、ひときわすさまじい爆撃と間断のない砲弾音を聞いていると、反対に期待で胸がいっぱいになった。南のほうから聞こえてくる砲声が艦砲射撃によるものだと知ったのはなんという因縁か、三仙橋《サムソンギョ》の家で捕えられた革命家の妻を通してであった。

六月二八日、うちで盛大な宴をあげさせたあの男からは、その後連絡はなかった。兄はその男に関して何も言わなかったが、母は一、二度その男が大物なのか、小物なのか気にしたことがあった。彼の妻の訪問によって、あれから仁川《インチョン》市の人民委員会の副委員長になり、いまもそうだと知った。それくらいなら大物といえた。しかしその女はとてもみすぼらしく憔悴しているように見え、怯えた様子の子どもたちも一緒だった。その女を通して、仁川市が昼夜を問わず集中的な艦砲射撃によってほとんど焦土と化していることを知り、仁川市を放棄する日が遠くないことも聞いた。家族をまず北に避難させ、党の高位幹部たちだけが最後まで残れという指令が下りているというのだ。

それでその女の家族が北に行く途中うちに立ち寄ったのだが、私たちは彼らの世話になったこともないのだから、立ち寄らずにとっとと北に行けばよいのにと、私は薄情に思いながらいらだった。しかし母は寝るところや食事を手厚く世話してやった。翌日の明け方、どうか行く先々でよい人たちと出会い苦労せずに平壌《ピョンヤン》にたどりつけるようにと、長々と述べながら送りだす母を見て、私は腹が立ってきて母に嫌味を言ってしまった。

「あの人たちが再び権力を握れるとでも思っているの？　ありえないわ」

母が怒るかと思ったのだが、何か不浄なものに触れたかのような表情を見せた。

「聞きたくもないよ。なんと軽はずみなことを言うんだい。私がそれなりのことをしてやらなくてどうしておまえの兄さんが良い目にあえると言うのかね」

私はひどく恥ずかしい思いをした。

私たちの町だけが残り、すべての市街地が火の海になったと思った。市内の空に火柱が立ちあがり爆撃と砲撃が収まらない緊迫した日の朝、よりによって兄嫁が産気づいた。初孫が生まれたとき難産だったのを見てきた母は一人で世話をするのが怖くなったのか、私に叔母をすぐに呼んでくるように言った。慌てて外に出たが、普通に歩いて十分もかからない叔母の家に一時間近くかかってもたどり着くことができず、家に戻ってきてしまった。

路地には人影が途絶え、武器ばかりが四方、八方でうなりを上げ、そして上空から山をも崩すような殺意に満ちた攻撃が加えられていた。地上で何か動くものが見えさえすれば、雛を見つけた鷹のようにすばやく急降下する飛行機の機銃掃射のために、軒先と街路樹の下だけを移動しようとしたので長くかかってしまったのだ。ほぼ叔母の家近くにまで行っていながら引き返してきたのは、路面電車の道を渡る方法がなかったからだ。

その間に兄嫁は出産をすませ、赤ん坊を横にして静かに泣いていた。母はチョクッパ〔産後に産婦が初めて食べるわかめスープとご飯）を準備していた。またしても男の子だった。お腹にいたときの栄養不足からか、さつま芋ぐらいの大きさにしか見えない顔はしわだらけだった。とても小さくて産みの苦しみもなく、すっと出てきたらしい。

数日のうちにまた世の中が大きく変わった。ここ三カ月のあいだに青年たちはみないなくなってしまったと思っていたのに、どこにじっと隠れていたのか、髪がぼうぼうと伸び顔が青白くなった若者たちがあふれ出てきた。抱きあい、あるいは凱旋してきた国軍をつかまえ、狂ったように歓呼し踊った。あの長かった日々をどのように隠れながら耐えてきたのだろうか。忍耐力や家族の保護だけでは無理だったはずだ。私たちだけがバカを見たのだろうか。

この間にひっぱられていって死んだ者の数が次々と明らかになった。そのとてつもない数と残酷さは神をも恐れぬひどいものだった。九死に一生という危険を生きのびることができたのは天の助けがあったというしかなかった。だれもが一度死線を乗り越えると大胆になり、何かやりがいのあることに身を奉げたいという意欲が湧くものだ。復讐の情熱が彼らを殺気立たせた。そのうえまだ戦争中だった。殺さなければ殺される戦争を同族間でやるということは、本当に残酷なことだ。敵は皮膚の色や言葉がちがう異民族ではない、ただの共産党だった。国軍と共に敵の手中から私たちを助けてくれた国連軍もありがたかったが、独立した政府があることでそんな助けを受けることができるのだから、国があるということはなんと感激的なことだろう。だれもが体中に愛国心を満ちあふれさせていた。

しかし愛国はそのまま反共になった。愛国と反共は手のひらの表と裏のようにに別々にできないものになっていた。国を愛したいという心情が急激に多くの団体を生みだした。その某青年団とか、某自衛団とかいう愛国団体が主に行なうのは、アカをやっつけることだった。政府と警察、軍人、憲兵などの治安を維持する機関がみなソウルに戻ってきたが、彼らの主たる業務も共産分子を探しだすことだった。戒厳令が発令された。地下に潜んでいて人民軍に同調・加担したアカたちを片っ端から捕らえて留置場に放りこむ一方で、即決処分も盛んに行なわれていた。アカの命は人間以下だった。あそこにアカが行くと後ろ指をさされただけで、その場で銃殺されることもあった。もともとやったことがとんでもないことだったから、後ろ指をさしたい人も多かっただろう。告発と密告が荒れ狂った。告発されるかもしれないと考えてそれより先に告発することもあった。極端に言えば、共産党の支配下で生き残ったこと自体が罪になるといえた。天井裏に隠れて生き長らえたといっても、だれかが食べ物を差し入れることで延命が可能だったのだ。その妻や母が女子連盟に参加し、熱誠分子よりもっと熱烈に首領〔金日成《キムイルソン》〕をほめたたえ、喉を嗄らして人民歌謡を歌うことで可能だったはずだ。

このようにソウルに残っていた人たちは程度の差こそあれ、人民軍に同調・加担した嫌疑を受ける余地があった。たとえソウルに残った彼らこそが、ソウルを死守するという政府の言葉を額面どおりに信じた純粋な良民だとしてもだ。情状は酌量されなかった。人民軍に同調・加担したのに恥じることもなく潔白だと主張するためには漢江橋《ハンガンギョ》〔ソウルを流れる大河漢江に架かる橋〕を越えて避難し、再び戻ってきたというのが一番だった。それで反共を誇る輩《やから》の中でも「渡江派《トガンパ》」という特権階級が生まれた。市民たちは安心して生業に励めと騙しておきながら、いち早く逃げた政府関係者がソウルに戻ってくると、同じ人たちとは思えぬ傍若無人ぶりを発揮した。ひょっとしたら早々とソウルを放棄したという後ろめたさを感じたが故に、先手を打って虚勢を張り、人民軍に同調・加担した者にあんなにも厳しくしたのかもしれなかった。だからその一方で「親日派《チニルパ》」への粛清を手ぬるくし、恩恵を海のように広げたのだろう。

うちの家族に耐えがたい過酷なときが差し迫っていた。うちの家族全員のことなのに、私一人がその責めを負うことになった。町内の人たちは依然としてうちをアカの大物家族だとみなしていた。ソウルが奪還された後、外に出た母を見て隣家の人が驚きのあまり息を呑んだというのだ。私たちが北に行かずに残っていることに驚いただけでなく薄気味悪かったのだった。薄気味悪いどころではなく、時限爆弾を抱えて暮らすようで不安だったのだ。何かしでかすのではないかという不安より、私たちの存在自体が社会不安の要素であり、除去すべきものだった。

町内の人びとの告発によって、私たちは家宅捜索を受けた。家族が越北しないところを見ると、大物の兄がどこかに隠れていると誤解したようだ。義勇軍のうち志願者はほとんどいなかったから、軍人や警察の兄弟の中にも義勇軍としてひっぱられていった人びとがたくさんいて、それほど罪にはならなかった。

私たちは兄が義勇軍にひっぱられていったことを信じてくれと泣きながら訴えた。兄嫁は産婦だし、母は年寄りだったから、私が代表して連行され、あらゆる侮辱を一身に受けたが拘留まではされなかった。留置場がいっぱいのときだったし、アカを扱う専門家の目にはたいした者に見えなかったようだ。アカをちゃんと見分けられる専門家に当たったのも幸いだった。専門家より素人のほうが恐しいときがあるが、過酷な調べをする場合なんかはとくにそうだった。

しかし、ことはそれでは終わらず、その後も私は何度もひっぱられていった。告発がそんなに相次いだのだろうか？　彼らは内部で私一人を狙い撃ちにして互いに引きずりまわしていたのだろうか？　その内実は知りようもなかったし、また想像してみる余裕なんかなかった。いろんな青年団体が私を調べようとした。彼らは私をメスアカと呼んだ。アカであれ、メスアカであれ、感化されていると判断すれば人間扱いしなかった。人ではなかったから、連行されても人権など主張できなかった。アカを見つけだしてひどい目にあわせる機関が乱立していたので、隣人たちが引き続き私たちを怪しいと見ている限りは、彼らの餌食だった。彼らは私をわざと貶《けな》し、威嚇《いかく》し、あざ笑った。しかし彼らからすると、こんなことは人権侵害でもなんでもなかった。

彼らはまるで私を獣か、虫けらのように見ていた。私は彼らの思うままにさせてやった。虫のように這った。彼らは気味悪い虫で遊ぶ子どものような単純なところがあった。幸いなことに、彼らはアカをあまりにも嫌うために、アカの体を弄《もてあそ》ぼうとは思わなかった。私は自分がとても貴族的に育ったことを恨んだ。いいものを食べ、いい服を着て大事にされてきたという意味ではなくて、侮辱されて育ってこなかったという意味だ。

私は毎晩虫になっていた時間を自分の記憶から消そうと狂ったように首を振り、身悶えた。彼らが私を虫だと記憶するのに私だけが記憶喪失症にかかるのなら、それこそ本当に虫になるのではという恐怖のために、なんとしてでも忘れてなるものかと必死になったのだった。

それにもかかわらず忘れてしまったことがたくさんあるように思う。いろんなところで個別的に受けた侮辱が一塊になって単純化して残っているものの、具体的な事件を抽象的にしか思い出せない。それは体を虫けらのようにして這わせただけでなく、精神的にも暴力に屈服したという証拠なのだろうが、だがあのときはああするしかなかった。あのように忘れてしまうのが、普通の人間が狂わずにすむ精神力の限界なのだ。

二番目の叔父の家の没落にくらべれば、私の被害はなんてことはなかった。あれくらいの取り調べですんだのも、母が朝一番の井戸水を汲んで供え祈ってくれたおかげにちがいない。叔父の家では一〇月中旬までは何ごともなかった。馬糞やその匂いを掃きだして、商いを新しく始める準備を急いでいた。心配事があるとすればうちのことだった。私たちのことを考えると仕事が手につかないと叔父は言った。兄がひっぱられていく途中で叔父の家に立ち寄ったとき、見張り役で来ていた人民軍の兵士にすばやく金の指輪でもはずして渡し交渉していたら、本家の跡取りを取り返すことができたのではと何度も後悔したというのだ。人民軍には賄賂は通用しないと思われていたが、賄賂を使ってなんとかしたという話をどこかで聞いてくると、叔母と喧嘩までしたようだ。指輪のようなものは男が気づく前に女が先に気づくべきだと叔父が難癖をつけたらしい。

その叔父が町内の人に告発された。人民軍政治保衛部の手先となって贅沢をしていたという致命的な内容の告発だった。叔父と叔母は別々に連行されたが、最初は叔母が即決処分を受けたという。町内で叔母と親しくしていた人がそのことを知らせてくれた。誠信女子中の裏山にたくさんの人たちと連れていかれるのを見たし、その後に無数の銃声を聞いたというのだ。だからすぐに死体を引き取りに行けという。うちだけでなくその人の知らせで死体を探しに行った人もいたし、家族がひっぱられていった後で消息が途絶え、もしやその山で死体となってはいないかと探している人がたくさんいると言った。

しかし私たちは義理を欠くことになるが、そこには行かなかった。ちょうどうちが家宅捜索を受けたり、連行されたりしてとても余裕のないときだった。一族の中に死刑になるくらいのアカがいることがわかれば、さらにどんな目にあうかもしれないと思う恐怖感もあった。混乱の中で、ともあれ叔母の実家に知らせた。叔母の母が駆けつけ、残っていた死体をくまなく探してみたが見つからなかったという。

後で叔母から聞いてわかったのだが、即決処分を下した軍の将校が、女が死ぬほどの罪を犯すはずがないと思ったのか、女たちだけを警察に引き渡したというのだ。その後裁判を受け、一・四後退時〔一九五一年一月四日、人民軍と中国共産軍の反撃により韓国政府と国軍は再びソウルを放棄〕以前に執行猶予となり、釈放されたというのだ。その間、叔母の実の母が必死になって差し入れなどをして面倒をみた。私たちはなんの手伝いもできなかった。

警察に捕まえられていった叔父は、最初から裁判で死刑を言い渡された。その事実を出獄した人に叔父が託した手紙で知ったくらいで、私たちは叔父に差し入れなどの世話ができるような状況になかった。叔父の手紙は自分がなぜ死刑にならなくてはならないのかわからない、弁護士でも頼んで自分を助けてくれというものだった。私たちに力を貸してくれるとか、後ろ盾になってくれるような親族はいないのだろうかと思い巡らしてみたがこれといった人も思い浮かばず、うちの一族はなんと取るに足らない存在なのかと、あのときほど痛感したことはなかった。

人民軍に同調・加担した者があまりにもたくさん捕まっていたときとはいえ、綿入れ一つ差し入れるのにも一日がかりだった。ちょうど長いあいだ警務官をしていた親族がいて、ある程度の便宜を図ってくれるのではと期待して頼んでみたが、聞き入れてくれなかった。下っ端役人までもが人民軍に同調・加担した者と関わりあうのを嫌う世の中だと承知していても、身震いするほど悔しかった。できるだけ朝早く並ぼうと、母は峴底洞《ヒョンジョドン》で格別に親しくしていた家を訪ねていき、恥も外聞もなくひと晩泊めてもらったりしたが、そのたびに温かな慰めと接待を受け、貧しい人のほうがよっぽど人情味があると言った。

たいした世話もできないうちに叔父は処刑されてしまった。実は、いつ処刑されたのかもわからなかった。叔父の手紙一通以外はなんの連絡もなかったし、死刑を執行したから死体を引き取りにこいという通告もなかった。死刑にされたというなんの証拠もなかったが一・四の後退後、叔父の存在や名前はどこにも見出すことができなくなったから、後退前の混乱の中で集団的に処刑されたものと推測された。アカの命はハエの命ほどでさえなく、アカの家族もまた虫けらと同様だった。

差し入れだろうがなんだろうが、うちに余裕がなくなり始めたのは市民証の不発給からだった。普通の人も良民であることを立証する証明書があってこそ自由に出歩くことができる制度が、九・二八修復〔一九五〇年九月二八日の国軍によるソウル奪還〕後にはじめてできたのだが、そのときはそれを市民証と呼んだ。後になって大韓民国の国民ならみな受けとることができたが、その制度が最初にできたときは、良民と潜伏している「赤色分子」を分けようとする意図が強かった。したがってだれにでも発給されるものではなく、厳格な審査を経なければならなかった。審査を受ける前に問題が生じた。町内の班長〔韓国の行政区画で最も小さな「班」の長〕は市民証発給申請の書類を家ごとに配りながら、うちだけを素通りした。それは密告されたときよりもっと大きな衝撃だった。市民証がなければ死ねと言われたのと同じで、人であるための基本的要件をなすものだった。なかばふぬけになって災難にじっと耐えていた母も地団駄を踏んで悔しがった。

「こんなことがあっていいのか。やることがあんまりだ。互いにコサ餅〔厄払いの神事のときに供える餅〕を分けあい、絹のチマを着ていようが木綿のチマを着ていようが、互いの孫のおしっこやウンチの面倒を見合った仲なのに、どうしてこんなことができるのか」

人が引っ越してくるたびに小豆粥を炊いて配ったり、お供え餅を配ったり、そうしているうちに自分の家と他人の家の区別がなくなり、他人の家の孫のおしっこやウンチも汚く思わなくなるほど親しくつきあってきたのにと、母は嘆いたのだった。しゃくにさわるのはひとまず置くとして、審査を受け市民証の発給をしてもらえないのは私たちなので、町内の班長に申請書さえもらえないのかとたずねると、たまたま一枚足りなくて配れなかった、洞会〔行政の末端事務所〕に行ってみろ、と言うのだった。大韓民国の班長から人民軍側の班長になり、また大韓民国の班長になった節操のない輩《やから》からもこんな仕打ちを受けなくてはならなかった。申請書一枚もらうのにさえ、洞会の事務職員にペコペコし予備審査を受けたが、実際の本審査は私たちのことを知らない機関がしたので、母と兄嫁は無事に市民証が交付された。私は学生だからまず学校に行って学生登録証をもらってきてくれと告げられた。

一難去ったと思ったらまた一難だ。大学にはもう行けないと思っていたし、共産党支配下の大学に行ったのは明白な同調・加担を意味したから、処罰が怖くて学校に顔も出せないでいた。大学ごとに学徒護国団監察部で学生を審査していたが、大学によっては過酷な処罰をすると聞いていた。機関ごとに審査が広がり始めていて、その過程でいろんなことが起きていた。怖かったけれど、市民証がないのは死んだも同然なので、どんな侮辱や暴力にも耐える覚悟をして学校に向かった。

今度は国連軍が文理学部を使っていたから、大学業務は東崇洞《トンスンドン》の教授官舎でやっていた。登録書類を作成するのをはたで見ていた職員が、私の分類を知りささやきあっているのを見ると、私が共産主義に同調・加担した者の名簿に載っていることがわかった。そんな状況だったからその日に登録証はもらえず、数日かけて最終的には監察部長が審問し、訓戒をたれて学生登録証を発給してくれた。

さんざん苦労したあげくに発給された登録証を提示すると、市民証はすんなり出た。いまでも文理学部で受けた審査に感謝の気持ちを強く持っているが、あのときのことは市民証をもらうのに助けになっただけでなく、初めて人間らしい待遇を受けたと思っている。同調・加担の嫌疑と人間的な扱いの両立はとてもありがたかったし、結果的には人間に対する最終的な信頼をなくさないですんだ。私が嫌疑を受けていたためにより一層そう感じたのだろうが、同調・加担者の粛清が盛んだったとき、最も恐しいのは人間だった。あの当時は社会全体が暗くて戦々恐々としていた。

いっきに鴨緑江《アムノッカン》まで攻め上がる攻勢に出ていた時期に、勝者がはたしてそこまで厳しくやる必要があったのだろうか。勝利の時間はあっても寛容の時間があってはならないのが、イデオロギー闘争の特性なのだろう。

愛国団体はなぜあんなに生まれたのか？　彼らは掲げるスローガンと声明を町内じゅうの壁に貼りだしたが、共産党の蛮行を糾弾するワンパターンなもので、赤色分子を残らず探しだし、その種を根絶やしにしなくてはならないという激烈で好戦的なものだった。一度そうした貼り紙の中に「自由主義万歳」とだけ書いたみすぼらしいのを見つけて、不思議な感情にとらわれたことがあった。心身が弱っていたときだったから、それを見たとたん膝から崩れ落ちるくらい力が抜けた。こうした侮辱と鍛錬を受けながらも、たとえ北側から最高の富貴と栄華を授けると言われたとしても譲りたくないのは、こうしたことのためだったのだろうか？　侮辱と鍛錬の末に監獄暮らしが待っていようともこの南の地を選ぶほど、南の地にある自由とははたしてどんなものか？　そう、まさに国家元首を狂信しなくてよい自由があるではないか。私は寂しく自嘲したが、その程度の自由でも大きな希望だった。

北進統一を目の前にして、中国共産軍の介入によって再び国軍が押し返され始めた。今度は安心して生業に従事しろという嘘はつかないで、作戦上後退することもありえるとあらかじめほのめかした。

去年の夏はパニックに陥ったからか、今回はお金があり羽振りの良い連中らは早々と避難を急ぎ、金のない者たちもまさかと言いながらも避難の荷作りを始めていた。一日たりとも朝一番の井戸水を供えて祈ることを欠かさなかった、母と兄嫁の失望と嘆きといったらなかった。一日たりとも安らかな日などないなかで私たち家族が持ちこたえられたのは、希望があったからだ。

国軍が破竹の勢いで北進するあいだに、脱出したりわざと落伍して、義勇軍にさせられていた者が戻ってくることがよくあった。母は道端で乞食のなりをした青年を見かけると、ひょっとして義勇軍にさせられて戻ってきたのではと問いかけ、そうだと答えると家に連れてきて歓待し、あれこれと聞きたがった。他人ごとなのにわがことのようにして喜び感嘆しているうちに、兄にもそうした可能性があるかもしれないと希望を持ったようだ。食事のたびにまず兄のものを用意し、風が門をゆらす音にもしやと生気を蘇えらせ飛びだすのだった。息子が逃げだしてくる前に私たちがソウルから南へと後退してしまったら息子の運命はどうなるのか。母は息子の死を想像できずに、そのまま人民軍に残しておくしかなかった。

作戦上の後退がソウルよりはるか南のほうになるのはほぼ確実視されていた。初寒波が近づくなか、ソウルの人口が半分以下に減ると、母は重大な決断を下した。娘の運命を家族と切り離そうというのだ。

「おまえ一人だけでも避難しなくてはならない」

実は私もそんなことを考えていたが、いざ母の口からそんな話が出ると悲しみがこみ上げてきた。それは私を除き、母と兄嫁それに甥たちは兄と運命を共にするという意味でもあった。兄が人民軍になっているとはあまり想像できなかったが、人民軍になった兄と運命を共にするとは何を意味しているかは明らかだった。作戦上の後退だといわれているので、すぐにもソウルは奪還され、私一人が家に戻れるとしても、みんなは家を出てしまっていて空っぽだろう。一人で避難はできるとしても、永遠の別れを覚悟するのはなまやさしいことではなかった。母はもうそんな覚悟まで固めたようで、折にふれ入手してきた嫁入りの支度品のようなものまで入れて私の避難用の荷作りをしながら、「おまえだけでも、いい世の中で生きなくちゃ」と繰り返した。

私が家を出る前に兄が帰ってきた。ああ、待ちに待った兄が帰ってきた。乞食の中の乞食みたいな姿だったが、人民軍にならずに帰ってきたのだから、故郷に錦を飾るどころの喜びではなかった。しかし兄の帰郷は私たちが追いこまれている状況に、さらに輪をかけることになった。これは夢かうつつか、抱きあって泣きわめいたり笑ったりしたのもつかの間、私たちはあまりにも変わってしまった兄の様子に胸をほっとなでおろすことができなかった。

どのようにしてそんな体で戦線を突破し、遠い道のりを歩いて家にたどり着くことができたのか、信じがたいほど体はぼろぼろになっていた。家に帰り着いても少しもうれしそうではなかった。自分がいないあいだに生まれた息子を見ても抱いてみようとはしなかった。いったい何を考えているのか。かといって無表情なのでもなかった。視線は少しもじっとしておらず不安げにゆれ、小さな物音にもすごく驚いた。ひどく怯えた表情はどんな話をしても変わらなかった。温かい食べ物や寝床でも落ち着かせることはできなかった。夜には風の音、ネズミのガタゴトする音にも驚き、一睡もできなかった。どこでどんなひどい目にあってそうなったのか。死を覚悟して死線を乗り越えてきた武勇談もあるはずなのに、そうした話はしなかったし、そんなそぶりも見せなかった。兄は深刻な被害妄想に陥っていた。

あきれた母は泣き叫ぶようにして、この間に叔父に起こった話と私たちが経験した苦難をぶちまけながら、気をしっかり持ってくれと哀願した。母としては兄のふさぎこんだ心を鼓舞しようとショック療法を施したつもりだろうが、逆に被害妄想だけがひどくなってしまった。兄は早く避難しようと焦り始めた。どんなことにも驚き、あちこちに頭をぶつけブルブルふるえだす症状まで新たに出てきた。早く避難しよう、人民軍が入ってきたら殺される、だから早く避難しよう。みんなが避難してしまったという切羽つまった雰囲気を他人よりもっと鋭敏に感じて、じっとしていることができなくなっていた。家族も悪夢を見ているようだった。

私だけが避難するという計画は自然消滅した。まだ家族の運命と切り離されるときではないようだ。でなければ、こんなに偶然にもつれるはずがない。兄にせかされなくても私たちは早く避難したかった。避難できずにソウルに残るにしても、いまは北側につく最悪の事態を想像しなくてもよくはなったが、ソウル奪還後にまたどんな目に遭うか、想像するだけでも身の毛がよだった。ソウルを死守すると騙して逃げ、戻ってくるといばりちらした人たちが、今度はまた一人残らず避難しろと、漢江《ハンガン》に仮橋までつくって追いだすのだから。避難せずに残ったら、どんな目に遭わされるかは火を見るより明らかだった。早くソウルを去りたかった。狂わんばかりに去りたかった。

しかし、兄が漢江の橋を渡るには問題が山積していた。またしても市民証が問題だった。避難民の中に間諜《スパイ》が混じっていないかと、あちこちで物々しく検問していた。後退を前にして市民証を発給したのもまさにそうした理由からだった。義勇軍に持っていかれ逃げだしてきた人たちをアカだと決めつけることはないと言っても、市民証を受けとろうとすれば、厳しい審査を経なければならなかった。兄がそうした厳しさに耐えられるとは思えなかった。兄は審査を嫌がりながらも市民証を早く出してもらえとせかした。

「なぜ、市民証の一枚も出すようにと言ってくれる後ろ盾がいないんだ？　わが一族には」。こんなことまで恥ずかしげもなく言った。どうして兄はそこまで卑屈になれるのか。被害妄想の結果なのだろうが、卑屈は被害妄想よりもっとぶざまで見たくもなかった。しかし呪われた運命の糸を断ち切れる見こみはなかった。

兄の後ろ盾云々に対処するため、兄嫁が考えだしたのは勤めていた学校だった。教師たちの素朴な人間性と田舎での教師に対する尊敬心は期待してみてもよさそうだった。兄嫁がまず行って相談してみると、快く協力してくれるというので、兄を説得して連れていった。そこに留まって市民証の代わりに道民証を発給してもらうことができた。そこでもほとんどの人が避難して何人も残っていなかったが、同僚教師と村人たちの素朴な慰めと、道民証を手にした安堵感で兄は少し小康状態を見せ、そのあいだに兄嫁も家に戻り避難の準備をし始めた。

避難していく人たちをとても羨ましく思いその機会を狙っていたから、まったく茨の道だなんて思いもしなかった。漢江を渡り、山野を越えて、私たちもついに避難民になれるかと思うと、夢のようでただうれしかった。年子の二人の子をどうすれば凍え死にさせないですむか、何をどのくらいどう持っていかなくてはならないか、家族が飢え死にしないか、などという現実的な問題が少しも心配にならなかった。そうした現実的な重荷はそっくり私の肩にかかっていたけれど、漢江の橋さえ渡ればすべての問題を引き受け安心させてくれる人が待っているかのように、期待を膨らませていた。それで面倒なことは考えなかった。避難の荷作りはさすがにピクニックに行くみたいにはできなかったが、深刻には考えていなかった。だが私たちには避難に出る資格がないようだった。悪いことにうちの家族は心の底で避難の旅に出られないのではと考えていた。それが的中した。

最悪の知らせが届いた。そのころ国道周辺の田んぼは夜になると後退する国連軍と国軍たちの野営場に変わっていた。大きな建物も彼らが使った。後には国民防衛軍と一つになったが、当時は青年防衛軍というのがあって国軍とどうちがうのかわからなかったけれど、いずれにせよ武装していたし、戦闘行為もしながら後退している最中だった。その青年防衛軍がちょうど兄の学校に駐屯することになり、宿直室に泊まっていた兄は暖かいオンドルを探していた将校と一緒に眠ることになった。午前中銃を分解して手入れしていた兵士が誤って銃弾を発射し、兄の足を貫通させたというのだ。

急報を受けて駆けつけたとき、兄は旧把撥《クパバル》のまだ避難していない小さな病院に放置され、部隊は移動した後だった。真相を詳しく知っても仕方なかったが、兄からは私たちが伝え聞いたこと以上のことはわからなかった。大量の出血で蒼白になった兄はかえって穏やかに見えた。初老の医者は親切だったが、その家も避難の準備をしていた。生命に差し障りはないが、炎症を起こしたら大変なことになると言い、今後続けなくてはならない治療法を教えてくれた。治療法と言っても簡単な最小限のものだった。医者が手本を示してくれた。貫通した銃弾の穴から血まみれのガーゼを取りだし、消毒したガーゼを隙間なくつめこむのを傍らで見守りながら、私はその穴が地獄に通じる奈落の底のように暗く深いと感じた。その中にしきりに落ちこむような恐怖を覚えた。

兄は悲鳴ひとつあげることなく微かに笑いさえした。希望を失くした静けさは、なにかあきらめの境地を漂わせていた。つめこみ用のガーゼ、包帯、消毒薬、軟膏など病院に残っていたものを私たちに与えて医者は家族ともども避難し、町内は空っぽになった。私たちがその病院を独り占めにして三日目か四日目に最後の後退令が出された。いわゆる一・四後退だ。ほとんどの人たちが避難し終わったと思っていたのに、まだ事態を傍観していた人たちがワッとあふれだして、国道は騒然とした音に包まれ、避難を促す低空飛行のヘリコプターからの大音量もあいまって、私たちがいるちっぽけな病院をゆるがした。実際は建物なんかより私たちの心をもっと激しくゆさぶった。母がまず、私たちの動揺を代弁した。

「行こう、死ぬようなことがあっても行けるところまで行こう。あんなにせきたてているのに避難しなかったら、後で私たちをどんなにか痛めつけるに決まっている。そんな屈辱にまた遭うくらいなら死んだほうがましだ」

病院の裏に古びた荷車が一台放置されているのを見つけておいた。車を用意できるのは少数の恵まれた人たちで、そんな人たちはみなとっくに避難していた。板切れに車輪をつけただけの荷車をつくって子どもや大切な荷物を載せるのが流行っていた。古びて放っておかれた荷車に兄を乗せた。母と兄嫁は子どもを一人ずつおんぶし風呂敷包みを頭に載せていたから、荷車を引くのは私の役割だった。私の荷は重かった。最後の後退の隊列にあてもなく飛びこんだが、私たちはしだいに遅れだして、ムアク峠を越えたところで私はくたびれはててしまった。日が暮れて暗くなり始めた。

「少しだけでも先に行こう、なんとか少しだけでも」

母が無慈悲にせきたてた。

「漢江《ハンガン》の橋がなんでもうちょっとなのよ」

私は積もりに積もっていた怒りを爆発させそうになった。

「避難は運に恵まれた人たちが行くもんだ。だれもが行けるものではなさそうだ。だから避難するふりをしなくちゃ。峴底洞《ヒョンジョドン》に知りあいの家があるからそこに留まって、世間がもう一度変わって人びとが戻ってくるところを見計らい、私たちも避難から戻ってきたようにして家に戻ろう。そうするしかないよ」

母は前からずっとそんな策を練っていたように落ち着きはらい筋道だって話しながら、そこから見渡せる町内を指さした。私たちが見せかけの避難地として決めたのは峴底洞だった。峴底洞だなんて……しかし不思議なことに心が静まり、一歩も動けそうになかった足に新たな力が湧いてきた。階段を使わずに上がっていく道はちょっと遠回りしなければならなかったが、荷車のためにそっちの道を選ばざるをえなかった。獣に驚いて兎が駆けおりてくるみたいに、最後の避難民が下りてくる坂道を私たちは逆に息を切らしながら上っていき、ようやく新たな避難先にたどり着いた。

母が目をつけておいた家は、叔父夫婦の獄中生活の面倒を見たときに世話になった、まさにその家だった。その家も避難に出てしまい家に鍵がかけられていた。しかし古びた粗末な家だったから鍵もお粗末で、私たちは力を合わせて門の取っ手をひっぱって開けて中に入ることができた。いましがた出ていったみたいでオンドル部屋には温もりが残っていたし、一方の片隅には食べ残した膳がそのままにされていた。大根キムチをかじった歯の跡が鮮明に残っていた。私たちはまず食糧がありそうな場所をくまなく探した。

私たちが持っていた食糧はとても少なかった。食うためには悪事もせざるを得ないと腹をくくっていたから良心の呵責は感じなかった。米はなく、雑穀が一つかみと小麦粉が袋に半分ばかり残っていた。夕食は新たに炊かずに残っていた冷や飯ですませたが、オンドルで部屋をぽかぽかにしようと火を点けた。これ以上悪いことが起きようがないほど追いこまれたときのあきらめともつかない静寂の中で、私たちは深い眠りについた。

新しい日が明けた。兄が久しぶりによく寝たと背伸びをした。私は政府がソウルに戻ってきたときにどうするか、そればかりを考えた。前回のように急激に世の中が変わるとすれば、どうしたら生き残れるのか？　対処策を考えない家族がじれったくて負担だった。兄を荷車から降ろしたからといって、私への重い課題が軽くなるわけではなかった。私は変わりはてた町内の様子を見ようと、注意深く門の外に出てみた。

一帯が高くて町内が一望できた。革命家たちを解放し、叔父を死刑にした刑務所が真下に見下ろせた。人気らしいものはなかった。まるで青光りする冷たい匕首《あいくち》で背中をさっとなぞられたみたいで、一瞬にして鳥肌が立った。それは地上に人がいないことへの恐怖であり、生まれて初めて感じるまったく新しい感覚だった。独立門《トンニムン》まではっきり見渡せる大通りにも路地にも家にもだれもいなかった。煙が立ちのぼる家も一軒としてなかった。刑務所に人共旗でも掲揚されていたなら、まだ恐ろしくはなかっただろうに。この巨大都市に私たちだけが残った。この巨大な空虚を見ているのも私一人だけだった。これから迫ってくる未知の事態に遭遇するのも私たちだけだ。どうすれば対処できるのか？　いっそのこと、私たちも消滅できるものならばそうしたかった。

そのときふと、行き止まりの路地に追いこまれた逃亡者がくるりと振り返ったみたいに、一瞬の内に思考の転換が起きた。私だけが見ている光景なのだから、何か意味があるのではないか。私たちだけがこの地に居残ることになったのは、たくさんの偶発的な災いが積み重なってこうなったのだ。そうだ、私だけが見る光景であるなら、そのことを明らかにする責任がきっとある。それこそ偶発的な災いに対する正当な復讐だ。明らかにする責任は巨大な空虚のことだけではない。虫けら扱いされた時間も証言しなくては。そうしてこそ虫けらからようやく抜けだすことができるはずだ。

このことはいつか書くことになるだろうと感じた。その予感が恐怖心を追いやった。少しばかりの食糧も心配にならなかった。連なった家々が食糧庫に見えた。これらの家にまさか小麦粉の少々、麦の一升や二升ないわけがない。私はすでに空き家のものをいただく計画まで立てていたが、食べていくためだと怖れはしなかった。

あの山は本当にそこにあったのか

《作家の言葉》

私たちはこのように生きてきたの

私の住む町には公園が多い。韓国で一番大きいとされる公園や、他にも大小の公園があちこちにある。しかし私が気に入り愛したのは公園名もついていない小山だった。

栗のように丸く、季節に合わせて着替える光景も楽しかったし、土に触れたくなったとき、その林の中を歩くのも楽しかった。大きな公園では散策路まで舗装されてしまったし、有名な山は遠すぎる。年に一、二度意を決して登る山も両足で感じるには巨大すぎるし、挑戦を待つ山を征服しようとする気力がいまの私にはない。だから町に残っている自然そのままの小山を特段に気に入っていた。歩いても行けたが、車でその前を通るときはその山を眺め、日々ちがうその清々とした表情にあいさつをしたりして感動したものだった。

そんなある日、その小山をブルドーザーが踏みつぶしているのを見かけた。そこにまでマンションを建てる必要があるんだろうか？　私は自分のお気に入りの小山が失われたことに腹が立ったが、止める力もなく、自分が住んでいるマンションもまた穀物と野菜を育てていた農地の上に建てられたのだと思い、あれこれと波立つ心を鎮めようとした。

しかしその小山は全部ではないものの、中腹まで切り崩されて幾何学的な形に裁断され、セメントの階段をめぐらせた醜い姿に変わった。どうやら住民たちの要請によって運動を楽しむ体育施設が建つらしい。私は人びとにたずねてみた。

あそこの小山のことなんですけど、あんなに美しかった小山をあんなふうに造り変えないといけなかったのでしょうか、運動する場所がそんなにないのでしょうか、と訊いてみた。しかしだれも相手にしてくれない。あそこに小山があったことを知らない人もいた。あの美しかった小山をどうして忘れられるのだろうか？　それとも知らばくれているのだろうか。あの小山がなくなって得する人も、損する人もいないのに、何が問題なのと言わんばかりだった。

ブルドーザーより忘却のほうがずっと恐しい。そんなふうにして世の中が変わっていく。最近は私もそこに小山があったのだろうかと自分の記憶が疑わしくなるときもある。その小山が消えてわずか半年なのに。

セメントをめぐらした怪物は永遠に生きるかのようにふんぞり返っているが、その下に埋もれた草や花は二度と芽吹くことはないだろう。来年の春も、その後も、永遠に。

私の人生は平凡な個人史かもしれないが、いざ広げてみると荒々しく織りこまれた時代の横糸のせいで、自分の望みどおりの模様を織りこめなかった。それは個人史の問題であると同時に、同時代を生きた人間であれば共感でき、いまの豊かな社会の基礎が埋められている部分でもあるから、恥を忍んで広げてみたのだ。

〈私たちはこのように生きてきたの〉

いまの泰平の世に向かってもどかしげに当時の記憶を甦らせようとしても、変化の速度がはげしく忘却の力が強すぎて、本当にあんな刺々しい時代があったのだろうかと、ふと自分の記憶が疑わしくなり、こうした虚しさに気持ちも萎えてこの本を書き進める上では骨が折れた。

未完に終わった『あんなにあった酸葉《すいば》をだれがみんな食べたのか』を完結するようにと、粘り強く激励してくれた熊津《ウンジン》出版社の皆さんに深く感謝する。

一九九五年一一月

朴婉緒

夢を見たんだ、だけどもう見ない

1

奥部屋で兄嫁が兄の傷穴のガーゼをつめ替えていた。ふくらはぎはやせ細っているのにその銃の傷穴は深くて生々しかった。一センチ幅のガーゼはその穴からずるずると出てきて、新しいガーゼもはてしなく入っていく気がした。ずっと息を殺して見守っていたから余計にそう見えたのかもしれない。いっそのこと、銃弾が兄の心臓を貫いていたらと考えずにはいられなかった。その考えに鳥肌が立ち、ぞっとした。外で何か見なかったかと兄に訊かれたが、何も見なかったと私は答えた。

「うちの家族だけしかいなくて、人の気配なんてない。ソウルが空っぽになったのに人民軍が入ってきた気配はないわ」

「そんなはずが……。おまえちょっと見てきてくれ」

べとつく軟膏や赤黒い血のついたガーゼを新聞紙にくるむと、兄嫁は外に出ていった。兄がいらだっていたので兄嫁を待つ時間がやたらと長く感じた。さんざん待たせておいて戻ってきた兄嫁は、突拍子もない話を始めた。

「この家のすぐ前に井戸があるんですよ。それがけっこう深いの」

「人は見かけなかったのか。人民軍や国軍はいなかったのかと訊いてるんだ」と兄が言うと、兄嫁は首を横に振った。兄がしつこいので母までが外の様子を見にいくことになったが、蟻一匹みつからなかった。兄のいらだちはしだいにひどくなった。ご飯も炊くことができず、三人の女は偵察ばかりさせられた。

「は、は、は……旗竿にどっちの旗が揚がっていた？　め、め、め……目が節穴じゃないのか」

兄が吃《ども》り始めた。体の奥に吸いこまれてしまったような力ない声だったが、私にはわめき声のように聞こえた。兄が何をそんなにいらだっているのかがようやく明らかになった。兄はこのソウルに、うちの家族以外にだれかいないかを知りたいのではなく、私たちがだれの統治下にいるのかを知りたかったのだ。私たちがいま仰いでいる空が大韓民国のものなのか、人民共和国のものなのかが知りたくて私たちを外に行かせたのだ。掲揚台がある建物は刑務所以外にも何カ所かあったが、旗がはためいているところはなかった。国軍は市民をすっかり避難させ自らも後退したからソウルは空っぽになったはずだが、人民軍はどこで何をしているのか、いまだに入城してきていないようだった。それならいま、ソウルは真空状態なのか。イデオロギーの真空状態。左翼、右翼どちらにも嫌われ、そのあいだでとことんもがき、こんな状態にまで陥ってしまった兄にとって、イデオロギーの抑圧がまったく存在しない世界こそユートピアではないのか。しかし兄はアカ扱いされるよりそのユートピアをもっと恐れた。真っ青になって、いても立ってもいられなくなり、しだいに言語機能が後退していく兄を見守りながら、ユートピアは幻覚のように手には届かず過ぎ去ってゆくものなのに、一日は長すぎると思った。

家の前の井戸は本当に深かった。井戸の内壁には霜が白くつき、清浄で神聖な感じさえした。つるべがついている井戸は私の胸の高さくらいまであり、セメント製の円筒形をしていた。深い水面に映る私の姿があまりにも鮮明で驚いた。これまでどちらにも属さない世界の存在を想像したことは一度もなかった。そんな世界を私も怖がっているのを井戸の中の姿がはっきりと映し出していた。吃音にこそなってはいなかったが、やはり怖かったのだ。

夕方まで何も食べられなかった。兄が煙が出るからと火を焚かせなかったからだ。だから布団にうずくまっているしかなかった。幸いなことに台所には消し炭もあったし冷や飯もあった。凍てついて純白のライラックの花が咲いたようになったその冷や飯を、暗くなる前に兄嫁が七輪で火をおこして煮直した。甥っ子たちが食べたいだけ食べてしまうと、大人たちは残り汁をすすっただけだった。それでも空腹を感じることはなかった。幼ない甥っ子たちは不思議とむずがらずにおとなしくしていた。兄の吃音はひどくなるばかりだった。本人も感じているのか、吃るばかりで話がまとまらなかった。それを聞いているのは拷問のように苦痛だったが、兄嫁はもっとつらかっただろう。兄嫁と私は兄を避けるようにして外に逃げたが、結局は台所の床にしゃがみこんだ。

「私たち運がいいですね。家の前に井戸もあるし、この家には燃料も十分にあるから」

兄嫁は自分も兄のように吃音になるのが怖かったのか、ゆっくりと話した。どうすればここまで試練が続くものだろうか。うちの家族がここに残されるまでの二、三日の災難を考えると、気が狂いそうなのに運がいいだなんて。しかし私は兄嫁の言葉に同意した。厄病神が私たちの近くに実際にいると感じていたから、図太く対応したほうがいいと思った。

台所の天井裏には物置きがあり、土間もかなり掘り下げられていた。入口の木戸を開けると踏み石の段があって下りられるようになっていた。セメント製のかまどはところどころ剝がれ落ちていたが、その隙間をかさぶたのように土でふさいでいた。かまどには鉄釜二つとアルマイト鍋一つがかかっていた。鉄釜は作り付けだったが、アルマイト鍋は取り外しができ、下のほうに灰が落ちる石炭かまどだった。台所の端にある小部屋の下にはまっ黒な粉炭が山のようにあったから、台所の床までもがまっ黒だった。鉄釜のふたは油を塗ったようにツルツルしていた。板の間には足が折れた膳、ひび割れをセメントで直したかめ、底が半分ほど破れたふるい、蒸籠《せいろう》、パガジ〔ふくべを二つに割り、中身を取り出して乾燥させ、容器にしたもの〕、ブリキ缶、箱などが散乱していた。それらが暗闇に沈むまで、私たちは採掘現場に閉じこめられた鉱夫のように希望を失い、身を寄せていた。

「あの人に食後、睡眠薬を飲ませたから寝ていると思います」

部屋の様子を気にしている私に兄嫁が言った。旧把撥《クパバル》の病院からもらった薬の中には鎮痛剤もあった。それを兄嫁は睡眠薬と言っているようだ。

「ぐっすりと眠れば、少しは良くなりますよ」

私はわざと明るい声で兄嫁を慰めた。

「戦線はいまどこらあたりでしょう」

兄嫁の話がため息のように聞こえた。兄嫁もどっちの支配下にいるのかを知りたくてもどかしいようだった。戦線とはいったいどんな形をしているのか？　不倶戴天の敵同士が互いに殺しあいの銃口を向けている状態で、そのまん中にある見えない線を突破するのは、全身が蜂の巣のようにならない限り不可能なことだろう。しかし兄はそれをやってのけたのだ。義勇軍として北に連行されてから国軍の支配地域に戻ったということは、どこかで一度はその戦線を通り越したことになる。兄は不死身でもあるまいから、兄が満身創痍になって戻ってきたのは当然のことだった。兄が負った足の銃傷はその象徴にすぎなかった。私は兄への切っても切れない肉親の情と、生きている者が死んだ者に感じる冷たい嫌悪感が重なって悪寒が走った。

「しっ、何か聞こえます」

静かにしていた私を兄嫁が制した。私はそっと息を吸いこみ耳をそばだてた。聞こえてくる砲声と偵察機の不気味な低音はいつもと変わらなかった。それは耐えがたい静寂の一部にすぎない。兄嫁が立ちあがった。私もつられて立ちあがった。私たちは静かに門を開け外に出た。兄嫁が戦争の騒音の中で聞き分けた人の気配を私も微かにつかんだ。私たちは心と足元の不安から離れないようにして、ざわついている路面電車通りに向かった。

私たちは見てしまった。暗闇に慣れてくると、見渡す限り母岳峠《ムアクチェ》から独立門《トンニムン》〔西大門《ソデムン》区〕まで黙々と人民軍が移動しているのを。戦車も旗も軍歌もなく、何を履いているのか足音もなく、まるで母岳峠の向こうにある奥底のしれない闇から解き放たれたかのように、人民軍は限りなく静かに陰鬱に入城していた。各自が何かをいっぱい背負っているけれど、あまりの静けさに武装しているのかさえ疑わしくなった。去年の夏、戦車を先頭にして彌阿里峠《ミアリコゲ》を越えてきたのと同じ人民軍だとは信じられなかった。入城しているというよりは、夜陰にまぎれて浸透しているように息を殺した行列がひたすら続いていた。丸っこく見えるくらい綿をたくさん入れて粗く差し縫いした軍服も、人民軍らしい殺気をすっかり消していた。ひょっとしたら中共軍かもしれないと思った。人海戦術という言葉がぴったりの、強大というよりは満々たる兵力だった。整然とした隊列というよりは氾濫する川のように大通りをなみなみと満たしながら流れ、独立門《トンニムン》のところで静かに左右に分かれた。中共軍でないかもしれない。中共軍は鉦《しょう》を叩いて士気を高め、子どもと女性は手当たり次第に殺し強姦すると聞いていたが、そうは見えなかった。そういえば人民軍よりは中共軍のほうが何倍もおとなしいという噂もあった。信じていたわけでもないが、中共軍だからといって怖がる必要もなかった。言葉が通じないなら私たちに自白を迫ることはないだろう。自白の強要以上に屈辱的な恐怖がほかにあるだろうか。つらい思いをしたからこそ、意思疎通の不可能性を私は夢見たのだ。

しかし中共軍でないことはすぐに明らかになった。私たちだけでなく道端にまばらに人影が見えるのがうれしくもあり、不思議でもあった。ほとんどがお年寄りか女性だった。彼らが私たちのように仕方なく留まった人でないなら、彼らがこのソウルを離れないと決めたその自由意思とはいったいなんだろう。彼らこそ本物のアカ〔共産主義者〕と断定してもいいはずなのに、そうは思えなかった。去年の夏〔一九五〇年六月の第一次侵攻〕にまっ先に飛びだして占領軍を歓迎した左翼分子の熱狂や興奮は少しもなかった。しかしそれよりもはるかに強くて深い絆で彼らは緊密につながっていた。私にもその緊張感が移り、私の中の何かが切れてしまいそうな危機意識に襲われた。

それに耐えられなかったのは私だけではなかった。道端に立っていたおじさんがいきなり人民軍の中に飛びこみ、義勇軍に徴発された何某を知らないかとたずねた。それを皮切りにあちこちから自分の息子や夫の名を告げ、生きているのか、死んでいるのか、それだけでも知りたいと叫んだ。彼らの叫び声をないがしろにして前へ前へと流れていた隊列の中からついに、死んではいないさ、みんな生きているからすぐにきっと会える、と力強い答えが返ってきた。それはわが国の言葉で標準語に近かった。その仰々しい声の端々に憐憫の情がこもり、余韻のように漂った。さっきまで声を張り上げていた彼らはそのひとことで、たちまち厚かましく隊列にまとわりついて狎《な》れあっていくのが目に見えるようだった。

兄嫁と私は逃げるようにしてその場を離れた。気分が悪かった。罪悪感のようでもあり疎外感のようでもあった。むしろ彼らを羨やむのを気づかれたくなくて家に帰るまでひとことも話さなかった。彼らにはまだ希望と呼べる何かが残っていたが、うちの家族にはそんなものはなかった。母も彼らみたいにここに残り、私だけを避難させようとしたのだ。しかし母がそうする前に、孝行息子らしく兄は生きて帰り、いまは母の傍らにいる。それで母は彼らより幸せなのだろうか。母が幸せであろうがなかろうが、私には関係ないことだ。私にとって大事なのはここに残っているということだった。私はそれが耐えられないほど悔しかった。

2

運が良いという兄嫁の話は当たっていた。水と火は食糧以上に大事だった。この寒さの中、こんな高台の家の前に井戸があり、家に火力の強い石炭が十分にあるのはたしかに幸運かもしれない。私と兄嫁は交代で井戸から水を汲み、鉄釜とアルマイト鍋になみなみと満たすと、次に火取りで石炭の粉炭をすくって台所の土間で水を注ぎドロドロにこねた。初めてだったけれど兄嫁の言うとおりにやればよかった。そのあいだに兄嫁は焚きつけにする木の切れ端やリンゴ箱などをあちこちから集め、手斧で小さく割った。それをかまどの焚口の鉄板の上に適当に置き、捩《ねじ》っておいた紙切れに火を点けその中にそっと押しこんで煽いでやると、すぐにめらめらと燃えあがった。その上に先ほどこねた粉炭を手のひら大にちぎって入れると、すぐに激しく燃えあがり赤い炎を吹きだした。不思議だった。水と火は相容れないものなのに、兄嫁の手にかかると熱狂的に化合するのだから感銘を受けた。そんな神秘の技を知っている兄嫁が頼もしく、いままでだれにも感じたことのない厚い友情を感じた。

粉炭の火力は台所とオンドル部屋を暖めてくれるだけでなく、アルマイト鍋の水も一気に沸かした。私はうれしくてせっせとお湯を奥部屋に運んで兄と子どもたちが体を洗えるようにし、また井戸から水を汲んできた。そのあいだに兄嫁は少し火力の衰えた火の塊をかまどからコンロに移してご飯を炊き、チゲ鍋をつくった。何より冬にお湯をぞんぶんに使えるというのは便利以上の喜びがあった。贅沢という満足感まで味わった。しかし朝夕粉炭をこねる兄嫁と私のひどい姿といったらなかった。私たちは瞳だけが輝いている顔をときおり見あわせては、おかしくてたまらないと笑い転げたものだった。

あの夜から軍人や民間人など他のだれにも会うことはなかったが、この都市が真空状態だとは思わなかった。あの夜だけではないはずだ。人民軍は毎晩のように浸透しているのだろう。だがこの都市には立派な家、頑丈な建物がたくさんあるから、こんな貧しい町内に駐屯するはずがない。もしかするとアカの軍隊はただこの都市を通過しただけで、彼らがいる戦線は私たちが考えているよりはるか南方にあるのかもしれない。新聞も放送も噂にも触れる機会がない私たちには、今日を生きのびること以外、いつどんなことが起きるかは予想もつかなかった。戦線が私たちの頭上をいったんは通り過ぎたたしかな根拠といえば、あの夜の路面電車通りで見た光景がすべてだった。世の中がもう一度ひっくり返ったというなら、私たちはいま人民共和国の統治下にいることになるが、その実感はなかった。宣伝、扇動、工作が行き届かない共和国は想像がつかなかった。しかし私たち以外の民間人がこの都市のどこかで生きていると信じられるのは大きな慰めであり、毎日を生きる力になった。

幸いなことに兄も世の中が確実に変わったのを知って吃《ども》らなくなった。それでも兄のことは安心できなかった。兄の態度には意味不明のところがあったからだ。彼は新しい希望に浮かれていた。ソウルに再び国軍が戻ってくることを想定し、私たちが敦岩洞《トナムドン》〔城北区《ソンブク》〕の家に帰るときのことをこと細かく計画していた。国軍が戻ってきたからといってすぐに敦岩洞に帰ってはいけない、町内の人たちが三分の一くらい帰ってきた時期を見計らってから帰らなくてはならない、自分たちも南に避難して戻ってきたというふりをしなくてはならない、その際に私たちはソウルに残ったなどと言っては絶対にだめだ、南下していたふりを完璧にするためには、まずこの峴底洞《ヒョンジョドン》〔西大門区《ソデムン》〕に帰ってくる人たちと仲良くなって避難地で経験したことをあれこれ聞いて知っておかなくてはならない、だからといってこの峴底洞の人たちに私たちが避難せずにここにいたことを知られてはいけない、私たちは開城《ケソン》から南下してきたが病人が出て漢江《ハンガン》を渡れずにここにいるしかなかったということにする、うちの家族はちゃんと口裏合わせをしなくてはならない、少しでもいかがわしいと思われてはだめだ、といったふうだった。

それは兄よりも母が先に考えだした案だった。多少いやらしいと思ったが、私もなんとなく同意していた。けれども兄が病的にしつこくこと細かにあれやこれやと指示したから、まるで下賤な地が出た気がして聞きたくもなかった。兄と私が共有する下賤な地というのは、いっとき左傾思想を持ち人民共和国に同調したことだった。そうした疑いから自由になりたかった。人民共和国の統治下でまったく同調しなかった人の中にも、ソウルに残ったというだけで渡江〔漢江を渡河すること〕した人たちと差別されるのを私たちは見てきた。今度こそ私たちも渡江したかったし、南下もしたかった。そのためにどんなに苦労をしようがかまわなかった。南下は左翼という疑いを相殺できる唯一の方法だった。実は私も避難に執着していたけれど、ほかでもない私の足をひっぱっていた張本人に相殺の話をされるのは耐えがたいことだった。しかし、母は毎日その話を聞くふりをして兄を安心させようとし、復唱までしてみせた。

先のことを心配するのは世の中が平和なときにすることだ。戦時には生きのびるのが大事だと知らないと、それを知る者のお荷物になってしまう。

世の中が変わった後の心配なんかはそのときにすればいいことで、いまは死なずにどう生きるかを考えるべきだ。私たちには食糧も残り少なかった。一日でも持ちこたえるために、兄嫁と私はすでにひもじい思いをしていた。兄はそんなことにまったく無頓着で、いつ来るかわからない日のための練習に夢中だった。一・四後退の後、いっとき彼が吃音になるほど恐れていたのは、真空状態そのものではなく、もう一度人民共和国に統治されることだった。しかしいざそうなるや、また一歩先走って現在ではない先のことを心配していた。そんな兄が憎らしかったが、寝入っている姿を見ると気の毒に思えて仕方なかった。銃傷時の出血のために兄の顔は青白かった。さらに兄は鎮痛剤なしでは眠れなかった。寝入っている彼は生きているようには見えない。彼が死線を乗り越えてきたことが信じられなかった。義勇軍に入れられ逃げだしてきた人たちは、普通家族に冒険談や武勇談をこと細かく話すらしいが、兄は一度も話さなかった。話したくないのか、忘れたいのか。兄が最も忘れたかったのは苦労以上の何かだったはずだ。屈辱や裏切りの類、兄の最も敏感な部分だとおおよその予想はついたが、私にはひどく抽象的なものだった。

彼が戻ってくるまでにどんな経験をしてきたのか見当もつかないが、それがますます私たちを苦しめた。あんなに優秀だった兄がみすぼらしく横たわっている。兄は昔の兄ではなかった。これで戻ってきたといえるのだろうか。眠っている兄を見ていると、戦線がどういうものなのかが気になってきた。敵と味方を分けるような線があるのだろうか。その線は六・二五《ユギオ》や一・四後退時のように人の上を通過できるものではないから、超人ではない普通の人が勝手に通過できるはずがない。ある狂った人間が一人でその線に向かって突進すると、まちがいなく激しい殺意を浴びせられ、あっという間に全身が蜂の巣状態になるだろう。兄は生きて戻ってきたのではなく、実はその時点で無残な最期を遂げたのだ。いま部屋に横たわっているのは兄の抜け殻にすぎず、本当の兄ではない。戦線も普通の戦線ではない。イデオロギーの戦線なのだ。無事に戻ってこれるはずがないというあきらめの末に、怒りが湧いてきた。イデオロギーには良心のカケラもない。兄のような死に良心の呵責をまったく感じないイデオロギーなんかが、なぜ存在する必要があるのだ。

3

井戸はいろんな意味でありがたかった。近所の人とつきあう場にもなった。冬でも水蒸気がたつほどの深い井戸だから、おそらく旱ばつ時でも涸《か》れることはないはずだ。幼ないころの経験から、この町内では水がどれだけ貴重なのかはわかっていた。その後いくら水道設備が整ったといっても、これくらいの井戸ならこの辺りでは有名なはずだと思った。この辺りは相変わらず人の気配はなかったが、井戸の様子からして井戸水を使う家は他にもあったはずだ。しかし世の中が激変してから何日経っても、井戸に水を汲みにくる人に出会うことはなかった。井戸水を使う家はほとんどなくなったのだから、こっそりと水を汲みにくる必要もなかったのに。どんな人たちがどこでどんなふうに生きているのか気になったが、会いたいというのではなかった。会いたくないだけでなく、会うのが怖かった。人民軍が二度目に入城した日、自由意思で避難もせずに道で彼らを出迎えた人たちとは関わらないほうがよいと私は考えた。また世の中がひっくり返ったときにとがめられるような行動はしたくなかった。この身がたとえ人民共和国の統治下にあったとしても、大韓民国に目をつけられないように用心深く注意していた。

ジョンヒはそんな警戒すら必要のない小さな女の子だった。ある日、外からパシャ、パシャと井戸に何か落ちたような音が何度も聞こえてきた。人が井戸に身を投げたなら一度きりのはずなのに、繰り返し音がするのは変だと思い外に出てみると、女の子が井戸で爪先立って水汲みをしていた。水汲みに慣れていないためにあんな音がしたのだ。木の棒を横に通したつるべは、縄を十分にゆるめてやれば斜めに傾いて水が溜まり、それをすぐにひっぱりあげればよいのだが、女の子は初めてのようでうまくできていなかった。つるべでむやみに水面を叩き力まかせに水を汲もうとしていたが、そんなやり方では汲めるはずがなかった。

私は笑顔でつるべの縄を取って手本を見せた。水汲みにも技術がいるのかとその子はあっけにとられていたが、まねてみたもののうまく汲めなかった。手は荒れガリガリに痩せていて顔はあまり整っていない女の子だった。しかしこんな世の中でなければもっとかわいく見えたはずの少女らしい顔立ちをしていた。私は女の子が持ってきたバケツにたっぷりと水を汲んでやり、家はどこかとたずねた。少女はぼんやりと下のほうを指さした。私はバケツをもってやりながら、ジャン・ヴァルジャンになった気分だった。ジャン・ヴァルジャンが暗い森の中で、泉に水汲みに来たコゼットのバケツに水を入れてやるシーンは、幼ないころに読んだ本の中でも繰り返し読んでも飽きない、心が明るくなる好きなシーンだった。ジャン・ヴァルジャンのまねをするには力不足だったが、それでも久々に明るい声で名前をたずねた。

「ジョンヒ……」

もちろんコゼットではなかった。沈黙を破った少女の声は弱々しく、語尾を引きずったから聞いていてもどかしかった。少女の家はずっと下のほうにあった。そのあいだに私はなぜ避難しなかったのか、家族は何人かなどとたずねたが、少女は答えなかった。爆撃で廃墟になったところを通り過ぎ、路面電車通り近くに出ると、ジョンヒのかなり立派な家があった。ジョンヒの母はお白い粉をつけたように色白できれいな三〇代くらいの女性だったが、かなり疲れているように見えた。

「だれがあんたに水汲みを頼んだ。外に出たいから口実にやっただけでしょ。で、どこまで行ってきたの」

彼女は私たちがやっと運んできた水を喜ぶ様子もなく、ジョンヒを叱り飛ばしながら探るように私を上から下までじろじろと眺めた。私はまだジャン・ヴァルジャンの気分でいたから、この女はひょっとしたら継母かもしれないと思った。

「山の上の町で水汲みしてきたの。山の上に井戸があると言ったでしょ」

「この子ったら退屈なものだから、変なことばっかりするんですよ。すぐ隣で井戸水をポンプでジャージャー汲めるというのに、あんな山の上まで行くなんて」

「空き家に入るのが嫌なの」

小さな子なのに母親を睨んでたてついた。

ジョンヒの母に体を温めていくようにと言われ部屋に上がらせてもらったが、オンドルのきいた暖かい奥部屋では三、四歳くらいに見える男の子がひどくむずがっていた。おたふく風邪にかかっているのか、体が斜めに傾いて見えるほど耳の下から首にかけてひどく腫れていて、黒い軟膏を塗り油紙を貼っていた。ジョンヒの母は私が何か言う前に、この子のせいで避難できなかったと言い、うちの家族が避難できなかった事情をたずねた。うちにも病人がいると答えた。私たちは同じ境遇でありながら避難できなかったことをまるで犯罪行為のように考え、互いを疑っていた。世帯道具やオンドル床はピカピカで部屋も広く、かなり大きな瓦屋根の家だった。帰りがけに見たところ、板の間の壁一面は本棚になっていた。主に日本の本だったが、文学、哲学、歴史、社会、宗教を網羅していた。胸が高鳴るほど羨ましかったが、なぜかこの家の人にはそぐわない気がした。たくさんある本を羨むだけで借りたいとまでは思わなかったが、ジョンヒの母は困った顔をして言った。

「これはうちのものではないの……。親戚が避難した後の家なの。留守番を頼まれてここにいるのよ」

私は心が見透かされた気がして顔が赤らんだ。うちの家族のことだけでも精一杯だというのに、夜中に布団の中であの家族のことやあのたくさんの本のことを考えたせいか、気持ちが高ぶってなかなか寝つけなかった。ジョンヒも同じだろうか。翌日もその子は水を汲みに来た。私は水の汲み方を教えながら、少しずつ話をして前日より仲良くなったが、バケツは持ってやらなかった。その代わりバケツに半分ほど水を入れてやった。その子は私がだれと暮らしているのかを気にしていたが、家に上がって体を温めて行けとは言わなかった。私こそ、その子の母親を冷たいと言う資格はなかった。私たちは互いに惹かれながらも警戒していた。恥ずかしいことにジョンヒの家の思想に疑念を抱き、何かを探り出そうとやきもきしていた。思想、理念なんかうんざりだったが、決してそこからは自由になれなかった。自分にも他人に対してもだ。わかったのはその子が小学校四年生だということと、おたふく風邪を患っている弟の上にもう一人弟がいたが、青坡洞《チョンパドン》の日本家屋に住んでいたときに爆撃に遭い死んだことぐらいだった。そのとき、弟の内臓が破れ飛びだしたのを見たと話しながら、かすかに笑って見せたが、私はその子の背中をポンポンと叩いて大丈夫よ、忘れなさいと話してやった。

いま住んでいる峴底洞《ヒョンジョドン》の大通りの瓦屋根の家は叔父さんの家だと言った。爆撃で息子を亡くし、家族三人が野宿暮らしを余儀なくされていても知らんふりをしていた本家の家族が避難した後、そこで暮らせることになったのは、お祖母ちゃんのおかげだったらしい。お祖母ちゃんが長男と避難する前に青坡洞に立ち寄って鍵を渡し、家の留守番を頼んだようだ。納屋に食糧と薪が十分にあったのも、お祖母ちゃんの心づかいだったと言うときのジョンヒは、年齢よりずっと大人びて見えた。ある時点で一気に歳をとったようで、私が本当に気になっていたことは教えてくれなかった。さらに父親の話をしてくれてもよい年ごろなのに、ひとこともしゃべらなかった。

その日の夜、うちの家族におたふく風邪にかかった子のせいで避難できなかった路面電車通りの家族と知りあったと話した。その家と仲良くしようというのではなく、似たような境遇の家族が近くにいて私たちの慰めになると思い話をしたのだった。しかし母はおたふく風邪のことにしか興味を示さなかった。

「まったく、おたふく風邪ぐらいで死ぬと思っているのかね。それしきのことで避難しなかったなんて、知らないだろうけどおたふく風邪に薬なんかまったく役に立ちゃしないんだよ。おたふく風邪には人の唾液が一番なんだ。寝起きにしゃべったり食べたりすると効き目がずっと落ちる。朝、目が覚めたら、口もきかずにすぐその唾液を塗るようにと伝えてやりなさい。もちろん歯磨きをする前に、あくびもがまんするようにね。効果をあげようと思うならそれくらいしないとね。三、四日すると腫れなんかすぐに引くから」

いつもの母らしくなかった。そのとんでもない処方に確信を持っているだけでなく、早く伝えるようにと私をせかせた。それで私はジョンヒの家に行き、困った表情でその処方を伝えた。意外にもジョンヒの母は私も信じていないその話に興味を持ってくれた。そして、幼ないころに虻《あぶ》に咬まれて腫れていたところをお祖母ちゃんに舐めてもらった話をした。

「そうそう、不思議なことに腫れが治まったわ。いまのいままで忘れていた。当時はお祖母ちゃんが無知で貧乏だったから唾をつけることしか知らないと思って、恥ずかしくてうんざりしたものだったわ。それが薬だなんて夢にも思わなかった」

翌朝にもすぐに始めそうだった。私はおたふく風邪の腫れと虫に刺された腫れとはちがうかもしれないと言い添えた。

「いま塗っている薬はそれ用のものじゃないの。この家にある薬を適当に塗ってやっただけなの。何もしないよりましだと思って……。父親にも時代にも恵まれなくてかわいそうな子……」

そういって大きなため息をついた。彼女が明日から、恵まれなかった父親の分までおたふく風邪の息子を激しく舐める気がしてため息が出た。数日後、母にせかされて見舞いに行くと、その子のおたふく風邪はすっかり治っていた。腫れの引いたその子の顔はジョンヒに似ていたから、不思議な気がした。これからはジョンヒが義理の娘だと考える必要はなさそうだった。ジョンヒの母は息子が元気になったからか、ほんの数日で見ちがえるほど明るくなっていた。彼女は部屋一面に色とりどりの絹の布切れを広げて針仕事をしていたが、人民軍の肩章をつくっていると言った。針仕事に夢中だったからか、ご機嫌だったからか、彼女は唾液の治療法を教えてくれたうちの母への礼をひとことも言わなかった。人民軍の肩章をつくっているのも私の想像を絶する不思議な光景だったけれど、治療法への感謝の言葉を言わないほうがはるかに非現実的に思えた。肩章の形に切り抜いたボール紙を絹の布地で覆い、その上にちがう色の星や線を縫いこめば完成だった。できあがったものは黄色地に赤い布で郵便局マークのようなT字形を施した肩章だったが、特務長の階級章だという。

「まったく、本当に子どもみたいなんだから。うちに出入りする軍人さんの中の軍官同志の一人がうちのジョンソプをすごくかわいがってくれたから、御礼に肩章をつくってあげたことがあったのよ。肩章がひどく古びてほつれていたから。そうしたらみんなに頼まれてしまって、どこで手に入れたのか、こんな布切れまでいっぱい持ってきてせがむじゃない。順番を決めるのに軍官とか兵卒なんか関係ないの。国軍ならとうてい考えられないわね」

ジョンヒの家にもう人民軍が出入りし、すでにそんなに仲が良いのは意外だった。しかし彼らをかわいがっている様子になんとなく共感を覚えた。私も数日前に人民軍に出くわしていた。雪がたくさん降った後だった。真っ昼間になっても踏み跡ひとつついていない寂しさに耐え難くなり、何度となく外に出ては坂道を見下ろした。幼年期をこの町内で過ごした私は雪が降った翌日、この坂道がどうなるかをよく知っていた。貧しい町には子どもが多いものだ。子どもの歓声と大人の怒鳴り声が飛びかい、活気にあふれていた。町中の子どもたちがありったけ出てきて雪そりに乗って坂道を滑りだすと、坂道はあっという間に凍りつき、危なくなるからと大人たちは怒鳴って止めようとしたが、できるわけがなかった。町中の人は凍った道に灰や土を撒いたり、靴に縄をくくりつけて歩行に安全を期していた。

冬のあいだいく重にも凍りついた路面は、啓蟄が過ぎても完全に溶けることはなかった。けがを恐れて凍った土が溶けるまで、部屋に閉じこもって冬を越すお年寄りもいた。それほどひどいところだった。そんなすごい町で好き勝手に騒いでいたたくさんの子どもたちは、いまどこで何をしているんだろう。町は前を見ても後ろを見ても、永遠に変わりそうにない寂しさに包まれていた。

そんな想いにふけっていたので、人民軍が私の鼻先まで来ていることにまったく気づかなかった。三人だった。彼らが下から上がってきたのではなく、ふいに雪の中からわきだしたみたいに思われて気を失うくらい驚いた。なぜなら彼らの服装は軍服とはほど遠く、頭のてっぺんからつま先まで白い布団カバーのようなもので包まれていたためだ。彼らが人民軍だと気づいたのは彼らのうちの一人が故意か偶然にか布団カバーの前がはだけ、内側の刺し縫いの軍服が見えたからだった。悪ふざけをしているような格好だったが、私の恐怖感は収まらなかった。それがもし一九五一年ではなく、一九七〇年代のある日なら、私はその場で彼らを黄金バット〔一九六七年に韓国で初めてテレビ放送された日本アニメ〕だと思えたはずなのに。それならいくらでもおもしろがることができたはずだ。極限状況でも冗談が言える余裕があるなら、それは本当に極限状況だとは言わない。冗談が言える想像力というのはその場を切り抜ける秘密の扉のようなものだ。しかし彼らのその奇怪な格好は、他に喩えることができないほど異様そのものだった。私はどんな想像力をもってしても受け入れられない完璧な恐怖に、石のように固まってしまった。

「人民軍は初めて？　そんなに驚かなくても」

彼らのうちの一人が問いただしてきたが、そこまで気分を悪くしているようには見えなかった。優しくて知的な印象が私を混乱させた。そのうちの一人が手を差しだして握手を求めてきた。

「このような若い女性同志に会えてうれしいよ。同志は避難しなかったのかい、それともできなかったのかい？」

私と出会ったことを心から喜んでいるように見えた。私が避難しなかったと言うのを期待している彼の表情を読みとって、私は心を鎮めようとした。できるだけ彼らの関心や好感を買わずにその場が過ぎることを願った。人民共和国は私が選んだ社会ではなかった。私が選んだ社会になったときのために、憂いを残さずにこの場をしのぎたかった。

「避難できなかったんです。兄が肺病にかかっていて……」

「肺病ぐらいで避難できなかった？　国軍の奴らは若者ならハンセン病で足が不自由になった者まで避難させたというのに……。本当にひどい奴らだ」

ちょっと悔しがる表情を見て私は慌てて次のように言い逃れた。

「肺病の症状が第三期なんです。長患いでひかがみ〔膝の後ろのくぼみ部分〕が固まって歩けないんです」

「同志は肺病ひとつ治せないこの祖国が憎くはないのかい？」

それは冷かしに言っただけで返事を待っているようには見えなかった。彼らは下の町から坂道を上りながら、空き家の門に紙を貼って出入りを封じる作業をしているところだった。試験用紙の半分くらいのわら半紙に、人民の重要な財産はだれもがみだりに処分することを禁ずる、万一これに反した者は厳罰に処すと書かれた警告文だった。ガリ版刷りの文字は不鮮明だったから、こけ脅しの文面ほどは怖くはなかった。彼らが被っているのをよく見ると、縫い目のところから糸屑が見えたりしわがよっていたりしていたから、どこかの家の布団から剝ぎ取ってきたものだということがわかり、さらに警告文の権威を失墜させていた。けれど少しでも言葉を交わせたのは楽しかった。彼らがいなくなったとたん、なんとなく笑みがこぼれた。その奇怪な格好を初めて見たときはあんなに怖かったのに、時どき空を旋回して機銃掃射を浴びせる飛行機から身を守るための偽装だと知ってからは、かわいいとまで思えてしまった。

その冬が終わるまでソウルの雪は凍りついたままで、人民軍はだれもがそのような布団カバーを被って行き来していた。

4

兄嫁に補給闘争に誘われた。

ここ数日間はすいとんばかりだった。すいとんも、ものによりけりだ。兄嫁のすいとんの量を増やす術は天才的だ。白菜キムチは十分にあったからたっぷりと入れ、すいとんはほんの少しだけ入れた。白菜とすいとんはほぼ見分けがつかなかった。兄嫁はそういった目の錯覚を巧みに利用して、みんなにすいとんを同じようにすくうふりをしながらも、不公平にすくっていた。もっちりとしたすいとんだと思って噛むと酸っぱいキムチばっかりだった。兄と母のすいとん汁はおそらくちがったはずだ。私の目を騙すことはできない。あの頑固な祖父にも食べ物の差別は受けなかった私にこんな扱いをするなんて。けれども、兄嫁の分にはすいとんはまったく入っていない完璧な白菜キムチ汁だと知っていたから何も言えなかった。兄嫁は半分ぐらいしか残っていない小麦粉の袋の口を握り怯えていた。私なら台所で一人こっそりと盗み食いしてから膳をみんなに運んだはずで、兄嫁のことを尊敬するしかなかった。しかし彼女に反抗したい気持ちを抑えて従っていたのは、尊敬心からというより彼女に従わないとうちの家族が生き残れないと本能的に感じていたからだった。

最初に補給闘争に誘われたのは、三食すべてにすいとんが入っていないキムチ汁だけですました日の夜だった。粉炭をこねたものがすいとんに見えてさえいた。奥部屋の人たちにひもじさを覚えられまいとふるまっている兄嫁も見たくなかった。最初は補給闘争が何なのか意味がわからなかった。

「泥棒より聞こえがいいじゃないですか」

兄嫁は準備万端だった。釘抜き、ペンチ、ノミ、ドライバー、手斧など、この家にある道具類をすべて用意していた。泥棒どころか人を殺しかねない凶器ばかりだった。電燈もないところで暮らしていたから、私たちの目はフクロウ並みだった。満月ではないが月の光もあり、白く凍りついた道、屋根の雪も凍りついたままで永遠に溶けないように見えた。酷寒が続いていた。外に出たとたん、寒さそのものが光を放っているようでまぶしく感じられた。これからやろうとすることへの羞恥心と恐怖心のせいで、そのまぶしさを重く感じた。先に立ち急ぎ足で歩いていた兄嫁は、坂のより高いところへ向かった。坂にへばりついている家々は解放後の混乱期に建ったバラック集落だった。何もない貧しい暮らしをしているせいか戸締りも無用心だった。先日、家々に貼られていった警告文すらこうした家にはなかった。それでも開けっ放しの家はなかった。もしそんな家があったとしても怖くて入れなかっただろう。外から鍵がかかっているということは空き家の証拠だ。板っぺらで釘づけにした家もあった。そうした家は最初の標的だった。ドライバーで釘の打ち込み跡に隙間をつくり釘抜きを差しこんで持ち上げると、ギイーと気味の悪い悲鳴がして板っぺらが少し動いた。片方さえ持ち上げれば道具もいらない。手だけで十分だった。かしこい兄嫁はマッチとロウソクの切れ端まで用意していた。昼間でもまっ暗な他人の部屋にロウソクの火を向けるときの気分は、自分の首に冷たいドスが触れたようで身の毛が逆立った。

食べさしの膳や寝床はそのままにしていても、食糧を残している家はほとんどなかった。物盗りに何度も荒らされたような修羅場状態の家もあった。避難するつもりはなかったのに急に出ていくことになって、何を持っていけばよいか判断がつかずに慌てふためいて出ていったのだろう。私たち以外に泥棒が入ったはずがなかった。その家では布団カバーをばらしてつくったような背負いひもがついた布袋が土間に転がっていて、その中に衣類とともにうるち米が二升も入っていた。背負いの避難袋にちがいなかった。家族の人数分以上につくったか、量が多すぎて置いていったのか、慌てふためいて忘れてしまったのかは知る由もなかった。理由はどうでもよかったが、私たちには大きな収穫だった。

次の家では練り小麦粉を鍋一杯分手に入れた。その家に入るのはもっと簡単だった。片開きの繰り戸に、兄嫁は釘抜きを錠前がぶら下がった取っ手側ではなく、反対側の隙間に入れた。ギイーという音もなく蝶つがいが緩むと戸が動いた。まるで手慣れた泥棒の手口だ。私たちはずいぶんと慣れてきた。ねじりん棒のドーナツを売る店のようだった。練り小麦粉が滴り落ちた跡があちこちについた油釜もコンロにかけられたままだった。コンロの豆炭は燃えつきて白い灰になっていたし、釜の中の油も白く変色していた。兄嫁はアメリカ製の缶に半分ほど残っていた脂肪の塊のようなものを見つけた。釜の油と一緒にそれも持ち帰ることにした。食べ物を見つけだしてまとめるときの私たちの息はぴったり合っていたが、言葉を交わすことはなかった。息が荒い互いの様子を感じているだけだった。私たちは普段より荒く息を弾ませていた。

アメリカ製の脂肪油を手に入れたのは大きな収穫だった。その油をたっぷり入れて、炒め煮こんだキムチチゲの味はこの上なく滑らかで、嫌になるほど肉を食べたような胃もたれ感と満腹感まで味わった。家族みんなの顔に疥《はたけ》ができるくらい油を欲していたときだけに、思わぬ棚からボタ餅と言えた。初めての補給闘争の収穫で自信がついた兄嫁は家族間の食べ物の差別をやめたので、家族みんなが腹一杯に食べることができた。兄嫁と私はほぼ毎晩補給闘争のために出かけた。母は知らんふりをしているのか、本当に知らないのか、急に豊かで多彩になった食事に何も言わなかった。ただ兄がご飯やすいとん一杯を食べきることを喜んだ。

たしかに母はしらばくれるのにたけていた。ジョンソプのおたふく風邪が母のおかげでまんまと治ったと母に報告した日、母がいばるだろうと予測はできたが、私は実際に母がどう出るか興味津々だった。しかし母は治るべくして治ったまでだと、私の期待をいとも簡単に一蹴したのだった。

それは謙遜でもなんでもなかった。母は会ったこともないジョンヒの弟のことなんかすでに念頭になかった。「すべての病は治るべくして治るものだ。人にできることなんか何もない」。ため息まじりの母のこうした嘆きには、息子に何もできない自分への自責の念と、時間の治癒力への切実な期待がこめられていた。しかし嫁と娘が毎晩のように犯す罪について、母が徹底的に沈黙しているのは恨めしく寂しかった。そのうえねぎらいの言葉ひとつも言わないことで、自分だけが汚らわしい罪から逃れて潔白になろうとしているように思えて仕方なかった。

兄は良くなっているのか、悪くなっているのか、私たちには判断がつかなかった。銃口穴にいつになったら肉がついてふさがるのか。中に入るガーゼの量は減ることもなかったし、兄は夜ごと睡眠薬を飲まないと眠れなかった。実はそれは睡眠薬でもなかった。兄はなぜか鎮痛剤を睡眠薬だと思いこみ、私たちもそれを睡眠薬だと信じようとしていた。昼間に苦痛を訴えることは一度もなかったけれど、なぜかその薬を飲まないと眠れなかった。寝入っている兄はまるで死人のようだった。血の気がない蒼白な顔は生死の確認をしたくなるほど生きているようには見えなかった。母はもっと不安だったのだろう。母が夜、何度も布団をかけ直すふりをしながら兄の息づかいを確認しているのを私は知っていた。うちの家族は一部屋で一緒に寝ていた。部屋ごとにオンドルの火を焚くのも大変だということもあったが、何があっても家族は一緒という結束感があったからだ。兄がオンドルの焚口に一番近くて暖かいところ、次に母、次は子どもを両側にした兄嫁、そうしてオンドルの焚口から一番離れたところに私が寝た。オンドルの焚口から離れているのが不満ではなかった。石炭は惜しまずに使っていたから部屋の奥まで暖かく、むしろ息苦しいほどだった。それよりもっと息苦しいのは、うちの家族のかたい結束力だった。私はこっそりと反逆を夢見ていたけれど突破口がなかった。

母と兄が意気投合しているときは、兄が将来の計画について語っているときだった。兄は日増しにおしゃべりになっていった。時代が良くなったら、といつも同じ出だしで語りだした。時代が良くなるというのは国軍が再びソウルを取り戻した後のことだった。そのときは避難したふりをして、ここに残っていたと絶対に言ってはいけないとみんなは学習済みだったから、兄はすでに次の段階のことを考えていた。世の中が変わったら、人間らしく生きると延々と話した。世の中がどうなろうが、人がどう生きようが知ったことではない、ただ家族のことだけを考えたいと話した。手段を選ばず金を稼いで家族と幸せに暮らすと得意がる兄を見ていられなかった。簡単に言えば、汚く儲けてきれいに使うということだけど、ほかでもない兄の口からそんなことを聞くと、いっそのこと耳をふさぎたくなった。ひょっとすると私は兄に裏切られたのかもしれない。

兄は生まれつきの「考える葦」だった。そんな彼がいま、太った豚になろうと一生懸命に自分と家族を訓練しているのだ。よくしゃべるようになり、昔俊才だった彼はどこに行ってしまったのか、臆病で卑しくなっていた。兄が越えてきたイデオロギーの戦線は私には想像もできないものだが、こんな姿の兄を見ていると、その戦線の残忍で陰険な破壊力には身震いがした。兄のような一介の理想主義者がむやみに行けるようなところではなかった。どうすればこんなに変われるのだろうか。見分けられないくらい顔を負傷して帰ってきたとしても、いまの兄よりはまだ類似性を見つけられたかもしれない。兄は再び夢を見ないことを夢見ていたし、母は同調しながら喜んでいたが、その態度は三〇歳になる息子の抱負を聞くというよりは、三歳児をあやしているように見えた。

そのうえ兄嫁が何を考えているのかは、もっとわからなかった。いつもしっかり者の兄嫁だったが、私はときおり兄嫁が泣きたいのをがまんして精神的に追いこまれているようにも見えた。

一度こんなことがあった。その日の夜も兄嫁と私は食糧狩りに出かけた。戸締りが手薄なバラック家で私たちが手を出していない家はほとんど残っていなかった。そうした家はうちよりさらに高い場所にあり、人民の財産を保護しようという警告文すら貼られないほど共和国からもないがしろにされていた。そういう家のほうが侵入しやすく、いままではうちの食糧の頼みの綱だった。簡単に侵入できた分、そうした家では食糧が底をついていたので、その無許可地域からは撤収せざるをえなかった。早ところが少しましな家は侵入するだけでもひと苦労で、そのうえバラック家より収穫がなかった。早めに避難した家であればあるほど食糧は残っていなかった。キムチも漬けないのか、白菜の屑葉さえない家もあった。そんな家に行くと、無駄足に終わったことよりもっと嫌だったのは、生きてゆく自信がなくなることだった。それでもいままでにがんばって溜めた食糧があったからよかった。

その日の夜、私たちが標的にした家は塀を乗り越えなければならなかった。バラック家では庭や裏庭があるはずもないので玄関さえ開ければすぐ台所か、外が見えない細い土間につながっていたが、ちゃんとした家のほとんどは庭や裏庭があり、長いブロック塀で囲まれていた。正門から入るのはできることなら避けたかった。警告文のせいだけではなかった。韓屋《ハノク》特有の開け閉めの音も人を驚かせたが、何よりも私たちが犯した痕跡を他人に見られたくなかった。いまだに通行人といっても人民軍しかいないのに、私たちは人の目を恐れていた。人の目を気にするのは私たちの良心のせいだったのかもしれない。一度侵入した家にはちょっとでも近づきたくはなかったのだから。

外から塀をよじ登るのは朝飯前だった。塀の下に丈夫なゴミ箱があったからだ。しかし庭側に飛び降りると足首が心配になる高さがあった。私が先に飛び降りて足首に異常がないのを確認したが、兄嫁には踏み台があったほうがいいと思った。しかし塀の下に置くものを探す間もなく兄嫁がトンと飛び降りた。兄嫁の低い悲鳴が聞こえた気がした。兄嫁は尻もちをついたまま座りこみ、足首をねじったようで立ちあがらなかった。私は急に怖くなった。しゃがみこんで彼女の足首をもみ始めた。必死にもみながら口でしきりに〈痛いの痛いの飛んで行け〉を連発していた。自分でもそんなことは信じていなかったが、繰り返しているうちにある呪術的な力が生じて荒唐無稽な信心まで生まれた。なんといっても兄嫁はうちの大黒柱だ。万一兄嫁が身動きできなくなったら、私一人ではうちの家族の面倒をみる能力も意欲もなかった。私一人でその責を負うくらいなら、どこかへ逃げたほうがましだと思った。兄嫁がプッと笑いながら私の背中に上半身をあずけた。彼女の胸が背中にのしかかってきた。最初は彼女が笑いたい衝動を必死にこらえるために胸が断続的に痙攣しているのだと思った。私も安心したのか笑いがこみ上げてきた。そりゃあ、おかしいだろう。一九歳ぐらいの小娘がまるで母親みたいにしている様子といったら。しかし間もなく自分の首元が濡れてくるのを感じた。彼女は泣いていたのだ。声を殺していたから自分には想像もつかない涙だった。

兄嫁の足首は挫いても折れてもいなかった。おもむろに立ちあがって、静かに食糧がありそうな場所を探し始めた。私もすぐに後を追って忠実な共犯者の役目を果たしたが、何も見つけ出せなかった。ただの無駄骨だった。しかし運が悪いとは思わなかった。その日、兄嫁と私のあいだには肉親愛とか友情よりはるかに深い運命的な理解と同情のようなものを強く感じたのだから、その他のことはそんなに気にならなかった。外から鍵がかかった門を中から開けるのはもっと大変だったので、私たちはまた塀を越えたが、今度は踏み台になるものを用意したので入るときより簡単に抜けだすことができた。

臨津江《イムジンガン》だけは越えるな

1

一・四後退〔一九五一年一月四日〕後ひと月余り経つと、静かに身を隠していた残留者たちは否応なしにその姿を現わし始めた。ジョンヒの家族と頻繁に会う以外は、道で会うのは人民軍ぐらいで民間人に会うことはめったになかったのに、明らかに私たちが手をつけていなかった家で人の入った痕跡があった。最初は人の気配を感じてうれしかったし、何よりも盗みに入った家の前で感じていた罪悪感が軽くなった気がして良かったのだが、空き家狙いが広がると、だんだん怖くなってきた。いったいだれが私たちの縄張りを狙っているのだろう。私たちの管轄地に侵入するということは、すなわち私たちの生存権を脅かすことにほかならない。だからといってそこを守る名案もなかった。むしろ盗人同士が出くわす事態を避けるために、夜の食糧狩りを控えるようにした。まともな家には人民軍もためらわずに手をつけていた。ある家では正門が開け放たれたまま何度も荒らされ、不用品がまるで破裂したお腹の内臓のように無残な姿で中庭に散らかり、外からも丸見えだった。

霊泉《ヨンチョン》市場の一角にはそれなりの市場まで立っているらしい。いくら共和国の統治下とはいえ、人が生きているところで、食欲の次が売買欲だというのは興味深いことだった。しかしその取り引きのために食糧と交換できるものというと、盗み心無しでは得られなかった。市場では現金より物々交換がずっと危険が少ないといわれていて、食糧を持つ人に最も好まれるのは高級絹で仕立てられた韓服、銀の匙と箸、それに腕時計や掛け時計の類だった。金細工品のほうがもちろん価値は高かったが、それは避難に出た人たちの持ち物で、残った貧乏人にはとんでもない貴重品だったし、空き家で見つかる品物でもなかった。

うちで避難用に準備していた荷物の中には銀の匙と箸が何組かあり、それから兄嫁が嫁いだときに持参した絹服が何着かあった。いますぐに交換しなくてはならないほど食糧事情が急迫してはいなかったが、それでもいろいろと限界が見えてきていた。しかし市場での危ない話をあれこれ聞くと、市場に行かずにこの危機を乗り越えたかった。人が集まるから機銃掃射と爆撃の危険があるのはもちろんだが、最悪なのは「赤いお札《さつ》」らしい。北の貨幣のことをそう呼んでいたが、人民共和国の統治下であってもその貨幣価値が通用しないのが問題だった。市場といっても店舗や屋台があるわけではなかったし、てんでに一つ二つ持ってきた品物を並べていただけで、人民軍の兵士が何かを買うために辺りを見まわし始めたら品物をさっと隠してしまえばそれまでだったが、相手が普通の民間人でも、値段をかけあった後で「赤いお札」を出されると、正体がわからないのできっぱりと断ることもできなかった。人びとは北から南下した情報員を人民軍よりも恐れていた。「赤いお札」を断ると共和国を軽視したという嫌疑をかけられてしまうのでしぶしぶ受けとるものの、すぐに情報員を装って処分するためにその悪循環は収束しなかった。

そういった情報が集まるのがジョンヒの家だった。

私に対するジョンヒの母の態度はいつも期待外れだった。すごく歓迎されるとは思っていなかったが、話が通じる唯一の隣人だと思っていたし、ひと晩中安全を心配して翌朝駆けつけたりしたが、彼女はいつもとくに喜びも嫌がりもしなかった。何よりも寂しいと思ったのは、何を食べ、どう生活しているかを話しあったことが一度もないことだった。私はあれこれと苦しい立場を訴えたい気持ちでいっぱいだったけれど、彼女はそうした話を巧妙に避けた。

峴底洞《ヒョンジョドン》人民委員会が正式に看板を出して発足したのも、ジョンヒの家のすぐ隣の家だった。委員長は四〇代後半のカンヨングという背の低い男だったが、土地っ子だと言った。彼は共和国の統治下でもこれまでどおりゴム靴工場で働きながら委員長を務めていたために、ソウル収復〔国軍と国連軍がソウルを取り戻した一九五〇年九月二八日〕後に行方をくらましていたらしい。そうだとしたらいま、再び自分が望んだ世の中になったのはずなのに、少しもうれしそうには見えなかった。くたびれはてて憂いに沈んでいるように見えた。アカに問われるのを恐れて隠れていたが、再び世の中が変わってから家に戻ってみると、家族はみんな南に避難して空き家になっていたらしい。そうなるのも仕方がないと思うが、私には正直に浮かない顔をしているのも彼の勇気のように思えてそれとなく気になった。

普通の民家に洞人民委員会の看板が掲げられ、部屋に机やいすも用意され、ストーブを置き、油紙に鉄筆で書いてインク印刷する謄写版までどこからか運びこんでそれらしくなっていたが、そんな中にあって最も似つかわしくないのが委員長だった。ジョンヒの家とその家は隣りあわせに住んでいただけでなく、中庭に互いに行き来できるくぐり戸まであって、平和だったときは普通以上に仲が良かったようだ。炒め物の一品でもつくればエプロンでそっと覆い持っていく姿が想像できて、懐かしさを覚えた。

人民軍の宿舎もその周辺に密集していた。彼らは目の前にある刑務所付属の公共の建物などを使わずに民家に分宿していた。平坦地で比較的広い正方形の家が集まっている地域だったので、臨時に宿舎として使っているようだった。しかしいつも同じ兵隊が駐屯しているのではなかった。数日留まることもあったし、波のように押し寄せ、引き潮のように去っていったりした。彼らが何度も荒らしていった家をのぞいてみると、それこそ根こそぎ持っていかれたと言っても過言ではなかった。家具まで壊して燃料に使い、なぜか布団や衣服までも引きちぎりまき散らしていた。あまりの狼藉ぶりに、略奪の跡というよりはひどい悪ふざけをした跡のようだった。私は部隊の移動が激しいときは希望を抱き、数日も同じ場所で暇を楽しんでいるように見えるときは、世の中がこのまま何も変わらずずっと続く気がして焦りを感じた。目で確認する以外の外部情報を得る機会はまったくなかったので、そんな勘ばかりが鋭くなっていた。

彼らの戦争に負けないくらい、私も食糧戦争をしていた。早く世の中が変わってほしいと願うのは、もはや自由だとか民主主義だとかいうイデオロギーの問題ではなかった。うちの食糧が底をつく前に食糧が流通し、食糧を買う金がなければせめて救援物資にでも頼れる時代になってもらわねばならなかった。手がついていない空き家はもう残っていなかった。すでに荒らされた家で再び食糧を見つけることができたとしても、赤ん坊用の枕に入っている粟のような微々たるものだった。そのために女性特有の繊細な感覚を総動員する必要があった。だがそれは人間がすることではなかった。

一度、一個分隊ほどの女性軍が駐屯したことがあった。ちょうど彼女たちがある家からオルガンを持ちだすところを見かけた。私と同じぐらいか、少し年下に見える娘盛りだったからか、あるいはオルガンを見つけたからか、明るくて楽しそうに見えた。同年代の女性たちに会ったのも久しぶりで、屈託のない天真爛漫な表情や態度はまぶしくさえあった。私があまりにも驚いたので、彼女らも一瞬顔をこわばらせ、借りるだけで数日のうちに返すと言った。私は自分のものでもないのにうなずいたような気もするし、ただ笑っただけのような気もする。彼女たちはおそらくオルガンに合わせ最初は人民歌謡を歌い、すぐに歌曲や流行歌を歌うだろう。戦時下とは思えない彼女らの若くて陽気な歌声を想像すると、この世が一生変わらない気がして絶望感に押しつぶされそうになった。しかし彼女たちも数日内にどこかへ行ってしまった。

ジョンヒの家はいわば兵営のまん中にあって人民軍の出入りが激しかった。ジョンヒの母は私とちがって人との触れあいに飢えてはいなかった。民間人ではないが、人がたくさん出入りしていたからだと思った。ジョンヒとジョンソプは人民軍兵士の愛情を独り占めにし、家族のように親しかった。ジョンヒの母は肩章をつくるだけでなく、いろいろと彼らの面倒を見ていた。とくにジョンソプはいつもだれかに抱っこされているか、肩車されているほどの人気者だった。避難せずにいて、しだいに姿を現わし始めたのは、ほとんどがお年寄りで彼らが子どもをかわいがるのは当然だったが、ときおり哀れに思うこともあった。

2

私がしだいに不思議に思い始めたのは、移動せずに留まっている三人のことだった。雪が降った翌日、家ごとに警告文を貼っていた三人はその後も行動を共にしていて、ジョンヒの家や道で不思議なほどよく出くわした。一人は肩章に星が一つの軍官、兵士の中では一番偉い特務長、残りの一人は馬方だと言った。私はジョンヒの母が言うのに合わせ、彼らを軍官同志、特務長同志、馬方同志と顔で覚えたが、その呼び名にふさわしい態度や人格的な特徴を見せなかったので、それだけでは区別できなかった。馬方は馬方同志以外にシンさんと呼ばれていることがわかったが、馬方同志であろうがシンさんであろうが、特務長や軍官よりは下っ端だった。彼は階級章なんかついていない軍服を着ていたにもかかわらず、一番年上で教養もありそうな人に見えてずっと気になっていた。しかし空き家の納屋には彼の馬車があり、夜中にどこからか食糧と軍需品を運んできたり、どこかに運びだしたりするというから、馬方というのはまちがいないようだった。

私に人民委員会でカン委員長を手伝うようにと提案したのも、馬方シンさんだった。私はできるだけ協力せずに人民共和国の統治下を切り抜けたかったけれど、シンさんの提案には逆らえない力があった。彼が軍官ではなくて馬方だったからかもしれない。カンさんのような人が峴底洞《ヒョンジョドン》の人民委員会の委員長をやっているのも、彼ら三人の息がかかったからと思えるほど、彼らは戦闘よりも民間に浸透して隠密工作をする任務を担っているようだった。けれど民間人が少なくて彼らの存在が目立ってしまうのが難点だったが、それは私も同じだった。私もこの町だけでなくソウル市内でも数少ない学歴のある若者だったから、彼らに目をつけられたのだった。人民委員会の事務室では少なくても彼らのうち一人が常駐するようにしていたのも当然のことだった。

実は人民委員会で働いてほしいと言われたんだけど、どうしようと家族に相談すると、みんなは顔を見合わせるばかりで何も言わなかった。私がやらないと言うのを恐れているようにも見えた。家族の意見に従うつもりはなかったが、なんだか寂しかった。どのみち私一人を犠牲にしてでも、この生死の境を無事に乗り越えられるかどうかわからないと言わんばかりの黙契が寂しかっただけで、後にアカにされるかもという不安とか心配まではしていなかった。盗みに罪悪を感じなくなってからは、まだ起きてもいない後々のことまで心配するのは贅沢な悩みにしか思えなかった。腹が減ることだけが真実であり、その他のことはすべて嘘っぱちだと思うほど、私はやけくそになっていた。

洞の人民委員会の仕事をあっさりと引き受けた根底には、食糧問題があった。避難できなかった市民の正確な数は知りようもなかったけれど、彼らの拠り所がもっぱら空き家に残されている食糧だということは、動かせぬ事実だった。その微々たる食糧すら保護されていなかった。人民軍が空き家で狙っているのは布団カバーだけで食糧ではないと楽観視するのは、単なる希望にすぎなかった。食糧が底をついた後も戦況に変化がなくこの状態が続いたなら、駐屯している軍隊が自分たちの政府に救助を求めるしかないと思った。自由や民主主義を要求するのでもなく、肉や果物を要求するのでもない、糊口をしのぐ最低限の生存権を要求するのに、良い政府、悪い政府と見分ける必要があるだろうか。こんな極限状況ではいくら悪い政府でもないよりはましだと思った。ソウルが真空状態だったときに吃音がひどかった兄の様子が頭に浮かんだ。人民委員会から米の配給までは望まないとしても、市民の生存権についての計画や責任感を持っているかをまっ先に把握できる末端行政機関が、洞の人民委員会であることはまちがいなかった。

人民委員会での最初の仕事は、カン委員長が作成した上層部への報告書を鉄筆で書いて謄写版で刷ることだった。報告書は残っている町民の様子と身元調査だった。いちいち確認するまでもなく委員長が精通していることで、また精通というほどのことではなかった。人口が密集している貧しい町ではあったが、把握された町民の数は五〇名足らずで、うちの家族とジョンヒの家族を除くとほとんどがお年寄りの単独世帯だった。一時はソウルに残っているのはうちだけだと思ったこともあったが、明確になった五〇名弱という数字にあらためて恐ろしさを感じた。ある意味、完全なる撤収だった。市民のいない首都で占領軍は無駄骨を折ったのだ。数少ない人口も減っていった。ジョンヒの家族が党員の身内だと知ったのも、そんな文書作成中のことだった。なぜ彼女と私が食糧問題を分かちあえなかったのかは納得がいった。しかしジョンヒの家が特別扱いされている証拠はどこにもなかった。ジョンヒの母は人民軍が敗走したときに共に越北した夫が戻ってくると信じて残っていたけれど、委員長から聞いた話によると、いまだはっきりとした消息もわからないようだった。

町のお婆さんが亡くなっているのをカンさんが見つけた。亡くなってからそんなに経っていないというから、カンさんがそれだけ一人暮らしのお年寄りたちを気づかっている証拠だと思い、彼に好感を持った。その後、カンさんをいい人だと思えるようになったのは、そのお婆さんの葬儀のときだった。葬儀ともいえないほどの、ただ裏山に葬るだけだったが、そのことで彼は馬方シンさんや特務長、それに軍官相手に次々と言い争った。とくに軍官同志と大声で言いあった。カンさんは棺をつくるために兵士を何人か使いたいと言い、軍官はこのご時世にムシロでなく布団で覆って葬ってやるだけでも過分なことだと一笑に付した。カンさんがしつこく言い張ると、特務長は、あなたの母親なのか？

と暴言まで吐き、それに憤慨したカンさんが斧を持ちだしてひどく暴れだした。軍官同志が腰にある拳銃に手をやるほど、カンさんの斧は殺気立っていた。ところがカンさんが打ち下ろしたのは門扉だった。彼は門の二つの扉をあっという間に引き剝がした。息の荒いカンさんを見ていると、私たちまで息がつまりそうだった。それでも一触即発の対決は一段落ついたように見えた。

それから間もなくカンさんはひと呼吸おいて、あちこちから使えそうな大工道具を集めて棺を組み立て始めた。体格の割には節も太く傷だらけで頑丈に見える手だったが、大工の腕前は釘一本打ったことがないと思えるほど下手くそだった。私がやっても彼よりはましだと思えるくらいで、そのうえ道具も揃っていなかった。たとえば門の扉の厚みに合う釘が必要だったけれど、なんとか集めた釘はすべて長さがひどく足りないものばかりだった。結局打ちこまれた釘の中から使えそうなものを探しまわったが、いくら空き家が散在していたといっても、その中からちょうどよい長さの釘を見つけるのは至難の業だった。それでもカンさんは唇を嚙みしめ必死にその作業に没頭し、棺の釘打ちに明け暮れた。みんな粛然となり、特務長もケチをつけられなくなった。

まっすぐではないが人一人が横たわれるほどの箱をつくったカンさんの手は、傷だらけながらも凛々しく見えた。彼が携わってきたゴムにくらべ、木はどれほど傲慢で頑固だったことか。しかし彼が克服したのは木だけではなかった。シンさんは棺を運ぶ荷車を用意し、軍官同志は荷車では行けない山まで棺を運び、凍てついた土を深く掘る十分な人員を出してくれた。その中には特務長もいた。仁王山《イナンサン》の国師堂がある岩山を避けて、雑木は多いが土が柔らかそうな低い山のほうに墓の場所を決めた。前もって場所を決めていたのではなく、雪道をかきわけて上っていき、ピクニックのランチ場所を見つけるときのように、目配せして棺を降ろしたところが墓の場所だった。そこまで黙ってついていったジョンヒの母と私は、何人もが凍てついた地面を掘っている姿に妙に感動して見守った。それ以外には儀式らしいことは何もしなかったが、時期的なことを考えると十分にがんばった葬儀だと思った。

3

葬儀が終わると、公文書が届いた。北朝鮮随一の歌舞団である訪ソ芸術団が、勇敢な人民軍とソウル市民のために公演をするから町単位で市民を一人残らず参加させるように、と指示された。カンさんと私が訪ソ芸術団に少しも驚いたり感動する様子を見せないことに軍官同志が怒りだし、私たちの無知をとがめた。最高級の世界的な芸術団のことをどうして知らないのかというのだ。そして北朝鮮人民はぞんぶんに楽しんでいるが、本物の芸術を一度も見たこともないソウル市民に最高の芸術団を派遣してくださる金日成《キムイルソン》首相に感謝すべきだと強調した。彼は金日成に対するあり余るほどの興奮と感謝の気持ちを述べてから、実質的な問題に同意を求めてきた。私たちが実際に動員できる人数のことだった。私は公文書の重要度に合わせ兄嫁を動員することまで約束したが、それでも一〇名にも届かなかった。ジョンヒ、ジョンソプまで入れてもそんなものだ。時間は夜八時からで公演場所は明記されていなかった。まだ電気は通っていなかったが、通っていたとしても点灯などできない暗闇の中で、いくら世界的な芸術団でもどんな公演ができるのか想像もつかなかった。

漆黒の闇夜だった。馬方シンさんが先頭に立った。盲人の列のようにつながって前の人の腰を必死になってつかんで歩いた。列からの離脱はすなわち死を意味すると思った。どこでだれが突然銃口をつきつけ、暗号の答えを求めてくるかわからなかったからだ。暗号に暗号で対応できるのはシンさんしかいなかった。シンさんを見失うとだれにも知られることなく殺されるのではと思いながらも、シンさんについていくからといって安心できるわけでもなかった。列から離れないようにくっついて歩きながらも、何かに惑わされてどこかにゆっくりと吸い寄せられていく気がした。終着地が地獄ではないかと思えるほど先はまっ暗で、戦下の轟音は機械的というよりは、白い牙をむきだした猛獣の咆哮に聞こえた。泣きべそをかいている兄嫁の顔が目に浮かんだ。

独立門《トンニムン》を過ぎ西大門《ソデムン》の交差点を通過した。大通りにはまともな建物がなかった。昨夏の戦争で木っ端微塵になった建物群の跡が星のない夜空を背景に、太古の廃墟さながらにグロテスクで非現実的な姿を暗闇に映していた。鹽川橋《ヨムチョンギョ》の手前くらいで右のほうに曲がった。煙草工場の赤い煉瓦の建物がその辺りにあったはずなのに跡形もなかった。そのかわり足元に煉瓦の破片が散乱していて歩くのが大変だった。煉瓦の破片が山のようになっているところもあった。私たちはつまづいて前につんのめりそうになっても、手を離さず、だれ一人として転ばなかった。あまりの足元の悪さに気を取られ、どこに向かっているのか気にもならなくなっていった。ここまで来るのにもさんざん苦労をしてきたというのに、これからは足元に気をつけるようにと前方から声がかかった。地獄の入口にでも行くのかもしれない。地下につながる階段が現われた。煉瓦の山の上を歩くよりはずっと楽だった。階段は一度曲がってからもまた続き、もう降りきったと思われるところで行き止まりだった。つき当りの壁がすっと開き、そこからは薄っすらと明かりがついた廊下だった。廊下のつき当りで曲がると、光が漏れている扉が正面に見えた。その扉を押して入ると、目もくらむまぶしい光の世界が現われた。地下にここまで明るい光の世界があるなんて信じられなかった。

学校の講堂くらいの広さだった。けっこう人が集まっていたが、地下室を埋め尽くすほどではなく、ほとんどが軍服姿で、民間人は舞台の前に敷いたゴザのところに集まっていた。私たちもゴザのほうに行って座った。人民軍はゴザをいく重にも取り囲むようにして立っていたが、シンさんはそっちのほうには行かずに私たちと同席した。目がくらむほどまぶしかった光も電灯ではなかった。一時間近く夜道を歩いたことで瞳孔が大きく広がり、舞台上のカンテラの光でさえ、それだけまぶしく感じたというわけだ。カーバイトを燃料とするカンテラが一メートル間隔で舞台のまわりに設置されていて昼間のように明るかったが、観客のいる前のほう以外は薄暗かった。

比較的明るいところに座り、集まった人のうち兄嫁だけが初対面なので、私はみんなに兄嫁を紹介した。シンさんは兄嫁と丁寧に話し兄の容態までもたずねた。初めて会ったときに兄が肺病だと私が言い繕ったことを覚えていることに驚いた。記憶しているだけでなく、本当に心配して容態をたずね良い薬を探してみると言ってくれた。兄嫁が空気を読んで話を合わせているあいだ、私は気が気でなかった。もともと兄嫁は天然なところがあったので、多少つじつまが合わない話をしても疑われることはなかった。舞台の正面には金日成《キムイルソン》の肖像があり、左右に毛沢東とスターリンの肖像が掲げられていた。訪ソ芸術団が最高のレベルだというのはどう考えても大げさか、称賛の慣用句として使われているのかもしれない。でなければ希望か願望なんだろう。プログラムのほとんどは子どもたちの舞台で占められ、その上レパートリーはすべて人民歌謡だった。それでも子どもたちの真紅色のチマ、色とりどりのチョゴリ、赤いリボンは、しばらく色彩に飢えていた目には幻想的で慰めになった。子どもなのに唇をまっ赤に塗っているところまで嫌ではなかった。この残酷な戦争中でも死なずに生き残り、晴れ着を着て伸びやかに歌っている姿を見るだけで十分に感激した。どこからここまで来たのだろうか。

ただ歌うために長旅をするなんて信じられなかった。合唱団は子どもというよりは成熟した少女たちだった。そんな中で中央に立って独唱する少女の声は、涼やかながらも深い哀調を帯びていて胸がつまった。「旗で覆っておくれ、赤い旗で」と歌う少女の美声が合唱団のハミングに乗ってひと際高揚したとき、シンさんが涙を浮かべているのを私は見た。私も久しぶりに懐かしい感傷に浸った。

トリを飾ったのはダンスだった。シンさんがようやく真打ちの出番だと浮かれた声で話した。いままでは前座だったというのか、今度こそ本当に訪ソ芸術団が出てくるというのかははっきりしなかった。「勝利」という題目のデュエットダンスだった。二人とも一〇代後半に見える少女だった。一人の少女は作業服を着て髪の毛をぎゅっと縛り、手には金槌と鎌のようなものを持ち、ひらひらした桃色のドレスを着たもう一人の少女はハープのような形をしたキラキラ輝くおもちゃを持っていた。ドレスを着た少女はゆったりと優雅に、作業服を着た少女は力強くきびきびと踊るのだが、ダンスというよりはマスゲームのレベルだった。二人が激しく行き交い追いかけ追いかけられていたが、ついに桃色のドレスの少女は舞台のまん中にくずれるように倒れた。金槌と鎌を持った少女が両足をそろえて力強い踊りを舞ったが、ドレスの少女の腰を踏みつけながら舞踏は終わった。後ろに立っていた軍人たちは熱烈な拍手を送った。私たちもシンさんの様子をうかがいながら拍手をした。

ダンスは終わる前から顔を背けたくなるほど幼稚だった。反吐が出そうだった。隠喩や象徴はまったくなく、意図ばかりが図々しく露わに出ていて、素っ裸の共産主義を目の前にしている気分だった。素っ裸になった者が恥を知らないときは、見るほうが視線をそらすしかなかった。

最後の舞台が終わり、私たちは外に出て再び数珠つなぎになって家に戻った。兄嫁に申し訳ないと思ったが、言葉にしなかった。なんともいえないくらい惨めだった。もうすぐ夜の一二時で全身がボロボロで綿のように疲れていたけれど、なぜか眠れそうになかった。私は一人、布団の中で絶望と怒りでふるえていた。この国のいまの姿が心底怖かった。鳥肌が立つほど怖いのは、強力な独裁のためでも強大な人民軍のためでもなかった。どうすれば、あのように平然とした顔をして完璧にシラを切ることができるのか。人間は食べてこそ生きられるという真理についてだ。市民たちが当面している飢えの恐怖を前にして、食糧の代わりに芸術をつきつけ、楽しむことを強要する彼らは恐怖そのものだった。むしろ毒をつきつけられるほうがましだと思え、少しばかり人間性を認めておきながら行なう最悪の所業に思えて仕方なかった。殺意も意思疎通の一つだ。そういった意思疎通すら不可能な世界だ。どうしてうちの家族がこんな残酷な世の中でまったく身動きもとれず、縛りつけられるハメになったのだろう。

あの日、兄嫁は馬方シンさんにとても良い印象を残したようだ。私に何度となく、朴《パク》同志の兄嫁を見ていると故郷にいる姉のことを思い出すと言った。私の推測では彼は兄嫁より相当年を食っているはずだが、弟のように行動しようとしていた。とはいえ、だれが年下であるかを明らかにする必要もなかった。だれもかれもが慰めを必要とする時代だった。故郷の姉……。故郷や姉がいない人でも懐かしさを触発される美しい響きだ。

ここまでは彼の行動を大目に見るつもりだった。数日もしないうちに彼は結核によく効くという薬を持って不意に訪ねてきた。見つけるのに苦労したと言ったから、空き家か薬局を荒らして手に入れたにちがいなかった。ソ連製、あるいは北朝鮮製でもない最新のアメリカ製の結核薬だった。彼は身内のようにふるまいながら兄にあいさつをしたいと言いだした。なんだか嫌な気がしたが、むげに断るわけにもいかず、そうこうするうちに奥部屋にまで入らせてしまった。兄の顔は青ざめていたが、いずれにしろ兄には肺病のふりをしてもらわなければならなかった。彼は心配そうな表情で丁重に病気見舞いを述べて薬の用法についても細かに説明した。胃腸を害する恐れがあるから胃腸を保護する薬も探してみると言った。兄の枕元には結核薬なんかこれっぽっちもなく、ガーゼ、消毒薬なんかが揃っていた。それをちらりと見たシンさんの目に一瞬、閃光が走ったような気がした。不吉な予感が悪性の風邪の症状のように背筋を走った。

彼はうんざりするくらい長居してから帰った。彼がうちにいて窮屈に思っていたから、余計に長く感じたようだ。薬の用法を伝えた以外は大人たちとはほとんど話さず、チャニとだけ遊んで帰ったのに、その時間が死ぬほどつらかった。今年二歳になった一番目の甥っ子はかわいい盛りだった。彼は肩車や馬乗りをして遊んだ。馬方だけあって馬のまねがとてもうまくて、チャニはおもしろがり夢中になった。

「ああ、もうこんな時間か。この子といると時間が経つのを忘れるな」

そう言いながら、名残り惜しそうにチャニを軽々と持ち上げ、チュッ、チュッと両頰に口づけをした後、母には失礼をしたという丁重なあいさつも忘れなかった。

「まあ失礼だなんて、久しぶりににぎやかになりましたわ」

母は消え入りそうな声でかろうじてあいさつを返した。彼を見送って戻ると、兄がさっそく私を追求した。

「あ、あ、あれは何者だ？　け、け、結核薬とはどういうことだ？　き、き、気分が悪いったらありゃしない」

兄がまた吃《ども》り始めた。彼は人民軍にも入れてもらえない馬方だと兄をなだめ、兄を肺病扱いにした一部始終を説明した。兄嫁も傍らで熱心に口添えした。しかし兄の猜疑心は晴れなかった。兄はシンさんが持ってきた薬の用法を注意深く読み終えると、英語をあれくらい理解できる者がなんで馬方をしているのかとたずねた。たしかにそれは私も疑問だった。どう考えても人民軍の医務室とか軍医官からもらえるはずもないし、略奪した医薬品の中から横文字だけで書かれた結核薬を選びだして、用法を正確に解読したのであれば、相当な知識人であることは疑いの余地がなかった。

「兄さん、心配しないで。私もその人ちょっと変だと思っていたけど、いまになってようやく納得がいくの。おそらく粛清された地主か、親日派《チニルパ》の息子なのよ。あいつらが出身成分をどれほど気にしているかは兄さんのほうがよく知っているじゃない。おそらく日本留学までしたのかもしれないわ。だからと言ってなんだというの。出身成分が悪いから兵士にもなれず馬方にしかなれないんじゃない。馬方も戦時だからやらせているのよ。平時なら炭鉱行きだと思うわ」

私は兄を安心させようとわざと長々としゃべった。

4

その後も馬方シンさんはうちによくやってきた。しかし私たちが何を食べて食いつないでいるかを訊いたりはしなかった。兄とは意識的に一定の距離を置いている気がした。目が合うと軽く会釈をして笑って見せる以外は言葉もかけず、結核薬や胃腸薬の話も二度としなかった。不意にやってくるように見えても食事どきを避けているのがわかり、兄嫁にもよそよそしいくらい礼儀正しく接していた。故郷の姉がどうのこうのという話はきれいさっぱりと忘れたようだった。そのほうが絆が強く他人にドライな私たちのような人間には楽だった。

それでも、シンさんがたびたびやってくるのが互いに負担にならなかったのは、彼がチャニをとてもかわいがり、チャニも彼を格別に慕っていたからだった。母もシンさんにはおそらく家にチャニと同い歳くらいの息子がいるのではと不憫がった。私も最初は彼がうちに不意に現われるのが嫌だったが、チャニと遊ぶ以外の目的がないことがわかってからは、人民委員会事務所で会っているときとはちがう親近感を感じた。時にはこんな夢を見ることもあった。彼が夜中に穀物を運んでいて一俵の米をこっそりうちの門の中に置いていく夢。

チャニまで飢えることになったら、それくらいのことはやってくれると思った。もうこれ以上盗みに入る家は残っていなかった。盗みはうんざりだったが、それでもそれができた時期はまだ良かったと思えるほどだった。あのとき必死に集めた食糧であとひと月はしのげるというのに、私は飢えた鬼がお腹にいるみたいに食べ物のことばかりが心配で、そのことだけが真実に思えた。

数日顔を見せなかったシンさんが真夜中にやってきた。いくらチャニに会いたかったとはいえ、それは失礼なことだった。米俵を持ってくることはなかった。彼はそっと「姉さん」と呼んだ。久しぶりに兄嫁をそのように呼んだ。彼の用件はオンドルに火を焚いてほしいというものだった。仁川《インチョン》から戻ってくるとすっかり夜が更けていて、今夜も手伝う仕事があるのでしっかり休んでおきたいのに、部屋が冷たくて眠れないというのだ。私が家に行って火を焚いてあげると言った。真夜中に男と兄嫁を二人にしたくはなかった。兄嫁と私が互いに自分が行くと言いあっていると、甥っ子たちが目を覚まして泣き始め、母は私が行けばよいと判断を下した。

彼の後ろについていきながら、彼は男だということがふいに怖くなってきた。性的に私を辱めようとしたらやられてしまうかもしれない、私たちが暮らしている山のほうにはだれも住んでいなくて孤立無援だった。家族からも保護されていない気がして無念で悲しかった。いままでさんざん歩いた道なのに、足から伝わる土の感触が以前とはちがった。春が来るのかな、と突拍子もなくそんなことを考えていると、悲しみがじーんと背筋に這いあがってきた。彼はジョンヒの家に行く途中の家に入った。適当に目についた家に入ったのかと思いきや、焚口に薪が置いてあるところをみると、彼が宿舎として使っている家のようだった。

「火の焚き方もわからないんですか。いくら疲れているからといってもそれはないでしょ。こんな夜中に寝ている人を起こして火を焚いてくれというのは、あんまりじゃないですか」

馬方の分際で、と言いたいのをぐっと飲みこんで彼を睨みつけた。舐められてはいけないと思って先に防御態勢をとった。彼は黙って台所の焚口にしゃがみこみ、焚口に適当に薪を置いて付け火用の藁にマッチで火を点けた。それからさっと立ちあがると、話があると言った。ついに来るものが来たと思い、数歩後ずさりした。

「数日中に人民軍は後退することになる」

「だからなんですか」

彼が暗い表情で口を閉ざしているあいだ、私は心臓が飛びだしそうになるのをかろうじて耐えていた。

「近々指示が下りると思うが、ソウルを放棄することになっても私たちを信じて待ってくれていた市民たちを見捨てるわけにはいかないので、まず市民たちを北に送ることになったよ」

「強制的にですか？」

「強制ではなくて私たちの義務ですよ」

「話しておきたいというのはそのことですか？」

「近々町の人民委員会を通して指示が下りると思う。同志もすぐに忙しくなる」

「すぐにわかることなのに、なぜ教えてくださるんですか？」

「抜けだそうなんてよしたほうがいいと、あらかじめ言っておきたくて。いままでのつきあいで、同志の家族が思想的に私たちの味方でないとわかった以上、これくらいの忠告はしておくのがよいかと……。年寄りにまで強要するつもりはないが、青年同志たちは私たちに把握されたからには自由にはならないということを肝に銘じておいたほうがいい」

「うちの内情を十分にわかっているじゃないですか。年寄りより、もっと使いものにならないのが病人でしょ」

「行けるように最大限の便宜を提供しますよ」

「馬車でも出してくれるというのですか？　それはうちの兄を殺すも同然ですよ。そんなことはしないでください」

「私もそんなことはしたくない。しかし使える人力は一人でも残しておきたくない私たちの心情も理解していただきたい。だれもいないソウルに入城したとき、私たちがどれだけ悔しい思いをしたかわかりますか？」

「ソウルに残っている人をそんなふうに一掃してもせいぜい数百人程度です。数百人で数百万人に対する復讐になると思いますか？」

「大事なのは復讐するという意志だと思う」

彼は勢いよく燃えている炎の中に薪を足した。復讐の意志とは無関係な浮かない顔に明暗がゆらいでいた。彼が思いきりあくびをしたのに乗じてお休みのあいさつをし、その家を抜けだした。帰るときには周囲はほんのり白み始めていた。

兄嫁は寝ずに私を待っていて、大丈夫だったかと急き立てた。何もなかったと言い返してすませるつもりだったが、お気楽に寝ている母が急にいまいましくなり、むやみに母をゆり起こした。

「母さん、母さん、あんまりじゃないですか。本当にひどすぎる」

「何？　私が何をしたというの」

母はあくびを噛みしめ寝ぼけ顔で訊いた。

「さっき、さっきのことですよ。こんな戦乱中の真夜中にどこで何をしていたのかもわからない馬方なんかに娘を差しだしておいて、気楽に寝ているなんて。あいつに義姉さんを渡さなかったのは子どもたちのためだけではなかったんです。ひょっとして馬方に何かされるかもしれないと思ってそうしたんです。結婚もしていない私でもそんなことを考えるのに、母さんはなんですか。私が義姉さんの代わりになるのを見たら、すかさずお母さんが前に出ないとダメじゃないですか。年長者こそがこういうとき前に出るべきでしょ」

私は息巻いて非難を浴びせた。考えれば考えるほど腹が立った。

「おまえ、本当に何かされたんじゃないよね？」

そのときになってようやく母は怖けづいた顔で訊いてきた。

「そんなわけないでしょ」

「そうか、そうだと思ったよ。だから心配しないでいられたんだよ。彼が人民軍ではなくて国軍かアメリカ軍だったら、おまえの代わりに私が行ったよ」

母はまるで似非《えせ》宗教の信者のように、確信に満ちた表情でそんなことを言って終わりにした。母はときおり、共産党よりもっと共産党を信じているかのような発言をして人を煙に巻いた。あきれてこれから起きる事態にどう対処すればいいのか、相談する気力も失せてしまった。こんな母と吃る以外に自己防御能力のない兄、年子の幼ない子どもたちと、もう一度世の中がひっくり返る危機を乗り越えなくてはならないのだ。一人もけがをさせずに。

その日の夜、馬方シンさんが言ったとおり、近いうちに作戦上の後退をするかもしれないから北に行ける人数を把握しておくようにと指示が下りてきた。いつも暇だった人民委員会が急に忙しくなった。ジョンヒの家族三人と委員長のカンさんが北に行くと先に決まり、うちの家族は保留にしたままだった。行ける人がせいぜいそのくらいなのは予想どおりだった。予想外の問題も起きた。お年寄りしかいない家に指示を知らせたのは問題だった。お婆さんたちの中から北に行きたいと申し出た人が五人もいた。自発的に北に行った息子を持つ母親たちだった。子どもを追って北に行こうとする彼女らは問題ないと思いそのまま報告すると、上部の反応はちがった。市の人民委員会か党だとかに行ってきたカン委員長は、北に行く計画の超過達成だと思いきや、そうじゃなかったと言った。年寄りたちはできるだけ行かないように説得しろと言われたようだ。やはり目的は若い人力にあるのだと思った。まだ何も言われていなかったが、私まで加えられそうで気が気ではなかった。うちの事情をよく知るカン委員長に言われることはないとは思ったが、先日の馬方シンさんが見せた態度を考えると、そう簡単には終わらない気がした。

幸いなことに、あの日以降、馬方シンさんは現われなかった。人民委員会によく出入りしていた特務長も軍官も、どうしたわけか姿を見せなかった。戦線の緊迫が事務室にいても感じられた。人民軍が大量に移動していた。大通りの家だけでは足りなくて、人民軍の宿舎がますます山の上に上がってきていた。それでもまだうちがあるところまでは来ていなかった。何しろ山の上だったし、中腹には夏に爆撃に遭って廃墟と化した空き地が広がり、大通りがある下の町と山の上の町を明確に分けていた。私たちもおそらく知りあいの家がこの場所になかったらここまでは上がってこなかったはずだ。昼間人に出会わなくても盗みは必ず夜の暗闇に紛れてするように、いくら住みにくい場所でもこの家を使うのが気持ち的には楽に思えた。それがうちの家族の生き方としての最後のプライドだった。しかしそれくらいのことさえ守るのが大変でときおり悲しくなったけれど。

ほとんど外出しない母がなぜか久々に下の町まで下りて戻ってくると、家の前から憤慨し始めた。ある老婆が空き家から絹の布団を持ちだしていたと言うのだ。「なんと見苦しいババア、根が卑しいよ、あんな絹布団なんかのために物を盗むなんて。気が狂ったにちがいない」そう言いながら、この世で見てはならない忌まわしいものを見たかのように身震いした。嫁と娘が盗んできたもので暮らしている人が言える台詞ではなかった。しかも私たちがやっていた盗みを知らんふりをしていた人が、いまさら自分だけが潔白であるかのように騒ぎ立てるのを見ると、非常識な人と思ってもおかしくないのに、そのときはすごく哀れに見えた。母なりにそんなしょうもない方法で私たちの盗みを擁護して慰めたかったのかもしれない。

初めて入城してきたときのように人民軍の移動はほとんど夜中で、昼間は静まりかえっていた。彼らがこの町を経由する理由が、南のほうにある戦線に投入されるためなのか、戦線から後方へ撤収するためなのかは見当もつかなかった。冬場の行軍中、少しでも休もうとするなら外で野営するよりは冷たい風を避けられる家のほうがいいと、ちょっとずつ立ち寄っているように見えた。私が一番気になったのはそんなことより彼らが何を食べているかだったが、どこでもご飯を炊いている様子はなかった。北に避難させる仕事のことで訪れた家のお婆さんから聞いた話だが、昨夜自分の家に中共軍の一団が泊まっていったと言った。

「怖くなかったんですか?」

「私も最初は怖いと思ったけど、全然怖くなかったよ。目上の人を敬うことも知っていたし」

「どんなふうにですか」

「焚口に近い一番暖かいところに私を寝かせ、彼らは焚口から離れている寒いところで寝ていたよ」

「それでは同じ部屋で寝たんですか」

「同じ部屋でも別に気にならなかったさ、孫と同じ年ごろだったもの。まあたしかに西洋人だったら孫くらいな歳の子でも信じはしなかったけどな」

「食べ物を要求したりはしなかったんですか?」

「ぜんぜん。自分の分はちゃんと用意していたよ。みんな枕を持ってきててさ。てっきり枕だと思ったらそれがなんと餅パンだったんだよ。一口も勧めなかったんで、私もこれ見よがしに自分の分だけ用意して食べたさ」

そう言いながら思い出して笑った。

もし人民軍に火ではなく飯を炊いてくれと言われたら、喜んでと答えたかもしれない。私の卑しいほどの食い意地が絹布団をほしがることよりどれくらい上品なのかはわからないが、できるだけ早く、そして無事にこの状況から抜けだしたかった。早くというのは私の意思でどうにかなる問題ではないけれど、無事だけは個人の運命のはずだ。馬方シンさんと軍官と特務長さえ現われなければ、世の中がもう一度ひっくり返っても何ごともなく乗りきれる気がした。けれども、あの夜のシンさんの話がずっとひっかかっていた。どうかシンさんがこの町に二度と現われないようにと祈った。やぶから棒にあんなことを言ったのも、これから二度と顔を合わせる機会がないのがわかっていて最後に脅したのかもしれないと、自分を納得させた。

漢江《ハンガン》の向こうからはドカンドカンという爆撃音、昨夏の経験からして艦砲射撃にちがいない砲声が昼夜を問わず聞こえてきた。そういった戦争の轟音は私の中で興奮にもなり、グツグツ煮つまった油鍋のような焦りにもなった。姿を見せない馬方の威力にくらべると、北送の事務担当であり町の人民委員会委員長の肩書きを持つカンヨングの存在はたいしたことはなかった。彼も兄が肺病を患っていると思っていたので、私にとても同情的だった。厳しい性格ではなく人に何かを強要する人柄ではなかった。彼は自分のことでさえ無責任なくらいに自己主張がなく、風任せの態度を見せていた。しかし北に行こうとするお年寄りを説得するのにはとても積極的だった。その結果、一人だけが北に行くことになり、他の四人は残ることにした。行くことになったのはお年寄りともいえない五〇代半ばの元気なおばさんだったし、北に行ったのも息子ではなくて夫だった。カンさんはそのおばさんを説得できなかったのでなく、しなかったと言った。

「その方のご主人は南側で監獄暮らしまでした左派の知識人だったんですよ。そんな人なら北でそれなりの地位に就いているかもしれないので会える見こみがあるけど、他のお婆さんたちの息子はなり行きで北に行き、義勇軍にも自ら志願したのだから、生きているのか死んでいるのかわからないじゃないですか。こんな寒さに息子を訪ねて三千里していたら天寿をまっとうできないと説得したら、みんな納得してくれたんです」

「お疲れ様でした。お年寄りを歓迎する雰囲気もないですしね」

「私だって歓迎されるために行くんじゃないですよ。世の中が再びひっくり返った後、弾圧されるのが嫌だから行くんですよ」

彼はさらりと言ってのけたが複雑な表情だった。そして不意に訊いてきた。

「ところで朴《パク》同志は市民証を持っていますか？」

「もちろんです」

「家族全員ですか？」

「全員持っていますよ、甥っ子の二人を除いて」

「いいですね、それじゃあ北に行かなくていいじゃないですか。私も市民証さえあれば絶対に行かないですよ」

「えっ、嘘。たかが市民証ごときで行きたくもないのに行くんですか？」

「朴同志は市民証があるから、たかが市民証などと言えるんですよ」

私には返す言葉がなかった。うちの家族が市民証を手に入れるためにどれだけひどい目にあったことか。左翼活動なんかしたことのない女たちでさえ、あんな嫌味や屈辱を味わったのだ。ましてや兄は……。兄が被害妄想の症状を見せたのも市民証から始まったといっても過言ではなかった。市民証を出すための人脈はないのかと私たちをさんざんいびったときから兄は壊れていった。居住地ではなく勤めていた職場の好意に頼って高陽《コヤン》郡に行き、なんとか市民証の代わりに道民証を手に入れたのだ。高陽郡にさえ行かなかったら足に銃傷を負うこともなかったはずだ。市民証や道民証なしには何もできなかった。ましてや避難なんて考えられなかった。なんとか避難しようと道民証を取りに行き、道民証を手に入れたものの、すぐに足を銃で撃たれて歩けなくなってしまったのだから、運に見放されたにもほどがある。そのときのことを思い出すといまだに身震いがした。

「家族はみんな南のほうに避難したと聞いたのですが、アカの家族なのによく市民証が発行されましたね」

私は思い出したくもない記憶から逃れるために、急いで話題を変えた。

「私のような夫を持つ女は、それを手に入れるためにものすごく苦労したと思いますよ」

「発行されなかったらここに残っていたのでは。そうしたら再会できたかもしれないし、そっちのほうがよかったと思うんですけど。一人で避難した奥さまが憎くはないですか？」

「ひどい目にばかり遭わせておいて、憎いなんて言う資格はないですよ」

「女遊びでもされたんですか？」

「そういうことができる身分であればよかったんですけど、日帝時代に徴用されてさんざん苦労をさせたんです。私は自分の命だけを保っていればよかったんですが、家内には四人の子どもがいたから、さぞかし苦労したでしょう。いまでは子どもたちも大きくなったから心配ないですが」

「本当に苦労ばかりさせたんですね」

「私もそんなことはさせたくなかったんです。時代がそうさせたんで……。私もそこまで悪い人ではないですよ」

私たちは薄ら寂しく笑った。その後、彼は考えつめた顔でひとこと加えた。

「批判されると思いますが、いまになってみると、日帝時代のほうが良かったと思うときもあります。いくら抑圧を受けたり無視をされても、それでもあのときはわが民族、家族は強い絆で結ばれて互いに助けあっていたじゃないですか。そんな私たちがいまどうなっているんですか。こんな戦争があっていいんですか。同じ民族が不倶戴天の仇となって兄弟が銃口を向けあい、夫婦が別れ、親子が敵となり、隣人同士で告発し、同じ民族がバラバラになって互いを憎みあうようになってしまったんだから……」

カンさんがこれほどまでに心の内を明かしてくれたことがとてもうれしかった。それはまったく予想もしていないことだった。久しぶりに人間らしい人間に会えた気がした。彼が素晴らしい考えの持ち主だからでない。ほどよい人間臭さがよかった。人の思考には左右のイデオロギーと関係ないことのほうがはるかに多い。いつのまにか身についていた、出会った相手が右派か左派かを見分ける習慣が和らいだ気がした。彼のような人が生きるには南のほうが良いと、どう説明すれば伝わるだろうか。しかし、彼の考えを変えようと悩む間もなく、わが身に火の粉が降りかかってきた。

5

依然として寒かったけれど、やけに明るい朝だった。薄汚れた部屋の障子紙に陽炎がゆらめくほど、外の明るさは尋常ではなかった。母もそれを春の兆しと感じたのだろうか。二十四節気を数えて「雨水」、「啓蟄」には、大同江でも氷が解け始めるらしいと言いながら遠くを眺めた。私はそうした話を聞くのが嫌だった。年寄りたちが誕生日や正月など人生の節目のたびに、はたして自分はそこまで生きられるだろうかという分を超えた嘆きを聞いてきたからだ。こんな時代に何を言っているのだろう。私は年寄りの感傷すらとんでもない贅沢に思えて、気を引き締めたいと思った。残り少ない危機をはたしてうまく乗りきれるかという焦りで、私の心はぱさぱさに乾ききっていた。いつでも頼れるのは兄嫁だった。彼女はその日も敬虔な儀式を行なうように兄の銃傷穴を消毒し、ガーゼをつめ替えた。着実に回復してきていると言い添えるのも忘れなかった。それはまちがいなく宗教的な儀式のようであり、私にも慰めと希望になった。兄の銃傷穴に対する秘かな嫌悪感も、少しのあいだだけ浄化されたような気がした。しかし儀式というものにはケチがつくものだ。私たちは銃傷穴なんかを神聖視してはいけなかった。

いったいどうすればこうも音を立てずに入ることができたのだろうか。障子戸が静かに開けられ、馬方シンさんたち三銃士が現われた。普段慎重な兄嫁がガシャンとピンセットを銀製のトレイに落とし、まっ青になった。トレイにはシンさんからもらった結核薬が手つかずのまま置いてあった。

「私の言ったとおりでしょう?」

シンさんは意気揚々とした声で二人に同意を求めた。そしてすぐさま兄に問いかけた。

「将校だったのか、兵隊だったのか」

兄の口から返答があるはずもなかった。兄が状況を把握できたとしても、口が凍りついてしまって何を言っているのかだれ一人聞きとれなかった。

「でなければ警察官?」

シンさんの目から鋭い殺気を感じた瞬間、ようやく彼らが何を考えているのかがはっきりとわかってきた。まったく思ってもいない最悪の事態が起きたのだ。どうして私たちはこんなに無防備にしていたのだろうか。その絶望的な羞恥心のために、私もまた言葉を失ってしまった。人が吃るときの気持ちがわかる気がした。事態の深刻さと対処法にまっ先に気づいたのも兄嫁だった。

「ちがいます。それは誤解です。この人は田舎の中学校の教師でした。誤発射事件があってこうなったんです。生まれて一度も銃を握ったことのない人間を軍人ですって？　うちは警察官どころか、遠い親戚ですら警察官は一人としていないんです。信じてください。どうか信じてください。この人を撃ったのが国軍なのに、この人が国軍だなんてありえないです」

　彼女の悲痛だけど筋道立った叫びは、どこか非現実的に聞こえた。しかし彼女はすぐさま彼らの足元に膝まずいて、どうか信じてくれと狂気に取り憑かれたように哀願し始めた。彼らが兄のことを負傷した落伍兵とか警察官だと思っているのであれば、それは本当に最悪の事態だった。甥っ子たちが火がついたように泣きだした。軍官同志はふてぶてしく笑って腰の銃をいじっていた。母はわなわなとふるえながらも息子を守るため必死に盾になろうとした。母を押しのけたのは彼らではなくて兄だった。顔は青ざめていたが、吃ることなく話を切りだした。

「これをちょっと見てください」

　兄が彼らに差しだしたのは道民証だった。彼が命のように大事に思っているものだった。最初は兄がなぜそれを持ちだしたのかが理解できなかった。現状把握ができなくて、いまだに道民証で身分が保証されると思ったのではないかと疑った。それくらい兄は頼りない存在だった。しかし兄は兄嫁のように卑屈にならずに、みごとに自分を守ってみせた。やはり少し吃ったけれど、欠陥というよりは慎重に話しているように見えた。兄は道民証に記載された一・四後退時のわずか数日前の発効日に、彼らの注意を促した。そして義勇軍に参加したことだけは隠して、六・二五《ユギオ》〔朝鮮戦争〕以前から共産主義理念に心酔していたこと、人民共和国の統治下であった夏もちゃんと生徒たちに社会主義式教育をするため全力を尽くしたこと、そのためにその後大韓民国政府や周囲から言うに言われぬ迫害を受けたこと、道民証の発行すらしてもらえずにかろうじて生きつないでいたこと、土壇場になってやっと発行されたものの学校に駐屯していた軍規の乱れた国軍によってこんな重傷を負ってしまったこと、道民証や市民証を持っていることこそが民間人の証拠だということ、なぜなら軍人は市民証を所持できないなど、それらを筋道立てて釈明した。兄がこんなに長話をするのは久びさだった。

少しのあいだ漂った沈黙を破り、馬方シンさんが仲間に会えてうれしいと言い、握手までした。そして社会主義の勝利を信じるかとたずねた。兄は狂信徒みたいに熱烈に「信じます」と力をこめて答えた。

「われわれ人民軍が後退するのは作戦上の一時的なことにすぎない。近いうちに再びソウルを奪還するのを信じてほしい」

今度は質問ではなくて頼みだった。そうしてから彼は情け容赦なくうちの家族を二つに引き裂いた。動けない兄と年寄りは残ってもよいが、私と兄嫁は北に避難しなくてはならないと言うのだ。血の一滴も流さない実に絶妙な一刀両断の処置だった。

「同志が国軍の傷痍軍人でないことはある程度信憑性があるが、道民証なんかでは思想までは証明できない。市、道民証こそ共産主義者を選別するためにつくりだしたものではないか。同志が悪質な反動でないことを証明できる唯一の方法は、喜んで妻子と妹を北へ行かせることだ」

兄嫁が子どものうち一人を置いていきたいと申し出た。それは結局、北へ行くことを承諾したようなものだった。幼ない二人のうちどちらを残し、どちらを連れていくのかを決められる自由が与えられた。乳呑み児を連れていく選択しかなかった。それを知りながらも私たちは、雀の涙ぐらいの自由のために長々と悩み、あれこれ思案した。そうすることで、私たちは怪物の如く現われた新しい局面から目をそらして逃げたかったのだ。そのまま受け入れてしまうと気が狂いそうだったから……。

私たちを少しでも放っておいてはいけないと感じたようだ。シンさんは間髪を入れずに北送のツメの作業を私にやらせた。うちから大人二人と子ども一人を追加する以外に人数の変更はなかった。北送予定者の目的地、縁故者、出身成分などほぼ変わらない様式の身上明細書を何回も作成し直したのに、毎日何がしかの事項を求めてきた。本来なら信任状と食料券を受けとるだけで終わるはずだったが、うちから三人が追加されたことによって余計な仕事が増えてしまったのだ。しかし、期日が切迫していたからか、うちの家族にはその複雑な手続きを繰り返さなくても信任状と食料券が発行されると言われた。いわゆる食料券とは食券みたいなもので、移動中に泊まるところでそれを差しだすと、私たちに食事が提供され、提供者はその分の食料を国から受けとれる仕組みだった。だから南朝鮮の避難民のように食糧を持ち歩く必要がないというのだ。夢のような話だった。彼らが入城して二カ月余り、初めて聞いた食糧政策はこのように米一粒すら見せない幻のようなものだった。

ついに、私たちにもそれが支給された。私たちはその珍しい券を取り囲みのぞきこんだ。「これさえ渡せば、どこでもすんなりご飯を出してくれるらしいのよ」、「まさか?」、「本当に?」、「じゃ、この紙切れが支給手帳なのかい?」そんなふうに言いながら、兄が初めて百円札で賞与金をもらってきたときのように、その不思議なものを家族みんなで回し見た。でも、この券で本当にご飯が食べられるとは思えなかった。むしろ信任状のほうが食料券より使える気がした。芸術団公演を見に行ったときの経験からして、少なくとも軍隊の暗号に匹敵するくらいのものがないとダメな気がした。

私たちは書類上ではとりあえず開城《ケソン》に行くことにしておいた。母岳峠《ムアクチェ》を越えてずっと伸びている国道の先にあるのが開城だったからそう申し出ただけで、別に故郷の近くだからというわけではなかった。端っこの都市というのは、三八度線以南にある一番端の都市という意味だ。三八度線を越えて北に行けば食料券でご飯を食べられる社会主義の楽園が現われるというのに、どうしてもそこには行きたくなかった。それは好き嫌いの問題ではないのかもしれない。どうしても適応できない動物的な拒否反応に近かった。

パクチョッコル〔著者の生まれ故郷〕に行けるかもしれないというのも慰めにはならなかった。故郷の家がどうなっているのか、だれがいるのかさえわからないけれど、もしあの家が残っているなら頼りになるはずだが、いくら戦争中とはいえ、こんなふうには戻りたくはなかった。故郷に錦を飾るまではいかなくても、せめて見栄を張れる何かがないと帰りたくはなかった。七歳で故郷を離れて以来、戦乱が起きるまで毎年帰郷していたが、常に大きな顔をして帰っていた。最初は母にワンピースを着せられ、次には滑り方もわからないスケート靴を肩にかけ自慢できるようにしてもらった。ワンピースも、スケート靴も、その村では初めてのものだった。パクチョッコル最初の女子高生として帰郷したときは、村中の人びとが家から出てきて私に注目してほしいと思ったものだ。

食料券の権威を信じない私たちの荷物は、いろんな穀物が入った袋でいっぱいだった。さらに絹服、銀の匙などの食糧と交換できるものを二つに分けて互いに譲りあったので、何度も荷作りをし直した。母はもうすぐ国軍が戻ってくるはずだし、そうなったら年寄りや病人でも食うには困らないはずだから、人民軍についていく私たちができるだけ持っていくべきだと言い、私たちも気づかって田舎の空き家のほうがソウルより食料があるはずだし、いままでに身につけた盗みの術もあるからと母を安心させようとした。

一緒に出発しなくてもよかったが、馬方シンさんが私たちを旧把撥《クパバル》まで乗せてやるというので、みんな一緒に出発することにした。出発日が迫ると、家族はみんな眠れない日が続いた。横になってもすぐに起きあがって胸をかきむしる母を兄嫁は天使のような声で慰めた。

「すぐに会えますよ。臨津江《イムジンガン》さえ渡らなければ」

「そうとも、そうとも。私もそう思うよ。なんとか臨津江だけは渡らないでおくれ」

兄嫁と母が口をそろえる臨津江という言葉が、私には暗号のように聞こえた。私の心の中では三八度線が、二人の心の中では臨津江が越えてはならない線として引かれていた。

とうとう出発の日を迎えた。出発は夜にした。軍の移動と同じで避難も夜の暗闇を利用して歩けるところまで歩き、昼間は民家や雨風をしのげるところを見つけて睡眠と食事をとるようにと指示された。そんなことまで指示されなくてもそうするしかなかった。とくに北につながっている国道に降り注ぐ爆弾と機銃掃射は、動くものなら鼠一匹見逃さない勢いで苛烈を極めた。赤ん坊を負った女と荷を背負った女が、ひと晩でどれだけ歩けるかを考えるよりも、暗闇と寒さ、そして戦場突破という冒険への恐怖におののくとばかり思っていたが、いままでの経験で鍛えられたのか、あるいは非人間化したのか、当日になるとかえって冷静になっていた。

暗くなるにはまだ早かったが、馬方シンさんが息を切らしてうちに駆けつけてきた。よい知らせがあると言った。

「同志たちは本当に運がいい。開城《ケソン》まで行く車に乗せてもらえることになったよ。トラックだけどみんなが乗れる空きがある。お年寄りよりも子持ちのあなたたち同志のほうが気になって工作をしたんですよ。赤ん坊を負ぶってだとひと晩で歩けるのは一二キロから一六キロぐらいがせいぜいでしょ。そうすると開城までは五日以上かかるはずです。車で行くとたぶん明け方には開城に着くと思う。今夜一〇時に刑務所の前に集合して乗せてもらうことにした。早めに来て待っていてください」

そうなると、臨津江《イムジンガン》を渡らないと決めていた約束はどうなるのだろう。私は兄嫁と母の顔色をうかがったが、二人は頭を下げるのに忙しかった。猫を前にした鼠のように、恐怖以外の表情を読みとるのは不可能だった。彼を見送った後、どうすればよいのかと母と兄嫁は嘆き始めた。やはりそれは悪い知らせだったのだ。シンさんが良い知らせを持ってくるはずがなかった。夕食をしっかり食べておこうと思っていたのに、ご飯のしたくはそっちのけで梱包した荷を背にしてただ影のように呆然と座りこんでしまった。抜けだそうなんて下手なまねはやめたほうがいいと、シンさんが私たちに釘を刺したのだ。兄嫁は最後にもう一度、兄の足の銃傷穴を消毒する方法を母に教えていた。

ついに別れのときがきた。私は荷を背負うだけだったが、兄嫁は頭に荷を載せ赤ん坊まで負ぶっていた。シンさんが迎えにくる前に集合場所に行ったほうがよいと思った。刑務所の前にはすでにカン委員長がいて私たちは二番目だった。

「また仁川《インチョン》上陸作戦でやられたらしいです。空軍力がないことにはやはり難しいですね」

だれがたずねたわけでもないのに、私たちにはどうでもいいことを話しだした。その後、トラックでかぶるつもりだと脇にはさんだ軍用毛布を見せた。

「思いつきませんでした。どうしましょう？」

兄嫁は困り顔になり、すぐさま家に取りに行こうとした。暗闇より早く襲ってきた寒気が、何枚も着こんだ服の中にまで威圧的に伝わってきた。

「いくらなんでも女性と子どもを放っといて自分一人だけのためにこんな面倒なものを持ってくるはずがないでしょう？　みんなでかぶっても十分なはずです。否が応でもみんなで仲良くしていきましょう」

おしゃべりだったカンさんも、シンさんが現われるとシュンとなった。ジョンヒの家族三人とおばさんの全員が集まった後も、トラックはほぼ一時間近く来なかった。ヘッドライトも点けずに現われたトラックの運転手は、頭ごなしに早く乗れと急きたてた。シンさんが先に乗っておばさんをひっぱり上げた。兄嫁がおばさんのお尻を押し上げていたが、急に「あらまあ、大変！」と大声を上げ、慌てふためいた。どうしたんだと、シンさんが目を剝いた。

「信任状でしたっけ、あの避難証明書、それを家に忘れてきました。食料券もです。義妹の分も私が預かっていたのに」

いつも落ち着いていて用意周到な兄嫁らしくなかった。ジョンヒの家族もトラックに乗り、運転手席から何をやってんだといらだった声が飛んだ。シンさんが運転手席に行って何か話すと、トラックはエンジン音を響かせることもなく出発してしまった。一瞬の出来事だった。トラックが行ってしまうとシンさんは兄嫁を問いつめた。

「忘れ物にもほどがある。どうすればあんなに大事な物を。気はたしかなのか？」

「わが子と引き裂かれて一人で生きのびようとする女が正気でいられると思いますか？」

兄嫁は意外にも荒々しい声で答えた。

「わかった、わかったから。早く取ってきなさい。荷物はここに置いて、赤ん坊も義妹に預けて。私は馬車を用意してくるから。当初の計画どおり旧把撥《クパバル》まで送るよ。本当は同志たちのことを思って無理にトラックを用立てたのに、無駄骨に終わった」

兄嫁が書類を取ってきたのとほぼ同時に、シンさんが馬車で現われた。私たちは彼の馬車に乗り、そこがどこら辺りなのか見当もつかない地点で、彼がここまでだと言ったから旧把撥なんだろうと考え、馬車から降りた。兄嫁は深い感謝の気持ちを伝えた後、残った家族のことを頼んだ。

「先生だけが頼りです。うちの主人のことをどうかお願いします」

夫にどうか手を出さないでほしいと言っているのだった。シンさんもそう理解しているのか、わかったと無愛想に返事をして馬車を引き返した。それから私たちは北へ北へと歩き続けた。道沿いにはぽつぽつと空き家があったが、シンさんに見張られているような気がして、早く彼の視界から逃れたかった。

「本当は証明書を家に忘れたというのは嘘なんです。トラックに乗ってしまうと、臨津江《イムジンガン》を渡るしかないもの」

兄嫁はそれも周りを見まわしてからささやくように言った。

狂った白木蓮

1

私たちは夜道を四日間歩き続け、ようやく国道から抜けだした。たぶんもうひと晩歩いたら臨津江《イムジンガン》の河辺にたどり着く地点だ。

ひと晩でどれくらい歩いたのかもはっきりしなかった。馬方シンさんは一二キロから一六キロを想定していたが、私たちはわざとゆっくり歩いた。だれかに見られているわけでもないのに、文句をつけられないくらいのところまでは歩いた。国道を離れ、近くの村に入った。がらんとした村もあったし、人気が残っている村もあった。私たちはだれもいない空き家に入って休み、起きてもっといい家を見つければ移動し、そうでなければそこで一日を過ごした。お年寄りが留守番をしている家が何軒か残る村でも、私たちが空き家を堂々と使っているのを怪しむ人はいなかった。たとえ怪しいと思われてもそれまでのことだった。私たちは少なくとも共和国から発行された証明書を持つ避難民であり、村の人びとに食事を求める権利さえあった。もちろん、そうはしなかった。そうする必要がなかったのだ。田舎の空き家にはソウルよりずっと残されている食料が多かった。私たちは持ってきた食料に手をつけなくても腹一杯食べることができた。キムチもいい具合に漬かっていた。ある家では白菜キムチ以外にも、チョンガキムチ、カクテギ、からし菜キムチ、水キムチなどが残されていて、あまりにもおいしくて離れがたい家もあった。

薪も十分にあった。そんな家に私たちはオンドル部屋に火を入れ、三度の温かい食事をし、昼寝もし、甥っ子のおむつも洗い乾かした。おむつをしっかり乾かすため別の部屋でオンドルの火を焚くこともあった。そんな家でもうひと晩泊まれば太りそうだったが、そうした誘惑に負けずに夕方になると必ず出発した。食料券を使うことはなかったが、信任状はとても役立った。夜道を歩くと、明かりのない漆黒の暗闇の中にも必ず検問所が潜んでいて、そういうときに信任状を見せると、親切に対応してくれ、私たちの行く先のことまで心配してくれた。ときには私たちがソウルを発ったばかりだと思ったのか、ソウルの戦況を心配そうにたずねる若い人民軍兵士もいた。たいていは信任状を見せるだけで無事に通れたが、私たちの身元を記録するところもあったから、勝手に離脱できない軌道を通過させられている気分だった。最も望ましいのは、寝ているあいだに戦線が静かに私たちの上を通過し、朝起きたら世の中が新しく生まれ変わっていることだった。私たちはどこにいようが、寝ているあいだにすべてが終わっていることを祈った。

私たち三人が寒さをしのぐ家を見つけるのは難しくはなかったが、だからといってすべての村がまともだったのではなかった。とくに国道沿いの村の破壊ぶりは惨憺たるものだった。かなり大きな村が灰になって、いくつかのかめ置き場だけが残っていた。燃えつきた藁屋は、細かな灰となって薄く一帯に積もり、家の跡を見守っているかめ置き場の美しさはとても自然で気品があったので、魂が宿っているように見えた。粛然としたこの村の雰囲気は、墓場のように悠久の時間さえ感じさせた。平和な農村をここまで徹底的に破壊したのがアメリカ軍の爆撃であれ、人民軍の放火であれ、この悲惨な光景を忘れたり許したりするなら人間ではないと思った。平和の名においてであっても許してはならないこうした正当な怒りこそがまさに人間らしさそのものなのに、この国の平和をどう願えばよいのかというジレンマが私たちを混乱させた。

おむつをオンドルよりも外で干したほうがよく乾きそうな陽射しの強い日だった。全焼して灰となった村から少し離れた一軒家で退屈な昼どきを過ごし、その村に漂う雰囲気に魅かれて灰の道をぶらついた。かめ置き場の傍らに立つ干からびた木の枝に花の蕾が膨らんでいるのが見えた。木蓮だった。まだ蕾がほころんできたぐらいの変化だったが、この木が春を感じてしまえば一気に開花するのを私は知っていた。その狂気に取り憑かれたような開花が目に浮かび、あら、この子おかしい、狂っちゃったのかなと私は悲鳴を漏らした。しかし本当に木を擬人化したのではなく、私がその木になったのだ。それは私が木蓮になり長い冬の眠りから覚めて目にした光景、極めて残酷な人間が犯した狂気の沙汰に対する悲鳴だった。

国道を外れて坡州《パジュ》に向かうとき、初めて夜ではなく昼に移動した。臨津江《イムジンガン》のほうではない脇道へ外れるのは後ろめたかったが、そういうときこそ、潔く昼間に移動したほうが疑われないと兄嫁は言うのだ。その言い分にも一理あったが、国道沿いでなければ、夜でなくともそれほど危険ではなかった。それでも野原に姿をさらしたくはなかったので、できるだけ山裾をまわりこんだり峠を越えたりした。私たちは休める村を探していた。その日、ヒョニは一日中兄嫁の背中でひどく咳こみ、咳がひどすぎて吐いたりもしていた。吐いたものをふき取ってやろうと、ねんねこの上にさらに重ねた綿入れのおくるみをめくってみたら、焼けつくような高熱を出していて肝を冷やした。それでも兄嫁は休む家を近いところではなく、もっと深い山あいに求めていた。

「こうしているうちに山の中で日が暮れたらどうするんですか?」

「この辺りは農村地帯ですよ。山に入っても虎は出ませんから」

私が怖がっているのに気づいた兄嫁はこう言って笑い飛ばした。かなり山奥に入ると小さな村が現われた。山あいの村らしく野原ではない坂と段々畑のある南向きの村だった。しかし盆地の形をした広い田んぼがあって貧しそうには見えなかった。一番高いところに瓦屋が一軒あり、その他の一〇軒余りは藁屋だった。こんなところにある村でも爆撃に遭い、村の形は壊され、ほとんどが空き家だった。兄嫁は私を外で待たせ、ヒョニを負ぶって一番上の瓦屋に入っていった。「坡州郡炭縣面《タニョンミョン》第三人民委員会」の看板がかけられていた。出てきた兄嫁は今日はこの家に泊まると言った。

「よりによってなぜ人民委員会に泊まるんですか?」

私は兄嫁の耳元で小声でささやいた。

「信任状があるから大丈夫ですよ。一回ぐらい使わなきゃもったいないじゃないですか」

兄嫁は無表情にそう言ってから、人民委員会は別棟の舎廊《サラン》にあるし、母屋には奥方がいらっしゃるけど、かくしゃくとしている方で感じが良かったと付け加えた。北に向かう途中、赤ん坊が熱を出したので治るまで数日泊まりたい、と人民委員会に助けを求めたようだった。田舎の人たちはうぶなところがあって私たちが持つ証明書を確認すると、党員の身内と思ったのか、しどろもどろになりながらソウルの情勢をあれこれ訊いてきた。数名いた中年男性たちは業務があるというよりは、心細くてただ集まっているように見えた。看板をかけているだけの人民委員会は、上部との連絡がおそらく途絶えているようで、骨なしのようにふるまっていた。

奥方は兄嫁の言ったとおりかくしゃくとしていた。こんな戦乱中なのに使用人までいた。奥方の世話をしている下女の婆やのほうがずっと老いていて、「《キヨク》〔ハングルの子音文字〕のように曲がった腰で這うようにしていた。仮りにも共和国の統治下なのに、ここまでの主従関係が成り立つのか不思議で仕方なかった。信任状を使って奥方の家にいさせてもらう以上、食料券も使ったほうがいいのか悩んだ。しかし奥方の態度を見ると些細なことは気にしないようだけど、気難しいところもありそうなので、しばらく様子を見ることにした。奥方は兄嫁がヒョニのおむつを換えたり乳を飲ませているのを見てもまったく興味を示さず、ものでも見るかのようにしていた。しかしヒョニがひどく咳きこんでせっかく飲んだ乳を吐きだすのを見ると、戸棚からクルミを二つばかり取りだして婆やに渡しながら、クルミ油をこの子に飲ませるようにと言った。

婆やは黙って部屋の隅にある砧《きぬた》台にクルミを置き、砧棒で割って台所に持っていった。私は台所についていき、婆やに私たちが持っている食料も使いたいと言った。婆やはクルミをまな板の上に置いて包丁の柄で砕きながら、うちはそこまで薄情な家ではないと言った。私は婆やがこの家を代表してうちという言葉を使う資格があるのかと訝しく思いとまどってしまった。鉄の釜から薄黄色の粟をたっぷりとのせたご飯の香ばしい匂いがして、蒸らす前に細かく砕いておいたクルミを小皿に入れご飯の上に載せた。ご飯が炊きあがり、蒸したクルミを麻袋に入れて絞ると小匙一杯分ほどの澄んだ油が出てきた。婆やの動きは手慣れていた。

「寝る前に飲ませな。洋薬みたいにすぐには止まらなくても咳は前より和らぐと思うから。こんな小さな赤ん坊はどんなにか喉が痛いだろう。声も出ないところをみると喉が裂けるくらい痛いんだろうね。かわいそうに、こんなときに生まれて……」

奥方は言葉尻を濁した。人当たりは柔らかくはないけれど人情味のある方だった。しかし奥方は奥部屋で一人食事をとり、私たちは下女部屋で婆やと一緒に食事をとるように言われたから、自尊心を傷つけられた。眠るときも下女部屋で婆やと一緒だった。壁や床がきれいな部屋がいくつもあったのに、そうしたオンドル部屋を使ってよいとは言ってくれなかった。たとえ空き巣をしてでも自分たちの力で食料問題を解決したほうが気楽な気がした。

だが、兄嫁はヒョニの体調が悪くなると、すっかり人に頼りたがっていた。だからなのか少しも不満はもらさなかった。クルミ油の効き目はすぐには表われなかった。ヒョニは夜のあいだも咳が止まらず、熱も下がらなかった。ヒョニはどうですか？　体が火の玉みたいに熱いです。兄嫁とこんな会話をしたのを寝耳に覚えていたが、私は眠くて起きられなかった。ひと晩で目がくぼんだ兄嫁は朝になると、ヒョニを抱いて奥部屋に入り、丁重に朝のあいさつをし、赤ん坊に興味のなさそうな奥方へ恥を忍んでヒョニを差しだした。

「奥様のご配慮で咳はかなり収まりましたが、熱がぜんぜん下がらなくて……どうしましょう。肺炎にでもなるのでは」

奥方はしぶしぶヒョニの頭に手を当てると、寒気に触れて風邪をこじらせたと診断を下した。老獪な医者よりも無表情で断定的だった。それが肺炎よりましなのか、もっと悪いのかはわからなかったが、奥方の無表情に恐れをなして何も言えなかった。奥方を信じているからというよりは、奥方に賭けるしかなくて、その唯一の方法に最善を尽くしたかった。奥方は押し入れからまたクルミを二つばかりと韓紙で包んだ何かを取りだした。韓紙の包みには赤い染料のようなものが一匙分ほど入っていた。奥方はそこからきっちりと耳かき一杯分を真鍮製の匙の上に取りだした。感情を出さない奥方がその薬を扱うときはこぼさないようにと気をつかうあまり、手がふるえているのがわかった。それがむしろ薬の神聖さを増して、私たちは固唾を飲んで見守った。

「本物の霊砂〔水銀を煮つめた結晶体の漢方薬〕だ。貴重なものだ。水に溶かして飲ませなさい」

兄嫁がその薬を両手で受けとり、ぬるま湯に溶かしてヒョニに飲ませようとしていると、奥方が駆けつけて手助けしてくれた。奥方が片手でヒョニの頬をぎゅっと押さえて口を広げ、もう片方の手で鼻をつまんだ。息がつまったヒョニが口を大きく開け泣いている隙に、匙を口の奥に入れると薬を一滴もこぼさずに飲ませることができた。田舎の大人たちがこんなふうにして赤ん坊に苦い漢方薬を上手に飲ませるのを見たことがあるけれど、奥方がそうしてくれたのはとてもありがたかった。兄嫁はこのような高貴な方が私たちのような卑しい者に触れてくださるなんて、という顔で恐縮していた。実際、私たちの境遇もそうだったが、やっている行動も自己卑下に値するものだった。

「これでひきつけは起きないだろう」

奥方は素っ気なくそう言うと、すぐ無関心になった。ひきつけは起きないというのはどんな意味なのか、山場は越えたという意味なのか、ひきつけだけは起きないという意味なのかが気になったが、大きな病院に行ったときのように気後れして、それ以上は訊くことはできなかった。クルミ油も婆やが丹念につくってくれ、ヒョニに飲ませ続けることができた。霊砂を飲ませた後に下がったヒョニの熱は再び上がることはなかった。咳はまだ続いていたが、クルミ油のおかげで前より良くなった。

ヒョニの風邪が治りかけると、私たちは奥方の顔色をさらにうかがうようになった。人民委員会の動向も気になった。害を及ぼすような人たちではなさそうだったが、どこか浮わついているように見えて、世の中が変わる日が近づいているのがわかった。下女部屋暮らしを免れないのも屈辱的だったし、また別棟を人民委員会事務所にしているのも気になったが、奥方のような大人の庇護下にいて世の中がひっくり返る危機を迎えるなら、どんなにか心強いだろうと思えてしまうのはなぜなのか、それはわからなかった。奥方でなく婆やでもよかった。私たちだけが孤立した状態で危機に向きあうのが怖かった。戦線が寝ているうちにひっそりと私たちの頭上を通過するかもしれないが、戦いに巻きこまれないという保証もなかった。とくに田舎では自分がどの色なのかを勘ちがいしてむやみに死ぬ人も多いと聞いたことがあった。あっちこっちと入れ替わるたびに侮辱を受けることも少なくはないが、それでもソウルが一番ましだということも知っていた。世間知らずのよそ者には頼るものが必要だった。兄嫁もそうしたことを奥方に相談したがっていた。

「奥様から貴重な薬をいただいたおかげでヒョニもずいぶん良くなりました。それだけでも大変な御恩なのに、毎日食事をいただいていることを厚かましく思っています。それで、これからは私たちの持っている食料を足しにしていただくとか、食事を別にするのがよいと思うのですが……」

兄嫁はみすぼらしい身なりに似合わない丁寧な言葉づかいをした。

「タダ食いしたくないなら、どうしてうちにいるのさ？　空き家なんかどこにでもあるじゃないか」

奥方の返事は簡単かつ明快だったが、私たちはすぐに理解できなかった。出て行けとも聞こえたし、このままいろとも聞こえた。それ以上訊いたらすぐに追いだされそうだったので、うやむやの状態で引き下がった。その日の夕方、別棟にある事務所で人民委員会の人たちを怒鳴りつけている奥方の声が聞こえた。

「おまえら如きは虎の餌どころか、猫の餌にするのももったいない」

そんな話も聞こえた。あまりにも話が見えなかったので気になり、枕元の婆やに奥方が人民委員会の人たちにあんなことを言っていいのかとたずねた。聞きたいことは山ほどあったが、婆やを使って探りを入れていると思われるのが嫌でずっとがまんしていたのだが、初めて訊いてみた。

「さあ、何を言ったんだろうね、また山に入るとでも言いだしたんじゃないのかい。あいつらがまた山に入ると言うなら、世の中がまた変わるのかな」

「それじゃ、あの人たちはいままで山に隠れていたんですか」

「全員ではないけど、こっそり人の家に隠れていた人もいたようだがね」

「山にいたというなら、パルチザンですよ。よく知らないでそんなこと言ったらいけませんよ」

「そんなこと私もよう知らん、だが、あいつらはそんなことができる器じゃないよ。ここのお宅とはみんな親戚筋にあたるけど、夏に通っていた職場でアカをやってたらしい。この村でやってた者もおるし。国軍が入ってくると青年団やら警察やらが彼らを捕まえにずいぶんと来たさ。そんな連中を奥方が裏山に隠して飯まで運んだんだよ。私もずいぶんと手伝った。村ではみんな知っていても知らんふりをしていたさ。よそもんの目があるから隠していたけど、ここの人たちにとっちゃ家族みたいなもんだよ」

「それなのになんであんなに怒鳴ったんでしょう？　なだめられたらいいのに」

「クロンジェの虎婆さんに怖いものなんかあるもんか。なんでも言えるさ」

この村のことを淵峠《クロンジェ》と言った。ひょっとして雲峠《クルムジェ》と聞きまちがえたかと思ってもう一回言ってもらったが、たしかにクロンジェだった。婆やの説明によれば、この周辺は杞溪《キゲ》の兪《ユ》氏が多数暮らす氏族村で、その一番上にいるのが奥方だそうだ。奥方には直孫だけでも三〇名以上いるし、一族の資産を増やしたのも奥方で、気も強いから近隣の村にまでクロンジェの虎婆さんとして知られているというのだ。だが、子孫にも恵まれ裕福だから、それだけであのように堂々とふるまっているのではないと言った。

「子孫が多いというのはそれだけいろんな子がいるというわけだ。旦那様は若いころ、理由はわからないが、日本の巡査に捕まり滅多打ちにされたことがあったらしい。子の中には日本の手先になった者もいたし、村役人になった者もいたよ。日帝から解放されるやアカになった者、義勇軍に行った者、パルチザンになった者もいた。国軍の将校や、公務員になった者もいたし、アカを捕まえる刑事もいて、それこそ種々雑多だ。仕方ないだろう、各自がなりたい者になるのは。子を産んでも、親の思いどおりにはならないものさ。それでも奥方は孫だけにはしっかりと家業の農業を継がせたので、財産がここまで増えた。何百石という米作りをしたうえに、子の中にアカもいるし白もいるから、どんな時代になっても恐いもんはなしさ。いますぐ国軍が踏みこんできても、奥方は言いたいことは言えるはずさ。本当に恵まれている。この村も奥方の恩恵をいろいろと受けている。爆撃に遭って死んだり、義勇軍になって戻ってこない者はいても、村人同士でアカだ、反動だと争って死んだ者は一人もいない。奥方がいらっしゃるかぎり、そんなことはできっこない。奥方が女なのは本当にもったいない。私のような無学の者から見ても、大統領にでもなれそうな方なのに。さらに子どもの中にアカも白もいる奥方のような人が大統領になれば、南北統一はまちがいないだろう」

彼女の素朴な南北統一論を聞いて思わず笑ってしまったが、無学な人でも南北統一について持論を持つのが避けられない民族的な宿命のような気がしてうんざりした。婆やはその後もぶつぶつと独り言を言いながら境遇を嘆いた。いったんはこの村に嫁いできたものの、兪氏一族の家ではなく、不遇な運命で早くに夫を亡くし、この地を一度離れたので、よそ者と変わらないと言った。よそに再び嫁いで行商に出てあちこち旅をしたけれど、病気になったり人が恋しくなると、なぜかこの村に戻ってきたらしい。奥方の世話になるのが一番楽だったと言った。そうするうちに旅に出る気力もなくなり、ここに身を寄せたのが二〇年か、十何年か前だったかと、指折って数えていた婆やは、急にぷっと笑った。歯のない口だった。婆やの話を聞いていると、私たちはまともなところに来た気がした。奥方の庇護の下で世の中がひっくり返るのであれば、願ったり叶ったりだった。

翌日、兄嫁は奥方に前日の無礼を謝り、自分たちがここまで流れてきたわけを包み隠さずに話した。奥方は何も言わなかった。そんな話にはうんざりしているのかもしれなかった。

私たちが知らないうちに人民委員会の看板もなくなり、別棟は静まり返っていた。別の空き部屋には古いものだったが小説もあって、楽しく時間つぶしができた。夢のような平和な時間だった。毎日のように奥方からクルミを二粒ずつもらい飲ませていたからヒョニの咳もいつのまにか止まっていた。

しかしある日の朝、奥方がヒョニを初めてあやしたかと思うと、私たちに他の地に移ったほうがよいと言った。まさに晴天の霹靂だった。いままで一〇日間近く庇護を受けていたからか、もう外の世界が怖くなっていた。世の中の正体がはっきりするまではここにいられると思っていた。

「薄情に思わないでほしい。あんたたちに良かれと思って言っているのだ。この子の安全のためにも。実はこの村はとても不穏なところなんだ。山深いからな。この前の秋も逃げきれなかった人民軍が山に入ったきりで、掃討戦やらなにやらでこの近辺すべてが戦場になってな。村人にけがはなかったけど、爆撃より掃討戦のときに焼失した家のほうが多いくらいだ。今回も、どう考えても無事に終わりそうにない。そんな状況だから、交河面《キョハミョン》に行ったほうがいいと思う。この近辺で交河面は以前から良民たちが避難している地として知られている。二つの河が合流する平地で身を隠すこともできないし、逃げるのも大変で戦場にはむいていないところだからだ。田んぼもあるし、食べ物にも恵まれているうえに人情も厚い。私もあんたたちと別れるのは寂しい。元気な若い人たちにはめったに会えないしな」

奥方は懇ろに話をしてくれ、別れを惜しんでいるのは疑いようがなかった。交河までのだいたいの道を教えてもらい、すぐに出発した。私たちは受けとれないと遠慮したが、数升の米を荷物の中に入れてくれた奥方は、婆やに村の入口まで持ってやりなと言った。家の中にいるときの婆やは信じられないくらいに腰を直角に曲げて歩いていた。そんな婆やに重い荷物を持たせるなんて奥方の心境が理解できなかった。奥方の婆やに対する薄情な扱いに私は異論をはさむことはできなかったが、最後の別れのあいさつはさすがに快くできなかった。しかし婆やはその上をいく行動にでた。

「それくらいの物はさっさと運んでやるから渡しな。久しぶりにこの腰も伸ばしたいし」

腰が折れるとあてこすりを言っているものと思っていたのに、婆やは本当に腰をまっすぐに伸ばすと、荷物を軽々と頭に載せた。一瞬の出来事だった。まるで手品を見ているようだった。

私たちは奥方に見送られているわけでもないのに、クロンジェを離れるのが惜しくて何度も振り返りながら村の入り口を出た。奥方の庇護から外れるというのは、こんなにも恐しいことだったのだ。人間というものはこんなにもずるいものなんだ。わずか一〇日ぐらいの贅沢で、私たちはここまで臆病になってしまった。婆やは奥方に言われた地点よりも遠くまで見送ってくれた。さっきまでまっすぐだった婆やの腰は、私たちに荷物を渡すやすぐさま元に戻った。私はそれがあまりにも不思議だったので、さっきはどうやって腰をまっすぐに伸ばせたのかと訊いた。そうしたら婆やはむしろおかしいとでも言うように、

「腰が曲がったままでは荷物を頭に載せられないよな。荷物を載せるには腰を伸ばすしかないだろうが」

そう言いながら、ホ、ホ、ホ、と歯のない口をすぼめて笑った。

婆やが引き返し周辺にだれもいなくなると、私たちは天涯孤独になった気がした。ひょっとしてだれかに戻ってきなと言われそうで、何度も振り返りながら山裾を曲がり峠を越えた。日当たりのよい丘に座り兄嫁は赤ん坊に乳を飲ませ、私はナズナを掘った。畑の端や畦道にナズナは場所を選ばずあちこちに芽吹いていた。ところどころで田舎娘の髪のように柔らかくふんわりとしたヒメニラが目についた。ナズナ好きの母を思い出してうれしくなった。だが春ナムルを掘っても喜んでくれる人がいないという現実が寂しかった。春のきざしに一番正直で敏感なのは、ヒョニかもしれない。クロンジェに行くときはねんねこの上に綿入れのおくるみをもう一枚頭までかぶっていたのに、いまはもう頑としてかぶろうとしなかった。両手を振りまわしておくるみをはねのけ、明るい外を見ようと目を

輝かせる子どもの健やかな頬より確実な春はなかった。

2

交河《キョハ》は二つの大きな河が合流するところだった。その河から流れだす大小の川が広い野原を潤す肥沃な地域だ。私たちは氷が溶けた河沿いをゆっくりと歩いた。突然飛行機が現われても隠れる場所がないことがかえって私たちに余裕を持たせた。河辺で洗濯する女性もいたし、河岸で何かをほじくっている男の子たちもいるのが不思議で、まるで別世界のようだ。外で遊んでいる子どもを見るのは久しぶりだ。孤児でもなく、腹も空かせているようには見えない普通の子どもたちだった。

兄嫁は土手で休み、私は河岸に下りてみた。互いに咬みあい一つながりになっている蟹を捕って子どもたちは遊んでいた。私は小さいときから蟹が大好物だった。とくに雌蟹を漬けたケジャンには目がなく、煮たり炒めたりする雄蟹も好きだった。蟹の身も美味だが、その身を包んでいる甲羅は種類を問わずグロテスクで気味悪いのに、中にあんなにおいしい蟹ミソが入っているのを最初に見つけだした原始人のかしこさを蟹を食べるたびに感嘆してやまないくらい、私は蟹の賛美者だった。子どもたちが戯れているのを遠くから見ると、シナモズク蟹のようだ。だが近くで見ると、シナモズク蟹でも葦原蟹でもなくて、シナモズク蟹よりは小さく、葦原蟹より大きかった。足には棘のような毛が生えていて、シナモズク蟹や葦原蟹より見た目が怖かった。それでも私の目にはおいしそうに見えた。シナモズク蟹の旬ではないが、坡州《パジュ》は昔から蟹の献上地として有名だった。

私は男の子たちに近づき、なんという蟹なのかたずねた。カル蟹〔葦原蟹の一種〕だと答えた。

「食べたりするの？」

「こんなカル蟹なんか、だれも食べやしないよ」

「じゃ、なんで捕まえたの？」

「遊びたいからだよ。いくらでもいるしね」

「食べたら死ぬの？」

「死なないよ。まずいから食べないだけさ」

たしかに献上蟹の産地の子どもたちだから、口が肥えているのも当然かもしれない。子どもたちは見慣れない避難民を警戒する様子もなかった。

近くにかなり大きな村があった。道を歩いている人もいたし、田んぼで農作業する人もいた。普通に暮らしているのが夢みたいだ。空き家は見当たらなかったが、他のところには行きたくなかった。なんとしても人が集まっているところに入りこみたかった。久しぶりのにぎやかな雰囲気も羨ましかったが、何よりもここには時代を先取りした自由がひそかにざわめいていた。それでも村を見下ろす丘の上にこれ見よがしに人共旗がはためいていた。そこには広場があって小学校のような、村役場のような四角い二階屋の建物が一つ見えた。ソウルでもクロンジェでもあのように堂々と人共旗が揚がっているのを見たことがなかったけれど、その建物の中でだれかが権力をふるっているようには見えなかった。だからか、人共旗がだれはばかることなくはためいている動きすらただ白々しく見えるだけで、少しも威圧的ではなかった。人共旗の他には人民軍も、人民委員会や朝鮮民主青年同盟の看板も見当たらなかった。兄嫁もこの村が気に入ったようだ。人が恋しくなったり、人を恐れたりするのもまた仕方のないことだった。人と交わる前に右派にするか、左派にするかを先に決めておかないと不安だった。

あちこちのぞきこんでいるうちに、庭で洗濯物を干していたおばさんと目が合った。明るい色合いのチマチョゴリを着ていた。

「どうされたんですか?」

聞きなれた開城訛《ケソン》りだった。

「避難民なんです」

「私たちもそうなんですよ。どちらから来たんですか? 私たちは松都《ソンド》〔開城〕から来たんですけど、落伍してここに留まっているんです」

「私たちも開城から避難する途中で落伍し、いままで炭縣面《タニョンミョン》に引きこもっていました。山里だから戦場になるかもしれないと言われてこちらに移ってきたんですけど、どこかに空き部屋はありませんか?」

今度は私が出番だとばかりに、兄嫁を差し置いて口をはさんだ。

「まあ、会えてうれしい。空き部屋なんかあり余っていますよ。どこでも座ればそこが居場所というじゃないですか、何をそんなに二の足を踏んでいるんですか? いまは体面にこだわる時代じゃないでしょう?」

そう言いながら先に立って空き部屋を探してくれた。空き部屋は多くても空き家は多くなさそうだ。私たちが入った家は、男たちが避難して女しかいない家だった。避難民を受け入れるのは私たちが初めてで、空き家が多いから避難民たちは持ち主が住んでいる家に入ろうとしないようだとも言われた。最初に開城訛りを聞いてピンときたが、ここの避難民は私たちとはまたちがう種類の避難民だった。ここの人たちには、私たちは本当は北に向かう途中でここに来た避難民だと知らせる必要はないと思った。とりあえず、違和感を感じさせないのが肝心だった。違和感はいくらでも敵対心に変わるものだと知っているのはなんとずるがしこいことか。あともう少しで世の中が変わるという時こそ、何ごとも慎重に構えたほうがよいと思った。

最初に適当に言い繕ったように、私たちは開城《ケソン》から来た避難民のふりをした。開城の人でもあるのだからそんなに難しくはなかった。避難民がただの避難民であるならどんなにいいだろうか。避難民だけでも苦しい身の上なのに、北に行く避難民と南に行く避難民は、正反対の事情を持っていたから問題だった。しかしそんなことで誤解されないかと戦々恐々としているのは私たちだけで、ここの女たちが気になっているのは私たちの荷物の中に何が入っているかだった。そんな様子からすると、避難民が持ってきた衣服や布地を食料と交換するのには慣れているようだった。そうした交換だけで嫁入りじたくをした娘もいると言われた。私たちの荷物の中に衣服より食料が多いとわかった彼女らは、なんでそんな重い物を持ち歩くのかと不思議がった。そこはまるで別世界のようだった。夜になると明かりがついた母屋の奥部屋に村中の娘たちが集まり刺繡をしているのも、戦争と飢えの恐怖に追われる者の目には別世界の光景に映った。婿になる男が一人もいない女たちの村で、枕飾りや衣紋掛けカバーなどの嫁入り道具に刺繡をしているのは非現実的としか思えなかった。

翌日、大家から麻で編んだ網袋を借りて、私は河辺に向かった。河口が近いせいか、河というよりは干潟のように水量があり、どこからどこに流れているのかわからないほど、まるで止まっているように見える河だった。素足になって干潟に入ると痺れるくらいに冷たかったが、〈春水満四澤〉〔春には凍った土が溶け湖沼には水がいっぱいになる——陶淵明〕という詩句が浮かぶほど春の陽ざしを感じたので、なんとか耐えることができた。私はこの村に入ったときに子どもたちから教えてもらったとおりに蟹を捕まえた。網袋は蟹を入れるのには適していなかったので、逃げられたりあちこち刺されたりしながらなんとか家まで持ち帰り、醤油で味付けして鉄釜でしっかりと炒めた。この上ないおいしさだった。久しぶりに口にする新鮮な味だった。体中に残る闘いの傷跡がそのおいしさを引き立てた。私たちは容赦なくそのざらついた硬い蟹の甲羅を剝ぎとり、中につまったやわらかい蟹ミソを腹いっぱい貪った。あれから数十年経っても忘れられない、最もおいしくて最も惨めな食事だった。

交河《キョハ》でのある日の明け方だった。黄ばんだ障子紙の向こうが明るくなりかけるのを私は明け方の明瞭な意識の中で眺めていた。普段から早起きなので、兄嫁と甥が起きるまでのあいだ布団の中でオンドルが冷めてゆくのを惜しんでいたが、それは自分だけの想いに浸る大事な時間でもあった。引き戸が外からおもむろに開けられ、冷んやりとした外気とともに従妹の明緒《ミョンソ》が音もなく部屋に入ってくるではないか。ありえないことだ。開城にいるのか、避難しているのか、まったく消息を知らない田舎の叔父の長女だった。従妹だけど年も近かったので実の妹のように感じていた。しかし戦乱が起きてうちの家族のことだけで精一杯になり、彼女のことは忘れかけていたのだ。その従妹がこんなふうに現われるなんてありえないことだった。明緒じゃない？　いったいどうしたの？　私は悲鳴をあげながら飛び起きた。その勢いで兄嫁も起きてしまった。だれが来たんです？　兄嫁の問いに引き戸のほうを指したが、明緒の姿は影も形もなく消えていた。ぱっと飛び起きたときに触れた外気の冷たさはそのまま残っているのに、引き戸は固く閉ざされたままだった。そのときになってようやく怖くなったが、兄嫁には何も言わなかった。軽々しく言ってはいけない気がしたからだ。

ソウルで田舎の叔父家族と再会したとき、明緒はすでに亡くなっていた。交河にいたとき、私たちは正確な日付も把握していなかったから、私が彼女の幻影を見た日と彼女が亡くなった日が同じ日かどうかは証明できなかったけれど、同じころだったということだけでも衝撃を受けた。死出の旅路に出る前に会いに来てくれたようでうれしくもあったが、負担にも思った。明緒《ミョンソ》は生きていたとき、私のことをとても思ってくれていた。私が彼女のことを思うより何倍も。私はときおり、そんな彼女が面倒くさくなって仲間外れにしようとしたが、それでも彼女はなぜか私の後についてきた。彼女と喧嘩をしたのが大人たちにばれると、私は言葉巧みにすべての非を彼女にかぶせた。彼女だけが叱れる羽目になっても、彼女はどこか抜けたところがあって言い訳もちゃんとできずにいた。悪知恵を働かせ彼女を困らせたことも多かった。いつもひどい目に遭わせているのに恨むどころか、相変わらず私になついた。私のことを崇拝していると思えるくらいだった。私は崇拝者を率いる人格者ではなかった。遠慮のないいじめで崇拝に応えた。私はいまでもあのとき、明緒が会いに来てくれたと信じている。彼女より少しばかりかしこい半面、情の薄い私に彼女がかけてくれた情けの借りをいまだに感じながらいまも生きているからだ。彼女の親や実の兄弟ですら薄らいだ思い出が消えてゆくなかで、私は明緒のことが忘れられずにささいなことまで鮮明に覚えている。

あの日の明け方、交河《キョハ》で経験した不思議な体験はその後二度と起きなかった。明緒よりもっと近い身内の者が亡くなっても現われたことはなく、ただ忽然とあの世に逝った。霊界とこの世をつなぐ超自然的な能力が人にはあるのかもしれないと思っているが、私はそんな能力がほしいわけではなかった。ほしいからといって手に入れられるものでもない。だが、私の目に見えないものが見えると言ってくる人を馬鹿にすることもできず、五感で感じとるものだけがこの世のすべてではないのだと精神に余白ができたのは、あのときの体験が影響していると思う。

交河面《ミョン》が避難地に適しているというのは、クロンジェの奥方の言うとおりだった。戦闘も爆撃も掃討戦も告訴告発もなく、ひと晩できれいに世の中が変わった。ある日、朝食を食べた後だった。村中が妙にざわついていてなんだか落ち着かなかった。外の天気が日一日とうららかになり、室内はどんよりとしていた。外で村の子らが楽しそうに声を上げ、どこかに走りだした。私も自然に村の子らに混じって旗が掲げられている丘へ駆けあがった。子どもたちが歓声を上げて喜ぶ光景が、遠くない北の空で繰り広げられていた。雲ひとつない空から落下傘部隊が降下する光景はその美しさと静けさのためなのか、戦争とはまるで関係のない妙技のように見えた。空に大きな花が次々と咲きだすような神秘的で平和な光景だった。子どもたちは喜び、有頂天になった。旗台には人民共和国旗がしらばくれて悠然とはためいていたけれど。

翌日になると、だれが降ろしたのか旗台には何もなかった。旗台に太極旗《テグッキ》〔大韓民国の国旗〕が掲げられた日、私たちは持っていた信任状と食料券を細かくちぎってかまどに投げ入れた。そして秘かに隠し持っていた市民証の無事を確認し懐に大事にしまった。市民証さえあるなら北には行かないと言っていたカンさんを思い出した。それほどにひれ伏して拝んでも足りない大事な市民証だった。そんな取るに足りないことをした後も、鎖を断ち切ったかのような疲労感と虚ろな気分におそわれ落ち着かないまま、自由を実感する能力より周りをうかがうカンだけが発達してしまい、私たちは卑屈で拙い存在になりはてていた。

私たちは交河にさらに数日留まってから出発することにした。北に向かうことになったとき、母は臨津江《イムジンガン》を越えないことと、もうひとつ言いつけたことがあった。ソウルに戻るときは、峴底洞《ヒョンジョドン》ではなく敦岩洞《トナムドン》の家に向かうようにと言われたのだ。母の言いつけがなくても私は峴底洞には近づきたくもなかった。私が人民委員会で北に避難民を送りだす仕事をしていたのを目撃した人がどこから現われるかわからない危険なところだ。アカにされる可能性がある場所は殺人現場にいるよりずっと怖かった。とにかく避けるのが最善の策だった。

敦岩洞《トナムドン》の家でうちの家族が劇的に再会するためには、母がチャニと兄を連れて敦岩洞に戻りそうな時期を見計らっていくのが肝心だ。ソウルが奪回された直後は動けないと思うが、母はそこまで先延ばしにする人ではなかった。おそらく母は避難民たちが一人、二人と漢江《ハンガン》を渡ってくるのを待ち、南のほうから戻る避難民を装って敦岩洞に帰るに決まっている。母一人で幼な児と病人を連れて峴底洞《ヒョンジョドン》から敦岩洞に行けるかについては、それほど心配していなかった。母の運や手腕を信じているからというより、母には非常時用のお金もあっただろうし、それくらいのことはどうにかなると、この世に最低限の信頼感を寄せていたからだ。共和国の統治下で生きたくない決定的な理由は、世の中への最低限の信頼と常識がまったく通用しないからだった。

3

だが私たちは期が熟するまで待ってはいられなかった。村に軍人や警察も入ってきて村役場の業務も正常に動きだすと、不安が再燃した。開城《ケソン》から来た避難民でないことがいつ露見するか不安だった。開城以北から来ていた避難民の中から一人、二人と南下し始めたことも、私たちを不安にさせた。彼らも同じように、臨津江《イムジンガン》以北の地が大韓民国に帰する可能性は薄いと見ているようだ。ならばソウルや漢江以南の人びとが集まっているところに行き、そこにいる親族や知りあいを訪ね、そこで仕事を見つけるほうが、ここで衣服や金製品を売って暮らすよりずっと生産的だというのは、商都の人らしい健全な考えに思えた。よそから避難していた人たちが続々と去っていき、一方で避難していた村人たちが次々と戻ってきた。農民は村が戦場にならない限り農繁期は逃したくないものだ。戻ってきた人たちからソウルや漢江以南の天安《チョナン》、大田《テジョン》、大邱《テグ》、釜山《プサン》の様子まで聞くと、人間らしい生き方ができる世の中への憧れをかきたてられた。

私たちもついに交河《キョハ》を出た。日も長くなり、山の景色も北に向かったときとはまったくちがい、芽吹きが始まって、あちこちで春を奏でていた。早朝に出発したこともあるが、気持ちが高揚して歩いたからか、日が沈む前にソウルに入ることができた。〈後ろ暗ければ尻餅つく〉〈隠そうとするとばれる〉と言われているように、峴底洞《ヒョンジョドン》の前は通ることすら怖くて、幸州《ヘンジュ》のほうから花田《ファジョン》を経て新村《シンチョン》に入ることにした。

途中で、幸州渡し場で漢江を渡ってきたという避難民に出会えたのも私たちには幸運だった。どの渡り場であろうと渡江証を持つ軍属や公務員など特別な人たちでない限り、渡江は厳重に禁止されていた。哀願したり賄賂も使ったり泳いだりなど、あらゆる手段を尽くしてようやく自分の家に帰れると言われた。

「いくら監視が厳しいと言っても、三八度線を越えるのとはくらべものにならないでしょうね。まあ、南の人は甘いからね。お金に弱いし、情けにももろい。法にも弱い。それでも悪い結末にはならずに良い結末になるはずよ」

それは以南の人たちを誉めているのか貶しめているのかははっきりしないが、とにかく私たちはその人から重要な暗示を得たわけだ。それからは開城から南下した避難民のふりをやめて、漢江以南からソウルに戻った避難民を装うことにした。それこそ私たちが望んでいたことだった。タイミングもちょうどよかった。ようやく堂々とできるのだ。幸いなことにそのときまで一度も検問はされなかった。しかし首都圏に入ってからは検問所を通ることが多くなった。それは検問所を恐れる必要がなくなって避けなかったというほうがもっと正確かもしれない。そのたびに市民証さえ見せれば、避難していたと言わなくても避難民扱いしてくれた。私たちの身なりを見て、同情した表情でご苦労様でしたと敬礼までしてくれた軍人がいた反面、どこでどう漢江《ハンガン》を渡ったのかを知りたがる巡査もいた。私たちは聞きこんでいた幸州《ヘンジュ》渡し場の状況をくどくどと話した。漢江は渡ってはいけないタブーの河だったが、いったん渡ってしまえば大きな顔ができる不思議な河でもあった。私たちはだれはばかることなく行動した。ようやく望んでいた身分を手に入れたのだ。奴婢から解放された良民のような気分で足どりも軽かったし、自由の空気は甘かった。

遠くに梨花《イファ》女子大学が見えた。古色蒼然とした石造りの建物がおぼろげに霞んでいる姿は、大学というより伝説上の古城のようだった。ヨンエ、ヤンシク、トンスン、チョンナン、ミヨン……、去年の春に梨花大に進学した同級生の顔を一人一人を思い浮かべていたら足取りが自然とにぶくなり、心がざわついた。ソウル大に進学した子より少し派手な感じの子たちだった。私たちが大学に入学してまだ一年も経っていないことが信じられなかった。本当に一年も経たないうちに、あんなことが続けざまに起きるものだろうか。いくら連絡が途絶えたからとはいえ、普通なら同級生に対して気になるのはきれいになっているか、恋をしているかといったたわいもないことのはずなのに、死んでいないか生きているかだなんて、それは還暦が過ぎてから気になることではないか。過ぎ去った一年という短い時間における経験と密度が噛みあわなくて、私は龍宮でもてなしを受けた漁夫とは真逆の現実に混乱していた。

人のいない阿峴洞《アヒョンドン》文化住宅街の庭では春の気配だけがやけに華やいでいた。人がいなくても季節は巡り、花は咲くという事実になぜか鈍い痛みを感じ、わけのわからない悲しみがこみ上げてきた。理由は明らかだった。ソウルに入ったのだからまちがいなく今日中に敦岩洞《トナムドン》に着くのに、本当に家族に会えるか不安だった。不安を打ち消すために密かにあらゆる占いをしてみた。たとえば、塀越しにずらりとたれ下がる満開のケナリ〔レンギョウ〕の花の前を通るとき、五つの花びらを見つけたら家に良くないことがあり、見つからなければ無事だと決めておいて占うことにした。無事である確率を圧倒的に高くしたつもりだったのに、四葉のクローバーを探すのは難しくても、五つの花びらを持つケナリはありふれていた幼いころの記憶まで蘇えり、自らの計略にひっかかったような気がして恥ずかしくなった。

ある家の垣根の向こうに大きな木蓮がびっしりと花を咲かせていた。木蓮にしては少し遅咲きだったので、その家も空き家かと思いながら何度も振り向いて見た。白木蓮だった。木蓮はまばらにぽつぽつと咲くものだと思っていたが、その木蓮は変わっていた。人影が絶えた町で、その大きな木は家一軒分ほどの空間に隙間なくびっしりと花を咲かせて、周囲に鬼気というか妖気のようなものを漂わせ、薄気味が悪かった。不純物など何一つ混ざっていない純粋な白色で、あんなに凄絶な白色は初めてだった。白色の元のようでもあり究極の頂点のようにも見えた。避難で北に向かう途中、すっかり廃墟になった村で、膨らみ始めた木蓮の蕾を見て叫んだ、狂っているという声がまた思わず出そうになった。今度はその狂気に恐怖を感じた。不吉なものを避けるようにしてその家の前を通り過ぎたが、あの白色と似ている気がした。別の白色が意識の底に貼りついていて、はるか昔にできたかさぶたをひっかくような痒みを感じた。

　ついにそれが白いキャラコを晒しに晒して砧《きぬた》で打ち、それを幾度となく繰り返してたどり着いた究極の白色でつくった若い寡婦の喪服の色と同じ色であることに気づいた。謎を解いた後のようにすっきりした気分になったが、すぐさま縁起でもないことを考えたと、心の片隅に氷の塊が沈んだように肝が冷え、身の毛がよだった。私がつくりだした考えはしきりに悪いほうへと広がり、私も狂ったのだと自分を責めることで再会の不安をなだめようとした。

　敦岩洞《トナムドン》の城北《ソンブク》警察署が見える川辺では、枝を長くたらした柳が早くもゆらゆらと風にそよいでいた。やっと自分たちの町にたどり着いた。交河《キョハ》から今日歩いた距離を計算してみると、こんなに長い距離を歩いたのは生まれて初めてだった。しかし疲れはあまり感じなかった。食べたものといえば、交河で開城《ケソン》からの避難民が分けてくれたソルギ餅〔蒸餅〕だけだった。彼らは数日前にうるち米の粉を蒸籠で蒸し、栗ほどの大きさにちぎってそれをゴザの上で乾かした。春の陽ざしでそれは数日で石のように固くなり、それを袋に小分けして保存していた。そのソルギ餅を出発するときに一握り分けてくれたのだ。それが腹の中でいくら膨らんだとしてもほんの一握りだけで、それさえもまた兄嫁と分けあったのに、私のポケットにまだ何個か残っていた。つまり非常食よりは心配や不安のほうが食料になったというのが正しいのかもしれない。

　人が住んでいるとは思えないほど寂寞とした町は、頑なに排他的だった。うちの家を初めて訪ねる人に、城北警察署の次にわかりやすい目印として教える新安湯《シナンタン》〔銭湯〕の二階屋もちゃんと残っていたが、営業はしていないようだった。新安湯の角を曲がると、どうやってもうちが見えた。もう着いたんだ。

家に着いたらとりあえず風呂に入りたいと兄嫁は言った。私もそうしたいと言った。私たちはそんな突拍子もないことを言いあった。新安湯の路地裏でどんなことが待ち受けているか、長旅の結末はどうなるのか。一寸先が見えない現実がもどかしくて肝が縮みそうだった。

ときには粃《しいな》〔*〕も怒りを感じる

1

台所で皿のぶつかる音。庭でポンプの水を汲み揚げる音。赤ん坊のむずかる声。女性たちのひそひそ話に混じる笑い声。ご飯を蒸らす匂い。そしてうちならではの素朴で香ばしいテンジャン〔韓国味噌〕の匂い。そうしたものが互いに混じりあい家中を濃く満たしていた。ああ、この満たされた感じ。それは単なる音の響き、匂いではなく生活であり、平和そのものだ。しかしこれが現実であるはずがない。この甘く満たされた幸福感が消えないよう、夢から覚めないように布団をかけ直して夢とうつつの朧げな時間を楽しんだ。

「チャニ、いい子だ。寝坊すけの叔母さんの髪をひっぱってもいいから、起こしてきて、早く。い

*粃＝もみ殻の中に中身がつまっていないか、少量のもの。価値がないものの比喩。

い子だ」

チャニをそそのかしている母の声。

「よしな。心ゆくまで寝かしてやれ。ひ弱い体でどれだけ大変だったことやら」

お祖母ちゃんのやや低くて人情味あふれる声。お祖母ちゃんまでいるなんて。

布団をめくると、障子紙に朝の陽光がまぶしげに差しこんでいた。ようやく家族に再会した実感が湧いた。うちの家族だけでなく、開城《ケソン》から避難してきた叔父の家族たちまでみんなが敦岩洞《トナムドン》の家に集まっていた。

敦岩洞の家の門は半分くらい開いていた。私たちは不安な気持ちで音もたてずに門の隙間から庭に入ったが、最初に目にしたのは兄だった。兄は片手で杖の握りをさすりながら、しだいに暗闇に覆われていく庭をじっと眺めて縁側に腰かけていた。透きとおるような白い肌と痩せ細った体に、薄い空色のキャラコの韓服をゆったりと着ていたが、とても似合っていてまるで鶴のようだった。兄をあんなふうにものすごくかっこよく着せることができるのは母をおいて他にいるだろうか。母とチャニの無事まで確認できたようなものだった。私たちに気づいた兄は杖をついてさっと立ちあがった。兄が立ちあがったことに兄嫁と私は悲鳴に近い声を上げた。それを聞いて家中の部屋からみんなが飛びだしてきた。お祖母ちゃんまで入れて開城の叔父家族六人、うちの家族六人、一二人の家族がみんな集まったのだ。私たちはいままで最悪の事態ばかりを考えていたから、いきなりのハッピーエンドにとまどっていた。他の人には目が向かずただ兄ばかり見つめ、兄さん立っているじゃない、あら、あなたが立っているなんて。そんなことばかりを言い続けた。

「立てるだけだと思うかい？　歩くこともできるんだよ」

母は誇らしげに口をはさみながら、兄に歩いてみせるよう促した。兄は私たちの前で軒下にめぐらした石の上を中門があるところまで歩き往復してみせた。兄嫁が涙ぐんだ。もう一回歩いてみせようか？　今度は兄が自ら言いだして中門までまた歩いてみせた。私はこの感激的な場にいる家族の人数を何度も数えてみた。まちがいなく一二人だった。開城の叔父家族は本来七人いるはずだ。やはり明緒《ミョンソ》がいなかった。兄嫁はまったく気づいていなかった。一二人もいれば、自分が生んだ子であっても一人、二人この場にいなくてもその変化に気づかないくらいの人数だ。ましてやいとこの小姑が一人いないぐらいでは無理もない。こっちが言う前に、お祖母ちゃんが家族が一人いないのに気づかないのかと叱った。やっぱりそうだったんだ。私はそのときになってようやく、うちに戻れた気がして板の間にゴロンと寝そべり胸をなでおろした。私は前から知っていたとか、明緒が別れを言いにきたなんてことはだれにも話さなかった。だれにも言わないようにしよう。それは姉妹愛よりはるかに深い愛の告白のようなものだから。

関節炎がひどくて小学校も途中でやめた明緒は病弱な子だった。昨夏の戦争中は食糧不足であまり食べられなくて、田舎の雰囲気も殺伐としていたからか、病床に伏すことが増えた。そのために避難もなかなかできずにいたが、最後の最後に避難してようやく敦岩洞の家に着くと、家は空き家になっていて、その翌日には後退令〔一九五一年一月四日のソウル退却〕が発令された。しかし病人とお年寄りを抱えた叔父夫婦がいくらもがいたところで、敦岩洞の家に到着するのが精一杯だったはずだ。

「血のつながった家族同士が同じソウルの空の下で年を越しながら知らずにいたなんて、なんという時代だ」

お祖母ちゃんが嘆かれたのはこの険しい世の中に対してというよりは、一緒にいたら苦しみを分かちあえたはずなのにそうできなかったことへの嘆きだった。しかし私の考えは少しちがっていた。両家の苦難と不幸がともに絡みあい、相乗作用を起こしてめちゃくちゃにならずにすんだのは、不幸中の幸いだった。喜びを分かちあえば倍加するというのはまっ赤な嘘だ。叔父家族がいなかったら、うちの家族は喜びを爆発させていたはずだ。

「お義母様、こんなうれしい日にそんな話は後でいいじゃないですか」

叔母もそのように感じたのか、明緒《ミョンソ》の死を知らせることで私たちが思いきり喜べないのではと気を利かせてくれた。だが気まずくなった雰囲気は元には戻らなかった。お祖母ちゃんは明緒が亡くなったと聞いても涙一つ流さないのかと不快に思っていた。私にはそれが完全に私を責めているのだとわかった。お祖母ちゃんは明緒が私のことを格別に思っていたのを知っていた。内心で、冷たくてけしからん奴だと思われているのが顔に出ていた。大人たちにこんなふうに叱られるのは初めてではなかった。お祖父ちゃんが亡くなったときも泣かないことで非難された。あのときは叱責された後、止まらないほど泣きじゃくったが、今度はちがった。ただ淡々とふるまった。泣くのは自由自在にできるものではないのだ。

敦岩洞《トナムドン》の家は部屋が三つしかなくて奥部屋が一番大きかった。うちに帰ってきた初日だった。一緒に寝るのが自然の流れだけど、ともかく私たち六人家族は奥部屋で一緒に寝るしかなかった。

「足、本当に完治したんですか？」

家族だけの水入らずの場になると兄嫁が再確認しようとした。兄がズボンの裾ひもをほどいた。

「やあ、歩くのを見てもまだそんなことを言うのかい。治ったよ。ほら」

「こんなに簡単に治るとは思っていなかったんです。ちゃんと食べなくてはと言われていたのに漢方薬どころか、肉汁すら食べたことがなかったじゃないですか」

「私もそう思っていたけど消毒とガーゼを減らしたら、いつのまにか肉が盛りあがっていたんだよ。考えてみな、ガーゼがたくさんつまっていたら肉が出られないだろう」

母は兄の傷がゆっくりとしか治らなかったのは兄嫁のせいだと言わんばかりに兄嫁に恥をかかせた。兄はだまってズボンをたくしあげ、ふくらはぎを見せた。すっかり良くなっていたが、私は生々しい銃傷穴を初めて見たときのように嫌悪感を抱いた。ふくらはぎが痩せ細っているからか、青黒い傷跡がやけに大きく見えて気味が悪かった。母がその穴に肉が盛りあがったのを自分の手柄のように言っても私は信じなかった。その穴を埋めた新しい肉は、兄嫁と私の寒くて寂しく、みすぼらしくて恐ろしかった北への道、その漆黒の闇を食ってあの肉は育ったはずだ。あの暗闇、あの寒さ、あの寂しさをどうして忘れられるだろう。それは私の胸の奥で兄の傷よりはるかに凶悪で暗い傷となり、とぐろを巻いているのだ。しかし母は私たちが耐えてきたことについてひとこともたずねなかった。それどころか自分の手柄ばかりを言う。

「私がなんと言った？　臨津江《イムジンガン》は越えるなと言っただろう」

自分の言ったとおりにしたから私たちが無事に生き残り帰ってこれたと言わんばかりの態度だった。枕元で兄嫁が兄に、いまは睡眠薬を飲まなくても眠れるかとたずねた。その答えも兄が口にする前に母が先に口をはさんだ。

「もちろん眠れているよ。その薬はとっくに切れて薬無しでも眠れるけど、冷や汗がひどくて心配なんだよ。あるときなんかは、朝起きてみると水に浮かんで寝ているみたいで」

そんな話を聞くと、私が兄の体を心配するより、兄嫁のほうがまた肝を冷やしているんだろうな、そんな話は明日にでもしたらよいのにと思った。そこまでが昨日の記憶だった。一部屋にみんなが寝ていて、それぞれの寝息を聞き分ける間もなかったから、おそらく私が一番最初に寝入ったのだろう。甥たちのスヤスヤとした息づかい、母の火を点けるときのプゥプゥと吹きかけるような息づかい、兄のはるか遠くから聞こえてくるようなうめき声が混じった不規則ないびき、肉親たちのこうした睡眠の音は、一緒にいたときにはうんざりしたこともあったが、いまは懐かしい家族の個性であり、音となった彼らの体臭のようなものだった。

一二人の家族が集まった朝食はすごかった。家にある食卓をすべてひっぱりだしたのに、食卓の上にみんなの茶碗を置くことも座ることもままならなかった。おかずは野菜ばかりだったが、雑穀米は十分にあった。食事の心配もせず、また食料調達をしてこなくてもこんなに湯気が立つ温かい朝食を食べられることに、気だるい幸せを感じた。しかしすごいというのはそんなに良い気分だとか、豊かな感じとはちがう意味だ。老若男女が人目もはばからず貪り食い、一二人が家族の概念から離れて各自が底の抜けた胃を持ち、食べるために存在している完全な口に見えた。そのクチャクチャ、カリカリと音を立てている口は、人よりもっと食べるために激しく動いているかのようだ。視線は自分より食べる者は容赦しないと敵意を剝きだし、きょろきょろと落ち着かず睨みつけているかに見えた。これは人間の集団ではない、獣の集団だ。私はこんな生意気なことを考えながらも、動いている発動機のベルトに巻きこまれたように、その無慈悲な食欲に便乗した。それは食欲ではなかった。説明のできない敵意だった。

私はこのすさまじい食欲をだれが背負っているかも考えず、分家することを考えていた。もとより別々に暮らしていた家族だったけれど、一二人が生活を共にするというのは軍隊や孤児院並みの統率力なしではできないことだった。たった一食を一緒にしただけで、できるだけ早くうちの家族と親族との境界をはっきりさせておかないといけないと危機感を抱いた。大家族が初めてでもないのにそう感じていた。少なくても年に二回以上はパクチョッコルでお祖母ちゃんの直系家族が全員集まってきた。叔母の家族まで合わせると二〇人を超えたが、多いと感じたことはなかった。家も大きかったけれど秩序があった。目上の人を敬い、男女の別があり、娘と嫁のあいだには主客関係が保たれていた。それは食べ物で差別されるのとはちがって、本人たちも気楽で他人から見ても品のある美しい秩序だった。それ故に混乱がなかった。

「こんなふうに家族がみんな集まるのは、久しぶりだな」

お祖母ちゃんが感無量といった面持ちで話した。お祖母ちゃんに心中を見抜かれた気がした。ここに集まっている家族全員が自分の子どもだと強調しているみたいだった。夢中になって貪り食っている孫たちにはさまれ座っているお祖母ちゃんは、とても小さくて押すとパラパラと音を立てて崩れそうで、威厳も生気も欠けていた。あんな小さな体から一族が広がったのだ。お祖母ちゃんの立場からすれば、一人一人が大事な子どものはずだ。

「うれしいですよね。満足されましたでしょう、お祖母様」

「満足だなんて、パクチョッコルにいたころを思い出してみな。自分が死ぬ前にこんな寂しい想いをするとは思ってもみなかったよ」

いつもただれていたお祖母ちゃんの眼元がさらにジクジクしてきた。三男一女をもうけたお祖母ちゃんだった。苦労することもなく育てたと思うが、口癖のように跡継ぎに恵まれていないと嘆かれた。娘は後継ぎとして考えていなかったから、三人の息子から授かった男孫が二人しかいなかった。

末息子に至っては後継ぎがおらず、後が絶えると思い心細かっただろう。そのうえ、その末息子が獄中で死んだと聞いただけで、遺体を引きとることもできなかったのだ。一人娘の家族四人とも音信不通になり、お祖母ちゃんの膝元を離れたことのない孫娘の明緒《ミョンソ》まで亡くした。わずか半年内の出来事だ。お祖母ちゃんがあんなに齢を召されながら踏んばることができたのも、甘えが通用しない戦乱だったからこそ可能だったのだろう。〈寝る場所を見て脚を伸ばせ〉という韓国の諺が、この場合のお祖母ちゃんにぴったりだった。

　しかし別々に暮らしたほうが好都合なのは、私たちではなくて叔父家族のほうだということがすぐに理解できた。朝飯を食べ終えると叔父は物置きから背負子を取りだし、叔母は籠を頭に載せて家を出た。叔父は敦岩《トナム》市場周辺で背負子担ぎをして稼ぎ、叔母は纛島《トゥックソム》の箭串橋《サルゴジタリ》〔城東《ソンドン》区沙斤洞《サグンドン》に位置〕のたもとにまで行って青物を手に入れて、同じく敦岩市場で並べて売っていると話した。二人はたくましく元気だった。二人がそのように稼げば、肉は無理でもその日の食料は問題なく買えるというのだ。叔父夫婦がうちの家族を養っているのであって、世話になっているのはうちに泊まっていることだけだった。ところが空き家はあり余るほどあった。新安湯《シナンタン》の路地裏で暮らしているのはうちしかいなかった。私は早急に分家しようと考えた自分が恥ずかしくて余計にそうしたのだろうけど、背負子を担いでいる叔父の姿に堪えられなくて背負子杖にしがみついた。兄嫁も傍《はた》でどうしてよいかわからず、何か商いでもしなくちゃと手をもんでいた。

「人が戻ってきて市場が立ち、商売なんかしてみんなを腹一杯食べさせられるのが幸せなんだ」

　そう言いながら、叔父は背負子杖を私の手から奪った。私の手から力がすっと抜けたのは叔父の力が強かったからではなくて、ある種の威厳に圧倒されたからだった。叔父は担ぎ屋にしては輝いていた。それこそ本家を背負っている責任感からにじみ出た威厳だろうか。叔父はもちろん本家の跡取りではない。私の父が長男だったから兄が跡取りになるはずだったが、母は夫を亡くすと、本家の長男の嫁という足枷を軽やかに脱ぎ捨て舅姑《しゅうと》の元を離れた。代わりに次男であった叔父がこれまで故郷の家を守り、老父母の世話をして先祖の祭祀を奉り、墓の草取りや田畑を耕してきた。おかげであの苦しかった日帝末期にも、親戚が集まると盛りだくさんの料理を用意して、帰るときにはいろんな物を持たせた。

「叔父さん、それでも担ぎ屋はあんまりですよ」

「どうしてだ、担ぎ屋がなんだというんだ？　担ぎ屋すらできなかったとき、明緒がどのように死んだか知っているか？」

叔父はそのひとことだけ冷たく言い放って出ていった。叔父らしくないふるまいだった。

「それでも世の中が変わったから、担ぎ屋をできるようになったのよ。去年の冬、私たちがどれだけつらかったかわかる？　この家に食料はなかったし、かといってお祖母ちゃんの食事を抜かすこともできないじゃない。死にかけている子どもに薬を与えられなくてもね。そんななか、夫が路面電車の終点にある醸造場を接収した人民軍の目に留まったらしくて、焼酎のつくり方を訊いてきたのよ。薬酒がたくさん残っていたらしくて、私たち薬酒で焼酎を造るのが得意だからさ。だからそこに夫は通って焼酎の造り方を教えて、酒粕をもらってきてなんとか命拾いをしたのよ。明緒もその酒粕を食べて酔っ払って、自分が死んでゆくのもわからなかったからよかったかもしれないわね」

叔母は悲しい話を淡々と話し、私は悲しいよりも腹が立ってきた。それでもいい時代になったと背負子を担ぐ叔父が、あんなひどい時代に盗み一つできず、焼酎をつくる技術で酒粕によって延命していたなんて。私は峴底洞《ヒョンジョドン》でそれなりに豊かな生活をしていたことを思い出したが、あまりにも善良な叔母にどうしてもその話をすることはできなかった。

「最近は担ぎ屋の稼ぎよりナカマ稼ぎのほうがいいらしいの。市場が昔のように繁盛したらナカマの仕事だけにすると言っているから、あまり憐れに思わないで」

叔母がかえって私を慰めようとした。ナカマというのは何を売っている商売なのか、初めて聞く言葉だった。

「私もよくわからないけど周旋屋みたい。市が立つといっても野菜以外に売るものなんかないの。中古品や古着、救済品みたいなものを売っている人は自分の持ち物もあるけど、他人の家から盗んできたものも多いらしいのよ。店を開いている人でも自分の店ではないし、店を持っている人や金のある人は、早々とソウルに戻ってくる必要はないのよね。私たちのような青菜売りは、閉まっている店の軒下に物を並べて商いをしているだけだし、中古品に決まった値段なんかないじゃない。買う人は値切って安値で買おうとするし、売る人は一銭でも余計にもらおうとするのよ。そんなときにナカマが仲介して安くていいものを転売したりして稼ぐのよ。売るほうもナカマを通すことで直接売るよりも一銭でも余計に入るからね。だから商売をしている人たちとナカマがつるんで共生できるわけ。なぜかはよくわからないけど、直接取り引きすると捨て値であっても、ナカマを通すとそれなりの値段で取り引きできると言われているわ。商売をしている人はかしこいナカマを何人か抱えていないと仕事にならないらしいのよ。市場の人情って本当にありがたいわ。そうやって市場で生きていけるようにしてくれるんだから」

「つまり資金のいらない中間卸売りみたいなものですね」

兄嫁が真剣な表情で口をはさんだ。

「資金がないからできないだけで、元手さえあればもっと稼げるらしいのよ。夫も資金を集めている品物を相応の値で売るのが夢だと言ってるわ。とにかく世情に疎かったあの人が品物の値段に精通しているんだから。女のパンツの値段がいくらかまで知っているなんて、何をか言わんよね」

「まあ、叔母様ったら、いくらなんでも身に着けていたパンツを売る女がいるわけないじゃないですか」

兄嫁が手で口を覆い笑った。

「そりゃそうよ、わが国の女性が股ぐらにはいていたものを売るわけないでしょう。そうじゃなくて、外国から来た中古品の中にそうしたものがあるらしいのよ。金持ちの国ではパンツも使い捨てているのか、新品みたいなんですって。手触りが柔らかくて薄いから、ぎゅっとつかむと握りこぶしの中に納まって見えないし、身に着ければぴたっとなじんではいていないみたいなんだとか。それでパンパンの女たちはそればかりほしがるんですって」

「なんとまあ、いやらしい」

口ではそんなことを言いながらも、私のような若い女性は密かに好奇心が沸いた。

「書房様《ソバンニム》〔義弟〕に言われたんだけど、うちにあるアメリカ製のシンガーミシンを売りに出すと米一俵ぐらいは買えるんだって」

傍《はた》で黙って聞いていた母が、だしぬけに叔母の話にこう言い返した。突拍子もない話だったが、叔父家族に頼っているうちの家族の体面を保つために言ったようだ。それは私たちも一文無しではないと言っているようなものだった。その後もうちの家族だけでいるときは、よくシンガーミシンのことを話題にして元気づけようとした。しかしそのシンガーミシンも叔父家族が私たちの家を守ってくれていたから残っていただけで、そうでなかったならとっくに盗まれていたはずだ。市場が立ってから盗みに入られていない空き家はなかった。漢江《ハンガン》以南から来る商人までが加勢するなかで、商品価値のある日用品の主たる供給源となっているのが空き家であることはまちがいなかった。日帝から解放された後、粗雑であってもそれなりに安定していた工業製品の生産が中断され、破壊に明け暮れて一年が経っていたから、そうするしかなかったのだ。やっとのことで酒粕を病気の娘に食わせておきながら、どこにでもある空き家の塀一つも乗り越えようとは考えもしなかった叔父。その叔父が臭う中古品や盗品にちがいない品物の仲介をして、報酬を受けることに恥を知らないなんて悲しいコメディだ。世の中にありとあらゆる人がいるように、うちの中にもいろんな人がいるのだ。人の行動がすべからく説明できるのなら、逆に世の中がとんでもなく薄情に見えるかもしれない。私たちは叔父の変身にも近いふるまいのおかげで生きている現状に、以前ほど苦しむことなく過ごすことができた。

何はともあれ、叔父は毎日のようにその日の稼ぎで一日分の米を買ってきた。もちろん需要と供給は正確に一致するものではなかった。米袋が重い日があるかと思えば、次の日は天気が悪くて担ぎ屋仕事しかできなかったと米の代わりに塩鯖なんかを持って帰ることもあった。稼ぎがかんばしくないほどご飯が進む塩辛いおかずを買ってくるのは叔父らしい豪気であり、くじけるなという合図でもあった。天気が悪くなくても運悪く一銭も稼げない日もあった。気力もなくなったのか、無駄骨だったとがっくりした様子で帰ってきたときもあった。そういうときは、決まって母がシンガーミシンのことを持ちだして叔父を慰めた。

「書房様《ソバンニム》、心配しなさんな。米がつきたらシンガーミシンを売ればいいんだから、何も心配ないですよ。ついてないときは数日休むのもいいじゃないですか」

そんな話になると、叔父はなんとしてもシンガーミシンだけは手放せないという悲壮な覚悟が自然と顔に出た。そして翌日になると、まちがいなく大きな米袋を担いできた。そのころ私たち一二人家族の生存を支えたのはシンガーミシンと背負子だったといっても過言ではない。万一そのうちの一つがきしんでバランスを崩せば、すべてが崩壊しただろう。もちろん叔母が青物売りをして稼いでくれたのも見過ごせなかった。お腹の中が青くなるくらい野菜が食べられたのも叔母のおかげだった。それでも、叔母は決して自分の稼ぎを鼻にかけることなく、女の稼ぎはたいしたことないとひたすら謙遜した。どうすればあんなふうにできるのかと思えるほど、叔母はズルすることなく、天職のように黙々と籠を頭に載せて出かけた。叔母は手ぶらで帰ることは一度もなかった。ちょうどそのころは青物が野原にあふれ出る時期だった。叔母は家族の中で最も満たされているように見えた。叔父が妾を囲えなくなったことも、叔母が苦労を苦労とも思わなくなった真の原因かもしれないと思いいたったとき、私たちの寄生を改めて申し訳なく思った。

2

叔父はいつも仕事に出るのが遅かった。このころは背負子なしで出かけた。敦岩《トナム》市場で叔父は「ナカマ・パク氏」で知られていた。おそらく背負子担ぎばかりしていたら、朴《パク》氏よりは朴書房《ソバン》のほうが似合っていたかもしれない。そう呼ばれていないだけでも幸いだった。ときおり家まで訪ねてくる人もいた。必要な品物を探してくれとか、売ってほしいと頼みにきたりもした。また、いくらぐらいのものなのか鑑定をしてくれという人もいた。叔父は日々それらしくなっていった。

しかしある日、商売人や故買人〔盗品を売買する人〕とは目つきからしてちがう人物が訪ねてきた。二人連れだったが一人は背広姿で、もう一人は色染めをした軍服姿だった。二人とも城北《ソンブク》警察署査察係の刑事だと言った。叔父を訪ねてきたのに叔父が名乗り出てもその場ですぐに連行せず、空いている玄関の脇部屋に連れていった。家族みんなの顔から血の気が引いた。二番目の叔父が人民軍に飯をつくったからと死刑にされたのが去年の冬だった。脇部屋でなんの話をしているのか、盗み聞きをしたくても一人が縁側に腰かけて見張っていたので思うようにいかなかった。しばらくすると叔父は解放され、次に私に入るようにと言った。最初に家族をじろりと見たとき、私にとまった視線が変だと思ったが、それが的中してしまった。

叔父がソウルに残ってやっていたことをすべて話すようにと言われた。私は峴底洞《ヒョンジョドン》人民委員会で働いていたことと関係がないとわかるや、怖がる必要はなくなった。南に避難していたので何も知らないと答えた。それはうちの家族が前もって口裏を合わせて何度も練習を繰り返していたことなので、叔父もそう言っているものとてっきり思いこんでいた。

「なんで嘘をつく？　死にたいのか」

刑事が机の隅をパンと叩いて一喝して立ちあがった。叔父と私の話が一致していなかったのだ。刑事は私と叔父を一緒に署まで連行しそうな剣幕だった。標的は叔父だったのに、私はおまけで彼らの餌食になった。だれかが叔父を告発したにちがいない。冬に人民軍と偉そうにしているのを見てしゃくにさわった者が、最近市場でうろついている叔父を見て、スパイ活動のために残されたにちがいないと告発したのだ。告発がされたからには確認する義務があって来ただけで、最初からたいしたことのない告発だったのに、いらない嘘をついたので懲らしめようとしたのだろう。しかしそう思えたのは後のことで、そのときの私は目の前がまっ暗になり怖くてふるえていた。二番目の叔父も他人の告発であんな目に遭った。今度もまた告発だったけれど、連行までされるのはまったく私のミスだった。

家から城北警察署までは路地を出て新安湯《シナンタン》の前の角を曲がり、川沿いを二百メートルほど歩くとセメントの広い橋があり、そこを渡るとすぐだった。私はその間あらんかぎりの声で悪態をついた。恐怖感が極限に達したために豹変し、怖いもの知らずになっていた。言いたいことをあの灰色の建物の中にひっぱりこまれる前にすべて吐きだしたいと思った。あの中に入ると、私たちのことを何も知らない者の手に渡され、そうなると何も言えずに終わってしまいそうだった。それはうちの事情に詳しい刑事に対する一種の信頼というか、親密感だったのかもしれない。ありとあらゆることを言ってやった。しかし哀願はしなかった。

——そうよ、うちの家族はアカよ。二番目の叔父もアカに追いこまれ、死刑にされた。国民を人民軍の支配下に放りだしておいて自分たちは逃げてしまったくせに、戻ってくると人民軍に飯をつくったことも罪だと死刑にする、そんな国で私も生きたくない。いっそのこと殺せ。一番目の叔父は人民軍に焼酎をつくった人間だから死んで当然だ。酒粕で命をつなぎながら結局酔っぱらって死んでいったあの娘の酒の臭いが土の中からいまだに消えてもいないのに。私たちはこんなにもひどい一族なんだ。なんだかんだと言っては殺し、あっちこっちから人を引き抜き、どっち側も使える人材はふるい分けして殺さないと思ったら連れていき、いまソウルには粃《しいな》しか残っていないじゃないか。まだ何が足りないといってふるいにかけようっていうのか？　一気に焼き殺せば簡単だろう——

だいたいこんなことを口から泡を飛ばしながら浴びせてやった。悪態はやたらとこみ上げてくるのに時間とともに力がつきてしまい、クラッとめまいがしてきた。生きていたくないという言葉に少しも嘘はなく、いままで私が話してきたなかで最も胸を抉るような痛みが走り、涙が滲んできた。セメント橋を渡ると、刑事二人だけで何かひそひそ話しあい一人だけが署に入っていき、尋問した刑事は私たちを前に行かせて再びセメント橋を渡った。彼はうちの前で黙って叔父を解放し、私だけを連れてどこかに行こうとした。叔父はこの子をどこへ連れていくのか、連れていくなら一緒に連れていけと抗議した。

「悪いようにしないから、ご心配なく」

彼の言葉使いが穏やかで丁寧だったので信頼できた。でも実際に彼が連れていったのは家からそう遠くない郷土防衛隊という青年団の建物だった。私はその建物の前でピタッと立ち止まり、ここに引き渡すくらいなら警察に連れていけと言った。九・二八ソウル収復後に、反共を標榜していた青年団体にあちこち引きまわされ侮辱を受けたことを思うと、身震いするほど嫌だった。

「引き渡すだと、なんの話だ？　就職を世話しようというのに……」

就職話だというので私も耳をそばだてたが、給料をもらえるような仕事ではなさそうだった。彼は私を総務部長に紹介し、性格はちょっときついが学歴は申し分ないからうまく使えと言うと、帰ってしまった。手ごろな女性事務員を一人探してほしいと前から頼まれていたようだった。女性事務員ではなくて雑用係だったのかもしれない。私をちらりと見た総務部長は学歴を持て余しているふうだった。給料は出ないけど……、もっともここで給料をもらっている者は誰もいないけどね。先発隊として入ってきているために隊員はいなくて部長しかいない。人手が足りていないのは確かなのだけど、お嬢さんにできる仕事があるかな。公文書はつくれます？　そんなとりとめもない話を並べたてた。まるで就職をお願いしてるのは私で、彼はどう断ったらいいか困っているような様子だった。

私はこんな最戦線に近い殺伐とした都市で就職口があるとは思ってもいなかったし、少し前までは拘束され取り調べを受け拷問されるのではないかと恐れていたのだからさっさと家に帰ればいいものを、なんとなくグズグズしていた。一銭ももらえなくてもいいから、朝出勤して夕方退勤する生活をしてみたかった。朝、家から抜けだせると考えただけでもうっとりした。その上、当時私の判断ではそんな組織でも十分に権力機関に見えた。いままで権力機関にはひどい目に遭うばかりだったから、一度その内部で働いてみたかった。実はやってみたいどころではなく、媚びへつらってでも働きたいくらいに魅力的なところだった。うちの家族が商売人になっているなかで、私一人ぐらいこんなところにいれば家族の力になれるのではという誘惑に駆られたのだ。

私は忍耐強く待った。ようやく総務部長の口から明日から出勤するようにと命令が下りた。総務部の向かい側にある空き部屋には、光を反射しているピアノが一台ポツンと置かれていた。それがひどく贅沢で平和に見えた。うちからさほど離れていないこの建物は元々誠信《ソンシン》女子校の寄宿舎だった。

私の帰りをいまかいまかと心配していた家族は、思いもよらない話に私が期待した以上に喜んでくれた。はからずも下級役人を一人輩出した下層民の家の喜びに匹敵するほどだった。私が秘かに喜ぶのはいいとしても、家族が喜ぶのは見るに堪えられなくて、給料も出ないと強調した。しかし家族はめげず、そうしたところは給料がなくても何かあるはずだとか、米の配給はあるはずだとか、私よりひどく欲を出した。

翌日私は着飾って出勤した。ひらひらしたジョーゼットスカートに白いチョゴリを組みあわせた。大学入学時に誂えたあまり履いたことがなかった靴まで履いた。足幅が窮屈だったものの足元ではゴム毬を踏んだような弾力を感じた。ひたすら弾んでいた心のせいだろう。私の初出勤姿は自分が考えても明るくて、庭園まであるその建物にすごく似合っていた。総務部長も昨日の態度から一変して、事務所に女性がいると華やかだと笑顔で迎えてくれ、防衛部長と監察部長のところに連れていって紹介した。各自それなりに構えた部屋を使っていたけれど隊員がいるようには見えなかった。様子を探ってみたが、自治団体なのか、政府から支援を受けている官庁筋の団体なのかも定かではなかった。監察部長の印象が一番きついと思ったのもアカの取り締まりを主業務とする青年団と似ていたからだが、彼が腰につけていたのは拳銃やこん棒とはほど遠いカーキ色の懐中電灯だった。そんな威信の脆弱さをカバーするためなのか、ずっとサングラスをかけていたので尖ったあごと合わせてとげとげしく見えた。昼食を食べるときにようやくサングラスを外した彼の顔を見たけれど、三人の部長のうち一番痩せていてユーモアもなさそうだった。

昼食を賄ってもらえるのが何よりもうれしかった。見たところ一つも重要な業務に就いているとは思えなかったが、みんな南に家族を残し先発隊として渡江してきたと言った。彼らが寝る場所と食事をする場所は別々にあった。昼飯どきに合わせて温かいご飯を用意してくれる飯屋の食事はおかずをちゃんと揃えた立派なもので、防衛隊の他に署から来た刑事や巡査がいつも一人、二人混じっていた。おばちゃんが戦前から飯屋を営んでいたかどうかはわからないけれど、現在は防衛隊の食事を賄うことだけで生活しているようだった。同じおかずをテーブルに出さないように努めながら個人の好き嫌いにまで気を配っているところをみると、お代は十分に払われているようだ。お金の心配をせずにちゃんとした食事ができることより、もっと慣れなくてまぶしく感じるのは、最少限の食事の際の礼儀が守られていることだった。目上の者がまず匙をつけ、おいしい物を取りあうよりは譲りあい、ゆっくり噛んで食べ、茶碗にご飯を二匙分ほど残して食事を終えるようになってからは、私はうちの家族と格がちがう人間になった気がして、ささやかなことで癇癪《かんしゃく》を起こしたものだった。食事代がどこから出ているのか知る由もなかったし、知る必要もなかった。それまではお昼だけを賄ってもらっていたのが、防衛隊員の身分証が出てからは夕食まで彼らと一緒にいただけるようになった。やはり同じ飯屋だった。私は就職したのではなくて郷土防衛隊の隊員になったのだ。

給料をもらえる見こみはまったくないのに、朝出勤して夕方に帰るだけでなく、家の食料に手をつけなくなると、私は急に家で一番高い身分になった。朝も餓鬼のようにがっつきあうあのすさまじい食卓からそっと離れることができた。出勤が早いからと一人だけで食事をし、それも適当にすませた。そのたびに兄嫁は粗末なおかずしかなくて申し訳ないと言い、従妹は私の黒い靴をピカピカに磨いてくれ、憧れに満ちた視線で私の出勤を見送った。お祖母ちゃんは私の出勤を「給料取りのお出ましだ」という複雑な言い方で表現し喜んでくれた。お祖母ちゃんまでもが一二人家族を養っているナカマや青菜売りよりも、自分一人を賄っている給料取りのほうを高く評価したのだ。

〈一〇人の家族全員が働くより、一人でも口減らししたほうがましだ〉という諺の真実性に、だれもが共感できた厳しい時代だった。

防衛隊の人たちはみんな年輩者で、温厚で品があった。以南から先発隊としてきたことからして、ソウルで急ごしらえされたものではなく、治安状況の抜け穴が多い戦場の特殊性を勘案して政府指導の下に地元を守る趣旨で結成された団体のようだった。やっていることも住民の動静把握と反共防諜に関する学習や啓蒙を主としていた。疑わしいと目星をつける基準も六・二五《ユギオ》のときに何をしていたかよりは地元民かどうかに重点を置き、疑わしいといって連行してどうこうするのではなく、注視、接近する程度だった。

漢江《ハンガン》はいまだにタブーの河だったが、一・四後退後の真空状態とはくらべものにならないほどたくさんの人が住んでいた。しかし民間人よりは軍服を着た軍人や警察、肌色がさまざまな国連軍と、部隊に所属する軍属がほとんどだった。軍属はもちろん郷土防衛隊員までもが軍服の着用を許されていたので、純粋な民間人の身分の若い男性はいないと言っても過言ではなかった。若い女たちも厚化粧と派手な衣装で部隊周辺に寄生するある職業を連想させる人がほとんどだった。あちこち空き家があったので、家のない者が適当に選んで住んでも問題なかった。そのため居住地が安定していない人が多く、自然とスパイ容疑者や兵役忌避者が混ざりこみやすい状況にあった。叔父が注目されたのも地元民ではなかったからだろうし、防衛隊が地元民を信用するのもそういうわけからだった。

うちの管内にとても教養がありそうな韓《ハン》という老人が一人で住んでいたが、私がその老人を知ったきっかけはどこか不自然なものだった。防衛隊に入って文学少女ぶったこともなかったし、さらに大学生であることは隠していたのに、監察部長が図書館みたいに本がたくさんある家があるから、行って好きなだけ借りて読んでみたらと韓老人を紹介してくれた。図書館はさすがに大げさで学者の書斎ほどだった。主に仏教と歴史関係の漢書、日本の本がほとんどだったけれど、文学書籍もそれなりに多かった。白石《ペクソク》〔詩人　一九一二〜九五？〕の詩集を借りて読んだのもそのときだった。

たいてい総務部の部屋でそうした本を読んでいたが、窓の外は春から夏へと移る季節で庭木が最も美しく輝き、廊下越しの広い部屋ではピアノの音がポツリポツリと鳴っていた。城北《ソンブク》警察署の巡査の中にほぼ毎日ピアノを弾くために来所する者がいた。「シューベルトのセレナーデ」「ラルゴ」「エリーゼのために」など、少女趣味の小曲を彼はたどるようにつつましく弾いていた。恋愛小説を読みながら聞いていると、その甘美な旋律が花の香りのように体に沁みこんできた。金巡査がミス朴《パク》のために熱心に通ってきていると冷やかされるのも嫌ではなかった。その人とちゃんと目を合わせたことはなかったが、彼がピアノを弾いているあいだ、ある種の心の触れあいがあるというのは隠したり恥ずかしがることではなかった。金巡査が一度も飲み会に参加したことがないという話も適度な神秘性を維持させてくれた。洋館で音楽を聴きながら読みたい本を好きなだけ読むというのは、平時でも想像できない夢のような贅沢だった。

とはいえ、本を借りてくるたびに韓老人を紹介した監察部長にあれこれと訊かれ、自分は利用されているのではないかと思い始めると、次第に本を借りることに興味を失なった。例えば韓老人は何をしていた人に見えるかと訊かれ、私は教授だったんじゃないですかと答えたが、なんでそういうことを私にたずねるのかと変に思った。後でわかったことだが、韓老人は地元民でもないのに避難もせずにこの町に留まり、言葉づかいや態度からすると相当な知識人に見えるが、いくら話しかけても家族関係やいままで何をしていたのかがまるっきりわからなかったために怪しまれ、老人なのに監視の対象になったようだ。だからといって人と話すのを嫌がったり口数が少ないほうでもなかった。本を借りに行くたびに話したがるのはむしろ韓老人のほうだった。お薦めの本を選んでくれたり、私が借りた本を彼も読んでいたときは感想を話しあいたがった。腹黒いところは目を皿のようにして探してもなかったが、無邪気な少年のような老人が疑いをかけられたのは、彼の特異な話し方のせいだった。彼はプライバシーに徹底的に触れないようにして、これまでの人生は虚しく空っぽだという態度で押し通した。私が見るに、老人なのに年寄り臭さがなく、そんな虚無の雰囲気が魅力的だった。まさにそうしたところが監察部長のような人には要注意人物に見えるようだった。

監察部長は悪い人のようには見えなかったが、そんなことから私は彼を軽蔑し、いくら月給の出ない気楽な身であっても、彼の手下みたいなことを自分がしていると思うと嫌気がさした。しかし怪しげな人物への対応は、九・二八のソウル奪回後の有頂天で殺気立った青年団にくらべれば大したことはなかった。住民の動態把握を思想的なレベルにまでするべきなのか、機関内でさえどこまでやるかを思い迷っているようで、中途半端で宥和的なものだった。郷土防衛隊で享受している私の歳相応な安定感は、春と夏のあいだの快適な日々のようにあっという間に過ぎ去ってしまった。

西部戦線は母の予言どおり臨津江《イムジンガン》をはさんで一進一退を繰り返しているように見えたが、再び漢江《ハンガン》以南に避難しろという後退令が下りた。軍人、警察、公務員などは必要があって漢江以北に入っている人員なんだろうから政府の命じるままに動けばよいが、千辛万苦の末に家にたどり着いた帰郷民には、いくら季節が良くても再び家を離れることは受け入れがたいどころか、悔しくてたまらないことだった。

本当にあの当時、漢江以北に留まっている人といったら、南に流され、北に流されて使い道のない粃《しいな》みたいな人たちしかいなかったし、避難先から人より早くソウルに戻ってきた男たちも同類だった。財産も、知りあいも、生業もなく、文字どおり頼みの綱もないから、雨風をしのげる居場所だけでも調達しようと躍起になって忍びこんできたのが彼らだった。そんな人たちにまた移動しろだなんて、いっそのこと六・二五《ユギオ》のときのように捨て置いて、自分たちだけで後退するなり逃げるなりすればよいのにと思った。冬には母が臨津江以南までは簡単に取り戻せると信じたように、私は今回、戦況が不利になるぐらいでソウルを明け渡すとは思えなかった。しばらくソウルを明け渡すとなると、共和国の統治下で耐えるよりもっと恐しいことが起きる。避難せずに残って何をしていたのかと疑われ追及されるのはまちがいない。だから避難を勧めるのもつらかった。そんな粃たちのことをこれ以上ふるいにかけてほしくなかった。

考えれば考えるほど悔しかったのは、一・四後退時に大邱《テグ》や釜山《プサン》のような遠くに避難し、政府が再び戻るまでは決して動かなかった人たちが、ソウルの粃たちが北へ南へ引きまわされたことなんかまったく知りもしないのに、自分たちの避難生活の苦労だけが一番つらいと思っていることだった。釜山、大邱の避難暮らしのつらさが流行歌に託され千年歌われるようになっても、ソウルで暮らした粃たちのつらさには及ばないはずだ。それがなぜあんなに悔しかったのか、その当時はわからなかった。羨ましかったのだろう。

3

傷が癒えてときおり歩く兄に私たちがこれ以上できることはなかった。だれも口にはしなかったが、傷口のガーゼのつめ替えより大変なのが下の世話をすることだった。兄も、老母にそんな世話をさせたのはさぞかし心苦しかったはずだ。私たちと離れていたあいだ、兄が便所に行くほどまで歩けるようになったのは治癒したからというより、彼の強烈な意志の限界を示しているかのようだった。

下の世話が必要だった病人が便所に行けるようになったとき、家族はその夢のような解放感から楽観的になりすぎることがある。だからといって、兄が忘れられた存在になったのではなかった。兄が一食たりとも食いはぐれることがないよう私たちが戦々恐々としたのは、兄を空腹にしてはいけないという悲壮な覚悟でもあった。もっと食べさせたほうがよいとわかってはいたが、たまに生卵を食べさせるとか、ときおり食卓にのぼる塩鯖を譲りあって兄にまわすのが精一杯だった。敦岩洞《トナムドン》の家に戻った後も、再び避難命令が下りるまでのあいだにいろんな事件が起き、ただ生きているだけで日々が過ぎていくように感じられた。その間、兄は失った血を再生させるどころか、残った血を失いつつ生命をかろうじて維持しているみたいで、顔色が日ごとに青白くなってゆくのが見ていてわかるほどだった。練習を散々したから表門までは出られるようになったが、一歩進めるたびに流す脂汗と必死な表情を見ていると、もういい、もういいからと言いたくて喉元が痙攣を起こした。

そんな兄を避難させるのは昨年の冬、銃弾に当たってすぐに避難しようとしたときよりも無謀なことだった。叔父家族もソウルに残ると言っていたし、私も家族と共に残るつもりだった。だから悩む必要もなく気が楽だった。私は同僚や防衛隊で知りあった人たちに、余った食料があるならうちに寄付していってと冗談半分に交渉していた。そのように言いふらしたのは、避難しないという間接表現にもなった。しかし避難体制に突入した防衛隊の中でそんな話はなんだか目立ってしまい、言葉に気をつけろという忠告まで受けた。独り身の隊員たちは団体として出発する準備をし、団体行動の便宜をアピールして門戸を開放した。面識のない若者たちが続々と合流してくるのを見ると、今度もまた若者たちを残してはいけないというのが政府の方針のようだった。

団体避難に合流した隊員の中にチョン・クンスㇰという私より一つ年上のお姉さんがいた。年上と言われなくても姉さんと呼びたくなるほど頼もしくて、ふくよかな敦岩洞生まれの女性だった。家族みんなで避難したが、南のほうは親戚がまったくいない他郷だったからか、老父母の生活がどうしても落ち着かず、ソウルに戻るために先に一人でソウルの様子を見にきたところ、またもや避難する身になったようだ。末っ子だというが、家族の先発隊となって単身漢江《ハンガン》を渡るほどの女傑的なところがあった。

いままであいまいだった郷土防衛隊の任務が再び情勢が不安定になると、若者たちを一人残らず連れていくためにあったのかと思えるほど活気をおびた。とくに総務部は英字とハングルを一緒に書き入れた身分証と腕章づくりに忙しかった。四角形の職印は押してあったが、印刷所がなかったので、それなりの身分証に仕上げるためには活字のような文字を書く特殊な技術が必要だった。それには総務部長が適任者だった。腕章も郷土防衛隊とだけ書くより、Local defense party という英文をメインにして、ハングルを小さく括弧内に入れておくと、より一層権威があるように見えた。そんな仕事を手伝っているうちに、私はそこから抜けだすのがだんだんと難しくなるのを感じた。私が警察からここに預けられたとき、どういう疑いをかけられていたのか人の口にまでのぼる侮辱に耐えなくてはならなかった。それでも面と向かって私に避難を強要しなかったのは、動きが不自由で痩せ細った兄がいたからだ。私は冬に人民委員会で仕事をしていたときとあまりにも状況が似ていたので、ふと、いまどっちの世界に生きているのかと、紛らわしく感じることもあった。

ところが本当に冷や汗をかく事態が家で起きていた。時勢の変化に気づいた兄が自分も避難すると言いだしたのだ。避難ができるのは好都合だと言った。南に避難してこそ堂々とできるんだから、戦況がまた不利になって避難を促してくれるなんてとてもありがたいと言うのだ。特赦で釈放される無期の囚人でも、あんなに喜びはしないだろう。またもや避難が火種だった。うちはいったいなんの悪縁があってここまで避難につきまとわれるのか、わけがわからなかった。家族みんなが一致団結して兄の理性に訴えた。私たちは南側に知りあいもいないし、持ち金もない、兄の健康状態が冬よりいくら良くなったといっても遠い道のりは歩けない、また経験から言うと北も南も少ない粃《しいな》たちを脅かすより、大目にみたり放っておいて無視する傾向にある、さらにいまは家族みんなが集まっているから、頼りあえばどんな困難にも耐えられるはずだ。そんなわかりきっている話をなぜ心を尽くして兄に訴えたのだろう。ダメなものはダメと、頭ごなしに話せばよかったのに。

兄はもっとあきれ返ることを言いだした。南側に縁者がいるではないかと。天安《チョナン》にある前妻の実家に行くと言うのだ。いまの兄嫁の実家ではなく亡くなった前妻の実家が天安にあった。兄と彼女との恋愛、短くて切ない結婚生活に私たちは胸を痛めたが、いまは過ぎたことだ。普通の思い出とはちがってなかったことにしたほうがいい、徹底した過去の話だった。私たちが薄情なのではなく、健康で淑やかな女性と再婚して子を産み円満に暮らすのを見守るのが、婚家家族としての義務だ。兄が再婚するとき、ごまかすつもりはなかったが、私たちは初婚の痕跡をきれいになくそうと細かいところまで気をつかった。それは兄の心の中までそうなってほしいというのが私たちの願いだったし、新しい家族への温かな配慮でもあった。しかし兄は一度言いだすと、兄嫁の前でもためらうことなくそうしたいと哀願した。天安なんてとんでもないと母が否定すると、兄はあそこに言い換えた。私はあそこがもっと嫌だった。兄の稚拙な幼児的態度が気持ち悪くて鳥肌が立ちそうだった。

農業をして食べ物にも困らずそこそこに暮らしていた南側の田舎では、この時期ソウルからの避難民の尻ぬぐいで生活基盤が脅かされていた。赤の他人に近い遠い親戚が次々とやってきて、軒先まで開け渡す話もよく耳にした。それでも娘が死んだ後、消息が途絶えていた婿が再婚し、その妻子を引き連れたうえに病人になって一文無しの姿で現われるというのは、普通の人間の常識としてはとうてい考えられないことだった。それでも兄はそうしたいと言い張った。兄の願いは「避難したい」から、ただ「あそこに行きたい」に変わっていた。あまりの常識外れな話だったのでそのうち収まると思ったが、それではすまなかった。私たちは兄が初めて吃音になったときよりどうしてよいかわからなかった。どうしたら人はあのように変われるのか。まるで初恋に殉ずる少年時代へ退化したような兄の手のつけようがない純真性は、うちの家族をより一層絶望的で悲惨な気持ちにさせた。

兄は深く病んでいた。歩けるのが奇跡に思えるくらいで、どこがどう狂ったのか、診察を受けられないまま壊れていった。あそこに行きたいというのも、肉体が極度に衰弱したときの人間の深層心理の不思議ぐらいに理解すればよかったのに、私はそこまで寛大ではなかった。いままでに兄が考えだした家族を大いに困らせたふるまいのなかで、一番の幼稚で拙い甘えとしか言いようがなかった。さらに兄嫁の立場で考えると、残忍この上ない甘えではないか。あそこの家で軒先を貸してもらえても、兄嫁の肩身の狭さを考えれば、いったい彼女になんの罪があってそのような辱しめを受けなくてはならないのか。私はそんな状態に耐えられそうになかった。なんとか見ないようにするしかないと思った。それは兄嫁と私との厚い友情でも克服できない私の生来の利己心と言われても仕方なかった。自分が正しいということにあまりにも自信があったので、言い訳なんかしたくなかった。

「どう考えてもおまえの兄さんにお化けが憑いているみたいだ。まともじゃないよ」

あまりのひどさに母までもがため息をついた。お化けの話を聞いたら明緒《ミョンソ》が坡州《パジュ》の私のところまで会いにきたのを思い出した。それはとても非現実的だったので、いまだにだれにも言っていなかった。兄があそこと言う天安に現われたなら、向こうの前妻の父母にとっては、私が明緒の訪問を受けたときよりもっと非現実的なはずだ。しかし生きている私たち家族の過酷な現実は、その非現実的な兄の前では無力だった。

「おまえはあそこにまでついてこなくていい」

母が私に自由をくれた。母は私が天安《チョナン》のあそこにはいくらなんでも行かないと見抜いていた。

叔父が頑丈なリヤカーを用意してきて兄と子どもが乗れるようにと改造し、車輪と梶棒の修理をした。私はそれを手伝いながら、六人家族から私が抜けるということが、残り五人家族にどれだけ薄情で不道徳な行為なのかという罪悪感で足元がふらついた。兄に最後に訴えた。あそこにさえ行かないなら私も家族と行動を共にする、リヤカーを兄嫁一人に任せるわけにはいかない、若い私の力が必要なのはリヤカーだけじゃない、お年寄りと赤ん坊と病人の面倒をみなくてはならない過酷な責任を兄嫁一人に背負わせることはできない、そう言って兄を説得しようとした。

「おまえの義姉さんもすでに了解したことなんだ。快く承諾したんだよ。それに俺がなんでリヤカーに乗るんだ？　ひっぱるほうさ。一気にそんなに行けなくても、急がず休みながら歩けば大邱や釜山《プサン》にも行けるさ」

そう言いながらズボンをたくし上げてふくらはぎを見せた。干上がった塩の塊のようになった銃口穴を、まるでたくましい力こぶでもあるかのように。彼は夢を見ていた。自分の体についてもあそこについても。兄は彼女の顔に咲いた桃の花のような艶《あで》やかさに目がくらみ、活発に増殖している悪い菌に盲目となり、熱病に憑かれたかのように愛したのだ。若くて見目好い花婿となってあそこにあいさつに行ったとき、その地で代々羽振り良く暮らしてきた妻の家族や年老いた両親が、彼をどれだけ歓待し喜んだことか、目に見えるようだった。彼もまさかあそこがあのときのように彼を厚くもてなしてくれるとは思わなくても、この血も涙もない厳しい戦乱の中で再び襲ってきた恐怖感から逃れる突破口になっているのは事実だった。それをいち早く認めあきらめた兄嫁の判断はさすがだった。

「おまえも避難したほうがいい。一度は南のほうに行ってきたほうが堂々とできるというおまえの兄さんの話は正しいようだ。避難しなかったという罪でどれだけ痛めつけられたことか。だから、ここに残ろうとは思わないで防衛隊の人たちと一緒に避難しなさい。疑念の目を向けられるような行動は二度としないようにしよう。クンスクが一緒なら、男たちの中に女の子が一人いるよりずっと安心できるし」

母はそう言いながら私の荷物を別に用意してくれた。銀の匙と箸、数枚の絹服をつめこんだ。前回北に避難したときと同じものだった。あのときの私たちはそれを何一つ使わず、そっくりそのまま持ち帰ってきたのだ。うちの家族は郷土防衛隊が出発するより一日早く出た。目的地があそこだということを除いても、うちの家族はみすぼらしいうえに奇妙にさえ見えた。ずっと母のプライドを守ってくれたシンガーミシンが荷物の中から突き出ていた。そんなミシンが財産目録の第一号だと世間に知られたところで恥じる必要もなかった。兄がそのリヤカーの荷台に堂々と座ることによって、どう見ても精神がまともな者が一人もいない狂った一団のように見えた。叔父が漢江《ハンガン》の河岸まで見送ってくれた。私はそれさえしなかった。胸が張り裂けそうで門の前で見送ることすらちゃんとできなかった。私は部屋に飛びこむと、心ではなく肉体のどこかが張り裂けそうな気がして、体のあっちこっちをなでおろして落ち着こうとした。このあいだの冬もうちの家族は二つに分かれる経験をしたが、そのときは離れたことでよりかたい結束感を味わった。犠牲の伴なう満足感も悪くなかった。でも、今度はそうではなかった。一人だけ離れてしまったという孤独感だけでなく、純粋に私の利己心が招いた結果だということが恐ろしかった。今度負った傷は、生涯に渡って血を流し続ける残酷な刑罰になる気がした。

4

翌日、私は郷土防衛隊の団員と合流して避難した。防衛隊では私の合流を歓迎してくれたが、なかでもクンスㇰ姉さんはとくに喜んでくれた。かれこれ二〇人近い若者が隊員の印である腕章と身分証を持って団体行動をした。団体行動をしてみたら、なぜ急に隊員が増えて防衛隊の権威が強くなったのかがわかる気がした。漢江《ハンガン》の橋が壊されていたから船で渡るしかなかったが、船を用立てるのは簡単なことではなかった。漢南洞《ハンナムドン》の船渡し場には避難しようとする人たちが群れをなしていて、この間にソウルの人口がどれだけ増えていたかを実感できた。渡江が難しいのは南から北に渡るときだけだと思っていたが、政府は完全避難を命令しておいて、漢江以北から南へ移動するのにもやけに厳しかった。いたるところで身分証を調べていて、とくに船に乗る順番を早めるためには市民証の他に身分証を持っていたほうが有利だった。憲兵や警察の検問が多いのは避難民を装った敵のオヨル〔第五《オ》列《ヨル》＝スパイ〕が紛れこんでいるのを恐れているからだと言われた。オヨルというなじみのない言葉は聞くにつれなんとなく意味を予測できたけれど不愉快に感じた。漢江以北にいる人を粃《しいな》かオヨル扱いしておいて、漢江以南の人ばかりを大事に保護している様子に腹の虫が収まらなかった。そうであればあるほど、早く漢江以南の地を踏みたいという焦りを感じた。

そういったいらぬ焦りの他には心配ごとなど何もなかった。私の荷物は遠足用のリュックサック並みの重さであり、団体行動だったから検問も一人代表が受ければすんだので楽だったし、渡船交渉するときも隊員たちは待っていればよかった。野宿時の食事は金も払っていないのに近くの飯屋が運んでくれた。心配ごとが何もないことに不慣れで、これでいいのかと良心の呵責まで感じた。叔父の話によると、兄たちは永登浦《ヨンドゥンポ》〔ソウル市永登浦区、漢江のほとり〕につながる仮橋を渡ることにしたが、渡江するところまでは見送れなかったというから、私たちより先に以南の地を踏んだかはわからなかった。家族のことを考えると心配や不安よりも傷のような痛みを感じた。人から見ればびっくりするような気持ちの悪い傷なので、クンスク姉さんにも打ち明けられなかった。私はわざと明るくふるまって大声でケラケラ笑ったりしたから、たったの一日で「愛嬌者」というあだ名がついた。いまだかって愛嬌者どころか愛嬌があると言われたこともない者が、徹底的に本音を隠してふるまったことでそんなあだ名をつけられたのだ。後々までもそのことを思い出すと自分が嫌になった。

野宿した翌日の午後になってようやく漢江を渡ることができた。うちの隊員たちがやっと全員乗れる小さな船だった。船から降りて最初に踏んだ地は、乗ったときとちっとも変わらない砂地だったので不思議な感じがした。他の隊員たちの淡々とした態度が不思議に思えたくらい、そこは私一人が憧れてやまなかった以南の地だった。ついに以南の地に着いたのだ。

その日は遠くまでは行けず、マルチュッコリにある農家を借りてご飯を食べて眠った。一部屋で雑魚寝したのにぐっすりと眠ってしまい、翌日は昼間になってようやく出発できた。その日は龍仁《ヨンイン》〔京畿《キョンギ》道南部〕の山奥に泊まった。どうしてそんな道に入ってしまったのかは知る由もないが、山の奥だった。そんな山奥も避難民でいっぱいだった。かろうじてムシロを敷いて夜を過ごせる納屋を借りることができた。それでもご飯が十分にあったから、自分が心配せずとも食べ物があることが不思議でならなかった。

朝起きると、忌まわしい噂のために男たちは昨夜交替で見張りをしたと言って、しきりに生あくびをした。忌まわしい噂というのは峠の向こうにある分校に駐屯している外国軍が、女性を拉致しにくるという噂だった。避難民や地元民も頻繁に被害に遭うほどで、この近辺ではこの村が最も被害が多いという。もし彼らがそんな目的で襲ってきたらどうするつもりだったのかと訊くと、屈強な自分たち二〇名が私たちに覆いかぶさって隠し通すつもりだったと言った。守るのではなくたかが隠すぐらいで屈強ヅラをするなんてとふと寂しげに笑ってしまったけれど、知らないうちに自分たちが守られていたという感じがしてとてもうれしかった。

しかし翌日の水原《スウォン》〔京畿道《キョンギ》、ソウル南方約五〇キロ〕では隊員が一気に半分に減った。地元や家族がいる場所に目的地を変えたからだった。

私たちが毎晩足のマメをつぶしながら温陽《オニャン》〔忠清南道《チュンチョンナムド》、ソウルから南西方向に約百キロの温泉地〕にたどり着いたときにはみんなバラバラに別れ、総務部長とクンスㇰ姉さんと私の三人しか残っていなかった。温陽には総務部長の親戚がいて、私たちは総務部長に最後の最後まで従うことで食事や寝場所の心配をせずにいた。彼が使う金が公金なのか、賛助金なのか、あるいは彼個人の金なのか、知ろうともしなかった。知ったところで意味のないことだ。彼は親戚のもとに向かう途中、町外れにあるあばら家に寝食の提供を条件に私たちを預けた。おそらく最底限の経費ですむところを物色したようだった。いくらか前払いをしたようだったが、クンスㇰ姉さんと二人だけになると、これからの運命が風前の灯状態に陥ったようで不安だった。

クンスㇰ姉さんは数日もしないうちに、その家が蛇狩りの家だとつきとめた。台所と奥部屋と上の部屋、そして物置き、さらにもう一部屋が一列に並んで連なっているその家は、見通しのいい町に背を向け、狭苦しい路地ぐらいの間をはさんでまっ赤な断崖をさらけだして直立する裏山に面していた。その赤い断崖には、この家の台所の勝手口と向きあって穴倉が掘られていた。日帝時代に掘られた防空壕がソウルにもたくさん残っているころだった。戦争中だったので防空壕が近くにあるのは心強いはずだ。好奇心の強いクンスㇰ姉さんはその穴倉に入ってみたようだ。穴倉の中は濡れた人絹を体に巻きつけたように薄気味悪くじめじめしていた。そこに大小の薄汚れた壺が置かれていてそのうちの一つのふたを開けてみると、その中にはとぐろを巻いた蛇が鎌首をもたげ、舌をちょろちょろさせていたというのだ。

クンスㇰ姉さんはおもしろ半分に話しただけなのに、私は一気に鳥肌が立った。夜寝るときも薄気味悪い冷たいものに触れられたような幻覚がして、身を震わせ悲鳴をあげた。黒人が若い女を拉致しにくるという噂よりもっと忌まわしかった。夏だったからまだよかったものの冬だったら到底耐えられなかっただろうし、扉の合わせ目がお粗末で、部屋のオンドル床にネズミの穴が多いのも不安だった。クンスㇰ姉さんがこれ見よがしに寝る前にネズミ穴を靴下でふさいでくれたが、蛇に絡まれる悪夢はなかなか消えなかった。驚いて目覚めるたびにクンスㇰ姉さんは私を優しく抱いて、背中をトントンと叩きながら大丈夫、大丈夫よ、毒蛇も蛇狩りには太刀打ちできないんだからと私を慰めた。蛇のせいで私は、一層クンスㇰ姉さんに依存するようになった。蛇の皮は冷たいものという先入観があったせいか、クンスㇰ姉さんの温かい肌に触れなくては眠れなかった。日増しに暑くなるのにクンスㇰ姉さんは夜明けまで腕枕をしてくれて、翌日には腕をもんでくれと言ったりした。しかし蛇狩りの女房に新婚夫婦がいちゃついているみたいだと下品に笑われてからは、私たちの関係が汚されてしまったようで気まずくなった。

もう怖くないわと粗末な布団に横たわり眠りに就いていると、いつのまにかクンスㇰ姉さんの片腕が私の頭を支え、もう片方の腕が私を温かく穏やかに包んでいるのに気づくと、安心しながらも、姉さんが私を引き寄せているのか、私が姉さんの懐に入りこんでいるのかと深刻に悩んだりした。同性同士の肌の触れあいは快感とはちがうものの、微かに罪のような予感があった。私の人生がとんでもない方向へ墜落していくような気がするたびに、これは私のせいではない、母のせいだと思いたくなった。母に最後まで守られずにつき離されたのが恨めしかった。家族と一緒にいたらこんなことにはならなかったはずなのにという恨みは、家族恋しさへの裏返しだった。

総務部長に飼われ、クンスク姉さんに慰められている境遇に、だんだんといらだち始めた。まだ道があれば方向を変えたかった。そうできるかどうかはとりあえずここを抜けださないとわからない気がした。私は姉さんと話しあうきっかけをつくるために、この家のご飯すべてが気持ち悪いと言いだした。それは本当のことだった。この家で蛇を加工しているようには見えなかったが、クンスク姉さんが穴倉で見たのがたしかなら、この家の男が穴倉に出入りするときに担いでいる黄色の袋にはおそらく蛇が入っているはずだ。男は蛇を捕まえるだけで蛇を殺したり加工もしていないはずなのに、この家の土鍋にはことごとく蛇の油のようなものが沁みついていて、その汚れが食べ物に沁みだしいつも気持ち悪かった。その家で出される食べ物の中で煮たり蒸したりしないものはキムチしかなかったけれど、そのキムチはソウルでは一度も食べたことがないホウレン草のキムチだった。唐辛子を入れたか入れていないかもわからない水気の多いホウレン草キムチは、気持ち悪い食べ物の中ではだんとつだった。

「お姉さん、私たちここから逃げましょう。もっと田舎に行って納屋か軒下で泊まってもこの家にいるよりはましだわ。持っている物で食料と交換できるし、運が良ければ働けるかもしれないじゃない」

「だれかに追われているわけでもないのに逃げるだなんて。いくらしゃくにさわるからと言っても総務部長が支払った分はがまんしなくちゃ。それが総務部長に対する礼儀でもあるし、私たちそんなこと言える立場じゃないでしょう」

クンスク姉さんは事理をわきまえて話してくれた。

「そう、姉さんの言うとおり、私なんか苦労して当然よ。もしどこかに行って稼いでいまよりましな暮らしができるんなら、私はもっと耐えられない。そんなことを願うことすら天罰が下るわよね。どうしたのかって訊かないで」

私は恥ずかしさのあまり世迷い言を並べた。その日、クンスク姉さんは私を連れて温陽《オニャン》市内に出かけた。市場見物もして温泉地の湯気が立つ小川で体を洗い洗濯もした。それから私たちは市場の隅で焼けつくような陽射しの下にしゃがみこみ、ススブクミ〔韓国式きび餅〕を買って食べた。もっちりした皮の中にサッカリンをたっぷりと入れたあんこがとろけるように甘かった。陽射しとススブクミを焼く火鉢の熱気で、体が溶けて地面に流れだすと思われるほど汗が吹きだした。ススブクミのおいしさと初夏の暑さが、並行する鉄路のように互いに交わることなく、それぞれに際立っていた。クンスク姉さんがススブクミのお金を払ってくれた。クンスク姉さんの懐具合は私より余裕があることは知っていた。彼女の大らかな人柄は金銭的余裕からくると思えて羨ましかった。水原《スウォン》でも、彼女はこれからの道のりを考えると糖分を取っておく必要があると言いながら、かなりな量の飴を買って全隊員に配ったことがあった。それでなのか、避難民が通る道端で最も多いのが飴売りだった。みんなに等しく施しながらも、彼女は私だけを特別扱いすることも多かった。なのに彼女から一方的な恩恵を受けるほど、私は彼女をけちん坊だと思ったりした。くだらないプライドのために恩知らずなふるまいもためらわなかった。

前払い金がつきる前に総務部長が現われた。不安だっただけにすごくうれしかった。彼は自信なさげに、今度はソウルを敵の手に渡すことなく終わりそうだと言いながら、避難しなくてよかったかもしれないと言い添えた。最小限な人数だけ残して撤収していた警察や官公署では、必要な人間たちが次々にソウルに戻っていた。一般市民の渡江は依然として禁じられているが、密かに渡る方法も開発されたりしていて、再び漢江《ハンガン》以南の川辺では渡江をねらう避難民たちで混雑していると言った。久しぶりに聞く情勢の話だった。そんな話を平気で話す部長の平べったい唇を引きむしりたくなった。もちろん私たちを振りまわしているのは部長なんかではなく、彼よりはるかに高い地位の人間だろう。その決定権を握っている人間はわかっているのだろうか。うちの兄のように死を賭して避難している者もいるということを。たしかに多くの若者が国を守るために命を惜しまない中で、避難を起死回生の手段として利用しようとする兄のような人間は、虫けらにも劣る存在にしか見えないだろうけれど。

今回もいくらかの金を蛇狩りの家に支払い去っていった総務部長は、期限を迎える前に再び現われた。彼は以前よりもっと落ちこんでいた。郷土防衛隊に解散令が下ったというのだ。私はそのときでもその団体の存在理由や金づるについて無知だったし、もちろん所属意識もなかったからしばらくなんとも思わなかった。しかし彼がとった態度から、ようやく私たちは木から落ちた猿の立場になったことに気づいた。それは蛇狩りの家の女房と言い争って前払いしてあった金のいくらかを払い戻させ、それを私たちに渡しながら、これで自分の役割は終わったと宣言したことで明らかになった。彼は温陽に残るようだ。私たちにここに残れとも、ソウルや別のところに向かえとも言わなかった。私たちがどうなるかよりも、これからは責任を取らなくてもいい関係になったことを明確にしておくことが彼にとってより肝心なことだったのだと思う。このままではあまりにも薄情だと思ったのか、連絡とか助けが必要なときには訪ねてくるようにと、彼が泊まっている家の住所を教えて去っていった。

真夏の死

1

「慌てないで、ゆっくり普通に歩いて」

クンスク姉さんがしきりに前のめりになっている私の袖をひっぱって言った。漢江《ハンガン》の浮き橋のまん中でのことだった。クンスク姉さんは昨年の夏に無残に壊された漢江橋やすぐ足下を悠々と流れる河の水、遠くに見慣れた南山《ナムサン》などを感慨深げに眺めながらゆっくりと歩いていた。物見遊山に来たみたいにのんきだった。私はそんな姉さんに劣等感を感じたけれど、下手にまねできるものではなかった。わざと私を怒らせようとしているのではないかと思えるほどふてぶてしくて、彼女と速度を合わせながらも足並みのそろわない二人三脚をしているようでいらついた。ついに対岸にたどり着き、そこにも憲兵がいたが、身分証明書を確認されることもなく無事に通過できた。

「ほらー」

彼女が安堵のため息をつくように声を上げ、急ぎ足になってだれもいない道端に腰を下ろしながら言った。うんざりした表情だった。

「はい、はい、そうですね。姉さんの偉大さをいまごろ気づくなんて大変失礼しました」

彼女は決して偉そうな態度でもなかったのに、私はこんなふうにつっかかった。私たちはしばらくのあいだ、互いに抱いた嫌悪感を獣のように晒しあっていた。

蛇狩りの家に総務部長が立ち寄って以来、私とクンスク姉さんはことごとく意見が噛みあわなかった。私はその日のうちにソウルに向かうことを提案し、彼女は蛇狩りの家から返してもらった金をもう一度渡してその分ここにいて様子を見ようと主張した。こんな田舎に引きこもって新聞一つ見ないまま、部長の話だけを信じて出発するのは無謀だというのだ。この近辺の噂では漢江《ハンガン》を渡るにはいまも多くの障害があり費用がいると噂されていた。私は総務部長からもらった最後の金を蛇狩りの家で散財するなんてばかばかしいと思っていたけれど、彼女は今後のことは自分がなんとかするから心配するなと言った。姉さんがそこまで言うのなら非常用の金を十分に持っているにちがいなかった。秘かに安心しながらもなんだか屈辱を感じた。私は自分一人でもソウルに行くと言い張った。本当は彼女が私を捨てて家族のいるところに行ってしまうかもしれないと恐れながらも彼女の腹を探ってみたのだ。するとクンスク姉さんは他の下宿に移るのはどうかと提案してきたが、私は図太くもその提案すら断った。彼女の経済力に頼る場合に備えての最後のあがきだった。クンスク姉さんが折れてくれた。そして総務部長が泊まっている家を一人で訪ねて、どう話をつけたのか、永登浦《ヨンドゥンポ》まで行くトラックに乗せてもらうことになったと言った。姉さんが別途に金を使ったのかもしれないと推測したが、知らんふりをした。そのとおりなら卑屈になりそうだったから。そうでないならものすごく幸運だった。ともかく、何もかも姉さんのおかげだった。姉さんに世話になればなるほど、私はひねくれた態度で返した。

とにかく足にマメができることもなく、飯代もかけずに私たちは永登浦に到着した。宿は浮き橋が見える鷺梁津《ノリャンジン》にした。そこは渡江証がある者には浮き橋へ容易に歩いて行けるところだったし、渡江証のない者には渡江するための情報集散地だった。クンスク姉さんは私を宿に残して一日中歩きまわって帰ってきた。私もついていきたかったけれど、そうしてほしくない様子だったのでおとなしく待つことにした。内心では温陽《オニャン》でトラック便の交渉をしたような手腕を再度期待していたのかもしれない。そうした幸運には私が関わらないほうがうまくいくような気がした。しかし戻ってきた姉さんは疲れきっているだけで、うまい手が見つかったようには見えなかった。様子を見てがっかりした私は何も訊かなかった。渡江をねらう人たちが雑魚寝するような安宿で、私たちは言葉を交わすこともなくひと晩を過ごした。

「郷土防衛隊の身分証は持ってるよね?」

クンスク姉さんは自分の荷物からそれを取りだして確認しながら、私にたずねた。私はズボンのポケットに入れたまま移動していたので、ポケットをポンポンと叩いて見せ、ここにあるわよと答えた。

「これを見せて浮き橋を堂々と一度渡ってみよう。アメリカ軍の憲兵と国軍の憲兵が一緒に見張っていたけど、私たちの身分証には英字とハングルが一緒に入っているからうまくいくと思うわ」

「何でうまくいくのよ?　彼らが文字を読めないとでも思ってるの?　防衛隊が解散すると身分証も無効になるでしょ?　解散しなくてもそうだよ。防衛隊なんかたいしたもんじゃない。そんなものを使おうというの」

「ダメ元よ。渡江証とか身分証なんかもたいしたもんじゃない。私の言うとおりに一度だけやってみよう。ねえ、私たちこう見えても娘盛りなんだから、もし無効がばれたら涙で訴える方法もあるし」

クンスク姉さんの誘いに私もやる気になってきた。涙で訴えるのではなくて、飛びかからんばかりに抗議したかった。私たちは団体で避難したのだ、行かなくてよい避難を命令によってやらされたのだから、その団体を解散させたんなら私たちを元の場所に原状復帰させるのが当然だと、胸のすくような抗議ができると考えると、身分証が無効になったことがばれても恐れる必要はないと思った。アメリカ軍と国軍の憲兵が合同で見張っている漢江《ハンガン》浮き橋の検問所を目の前にして、姉さんが私にゆっくりと堂々とふるまうよう注意するほど私は焦っていたけれど、漢江が渡れないかもと焦っていたのではなくて、どうすればかっこよく抗議できるか、言いたいことが山ほどあって喉元にひっかかり、わめいてしまいそうな感じがしたからだった。

ところが私たちは信じられないくらい簡単に検問所を通過した。姉さんが先にアメリカ軍憲兵に身分証を見せて、その次が私だった。姉さんの分だけつぶさに目を通し、私のものには手も触れず「オーケー」と言って、あっさり通してくれた。国軍憲兵は敬礼までしてくれた。思いわずらっていたことがいとも簡単に解決できると、背後から再び呼び止められる気がして私はしきりに前のめりになっていたが、姉さんはしらばくれて余裕を見せていた。

私より先にうちの家族が帰っていることを願っていたけれど、先に着いたのは私だった。敦岩洞《トナムドン》の家に残っていた叔父家族は何ごともなく相変わらずだったが、私はだれもいない家に帰ってきたようで寂しかった。失望と落胆と旅の疲れが重なり、崩れるように倒れこんでしまった。その場で消えてしまうのではと思えるほど、指一本ピクリと動かす力も残っていなかった。お祖母ちゃんがどれだけ苦労したならこんなふうになるのかと、着替えを用意しながら憐れんでくれた。お祖母ちゃんに打ち明けるほどの苦労もしていないので、かえって惨めな気持ちになった。私一人が楽をするために家族と別行動したようで、罪の意識に苛まれて必要以上にわざと苦しいふりをしたのかもしれなかった。

夕食用に叔父が鮸《ニベ》を一匹買ってきた。うちでは毎年夏になるとズッキーニを大きめに切って入れ、コッチュジャンで味付けした鮸鍋をよく食べた。最近では高額なものになったが、五〇年代までは小満〔二十四節気の一つで陽暦五月二一日ごろ〕のころは、ヨンピョン島産のイシモチを一俵買いして塩辛や干物をつくり、真夏には鮸鍋、稲が実るころには沢蟹の醤油漬けぐらいは庶民でも楽しめる贅沢だったし、待ち焦がれた旬の味だった。蛇狩りの家の気持ち悪い食事にくらべると、まぶしいくらいの贅沢だ。叔父の無言の歓待がありがたくて鮸鍋が喉を通らなかった。それを食べるよりも、私は人でなしだと白状して泣きわめきたかった。家族と運命を共にしなかった自己中心的な自分の行動への後悔で苦しかった。みすぼらしくて、哀れさえ感じさせる奇妙な兄たちの避難時の姿も、私がそこにいたらそこまで奇妙には見えなかっただろう。だれであろうとその奇妙な一団に出くわしたなら、二度や三度は振り返るはずだと思うだけでも苦しかった。母のせいだ、母は私に自由を与えてはいけなかった。すべてを母のせいにした。胸のつかえで食事が喉を通らないのは、戦乱が起きて以来初めてだった。

ソウルは後退令が下る前よりもっと人口が増えているようだ。暑くなり始めたからか、通りに人も多く、敦岩市場も青物と果物が売られているだけで豊かで活気に満ちて見えた。世の中がひっくり返ることさえなければ、人はどうにか順応して生きていける。叔母は依然として青物を市場の道端で売っていたが、叔父はどうしたことか背負子を担いで出かけなかった。ナカマ稼ぎもやめたと言った。路地に面した窓がある部屋をお祖母ちゃんと二人で使ったが、お祖母ちゃんは団扇《うちわ》でハエを追い払いながら、その間の事情をぽつぽつと話してくれた。

「おまえの叔父が背負子を担ぐ姿を見ないでいるから私は気が楽だよ。いままで人の上に立って筆一本で生きてきた人間にできることではない。ナカマだとか仲買人をやれる性分でもないし、担ぎ屋なら嘘をつくこともないけど、家の仲介でもない露天商の仲買なんか半端者がやることだろう。言うまでもなく舌先三寸で金を騙しとる連中だよ。それなのに、口が重いおまえの叔父がどれほど切羽つまってあんなことをやろうとしたんだろうね」

私はお祖母ちゃんのそんな話も嫌味に聞こえた。おまえらを食べさせるためにそんなことまでしたけど、もうやらないというふうに聞こえた。孫よりも自分の息子の肩を持つように聞こえて、お祖母ちゃんには北に行ったことにしてあった二番目の叔父が実は死刑にされたことをバラそうかという不届きなことまで考えた。そうする代わりに、底意のある話で応酬した。

「それじゃ、お祖母ちゃんは叔父さんが担ぎ屋をするのは気にさわり、叔母さんが籠を頭に載せて歩くのはなんとも思わないんですか？　ひどいじゃないですか」

「おまえの叔母さんの苦労なんかはもうすぐに終わるから、エコひいきする必要はないんだよ。それにこんな時代に生まれた女たちの苦労なんかたかが知れている。体の丈夫な女が籠を頭に載せるのがなんだというんだ？　格式のある両班《ヤンバン》の末裔に背負子を担がせ、嘘なんかつかせて糊口をしのぐ侮辱なんかにくらべられるもんか」

なにげなしに話されていることでも私には一つ一つが棘となって刺さった。みんなが戻る前に私も何かしなくちゃ。郷土防衛隊がなくなって自分の糊口もしのげなくなり、遊んでなんかいられないという圧力で胸が締めつけられた。

「叔父さんに何かいいことでもあったんですか？」

「捨てる神あれば拾う神ありさ、すごい人と知り会ったようだ。実を言うと、それも市場をうろついていたおかげだけどね。開城《ケソン》の金持ちらしいけど、早ばやとソウルにひと財産を移していまは釜山《プサン》で手広く商売をやっている人らしい。たまたまその人の家がこの近くでさ。さすがに立派な家で大きくて豪華だそうだ。長いあいだ留守にしていた家が気になって見にきたところ、おまえの叔父と市場で出会ったんだとさ。最初は向こうのほうが気まずそうにしてたじろいだみたいで、いくら金があったところで身分は私たちとはくらべものにならないさ。その人は叔父を役所に就職させるから、世の中が落ち着くまで留守宅を見てくれと頼んだそうだ。そんな立場の人たちっていうのは、こんな混乱期にソウルに戻ってこないからね」

「それじゃ、叔父さん家族はそちらに引っ越すの？」

「引っ越すもなにも、すぐ目の前なんだから。おまえの兄が戻るまで私はここに残ることにしたよ。おまえが先に帰ってきたから一人にしておくわけにもいかないし、一緒にいてあげるさ」

「商人だと言っておいて、なんでよりによって役所なの？　どうせなら事業をやらせてもらったほうがいいのに」

私は皮肉を言ってみた。

「うちが両班の家柄だとわかっているからじゃないの。おまえの叔父さんが頼んだわけでもないのに向こうから先に言ってきたらしいよ。いくらなんでも市場でこんなことしている方じゃないって。自分は商売をしていても、息子は官庁のお偉いさんだから手を回してあげると言われたらしい。良かったじゃないか。ゆかりのないこの他郷でうちの家柄をわかってくれる人に出会えたんだから」

「うちの家柄って？　叔父さんが日帝時代に村役場で働いていたことを言うんですか。それはお祖母ちゃん、日本の手下みたいなものですよ。恥ずかしいことなんですよ。そのために解放後に親日派《チニルパ》だと言われ、村の若者たちがうちの家を壊して大暴れしたことを覚えていないんですか？」

「お黙り！　若者たちがよくわからないでやったことなんだ。年配者たちはその後に何度も頭を下げて謝罪したんだよ。私たちに刃向かうなんてとんでもない。村役場の職員なんかたいしたことないのは私も知っている。だが、うちは代々村人たちにお手本を示して生きてきたんだ。それを忘れるなんてありえない」

学校の休みで田舎に帰省したときのことを思い出した。狭い道で背負子を担いだ村人に出会うと、お年寄りも幼ない私に会釈し、道端に身を寄せて私を先に通してくれた。幼ないころはそういうものだと思っていたが、歳をとるにつれ気まずくて嫌になった。お祖母ちゃんはそのころのことを懐かしく思っていたのだ。村役場の職員なんか取るに足りないと言ったのは本意ではなくて、官庁に入ってこそ偉いと思うのが、いまだにお祖母ちゃんに残る両班《ヤンバン》意識のくだらない本性だった。そんなお祖母ちゃんが背負子を担いでいる息子を見る気持ちは言うまでもないだろう。要領も悪いのに、どうしてよりによって背負子担ぎだったのか。叔父がそこまでして私たちを養ってくれた恩はさて置き、背負子担ぎがどれほど彼に似合っていなかったかを思い出していた。

開城《ケソン》の金持ちの約束は嘘ではなかった。その人が手を回してくれて叔父はソウル市役所傘下の児童保護機関の小役人として就職できた。固定給も取るに足りない程度で、叔母さんが引き続き青物売りを続けないと家族の口が干上がりそうだったが、それでもお祖母ちゃんだけでなく叔父も、その新職場で働けることをとてもありがたがった。叔母が丁寧に手入れした背広を着て、顔を輝かせて出勤するところを見ると、うちの家族が彼の背負子担ぎに頼りどれほど迷惑をかけていたのかを改めて痛切に感じた。そうして叔父家族はうちの家から離れていった。お祖母ちゃんは残ってくれたけど、うちの家族が帰ってくるまでだった。叔父家族の引っ越しの荷は開城から避難したときの物だけで、引っ越し先もうちから五分とかからない近所だったのに、一人ぼっちになった気分は覚悟していたよりずっと耐えがたいものだった。

うちの家族はあそこからどうしてこんなにも帰ってこないんだろう。帰ってくる途中なんだろうか。にっちもさっちもゆかない状況ならどんなにかつらいだろう。みんなまだ生きているんだろうか。一人ぼっちになるとそうした心配ごとも私一人だけのものになり、他のことは考えられなかった。どうすればみんなを助けられるんだろう。夢の中では何度も奇妙なうちの家族の中に飛びこみ、リヤカーの梶棒をつかんで安っぽい同情の目に立ちはだかることもできたが、現実には見えない彼らを助ける方法なんかなかった。

2

クンスㇰ姉さんの家は敦岩《トナム》市場の裏通りにあった。古い家だったが敷地が広く、台所がついている部屋も多かったので間貸しに適していた。間借り人の中には避難先から戻った人もいたので、クンスㇰ姉さんが一人でいてもそこまで寂しそうには見えなかった。敦岩市場の中には姉さん家族が所有する店舗が何軒かあると聞いていた。しかしまだ正式な店舗賃借人がソウルに戻っていないからか、ほとんどが閉まっていて、露店のほうが盛んだった。商売というのは、似たような業種同士が密集するところに客が集まるものだから、反物や貴金属、子ども服、メリヤス、仕立て屋、布団屋など値の張るものを扱っていた店の前には、青物や魚を売る露店、それにチャプチェやスンデ〔腸詰め〕などその場で出してくれる屋台が多かった。それに横流しのアメリカ製品を露店で売りさばいて、いつでも逃げ出せるようにしていた人たちがほとんどだったから、正式に店舗を借りようとする人はいないと言われた。心配ごともなく家族が帰ってくるのを待つだけの、これからも明るく裕福に暮らせるクンスク姉さんが羨ましかった。

クンスク姉さんは不安がる私を見て、余計な心配をするより家族が帰ってきたときに備えて何がしかの準備をしたほうがいいと言った。彼女の言うことはいつもごもっともだった。思慮深い彼女の態度に自分がひどく恥ずかしくなった。私が不安なのは家族の安否が不明なせいもあったが、これからの家族を養う自信がなかったからだ。うちの家族はまだ知らないだろうけれど、無事に渡江して帰ってきたとしても、叔父家族が私たちの面倒を見てくれないという事実を一番先に受け入れる必要があった。実は私もまだそのことを認める勇気がないのだ。クンスク姉さんは漢江《ハンガン》の浮き橋の上で前のめりになって焦っている私に、後ろから堂々としなさいとたしなめたときのように余裕を見せていた。

私は神のお告げを受けたように、そんな彼女をこの地獄のような不安から確実に這いあがるための命綱のように思えた。私は素直にどうしたらよいかと助けを求めた。彼女は私を散歩に誘い、彌阿《ミア》里峠《リコゲ》の下まで行き、道を渡って三仙橋《サムソンギョ》まで歩きながらいろんな話をした。ほとんどは、私たちがどうやって金儲けできるかについての話だった。

「あなたの叔父さんのように田舎で羽振りよく見栄を張っていた人が背負子担ぎまでしたなんて、そんなことだれもができることじゃないわ。本当に義理がたい方ね。そういうのは一生忘れてはいけないわ、わかった」

「わかってるわよ、でもそれはうちの家族のことだから。あのときはああして稼ぐしかなかったんだから。他の仕事が見つかったからもうやらないと言っているからいいの。私はむしろこんな時代にめんつを重んずるほうがおかしいと思うけど」

私は叔父に対する新しい反感から、白目で睨みながら姉さんにつっかかった。

「全然おかしくないわ。こんな戦乱の中でも金儲けの方法はいくらでもあるわよ。だけど人によっては死んでもできないことってあるから」

「そんなものどこにあるというの？　あるなら教えて。私ならなんでもできるから」

「娘盛りの私たちがこの最前線で一番簡単に稼げる場所はどこだと思う？　でもあなたにはできないと思う。あなたに西洋人相手のパンパンガールなんかできる？」

「姉さん、私のことバカにしてるの？」

「バカにしてるんじゃなくて、能力がないからできないことと、できるけど絶対にやりたくないものを除外してみたら、できることがあまりにもなくて悔しいから言っているの」

「だから姉さんの助けが必要だと言ってるのに」

「最初から私たちの能力に合わせて考えているわ」

私たちは暑さと失望に押しつぶされ、しだれ柳並木が続く城北洞《ソンブクドン》の川辺にしゃがみこんだ。それでも、私はクンスク姉さんが妙案を探してくれると信じあきらめなかった。人に希望を煽った以上は当然責任も取るべきだと思った。

「あなたさ、以前に郷土防衛隊で着ていたふわっとした服いまも持ってる？」

「そんなことどうして訊くの？　突拍子もなく」

「あなたがあれを着ていたとき、きれいだったよ。事務室もすっかり華やかになって男たちはやる気が出ると言っていたし、あのとき金巡査が毎日出入りしたのもあなたに惚れたというより、そんな雰囲気がよかったからだと思うわ。戦争中のソウルって最前線と言っても過言ではないから、見るものすべてが殺伐としているでしょ?」

「だから?」

「平和的で女性的な華やかな雰囲気も商品になるんじゃない?」

「あっ、そう。それじゃ姉さんがポン引きでもやれば」

私は裏切られた悔しさのあまり立ちあがった。お姉さんもすぐに立ちあがり、押し殺した声で柔らかにたしなめた。

「ちょっと聞いて。あなたができることと私ができることを合わせると、何か思いつきそうなの。私こう見えてもうちで接客経験もあるし、姉さんも多いから、飲み物やドーナツ、伝統菓子だってつくれるの。市場にあるうちの店で共同経営したいけど、あなたの雰囲気は市場通りよりもう少し上品な場所だと思うの。スンデ屋の屋台みたいなものじゃなくて、喫茶店みたいなお店」

「いまどきそういう客がいるかな? 姉さんにそんな技術があるなんて信じていいの?」

私はさっきの怒りをすぐに鎮め、ヘラヘラと笑った。

「軍服を着た人なんかザラにいるじゃない。さらにあなたが大学生だと噂になれば、知的な雰囲気まで簡単につくれるんだよ」

共同経営には合意したものの、資金のことも何も話さないままにことが進んだ。お店の場所が意外と早く決まったからだ。市場通りもさることながら大通りでも開いている店はほとんどなかったからどこでも選べそうだったが、できれば路面電車の停車場近くを狙いたかった。不動産屋がなかったのでで、たまたま店を開けているハンコ屋に入って訊いてみたところ、巡りあわせがよかった。

ハンコ屋の主人は片足を少し引きずる三〇代の男だった。店の奥が自宅とつながっていて、借家ではなく自分の家だと言った。彼は身体的な障害に気づかれる前にそのことを話そうとした。後から、あっ、この人障害があるんだと気づかれるのが嫌なようだった。障害を持つ息子を憐れんだ両親がこの家を用意してくれたとか、障害があるから親孝行ができたとか、ほかの兄弟たちは義勇軍になったり、第二国民兵〔一九五〇年末「国民防衛軍設置法」によって満一七歳から四〇歳未満で組織された軍隊〕になったりしていまや連絡が途絶えたが、自分だけは無事だとか、訊いてもいない話ばかりした。そんな身体的なコンプレックスのために、座ってできる技術を身につけたようだ。避難中はかえってその技術のおかげで健康な人より楽な暮らしができたが、大通りに面した立派な自分の店に帰りたくて必死になって帰ってきたものの、一日に木のハンコを二、三個彫って売るのもたいへんだと話した。

私たちの話し声が気になったのか、奥のほうから彼の妻が子どもをおんぶして出てきた。私たちが店を探していると話すとたいへん喜んで、この家はハンコ屋としてはちょっと広すぎるから、片隅で文房具店をやりたかったと言った。真裏が敦岩《トナム》小学校で登校する子どもたちが目に見えて増えているので将来性があると言い、夫の顔色をうかがった。夫はガキの小遣いのことなんか考えずに、ちゃんと自分の子の面倒をみろと不愛想に言った。その後ハンコには安い木製のものだけではなく、金よりもっと高いハンコもあると言いながら、大通りのほうに出窓のようにはみ出しているショーケースの中の玉、象牙、角、水晶などの色や模様が神秘的な印材を見せてくれた。人の血管のような模様が入ったものがあるかと思えば、山水画をほうふつとさせる模様が入った石もあった。それらを見せる彼の手つきは慎重で繊細だった。

通行人に見てもらうために飾ったショーケースは、家の明かり採りほどの大きさだったが、ガラスはきれいだったし、店の中が見えないように吊るしたカーテンも色鮮やかな高級ビロードだったから、ハンコ屋の雰囲気にはマッチしていなかった。それにもまして恐怖と貧困、なげやりがはびこっているこの最前線の都市にはひどく不釣りあいに見えた。けれど彼がどれだけここを大事にしているかはよくわかった。当時ビロードは一番高価な密輸品の服地として上流層に広まっていた。私が大学に入学してから母に一番買ってほしかったものも、まさにそのビロードのスカートだった。

「あの人ね、避難しているとき、子どもを一度も抱っこしてくれなかったのに、あの石だけは大事に抱えていたんですよ」

彼女はまるで小姑に言いつけるように、ちょっと嫌味をこめて鼻声で言った。

「このカーテンも奥様のスカートでつくられていたりして」

クンスク姉さんが無表情のまま不愛想にたずねた。

「カーテンなんかはどうでもいいんだけど、後でちゃっかりビロードのスカートに仕立てて着てみたいわね」

そんなたわいないことを言いあううちに、四人は気兼ねなく本音で話せるようになった。私たちの計画に彼らも一役買いたいと言いだした。夫婦のどっちが先に言いだしたのかは覚えていないけれど、同時に言い出したと言ってもおかしくないほどの夫唱婦随ぶりだった。彼らはハンコ屋の壁紙を新しく上張りして私たちに提供し、クンスク姉さんは材料代と技術を、私は店の看板娘役をして利益は公平に三等分するという条件だった。ハンコ屋の妻は清掃や皿洗いなどを合間を見つけて無料サービスすると言った。彼女は無難な性格だったが、ハンコ屋にあまりにも閑古鳥が鳴いていたから、私たちの出現が幸運に見えたようだ。こうして店の場所問題は金をビタ一文も出さずに解決し、互いを信じてクンスㇰ姉さんと私の役割分担もすんなりと決まった。後でわかったことだが、あの男もハンコ屋の経営がうまくいかなくて、ダメもとで一口乗ってみたらしいが、私の能力を過大評価したのが問題だった。クンスㇰ姉さんもそんなことを言っていたけど、あの男も私をうまく使って男性客を呼び寄せるつもりだったようだ。

ハンコ屋夫婦が新しい壁紙を上張りすると、薄暗かったハンコ屋が明るくなった。クンスㇰ姉さんがアメリカ製のベイキングパウダー、上新粉〔うるち米を粉にしたもの〕、コーヒー、ココアの粉などを手に入れるためにアメリカ製品を扱う店を探しまわった。そのあいだに、私はパーマをかけるなどお洒落に磨きをかければよかったのに、そんなこともわからない小娘だった。そのときまで私は長い髪を二つ編みにしていた。そんな小娘のくせに、私のほうがより大事な役割を果たすのだと自惚れていた。壁紙についても知ったかぶりをして口を出したり、買い物についてまわって干渉するなどすべてを監督しようとした。

最後の難関はテーブルといすの調達だった。うちにあるものは座卓だったし、クンスㇰ姉さんの家も似たようなものだった。店の主人がハンコ彫り用に使っていたテーブルを提供してくれ、姉さんが家からミシン部を取り外したミシン台を持ってきた。そんな物なら私も用意できると家に残っていたミシン台を持ってきた。リンゴ箱を二つ積み重ねてつくったものまで合わせると四つのテーブルが用意できた。いすはミシンについていた背もたれのない丸いすや、不動産屋の前に置いてあるような長いすが比較的簡単に用意できた。とくにミシン台の上にテーブルクロスをかけたものが見栄えもよく、座り心地もよかった。

通行人が足を止めてのぞき見るくらいに素敵な店に仕上がったのは、皿洗いなんかをしてくれると言っていたハンコ屋の妻のおかげだった。店の名は「姉妹茶菓店《チャメタグァチョム》」に決まった。字体に詳しく腕のいいハンコ屋の主人がいたから、看板書きは問題なかった。看板もきれいにできあがり、カルピス、ソーダ水、オレンジジュース、アイスコーヒーなどの飲み物は値段も書いて、壁にそれぞれまっすぐに貼ったり斜めに貼ったりした。私は原価のこともよく知らずにクンスㇰ姉さんがつけた飲み物の値段が安すぎるから上げたほうがよいと主張した。

夏の盛りだった。天気は狂ったように暑苦しかった。実際のところ、店がまだ始まってもいないのにお金を早く儲けたいという欲望の虜になっていた。ハンコの材料を並べていたショーケースには、クンスㇰ姉さんが腕をふるったドーナツ、それに似た菓子などをきれいに並べた。クンスㇰ姉さんは同じ小麦粉を練った材料で、穴をあけてドーナツをつくったり、型を使ってまったくちがう感じの菓子をつくった。表面に砂糖をまぶしたり、シロップをつけたり、ココアの粉を振りかけたりして変化をつけた。ショーケースはハンコを並べていたときよりずっと引き立って見えた。道からも店の中がよく見えるようにビロードのカーテンを取り外し、奥の住居につながる繰り戸をそのカーテンで隠した。姉さんの話によると、ドーナツの値段は市場で売っている揚げパンの値段とくらべてそこまで高くはできないから、あくまでも品揃えにすぎない、ともかく利益率の高い飲み物をたくさん売るのが重要だと言った。これからは儲かると思いながらも、もっと儲けたくて砂糖は少量にしてサッカリンを使うとか、人を騙すことばかりを考えた。

開業して三、四日は客がかなり多かった。だけどハンコ屋の主人はそれに満足せず、夕方になると一日の売り上げの計算合わせをしながら、一度来た客がまた来たいと思えて他の人にも宣伝してもらえるようにすべきだと強調した。私はそれは味を担当するクンスㇰ姉さんに言う話だと思っていた。私は注文を受けて姉さんが出したものをただ運ぶだけでよいと考えていたから、とくに常連さんをつくるための妙案を考えようともしなかった。

客が減っていき、その理由が私にあるとみんなが思っていることに気づいた憂鬱な日のことだった。四〇代の温厚な男が何か冷たいものを頼み、私に少し話をしたいと言った。変なことを言いそうには見えなかったし、父親ぐらいの歳でもあるし、客引きの重圧感もあっておとなしく彼の近くに座った。思ったとおり冗談なんか言わず、いつから店を開いたのか、一日の売り上げはどれくらいなのか、これからの展望など根掘り葉掘り訊いてきた。この人も同じ商売をしたいのかと思い少し警戒したが、それよりもしがない店だと思われたくないという気持ちが先走った。その日の私の気分はひときわ惨めだったため、そんなふうに言ったのかもしれない。私は開業した当時の一日の売り上げを少し膨らませ、それをいままでの平均売り上げのように言い、これからの展望も楽観的だと言った。彼が立ちあがって飲み物代を払おうとした。その間の様子を盗み見していたのか、ハンコ屋の主人が飛びだしてきた。そして両手をもみながらお代は結構だと言い、お越しいただければいつでも冷たいものをご馳走しますと言った。彼はお金を取りだすためにポケットに入れた手をひっこめ、とくにすまないという表情も見せずに平然と店を立ち去った。彼が立ち去ると、ハンコ屋の主人が睨みつけながら私を非難した。

「あんたは何をやっているんだ。えっ、なんてことするんだよ。私の人生つぶす気か?」

それはこちらの台詞だった。クンスㇰ姉さんが飛びだしてきて彼を落ち着かせた。そのまま放っておいたら胸倉でもつかみだしそうで、指先を鼻先につきつけながら激しく興奮していた。わけのわからない私に、クンスク姉さんはさっきの人は税務職員だと教えてくれた。こんな食いつなぐことすらままならないソウルに税務職員がいるなんて、私は想像もしていなかった。

ぐうの音も出ないほどとがめられて翌日は本当に店に出たくなかったが、いつ戻ってくるのかわからないうちの家族のことを思い、かろうじて気を取り直した。金儲けが生やさしいことではないとわかっていたつもりだったけれど、それでも私ががんばっている姿を家族に見せたかった。背負子を担いでいた叔父の姿がどれほど頼りになったことか。しかし遠くからでも「姉妹茶菓店」という看板がなくなっているのがわかった。ショーケースにはドーナツの代りにハンコ屋の主人が誇る高級な印材が並んでいた。ハンコ屋はビロードのカーテンで以前のように店を遮り、キャラコをかけておいた傷だらけのテーブルを元の場所に戻して忙しそうにハンコを彫っていたが、わざとらしさが伝わるくらいハンコ彫りに熱中していた。クンスク姉さんが住まいの中庭で小麦粉や油、砂糖、油鍋、皿、ガラスコップなどをとりまとめていた。私は唇がふるえて何も言えなかったが、姉さんは黙っているようにと目配せした。クンスク姉さんは家から持ってきた物が多すぎて、何回かに分けて運ばなくてはならないようだった。それが彼女が被った損害の量と比例しているように思えて私は顔を上げられなかった。ハンコを彫っていた男が聞こえよがしに当てこすりを言った。

「水商売がだれにでもできるとでも思っていたのか？　私の目が節穴だったようだ。そのことを見抜けなかったのは私の不徳だが、それにしても世情に疎いおまえさんたちがほかでもない水商売によくぞ手を出したもんだ。学生さん、あんた商売はやめときな。向いてないから」

目頭が熱くなってきた。彼に侮辱されたのが悔しかったからではない。久しぶりに言われた学生という言葉の響きに、急に胸のうちから熱いものがこみあがってきたのだ。クンスク姉さんを手伝いながら、自分から言いだして始まった無茶な事業で、一番大きな損害を受けたのがクンスク姉さんだということがあまりにも明白だったから何も言えなかった。ハンコ屋は私のおかげで店の壁がきれいになったのだから申し訳なく思う必要もなかった。私が家から持ちだしたのはミシン台だけだった。なのに、クンスク姉さんはそのミシン台から運ぼうと言ってくれ、姉さんと持ちあって家に向かった。ミシン台は上の部分だけが木で、足の踏み板と輪の部分は鉄でできていたので重いといったらなかった。転がしながら運ぶこともできたが、人の目を気にして姉さんと持ちあって、ともかく走った。滝のように汗が滴り落ちた。鉄も溶かすという猛暑のさなかだった。

3

うちの家族が天安《チョナン》から帰ってきたのは、「姉妹茶菓店」の看板を下ろした日の夕方だった。あと一日早く帰ってきていたら、私は家族に勇気を吹きこむために税務職員に話したのと同じことを話したかもしれない。だが茫然自失だったときに帰ってきたからか、みんなをどれほど待ちこがれ、心配していたかを話す元気も出なかった。家族もまた同じだった。日が暮れかけたころに現われ、くたびれはて薄汚れた姿は、まるで薄暗がりに浮かぶ影法師のようですべてが暗鬱に見えた。何も言わないうえに表情もなかった。最初、私はどう話しかければよいものかととまどっていたけれど、母も兄嫁も子どもたちも沈黙し続けていたので、黙るしかなかった。あんなに心配していた兄のことすらたずねる気にはならなかった。少しは良くなったのか、あそこでの待遇はどうだったのか、願いを叶えた感想はなどと訊くこともできず、雰囲気からも何も探り出せなかった。それは影法師から表情を読みとれないのと同じだった。ミシンがなくなっているのを見ると、あそこでもやすやすとただ飯を食えたのではなかったと推測するばかりだった。

しだいに私も家族の色に染まっていった。最小限のことだけを話し、無駄な動きはしなかった。何かは食べてはいるけれど次に何を食べようかも考えず、味も感じなかったから食べていないに等しかった。あんなにしつこく私たちにつきまとっていた食料問題の悩みから解放されても、依然として生きていた。しかし何も感じないでいたから生きている実感もなかった。私は私ではなく、私の影だった。うちの家族も同じだった。どれくらいのあいだだったか思い出せないほど、貧困、悪運、病気など、人間の暗い影だけを見てきたから、とうとう表情を放棄した影法師になってしまったのだ。ようやく心が安らかになった。

何時ごろだったかはわからないが、真夜中のことだった。当時私と兄嫁は母屋から中庭を隔てた部屋で寝ていた。母が兄と同じ部屋を使い、私は兄嫁と同じ部屋を使うようになったのも、天安《チョナン》から家族が帰ってきてからの変化だった。兄嫁がそのようにしてほしいというから私は使っていた部屋の一部を譲っただけで、その不自然な配置について、おかしいとも気まずいとも思わなかった。お祖母ちゃんが叔父家族のところに行き、母が兄と奥部屋を使っていたから、兄嫁は向かいの部屋を使ってもよかったのに、そうはしなかった。もともと自分の部屋だった向かい部屋を空けて私のところに来たのだ。

真夜中なのか、明け方なのかははっきりしなかった。熟睡していたのか、寝返りをうっていたのかも覚えていなかった。泣き叫ぶような声が遠くから聞こえてきた。その遠いという距離感は、時間をさかのぼったはるかな原始時代を感じさせた。そういったものが凝集された悲鳴は人間の声とは思えなかった。兄嫁のゆれる白い寝巻き姿を見て、そのときになって私も初めて鳥肌が立った。母が言葉にならない声で私たちを呼んでいた。

兄は死んでいた。真夏なのに屍は冷たかった。

そのときが何時なのかをだれも確認しなかったし、どうして母が一人で臨終を看取ったのかも訊かなかった。母も寝ていて身に降りかかる冷気のために目が覚めたのかもしれない。体温以外は兄が生きているときと何もちがいを感じなかった。ずっと見張っていたとしても、だれも彼が息をひきとる瞬間を見届けられなかっただろう。銃に撃たれて八カ月、あそこに行って帰ってきてから五日が経っていた。彼は死んだのではなく八カ月のあいだ、徐々に消滅していったのだ。だれも彼の臨終に立ち会えなかったことを悲しまなかった。その代わり、あまりにも長かった彼の消滅過程を思い出していた。いまさら悲しむことも大声を上げて泣くこともなく、私たちは静かに座っていた。私たちはすでに喪家にふさわしい表情をしていたので何もすることがなかった。夜が明けるまで時間の経過も意識しなかった。

すぐ近くに暮らす叔父に知らせることまで頭がまわらなかったが、朝方叔父が立ち寄った。お祖母ちゃんの世話をしながら、いつも少しうちに立ち寄ってから出勤するのも叔父らしいところだった。そんな叔父も兄が助からないと早くからわかっていたようで驚いた様子もなく、しばらくうなだれたまま静かにしていた。叔父の知らせを聞いて駆けつけた叔母は、玄関から号泣しながら入ってきた。喪家で号泣が聞こえるのは当たり前のことだが、なんだか不思議に聞こえた。しばらくしてから叔母は臨終の日付と時間など葬式に必要なことをたずねた。母は私たちをしばらく放っておいてくれと言うばかりだった。私たちは静かにぼんやりと座っていた。いても立ってもいられなかった叔父夫婦も、私たちの様子に伝染したかのように無表情になり、声を押し殺していた。

母が真夜中より何倍も激しく大声で叫んだのは午後の遅い時間だった。私たちは母が狂ったと思った。今日中に息子を埋葬しなくてはならないと母は全身でわめき叫んだ。うちに集まっていた数少ない人の中で一番最初に影法師でいるのを拒んだのは、皮肉にも死者であった。母がまっ先に嗅ぎつけた腐爛臭が、天然痘みたいに恐ろしげに私たちに広がった。私たちは母の尻馬に乗って騒ぐばかりでどうすればよいかわからなかった。自ら腐ってゆくことで私たちと縁を切ろうとする兄が怖かった。それは兄嫁とて同じはずだった。私たちは一文無しで叔父の事情もそう変わらなかったが、助けてくれる人もだれ一人として思い浮かばず、またそんな時間もなかった。困ったときに助けあうというわが国の伝統的な美徳すら通用しない、うちの境遇が実に哀れだった。町内にはまだうち以外にはだれも戻っていなかった。

叔父と叔母が外に飛びだしていった。どこで葬儀屋を見つけたのか、手押しの葬儀車を借りてきた。荷車みたいなものに霊柩車もどきのふたを被せたもので、平時だったら行き倒れ人なんかを乗せる一番安いものだった。死人に着せる経帷子もなく、きれいなパジチョゴリ〔韓服のズボンと上着〕に着替えさせ、すぐにも歪みそうな薄っぺらな棺に横たえ、気がふれたように慌てて葬儀車に載せた。出費を減らそうとしたのか、もともとそんなものなのか、葬儀車についてきた業者は一人しかいなかった。叔父と母と兄嫁、私の四人が葬儀車の後についていった。叔母は子どもたちの面倒をみるために家に残った。私たちは見苦しい姿を人に見せたくなかったので、早く日が暮れることを願った。しかし陽は沈みそうで沈まず、地面を油釜のように熱くしていた。葬儀車を引く車夫は脂汗を流しながら息を切らして、私たちに後ろから押してくれと要求した。叔父と私が交替で葬儀車を押したので、犬みたいに息を弾ませた。気が狂いそうな暑さだった。私たちは人間ではない。生き地獄の苦痛を耐えるため、信じてもいない呪文を唱えるように、そんなことを考えた。

彌阿里峠《ミアリコゲ》を越え共同墓地にたどり着いたときも、完全に日は暮れていなかった。もう着いたと思ったら、車夫は共同墓地はだめだと言った。空き地を探すには高いところに上がっていかなくてはならないし、それに管理人がいるかもしれないというのだ。それなら君に任せると叔父は頼み、どうせ戦争が終わったら先祖の墓へ移葬するからと言い足した。

「この戦争、終わる日が来るでしょうか？」

母が急にわれに返って叔父にたずねた。そんな母が、私には戦争が終わるのを恐れているかのように見えた。車夫が勝手に決めた場所は共同墓地を通り過ぎた農家裏の斜めになっている畑の端っこだった。農家は使われていなくて畑には草だけが生い茂っていた。車夫と叔父は棺と一緒に持ってきたスコップと鍬を降ろして、畑が終わり丘が始まるところをしきりに掘り始めた。母と兄嫁がようやく大声を上げて泣きだした。車夫にだれか来たらどうするんだと叱られた。近くに村があった。辺りはシンとしていて物音ひとつしなかったけれど、人が住んでいるようには見えた。これはまさしく密葬だ。密葬という意識が私たちを急がせた。私も飛びついて手伝った。棺を墓穴に下ろして土をかけた後、土を盛り上げて墓をつくり、棒を挿して印をつけた。墓があまりにも目立つ気がしてためらっている私たちに、車夫はいったん埋葬してしまえばだれもわざわざ掘り返したりはしないから、心配はないと言ってくれた。

家に着いたのは深夜だった。叔母が小豆粥を炊いて待っていた。赤くてドロドロしている小豆粥はあまりにも違和感があったので腹が立った。だからと言ってご飯粒が食べたかったのでもなかった。家族が帰ってきて以来、影のように生きていてもまったく何も食べなかったとは言わないが、空腹はほとんど感じなかった。今日みたいな日はなおさらだった。私たちが小豆粥を忌まわしく思っていることに気づいた叔母は、言い訳のように葬家で小豆粥を食べるのはいけないことではないと言った。いけないと思って食べないと思ったのか、夜が更けて家に帰ろうとした叔母は小豆粥への未練を捨てきれず、明日になると酸っぱくなって食べられなくなるのに……と言った。

「食べ物を粗末にしてはいけない」

母がうわごとのように言い、小豆粥を持ってくるよう合図した。私たちはお膳を囲んで座り、愛する兄が息絶えてから一日も経っていないのに、ただ死体が腐ることを心配して外に放りだした人間らしく、ただ小豆粥が酸っぱくなるのを心配してガツガツ食べ始めた。

冬木立

1

その年の夏が過ぎ、秋になり冬になるまで、私はわずか一日で兄を葬ったという罪の意識に苛まれた。兄が墓の中から自分はまだ死んでいないと恐しい形相で生き返る夢を何度も見た。私は兄の死に一滴の涙も流さなかった罪を償うかのように、全身汗びっしょりになって目が覚めるのだった。夢の中の墓は蘇ってのたうちまわった痕跡でひびが入っていた。

兄以外はみな無事に生き残った。だれ一人稼ごうとしなかったし、今日何を食べ、明日は何を着るかを気にしなくても、生き残るのになんの支障もなかった。互いに何を考えているかはまったく無関心のなか、一つ屋根の下で生活を共にしていた。だが、寒波が襲ってくると、三つの部屋に散らばっていた家族は一部屋で暮らし始めた。向かい部屋だった。その部屋が奥部屋より広く、隙間風が一番入らないからだ。薪だけでも節約するのが見えないところで私たちを生かしてくれている神への礼儀だという暗黙の合意の結果ではあったが、向きあいたくない人間と同じ部屋を使うのはなかなかつらいことだった。

同じ部屋を使う前は家族への愛情どころか関心を持たないほうが気楽だと思っていたけれど、憎いとまでは思っていなかった。しかし片ときも一人になれないうえに、四六時中顔をつきあわせることになるのはつらかったし、耐えられない嫌悪感から反吐が出そうになることもあった。母も兄嫁も兄の死をそのまま呑み込んでいたから、中から腐敗が進んでいるように見えて、憎いというよりは気色悪かった。だが、母や兄嫁から見れば私のほうもそう見えているはずだ。ちゃんと礼を尽くさなかった葬式の後遺症は、こんなふうに家族の中を腐らせていった。もし二人の甥っ子が私たち三人のあいだにいなかったら、きっと家族としての形も維持できなかっただろう。そういう意味からも、寝るときには母と私のあいだにチャニが、私と兄嫁のあいだにヒョニがいるのは象徴的だった。寝ているあいだも緩衝地帯が必要なほど私たちは互いに嫌悪しあっていた。

家族どうしの無関心が続いていても、無事にヒョニの初誕生日は過ぎ、すぐによちよちと歩きだして、教えてもいないのに愛嬌を振りまいた。男の子にしては肌が白くて目の大きい子だった。ときに笑うことができたのもその子のおかげだった。しかし声を立てて笑っても、すぐに互いの顔色をうかがいだして、慌てて影のように暗い表情に戻るのだった。そのたびにうちの家族を縛っている憎悪よりもっと強い、ある約束のような何かを意識した。声に出して約束したことはないが、兄の死を境にしてその影のような生き方にうちの家族はいまだに強く縛られていた。

初寒波で風邪をひいたのか、鼻水をずるずるたらしていたヒョニが高熱を出し始めた。私たちにできることは大人用のアスピリンを半分に割り、水に溶かして飲ませるぐらいだった。路面電車の終点には薬局もできたし、城北署《ソンブク》の向かい側の建物には小児科医院も入っていた。新安湯裏《シナンタン》の保守的なうちの町内にももう一軒戻ってきていて、交流はなくとも孤立感が和らいだころだった。いくら渡江を禁じようとも、やろうと思えば通り抜ける隙間はいろいろあるようだった。隙間さえいったん見つければ、自ら隙間を広げて浸透する水圧のように、あっという間に人口が増えるのは目に見えていた。

しかし私たちの置かれている孤独な状況は、坡州《パジュ》のクロンジェで孤立していたときと勝るとも劣らなかった。近所どころか家族のあいだにおいてさえ感情の交流がなく、うちの戸棚には一粒のクルミも、秘蔵の霊砂薬もなかった。他人に対する徹底した無関心と孤立だけが私たちが身を寄せられる唯一の避難場所だった。口が干上がることなく暮らせるのは、叔父家族の密かな助けのおかげだということを知りながら知らんふりをするためにも、生きたくて生きているのではない、死なないから仕方なしに生きているのだと全身で訴える必要があった。それしきのことが私たちのつまらない最後の自尊心だった。仕方なしに生きている身で、子どもの様子がおかしいからと騒ぐわけにはいかなかった。むずかることはあってもそれなりに元気だった子が、病気で寝こんでしまった。一歳の子が意識が戻らないほど苦しむのはただごとではない。喉に痰が絡みひどく息切れがして苦しがり、唇はひどく乾いて黒ずんでいた。頭をなでた私は思わず四〇度を超えていそうだと悲鳴をあげた。幼ない命が耐えられる限界に達しているようで怖かった。そうですよね、四〇度を超えていますよね？　兄嫁はまるで四〇度を超えるのを待っていたと言わんばかりにそう叫ぶと、子どもをおくるみでくるんで抱きかかえて外に飛びだした。母はクルミの一粒、霊砂薬一匙の備えもないくせに、血も涙もないのか影の如く灰色の無表情を崩さなかった。

「肺炎らしいんです。今夜が山ですって。ただで注射をしてもらいました。夕方もう一度連れてくるように言われたんですが、抗生物質を時間をおいて打たなくてはならないらしくて」

子どもを下ろした兄嫁が私に報告するように言った。頬が涙で光っていた。時間に合わせてもう一度連れていき注射を打ってもらったが、医者は今夜が山だということしか言わなかったらしい。二回も注射を打ってもらったのに熱は下がらず、兄嫁はひと晩中枕元で見守りながら、額の手ぬぐいを冷たいものに何度も替えてやっていた。

兄嫁を少し休ませて私が枕元で見守っているときだった。子どもの息づかいがあまりにも荒かったので、私の口を子どもの近くに寄せその息を吸いこむようにして、病気が私にすっかり移ることを願った。浅い眠りについていた兄嫁が目を覚ますと、いったい何をやっているのかと訊いてきた。この子の病原菌を私に移そうと思ってやっているのだと答えた。私はただ、病気の甥っ子のために何もしてやれないことに耐えられなくてそうしていただけで、こんな非衛生的な行動に効き目があるとは信じていなかった。しかし兄嫁はぱっと起きあがって、自分もやってみると言いだした。私たちは交替しながら子どもの熱くて苦しい呼吸を熱心に吸い取った。

夜が明け、子どもの熱は下がり、目を開けたかと思うと水をほしがった。朝もう一度子どもを負ぶって病院から戻ってきた兄嫁は、峠を越えたらしいと言い、お金……稼いだら、最初にあのお医者さんに恩返しをしましょう、と言った。お金……稼いだらと言うとき、彼女はゆっくりと言ったはずなのに、私の耳には雷のような衝撃だった。

この間、クンスク姉さんの家族はみんな帰ってきて、あの大きな家に空き部屋がないほどにぎやかになった。祖父母、結婚している兄、兄嫁、甥っ子、それだけでも大家族なのに、嫁いでいた三人の姉たちまでが嫁ぎ先の家を留守にして実家のあちこちを占拠していた。

嫁いだ姉たちがそれを望んだのではなく、老父母が戦争が終わるまで安心できないからと近くに置いておきたかったのだ。そういうわけで避難時もみんな一緒に動いていたが、きょうだいで唯一未婚のクンスク姉さんは、そんな暮らしがどうしても性に合わないようだった。クンスク姉さんも私も一人だけの時間、一人だけの場所が必要な年ごろだった。そんな姉さんだったから、避難先から先発隊でソウルに来たと言っていたが、実は無断で抜けだしてきたのかもしれなかった。政府が還都〔首都を元に戻すこと〕もしない前にあの臆病な集団が戻ってきたのは、自分が招いたみたいなものだと言った。クンスク姉さんはそんな老父母のことを欲深い人だと話した。しかし私が見たところ、限りなく無条件にどんな状況も受け入れる彼らの寛容な人柄のおかげで、この戦乱中に大家族のうちだれ一人として負傷せずにいられたのではないかと思った。考えてみると、それも一種の嫉妬かもしれなかった。

「どうしたの？　珍しいわね、うちに来るなんて」

クンスク姉さんは二人で静かに話せる部屋がないのをまるで自分のせいのようにすまなそうに言っ

て、一番上の姉が使っている舎廊棟《サランチェ》に連れていった。甥っ子たちがそっと部屋を空けてくれた。クンスク姉さんが自分のことを腫れ物に触るようにするのがなんだか寂しかった。

「顔を出さなくてごめん。元気にしているの？」

兄の死を知らせなかったことに腹を立てたのも、クンスク姉さんだった。彼女は私に、気が強すぎてつきあいきれないと憤慨までした。そう言った後も私によくしてくれたのに、私はそれを受け入れられなかった。私一人の問題ではなく、うちの家族みんなが他人を寄せつけないようにふるまうので、人当たりのよい彼女もあきれて手を引いたのだ。うちの家族の息がぴたりと合うのはせいぜいこういうことでしかなかった。私は賑やかなこの家の雰囲気にそれとなく懐かしさのようなものを感じた。

「ええ、まあ」

「ずいぶんと心配したのよ」

「飢え死にするとでも思った？」

「なんでそんな言い方するの」

「ごめん、姉さん。お金……稼ぎたいんだけど、何か方法ないかな？　ここに来る途中で見たんだけど、敦岩《トナム》市場もほとんど空き店舗は残ってなかったよ」

これ以上慰められたくないというひがみ根性から単刀直入に話をした。

「商売はだめよ、あなたはそうハンコ屋にはっきりと言われたじゃない」

クンスク姉さんもまた直接的だった。私は隠していた前歴が暴きだされた気がして鼻白んでしまった。

「私も商売をしたいと言ってるんじゃないの。元手無しでできるもんじゃないし、姉さんを誘おうとも最初から思ってないわ。自分がどうがんばっても商売に向いてないのがわかってるから就職がいいと思うけど、就職先を探してくれないかな。店員でもいいから」

「一応探してみるわ。でもこんな小さな市場で店員をかかえるほどの店があるかはわからないけど。たいがいは家族だけでやりくりしてるからね。工場も会社も全部閉まってるから商売しかないんじゃない」

「姉さんはいいわ、そんな店を何軒か持つ金持ちの娘だから」

「金持ちねえ、食べるのに困らないのが一番だと考えて子どもの勉強にはまるっきり関心がない年寄りが、どれほど鬱陶しくて嫌なものかわかる」

「だけど、姉さんはお金がなくて大学に行けなかったんじゃないよね」

「それはそうだけど、最初から大学には行かないもんだと思わせる家風にも確実に問題があると思うわ」

この話題は姉さんにとって敏感なところだと知ってはいたけど、なぜか話題がそうなって、二人とも憂鬱になってしまった。心の広い姉さんは、私を慰めるために一緒に憂鬱になる道を選んだのかもしれない。その日はおいしい昼ご飯までごちそうになってうちに帰った。久しぶりに口にする食事らしい食事だった。帰り道、市場通りの裏道では軒を連ねる飲食店が道一面を濡らしながら、ドラム缶に塩漬けしておいた白菜を洗っていた。まっ赤な薬味をつくっている店もあった。数日前に初氷が張った。女たちのかじかんだ手を見ると、例年どおりにキムチ漬けの時期が始まったようだ。長い冬の暗くて冷たい手に首筋を捕まえられそうで、小走りで家に帰った。背筋に冷や汗が流れるほどの生々しい恐怖感だった。

さすがクンスク姉さんだ。就職口を頼んで数日も経たないうちに姉さんが訪ねてきた。大学生を募集している就職口が見つかったというのだ。うまくいけばアメリカ軍のＰＸに就職できるかもしれないと、ことが決まる前から姉さんらしくもなく興奮していた。本当にＰＸに就職できるんなら、それは興奮するのも当然だ。クンスク姉さんにどこでそんなコネを見つけてきたのかと訊くと、ＰＸ内に韓国物産の委託販売店を何軒も運営して儲けている社長さんがいて、その社長さんに納品している人と知りあいだというのだ。もう少し詳しくたずねると、その納品業者のおかみさんがクンスク姉さんの店を借りて手芸品店をやっているらしく、何人も経てきた話なので頭が混乱してきてあまり信用できなくなった。向こうがどんな業務内容で大学生を求めているのかもはっきりしなかった。それでも納品業者ではなくその社長さんが直接私に会いたいというのだから、私の知らないところで力を尽くしてくれたクンスク姉さんの苦労を認めるべきだと思った。ＰＸに出勤する前に社長宅に来るように言われた。

ホスングという韓国物産の社長宅までクンスク姉さんが一緒に行ってくれた。納品業者からもらった住所と略図を持って朝早く路面電車で鐘路《チョンノ》まで行った。ホ社長宅は寛勲洞《クァヌンドン》にあった。略図で見る限り探しやすいところだった。

「あなたにあらかじめ言っておきたいことが一つあるの」

和信《ファシン》商会から安国洞《アングットン》のほうに少し歩き、すぐ右側の路地を入ったとき、クンスク姉さんが困り顔で鼻筋にしわを寄せながら言った。聞くまでもなく良いことではないと思った。私は思わず足を止め、問いただす姿勢になった。

「なんなの？」

「怒っちゃだめよ。実は一つ嘘をついたの」

「だれが、だれに？　はっきりと言ってくれなきゃ、私行かないから」

「あなたのことを英文科だと言っちゃったの。ソウル大だと言ったらものすごく喜んで、それで何学科かとまで訊いてくるのよ。あいだに入った納品業者の人がね。社長には私、今日初めて会うの。ソウル大学生と聞いて喜んだというから英文科だと言うと、もっと喜びそうで……。だってＰＸ内の店で大学生を求める理由はなんだと思う？　自分が英語ができないから雇おうとしているに決まってるじゃない。それで、つい言ってしまったのよ。こんな時代に在学証明書なんか求められることはないから」

私はもっと悪いほうに考えていたから、密かに笑ってしまった。騙されているのが私ではなく、向こうのほうだというからひとまず安心した。私を就職させようとそこまで気づかってくれたのがありがたかった。英文科だと嘘をついたのだから後々のことが気にはなったが、なんとかなると思った。私はクンスク姉さんが思っているほど潔癖な人間ではなかった。お金がほしかったし、ＰＸがどんなところか一度見たかった。

敦岩《トナム》市場のスンデと残飯シチューの混じった匂い。その匂いに誘われた五臓六腑がねじれるような食欲に勝てず、くたびれた獣のように気力をなくし暗い顔で目だけを光らせて、スンデと残飯シチューの栄養価や量と懐具合を見計らい、足を止めずにはおれない日雇い人夫。ブラジャーとガードルを旗のように掲げて客寄せをしている古着屋から放たれる、悪臭というよりは吐き気がする体臭。その前でとんでもない大きなブラジャーを自分の未熟な胸に当ててみる赤い唇の若い娼婦。少し離れたところで固唾を飲んでその女の一挙手一投足を虎視眈々と狙い、その女が何も買えずに未練がましそうにしながら人ごみに紛れていくのを見て、そっと近づき耳元に臭い口を寄せ、ドルはあるかい？

高く買ってやる、俺と組めば悪くはないぞと、毒針のように鋭く棘々しい表情でささやくドル買い人。ハエがブンブン飛びかう肉屋で庖丁を頻繁に皮ベルトで研ぎながら、同じくハエがたかっている干しサバ売りをそれとなくみくびる老いた屠殺人。必死になってひと目盛りでもまけてもらおうとする虫のいい客と、あらかじめ台秤を五目盛りほど上乗せしておいてなに食わぬ顔をする小麦粉や砂糖を売る商人。

わずかな量でもごまかそうとする米屋の爺と騙されまいとする新妻の駆け引き。升を平らにならす斗棒のことでまん中の部分が太いとか、目がどうかしているんじゃないかとか、わしみたいにまん中が凹こんだ斗棒を使う米屋がいるなら教えてくれと言いあうそんな必死の争い。一日中喉を嗄らして投げ売りだ、値下げだと叫んでも物が売れずにひもじくなるばかりの青物と果物の売人。昼飯も食べられずに小エビの塩辛を少しつまみ食いして水ばかりをがぶ飲みする、腐った臭いが体に染みついた塩辛売り。そんな人たちのあいだを遊び場にしてあちこち走りまわり、盗み食いをしても運よく叱られない行商人の子どもたち。そんな生存のあがきのなか、目立って超然として上品かつ儲かるのはアメリカ製品売りだった。

アメリカ製品売りは取り締まり班がいつ不意に踏みこんでくるかわからないので、ほとんどが露店で陳列台もせいぜい食卓ぐらいの大きさだったけれど、品物は金製品のように一銭の値引きもしない現金取り引きだった。アメリカ製品はパッケージまでもが美しかった。去年の夏、姉妹茶菓店を始める前にクンスク姉さんと探しまわっていたものとはくらべものにならなかった。以前私たちが手にしたアメリカ製品はアメリカ軍の戦闘用食料品の横流し品で、いまの品物はPX売店からの横流し品だと言われていた。

PX商品というと高級な贅沢品を意味した。ラッキーストライクとキャメルの煙草、ミルキーウエイ・チョコレート、ラックス石けん、ナビスコ・ビスケット、チャムス・キャンディー、ポンズ・クリーム、コールゲート歯磨き粉。そんなアメリカ製品が陳列棚に並んでキラキラと輝いているのを見るだけでも楽しく、良い目の保養になったし、アメリカという国に対する無条件な憧れを呼び起こした。むさくるしい市場の中にひょっこり咲いた花畑のようなこの小さな陳列台が、まさにアメリカの富と文化の象徴だった。いくら上品ぶった紳士でも、ラッキーストライクを一箱買って吸い終わると、その味より箱を見せびらかせる品格が忘れられなくてその箱に国産煙草を入れて持ち歩くほどだった。そんな箱すらもったいなくて捨てられないアメリカ製品を総じてPX品と称していた。そこに向かうのに多少の難関があるのは、アリババの洞窟に入っていくために暗号が必要なのと同じだった。私は姉さんの嘘に気が滅入るよりは就職先に魅力を感じていた。

「心配しないで、うまくやるから」

私は姉さんを慰めた。この先も通学できそうになかったし、入学しただけのソウル大学の看板がここにきてようやく使えるなんて愉快この上なかった。もしPXに就職できなかったら大学に落ちた以上に落ちこむだろうなと思いつつも、社長が好きだというソウル大の看板と、抑えきれないほどの魅力が増してゆくPXへの想いが円満に妥結できるように私は最善を尽くすつもりだった。

私がそんなことを考えているあいだにクンスク姉さんが見つけだしたホ社長宅は、正門が高い朝鮮瓦の家だった。しかし中庭に入ると、普通の住まいとは印象がちがっていた。舎廊《サラン》についている縁側の下には一〇足余りのゴム靴と運動靴が散らばり、その中から数台のミシン音がしていた。軒下にも色とりどりの服地が巻物状態で積まれ、大きな箱には裁断後の切れ端がぎっしりとつまっていたから、ごちゃごちゃした印象だった。だが、礎石の上に高々と建つ母屋は静かで、威厳があるように見える六間《ろっけん》もある広い板の間の調度品は立派で、床は磨きこまれていた。台所から現われたお手伝いさんが奥部屋に案内してくれた。ホ社長らしい四〇歳そこそこの見栄えのよい男性が絹物の韓服姿で、私と同年代にしか見えない肌がきれいな女性と一緒に、アレンモク〔オンドルの焚口に近い場所〕に敷いた柔らかな絹布団の中に足を入れて座ったまま私たちを迎えてくれたが、女と戯れて冗談を言いあっていたらしく、表情は気だるげにゆるんでいた。人をなんだと思って女とふざけたまま呼び入れるんだろう。侮辱を感じたが、鏡台の前には彼らの結婚写真の額縁が飾られていた。私はちょっとしたことで気分の浮き沈みが激しくなっていた。

ホ社長は格式ばる人ではなかった。私たちにもアレンモクの布団に足を入れるよう促してくれた。しばらくして夫婦の朝食が用意されたが、私たちのご飯と匙や箸をなぜ用意しないのかとお手伝いさんをたしなめ、私たちを食事に誘った。手足がかじかんでいたのでアレンモクに座りはしたが、食事を一緒にするのは最後まで遠慮した。食事中も食べ終わってからも、彼は私に探りを入れたり私の意向をたずねたりせずに、すぐに特別扱いした。中学校しか出ていない自分が金を多少稼げるようになり、ソウル大生を雇えるようになって気分がよいと冗談のように言う様子から、就職はほぼ決まったようなものだった。逆に信義を訝られるのは私のほうだったので、英文科に入ったと言ってもあまり大学には行ってないし、外国人と英語で話したことは一度もないと白状した。彼は高らかに笑って勉強のできる人が英語を話せないのはPX内でさんざん見てきたし、英語が話せる人を別に雇っているから、読み書きを手伝ってほしいと言った。私の仕事内容がさらに漠然としてきてもう少し具体的な話が聞きたかったが、出勤すれば自然とわかると言うばかりで、私はしだいに気乗りしなくなった。

そんな私がお高くとまっていると見えたらしく、彼はもっと絆を深めようとした。

「出勤は明日からにして。PXに出入りするための臨時パスも、申請して一日はかかるから。ああそうだ、今日はせっかくここまで来たのだから工場を見物していかないか？」

中庭に入ったときから気になっていた舎廊を工場だと言った。色とりどりの布地でパジャマをつくっていた。足の踏み場もないくらいちらかっていたが、注意して見ると一糸乱れずに分業化されている。裁断師だけは男性で、他はおばちゃんと若い女性たちだ。初めて目にするミシン刺繍だった。女子高でまるまる一学期かけても完成するかどうかの匙と箸を入れる袋や枕カバーなど、伝統刺繍と変わりないレベルのものがミシンの針先であっという間にきれいに描かれた。前面に龍や孔雀、牡丹の花なんかを大きく刺繍し、次のミシンでは背中面を縫いあわせ袖をつけると、チャイナ風パジャマの上着ができあがった。同色のズボンと合わせて一着ずつサイズ別に箱に入れる。刺繍する生地はテカテカしていてすぐにも伝線しそうな安っぽいレーヨンだった。外国軍人に売るときはサテン地だと言っているらしい。色も洗練されていない原色そのものだったので、私たちならタダでもらっても着そうもないのに、一着がなんと一二ドル二〇セントもすると言った。公定の為替は知らないが、もしその金を闇ドルで換金したら、うちの家族がひと月暮らせる大金だった。

「ヤンキーたちの給料日ともなると、うちの店で一日の売り上げが二千ドルにもなるんだ。だから私は儲かるわけよ。そのときは工場も毎日夜勤になるんだ。ミス朴《パク》もそのときはパジャマの包装で目がまわるほど忙しくなるぞ」

英語ができなくても追いだされることはないと思ったが、結局は下っ端店員として使うぞというようにも聞こえて、少しプライドに傷がついた。明日から出勤することにして工場見学をすませ、社長宅を出たとき、クンスク姉さんにそんなむしゃくしゃした気持ちを打ち明けた。

「まあ、それはこれからのあなた次第でしょ。私は英文科でないとできない難しい条件をつきつけられると思って気をもんでいたのよ」

「PXは別世界だと思っていたのに、あんな粗末なものを売っているところもあるのね。どうせ店員程度の仕事ならガムや煙草なんかの本物のアメリカ製品売り場のほうがよかったのに」

「喉元を過ぎれば熱さも忘れるというけど、まさしくあなたのことね。敦岩市場《トナム》で店員でもしたいと数日前まで言ってたじゃないの。私はPXの中がどんなふうになっているのか、お金を出してでも一度見てみたいわ」

　私が就職できたうれしさのあまり、クンスク姉さんがそんな口の利き方をするなんて信じられなかった。私の気持ちなんか気にせずからかわれても、それが少しも嫌ではなかった。心配もあったがまったくちがう別世界に足を踏み入れるようで胸が躍った。もうこれ以上、影みたいに暮らすのはうんざりだった。母は一人息子を亡くしこれから楽しみを求めることはないだろうし、兄嫁もまた夫に先立たれたからといって死ぬわけにもいかず生きるしかないと思うが、私にはいくらでも幸せになれる可能性が開かれていた。母と兄嫁に同調する義務期間は十分果たしたと思った。私は久々に自分の中で生きる意欲が気持ちよく背筋を伸ばすのをたしかに感じていた。あらゆる辛苦を舐め尽くした人生のように見えても、私はまだ二〇歳だった。狂おしいほどに若かった。

　クンスク姉さんに明日着る洋服があるかと訊かれた。大学入学は春の終わりごろで、そのとき母が用意してくれたのがひらひらのジョゼットスカートと刺繍が入ったチョゴリだった。それから今日まで洋服どころか新しいチマチョゴリも買ってもらったことはなかった。避難するときに肌身離さず持ち歩いていた服地が何点かあった。姉さんは就職祝いをしたいとその場からすぐに東大門《トンデムン》市場に私を連れていった。川べりに連なっている洋品店は敦岩《トナム》市場よりもはるかに繁盛していたけれど、既製服はやはり中古の救済品〔欧米から援助品として送られてきた古着〕が主流だった。手入れされてハンガーにかけられた服を見ると良い感じだったが、試着してみると全然ちがった。地味なジャケットに見えても、いざ着てみると丈は長すぎるし、ウエストはきつく、袖もまた細く長かったから、救済品だと一目でわかった。それでも私たちは何がそんなに楽しかったのか、はしゃいで東大門市場をのさばり歩いた。歩きまわるうちに目が慣れてきたのか、着丈がそれほど長すぎずサイズもゆったりした服を見つけた。それを買ってもらったので、初月給をもらったらクンスク姉さんに一番にお礼をすると心に決めたが、こざかしく見られるのが嫌で口にしなかった。

家に帰ったときもまるで大きな運が開けたかのように意気がってみせた。家中に広がる活気ある晴れやかな声は聞き慣れないものだった。長いあいだ淀んでいた空気と埃さえ、波紋を巻き起こして霧散していくのが見える気がした。生きている人間が仕方なしに生きているまねをしていてはいけない。どのみちだれかが壊さなくてはならないものだった。夕方わざわざ叔父のところに行って就職したことを知らせた。叔父が飛びあがって喜び安堵しているのを目の当たりにすると、いままで私たちがどれほど重荷だったかがわかる気がした。

2

アメリカ第八軍のメインPXは、解放前は三越百貨店だったが、解放後には同和《トンファ》百貨店になった建物を使っていた。いまは新世界百貨店《シンセゲ》になっている。人を見かけることもめったになく、避難から戻ってきた住民もまれな町に引きこもっていた私には、南大門《ナンデムン》市場を含めたその一帯はめまいがするほど賑やかで派手な地域だった。六・二五《ユギオ》戦争時に戦火を受けずにちゃんと残った建物はPXの他にはなかった。崩れ落ちた煉瓦とセメントの山の隙間から夏に生えた若草が枯れ、何百年間も廃れた廃墟さながらの空き地に残っている建物も、外見は普通でも中が焼けてしまったか、高い間仕切りのような壁が残っただけの屋根が抜け落ちた建物ばかりだった。それでもその一帯に人びとが狂ったように寄り集まり、売り買いし、騙し騙され、盗み、物乞いをする人たちですっかり賑わっていた。

　私たちがかつて経験したことのないこのような異国的な活気と精神をかき乱す浅薄さの根源が、まさにPXだった。PXを中心とした南大門市場周辺の繁栄と派手さが、もっぱらPXから流れ出たアメリカ製品を主に扱うヤンキー市場のおかげだというなら、その反対側にずらりと並んで仮設店舗に入る韓国土産物屋で、韓国人ですら見慣れないあらゆる雑貨と粗末な手芸品をところかまわず振りまわして売りつけ、ドルを手にできたのも、PXに出入りする外国人のおかげだった。楊口《ヤンク》、抱川《ポチョン》、鉄《チョ》原《ロン》、紋山《ムンサン》などから休暇で来た兵士たちは、PXでほしい物を買い終わると、余ったドルを土産物屋をのぞきこみながら少しずつ無駄使いをした。自分が所属する師団や軍団のマークを縫い取ったレーヨンのマフラーを買って首に巻きつけたり、長いキセルを口にくわえて写真を撮ってみたり、肥桶とか背負子を担いだ木づくりの人形を故郷に送ろうと道端にあるベンチに腰かけて手紙を書いたりして、他国の戦争の硝煙から少し離れた解放感をのんびりと味わおうとしていた。だがそのうちの十中八、九がポン引きの誘惑にひっかかったのだけれど。

　扱う品物も相手にする顧客もちがう二つの市場の相異なる通貨を流通させてくれるドル買いが入り

こんでいないところはなかった。とくに若い女性は、ドルを持ってないかというすごみのあるささやき声で耳を汚されずにその繁華街を歩くのは不可能に近かった。思いきりめかしこんでいたとしても、私をなんだと思っているのよと一喝したり、冷たい態度を見せることでドル買いを追い払えたけれど、PX前を本拠にした物乞いたちは、おいそれとはいかなかった。

その物乞いにも二種類あって、一つは空き缶を持って歩きまわる者と、もう一つは何かを売るようにつきつけてその隙にくすね盗るコソ泥たちだった。物乞いの餌食になるのはパンパンガールとPXガールだった。物乞いらはPX内で店員として働く若い女性をひっくるめてPXガールと言い、パンパンガールとは仕分けしてくれたものの、一度彼らの餌食になってしまうと、容赦なくパンパンガールと変わらない扱いをした。彼らは物乞いをしようと空き缶を持っているのではなく脅しが目的だった。多少ましな子はその中にコールタールのような真黒いものを入れていたが、質の悪い子は人糞を入れて歩きまわり、ハンドバッグにしがみついて離さなかった。お金をくれないとそれを洋服に塗りつける、とニヤニヤしながら女性たちを脅した。彼らは顔にわざとススを塗りたくり徒党を組んで行動していたから、運悪く彼らに出会ってしまったら、さっさと小金をくれてやるのが最善だった。彼らの狙いがパンパンガールなら、コソ泥たちが狙っていたのはGI〔アメリカ兵の俗称〕だった。ひょろっとして与《くみ》しやすそうなアメリカ軍兵士に物乞いたちがしつこくつきつけるのは、だいたい粗悪な春画だった。それをGIの下あごに押しつけていやらしい笑みを浮かべる目的は、そんなものを一枚二枚売ることではなく、春画を貼っておいたボール紙で欺き、ポケットのパーカー万年筆をひったくることにあった。パーカーの万年筆はどんな中古品でも、南大門《ナンデムン》のヤンキー市場に持って行けばその場で現金になった。そんな子らにくらべると、靴磨きは良い子たちだった。その場から追いだされることもなく、固定客をつかむためにスリや迷惑行為はあまりしなかった。それでも顔や手の甲に靴クリームをわざと塗りたくって、目ばかりをぎらぎらさせている点ではコソ泥たちとあまり変わらなかった。そんな物乞いたちはもう十分にみすぼらしい格好をしていたが、より劇的にかわいそうに見せかけようと躍起になって騒ぎ立て、そこら辺に寄ってたかるのも、その中心にPXがあるからだった。

PX裏には安くておいしい飲食店が集まっていて、パンパンガールと物乞い、ドル買い、PXガール、それにPXで働くたくさんの下働き、ヤンキー市場で働く商人たちが和気あいあいとなって昼飯を食べ、金勘定をしたり新たな取り引きを始めたりした。彼らは直接的であれ間接的であれ、アメリカ軍やアメリカ製品に寄生して生きている点では同じ穴のムジナだった。彼らがあっちこっちで一団となって何かを企み、一銭二銭の損得から声を荒立てて熱く燃えあがる瞬間は、まるで残飯シチュウがグツグツ煮えたときのように煮つまり、吐き気がするほど破廉恥に見えた。

私が初出勤した日にティナキムと会ったのも、まさにPX裏にある職員用出入り口に向かいあう大衆食堂でだった。ソルロンタン、コムタン、クッパなんかの店だった。午前中のクッパ屋はがらんとしていたが、湯気が立つ台所から聞こえる皿がぶつかる音、叱りつける声は忙しそうで活気にあふれていた。私はホスング社長に言われた席に身じろぎもせずに座っていた。ホ社長は私に午前中ゆっくり出社するようにとだけ告げて、正確な時間は言ってくれなかった。礼儀上、私が先に行って待つべきだと思ったし、私が社長より遅い場合、中にいる社長を呼びだす方法も知らなかったので、私はとにかく早く出勤して裏門の前で寒さにふるえていた。職員の出社時間よりも早く行ったから、どれだけたくさんの人たちがPXを頼って生きているかを如実に観察することができた。想像していたとおり、赤い唇に厚化粧の洒落者が断然目立ったが、ビロードスカートに刺繍が入った絹の高級外套を着た貴婦人然とした中年女性も少なくなかった。男性たちのほとんどは軍服姿だったが、アメリカ軍部隊の従業員にも軍服着用が許されていたから、服装のみではPX内でどんな仕事をしているのかは見当がつかなかった。年齢もまた千差万別だった。私は英語のことでやましいところがあったから、あした人たちも片言の英語でこうしたところで働いているのかと思い、年老いていたり薄汚れた人も少なからずいることに、少し慰めを感じた。

ホ社長は従業員の出社時間よりも一時間以上遅れて現われた。彼は艶のあるウールの背広の上にアメリカ軍服の中で国連ジャンパーと呼ばれている防寒服をはおっていたが、際立って上品に見えた。国連ジャンパーは、市中で売買されているアメリカ軍服の中でも最も値の張る暖かい防寒服だった。いままであの肌のきれいな女性と絹布団の中でぞんぶんにいちゃついていたのか、彼の整った顔には人を待たせた申し訳なさも、寒さに凍えた様子もなく安らかに見えた。あの中でどれだけ高い地位になると出社時間に縛られずにいられるんだろう。PX内の事情に詳しくない私には、それがとても不思議でもあり、頼もしくもあった。相当無神経に見える彼にしても、オーバーコートもなく色染めしたアメリカ軍服をつくり直したズボンに中古品のジャケットを着てぶるぶるふるえている私を見て気の毒に思ったのか、急いで真向かいのクッパ屋に連れていってくれた。がらんとしたクッパ屋の台所からおばちゃんが顔を出すと大声で迎えた。

「あらまあ、社長さんがこんな時間にどうしたんですか。結婚されてからお見えにならないから私が何か失礼でもしたかと思っていたら、若い奥様に愛妻弁当をつくってもらっているとか。ひょっとして夕べは奥様に嫌われて、それで朝飯にありつけなかったんじゃないの？　だから言ったじゃないですか。人参や鹿茸《ろくじょう》じゃ、歳はごまかせないって」

そこまで艶めいた冗談をずばりと言うところをみると、家庭内の事情に詳しい心安い関係のようだ。

「ちょっと、言葉に気をつけてよ。この人はこれからうちで働いてもらう大事なソウル大生なんだから、おばちゃんも失礼のないようにね。パスが出しだいティナキムを来させるから、そのあいだに彼女が体を温められるようここにいさせてくれないか。それと、うぶな彼女の前で人の陰口をたたかないように」

ホ社長はこのように丁寧に話して出ていった。おばちゃんもそれ以上私にはかまわずに台所に入ってしまった。私は食堂で何も頼まずにただ座っているのが気まずくて、入口ばかりを見つめてティナキムを待った。ティナキムの容姿とか、名前がなぜそんなに変わっているのかは知る由もなかった。私が英語に自信がなくて心配していたとき、話せる人は別に雇っていると社長が言っていたその人だろうと推測するだけだった。待っているあいだに、はたしてPXに出入りできる私のパスが支給されるのか不安になり始めた。いつのまにかお昼どきになり、朝PXに入っていったときよりは少なかったが、裏門から人がどっと出てきて、そのうちの相当数がクッパ屋に押し寄せてきた。何も注文せずに席ばかり占めているのが気まずくなったころ、一目で他のPXガールとはちがう上品な雰囲気の人が、明るい笑顔で私に近づいてきた。彼女は私がだれなのかを確認もせずに、お会いできてうれしいわと言いながら手を差しだした。私の手とくらべようもないくらい年寄りの荒れた手だった。私はそれがなんだかうれしくて安心できた。

「ティナキムさんですか？」

話を切りだすために一応確認した。

「これからはティナ姉さんと呼んで。キム姉さんでもいいんだけど、職場にキムさんがもう一人いるから」

そう言った後、私の意見も聞かずにコムタンを二つ注文した。パスのことが気になったが、話しぶりからすると、そんな心配はいらないようだ。店主のおかみさんのティナキムに対する態度は、丁重さを超えてへつらいに近かった。コムタンを持ってきたときもマナを多めに入れたと言いながら目でそっと笑ってみせた。マナがなんなのか知らないが、ティナキムが好きな具のようだ。しかしティナキムは具をそれほど好きではないようで、私にたっぷりと分けてくれると、まっ赤なカクテギ〔大根キムチ〕の汁をスープに入れて食べた。母のような気さえするその純朴な感じが良かった。その店のカクテギはおいしかったが、あまりにも大きかったので一口で食べるのは難しかった。しかしティナキムはその大きなカクテギを口の周りに唐辛子を一粒もつけることなく上品に食べた。なんで私をそんなに見るのかと言われそうなくらい、彼女の上品な食べ方に見とれてしまった。すっかり食べ終わると彼女はガムを一つ渡してくれて、うちの売り場は社長以下みんな弁当を持ってくるからそうするようにと言った。お昼をおごってもらったのは申し訳ないと思ったが、初めて味わうＰＸの味ともいえるそのアメリカ製のガムは、心がとろけるくらい良い香りだった。

ティナキムが出入り口の前でようやく渡してくれたパスはボール紙の切れ端にタイプをし、下のほうに横文字でサインを入れた粗末なものだった。

「仮りのパスよ。正式な身分証は申請しておくから、証明写真になるものを二枚持ってきてね」

裏門は薄暗く長い通路につながっていて、パスを見せるところはそのまん中にあった。あまり広くない通路に一人通れるだけのスペースを残してテーブルでふさぎ、テーブルには女性警察官が座って見張っていた。入るときはパスさえ見せればよくて、顔なじみになるとあいさつだけで入れるけれど、出るときは頭のてっぺんから足のつま先までと、それに所持品までをくまなく調べられると言った。男性従業員の身体検査はアメリカ軍の上等兵が担当していて、彼は机もなしにずっと立ちっぱなしだったけれど、女性警官がちゃんと調べをしているかも監視しているとのことだった。

「うちのパジャマ部に新しく入った大学生です。よろしくお願いします」

ティナキムが女性警官に私をこう紹介した。検問所を通ってしばらく歩くと廊下が右に曲がり、その先にあるドアを押して中に入ると売り場が現われた。入るとすぐに写真を現像する写真部があり、次に私が働くことになるパジャマ部、まん中が貴金属部、革製品部、木工芸品部の順に韓国物産の売り場があり、その次からがアメリカ製品を扱う本物のＰＸにつながっていた。いまではたいしたことではないと思えるが、その当時は目がまわるほどのまばゆい別世界だった。昼夜砲声が止むことなく、夜になると北の空に戦争の閃光が不吉に明滅するこの最前線の都市にこんなところもあったのかと、まるで白黒映画からいきなり総天然色映画の世界に放りだされたみたいにとまどいながらも夢心地になったが、同時になぜかわからないが悔しい気持ちもわいてきた。

ティナキムはパジャマ部だと言ったが、銀色の鎖が天井からぶら下がる売り場の表示は刺繍品だったし、韓国物産部の中では一番売り場が大きく華やかに見えた。工場で見たときはただでもらっても着そうになかったレーヨンのパジャマが、ここのショーウインドウの中でやわらかな照明を受けて飾られていると、古代中国の王室の衣装のように華麗で厳かに見えた。

ショーウインドウの裏にある薄暗い空間に、机といす、帳簿があった。そこがホ社長の事務室だった。事務室というほどのものでもない狭い空間で、昼弁当を食べていた社長とキム姉さんが私たちを迎えてくれた。キム姉さんはティナキムと同年代に見える地味な女性だった。そしてアンさんという髪が薄くなったお年寄り一人が売り場の包装を手伝っていて、アンさんや社長は同じようにキム姉さんのことをサンオクのお母さんと呼んでいた。後になって知ったのだが、六歳になる娘を持つ戦争未亡人だった。私を含めて売り場店員だけで四人もいた。韓国物産部で店員が一人以上いるのはパジャマ部しかなかった。それだけ見てもいかに繁盛しているかがわかった。パジャマ部のもう一つの特徴は店員たちの平均年齢が高いことだった。韓国物産部だけでなく、本物のPX品売り場でも、女性店員たちは一様に濃い化粧がいじらしく見えるほど若かった。私はパジャマ部のこうした特徴が家族的だと思い、嫌ではなかった。もしこうした渋い年配の大人たちに出会えていなかったら、突然押しだされたこの別世界に慣れるのは少し難しかったはずだ。

閉店時間が近づき売り場が少し閑散としてくると、ホ社長が私を韓国物産部の売り場に連れていって、直接他の社長や店員たちに紹介してくれた。彼は私を紹介するたびに、名前は適当に言い流してソウル大生であることばかりを強調した。そのたびに彼は上機嫌になったが、そこまではいいとしても、相手方がつまらなさそうな表情で一度は睨んでくるので、私は気まずかった。この業界でソウル大生であることを強調するのは、ホ社長にも私にもなんの得にもならないはずなのに、どうしてそうするのか本当に理解できなかった。就職話があったときからなんだか訝しいと思っていたけれど、就職後は一段と重荷になってきた。ソウル大学生からソウルを取ってくれるだけでがまんできるのにと思った。

韓国物産部とは名ばかりで、韓国人にも見慣れない品物ばかりが扱われていて、他のところも似たようなものだった。革製品売り場では西部劇映画で見たような拳銃ケースや革ベルトがぶら下がっていて、財布やハンドバッグに浮き彫りにされるのが龍一色なのもパジャマ部と似ていた。龍を韓国的だと勝手に決めつけたのはどこのだれなんだろう。貴金属部では玉や花崗岩でつくられた太い指輪、ヘテ〔是非、善悪をわきまえた獅子に似た想像上の動物〕や豚などの動物マスコット以外に、銀に紫水晶や煙水晶をあしらった装身具などを売っていたが、けばけばしくて韓国古来の装身具とはほど遠かった。そんなところを私たちは韓国物産部と呼んでいたが、公式にはコンセション（concession）と呼ばれていて売り場使用権を韓国人に与えているだけで、韓国的な特産品を売る必要はなさそうだった。

そんな売り場よりパジャマ部のすぐ隣にある孤児院直営の売り場のほうが、まともな韓国特産品を扱っているように思えた。孤児院から派遣された保母のおばちゃんとお姫様のようにきれいに着飾ったかわいい孤児がいるこの小さな売り場では、竹でつくられたいろんなざるや、イグサでつくられた針箱などに使える小箱、ミニサイズにつくられたチプシン〔韓国草鞋〕や背負子、荷車などが売られていたので、よっぽど韓国物産部らしかった。しかしたいして売れてはいないようで、販売よりは売り場に設置されている大きな寄付箱から得る収入のほうが多そうだった。寄付を求める箱に凄惨な六・二五《ユギオ》戦争の写真をびっしりと貼りつけていたので、将校たちはその前をそのまま通り過ぎることができずに、釣り銭を入れてかわいい孤児の頬をなでたり、いたわりのウインクもしてくれた。ほほえましい光景であるはずなのに私の底意地の悪さからか、見てはいけないものを見たかのように自然と目を背けた。

ホ社長が一番最後に連れていったところは肖像画部だった。壁面には見本として描かれたビビアン・リー、ロバート・テイラーなどアメリカの美男美女俳優の肖像画が飾られ、当時のアメリカ第八軍司令官であるベン・プリトウ将軍の笑顔の絵もあった。ショーケースには注文を受けて完成した肖像画が原本の写真とともに並べてあった。アメリカ軍人たちは自分の顔を描いてもらおうとは思わないようだ。ほとんどが妙齢の女性を描いたもので、たまに慈愛に満ちた老婦人の肖像画もあった。パジャマ部で売っているレーヨンのスカーフの片方に龍をプリントし、その向かい側に肖像画を描いたものが最も多く、キャンバスに描かれたものはそれほどなかった。キャンバスといっても、薄い絹の切れ端にニカワを塗って固めたゴワゴワしたもので、スカーフに描いたものよりも安かった。パジャマ部で売っている小さなハンカチーフに描いたものもあり、どこかパジャマ部のショーケースと雰囲気が似ていた。もちろんうまくできあがったものだけを展示しているのだろうが、本物に似せて描いたところを見せつけるかのように元の写真が横に置かれていた。その写真はパスポートに入れて持ち歩いていたからか、すり切れた名刺サイズの白黒のものだった。小さいが場所がよくてこぢんまりとした店だった。しかし奥行きがあって三、四人もの画家が広い机の上で熱心に描いている姿をのぞき見ることができた。

ホ社長がそこに入っていき何やら話しているあいだ、私は目のやり場がなくてショーケースの中をぼんやりと見つめていた。しばらく見つめているうちにふと覚醒したかのように、これらはすべてものになっていないと気づいた。絵が似ていないという意味ではなかった。写真の顔はきれいな顔、普通の顔、尖った顔、丸顔、老いた顔、若い顔、幼ない顔などそれぞれだったが、西洋女性たちの表情には明らかに共通点があった。それは人生苦の陰がまったく見えないことだった。人間の顔に苦労の跡が少しもないなんてありえるだろうか。私たちには赤ん坊のころを過ぎればすぐに身についてしまうつらい人生の陰が、彼女らには歳をとっても現われないのだ。だからか、彼女たちは年老いても子どものように世間知らずに見えた。しかし肖像画はちがっていた。画家は写真にはない陰を描きこんでいたのだ。画家たちは努めて顔立ちと表情を写真に似せて描きながら、無意識に自分たちの惨めな人生を汗のように滲ませて描いているのではないかと思った。私にそこまではっきり見えたのは、自分に染みついた内面の反映かもしれないが、私は画家たちのいるところを見たくなかった。洞窟のような奥まった暗いところで身をすくめて絵を描いている姿は、ＰＸという胸躍る華やかな総天然色の世界とはあまりにも似合わなかったし、そんな違和感が他人ごとには思えなかった。家族の秘かな恥部のように隠して知らんふりをしてあげたかった。幸いなことにホ社長は私を画家たちには紹介しなかった。

「肖像画部も私の店だから、ミス朴《パク》もこれからは気を使ってくださいよ。こう見えても利益はかなりいいんだから。パジャマ部は噂が広がりすぎて、人が増えて世話ばかりやける。ここは歩合制だから売り上げがよくないときも負担にならないんだ。給料制はあの子一人だけだ」

ホ社長は、与《くみ》しやすいとみたアメリカ軍兵士に肖像画をしつこく勧めている少年をあごで指した。高校生ぽさが抜けない坊主頭の少年だった。舌先三寸の軽い言葉を早口で並べ立てる少年のでたらめな英語が悲しかった。

「カモーン、カモーン。ルック、ルック。ゼアー・オール・コーリアン・ナンバー・ワン・ペーンター。シュア、ビリーブ・ミー。ハブ・ユー・ガール・フレンド？　ショー・ミー・ハー・ピクチャー。ウイ・キャン・メイク・ユー・ハー・ポートリート。ゼェン、ユー・キャン・メイク・ハー・ハッピー。シュア、シュア。ホワイ・ユー・ドーント・ビリーブ・ミー？　ユー・ナンバー・テン。ゼアー・オール・ナンバー・ワン・ペーンター。ナンバー・ワン」

「李君よ、商売も大事だがあいさつしたらどうだ。パジャマ部に新しく来た姉さんだ。天下のソウル大生だぞ」

ホ社長はやたらに少年の坊主頭をこづくふりをして言った。李君は高校一年生のようだった。

次にホ社長はアメリカ製品売り場のほうに連れていった。私は慌てて彼にさっきの画家はそんなに有能なのかたずねた。

「もちろんそうだよ。まちがいない。有名画家の中から選び抜いた一流の人たちだ。一流でなくてはここにはいられない。ここはそんなところだよ」

ピカピカな色どりと芳しい香りのアメリカ製品が山と積まれている本物のPX売り場では、図太いホ社長も少し気後れしているように見えた。彼はだれにも私を紹介しなかったし、だれもまた私たちなんかを見向きもしなかった。なまめかしく艶やかな女たちがガムをクチャクチャ嚙みながら品物を売っているか、ヤンキーと流暢な英語で戯れていた。李君が話す英語は聞き取れたのに、彼女らが話している内容はまったく聞き取れなかった。私もどうせPXガールと言われるなら、こんなところで働ければよいのにと思った。

パジャマ部に戻ると、現場は楽しかったかと声をかけてくれたキム姉さんに私は軽くうなずき、肖像画部の画家が本当に名だたる画家なのかと訊いてみた。彼らのことが気になった。

「画家だなんて、看板屋さんよ。首都劇場、中央劇場そんなところで看板を描いていた人たちなの。西洋女性の顔を写真そっくりに描く技術だけはたしかに看板屋さんが最高かもね。画家だなんてとんでもないわ」

つまりはホ社長の口癖にすぎなかった。私はひどく侮辱を感じた。彼がソウル大学を言い続けたのも同じ脈絡だと理解できたからだ。どのみち続けられそうにもない大学だったから、その大学をたいしたものではないと考えるように努めていた。それにしても、学歴はないがお金だけはある俗物の知的虚栄心のために利用されている気分は最低だった。

ホ社長が私を連れまわしソウル大生だと紹介するたびに、背後でソウル大学の看板なんてここではいらねえよ、と嘲笑っている声がいまになって聞こえるような気がして鳥肌が立った。

3

最初に聞いた話では、毎月アメリカ軍の給料日からの一週間の売り上げが最高になるのだという。その話が正しければ、私が就職した一〇日のころは閑古鳥が鳴くはずなのに、毎日の売り上げが右肩上がりに上昇していた。それはホ社長もさすがに予測できなかったらしく、工場を数日ごとに夜も動かしているというのだ。一二月だった。ホ社長がパジャマ部の経営権を得て開店したのがわずか五カ月前だというから、クリスマス景気というものを初めて実感することになる。

「クリスマスだなんだかんだというより、まさに大金が転がりこむチャンスだ」

ホ社長は露骨にうれしい悲鳴をあげながら、刺繍工場とPXのあいだを意気揚揚と飛びまわっていた。アメリカ軍人たちがワッと群がってくるとき、代金支払い済みの商品をアンさんにポイと投げると、その前には包装を待つアメリカ軍人で長蛇の列ができたものだった。しかしそれはパジャマ部だけのことで、すべての韓国物産店も同じように繁盛しているのではなかった。遠く離れた異国でクリスマスを迎えるとき、故国の家族に贈るプレゼントはやはり滞在国の特産品にしようと思うのは、全人類共通の想いかもしれない。私たちから言わせると、けっして韓国の特産品でもない物が、中国文化圏の辺境ぐらいにしか認識していない彼らの目にたまたま入り、ホ社長がその幸運に恵まれただけでだれのおかげでもなかった。

うちの売り場で取り扱っている手芸品は五〇セントのハンカチーフ、一ドル三〇セントのスカーフなどの小物類から一五ドルのハウスコートなどまでいろいろあったが、一番人気は一二ドル二〇セントの中国風パジャマだった。子ども用もあったが、サイズを細かく確認したがる彼らの要求を満たすほど多様なサイズは用意されていなかったから、触ってはみても簡単には購入しようとしなかった。大人用もXラージ、ラージ、ミディアムくらいしかなくて、その大きさもどの人種を基準としているのかは曖昧だった。それでも人気があったのは、なんといってもティナキムの商才のおかげだった。たいがいのアメリカ軍人たちは自分の妻やガールフレンドの細かいサイズを告げてそれに合うものを要求した。すると体ぴったりのセーターを着たティナキムが前に進み出てそのスタイルを見せつけながら、その女性が自分とくらべ大きいのか小さいのかをたずねた。すると、たいがいのアメリカ軍人たちは彼女の美しいスタイルに熱い視線を送りながら、彼女ぐらいだとか、もう少し小さいとか大きいとか、目分量で妻やガールフレンドのサイズを計った。本当は自分の妻が彼女より相当に太っていたとしても、その瞬間だけは彼女のようなスタイルであってほしいという気持ちから、もっと大きいとは言い出せなかったのかもしれない。もういい歳なのに彼女のスタイルは西洋人から見ても理想的な体形をしていた。背がスラリとしていて腰は細く胸とお尻は豊満だけど、顔の小じわと慈愛に満ちた笑顔と耳ざわりのよい英語が、彼女に官能的というより気品を感じさせた。彼女のサイズはおそらくミディアムだったが、小さいものも大きいものもいったん着て見せて、サイズを客に確認させた。ダボッとしたものでも、ピッタリしたものを着ても彼女は似合っていた。パジャマというものは必ずしもサイズに合わせる必要はないことを彼女自らがお手本となって見せた。彼女は生きているマネキンであり、パジャマ部の宝だった。

就職したとたんに好況の波が押し寄せ、この売り場ではたしてソウル大生の使い道はなんなのかという不安を抱いたり悲観したりして、暇のない忙しい日々が続いた。しかし私が直接交渉し販売してアンさんにポイと投げだすスカーフやハンカチは一日何十枚にもなるのに、私の英語はちっとも上達しなかった。李君のように客を釣らなくても客が自然と寄ってたかる売り場ではあったが、私ができる英語はせいぜい「メイ・アイ・ヘルプ・ユー?」とか、「トウェルブ・ダラーズ・トゥエニー・センツ」とか「ワン・ダラー・ドーリー・センツ」くらいだった。それもトゥエンティーをトゥエニーに、サーティーをドーリーに直すのにも数日かかった。どんなに簡単な英語でも頭の中でスペルを浮かべて確認しないと聞き取れなかったから、発音は二の次だった。

ＰＸの従業員は男女の店員以外にもさまざまな雑用係がいた。一日中何度も売り場の掃除をするのは主におばちゃんたちだったが、電気設備の修理や、石炭をくべて暖房を維持し、品物をバックヤードに運び入れて空箱を運びだしたりするのは男たちの仕事だった。彼らもみな少しは英語をしゃべれた。アメリカ軍人も将校をはじめ兵士たちまで含めるとＰＸに勤める人数もかなり多かったので、雑用係の人たちとあいさつぐらいはしたし、たまに気軽に冗談も交わした。そういうときもっともよく使われる言葉が「ウォス・マリ・ユー?」だった。清掃係のおばちゃんたちの会話でもよく出てくるその言葉がいくら聞いてもわからなかった。ものすごく簡単な言葉なのはたしかだったからだれかに訊くのも嫌だった。ほぼ一〇日余り一人悩んだ末にようやく推測したスペルは「What's matter with you?」だった。あきれたことに私が習ったとおりに「ウォッス・メェトォ・ウィドゥ・ユー?」と発音するとだれも聞き取れなかった。ウォーターをウォローに、レターをレローに巻き舌で発音しているのが聞き取れる程度で私のヒアリング能力は停止したし、スピーキングはそれよりもっと上達しなかった。いつTを巻舌でㄹ《リウル》発音するのかなんとなくわかったが、舌が思いどおりには動いてくれなかった。それよりもっと絶望的だったのは、頭の中で綴りが浮かばなければ、とうていまねできる気すら起きないことだった。

家の中での私の扱いが日ごとに変わるのもつらかった。うちの家族の仕方なしに生きるふりは、思ったよりはるかに軟弱で取るに足らないものだった。日ごとに表情を取り戻し、子どもたちも尻馬に乗って騒ぎだした。下手な英語が原因でクビになるかもしれないので、夕方家に帰るとおおげさにこき使われたと言って疲れたふりをした。すると慌てて寝床を敷いてくれたり、心をこめて用意した夕食のおかずが少ないことを申し訳なさそうにするのだ。完璧な家長待遇だった。仕事場でのちっぽけな自分を思うと、私を神様のように崇める家族がひどく哀れに思えた。自分が憐れになるより家族がそうなるのがもっと耐えられなくて、発作的に家族に八つ当たりした。すると母は他人様のお金をいただくのは簡単なことではないと、地面に穴が開くほど大きなため息をついた。それよりもっと聞きたくないのは、雇われ生活というのは忙しいからこそ堂々と給料をもらえるが、暇で遊んでばかりだとそうはできないという話だ。

お金をちゃんと受けとれるかどうかも実はあやふやで、細部についてはなんの約束もされていなかった。たしかなのはホ社長がソウル大学につられて私を雇い、彼のその期待に私が少しも応えていないことだけだった。たまたまかき入れどきだったからよかったものの、そうでなければとっくにクビになっていたかもしれない。クンスク姉さんと会う暇もなく、こうした悩みを一人で抱え、神経ばかり昂ぶらせている私に家族はおろおろし、その家族に嫌悪感を抱いた。悪循環だった。

その年の一二月二四日はＰＸに就職して以来最も忙しい日となった。パジャマ部も開店以来の最高売り上げを記録した。韓国物産部はほとんどが開店して半年も経っていなかったからクリスマス景気を経験するのは初めてで、準備不足のために慌てふためくことが多かった。アメリカ軍人に売れそうな商品の予測に失敗して大量に用意した商品はまったく売れず、予想外の商品が品切れになったりして、初年度にはだれもがしがちな試行錯誤の連続だった。それでもホ社長は金運が強く、普段の人気商品が風船を飛ばすように上昇気流に乗ったから、みんながやっている試行錯誤も免れたのだ。それに肖像画部までが予想外なことにクリスマス景気の恩恵を受けていた。ホ社長は連日徹夜で工場を回していると言って、疲れた顔であくびをしながら、自分の金運の強さに「流れが良かった」という謙遜なのか自慢なのかわからない言葉を繰り返した。韓国物産というにはほど遠い商品と、着想や想像力の欠如が相対的に彼に利益をもたらしたと解釈するのが適切に思えた。

肖像画部まで一日の売り上げが三百ドルを上回る日が多いというから、五〇枚以上の絵の注文を連日受けたことになる。肖像画部を始めたのはパジャマ部より遅くてまだ三カ月も経っていないと言われた。ホ社長は重なる幸運が信じられないらしく、画家を増やすことについてはクリスマス後に検討しようとした。毎晩徹夜で工場を回さなければならず、忙しくて心の余裕もないはずなのに、性格的には慎重なところもあった。パジャマ部に入る商品は、ホ社長宅にある縫製工場からのパジャマ類と、業者が納品するスカーフ、ハンカチなどのプリント類に大きく分けられた。プリント製品はＰＸ外にあるアメリカ軍人相手の店にもありふれていたので、差をつけるためにＰＸ内の韓国物産部の商品だとわかるように目立った印をつけていた。もちろん肖像画部でも同じスカーフに絵を描くことになっていた。朝、商品が入ると、最初に肖像画部の李君が駆けつけて必要なだけのスカーフを選んで持っていったが、パジャマ部でも足りないのに五〇枚もほしがった。するとアンさんは李君に感心したように彼が選んだスカーフを取りあうふりをしながら、儲けすぎだと文句を言ったりした。パジャマ部でパジャマが一番人気商品であるように、肖像画部ではスカーフの片方側に肖像画を描いたものが一番の人気商品だと言われた。一ドル三〇セントのスカーフの片方側に顔を描くと六ドルにもなった。

何をどのようにして利益を得ようが、経営や管理はすべてPX当局とコンセッション契約を結んだ各売り場の社長のやり方次第だった。その日の売り上げを全額二階にあるPX事務所に入金すると、週に一度ウォンに換算され支払いがされた。契約時に決めた比率を売り場使用料として差し引いても、インフレが激しいときだったので受けとるお金の量が半端ではなかった。肖像画部や写真部のように技術を提供する場合は、使用料の比率が高い代わりに利益率も高いようだった。それでホ社長は申し訳なく思ったのか、週に一度お金をつめた箱を持ち帰ると大げさに訴えた。

「パジャマ部、これがまた見かけ倒しでさ、私が面倒をみなくてはならない工場の人はなんと五、六〇人もいるんだから、ミシン工一人に平均五人の家族だと計算するとそうなるよな。少しばかりの商売不振でも夜眠れないんだから。競争がまたどれほど激しいことか。これをやればぼろ儲けになると考える同業者がこの近辺でも増えて大変なんだ。市場より相場が高い代わりに、ミシン工の待遇もそれなりに手厚くしなくちゃならない。給料だけじゃなくて夜勤なんかになると、夜食代やら手当とかも他のところより気を使わなくちゃミシン工を取られてしまうんだよ。コソ泥の目の前にあるパーカー万年筆みたいなもんだ。実際、私の手元に残る金額を話したらだれも信じないと思うよ。お金を儲けるより人を率いるのが楽しくてやっているんだ。肖像画部のおかげでかろうじて世間体が維持できているんだよ、たぶん。肖像画部はさあ、勘定日に私の手元に入るお金がわずかにみえても利益率が高いんだよ。出世した子より、土を掘ることしかできない農夫の子のほうが親孝行すると言われるけど、まさしくそれさ。こうなるとはだれも思わなかったよな?」

画家たちには作業量に応じて賃金計算がされていた。週に一度事務所からお金を受けとると、まず画家たちに賃金が支払われて、残りはホ社長のポケットに入るから、そりゃあすごい親孝行といえるだろう。

いざクリスマス当日となると、客はまばらでひと息つくことができた。閉店後には地下にあるスナックバーでPXに勤めている全従業員のためのパーティーがあると言われた。清掃婦やボイラー室のおじさんまでが浮き足立ち、散髪や美容院に行ったりでざわついていた。韓国物産部の従業員たちはPXから給与をもらう立場ではないが招待されていた。スナックバーがどういうところか一度入ってみたかった。入ってはいけない規則はなかったけれど、韓国人は客としても入ることができないところにただ見物に行くのもしゃくにさわって、まだ入ったことがなかった。甘ったるくてよだれが出そうな肉の香りと香ばしいポップコーンの匂いが一日中漂っているところを見物するのは、金持ちの家の食卓を詮索するようなもので、アメリカ製品見物みたいに気軽にはできないものだった。生まれて初めて参加するパーティーと、目の前にあっても禁忌の場所だったスナックバーに対する好奇心のせいか、一日中仕事が手につかなかった。

従業員にお洒落する時間を十分に与えようとしたのか、それともPX側もパーティー準備のための時間が必要だったのか、ともかくこの日はPXが早くに閉店したからパーティーまでに三時間もあった。店を閉めるとパジャマ部では給料袋が配られた。クリスマスパーティーとは関係なしに毎月二五日が給料日なのだと言われた。勤め始めてひと月も経っていないので、ボーナスがない代わりに給料ひと月分を入れておいたと社長は言った。かなりぶ厚い給料袋を私は頭を下げて受けとった。顔がほてり胸がドキドキし、それをだれかに気づかれないかと意識すると、さらに顔が熱くなった。

「初給料がいくらか気にならないかね？」

ホ社長がニコニコ笑って言った。この場で開けてみたらと言われている気がして封筒をいじりだすと、キム姉さんが初給料袋はトイレでこっそり見るものよと私を止めた。ウソ？　私は泣き顔になり、みんなは大笑いした。からかわれているのはたしかだったが、気分は悪くなかった。みんな良い人で私をかわいがってくれていることは信じていいと思った。ティナキムが真顔になってパーテイまで十分に時間があるから、外でうどんでも食べようと私を誘った。私に何か言いたいことがあるようだった。

クッパ屋の隣にあるうどん屋はＰＸの従業員でいっぱいだった。

「みんなパーテイに行くのになんでうどんを食べているんですか？」

「あまり期待しないでね。アメリカ人のパーテイーは私たちのとはちがうの。せいぜいポップコーンとコーラぐらいしか出ないはずで、それさえも十分にあるかしら」

私たちもうどんを頼んだ。

「家で開けて見たらわかるけど、給料はミス朴《パク》が思ってるより多いはずよ。ホ社長は気前のよい人だから。ヤンキー製品売り場で働いている子たちがいくらもらっているか知っている？　せいぜい一〇万ウォンちょっとよ。それでもあんなふうにお洒落できるのは余禄があるからだってこと、ミス朴も半月以上経っているからなんとなくわかると思うけど。稼ぐだけなら売り場の女の子たちより清掃のおばちゃんたちのほうが上かもしれない。同じ穴のムジナだけど、あの人たちは直接自分の体に巻きつけて出るし、また売り子たちみたいにお洒落にお金を使わないから。うまくやる人は一日に何度もPXから体に巻きつけて持ちだすのよ。そうすると一日でひと月分の給料よりもっと稼げるじゃない、給料なんかは問題じゃないのよ。そうだ、ミス朴も体への巻きつけがどんなものか知ってるでしょ?」

本当は知らないふりをしたかったけれど、知っていたのでうなずいてしまった。PXの二階にはクリーニング屋、郵便局、包装センター、女性用トイレがあり、トイレ横にはベニヤ板で囲った女性従業員が着替えたりタバコが吸える簡易休息室が設けられていた。ヤンキーは女性専用の区域だと決められた場所には絶対に入ってこなかったから、その中ではなんだってできた。清掃婦たちはその中で売り場の空き箱を下げるふりをして段ボールにこっそり入れておいたガムや煙草、歯磨き粉、ローション、チョコレート、キャンディーなんかを体に巻きつけた。夏場はどうするのか知らないけれど、冬だとチマの下に着る肌着を足首までずり下ろし、ふくらはぎから上にアメリカ製品を段状に巻きつける技は目を疑うほど巧みだった。一段分をゴムひもで縛って巻きつけ、その次の段も同じようにすることで決してずり落ちたり、一カ所に片寄るおそれはなかった。そうしてからその上に、素朴でぼわっとしたチマチョゴリを着るとまったく気づかれなかった。そこは韓国人女性だけの専用区域だったから、やっているあいだは人の目なんかお構いなしだった。昼飯どきとか退社時にそれをあっという間にやってのけ、よたよたと歩いていく姿を見ると、あまりに気持ちが悪くて首を横に振ったものだった。私がそれよりもっとたまらなくおぞましいと思ったのは、おばちゃんたちの行動ではなかった。アメリカ製品を鎧のように身にまとったおばちゃんたちの体を、まるで空身でも触っているかのように知らん顔して触っている女性警官の優しい手つきだった。その一方で女性警官は、アメリカ製品とは縁が薄い韓国物産部の職員の所持品をキムチの臭いが鼻をつく弁当箱の中までくまなく調べていた。

ティナキムは話を続けた。

「あれが見つかったら即刻クビよ、クビになったらブラックリストに載り、二度とアメリカ軍関係のところには就職できなくなるけど、一度味を占めるとみんなやめられないの。アメリカ製品以外は目に入らないし、アメリカ軍人でないと馬鹿にするほど目ばかり肥えてしまうから。クビになったら他に行くところある？　十中八九パンパンに身を落とすのよ。私はアメリカ軍部隊の仕事はここが初めてじゃないの。最初はアメリカ軍部隊なんてとためらいながらも、これも立派な仕事だ、英語を習うための近道だとか大口を叩いていた子たちも、みんなそんなところに身を落としていったの。私がなんでこんなことを言っているかわかる？　韓国物産部でもその気になったらまったくチャンスがなくはないから。直接引き抜くことはできなくても、仲の良いアメリカ軍人にそれとなく必要な物を頼むこともできるからね」

「お金を払っても罪に問われるんですか？」

「あらら、なに言ってるのよ。みんなお金を払わずに盗んでいるとでも思ってたの。ＰＸ内ではガム一つたりとも盗むのは不可能よ。韓国人がドルを所持するのも不法行為なんだから、物を買ってもだめ。私はこのパジャマ部が立ちあがった当時からいるの。そうは言っても半年も経ってはいないけど、そのあいだにクビになった子たちを飽きるほど見てきたわ。アメリカ物産部で三カ月もてば長続きしたほうよ」

「直接体に巻きつけるのは清掃部のおばちゃんたちじゃないですか？」

「そんなことをしてもおばちゃんたちがクビになることはめったにないの。直接ドルを扱っていないから。いつだってセールスガールが現場で取り押さえられるの。おばちゃんたちはヤンキー市場でひっかかることもあるらしいけど、それは韓国人同士の問題だから、またちがう話」

「それじゃ女性警官は？」

「そんなことを知ってどうするの？　女性警官にはここが最高の職場でみんなが来たがるから、しょっちゅう交替するらしいけど、ヤンキーの所管ではないでしょ。それよりミス朴《パク》、いまは人の心配をするより自分の心配をしたら。ミス朴のことを大事に思っているから誘惑にはまらないようにしたいのが私たちみんなの気持ちだし、うちの社長が期待しているのもそれだと、それとなく知らせたくて設けた場なのよ」

「ごめんなさい、姉さん。正直言ってホ社長が私に何を求めているのかがわからなくて、期待外れみたいで不安だし申し訳ない気持ちなんです。無能だとクビになるのならわかりますが、他のことは心配しなくてよいと思います」

「十分やっているから心配しなくていいわよ。いまのままでいい。おしゃれなんかに気を取られないで学生らしくてとってもいいと思うわ」

私はいまだに髪を二つ編みにしていて、ハンドバッグも持っておらず、入学時に買った革の学生かばんをそのまま使っていた。オリカバンと呼ばれていたそのかばんは当時大学に入った学生が決まって使っていたから、学生っぽさが際立っていたけれど、弁当箱を運ぶのに最適だった。それに何よりもこの一帯の物乞いの子たちが飛びかかってくる心配がなかった。しかし私は内心で、ホ社長好みのソウル大学のイメージにそれとなく合わせている気がしていて、月給をもらったらすぐにそのかばんを買い換えようと決めていた。

その日の夜、パーティーで初めてコーラも飲んでみたし、クルクル回るきれいなマシーンが吐きだす花びらのように軽くてまっ白いポップコーンも食べてみた。しかしそれらを手にするのは簡単ではなかった。スナックバーが狭いからか、人が多いからなのか、パーティー会場は足の踏み場もなかった。用意されたポップコーンがすでに底をついても、激しく回るマシーンの前には人がずらりと並んでいた。コーラをどこでどう手に入れたのか、瓶ごと飲む人やガラスコップで飲む人もいたけど、飲んでいない人のほうがはるかに多く、喉が渇いた表情でコーラはどこでもらえるのかと訊いたり、押したり押されたりしながら探していた。立って談笑することに慣れていない私たちはまず座る席を探したが、壁際に並べられたいすはいくらもなくすでに埋まっていて、一階につながる広い階段も清掃部のおばちゃんたちでいっぱいだった。そのおばちゃんたちのほとんどは刺繍が入った絹のチョゴリにビロードのチマをはいていたが、ビロードがしわになるのを心配してお尻のところまでまくり上げ、レーヨンのチマ下をさらけ出していた。そしてひっぱり上げたチマの上にポップコーンを山盛りにしてむしゃむしゃ食べていた。見渡しのよい階段に座った彼女らはパーティーに来たというよりは、まるでサーカスを見にきて幕あいを楽しんでいるみたいに、期待の高まった顔でさかんに飲み食いしていた。バーの向こうにあるキッチンでは三、四人のヤンキーが中腰でひじをつき、ホール内のごったがえした様子をニヤニヤしながら見ていた。

そんな混雑した中にあってもキム姉さんが私の手をつかみ、私たちパジャマ部はティナキムにくっついていようと言った。なんでそう言ったのかはすぐ明らかになった。わめいても騒いでもなかなか手に入らなかったコーラとポップコーンを、白い頭巾をかぶったアメリカ軍人がお盆に載せて私たちのところに持ってきてくれたのだ。彼がそれを持ってくるあいだみんなが道まで空けてくれた。ティナキムが彼に軽く礼を言い、私たちにそれを勧めた。初めて飲むコーラは薬のような匂いがして私の口には合わなかった。しかしポップコーンはたらふく食べたくなるほど香ばしくておいしかった。みんなの騒ぐ声とクスクスと笑う声、私の口の中でポップコーンが砕ける音以外には何も聞こえなかった。その混雑と騒ぎの中、思いっきり派手に着飾ったPX売り場の若い女性たちは、米兵とペアになって踊っていた。外国軍人たちの頼もしい肩越しにゆらゆらとゆれている女たちのまっ赤な唇が、椿の花をくわえているようで色っぽかった。生まれて初めて見る社交ダンスがどんなものか、ちゃんと見たくて前のほうに行こうとしたけれどうまく進めなかった。

そのときPXの総責任者であるミスター・サージェント・ケナンが人混みの中をかき分けティナキムに近づいてきて、紳士的に手を差しだした。ティナキムが黒いフレアスカートを優雅になびかせ、サージェント・ケナンの歩調に合わせて踊り場に向かい、ステップを踏みだした。人びとが道を空けながら息をひそめたので、ようやく音楽が聞こえてきた。音楽は小さなポータブル蓄音機から流れ出ていて、最初から階段に陣取っていたおばちゃんたちは、この瞬間を待ってましたとばかりに顔を上げ、固唾をのんで見守った。

サージェント・ケナンには私も一度あいさつをしたことがあった。臨時パスから写真入りの本物のパスに切り替えるときだった。ティナは私を連れて事務室に行き、担当者からパスを受けとった後、事務室横の部屋に連れていって彼に私を紹介した。私に彼をPX総責任者だと紹介したが、彼に私のことをなんと言ったのかは聞き取れなかった。私はただひたすら彼が英語で話しかけてきたらどうしようとひどく怯えていた。彼は私になんの関心も示さず、ティナキムとだけ言葉を交わしていたが、雰囲気が少しも事務的ではなく親しげだった。サージェント・ケナンの広くてぴかぴか光っている机の上には、彼が家族と一緒に撮った写真と、妻、息子、娘それぞれの写真が飾られていた。彼の妻は顔が角張っているせいか西洋の女性にしては無愛想に見え、子どもたちはまだ一〇歳にもなっていないだろう少年、少女だった。女の子の歯の抜けている笑顔が印象的だった。短時間に見たものをそこまではっきり覚えているのは、二人が歓談しているあいだ、そこにしか目のやり場がなかったからだろう。その後も何回か売り場でサージェント・ケナンと出くわすことはあったが、私を覚えているようには見えなかったし、覚えていたとしても気づかれたらまずいと先に視線をそらしていたと思う。ハンサムで冷たい雰囲気を持っていた上に気品まで漂わせ、軽々しく接することはできない印象だったし、軍服もなかなか似合っていたが一度くらいは頭の中でスーツ姿を想像してみたくなる、そんな中年男性だった。

「もう帰りましょう。給料日なのにあまり遅くならないほうがいいわ」

私がサージェント・ケナンとティナキムのダンスに見とれていると、そばでキム姉さんが仏頂面でせかしてきた。給料という話にはっとわれに返り、革のかばんを抱きしめた。トイレに寄る時間はあったけれど、まだ数えていない給料袋の厚みがしっかりと伝わった。しかし封筒の厚さの分、胸に穴が空いたかのように私はしきりに虚しい気持ちになった。これは元々学生かばんであってお金を入れるためのかばんではない。だけどいまや、お金を入れるかばんになりはてている。そんなことは考えてもしかたのないことだった。外はひりひりするほど寒かった。

「あなたもそのうちティナキムについて周りがなんと言っているか耳にすると思うわ。もう聞いているかもしれないけど」

キム姉さんが仏頂面にふさわしく不満げにぼやいた。

「何も聞いていません。なんと言われているんですか?」

私はそう答え、たずねてみた。

「ケナンの愛人と言われてるわ」

「それ、ちがうんですか?」

「本人はちがうと鼻で笑ってるよ、いい友だちだのなんだのと言ってるけど」

「姉さんはどっちの話を信じているんですか?」

「彼女の言葉を信じたいけどね。家では夫にとっても尽くすんだよ。人の気持ちがよく理解できるのは彼女の天性だけど。子どもを産めない以外は非の打ちどころのない女なんだ」

「これから産めばいいと思うんですけど」

「もう、ダメらしいよ。だから妾を家に入れてあげたんじゃないの。少し前に妾に男の子が生まれてさ。一つ屋根の下で暮らしているのがおかしくて。夫も妾も彼女を崇め奉っているらしいの。彼女が家族を養っているからだと思うけど、ずっとは無理なんじゃない。彼女ならそこまで考えているはずだし、高いプライドからして除け者扱いされる前に国際結婚でもしたほうがいいと思うけど。ティナキムがあんなに頭から否定するから信じるしかないでしょ」

「国際結婚というと、サージェント・ケナンとですか?」

「そうなると一番いいと思うけど……。あの男も妻子持ちだから、離婚なんてそう簡単じゃないだろう? だからただの友だちだと猫かぶってるんだよ。死んでも愛人と言われたくないんじゃない。ヤンキーの愛人ならパンパンと変わらないだろう?」

キム姉さんはさっきから機嫌が悪かった。足どりまでねじくれていて、ティナキムのことをああだこうだと言ったり、話がころころと変わった。当の本人がいないところで人の悪口ばかり言うのが気持ち悪くて私は口をつぐんだ。

明洞《ミョンドン》の入口までの店や露店はみんなクリスマス気分で盛りあがっていたが、乙岐路入口《ウルチロイック》の路面電車の停留場は薄暗くて、待っている人たちの表情も闇に吸いこまれたように陰鬱げに見えた。キム姉さんは私と向かう方向がちがったのに、私が路面電車に乗るまで待ってくれるふりをして話を続けた。

「ただの仲の良い友だちだとアピールするためにあんなに気を使っていたのに。自分の夫の物もケナンに頼むし、妾が産んだ子を自分の子のように写真を持ち歩いてケナンに自慢し、自分がまるで韓国の良妻賢母の見本のようにふるまっているんだもの。ケナンも同じよ。子どもたちからもらった手紙や絵までティナに見せて一緒になって感心しているんだからね。今度のクリスマスもティナがケナンの子どもたちに特別注文の本絹のパジャマを贈ると言って、ひと月前から騒ぎだしたのよ。それって周りの人たちに自分たちはただの友だちだから信じてくださいと言っているようなもんでしょ。そんなにがんばっておいて、さっきのあれは本当になんなのかしら。私はケナンの愛人ですと宣伝しているみたいなものじゃない」

「姉さん、姉さんは映画見ないの？　向こうの人は夫婦でもパートナーを替えて踊るのが普通でしょ。私はいいと思うけど。あの二人、踊りがうまくて絵になっていたし、二人とも人目を気にせず堂々とふるまっていてすてきだったけど」

私は好奇心を抑えて偽善的な態度をとった。偽善だけではなかったのかもしれない。彼らのダンスはしびれるほど美しかった。スキャンダルの確認というより、人を浄化してくれそうなみごとなダンスだった。路面電車が来た。姉さんがかばんに気をつけてと注意しながら手をふってくれた。遅い時間だったから路面電車はガラガラで、私はかばんをしっかりと抱えこんだ。

ＰＸの周辺と敦岩洞《トナムドン》が別世界なのはいつものことだったが、夜遅かったから明かりが灯っている家はほとんどなかった。ちらほらと見えていた明かりさえもない漆黒の町で、私はむしろそこら中から人の気配を感じた。踏みしめている地面さえ生きている獣の心臓のように力強く脈打っていて、その鼓動が私の足の裏まで伝わり、私は地面に足が着かないようにして歩いた。パーティーのまぶしい照明と煌びやかな美しいダンスは夢だったのかな。この密やかなざわめきはいったいなんだろう。ついさっきまでそこら中の家で明かりをつけて踊ったり、飲み食いしたり、騒いだりしていた人たちが、私が現われると息を殺していっせいに闇の中や地中へと潜りこみ、目を凝らしながら私の一挙手一投足を狙っているのではないか。こんな荒唐無稽な考えが生々しい現実感となって襲ってきた。悲鳴をこらえてつんのめるように走った。あえぎながら家に着いた私は、水から引き上げられたみたいに全身汗だくだった。部屋の床にお金の入ったかばんを放りだすと、ようやく生き返った気がした。

「お母さん、給料をもらったんです。姉さん、私のかばんをちょっと開けてみてください」

「まだひと月も経っていないのに。それでいくらもらったんだい？」

母が先にかばんを引き寄せながら訊いた。

「今日が給料日らしいんです。半月も経っていないけどひと月分入れてくれたようです。いくらか言ってくれなかったので知らないけど」

母が訊いたのに私は兄嫁に向かって答えた。兄嫁と甥っ子たちを自分の力で養えるようになったのがうれしくて、胸がいっぱいになった。母がかばんから札束を取りだした。ＰＸの包装紙に包まれた灰色の封筒からお金が出てきた。草色も鮮明な千ウォン札の札束が四つもあった。四〇万ウォンだった。銀行から出してきたばかりの新札だったから、触って感じたよりはるかに高額だった。

「なんと、まあ、こんなにたくさんおまえが稼いだというのかい？」

母は涙目になって口を開けたまま笑っていた。兄嫁も信じられないと、札束に触ってみたり数えてみたりして満面の笑みを浮かべた。母が病院の薬を一度も使えずに死んでしまった息子が哀れだと涙を流したけれど、四〇万ウォンがもたらした活気は消えなかった。子どもたちの寝顔までが昨日よりずっと元気そうに見えた。千ウォンの札束が広げた草色の活気は、まるで古木が芽吹いたようにこの家を変えた。

「チャグナシ〔夫の妹の呼称・小姑〕ありがたくて申し訳ないです。私も何かやってみます。チャグナシが稼いだお金を何もせずにただ使うつもりはありません」

「そう、私が子どもの面倒をみれるうちに何かしたほうがいい」

彼女たちはまるでお金がお金を招く御利益を信じるかのように、四〇万ウォンを何度も数え続け、お金を稼ぐことを夢見ていた。そこまで喜ぶとは思っていなかった。私は立てた両ひざのあいだに顔を埋めて疲れたふりをした。

もういいから、それくらいにして。そうわめき散らしたいのを奥歯を噛みしめて堪えた。

4

年が変わるとパジャマ部も閑散となった。新年になって人より早く退社してホ社長宅に立ち寄るようになってから、しだいにソウル大生の使い道についてわかり始めた。ホ社長がＰＸ内に売り上げの良い店のコンセッションを二つも持てたのは、ティナキムが先頭に立ってアメリカ軍実務者たちとうまくつきあったおかげもあったが、実務者たちがうぶなことも大きかった。私がホ社長宅に立ち寄る日には近くに住んでいるティナキムも同席することが多かった。ティナキムが冗談のつもりで言ったひとことで肖像画部が立ちあがったときのことを、大昔にあったことのように振り返った。わずか三、四カ月前のことを大昔だと感じるほどに、アメリカ軍の利権が絡んだり、韓国人との触れあいが多くなると、ヤンキーは急にずるがしこくなるというのだ。

人間の欲には限りがないのか、ホ社長とティナキムも、ヤンキーがうぶなうちに大きなコンセッションを二つも取れたことに感謝するどころか、彼らがずるがしこくなる前にもっと契約できるようにとコンセッションを探していた。食いこめそうな仕事はすでにみんながやっているし、ヤンキーが気に入るような新しいものも見当たらないまま、韓国物産部は貧弱な戦時下で肖像画部のようにお金をむしり取れる売り場をあれこれと模索していた。靴磨きと修繕を兼ねた修繕屋、花柄の靴、頭巾、巾着など民俗的な子ども用品の注文販売などの妙案を絞りだしたが、ケナンは二つとも興味を示さなかったという。靴磨きはPXの前で少年たちが生業にしているのに、そこにまで手を出すのかと軽蔑してみせたし、子ども用品ぐらいならパジャマ部でやればいい話で、売り場を別に設ける必要があるのかと首をかしげたらしい。ケナンがオーケーしても終わる話ではなかった。ケナンが総責任者だとはいえ、上にはまだ中尉から中佐などの段階があった。彼らみんなを納得させるだけの書類上の手続きを踏まなくてはならなかった。新しいコンセッションが必要な理由から売り場の位置、定価や工賃の具体的な算出根拠などを提示する書類を作成するために、彼らは大学生をほしがっていた。PX内でそうした仕事に熟達した専門家がいないわけではなかったが、そうした仕事こそ秘密保持のため仲間うちでやるのが大事だとホ社長は堅く信じていた。だからか、自宅の奥部屋に腹心の部下を呼び入れ、額をつきあわせてことを進めたがっていたのだ。

私は最初から協力する気はなかった。私が生まれてきた環境とはまったくちがう別世界の話だったし、新年に入ってようやく数え年で二二歳になったばかりだ。しかしなんとしても給料は守りたかったし、パジャマ部と肖像画部のコンセッションを取ったときに提出した書類と契約書の写しもあったので、なんとかやる気になった。その当時ケナンが作成してくれた書類だった。サージェント・ケナンは公私の別を明確にした人だったから、ティナキムとの関係が噂になると、さらに公正な立場をとろうとしたという。また除隊と帰国の日が近かったから、立つ鳥は跡を濁さずという気持ちもあったのだと思う。なんだかんだで特恵を得るのは難しい状況だった。とにかく書類のほうは辞書を引けば意味がわかったから、私には英語の聞き取りよりはるかに簡単だった。ホ社長とティナキムが私のこういう乏しい能力に失望もせずに尊重してくれたのも力になった。私もティナキムがアルファベットの読み方もわからないのに、英語を流暢に話せることに敬意を払った。言語の天才というのはまさしくこういう人だと思った。話によると、彼女とアメリカ人との関係は解放後から始まったらしい。徴用された夫が人よりほぼ一年近く遅く帰ってきたせいで、お手伝いの仕事でも探さなくてはならない境遇に陥った。気さくで何を着ても上品に着こなし、一度味わうだけでなんでもつくれる料理の腕前を高く買っていた親戚が口利きしてくれた仕事先が、アメリカ軍政庁で広報に携わる将校のお宅だった。家族全員が韓国に駐在していたから、客人をもてなすことも多いその家で、韓国料理の神髄を伝えながら西洋料理も難なくすぐに覚え、英語はそれよりもっと早いスピードで覚えた。その将校が帰国する前、自分よりもっと地位の高い高官にティナキムを紹介したが、徴用から帰ってきた夫との生活のために、早くから基地村でアメリカ軍相手の商品を開発していたホ社長と手を組んだ。ホ社長は姑の親戚筋に当たるとのことだった。

どうすれば読み書きもまったくできないのにあそこまで英語が話せるのかと不思議がると、彼女はこの世に存在する言語の中のどれ一つとっても文字が先にできたものはないはずだと、逆に文字を先に覚えた私のことを不思議がった。彼女の考えがおそらく正しいのだろう。まさに私が話せない大きな理由は文字や綴りが私の口をふさいだからだ。ティナキムが言語の天才だというもう一つの根拠は、私にもわからない堅苦しい公文書をなんとか読みあげると、どんな意味なのかを彼女はぴたりと言い当てたことだ。あるときはそれはそう読むより、こう読んだほうが正しいと教えてくれた。それはほぼ彼女の言ったとおりだった。私が家にまで持ちこんで必死につくり上げた書類もまた同じで、そうした表現よりこうしたほうが好ましいとか、その場合にはこっちのほうが一般的な表現だと教えてもらい、私はそのとおりにした。

ホ社長宅で夜勤をしながら、私は重用されているという自負心と満足感を得ていたが、その一方で人材がいないから私を使っているんじゃないかという孤独感を同時に味わった。そして一人になるとそうした想念に蝕まれ、空っぽになってゆくのを感じ惨めな気持ちになった。ティナキムは気さくだったけれどどかしこい人でもあった。私に具体的な慰めが必要だということを知っていた。いつからか彼女はＰＸの商品を少しずつ味わわせてくれた。ずっと高嶺の花だったアメリカ製のチョコレート、ビスケット、キャンディーなんかがいつのまにかわが家のおやつになっていた。それらを家に持ち帰ったときの家族、とくに甥っ子たちの歓声はすごくて給料袋以上にもてはやされ、私はいい気分になれた。極度に貧窮した時代だったからか、アメリカ製品の包装紙までもったいなくて捨てられなかった。このピカピカな包装紙が家に散らかっているだけで金持ちになった気がした。

麻薬のように一度味わうと到底やめられない恍惚境がまさにアメリカ製品の味だった。甥っ子たちはとくにチョコレートを混ぜてとろりと濃縮したタディという缶入りの牛乳に目がなかった。ようやく片言が話せるようになったヒョニが、タディと言うところをダディ、ダデイと言っているように聞こえ、母までもつられてその牛乳をダディと言った。ヒョニはいままで一度もパパという言葉を口にしたことがなかった。いまさらダディだなんて。私はその言葉を聞くたびに、あんなに好きだったアメリカ製品に吐き気がし、やめて、やめてよと神経質になったものだった。でもそれもがまんしなくてはならなかった。アメリカ製品の力強さは驚異的だった。がりがりに痩せて頭ばかり大きくて首も細い、口元がただれて白い疥《はたけ》までできていた子どもたちが、わずか数日のうちにふっくらと肉がつき艶が出てきた。ヒョニはとくに戦乱中に生まれたからか、生まれたときから額に深いしわが刻まれていた。そのしわは赤ちゃんのときもかすかに残っていて、むずかるときや周囲を見るときに赤ん坊らしくない苦労感が漂っていたが、いつのまにかそれもなくなり、かわいいすっきりとした額に変わっていた。

旧正月には白い餅もつき、お供え物も格式に合わせて用意して祭祀を執り行なった。うちで祭祀を行なうのは初めてだ。母は跡取りの嫁でありながら息子の勉学を口実に故郷を離れたので、法事の義務は自然と故郷を守る一番目の叔父に任された。しかしいまはどっちも故郷を離れ、その上叔父家族は避難生活をしていた。母がやっと堂々とするのを見るのも悪くはなかった。先祖から順に行なってきた式が最後に兄の番となるや、母と兄嫁は身悶えして大声で泣き始めた。兄が死んだときよりもはるかに力強い大きな泣き声だった。わが子が息をひきとったその日に埋葬した母が受ける罰としてはあまりに軽すぎるのではないか。それで耳をふさぎたくなるほど嘘っぽく聞こえた。もうそれくらいにしてよ。そんな声を押し殺すのに必死だった私は、一滴の涙も流さなかった。

兄の墓に亀裂が走り、死ぬ前に埋められてしまった彼が生き返る夢をその日久しぶりに見た。

旧正月から、兄嫁は東豆川《トンドゥチョン》〔ソウルの北方、三八度線に近い〕のほうへ行商に出かけ始めた。商売に関して兄嫁は人並み以上の才能があった。私が初月給をもらった後、兄嫁が始めたのは古着屋だった。いっとき敦岩《トナム》市場でナカマ稼業をしていた叔父の紹介と、また敦岩市場にいくつかの店舗を持つクンスク姉さん実家の好意もあって、店の前の軒下ではあるが、便利で立地のよいところに古着屋を開くことができた。最初は家にある衣服を持ちだしてひもに吊るしてひとまず店を始めた。食べ物にこと欠くとき、手っ取り早くお金になるのは衣服だった。それで当時の市場には古着屋だけでなく、持ちこんだ衣服をだれよりも早く買い取って転売しようとするナカマたちがたむろしていた。生存のためには食が第一条件であるはずなのに、衣を重視して外見を繕うのがこの国の長い伝統だったからだ。それで衣服や服地の生産が中断されていたために古着の流通が盛んになるしかなかった。当時は、稼げる商売として孤児院があげられるほどだった。救済品の衣服を優先的に受けとっていたから、それを売り払ったほうが孤児向けの粉ミルクや小麦粉を横流しするよりずっと良心の呵責が少なかったし、収益が高いことは広く知られていた。

私の給料で始めた兄嫁の古着屋は家にあった服を売る程度だったが、元手を除いても夕方に干し鯖ぐらいは買えるほどに安定してきた。それなのに行商に出ると言いだしたから、母は当然のごとく反対したし、私も理解できなかった。でも一部始終を聞いてみると納得がいった。いまだに戦線は三八度線を中心に一進一退を繰り返していたが、ソウルの人口は日に日に増え続けている。敦岩市場ももう空き店舗はなく、業種によるが旧正月のかき入れどきは非常に賑わったようだ。兄嫁の商いも好機に巡りあったわけだが、その先を読んだのはさすがに勘の鋭い兄嫁だった。いくら露店とはいえ場所代なしにやっていける日もそう長くはないと見越した兄嫁は、なんとしても自分の店を持ちたいと欲を出した。大きな夢を見たものだ。それも敦岩《トナム》市場ではなくて東大門《トンデムン》市場に。

兄嫁が調べたところ、女がこの仕事で稼ぐには最前線商売をやるしかないという。基地村のパンパン目当ての行商のことを最前線商売というらしい。早くからその方面に商売の道をつけ、基地村の事情に精通してたくさんの常連さんを確保しているおばちゃんと一緒に行動することで話がついているし、ブラウスやスリップ、ブラジャーなど若いパンパンの趣向に合わせてつくっている仕立て屋にも、全面的にバックアップしてもらえる約束だというのだ。

「これはチャンスなんです。その方面に詳しい人が仲間に加えてくれるというんだから、やらないと。迷っていたらどっちつかずになってしまいます。行きたいときに行ける商売ではないんですもの。許可証がいるところではなくとも、戦争中の最前線地域にだれでも出入りできるわけではないですから」

「だとしてもだ、市場のあんな良い場所を譲ってまでして、よりによって行商に出るというのが私には理解できないよ」

母はこのように釈然としない様子だったが、強いて反対はしなかった。私たちは全員金を儲ける前に金の亡者になっていた。もっと稼げるようになることがそれこそ正義だった。

最前線の商いはその日のうちに帰ってこられる仕事ではなかった。少なくても一泊二日、長いときは三、四日かかった。しかし兄嫁は布団袋のような大きな荷を頭に載せ、運が良ければ今日中に、遅くとも明日中には戻ると、見え透いた嘘の約束をして出発した。それは姑にではなく子どもたちに向けた自分への慰めだったのかもしれない。それでも母は毎晩ご飯を炊いて冷めないようにオンドルの焚口近くに置き、遅くまで門の音に耳を傾けていた。子どもたちが寝入っていなければ子ども相手にずっとつぶやき続けることで待ち時間を紛らわす母が、私にはうんざりだった。

「お母ちゃんが議政府《ウィジョンブ》まで来てるかな、倉洞《チャンドン》まで来てるかな、彌阿里峠《ミアリコゲ》まで来てるかな、頭をかいてごらん」

母のつぶやきはいつも決まっていた。子どもはお祖母ちゃんに言われるままに頭をかくときもあれば、かかないときもあった。子どもが後頭部をかくと兄嫁の帰りはまだまだで、かく位置が額に近いほど家に近づいていると、母は本当に信じていたのだろうか。子どもの手が後頭部にいこうとすると、母はすぐに額のほうに持っていきながら同じ話を繰り返した。それが母の得意技だった。息子を待っていたときも、そういうやり方で退屈と焦りを紛らわしていた。しかし最前線商売で留守にする兄嫁を待つときも同じ手法を使う母を、私はなぜかわからないが見たくなかった。私がいままで経験したどんな待ち時間よりも苦痛でつらい時間だった。

兄嫁は二日ぶりでも三日ぶりでも帰る時間は夜遅かったし、どんなに遅くなっても母が炊いてくれたご飯をうまそうに食べ、食べる前に必ずお金を数えた。兄嫁が稼いできたお金にはたまにドルも混じっていた。彼女があちこちの内ポケットから手いっぱいの金を取りだすあいだ、うちの家族は思わず息をのんだ。その時間は緊張感で全身がこわばった。そのお金はすべて儲けではないはずだ。元手を差し引いた利益がいくらなのかはわからないが、私たちは兄嫁が取りだすお金の量に圧倒され息が乱れた。そして兄嫁がお金を数え終えて帳簿を確認しながら、やはり最前線の商いほど儲かるものはないと満足げにひと息つくのを見守った。それから食事を始めると家の中に活気が戻り、兄嫁のご機嫌をとるためにもみんなは和気あいあいとしていた。兄嫁は送迎車の都合で遅れたと強調した。送迎車がないと行くことも、帰ることもできないと言った。そういう話は言い訳のようにも聞こえたが、あの重い荷をずっと頭に載せて歩いているのではないと思うと少し安心もした。それが私たちが知っている兄嫁の最前線商売のすべてだった。

その日も兄嫁は三、四日私たちを待たせて夜遅く帰ると、お金を数えてから食事を始めた。いつもと変わらず目が落ちくぼんで疲れて見えたが、ご飯が出てくると急に気が進まない表情になって箸を取らなかった。お昼に食べたものがもたれているようだと言った。それならそっとしておけばよいのに、母は兄嫁はいまや大金を稼ぐ大事な人なんだからと、少し食べたほうがよいと気をもんだ。しぶしぶ食べ始めた兄嫁はいきなり口を手でふさぎ、外に飛びだして排水溝にうずくまってゲェゲェと吐きだし、内臓をすべて絞りだしそうな激しい嘔吐を終えると立ちあがった。まっ青な顔に涙なのか汗なのかわからないほどびしょ濡れになっている様子を見ると、軽い食もたれでないことだけはわかった。目を光らせじっと見ていた母が、ふるえ声で言いだした。

「おまえ、これまで何をしていたんだい？　まさか毛唐に辱めを受けたのかい？　でなければ市場のだれかと情を通じたとでもいうのか？　そんなことがあるだなんて。アイゴー、神様、いくら私が息子を先立たせてそれでも生きのびるひどい女だとしても、こんなことまでされるなんて。私はもう生きていたくありません。生きてなんかいられないよ」

母は足を激しく震わせ、それ以上何も言えずにその場にへたりこんでしまった。どうしてそんなことを言ったのか。私も衝撃を受けたが、兄嫁はそれ以上だったはずだ。兄嫁の蒼白な顔が一瞬で険しくなった。しかし声はぞっとするほど冷めていた。

「お義母様、私が何をやっているか教えてあげましょうか？　しっかり聞いてください。値切ることもなく一番気前よくお金を払うのが、口で黒人の相手をするパンパンだそうです。口で男を受け入れると子は産まずにすむからいいですよね。お義母様のような方には貞淑に見えますし。ですが、同じパンパン同士でも彼女らは人間として扱われずに孤立させられていて、彼女らだけが集まっている町があるんですって。今回はそこまで行ってきました。どうしてそこまで行ったのか訊きますか？一銭でも余計に稼ごうと思って行ったに決まっているじゃないですか。彼女らがそんなことまでして稼いだお金を私たちがぼったくろうというのだから、どっちが汚いのか、おそらく神様もこんがらがるでしょうね。そんなところでもはじき出されているからか、彼女たちは普通のパンパンよりずっとうぶで人情も厚かったんです。値切らずに買い終えると、なんでそこまで別れが惜しいのか、私たちを引きとめるじゃありませんか。お昼を一緒に食べたいと。人に飢えているからなのか、私たちの反応を見たいからなのか、しつこく一緒に食べようと、ビビンパに匙をもう一つ刺しこんでせがむんですよ。彼女らのやっていることを考えると吐き気がしたけど、先のことを考えてがまんして無理に食べていたら、いまだにムカついていて吐き気が治まらないんです。私の内臓が彼女らのものよりきれいでもないのに受けつけません。そういうことなんです。これでおわかりになりましたか。すっきりしましたか？　同病相憐れむとか言われるけど、こんなことまで言われるなんて」

兄嫁の剣幕に、言ってはいけないことを言ってしまったと母も気づいたようだ。それでも話の中身を理解できているようには見えなかった。母は少しきまり悪そうにぽかんとした表情で私に訊いた。

「いま、おまえの義姉は何を言ったんだい？」

母も理解できなかった話を私が理解してしまったことにひどく羞恥心を感じた。私は女手一つで育てられたので男女間の正常な夫婦愛を学ぶ機会がなかったうえに、性教育といわれるほどのものも受けたことがなかった。母は大人同士で性的な話をしていても、私の前では性的な暗示すら巧みに事前に封鎖してしまった。でも私は知っていた。ＰＸ内ではとくにアメリカ軍人たちのあいだで、日本から買ってきた粗雑なポルノ雑誌が横行していた。アメリカ軍人たちが絵だけ見て買うほど、挿絵が奇怪極まりない猥褻な雑誌を私たちは文章まで読めたから、最先端の淫乱な行為と性的な技について知り尽くしていたと言っても過言ではなかった。清掃婦たちもみな日本語は読めた。そんなものが古新聞のようにいたるところに転がっているのがＰＸだった。

ＧＩは日本で過ごす休暇を指折り数えて待っていて、その日が迫るか、実際に行ってくると、決まって一度は自慢をしたものだった。明後日になればこんなコリアなんかから離れて佐世保に入港するのさと言いながら、うれしそうな表情で目を閉じてみせたり、踊ったりするＧＩがざらにいた。そんなとき、私たちが想像できる日本は猥褻雑誌からつくられるイメージそのものだった。だから私たちはエンジョイしてきてとか、エンジョイしてきた？　という彼ら式の平凡なあいさつをしながらも、その中に色気を滲ませていた。けれども私の欲望は刺激されるにはまだ未熟だった。自然に花を咲かす前にいじられた女の子のように、歪んだ性情報によって破裂した自分の欲望の惨状にぞっとした。

母も理解できなかった話を私がわかってしまったという羞恥心は、私自身を心の底まで見つめ直すよいきっかけになった。しかし家族にまで私の内面をのぞきこまれたくはなかった。私は理解しあえずにもめている母と兄嫁を避けて外に出てしまった。

夜遅い時間だった。川辺の冷たい風が体に深く沁みこみ、枝垂れ柳の大きな枯れ枝が宙を掃いているその様子が泣きたくなるほど哀れに見えた。どうして私たちはこんなふうになってしまったんだろう。母は元気で孫たちの面倒を見ていたし、兄嫁は三、四日で大儲けして帰り、子どもたちは肉づきがよくなって肌も艶やかで、私は月に四〇万ウォンの収入が保証されていた。家中にアメリカ製品があり、兄が生きていたとしても戦争が起きなかったとしても、これ以上のよい暮らしはできないはずだ。それなのに、どうして心はこんなにみすぼらしく醜いんだろう。食料のために空き巣狙いをしていたときも、こんなではなかった。家族全員がヤンキーに寄生したなれの果ての、破綻と悲惨だった。川からかすかに腐った臭いがしてきた。氷が溶け始めているようだ。私は川に向かって何回かゲェゲェと空嘔吐した。そして枝垂れ柳の切り株にもたれかかった。古い木には霊《たましい》があると信じたかった。慰めが必要だったから、しばらくそうしていた。枝垂れ柳は霊的な木というよりはおしゃべりなような気がした。そうしているとかたい木の樹皮をとおして、爆発寸前の欲望を感じて寂しく笑ってしまった。

通行禁止のサイレンが長々と鳴った。新安湯《シナンタン》の通りから母が白い裾をなびかせながら飛びだしてくるのが見えた。母が大声で私の名を叫ぶのではないかと焦りながら母に向かって走った。そして母の痩せた肩を抱き、背なかをさすって家に向かった。姑と嫁の葛藤がどんな結末に至ったのかは訊かなかったし、母も話さなかったが、私たちは互いに慰めが必要だということはわかっていた。

「今年の冬はなんでこんなに長いのかね？」

深く沁みこんでくる夜風にも春の気配がはっきりと感じられたのに、母はこのようにしらばくれた。

門外の男たち

1

クリスマスにピークを迎えたパジャマ部の売り上げが徐々に下り坂になり、アメリカ軍の給料日には盛り返しながら季節は花咲く四月を迎えた。雇われ者はいくら身体が疲れていても、儲かっていてこそ堂々とできるという母の言葉は正しかった。不景気というほどではなかったし、一階の委託販売店では相変わらずパジャマ部が一番売り上げていたのに、四人もの店員が雑談中にあくびが出そうになると日本のポルノ雑誌に目をやる暇な日は居心地が悪かった。社長の機嫌だけでなく、売り場仲間の顔色まで気になった。自分だけが余計者だと負い目を感じていた。ホ社長が私を雇ったのは他の者よりずっと大事な仕事を任せるためだったのに、その期待に応えていないことをだれより私自身がよくわかっていた。いままでに三、四回試みたコンセッション契約は一件も決まらなかった。ホ社長は私を責めなかったが、一生懸命に作成した書類が提出のたびにダメになると、さすがに落ちこむしかなかった。ホ社長のソウル大生の話が減ったのも私をしょげさせた。ティナキムのほうがかえって私を慰めてくれた。書類の問題ではなくアイデアの乏しさの問題だというのだ。そのたびにヒットしたアイデア例として肖像画部の話をあげるのだった。

「なんであんなことを思いついたのかしら。もっとも自分のアイデアというよりは、ケナンのアイデアと言ったほうが正しいけどね。彼と二人で雑談をしていて何気なく出た話だったの。すぐに絵を描いてくれるところがあるとおもしろそうだと。そうしたらその話をケナンがものにしてくれたのよ。なんにもしなくても着々とことが進んだの。あのとき、本当にひとこと言っただけなの。あのときはまだ面倒な書類なんかはなかったし、もちろんないことはなかったんだろうけど、なんとかケナンが処理してくれたから、肖像画部は私たちの力ではなくてケナンのおかげで苦労せずに手に入れたのよ。やってみたら世界一楽な商売だったというわけ」

このように不況に強くコツコツとドルを稼いでくれていた肖像画部の李君が、ある日突然クビになった。ドル所持で捕まったようだ。韓国人がドルを所持していると無条件にブラックマーケットの常習犯とみなすのが、ＰＸ当局の韓国人に対する態度だった。韓国物産部の各店を経営する社長は好き勝手に店員を雇う権限を持っていたが、クビにするのは別だった。気に入らなかったり、経営問題でクビにするのは社長の勝手だが、ＰＸ勤めの韓国人従業員が守らなくてはならない規則を破ると、ＰＸ当局から調査を受けパスを没収された。規則の中で一番重要なのはブラックマーケットに手を出さないことだった。しかしＰＸが就職先として羨望の的となったのは、ブラックマーケットでうまくやれば、にわかに大金を稼げたからだった。アメリカ製品を扱う部署では三カ月ともたずに店員たちが替わった。数カ月のうちにどれだけ稼げるかが問題であって、ただの長勤めでは意味がなかった。自然と煙草、石けん、歯磨き粉など闇取り引きで高い利益をあげられる売り場に配置されるための競争は熾烈になった。まさにそうした権限をケナンが握っていたので、ティナキムが彼の愛人だという噂が事実であろうがなかろうが、少なくともＰＸ内で彼女は女王のようにふるまうことができた。

李君の身体検査でドルが見つかったぐらいなら、ティナキムの口ききで十分にもみ消すことができたはずなのに、彼女はまったく手を打たなかった。女性警官とグルになって清掃部のおばさんたちがアメリカ製品を体に巻きつけて出るのを小遣い稼ぎだとヤンキーが見逃していることや、おじさんたちがアメリカ製品の段ボール箱から抜きとったり、トラックでのピンハネさえもヤンキーが見て見ぬふりをすることでできることを私は知っていた。それなのに、李君の数十ドル程度の所持を摘発したヤンキーのほうも白々しかったけれども、うちの店員の李君がそれくらいのことでクビにされることにひとことも口をはさまないティナキムがもっと薄情に思えた。それはすなわちホ社長の意向でもあったので、彼が口癖のように言ってきた家族的な経営というのはいい加減なものだということが明らかになった。でも李君は比較的平然としていた。ドル所持を摘発したアメリカ軍によって直接事務室に引き渡され、しばらくして解放された李君は、どうなったのかとたずねる私たちに「ファイア」と言いながら手の甲で自分の首を切るまねをして肩をすくめてみせた。

「あいつ、すっかりヤンキー気取りだな」

「おっしゃるとおりです。あいつは自分がヤンキーになったつもりでドルを持ち歩いたようですが、あの表情からすると夢から覚めるにはずいぶんかかりそうですな」

「青二才の分際で金の味を覚えてしまいおって……。若輩ながら暮らしが成り立つぐらいの待遇をしてやっていたのに……」

「一生を台無しにしたんでしょうね。物を見ると欲が生じるというじゃないですか。闇商売ばかり目にしているから、自分にもできると思ったんでしょう。だから最初に私が言ったじゃないですか。あんまり貧しい子はここには入れないほうがいいと。家族の中に稼ぐ者がおらず、面倒を見なければならない者がうじゃうじゃいて、職場はきらびやかな別天地で札束が飛びかう内幕も見ていたら、それなりのかたい意志がなければ給料日だけをただ待つのは難しかったんだと思いますよ」

ヤンキーぶって体をゆらしながら出ていく李君の背後でホ社長と安さんがそんな会話を交わした。李君の大げさな余裕と年配者たちの冷笑を見て、私だけでも抗議しなくてはという切迫感に冷や汗を流しながらも、一方ではそんな自分が絞られた濡れ雑巾のように思えて惨めで汚らわしかった。李君が歩みだした世界はもうアメリカ軍部隊には就職できない世界なのだ。私にはそこは貧しさが約束されていると同時に、手が出せない清らかな世界だった。私も他の人と同じように彼の後ろ姿を眺めるばかりで、ほんの数歩さえも見送ることはできなかった。パジャマ部と肖像画部は身内のような関係なのに、私は李君の下の名前も知らない。しかしブラックリストの中で彼の名前は闇夜の猫の目のように輝くのだろう。

「今日からミス朴《パク》に肖像画部を任せたいと思う」

ホ社長が私をショーケースの後ろに呼び入れ、いすを勧めてからそう言った。心臓がドギマギした。李君の後ろ姿を見た直後だった。

「私がですか?」

そう問い返したものの、私の耳にそれは問いではなく悲鳴に聞こえて、私はゴホンゴホンと咳払いをした。ホ社長が知りたいのは私の意中なんかではなかった。彼は初めてうちの事情についてたずねた。パジャマ部に入れたときはソウル大生だとあんなに喜んだのに、肖像画部に追いだしながら急に知りたいことが増えたのか、家族構成、避難地はどこに、兄の死因、私以外に稼ぎ手は、などと根掘り葉掘り訊いてきた。私は一番最後の質問が肝心だと本能的に気づき、念入りに嘘を交えて答えた。

「私たちの生活費は叔父に任せています。トラックを持ち最前線商いをしているんですけど、稼ぎは結構いいです」

私はたったいま李君が追いだされた、漠然とした外の世界が怖かった。なんとしてでもこっちの世界におもねっていたかった。再び幼ない甥っ子たちの口元に疥《はたけ》ができてしまうとあの子たちの将来まで決まってしまう気がした。ＰＸの外に一歩出れば、たむろしている物乞いの子たちの口元には疥が、頭には白癬の跡がまだ残っていた。でもそんな嘘がスラスラと言えたのではなかった。突然、幼なかったころの癖が蘇って私は爪を噛み始めた。それはすぐにやめたが、今度は落ち着かなくて机上の紙を引き寄せて鉛筆の先で細かく刺していると、たちまち穴が空いて無数の小さな紙屑と化した。

「いいところのお嬢さんだというのは知っている。紹介されたときに扱いを注意されたくらいだから。ソウル大学に行かせるなんてどこの家でもできることではないし」

またソウル大学の話が始まった。私には彼がその平べったい口でソウル大学を噛みつぶしているように思われ、跳びかかって彼の口からそれをほじくり出したい衝動を抑えるために、もう一枚紙を引き寄せると、ホ社長は残りの紙をすべて仕舞いこんだ。アメリカ軍人たちは買物をするとき、品目と価格を必ず記入してサインをすることになっていたので、事務室から支給された余分なサインカードが置いてあった。

「そんなことはないと思うけど、李君のようになる心配だけはさせないでくれ。おかしなことにあちらの売り場でも一度ひっかかったところで、ひと月と空けずに何度もひっかかるのを見てきたから。パジャマ部は人が多いから互いに牽制できるが、肖像画部は一人でなんでもやるワンマン体制だから。郵便局や包装センターのことまでやらなくてはならないが、コンセッションの一つを責任持って運営することでは社長と同じだ。ひとつやってみないか」

左遷なのか栄転なのか、自分では見極められなかった。ホ社長がソウル大生にかけた期待にひとつも応えていなかったから左遷と見るのが正しいと思うが、屈辱は感じなかった。いつも溶けこめていないように感じていたから、行く先が決まりようやく就職できたような気がして安心した。ものにならない書類作成で悩まずにすむのもよかった。

画家たちの顔は知っていたが、改めて正式にあいさつをして私は肖像画部の責任者になった。五人の画家が私を拍手で迎えてくれた。画家たちはもう李君の存在を忘れたかのように、最初から女の店員を使っていたなら肖像画部はもっとうまくいったはずだと残念がりながら、ホ社長の今度の人事を持ち上げた。ホ社長が私を責任者だと紹介したのに、画家たちは店員以上には認めてくれなかった。肖像画部がうまくいくかどうかは画家の腕によるはずで、店員がだれであろうと関係ないだろう。私は心の底では看板屋のくせに何様のつもりだと鼻でせせら笑っていた。しかし、一週間ぐらいで自分の勘ちがいに気づいたのだが、その時期は人生で一番つらかった。

私は肖像画部の責任者になると、パジャマ部でもやっていたようにまず定価から確認した。特別注文はサイズに応じた料金を払うことでいくらでも大きくできたが、定価が決められた品は六ドル、四ドル、三ドルの三種類しかなかった。アメリカ軍人と親しくなってアメリカ製品を頼む必要がないなら、定価のついている品物を売るのにそこまでの英語力は必要ないと思った。部署が替わったとはいえ別に怖がる必要はなかった。しかし一日中待っていても肖像画を描いてほしいと自ら足を運ぶＧＩはただの一人もいなかった。たったの一人も。二日目になると、私の後ろで画家たちがざわつき始めた。いまのところまだ李君が取ってくれた注文が溜まっていたから暇でもないのに、仕事がなくなるのではと不安がった。私はとんだところに来てしまったのだ。

肖像画部は必要があって買いにくる人を相手にする一般的な売り場とはわけがちがった。店の前をぶらついているアメリカ軍人を積極的にそそのかしてようやく成果があがる商売だった。ホ社長は人を見損なったのだ。「キャン・アイ・ヘルプ・ユー？」というひとことでさえ、先に頭の中でスペルを思い浮かべてようやく舌が動く私のような、頭の回転が鈍くもつれた言語の回路を持つ者ができる仕事ではなかった。韓国語を使っている伝統市場でさえ、商売がうまくいくかどうかは正直さや薄利多売が決め手ではないはずだ。恥も外聞もかなぐり捨て客のご機嫌を取るために媚びへつらう図太い神経と話術が必要だが、肖像画部とて同じだった。買う気のない人をその気にさせるには言葉だけでなく高度な話術が必要だった。初歩的な外国語能力でできる仕事ではなかった。

ホ社長のような海千山千の人がどうして私に限って勘ちがいし続けるのだろう。しかし、一度は騙されても二度も騙される人ではない。ひょっとすると追いだす理由がないから、耐えられなくなって自ら辞めるよう仕掛けた高度な作戦ではなかろうか。いろんな考えが浮かんだが、そんな可能性を考えたときが一番惨めだった。いままできちんともらっていた四〇万ウォンの給料は、うちの家族の命綱だ。兄嫁の基地村での商売は順調だったが、その儲けを別途に貯めて東大門《トンデムン》市場に店を出すのが兄嫁の夢だった。なんとしてでもその夢だけは叶えてあげたかった。それは夢ではなくあがきだ。娼婦の食卓の下でやすやすと油っこいパン屑を拾う暮らしから抜けだして、もう少し厳しくても健全な生存競争の世界へ行こうとする……。

ヤンキーに寄生して生きることが屈辱的だということが、兄嫁の嘔吐で残酷なまでにはっきりと目に焼きつき、それからは私のPX給料でほっと安心している母の顔を見たくないときが多くなった。李朝最後の麗人である貞敬《チョンギョン》夫人とくらべても遜色ないくらい傲慢で峻厳かつ高いプライドを持つ母を、ヤンキーの余禄で扶養しているといううちの実情は堕落であり、母に対する下劣な冒涜、浅はかな攻撃だった。偉そうにしていてこそうちの母だった。母を回復させるためにもこの屈辱から抜けださなければならない。しかしこの屈辱から抜けだすためには、もう少し耐えることが前提とされていた。そのことを忘れてはいけないと、自分をなだめたりたしなめたりした。PXを自分の意思で辞められると思うと、貧しさへの予感さえもなくした健全な予感のようでうっとりとなったが、東大門市場の夢に向かって着実に近づいている兄嫁との同伴者関係が最後になるかもしれないと思うと、とうていPXを辞められる気がしなかった。どうにもできない状況に板ばさみになっていた。一日を棒に振って帰るときにこんな苦役は今日までだと思っても、翌朝になると耐えられるところまでは耐えてみようと気持ちが変わった。

自分が耐えると決めたのは給料日までだった。今月の給料だけでもちゃんともらえばうちの家計への打撃は少ないと思った。しかし、ひとことも英語をしゃべらず成果もなしに、一日中借りてきた猫のようにただ座ったままでは、画家たちの非難や不満に数日たりとも向きあえるものではなかった。あんな英語力でのべつ幕なしにしゃべり続けていた李君のことを思い出すたびに、思わず涙がにじみ出てきた。自分の境遇が恨めしかった。聞くたびに鳥肌が立ちそうな李君のでたらめ英語をこれから私が話すのかと思うと、たまらなく悲しかった。私は月給制だったが、画家は描いた量によって週に一度ウォンに換算されたお金を受けとっていた。受けた仕事を画家に均等に分配するのも私の仕事だったが、仕事量を記録したり一日の売り上げを事務所に入金し、週に一度換算されたウォンを画家たちの実績に応じて分配するのも私の仕事だった。いまのところ注文がなくても画家たちの仕事や週給は残っていたが、溜まらない水を汲み尽くすのも時間の問題だった。

背後から聞こえる露骨な不満によって、私の肩にはうちの家族だけでなく、画家たちの家族二、三〇人分の生活がかかっていると切実に感じた。その重圧感は寝るときまでも私を襲い、うなされる始末だった。私の給料をもらうために彼らの週給を犠牲にすることはできない。私は給料の厳しさ、その神聖不可侵の権威に歯を食いしばって徐々に屈伏する準備を始めた。

私は一週間と耐えられずに口を開いた。いったんやりだすと羞恥心が消え去り、李君式のでたらめ英語がスラスラと口をついて出た。屈服したというよりは崩壊に近い自暴自棄だった。画家たちは後ろで安堵し喜んだ。口がほぐれてくると、GIの顔を見ただけで心中まで読めてきた。GIたちが絵を描いている様子をのぞきこんだり、並べられているショーケースの肖像画を見ているからといって、全員に声をかけるのは無駄なことだ。将校はまったくといっていいほど肖像画なんかには冷淡だった。のぞきこんでいても冷やかし半分、憐れに思って見ているだけで、描いてもらう気はこれっぽっちもなかった。そんなアメリカ軍人に肖像画を勧めるのは、肩をそびやかして腕を広げ、口を尖がらして人を嘲笑う彼らの憎たらしい反応を見たい人がやることだ。白人の優越感を強く漂わすヤンキーも肖像画なんかに興味はなかった。知的な雰囲気のアメリカ軍人も相手にしないほうがよかった。黒人は絶対に描かせなかった。それどころか下品なヤジを飛ばしたり、変な身振りを見せるばかりだった。下っ端兵士の中には無邪気な好奇心を持った少年のような若者がけっこういた。そんなGIには肖像画を勧めてみる価値が十分にあった。

あなたは本当にハンサムね。もちろんガールフレンドいるんでしょ？　あなたみたいな男のガールフレンドならさぞかしかわいいでしょうね。見てみたいな。写真あるなら見せてくれる？

もし結婚していたならガールフレンドをワイフに替えればよかった。そうすると、たいがいはもちろんだと言いながらパスポートを取りだして恋人や妻の写真を見せてくれた。彼らのパスポートはアルバムのようだった。広げると折り屏風並みに写真がずらりと並んでいた。恋人はもちろん親、兄弟、姉妹、甥、姪の写真まで、少なくとも二〇幅分はあった。パスポートを開いてくれればこっちのものだ。だが家族写真がいくら多くても、その中から恋人や妻を集中的に攻略するのがコツだった。

あら！　すごい美人。そうだと思った。あなたはすごくラッキーよね。いくら遠く離れていてもこんなきれいな恋人を喜ばせるのを忘れちゃいけないわ。戦場にいるボーイフレンドから、寝ても覚めても私のことを考えている愛の証として肖像画を送ってもらったら、私ならものすごく感激するだろうな。たぶん私なら幸せすぎて永遠の愛を限りなく誓うわ。

そんな話を身振り手振りを交えてしゃべりまくると、彼女の写真はパスポートから抜かれて私の机の上に置かれるのだった。でもこれで終わりではなかった。肖像画部ではでたらめ英語がいつまでも続いた。当時はまだ白黒写真だったため髪や瞳、服の色を訊いて記録しておかなければならなかった。髪色だけでも金髪、茶髪、黒髪ですむような簡単なものではなかった。亜麻のような、麦畑のような金髪、燃えるような赤い髪、銀糸のような灰色、エメラルドのような、深い海のような、琥珀のような、黒真珠のような瞳……。彼らは突然詩人にでもなったかのように饒舌だった。私は彼らの無尽蔵な多様性にうんざりしながらも、ワンダフルを連発しながら詳細を書きこんだ。

その後は受けとり日をたずね、受けとりにくる暇がない場合はこちらから送ることもできると話した。こちらから送ると包装料と郵送料が別料金となるので処理が面倒だった。それでも、そこで一段落つくから気持ち的にはすっきりした。数日後に受けとりにくると言っても絵の代金は全額前払いだ。しかしできあがった絵が気に入らなかった場合、説得しておとなしく持ち帰らせるのは至難の業だった。聞きわけのないヤンキーでも高くて六ドルの絵に名作を期待しているのではなかったから、絵が気に入らなくてもアミューズメント代として持ち帰るのがほとんどだった。だからといってひどく気難しい客もまったくいないわけではなかった。そんな客を説得しようとすると、ただでさえおぼつかない英語で舌は痙攣をおこし、言葉の代わりに涙が出そうになった。態度が悪くても涙を見ると、ノーブログレムと言いながら慌てて態度を変えるアメリカ軍人もいたけれど。

私がしゃべりだしたのに喜んだ画家たちは折にふれ私をおだてようとして、李君がいたときより注文が増えて、絵が「バック」される回数もずっと減ったと言った。肖像画を受けとりにきたときに言いがかりをつけられ、説得できないと描き直すしかなかったのだが、それを「バック」と言って画家たちは最も嫌っていた。絵を二度、三度描き直しても代金を二回、三回ともらえるわけではないからだった。画家たちは私をおだてるふりをして、その一方でお洒落をしたらお客がもっと集まる、パーマをかけたらずっとセクシーに見えると言いながらプレッシャーをかけるのも忘れなかった。画家と私の関係は彼らのおかげで私の職が成り立ち、私の器量で彼らの稼ぎが変わる、もちつもたれつの関係であり、互いの不利益については少しのがまんも見せない相容れない関係でもあった。

肖像画部の売り上げが回復すると、私のおかげで彼らは稼げているのだという傲慢な気持ちと、でたらめ英語を一日中使うストレスに耐えられずに、何かにつけて下っ端を扱うような態度を私はとるようになった。五人の画家は父や叔父さんくらいの中年だったが、私はパクさん、チャンさん、ファンさんと呼んだ。名字の下に先生とまで言わなくてもおじさんぐらいを付けて呼べばよかったのに、下僕のようにぞんざいに扱った。画家といえば聞こえはいいが看板屋にすぎないことも、遠慮なしに見くびる根拠になった。それだけではなかった。彼らが絵を描いている机のあいだを縫うように歩き、目を落として絵と写真を見くらべながら出来の悪い絵を見つけだす私の姿は、後ろ手に組んだ手に仕置き棒を持っていないだけのまるで劣等生の試験監督のようだった。出来の良くない絵を見つけると指先で机をトントンと叩きながら、

「これはなに、私への嫌がらせですか？　才能がないなら要領がないとダメでしょ。要領ですよ、要領。似たように描くにしても写真よりもう少しかわいく描くんですよ。そうするとヤンキーが喜んで持ち帰るから。私たちもそんな経験あるでしょ。写真館で撮った後、受けとりに行ったときのことを思い出してみてください。自分の顔を棚に上げてきれいに撮れていたら喜び、きれいに撮れていないとがっかりする心理はヤンキーも同じですよ。写真機は意のままにならないけど、看板屋なら写真よりきれいに描けるじゃないですか」

と厭味な説教をし続けると、四、五〇代の画家たちは、頭をたれて罰を受け入れるかのように聞き入った。性悪でこしゃくな娘。心の中で悔しがっているのを知っていたけれど、私がヤンキーから受けるありとあらゆる侮辱にくらべればたいしたことではない、彼らも一度味わってみるべきだと思った。ただ、そんなことをしても私の気は晴れなかった。私が本来持っていた長所である寛容、信頼、謙虚、憐憫、憧憬などが居場所を失って、急に世間ずれしてしまったことに気づき、愕然とし惨めになった。

初めてパーマをかけた日はまさに悲惨そのものだった。あのときのことを思うと、ほぼ半世紀が経ったいまも心の奥に鈍い痛みを感じるほどで、それはパーマというより負傷に近かった。だれもソウル大生だともてはやしてくれなくなると、二つ編みにした髪型と学生用の折りかばんで通勤するのが気になってきた。私がＰＸの雰囲気にいかに似合っていないかをある画家がそれとなく教えてくれたが、私につけられたあだ名は「ＰＸ大学生」だった。

生まれて初めて行った美容院がよりによって闇の美容院だった。ティナキムに画家たちがうるさいからパーマをかけたほうがよいかと相談したら、行きつけの美容院を紹介してくれた。四六時中、目にするのが派手な女性たちばかりだったから、私もひそかにおしゃれしてみたいのに、パーマひとつかけるにも画家たちを口実にした。大学生としての価値が下がっていたから、純粋なふりでもしたくなったようだ。ティナキムが紹介してくれた美容院はPXからそんなに遠くない會賢洞《フェヒョンドン》の路地裏にあった。看板もなく住宅の一角にある闇の美容院だ。ティナキムはホ社長と同じくらい金を儲けているうえに服やアクセサリーに金を惜しまなかったから、いつも貴婦人のように上品だった。そんな彼女が無許可な闇美容院の常連というのが信じられなかった。看板よりは腕で知られた美容院なのだろうと思った。やっぱり美容師一人に助手が一人の二坪ほどのオンドル部屋に、ひと目でパンパンガールとわかる女の子たちで混みあっていた。胸元をはだけたり、服を脱ぎ捨ててパーマ、アイロン、マニュキュア、化粧をしたり、昼食の出前まで頼んだりして、おしゃべりのためのたまり場になっていた。

彼女たちは初対面の私に対しても興味津々だった。こんな顔にはあんな髪型が似合うだとか、初めてなら印象が変わるほどパーマをかけるのはよくないだとか、みんながひとことずつ口をはさんだ。美容師は私の意見なんかは聞かず彼女たちの話を聞いて、髪を切りパーマ液を塗って巻いた。匂いのきついパーマ液だった。当時はまだ熱でパーマをかけていた。炭や練炭で熱くしたハサミのようなもので捲き髪を固定するやり方だ。髪全体にハサミを差しこむと、巨大な火鉢をかぶっているように見えた。その状態にされたまま私の存在はすぐに忘れられた。否が応でも女たちの雑談が耳に入ってきた。エロ雑誌のせいで母も知らないオーラルセックスがどんなものかまで知っていると思いあがっていたが、実はいままで一度も韓国語で男女の性器のことを口にしたことはなかった。でもいまおしゃべりしている女たちはその単語なしでは会話にならない話ばかりしていた。白人、黒人、プエルトリコ人の性器の長さがどれくらいちがい、性交の時間はその長さと関係があるとかないとか。ここら辺りではショートタイムはいくら、オールナイトはいくらで、議政府《ウィジョンブ》に行くと値段が変わるとか。この辺りでケチで有名な常連客が日本で高値を払ってやってきたと自慢したとか。そんな奴のXを使えないものにする日を狙っているとか。そんな話に夢中になって相槌を打ったり笑ったりして、熱いハサミだらけの私には見向きもしなかった。

部屋の片隅で首に薄汚いタオルを巻き、髪に熱いハサミを刺しこんでいる自分の姿が鏡に映ると、ついにどん底にまで落ちてしまった自分を見ているようで苦い笑いがこみ上げてきた。だんだんあちこっちが熱くなった。ちょっと見てほしいと頼むと、助手がやってきて私が熱いと言ったところに刺してあるハサミを取って確認して、まだできてないのに大げさだとなじってその場を離れた。私のことを舐めてかかり、お洒落は簡単なことじゃないのよとからかうパンパンもいた。私より五、六歳年下らしい助手は客そっちのけで下ネタに夢中だった。頭の地肌があっちこっちで熱いばかりか髪が焦げる臭いまでするのに、そのスケベ話にのめりこんでいた。美容院のママはパンパンガールのアイロン当てを終えると、やっと私の状態を見てくれ、初めてのわりには出来がいいと言ってくれた。しかしハサミをすべて取り外すと、あっちこっちに火傷をしてアカく腫れあがった首筋が現われた。よく見えないから気づいていないだけで頭の地肌も火傷だらけだった。ママは軟膏を塗りながら、こんなになるまで何も言わずにがまんしたのかとかえって私をとがめた。美容院で髪を洗いセットしてもらっていたときは気づかなかったが、家に帰って櫛を入れてみると髪がとんでもなく膨れあがり、まったく火鉢をかぶっていたときと同じだった。髪の地肌と首筋はいつまでもヒリヒリした。

どれだけ髪を縮らせたのか、翌朝櫛を入れても入らなくて、私は鏡の前に座ってすすり泣いた。櫛を入れたとしてもこんな格好では仕事に行けそうになかった。兄嫁がたらいに水を汲んできて水で髪をしっかり濡らし櫛を入れてくれた。兄嫁も首の火傷を見ながら、こんなになるまでがまんしたのかと私をとがめた。パーマがゆるくなるまでしばらく髪を束ねて出社したほうがいいと言いながら、柔らかいスカーフで髪を束ねてくれた。兄嫁の商売用のふろしき包みにはそういった小物類がたくさん入っていた。髪の嵩を減らすとパーマ感が薄れ、仕事に行けそうな気がしてきた。

私が二一歳のときだった。パーマをかけて淡い口紅までつけるようになったのは自分の意思でもあるはずなのに、他人のためにするのだと思っていた。少しずつお洒落をしたがる自分の行為をやたらに人のせいにしようとした。画家たちのために、肖像画部のためにと、大きな自己犠牲でも払っているかのように傲慢な態度をとった。おしゃれをするということはすなわち、ヤンキーを狙って積極的に自己を商品化することにほかならないというPXの特殊性もあったが、肖像画部の売り上げを伸ばすために私は勝手に権力を振りかざした。後ろ手を組んで画家たちのあいだを歩きまわり、絵の出来栄えが悪いと指先でトントンと机を叩いて、某さんこれはなんですか、足の指で描いてもこれよりましなのでは、ヤンキーのものだからと手抜きしてもお金になると思わないでください、こんな出来の悪い絵を持ち帰らせるためにどれほどの詭弁を弄さなければならないかご存知？　などと言い散らし、放課後に残された劣等生の指導を無理やり任された女教師のように傲慢にふるまい、いらだっては神経を昂らせた。

彼らは私のおかげで生計を立てているんだから当然の権利だと思っていた。それは権利行使でもあり、私のおかげで暮らせている人たちをそれくらい締めつけるのは義務だとも思った。しかし結局は、その場所になんとか適応しようとした私の努力の表われだった。そんなことをしたところでうまくいくはずがないという拒否感の表われであることは、私だけが知っていた。パジャマ部から肖像画部に追いやられたことで落ち着かなくなって始めた、紙を鉛筆で突ついて紙屑にする癖はいまだに直っていなかった。その癖を満喫するために、わざわざ家からそれ用の紙を持参した。紙を何枚も突き刺して一気に紙屑にする没頭感の果てというか、心を空《から》にする無我の境地に達すると、熟睡から目が覚めたように頭が冴えたのだった。ある日ティナキムは私のその癖を見るに見かねて、やめられないのかと真顔で注意した。

「小さいころからの癖なんです。こうでもしていないと爪を嚙んでしまうので」

「へえ、変な癖があるものね。まあ仕方ないわ、好きなだけやりなさい。紙のほうがまだましだわ。そんなふうに爪を嚙みだしたら体がもたなくなるわ」

そう言ったティナキムは怯えたような表情で理解を示した。しかし画家たちへの生意気な態度といい、指先に無意識に欲求不満が溜まるような変な癖といい、私はけっして気楽な相手ではなかったようだ。ある日、朴《パク》さんという体格の良い画家が一冊の画集を脇にはさんでやってきた。私はこれまで画家一人一人に好奇心や興味を持ったことはなかった。彼らは看板屋で十分だったし、名前すら知らなかった。幸いなことに五人の画家の苗字はみなちがっていた。朴さん、黄《ファン》さん、張《チャン》さん、盧《ノ》さん、麻《マ》さんだった。苗字だけで区別がついたから十分だった。朴さんも五人の看板屋の一人にすぎず、彼だけの特別な特徴や印象もなかった。そんな彼が分厚い画集を脇にはさんできたのを見て、私は心の中で嘲笑っていた。

笑わせないでよ、画集を持ちさえすれば看板屋が画家になれるとでも思ってるの。かわいくないP

Xガールのあいだで『タイム』誌や『ライフ』誌のような英文雑誌を小脇にはさむのが流行っている時期だった。意外にも、朴《パク》さんは私のことを思ってその画集を持ってきたのだった。閑散とした午前中に、照れくさそうに笑みを浮かべて画集を持って私のところに来た。日帝時代に朝鮮美術展覧会に入選した作品を集めた画集だった。彼はあらかじめ開いておいたページを私に見せて、自分が描いた絵だと言った。農家の女たちが向きあって臼をついている絵だった。特選作だとか無鑑査のような特別な絵ではないようだった。かなり大きな絵もあったが、彼の絵は名刺ほどの大きさで白黒だった。絵の下の作家名を見て初めて、私は彼が朴壽根《パクスグン》だと知った。姓名を知っただけで、以前から朴壽根という画家を知っていたわけではなかった。それでも本物の画家が肖像画部にいたという事実は、私にとって事件であり衝撃だった。まず、この間の私の無礼な行動が恥ずかしくなってきた。彼はその画集を私の机の上に置き、夕方持ち帰っただけでなんの意思表示もしなかった。私もまたどうしてその絵を私に見せたのか訊かなかった。私は漠然と、ヒステリックで傲慢な自分の態度に対する彼なりの抵抗であり、最小限の身もだえではないかと推測した。

君だけじゃないよ、ここにもちゃんとした人間がいるよと言いたかったのだろうか。その後、私は二度と劣等生を指導する少学校の女性教師のようなまねはしなくなった。しなくなったというより、できなかったと言ったほうが正しいだろう。以前からもそうだったが、その後も朴壽根が他の画家とちがう点は少しも目につかなかった。よく見ると、彼の目は牛のように穏やかで、絵に対する態度は真剣というより淡々としていた。いくら探そうとしても特別なところはなかった。特別というのは平凡の中で際立つものなのに、彼はどこにいても目立たない不利な条件ばかり揃えていた。平均的な韓国人の顔に声も低く、人を笑わせる才知にたけているでもなく、辛辣な毒舌家でもなかった。社交性はないけれどもとくに人を避ける風でもなかった。だれかにお昼を誘われたりするとなんとなくついていくが、自ら誘うことはなかった。

私は彼が他の看板屋たちとちがうと必死に思いたがった。私は慰めがほしかった。パジャマ部から肖像画部に追いだされてからは、ソウル大生の話はそれほど言われなくなった。それでもいまだにソウル大学は私の急所だ。ホ社長のように学歴はなくてもお金のある人の中にも、それなりの知的虚栄心はある。彼はお金さえあればソウル大生だっていくらでも使えると見せつけたがった。ホ社長のような人が私をダシにして偉そうにふるまうのを、私は腹立たしく思いながらもそのことに馴れてきていた。それはいつのまにかPX内での私の特殊性、希少性を認める結果をもたらしたが、結局それは優越感にほかならなかった。いい給料がもらえると周りが羨やむPX勤めに、ことあるごとにどん底まで転落したかのように感じるのも、優越感のなせる業だった。私の中に充満している優越感のせいで、だれとも同類意識を持てなかった。パーマをかけて外見がセールスガールと同類に見られるのも耐えがたいほどで、私こそソウル大学に執着していた。だれにも同類意識を持てなかったために、個別に人を見ようとしなかった。清掃婦たちは夏でも冬のメリヤスの肌着を着てアメリカ製品を体に巻きつけてよたよた歩く輩《やから》だったし、店員たちはブラックマーケットと売春を同時にすることで、ブラックリストに載ってもアメリカ製品の扱いに不自由がないよう万全の準備をしておく輩であり、労務者たちも箱やトラックまで使って横流しをやり、一攫千金を夢見て、仕事は手ぬるいのに視線はネズミのような狡猾な集団だった。

私にとって肖像画部の画家たちは言うまでもなく劇場の看板屋で十分だった。それ以上も、以下も望まなかった。そんな中に本物の画家がいたのだ。彼が私に画集を見せたのは私の侮辱に耐えられなかったからだろう。彼に注目していなかったからよく覚えていないが、私の無礼に反応したり、残念がる表情を見せたことはない気がする。とにかく彼はいままでの匿名性から突き出て、自分を朴壽根《パクスグン》として見てほしいと要求しているのだと思った。人を個別に見るのも訓練が必要なのか、やりつけないことをしようとすると、気ばかり使ってうまくいかなかった。彼が他の看板屋とちがうべきだと思うのは私の希望でしかなく、彼はどの看板屋より看板屋らしかった。そこが彼の特別なところかもしれない。だが、私が望んでいた特別ではなかった。私は彼に少しでもいいから芸術的苦悩、抑圧された憂鬱な情熱のようなものを見つけたかった。そもそも彼にそんなものがあるんだろうか。どんなに愛情をもって見ても、彼に感じるのは芸術的苦悩の代わりに、一生懸命に仕事をして家族を養っているという労働の充足感と憂鬱な情熱に代わる単純労働の平和だった。

それでも好意の目で人を見るのはいいことだ。彼が他の人とちがうのは穏やかで淡々としていて、それを表に現わすこともないところだった。肖像画部の画家たちは似たり寄ったりの貧乏暮らしで、格好も一色に染まったようにみすぼらしかったが、彼には一風ちがった余裕があった。みんなはいつもお金に目がくらんでいて一銭にもがめつく、自分の描いた絵がバックされると、かっとなって他の絵までダメにするのが日常茶飯事だった。朴壽根の貧しさにはそんないらだちがなかった。彼の絵がバックされないようあらゆる媚を売る私の背後にやってきてそっと絵を取り上げ、また絵を描き直せばすむことだからそこまでする必要はないと慰めてくれたのも彼だけだった。彼は私が夢想する天才的な芸術家ではなかった。彼がもし天才だったら生きていくために芸術を犠牲にはしなかったはずだ。彼は芸術より生きることを優先していた。彼が最も愛したのもおそらく芸術ではなくて生きることだったのだろう。生きるためにたった一つ持っている才能で一生懸命作業をするだけのことだった。

後日、彼が芸術家として最高の評価を受けたことを考えると、彼は天才だったのかもしれない。でも彼は必要なとき以外はけっしてその天才性を表に出さなかった。その判断は正しかった。もしホ社長のような人間が彼が将来高額になる絵を描ける天才の持ち主だと見抜いたなら、彼を六ドルの画家として放置しておくはずがなかった。彼は心地よい小屋に閉じこめられて豚のように養われ、才能が涸れきるまでお金儲けの材料にされたはずだ。儲け口を見抜く力があると自負するホ社長も、彼の才能を見いだせなかった。そのことを思い出すといつも笑いがこみ上げてくる。それは朴壽根が残した唯一のユーモアだった。

彼は才能をみせびらかしたり特別待遇を求めているわけでもないのに、どうして自分が看板屋ではなく画家だと私にだけこっそりと明かしたのだろうか。そうした疑問は淡々とした彼が出した謎解きらしく、すぐに答えは見当たらずにゆっくりとわかってきた。彼に対する親近感と同類意識は、この中で私が唯一のソウル大生であり、そんなソウル大生がどうしてここまで転落したのか、という優越感と劣等感のコンプレックスから抜けだすために力となった。うちの肖像画部にもいろんな人がいるように、世間には多様な人がいるかもしれないと好奇心も湧いてきた。人をひとくくりにしてばかにしていた悪い癖から、個別に受け入れる度量も少しずつ回復してきた。後々わかったことだが、ＰＸ従業員の中には大学生がそれほど珍しくもなくいて、特別な存在でもなかったようだ。ソウル大在学生だけでなくソウル大学卒業生もいたし、大学経験者もザラにいたのだ。清掃部のおばちゃんの中にも中学校の先生までした人もいたという。しかし大学生だと鼻にかけていたのは、たった数日しか通っていない私だけだったから、恥ずかしさのあまり穴でもあれば入りたかった。

仕事を終えて家に帰るときはたいがい画家たちが先に帰り、私は入金や掃除もあるので一番最後まで残った。いつごろからか、事務室でお金の勘定をすませて売り場に戻ると、彼が作業部屋の整頓をすませて待っていた。後片づけがちょうどそのとき終わっただけで待っていたのではなかったのかもしれない。彼が待っていないときも多かったのだから。郵送する肖像画が何枚かあるときは包装部と郵便局に寄るために時間がかなりかかった。そんなとき、彼は先に帰っていたけれど売り場と作業場はきれいに整頓されていた。待っていなくてよかったと思う。ずっと待っているかと思うと気になってやるべき仕事をちゃんとできないかもしれなかったからだ。がらんとした売り場でしばらく一人だけの時間を持つのも悪くはなかった。そのとき突然、慈愛というのはこんなことをいうのではないかと思った。生きることに精一杯だったからほとんど忘れかけていた慈愛が、凍えた体にお湯が染み渡るように心地良く感じられる時間だった。

待ってくれていて一緒に帰ることになっても、これといった話題はなかった。私たちはただ乙岐路《ウルチロ》入口《イック》まで一緒に歩いた。二人とも路面電車だったが、帰る方向がちがっていたからそこで別れた。彼が週給をもらうと、お茶をおごってくれるときもあった。喫茶店の席に座ると彼はまず新聞を買い、念入りに読んだ。この戦争いつになったら終わるんだろうと独り言をつぶやくこともあった。ティナキムの話では彼には養う家族が多いようだった。同情的な口ぶりだった。当時色染めした軍作業服は民間人の普段着のようなものだったから、それを着ていた彼が目立って貧乏に見えることはなかった。彼と家族の話をしたことはなかった。彼の妻が子どもを産む能力だけの、かわいくもなくよく愚痴ばかりこぼす人であることを願った。それは寡黙な彼へのささやかな復讐だった。

肖像画部は夏の不景気にも影響されずに好調だったが、変化も多かった。張さんが辞め、新しく二人の画家が補充されたが二人とも女性だった。梨花《イファデ》大の美術学部を卒業した女性とソウル大の美術学部の一年生だった。ソニというソウル大生は戦争さえ起きていなければ二年生になっているはずだから、私と同期生だった。高校はちがったが、話してみるといろんな友人が共通の知りあいにいて話が弾んだ。肖像画部の雰囲気が一気に変わった。学歴コンプレックスはとっくに無効になっていたが、鉛筆の先で紙を突く癖は直っていなかった。ソニは私のそんな癖が出ると、絵を描いている最中でも後ろから腕をつかんでやめさせた。ソニに言わせると、紙を突いているときの私は神経の筋が一本一本透けて見えるらしいのだ。神経の一本一本がどうしてこの子には見えるんだろう。

「やめて、神経の筋は隠しておくものだよ。大事なものなんだから」

そう言いながら額にしわを寄せた。子どもっぽい顔の額には元からかわいいしわがあった。私はその悪い癖を直そうと努めた。私が好きなソニを心配させたくなかった。一人、二人と気の許せる人ができると、私もひとかどの人物になったと他人ごとのように自分に感心したものだった。

ティナキムは相変わらず優しかったし、私も彼女を必要としていたが、人として好きになれなかった。互いに利用し、利用されているという意識があったからだ。新コンセッション契約はとうとうダメになってしまったが、ケナンが春にアメリカに転勤してから、私はティナキムにとってより大事な存在になった。ケナンから来る手紙を読んで、返信を書くことになったからだ。ケナンがいなくなっても彼女はアメリカ製品を与えてくれた。それはお礼のようなものであって、私にはそれを断る勇気もなかった。甥っ子たちに食べさせたかった。いま考えてみると、そんなに大したことのない虫歯になりやすい菓子だったが、あの当時は決して失いたくない、叔母としてできる最高の役割だった。

ラブレターを書くのは公文書作成よりはるかに楽だった。恋人同士で使う表現は決まっていた。ケナンの手紙によく使われる「アイ・ミス・ユー・ソー・マッチ、アイ・ニード・ユー、アイ・ラブ・

ユー」をこちらも適度に入れて用件を伝えればよかった。女子高二年の英語授業で英語に翻訳された『若きウエルテルの悩み』が教材に使われたが、家にそのプリントが残っていた。それを全部探しだして素敵な文章とそれを習ったときの甘美な悲しみまで生かし、私なりの感動的なラブレターを書き上げようと努力を惜しまなかった。たぶん恋愛に対する憧れ、好奇心、文才へのちょっとした自信、そういったものが、彼女が求めたラブレター以上のものになったのかもしれない。書きあげたものを読むと、彼女は陶酔したような表情を浮かべて私の文章をほめたたえた。ラブレターとともに移民に必要な書類もやりとりした。一週間と空けずに手紙のやりとりをしているのに、彼女は何回もケナンとの関係を潔白だと主張した。純粋な友情関係だというのだ。

「ケナンは利用されているだけなの。私は悪い女だわ。人の好いのを利用して移民する算段までしているんだから。だけど仕方ないわ、あの女は子どもまで産んだから、子を産めない女は引き下がるしかない」

子どものために迎え入れた妾と夫が正式な夫婦となって幸福に暮らすことを願い、彼女は移民しようとしているのだ。そこまではそれなりに真実味があった。しかし、ケナンもまた妻子持ちの中年男だった。アメリカに行ってケナンを離婚させる自信があるのかと訊くと、頭から否定してケナンとはキスしたこともないと言って私を混乱させた。それではこれまでの手紙はいったいなんだったのかと問い返してみたかったが、友人同士でも西洋人はそういうものだと言い繕うのが目に見えていたから、騙されるふりをした。どうしてそこまで躍起になって貞淑なふりをするのか。その徹底した二重性と不正直さのために、彼女とはある程度までしか親しくなれなかった。彼女がどれほど徹底的に不正直な人間なのかといえば、一度こんなことがあった。手紙と共に移民手続きに必要な分厚い書類が届いた日のことだった。人目も気になるし見たところ辞書を引く必要があると思い、家に持ち帰って読んでくると話した。ティナキムも最初のうちは了解していたが、今日、お母さんに訊いてみてよかったら明日うちに泊まりにこないかと言うのだ。彼女との近すぎる距離感はうれしくはなかったが、それよりも彼女がどんな暮らしをしているのか見たかった。うちでティナキムは女社長として通っていたから、簡単に許しが出た。

壽松洞《スソンドン》〔鍾路区《チョンノ》〕の太古寺《テゴサ》〔一九五四年より曹渓寺《チォゲサ》に名称変更〕近くにある小ぢんまりした正方形の韓屋《ハノク》だった。彼女の夫は太り始めた中年で、彼女が取り持って家に入れた妾は忠実な下女のようだった。歯磨きと足洗いの水まで部屋に持ってきた。ティナキムは奥部屋を使い、子どもを含めた三人は庭の向こうにある縁側つきの部屋を使っていると言った。けっこう離れているはずなのに、子どもと遊んでいるのか笑い声が聞こえてきた。悪いこともしていないのに、ティナキムの顔色をうかがうような気まずい雰囲気だった。

「私はなんとしてでもアメリカに行かなくちゃならないの。わかったでしょ。私がなぜここまでするのか、その理由が」

別棟の仲睦まじい笑い声に耳を傾けていたティナキムが、私をまっすぐに見つめて話した。百も承知だったが、ケナンの奥さんを押しのけるのはやっぱり簡単ではないだろうと思い、言わなくてもいいことをつい口走ってしまった。

「移民より結婚手続きのほうがいいと思いますよ。手続きがずっと簡単でうまくいくと思うので」

ティナキムは躍起になってケナンとの潔白を主張した。私の表情に彼女の嘘への嫌悪感が表われていたようだ。突然、日本式の浴衣の胸元をはだけてブラジャーを引きあげてみせた。あんなに豊満に見えていた彼女の胸は案外まな板のようだった。ブラジャーのカップの中から肌色のスポンジでつくられた乳首までついている二つのパットを取りだして、私の鼻先につきつけた。

「ほら、これを見ても信じられない？　ヤンキーがどれほどグラマー好きか知ってるでしょ。すべてニセ物でつくりたてた女と寝るわけがないじゃない、考えてもみて」

ほぼ哀願に近かった。私は夜中でなければ家に逃げ帰りたかった。私にここまで話す必要がないうえに、どうしてそこまで躍起になって自身の貞淑を私に訴えるのか理解できなかった。私は彼女の夫でもなんでもないのに。しかしスポンジのパットを見たら、だれとも寝ていないのかはさておき、そんな姿をだれにも見せていないという話は信じたいと思った。ティナキムの私生活は到底私の理解の範疇を超えていた。謎めいた女性だったが、神秘性のない謎はむしろ混乱を招き、ただ疲れるだけだった。

世界一愛している、または世界一かわいいティナで始まっていたケナンの手紙がただのティナに変わったある日のことだった。中身を読んであげるのは私でも、封を切るのはいつも彼女だった。封筒が破れないように美しい柄のペーパーナイフをのりしろに入れるティナの慎重な手つきは、いつ見ても美しいプラトニック・ラブの極致だった。不純なのは彼女の貞淑を信じない私のほうだ。二階の休憩室にだれもいない隙を狙って手紙を開けたが、修飾が省略され、ティナとしか書かれていない文頭に気づいた彼女の顔色がさっと変わり、手紙をぎゅっと握りしめた。もはやティナも完全なる文盲ではなかった。私の説明がなくてもそれくらいのことはわかった。突然、裸にされたような羞恥心ととまどいを感じているにちがいなかった。その種の疑惑は気になりだしたら止まらないものだ。休憩室に私たちしかいないのを再確認したティナは手紙を私に渡した。

こんなことを伝えることになって大変申し訳ないと思う。ジョーに弟ができ、来年の春になると私はまた新しい命を授かることになる。だが、あなたが移民として来るのを手伝おうとする私の気持ちに変わりはない。あなたも心変わりしないことを願う。アメリカは無限の可能性を秘めた国だよ。あなたにいろんな可能性があることを忘れないように。

おおむねこのような内容の短い文章を、私は弔辞を述べるように沈痛な口調でゆっくりと読み上げた。ジョーはケナンの末っ子だった。

「その次は？　ねえ、ねえ、なんて言ってるの？」

はっきりと「ユアーズ　シンシアリー」まで読んであげたのに、ティナはそのようにかすれた声でわめいた。私は黙って首を横にふった。突然、ティナが泣きだした。私は慌てて彼女の肩を抱いて慰めの言葉をかけたが、すぐにやめた。まわりを意識して泣き声を殺していた彼女の体がいまにも爆発しそうに激しくゆれていた。

2

「外でミス朴《パク》の恋人が待っていたけど、行ってみたら」

遅い昼食を食べて戻ってきた麻さんがニヤニヤしながら私に声をかけた。歯に唐辛子の粉がつき、口からはキムチの匂いがしたが嫌ではなかった。絵を描いていた画家たちがいっせいに顔をあげて笑顔を見せた。お互いできることなんかあくびを交わすぐらいしかない気だるい午後だった。当分のおちゃらかしのネタができたとうれしそうにして、絵筆を休め煙草をくゆらす画家もいた。

「しばらく見かけなかったから喧嘩でもしたのかと思ったら、仲直りしに来たのかな？」

ソニも私のほうを見て目配せしてみせた。

ジソップが来たんだ。ジソップは肖像画部でミス朴《パク》の恋人として通っていた。ソウルにいるあいだ、ほぼ毎日ＰＸの門の外で私の仕事が終わるのを待っていたから、みんな彼のことを知っていた。私は自分の中から活気と喜びが無数の粒子のように湧きあがるのを感じた。

「ジソップ、いつ来たの？」

私は裏門にあるクッパ屋横のゴミ箱の傍らで憂鬱そうな顔で立っているジソップに大声で話しかけた。自分で聞いてもこれまでにないような弾んだ声だった。ジソップの憂鬱な表情に笑みが広がった。きれいな顔立ちに白い歯が見えると、一層いい顔になった。だがジソップには憂鬱がよく似合っていた。憂鬱が彼の顔に夕暮れどきのつば広帽子の影のように広がると、私はいたたまれなくなって、彼の顔を胸に抱きしめて触ってみたい衝動に駆られたものだった。ジソップは私の人生において、初めて触れて感じてみたい欲望を起こした男性だった。

「いま来たばかりだよ」

「家にも寄らずにここに来たの？　ソウル駅から？」

彼はそうだとうなずいた。彼が言うことを聞かない人だと知りつつも、家で待っているように頼んだ。ジソップの家も同じ敦岩洞《トナムドン》にあり、うちとは小路を二つ隔てた通りにあった。彼はここで待つと意地を張った。

「じゃ、喫茶店かパン屋に入って待ってて。ここは寒いし風の通り道だわ」

「ここで待つってば」

「なんで?」

「姉さんが言ってたじゃないか、僕がここで立ってたらみんながミス朴の恋人だと騒ぐって。それでいいじゃん」

ジソップは私と同じ年に大学に入学したが、早上がりだったから私を姉さんと呼んだ。初対面で歳も打ち明けてないのに、彼はその場で姉さんと呼び始めた。たぶん警戒心を緩めさせようとした彼なりの憎めない作戦だったのだろう。私が彼に初めて会ったのは肖像画部に追いだされて間もないころ、路面電車の中でだった。暮れなずむ春の日のことだ。夜桜見物は中断されたままだったが、路面電車が昌慶院《チャンギョンウォン》の前を通るとみんなが目をそちらに向けるほど、満開の桜の華やぎが故宮の塀を越えてあふれだし、路面電車の中にまで投影しているように感じられた。私も読んでいた夕刊を下ろし、横向きになって狂ったように咲く満開の桜に見入った。どうして満開の花を見ると狂ったように感じるのかはわからなかった。夜とも昼ともつかない時間に桜が漂わすほんのりとした明るさは、華やかというよりは息がつまるような妖気を放っているのかもしれない。

故宮を通り過ぎて前を向くと、空席がたくさんあるのに私の前に立っていた青年が、新聞を見せてもらえますかと声をかけてきた。私は黙って新聞を差しだした。彼も終点で降りた。降りる前に新聞を返したのに彼はついてきて、姉さんと呼んだ。姉さんと呼んでも構わなかったが、ついてこられるのが嫌で立ち止まり、先に行くよう道を譲った。不良には見えなかったけれど、新聞を借りるのを口実に近づこうとする男は警戒すべきだった。彼は笑顔で、同じ方向だから一緒に行こうと言った。うちまで知っている様子だったから、警戒心が恐怖心に変わった。そのとき、彼はムキになって自己紹介をした。終点から行くと、彼の家はうちから二つ手前の通りにあった。同じ町内に長く住み続けていたから自然と町内の事情に詳しかったわけで、同じ年ごろの女子学生を気にしていたようだった。ありうることだ。家や出身校まで知っていた。通学路で何度も見かけたことがあると言った。私は淑《スン》明《ミョン》で、彼は徽文《フィムン》出だというから納得がいった。同じ年に大学に入ったのに姉さんと呼ぶのはおかしいと言うと、自分は早生まれだから当然年下だと思っていたそうだ。

彼がジソップだった。家でその話をしたら、母も彼の家のことを知っていた。うちはここに移り住んでそんなに長くないので、近所づきあいで知ったのではなく、母方の遠い親戚筋に当たると言った。赤の他人に近い親戚だったが、母も顔なじみの親戚が彼の家から出てきてばったり会い、その家の主人であるお婆さんにあいさつをしたことがあると言った。その家の老婦人がまさにジソップの母親だった。末っ子だったから、彼の母は腰が曲がり髪も白いお婆さんだった。そういう経緯もあって最初は家族そろってのつきあいだった。初めて彼の家に行ったとき、外に出入りできる門が別についている舎廊棟《サランチェ》の庭には白ツツジが満開だった。やたらと大きな家だった。舎廊棟からは母屋は見えず、舎廊棟にある庭とは別の庭を通り、草花模様を施した塀の扉を抜けると、ようやく母屋が見えた。中庭も木々が多く、新緑の美しい時期なのに陰鬱として見えた。軒先が高い母屋はジソップの母一人が使っていたので一層さびれて見えた。老婦人は電気代を節約するため、ワット数の低い電灯を必要に応じて一つだけ点けていた。それでいたるところが暗かった。とくに別棟と母屋棟とのあいだや裏にまわる通路は、近寄るだけでその暗闇にのみこまれそうなくらい密度が濃かった。それでも舎廊棟の白いツツジが見える板の間には絹地の応接セットが置かれ、新様式で明るく飾られていた。けれど、すりへって毛羽立った絹地は人生の虚しさを数倍も証明しているようで照れくさそうにしていた。

初めて訪ねたジソップの家は後日『裸木《ナモク》』〔一九七〇年、朴婉緒のデビュー作品〕に登場する古家のモデルにしたいと思うほど印象深かった。
六・二五《ユギオ》戦争前までは大家族が暮らしていた家だった。両親が健在で、長兄に四人の子がいるほど子孫にも恵まれていた。次兄も同じ町内で暮らしていたし、結婚した二人の姉家族も頻繁に行き来していろんなことを相談しあう仲のよい家族だった。しかし戦争が起きると、こうした家族の結束は手の施しようもないくらい分裂し始めた。大学で経済学を教えていた長兄は共産主義の統治下で相当に高い地位にまで就き、医者である次兄は大学病院で負傷兵の治療にひっぱりだされていたが、二人は家族を残して人民軍と供に後退することになった。長兄は自発的だっただろうけれど、次兄は抜けだせずに行くしかなかったというのがジソップの推測だった。息子二人が北に行き、残りの家族を背負いこんだ老父母は一・四後退後に息子たちが戻ってくるのを期待してソウルに残った。次兄は戻らなかったが、長兄は戻ってきて老父母と自分の家族だけではなく弟家族まで北に連れていこうとした。父は長男の意に従ったが、母は行かずに残った。（一九五〇年の）九・二八ソウル奪回の後、ジソップが国軍に徴集されていたからだ。こうして五〇年近く添い遂げてきた老夫婦までが離れることになった。

徴集され訓練もろくに受けずに最前線に投入されたジソップは、すぐに負傷して後送され名誉除隊した。太ももに破片が刺さっているらしいが外見上は問題なく、本人もなんの後遺症も感じないと言った。末っ子のことを心配して一人残った母は、ジソップに会えたものの責められるばかりだった。責めるつもりはなくジソップなりの愛情表現なのかもしれないが、どうして父と兄についていかずに自分みたいな者に何を求めて残ったのかと酷なことを言っても、老婦人は怒るどころかむしろうれしそうにしていた。

「求めるだなんて、おまえが帰ってきたら門を開けてやろうと思って残ったのさ。悪いか？　おまえは昔から私以外の者が門を開けると、縁起が悪いとへそを曲げたじゃないか」

「母さん、ぼくには母さんの面倒を見る甲斐性なんてないよ。母さんがぼくと一緒にいるなんて約束がちがう。ぼくは末っ子ですよ、親孝行する自信なんかないよ」

そこまで失礼な話を言いたい放題言っても、老婦人は怒ることもなくかわいくて仕方がないという表情をされた。本当に不思議だった。

「ジソップ、生きて帰って門をゆらすのが親孝行なんだ。それ以上は求めないさ」

ジソップは毎日門をゆらすことさえ嫌になると、ひょいと釜山《プサン》に行き、自由気ままに数日過ごして戻ってきた。医者をしている二番目の姉夫婦が釜山に避難していると言った。母は息子が家にいようがいまいが、毎日欠かさずに頭に籠を載せて物を売り歩いた。叔父が就職した後も青菜売りをやめなかった叔母も、その老婦人のことを知っていた。老婦人の旺盛な生活力とはちがい、ジソップは無駄づかいや金づかいの荒いお坊ちゃま時代のままで、生活には無頓着だった。思うに、釜山によく行くのも医者の姉に小遣いをせびりに行くのだろう。医者だから稼ぎもいいはずだし、親思いの姉だというから、頼まれなくとも老母の生活費ぐらいは弟に託していると思うが、そのお金を巻き上げていると思ってしまうのは、母親に届くべきお金をジソップが一人で湯水の如く使っているのを知っていたからだ。実は私も共犯者だった。ジソップがソウルにいるあいだ、私たちは一日も欠かさず一緒にいたのだから。

母屋棟では一〇ワットの電球さえ一つ以上は点けまいと、台所に行くときは部屋の明かりを消し、部屋に戻るときは台所の明かりを先に消したから、老婦人が踏み石から板の間まで這うように移動されているのに、ジソップは舎廊棟《サランチェ》を真昼のように明るくし、あらゆる種類の茶を取り揃えていた。骨董屋をまわって見つけだしたかわいいティーカップや珍しい装飾品を買うのも彼の趣味だった。舎廊棟は本来彼の父と長兄の書斎だったらしく専門書と共に文学書もたくさんあったが、ジソップは古本もよく買いこんでいた。清渓川《チョンゲチョン》沿いにはそうした古物商が立ち並んでいた。そんなことは彼が昼間一人でやる暇つぶしで、夕方、ＰＸの前で私を待っていた彼とは一緒によく明洞《ミョンドン》に行った。通勤時に入口を通るだけの無縁の街が、ジソップがいると私たちの遊び場になった。彼は明洞の隅々まで知り尽くしていた。繁華街のきらびやかな明かりが、私たちのためだけに存在しているかのように感じさせる特別な才能を彼は持っていた。普段なら異質感を感じていたその街の華やかさや虚栄も、ジソップと一緒に入っていくと、元から自分の居場所だったように親しく感じられ心が浮きたった。そこは路地裏の暗がりまでもが甘美に息づく恋人たちの街だった。私たちは明洞のために恋人のふりをしているうちに、いつのまにか恋人になっていた。

　ティナキムと一度だけ入ったことがある宝玉場《ポオクジャン》という大きくて豪華な宝石と洋品を売る店にも堂々と出入りして、あれこれ触ったり試着したりして、結局は何も買わずに店を出るのも私たちの趣味だった。その店で売っている超高級品が買える経済力やほしい物があるわけではなかった。普通なら気後れしそうなそんな高級店で、私たちは高い宝石や指輪をあれこれはめてみたり、ネックレスを次々とかけたりしては、飽きた玩具を放りだすようにして店から出たものだった。それでも追いだされたり疑われたりして恥をかかなくてすんだのは、私たちがお金持ちに見えたからではないと思う。ジソップは傷痍軍人だったから軍服姿だったし、私も稼いでいるとはいえ、ギリギリみすぼらしく見えない程度でしかなかった。それよりは互いに夢中になりすぎて、他人がなんと言おうがどう見られようが興味がなかった。私たちのそんな傍若無人な態度が、かえって相手にしないほうがいいと思わせたのかもしれない。

とにかく私たちは会うと時間を惜しんで楽しむことに夢中になった。そうしているうちに疲れると、ジソップはちょっと釜山《プサン》に行ってくると言っていなくなった。ジソップだけでなく私にも、釜山は必要な余白だった。

明洞《ミョンドン》にある喫茶店で私たちが足を運んでいないところはなかったが、気に入ったのは「モナリザ」と「セブン・ツー・セブン」だった。ジソップが私に初めて好きだと告白したのも「セブン・ツー・セブン」だった。好きだからどうこうしようと言っているのではなかったので返事をする必要もなかったが、そう言われた後、その喫茶店がもっと好きになった。そもそもジソップが私に好きだと告白するずっと前に、「セブン・ツー・セブン」のマダムに恋した話をしていたから、彼が言う好きの程度について意味を付与する必要はなかった。ジソップが好きだったマダムは優雅で上品な中年婦人だった。年寄りのあいだで彼女は純金と呼ばれていた。純粋という意味のようでもあり、不純物を排して肝心なものだけを選りすぐったという意味でもあった。ジソップは、彼女のワイン色のビロードスカートにこっそり頬ずりしているところを彼女に気づかれたことがあると言った。そのとき、彼女は怒らずに彼の傍らにもう少しいてくれたようだった。自分の母親があまりにも年寄りだったから、そんなふうに若い母に憧れていたのかもしれない。

明洞はかなり狭い街だった。明洞に飽きると私たちは清溪川《チョンゲチョン》のほうに向かった。清溪川四丁目から五丁目の川沿いには、洋服と舶来品を売る店が杭を川にまで打ちこんで立ち並んでいたが、四丁目から三丁目の川沿いにはちっぽけな古物商やうどん屋とおでんの屋台が並んでいた。ジソップは昼間にあらかじめ下見をしていたようだ。川の臭いがする汚い場所でいいうどん屋を見つけたと騒ぎ立てた。薄汚れた前掛けをした中年のおじさんがつくってくれるうどんはただのうどん味だったが、ジソップがあまりに賛美するからおいしい気もした。味よりは熱々の汁がよかったし、それ以上によかったのはカッとくる焼酎の味だった。その屋台に行くたびに私たちは焼酎をゴクリと飲んでいい気分になったが、秋が深まるにつれ、焼酎は出し惜しみしていた味の神髄を少しずつ増していった。屋台のおじさんがうどん汁におでんを入れてくれ、焼酎瓶が空になっていくなかで、私たちの体がかまどのように温まると、ジソップはおじさんによくいい加減な約束をした。

「おじさん、おじさんほどの腕前の人が清溪川で埋もれているのはもったいない。このうどんの味は本場もんだよ、本当に。父が日本に留学していたから僕も本場の味を知っている。本場がどこかだって？　東京でも銀座さ。この戦争さえ終われば、俺、おじさんに明洞に店を出してあげるから、本当に。俺はお金持ちの息子だから。だからそれくらいのこと、どうってことないよ」

そう言ってから平然と詩を詠んだ。

僕は子爵の息子でもなんでもないのさ
人より手が白くて悲しいのさ
僕には国も家もないのさ
大理石のテーブルに触れている僕の頬が悲しいのさ
ああ、異国種の子犬よ、僕の足を舐めてくれ
僕の足を舐めておくれ

こう詠みながら、彼は汚れた屋台の付け台に頬ずりした。鄭芝溶《チョンジヨン》〔詩人。一九〇二～一九五〇〕の詩の一部だと言った。初めて聞く詩だったので全文を知りたかったが、それしか覚えていないと言った。ジソップにしては珍しいことだった。彼はたくさんの詩を覚えていた。酒が入っていないシラフのときでも、覚えている詩をその場の雰囲気に合わせて詠んでみせた。明洞《ミョンドン》がいくら繁華街だといってもきらびやかな明かりがあるのはごく一部で、明洞聖堂前などは気味が悪いくらいに人影もなく薄暗かった。ジソップが明洞聖堂前でよく詠んだ詩は

私に何かことを起こさせてください
私たちは生きることを望みこんなにふるえています
私たちは高みに昇っていきたいのです
明るく渦巻く光のように、歌と共に

このように始まるリルケの「マリアへ少女の祈祷」だった。かなり長いのに、彼は耳に心地の良い声で終いまで諳んじてみせた。何度も繰り返し聞かせてもらったが、感情を上手に変えて詠んでみせたから毎回新鮮に聞こえた。彼の声を聞きながら、暗闇のなかでもはっきり見える聖堂の尖塔を見上げると、私がずっと憧れてきたのはあの虚しい歓楽街の光ではなく、もう少し神聖で純潔な何かだったのではという悔恨が心に広がった。あの光と繁栄から疎外された暗くて寂しいところで聞く一篇の美しい詩は、暗闇を照らす光や寒さを溶かす温かい抱擁のようだった。

一冊の詩集をその場で全部覚えて私をあきれさせたこともあった。夜遅くまでやっている露店で

韓何雲《ハンハウン》〔詩人。一九二〇（一九一九）〜一九七五〕の詩集を買ったことがあった。正音社《チョンウム》から出版された五〇頁くらいの薄い詩集だったが、彼は立ち読みしているうちにものすごく感動を受けたようだった。ショックを受けたと言った。私は表紙裏に印刷されたハンセン病者の手の指を見ただけで尻ごみしたが、彼は電車の中でも読み、歩きながらも読み続け、読み終わるとプレゼントだと言いながら私に渡した。そこまで気に入ったものをなぜ私にくれるのかとたずねると、自分は全部覚えたと言った。彼は一冊の詩を完ぺきに覚えたことを証明するために、ほとんどうちの前に来ていたのに再び電車の終点まで引き返した。彼の朗誦で韓何雲の詩を聞くと、あまりの悲しみに胸が裂けそうになった。私も彼の影響で韓何雲の詩が好きになったが、黙読してみたら彼の朗誦で聞くより感動がなかった。

ずば抜けた暗記力といい、詩への愛も並外れているのに、どうして鄭芝溶の詩だけはその一節しか覚えていないのか不思議だった。一節しか思い出せないと言いながら、記憶をたどっている表情をした。思い出してよ。本当はそこまで気にもなってはいないのに、思い出してよとせがんだ。私のほうが年上なのに、ふと甘えたい衝動に駆られるときがあった。家で調べてみる、と彼はかっこよく私をなだめたが、調べてくることはなかった。家にある鄭芝溶の詩集にもその詩が入っていないのか、初めから鄭芝溶の詩集がないのかのどっちかだろう。とにかく完璧に覚えている詩より詩の一節のほうが私の心に浮かぶのは、ジソップが私をじれったくさせた唯一の例だったからだ。彼は好きな人といるときは、全力を尽くして自分の存在で相手を埋め尽くそうとするタイプだった。相手が自分以外のことを考えるのには耐えられなかったし、そんな隙も与えなかった。彼が釜山《プサン》に行くのは用事で行くというより、休息をとりに行ったと思えるほど、彼は好きという感情に愚かなくらい自分を酷使した。

私も彼がソウルに戻るとうれしいし、釜山に行ってしまうと寂しい気持ちが段々ひどくなってきた。

彼のいないソウルはからっぽになったようで、目に入るものすべてが無意味に思えて落ち着かなかった。夜行列車に乗ると言われ、ソウル駅で見送った日のことだった。彼を見送ると、賑わうソウル駅や駅前広場の人びと、満員電車の乗客全員が人の姿をした浮遊する幻影のように見えた。血が通った話が通じる者がいない寂寞とした世界に一人取り残されたようで、寂しくて心細かった。思いきり泣きたかった。一人で行けるところもなくて家に帰ったら、母がどうしたのかと訝しげに思って訊いてきた。ジソップを見送ってきたとそれだけ話した。母の表情が険しくなった。私は布団をひっかぶって横になった。耐えていた涙がこみ上げてきた。母が布団をめくろうとした。内側から布団をもっと強くつかんで悲しげにすすり泣いた。自分でもそこまで悲しくなるとは思っていなかったから恥ずかしかったし、おかしいとも思った。そういうときは放っておいてくれればよいのに、母はしつこく私の泣き顔を確認したがった。母は思いどおりにならないからか、やたらに私を罵りながら叩き始めた。綿入れの布団だったので痛くはなかったが、拳と枕で叩きながら叫ぶ声がはっきりと聞こえた。

「おまえ、男のために泣いているのか、あのジソップなんかのために？　ジソップが死んだ？　死んだとしてもだ。ジソップのためにおまえはなんで泣いている？　お祖父さんが亡くなったときも、兄さんが亡くなったときですら泣かなかった薄情者が、たかが男のために泣くのか？　ジソップに振られたのか、とんだお笑い種だ。こんな姿を見るためにおまえを蝶よ花よと育てたと思うのか？　なんとも悔しい。こんな姿を見ることになるなんて」

だいたいこんな愚痴だった。お祖父さんが亡くなったときも泣かなかったことで、私は幼ないころから有名だった。お祖父さんの寵愛を一身に受けていたために、私の悪い性格について話すときや、孫娘をかわいがったところで何にもならないという一般論を展開するたびに母が持ちだす話だった。兄のときもそうだったのだろうか？　そう昔のことでもないのによく思い出せないし、そんなことで罪悪感を感じるのはもうそれくらいにしたかった。本当に悲しいときは泣けないけれど、悲しみに適度な甘い感情が混ざると泣いてしまう特異体質もあることを理解してもらいたかった。ジソップがいない寂しい気持ちには、涙を刺激するほどよい甘い感情が混じっていたのだ。それよりも、そんな姿を見るためにおまえを育てたと思うのか、という母の絶叫のほうがずっと心に刺さった。母が私に期待したのはなんだったのだろう。いまだに母は私に普通の娘以上のことを期待しているのだろうか。ああ、母さん、うんざりです。永遠の悪夢。

3

後に夫となる彼に出会ったのもPXだった。顔を覚えて会えば軽く会釈するようになったのはPXに入って間もないころだった。しかし、PXで働く人は私以外すべて人間として見ていなかった時期だったので、彼も関心外の人物だった。面識があるだけで仕事の内容も知らないまま半年が過ぎた。彼も普通のPX職員だったが、彼が務めている事務所がPXの外にあるのを偶然に知った。叔父がPXまで会いにきたことがあった。南大門《ナンデムン》市場で故郷の老人にばったり会い、姪っ子がPXに勤めていると言ったら会わせてくれとせがまれ、仕方なしに一緒に来たのだ。言うまでもなく就職依頼だった。女子高の同級生も就職を頼みにきたことがあり、ティナキムにお願いをして職を見つけてあげたことが一度あった。そのときは必死になって就職しようとした自分の過去とも重なり、言いづらい頼みごとまでして紹介し、なんとか就職させたものの、わずかひと月もせずに辞めてしまった。アメリカ製品売り場だったが、幸いブラックマーケットに手をつけたのではなく職場に馴染めずに自ら辞めたのだった。それなら紹介しないほうがよかった。私はそれなりの職場を簡単に辞められる友人が羨ましくもあり、自分がそんなところで働いていることを同級生たちに知られるのも怖かった。事件というほどのことでもなかったが、それ以降、そうした頼みは最初から自分にそんな力はないとはっきり断ったほうがよいとしっかり学んだ。だが、叔父が故郷の方を連れてきたときは話がちがった。目上の方に対する態度、未練が残らないよううまく断るのは若くて経験の浅い私には難題だった。それだけでもすでに気が進まなかった。

職員出入口である裏門は静かに話ができるところではなく、いつもざわついている路地裏に面していて、その日はよりによって業者に払い下げられたごみの搬出日だった。ＰＸではゴミまで入札をして最高値をつけた業者に売っていた。ゴミのほとんどがかさばる段ボール箱で、運ぶのに時間がかかりそうだったし、さぞかし自分たちは邪魔だろうと意識しだすと、話がもっと嚙みあわなかった。ちょうどそのとき、彼の視野に私たちが入ったようだ。お年寄りを前にして困っている私を見かねたのか、自分の部屋に入って話すようにと気をつかってくれた。見たところ職員でしかないのに自分の部屋が別にあるのも変だったし、それにＰＸでどうやってパスのない人を勝手に招き入れられるのか気になった。それはティナキムもできないことだった。行ってみると事務室は地下にあって、地下に通じる道は警備室の外にあったからだれでも出入りできる場所だった。そこは事務室というより作業部屋というべきところで、いろんな道具類と設計図のようなものが備えられた殺風景な場所だった。すぐ横が機関室で、太かったり細かったりするパイプがまるで怪物のように複雑に絡みあい、まっ黒な石炭が山積みになっているボイラー室も見えた。ＰＸの内部とはちがって汚くて陰気くさいところだったが、好感を持っていたからか、男性的で活気に満ちた場所に見えた。

きれいに整頓された机といすもあったので叔父と老人をもてなすことができ、彼は丁重にお茶まで出してくれた。老人が娘の就職依頼に来たことがわかると、彼はこんなところに勤めている女性たちは見た目はきれいでもだれも嫁にしないと口を出した。それは私をも侮辱する言葉ではあったが、そんなに嫌ではなかった。そのひとことで老人の依頼を断ることができたからだった。

彼の家は明倫洞《ミョンニュンドン》〔鍾路《チョンノ》区〕にあった。路面電車を待っているときに偶然会って、時どき一緒に帰ったりした。彼がどんな仕事をしているのか次第にわかってきた。建物に関する技術者というか、ＰＸから給料をもらってはいるがＰＸに雇われているのではなく、東和《トンファ》百貨店の所有者に雇われていた。アメリカ軍がその建物を使っていたので、内部の見えないところを通る無数のパイプや線の回路に詳しい人を必要としていたのだ。アメリカ軍の合理的かつ緻密な管理方針によって選ばれた技術者だった。戦争が終わり政府が戻ってきたら、ＰＸもその場所を明け渡して龍山《ヨンサン》かどこかへ移るという噂があったが、彼はそれに従っていく必要のない人だった。私は自分がアメリカ軍部隊で働いていることに屈辱を感じていたから、そこで働く人を無視していた。なので彼がＰＸの人間ではないことを不思議に思いつつも好感を持った。

それからは人混みの中でも家族がすぐ目に入るように、平凡な彼が他の人とはどこかちがって見えた。言葉ではうまく説明できないけれど、そのちがいを私は門の外側にいる人間と内側にいる人間のちがいだと思った。彼は私より英語が下手だったが、門の内側にいる人間たちが使うでたらめ英語よりはましに聞こえた。門の内側にいる人たちは英語をなんとかまねようと躍起になって、巻き舌にするだのしないだので大騒ぎしたが、彼は私でもできる「ウォーター」を「ウォーラー」と発音することはしなかった。さらに日本式の発音も直さなくて「ホテェル」は「ホテル」だったし、「グリル」は「グリル」だった。彼の頑固な舌までが好ましく思えたのは、最後までアメリカ軍に寄生しなくても生きていける堂々としたところがあったからだ。英語もできないくせにアメリカ軍が運転するジープやトラックに乗せてもらって帰宅することもあった。おそらく門の外側にある彼の部屋が倉庫、車庫、配車室などと隣接していたために自然にできた関係のようだった。私が乙支路入口《ウルチロイック》で電車を待っているときに彼を乗せた車が通りがかって、乗っていかないかと呼びかけられると、人の目もあって恥ずかしさからすばやく乗りこむしかなかった。そんなことはたまにあるぐらいで、また家の方向が同じなので抵抗がなかった。そんなとき、彼は家まで送ってくれたし、一度は車を先に行かせてうちの家族にあいさつをしたいと言いだしたことがあった。彼は社交術なんかと無縁ながら、生まれつきのとっつきやすさを持つ気さくな人だった。果物の入ったビニール袋を持って夜中に一人でぶらりと訪ねてきたこともあった。家が同じ方向だというのをいつも口実にしていた。明倫洞《ミョンニュンドン》をうっかり乗り過ごし終点まで来てしまったからついでに寄った、と言い訳した。甥っ子たちも彼になつき彼もかわいがったが、ガムの一つもアメリカ製品を買ってきたことはなかった。

ジソップの存在も知っていて、門の前で偶然出くわしてあいさつをしたこともあった。それでもジソップと遊ぶとき、彼が邪魔になったり気まずく感じたことはなかった。彼はいつも私の近くに存在しているはずなのに、ジソップがソウルにいるあいだは彼の存在を感じることはなかった。母は彼を一途《いちず》な人と表現した。私は母の表現が適切だと思ったし気にも入った。

腹を立てている彼を一度だけ見たことがある。夏に停電したことがあった。住宅街の停電は日常茶飯事で、人びとはロウソク代がもったいなくて油皿を備えていたが、ＰＸの停電は珍しいことだった。

たまに停電することはあってもすぐに復旧したが、その日は帰るまで電気がつかなかった。停電になると商売が不振になるのは当り前だが、翌日も売り場はざわつき、労働者たちも騒然としてただならぬ雰囲気だった。というのも、スナックバーの大型冷蔵庫も停電で止まってしまい、中の肉がすべてダメになったというのだ。

スナックバーから匂ってくるハンバーガーのおいしそうで脂っぽい匂いは空腹時でなくても胃袋を刺激し、思考にまで影響を及ぼした。アメリカという豊かな国への憧れ、羨望、媚びへつらいたい卑屈な気持ちを呼び起こすには、アメリカ製品より肉の匂いのほうがはるかに直接的だった。上品なティナキムさえも、移民できれば肉を思うぞんぶんに食べられると言いながら、ケナンと結ばれる見こみがなくなった自分を慰めた。問題になったのはダメになった肉を処分する過程であった。彼らは法律で定められた期限が過ぎたために廃棄処分しようとしていたが、韓国人労働者にとっては街の肉屋にあるよりずっと新鮮に見えるものを、ただ決められた期限をオーバーしたから廃棄するというのはどう考えても理解できなかった。さらに意味がわからないのは、捨てるならこっちに回してほしいと言っても話が通じないことだった。自分の国で食べないものを食べさせるわけにはいかないと言うのだ。ヤンキーはそうした公的に決められたことで差別的な対応をとるはずがなかった。あまりにも完璧な彼らのヒューマニズムにあきれた労働者たちが、集団的に抗議したようだ。言葉が通じないから暴動になるとでも思ったのか、二階から通訳官を呼ぶなどして騒ぎ立てた。権力者側が勝つのは自明の理ですぐに騒動は収まったが、まだ解凍しきっていない肉は、これ見よがしに労働者たちの目の前で廃棄処分するために運びだされた。

それでもざわついた雰囲気は収まらず、口をはさむ立場にない韓国物産売り場までも仕事が手につかなかったその日、険しい顔をした彼がわざわざ肖像画部まで来て、訴えるかのように愚痴っぽい話をし始めた。おそらく機械室の下っ端兵士たちが、そばにいる韓国人にお構いなしに韓国人の悪口を言ったようだ。おかしな奴ら、野蛮人、未開人など、そんな話がしきりに聞こえたからひとこと言ってやったと、彼らしくない興奮冷めやらぬ声で話した。目の前で軽蔑されるのが耐え難くて飛びだしてきたようだった。どう言い返したのかと訊くと、おまえらに冷蔵庫はあるけど俺たちにはない、よっておまえらには冷蔵庫に関する法律があるが俺たちにはない、存在もしない法律をどう理解しろというのか。法律がなくても肉が腐っているかどうかは見ればわかる。法律でしか判断できないおまえらのほうがよっぽどクレイジーだ。そうだろう？　わかったか。そのように言ったらしい。

それを彼レベルの英語に変換して想像してみたら、おかしくて仕方なかった。私は彼が腹を立てているにも構わず腹まで抱えて大笑いした。彼は私が想像したよりずっと下手な英語で話したのかもしれない。相手は聞き取れたのだろうか。いくらわからなくても「ユー・アー・モァ・クレイジー」は聞き取れたはずだ。それで十分だと思った。彼の真剣な話を冗談のように受け止めた私の態度に、彼は不満げな様子で行ってしまった。

彼に映画に誘われたことがあった。うちの家族にも好かれていてときおり昼食を一緒に食べたことはあるが、映画は初めてだった。よりによってジソップと観た映画だった。ビビアン・リーとロバート・テイラーが主演した『哀愁』という映画は当時世間で話題になっていた。戦争中だった韓国と雰囲気も似ていたし、夫や恋人の行方がわからない状況で適当に堕落して生きている女性たちの心に響く、そんな映画だった。それでも二度観たいと思うほどよかったわけでもないのに、彼の誘いをどうしても断われなかった。ジソップと観たと言うチャンスを逃してしまったが、彼にも観たい映画があるのかと気にはなった。映画館がいくら人で込みあっても暖房を入れない時代だった。

寒い日だった。いすの下が風の通り道になって外よりもひどく寒かった。ジソップと来たときもあまりの寒さに足が冷たくて痺れると言ったら、ジソップはすぐに自分の手袋を外しくるりと裏返すと、跪いて私の足先に被せてくれた。手袋の指の部分はそのままにして手の甲部分だけを裏返して被せると、足先にまとまった指の部分が当たってすぐに温まるのをそのとき初めて知った。足の一番冷える部分はたいがい指先なのだから。そうやって素早い奉仕の精神を見せるのもジソップらしいところだった。彼にそんなことは望まないが、どう対応するのか気になって、足が冷えて痺れると大げさに言ってみたが、なんの反応もなかった。私が何度も言い続けたら、彼は自分も寒いしお腹が空いたからどこか暖かいところでお昼を食べようと言った。

このように彼は味気ない男だった。私は思わずジソップと彼をくらべてしまったが、どうしてそんなことをするのか自分が疑わしくなった。いくらくらべたところで、彼にジソップより良いところを探すのは難しかった。良いところというより明確にちがうところが一つあった。それは彼といるときは、私が何も言わずに黙っていてもまったく負担にならないことだった。

ジソップはちがっていた。会話が途切れることはほとんどなかったが、ちょっとでも話が途切れようものなら息がつまった。ジソップは自分が何も言わないときに私が黙っていることに耐えられなかったが、もし三分待ってくれたとしても、その間に何を考えていたのかを話さなくてはならなかった。それが嫌でのべつ幕なしにしゃべり続けた。ジソップが私を楽しませようと努力しているのは、自分にもそうしてほしいという要求でもあった。ジソップがいないときに彼との時間を振り返ってみると、もっぱら楽しく遊ぶために人生を弄んでいる気がした。遊びの果てに、疲れと虚しさだけが残った。その疲れも回復できないまま徐々に摩耗していくようなものだった。ややもすればすぐに詩を口ずさむ彼の過剰な感情表現も私には重かった。母に叩かれるほどジソップにうつつを抜かしていたとき、私はむしろ少し離れたところでジソップのことを冷静に見ていた。ジソップだけでなく、私という人間についてもじっくり顧みるきっかけとなった。

私は友人とのつきあいでも、おしゃべりはそんなにせずに黙っていても気にならない子でないと長続きしなかった。仲良しだとかのめりこむ友人がまったくいなかったわけではないが、ある時期になるといつのまにか遠のいていた。嫌気がさしたのか、嫌われるのが怖くて先手を打ったのかはわからない。いつも掃除の時間まで待って一緒に帰る仲良しは一人、二人はいるもので、そこから仲間外れにされると傷つくのが女子学生のお決まりの交友関係だ。だが私は一人でいるほうがよかった。登下校時にそれほど親しくない友だちが前を歩いていれば、わざと歩をゆるめて一緒になるのを避けた。縛られるのが嫌だった。他人を意識すること自体が私には一種の束縛だった。他人に気をつかうのを極度に嫌がる利己主義者に見えるかもしれないが、私の記憶では幼年期にすでに形づくられた癖だった。一年生のときから山越えをする長い登下校の道を友だちもなく一人で通っていたから、一人でも楽しめる慰めが必要だった。それは自分の中に沈潜して空想に没頭することだった。でもずっと一人ぼっちではなかった。のめりこんだ友だちもいたが一時のことで、つきあいの長い友だちはよそ見をしたり他のことを考えたりしていても、いつまでも変わることのない友だちだった。本当に良い友だちは話題が途切れるときに関係の断絶を感じずに、最も密かな意思疎通ができる友だちだ。

私は神経をすり減らされたくなかった。自由に生きたかったたし、成長もしたかった。

エピローグ

兄嫁がついに東大門《トンデムン》市場に店を構えた。一九五三年の初めだった。基地村で商売を始めてから一年余りが経っていた。短期間であの商売にケリをつけた兄嫁が誇らしかった。私は兄嫁のこの間の労苦をほめたたえ、兄嫁は私に家のことを任せられたからできたと私に花を持たせた。母こそほめたたえられるべきだった。ヤンキーに寄生して母を扶養してはいけないという意地がなかったら、兄嫁と私はそこまで仲良く歩調を合わせられなかっただろう。兄嫁との友情がうれしくもあり、誇らしかった。

母のもう一つの功績は、新安湯裏《シナンタン》の家を売ってもっと大きな家に移るときに、タイミングよくお金を儲け、兄嫁が店を構えるときの足しにしたことだった。母は母なりに将来下宿屋をやることを考えていた。地の利は以前より良くはないが部屋数の多い家に移ろうと家を売りに出して、売れる前から新しい物件を探していたようだった。私も新安湯裏の家から抜けだしたかった。前から何度か移ろうとしたがうまくいかず、その後に起きた悲しい出来事を思うと愛着のわかない家だった。母も口癖のように、自分は気が強いからこんな家に住んでいられるのだと言ってきたが、その家からついに引っ越す気になると、やけにことを急いだ。三仙橋《サムソンギョ》から漢城《ハンソン》高等女学校側へかなり奥に入った場所に、安くて部屋数の多い家を見つけた母は急に気が短かくなった。新安湯裏の家が売れていないのに契約をしてしまったのだ。もし家が売れなかったらどうするのかと思ったが、母は兄嫁が荒稼ぎしてきたお金を握っていたから怖いものはなかった。後に新安湯裏の家は思っていたよりずっと高く売れたが、それは貨幣改革のおかげだった。

　インフレは日々深刻化しているのに最高額紙幣がせいぜい千ウォン札だったので、私のようなしがない給料取りでも給料日になるとハンドバッグの代わりに大きなカバンを持っていくほどだったから、もはやお金はお金ではなかった。戦時中に貨幣改革が断行された。百ウォンが一ファンになったために、私がもらっていた五〇万ウォンが五千ファンになった。貨幣改革はお金の単位変更だけではなく、潜んでいた巨額のお金を探しだすことも目的としていて、最初は一家族当たりの交換額に限度があった。しかし世論というのは知らぬふりをしてお金持ちのほうに有利に働くものだから、経済委縮を名目にほぼ全額が交換できるようになり、物価だけが高騰し始めた。とくに住宅の価格上昇が激しかった。千万ウォンだった家が百対一になったからと言って一〇万ファンになるのではなかった。また休戦になりそうな雲行きも住宅の価格の上昇を煽っていた。休戦になれば当然政府がソウルに戻るはずで、それに伴いソウルの人口が急激に膨張するのはだれにでも予想できることだった。母は家の価格が梅雨どきの野菜の価格のように暴騰するさなかに先買後売りしたのだから、先見の明があったとしか思えなかった。母が意気揚々としているのも無理からぬことだった。その上兄嫁が買った店は東大《トンデ》門《ムン》市場に新設される反物百貨店の一画で、建築中にすでに契約をすませていたから値上がりの心配はなかった。

　母はちょうどそのときに貨幣改革が重なったことについて、李承晩《イスンマン》博士のおかげで得することもあるなんて、長生きするもんだと不思議がり喜んだ。六・二五《ユギオ》のとき、国民を放っておいて逃げだしたくせに戻ってくると、謝罪するどころか良民をアカにして監禁し殺すことしかしなかった、と言っていままでずっと憎んできた老大統領と母は、こんな一方的な形で和解をしたのだった。母がそのように浮かれていたとき、私は母にＰＸを辞めて結婚する意思を明かした。彼からプロポーズされたのもそのころだった。

「もちろん、ＰＸは辞めなくちゃ。これからはあたしも下宿屋をやるから、おまえがあんなみっともないところに通う必要はない。もちろん辞めないとね。ところで辞めて何がしたいだって？　学校じゃなくて、お嫁に行きたいと言ったのかい？」

母は耳を疑い、たたみかけてきた。それでは母が下宿屋をやりたいと思ったのは、私をまた大学で勉強させるためだったのだろうか。母ならありえる話だった。大学の話を聞くと胸が騒ぎ心がゆれた。

「おまえのような子がどうして嫁に行って子を産み、ご飯のしたくに洗濯するだけのしがない暮らしをしようっていうのか、大事に育ててきたのに。おまえはそこいらの子とはちがう。ぞんぶんに勉強をして、その気になりさえすればなんだってできる子だ。おまえのために言ってるんだよ、何か見返りを期待して言っているんじゃないんだ」

私の表情から何を読んだのか、母は態度を変えて哀願するように言った。母のそうした態度にゆらいでいた私の心の迷いは消えていった。母はいったい私に何になってほしいのだろう。いろんなものが溜まっている母を不憫に思った。しかし私は母の突破口にはなれない。そうしたい気持ちも能力もなかった。自分は普通の人間だとよく自覚していた。母は夢から覚めなくてはならない。私は母の並みの親とはちがう異常でしつこい勉学欲が嫌だった。いっそのこといま、母を失望させて解放されたほうが互いのためだと思った。

「いいえ、なんと言われても私の気持ちは変わりません。私は結婚します。勉強を続けるかどうかは結婚してから決めてもいいと思っています。これは私の問題なんです」

「だれがおまえを勉強させてくれるというんだ？　どこのどいつがおまえにそんな愚にもつかないことを言ってたぶらかしているんだ？　そんなことを本当に信じているのか。溺《おぼ》れるのもたいがいにしな」

母は体を震わせ殴りかからんばかりの勢いでつっかかってきた。

「だれがたぶらかすんですか。大学の話なんかはしていません。私にはもうそんなことは意味のないことなんです。行けても行けなくてもそれまでのことなんです」

「結婚に意味があるとでも言っているのか。私がどんな思いでおまえを育ててきたことか」

「お母さんは娘をどう育ててきたかだけがそんなに大事で、その娘がどこへ嫁ぐのかは気になりませんか？」

そのときになってようやく、母はしぶしぶ相手がだれかとたずねた。本当は知りたくもないのだ。彼の名前を告げると、母は全身で怒りと軽蔑を露わにして言った。

「なんだって？　あれほどの名門大学をやめて嫁いで行く先が、土方頭《どかたがしら》ごときだと？　一門の恥さらしだ」

母が彼のことを土方頭と呼んだのは初めてではなかった。彼は大学で土木工学を専攻したと初めて話したときも土方頭と呼んでいたので私は笑ってしまった。どんなに侮辱されても受け入れる覚悟はできていた。母の望みを叶えてあげられない代わりに、気が晴れるまで腹いせにつきあうつもりだった。母も母なりに娘が意思を曲げないと読みとるやいなや、その場で断念したようだった。母と私は平行線のように対立しながらも、互いの心中を察するのに長けていた。私に気づかせまいと躍起になっている母の断念が悲しかった。

母が土方頭の次に彼を侮る根拠は苗字だった。ありふれた李《イ》、金《キム》、朴《パク》ではないだれでも一度聞いたら、あら韓国にそんな苗字もあったっけ、と言って首をかしげるほど珍しいものだった。母はそんな苗字の者が官職に就いた例はないからまちがいなく下郎だと言った。両班《ヤンバン》だけではなく党派にまでこだわって老論《ノロン》派〔李朝時代に官僚間で対立していた四党派の一つ〕でなければ縁談すら持ちあがらないと、母は家門を誇りに思っていた。しかし私はそんな誇り高い両班の話なんか、土方頭より偉いともなんとも思っていなかった。お祖母ちゃんも老論派の家から嫁いできていたが、お祖父ちゃんが両班の自慢話を始めると陰で馬鹿にしてせせら笑っていた。祖父の両班話に必ず登場するのは、わが一族の中で一番家名を輝かせた錦陽尉《クムヤンウィ》、錦陵尉《クムヌンウィ》、錦城尉《クムソンウィ》の三人の駙馬《プマ》〔王女の夫〕だった。一つの家門から駙馬が三人も出るのはそう簡単なことではないと、それだけで名家としてこと足りると話した。しかしそんな偉い一族の当主である兄ですら、男として駙馬であることを誇るのはどうかと言いながらあまり名誉には思っていなかった。駙馬の次に偉いのが領議政《ヨンウィジョン》、左議政《チャウィジョン》などの官職で、朴趾源《パクチウォン》〔李朝時代の学者で実学派の巨頭。一七三七～一八〇五〕のような方は数にも加えなかった。近代になって親日派《チニルパ》の巨頭もいたが、家門を誇っていた人たちはそのことを恥じることはなかった。それどころか親日派として爵位までもらった一族に一門中の貧しい人が寄ってたかってへつらっている姿は実に見苦しかった。国が亡びようが亡ぶまいが、当時の政権がまともだろうがなかろうが、商売や労働は避け、なんとか官職に就こうと恥も外聞もなくふるまうのが両班というものの正体だった。

「人は他のことは騙せても、氏素性は隠せないものだ」

母はこうきた。両班の権威を振りかざして婿になる男の気を挫くのが母の最後の砦だった。しかしそれは徹底的に家父長制的な考え方なだけに、いくら気が強い母でもこればかりは男が乗りだすべきだと考えたようだ。そのために最初に相談したのは叔父だった。姪の婿になろうという人と会って家柄を確かめてほしい、自分たちが好きあっていたとしても、氏素姓もわからない奴とおいそれと結婚させるわけにはいかないという母の頼みに、叔父は積極的に対応しなかった。叔父はすでに彼を知っていて好感を持っていたから、十分に良い人だと母を安心させようとしたようだ。そんな叔父の態度では彼を根掘り葉掘り問いただして本性を暴けないと判断した母は、母方の叔父に助けを求めた。私が考えてもその叔父は適格者だった。一度も就職して給料をもらったことはなく大きな夢ばかりを追っていて、うまくいきそうでいかない事業計画ばかりが頭の中を去来する方だったから、口も達者でケチな人を馬鹿にするのにも長けていた。

　私は母と叔父が力を合わせて彼の本性を暴きだして侮る準備をしているかと思うと腹が立ち、彼が気の毒に思えて仕方なかった。求婚者の家に呼びだされた男が抱く甘い期待に応えるようなものがうちには何一つなかった。しかし彼をそこまで試すこともできなかった。彼はしょっぱなから自分の家は代々鍾路《チョンノ》で絹物商を営んできた中人《チュンイン》〔李朝時代の両班《ヤンバン》と常人《サンイン》の中間の身分〕の家柄だとこともなげに言ってのけた。清々しい正面突破だった。母と叔父にとって中人というのは平気で侮辱できる身分だったはずだ。いくらでも彼に恥をかかせることができる好材料だったのに、二人は顔を見合わすばかりで何も言わなかった。彼がものすごくかっこよく見えた。一目ぼれした瞬間のように胸がときめいた。どうすればこうも堂々と中人だと言えるのだろうか。何もわかっていないのかもしれない。母と叔父は彼の出方に面食らって何も言えなくなったのだと思うが、私はその瞬間、決定的に彼にほれてしまったのだ。一生共にしても後悔しないような自信までわいてきた。

　結婚の日取りを決めると、いろんなことが一気に押し寄せてきた。肖像画部の後釜を探さなければならなかったことや、ティナキムのアメリカ行きの移民手続きもほぼ終わって、ホ社長が私の退職を惜しむのも負担になった。家の引っ越しもまた同時期に決まり、兄嫁が契約していた反物百貨店も完成して入店が始まった。精神的にも余裕がなかったが、いろいろと大金が必要だった。母は私に匙の一つも持たせてやらないと宣言した。いろいろと大変な時期に結婚したいと言ったから、申し訳なくて何かをしてほしい気持ちもなかったけれど、母は状況がよくないからできないのではなく、なんでする必要があるのかと言うのだった。向こうはすべての費用を負担してもありがたく思うべきだと言い張った。あんな下賤な家柄がうちの娘のおかげで格が上がるのだから、光栄に思うべきだと言わんばかりの言い方だった。母の過剰な私への買いかぶりは逃げようのない悪夢だった。

それでも兄嫁が慌てて布団二組を仕立て、真鍮製のご飯茶碗と汁用の平皿、おまる、たらいなどの基本的な生活用品を用意してくれた。母はそれらをじっと眺め、考えれば考えるほど悔しくてもったいなさそうな様子だった。ことここに至ったならあきらめればよいのに、母は生身を引き裂かれてもここまで痛くはないはずだと言った。母にとって私は彼女の血肉だったのだ。ぞっとしたが認めるしかなかった。大事に育てても娘は嫁いでしまえばお終いだという嘆きだけは認めたくなかった。

見ていてください、お母さん。覚えておいてください。あなたがそこまで悔しいと思うのは、あなたの血肉を引き裂いて他家にくれてやると思うからでしょう。見ていてください。私はどちらにも属さないから。あなたが私を引き裂いたように、私も彼を彼の母から引き裂いてみせるから。私たちは互いに引き裂かれたばかりの瑞々しい血肉でくっつきひとつになります。ひとつになった私たちを両家のお偉いさんや卑賤な者たちが目を皿にして探してみても、彼らと似たような遺伝子は何一つ見つからないまったく新しい突然変異体になってみせますから。

口にこそ出さなかったが、こんなずるいことを考える以外に母を慰める方法が思い浮かばなかった。ティナキムから結婚祝いに洋服ダンスを贈ると言われた。ラブレターの代筆謝礼にしては過分な祝い品だった。洋服ダンスまで用意できたのに、式で礼品を取り交わすときに新郎側に渡せる物がなかった。当時時計はお金持ちだけで、普通の家ならパーカーの万年筆で十分だったが、うちではそれすら用意してくれなかった。それくらいのことは私が母の目を盗んでなんとかできたし、事前に話しあって彼の使っていた万年筆を渡す手もあったが、そうはしなかった。式で主礼〔結婚式の媒酌人〕から礼品を訊かれて、ないと答えた。母が私に示したかった意思表示、自分でもどうにもできない切実な愛憎をそのまま私は受け止めたかった。私が勝手に変えたり、母の意思を薄めたくはなかった。彼の家は余裕があったので、装身具や絹製品一式をいただいたが、うちは彼にワイシャツ一枚買わなかった。それ故に受ける嫌味な顔、それにもかかわらず悪びれずにいられるための努力、それこそが母からの神聖なる贈り物だった。

披露宴まで新郎側が催し、こちら側はお呼ばれにあずかるばかりだった。母には満足できない結婚であっても、親戚たちからは娘をよいところに嫁がせたと言われたがった。ソウルだけでなく江華島《カンファド》にたくさん避難している故郷の親戚や知りあいにまで人を遣って招待した。

当時、ソウルで一番大きい中華料理店の雅叙園《アソウォン》で盛大に披露宴を催したから、親戚たちはお金持ちの家に嫁いだと思って羨ましがった。お金をいっさい出さずに大人数を連れて披露宴にのぞんだ母は、一向に悪びれた様子もなく、来てやったからありがたく思えと言わんばかりの態度を見せた。以前に、母は両班《ヤンバン》はお金がなければないなりに嫁いだもので、嫁ぎ先からもらったお金や物で嫁入りじたくをするなんてことはありえない、そんな品のないことは中人《チュンイン》や下郎がやることだと言っていたはずなのに、母がいまやっているのはいったいどの階級の習わしなのだろうか。これは血肉を引き裂く儀式にちがいない。

披露宴の最後は、婚家に行って婚礼衣装に着替え、花冠をかぶり、舅、姑にあいさつをし、大きな祝膳の席に着いた。座布団を何枚も重ねて座ってようやく庭に集まった見物人たちの顔が見えるほど、果物や菓子などで高く盛った豪華な祝い膳だった。新婚初夜を私の実家で過ごしてほしいと思っている婚家の立場もあったので、少し面倒だったものの新婚旅行に行くことにした。まだ民間人が漢江《ハンガン》を無事に渡るためには渡江証などの面倒な手続きが必要で、新婚旅行地に適した場所もなかった。それで仁川《インチョン》でひと晩を過ごして婚家に戻り、新郎の親に朝晩のあいさつをし、台所には三日間立たないで過ごした。その後、私を実家に送りだすとき、姑に痛いところを突かれた。通常祝い膳はそのまま包んで嫁側に贈るものだが、そうするとお返しを用意しなくてはならない、見たところあなたの家で用意するのは大変だろうからわざと何も持たせないようにした。お母様のことを考えてその日のうちに手ぶらで帰ってくるようにと言われた。蔑視されない方法は簡単だった。蔑視を蔑視として感じないことだ。何も持たせないと言っておきながら、餅や肉それに酒を持たせてくれた。彼はその日から出勤だったので、私を実家に送り届け、夕方には迎えに来ると言って出かけた。

電話のない時代だったから事前に連絡もせずに行ったが、挙式の流れからいって新郎新婦がそろって新婦宅に行くことがわかっていたはずなのに、実家はがらんとしていて従妹が来て留守番をしていた。子どもまで勢ぞろいして貞陵《チョンヌン》に洗濯をしに出かけたと言った。引っ越した三仙橋《サムソンギョ》の家は水道事情がよくなかった。

「お姉さんは結婚で浮かれていたから、伯母さんがどれだけ寂しがっていたかわからないでしょう?

昨日田舎からのお客さんが帰った後、伯母さんがどれだけ泣かれたか、知っています？　一日中泣きわめいていたからまるで喪家のようだったわ。人があんなにも長く、あんなに悲しげに泣くのを私生まれて初めて見たかも。今日もソワソワして家にいたくないからと、お嫁さんと子どもまでみんなを引き連れて洗濯場に行ったけど、伯母さんの泣き声が貞陵《チョンヌン》の谷に鳴り渡っているんじゃないかしら」

　彼が出かけると従妹がそう告げた。その話を聞いた途端に涙がこみ上げてきた。最初はがまんしようとしたが、がまんしきれなくなり声を上げて泣き始めた。今日、一度にまとめ泣きするために薄情者と言われるまでがまんしてきたのだろうか。ついに突破口を見つけた涙は堤が切れたように一日中泣いても、泣いても止まらなかった。思春期の従妹は嫁ぎ先で何かあったのかと、泣くわけを知りたがったが、なんでもないという言葉すら声に出す隙を与えられずに慟哭する声が全身をゆるがした。涙が枯れはてるまで丸一日かかった。

　陽が沈みかけるころ、洗濯棒で叩き煮洗いして雪のように白くなった薄布団の洗濯物を頭に載せた家族が帰ってきた。そのときにはもういつもの私に戻っていた。洗濯物を干している母の表情も、真白い光を浴びてすっきりしたようで頓着がないように見えた。

　母も私も全身を投げうって泣けたのは、これから優しく生きるために絶対に必要な通過儀礼、つまり自分が柔らかくなって生きるための試練だったのではないだろうか。それでも母と私が一緒にいたら二人とも泣かなかったはずだ。お互い目の前にいなかったからこそ泣けたのだった。

　その日、母が貞陵に洗濯しに行って本当によかったと思った。

訳者解説

真野保久

1　三九歳の専業主婦がなぜ小説を書かなくてはならなかったのか

朴婉緒《パクワンソ》（一九三一年一〇月二〇日〜二〇一一年一月二二日　享年七九）が一九七〇年『女性東亜』の長編小説募集に『裸木《ナモク》』で応募・当選し、文壇デビューしたのは三九歳（満年齢。以下同様）のときだった。二二歳で結婚し一男四女の専業主婦であった彼女がその歳になってなぜ小説を書かなくてはならなかったのか？　それは一九歳のときに始まった朝鮮戦争で負った心の傷と深いかかわりがある。

デビュー作の『裸木』では、まだその心の傷が何なのか明確には語られていない。『裸木』の中で主人公のキョンアはテスとの結婚を機に住んでいた古い家を建て直し、結婚生活を享受するが、一方で庭の銀杏の木を切らずに残すことにこだわり、その葉のざわめきを聞くなかで心の底であがいている自分を意識する。

婉緒の小説『裸木』や『仏様の近く』（一九七三年）、『母さんの杭』（一九八一年）を分析した文芸評論家の金允植《キムユンシク》氏は、婉緒親子が負った朝鮮戦争による心の傷について、母は「死霊をあの世に送るクッ〔ムーダンが行なう祭祀〕に頼って治癒しようとする」が、癒えることはなく、その後に受けた大手術後の病床で「深く隠されていた過去の傷が裂けて現われた」ために狂乱状態に陥ったとしている。

どうやっても治癒しない母とはちがい、婉緒は「若者の生命力による自然治癒」と「平凡で常識的な男と結婚」し「子どもを産み育てて暮らす日常の幸福に埋もれ過去の傷を忘れよう、鎮めよう」とするが、彼女も「深い魂の傷が完全に治癒されることはなかった」としている。*注1

その「深い魂の傷」を朴婉緒は自叙伝小説『あんなにあった酸葉《すいば》をだれがみんな食べたのか』（以下Iとする）でも次のように記している。

韓国国軍のソウル奪回（一九五〇年九月二八日）後、避難せずにソウルに残っていた婉緒一家は「アカの家族」とみなされて、アカ狩りに狂奔する愛国団体から相次いで告発された。兄が行方不明の中で一九歳の婉緒が前面に立たされ、「メスアカ」、「虫けら」の扱いを受けた。「私は毎晩虫になっていた時間を自分の記憶から消そうと狂ったように首を振り、身悶えた」。しかし本当の虫になるのではという恐怖感のために「なんとしてでも忘れてなるものかという気になった」とも記している。

またⅠの巻末部で、ヘリコプターが大音量でソウルからの完全撤退を促す（一九五一年の）一・四後退令にせかされ、南に避難し始めた婉緒一家は北からなんとか逃れて来た病人の兄を抱えていたことで途中断念し、またもやソウルに残った。避難して空き家になっていた知人の家に転がり込み、その家が立つ丘から空っぽになったソウル市街を眺め下ろした婉緒は、「地上に人がいないことへの恐怖」、「生まれて初めて感じるまったく新しい感覚」を体験するが、「何か意味があるのではないか」、「そのことを明らかにする責任がきっとある」「巨大な空虚」だけでなく、「虫けら扱いされた時間も証言しなくては」とずっと意識の底に留めていた。それを三九歳のときに初めて小説にしたのだ。その後も次々と朝鮮戦争を根源とした長編や中短編の小説を発表した。また随筆、童話も書き、主な文学賞を総なめにして国民的ベストセラー作家となった。日本でも、また諸外国でも多数の作品が翻訳・出版されている。

2　自叙伝小説Ⅰ・Ⅱの方法論

朴婉緒の自叙伝小説にあたる『あんなにあった酸《すい》葉《ば》をだれがみんな食べたのか』は『裸木』発表の二二年後（一九九二年）の六一歳のとき、『あの山は本当にそこにあったのか』（以下Ⅱとする）はその三年後に発表された。一九八八年、夫と長男を立て続けに亡くし、執筆も一時中断、ようやく喪失の淵から戻ってきた時期に書かれたものだ。ⅠとⅡは時間的にも連続し内容的にも緊密につながっている。Ⅰの前書きで婉緒は、出版社から成長小説を書いてみないかと促され自叙伝小説を書いたが、方法論的にもフィクション的要素を排して「純粋に記憶力だけに依拠」、「記憶を仕立てたり装ったりするのを最大限に抑制」して、幼年期から一九歳のときに始まった朝鮮戦争時の自身の体験や見たり聞いたりしたことを書いたとしている。この基本姿勢はⅡでも貫かれている。

Ⅲに当たるともされる『その男の家』はフィクション的な要素も加えられ、時間の流れもⅠとⅡとの直接的なつながりはない。昔のことを思い出す形で展開され、初恋の相手とちがう男性と結婚することになった経緯やその結婚生活の日常的な光景、初恋の相手が亡くなる前に最後にもう一度会ったときの様子などが語られている。『その男の家』はⅠやⅡとも執筆のスタイルが異なり、彼女自身も三部作目の作品だとはしていない。

3　婉緒と故郷

婉緒は開城《ケソン》近くの田園地帯で両班《ヤンバン》の血筋を引く家に生まれたが、父が早く亡くなったことでまず母と兄がソウルに出て、彼女も七歳のときからソウルで暮らすようになった。

それは彼女が幼年期を田舎の伝統的な生活習慣が残る中で過ごし、以降都市暮らしをしたことを意味するが、故郷を回想するとき、美しく楽しげにその情景を描き出す。

その故郷が三八度線近くの北側にあったために、南北分断で行き来できない地となってしまった。また父亡き後、故郷の家を守っていた一番目の叔父も朝鮮戦争中にソウルに避難してきたことで、婉緒たちは郷里との関係性を完全に断たれ、故郷を失ってしまう。

朴婉緒の故郷であるパクチョッコルの漢字は、本書の朴福美《パクポンミ》氏による先行訳書（『新女性を生きよ』一九九九年、梨の木舎）では「朴積谷」が使われ、橋本智保氏による先行訳書（『あの山は、本当にそこにあったのだろうか』二〇一七年、かんよう出版）では「朴籍谷」が使われている。著者・朴婉緒氏の長女で著作権継承者のホ・ウォンスク氏に問い合わせたところ、当時のことはわからないが、いま現在は「礴積洞《パクチョットン》」になっているとのことだった。

文学評論家のイ・ナモ氏は、幼年期の空間は一般的には押し流され消失するものだが、婉緒は「人とちがう審美的価値と感受性によって」Ⅰで故郷を美しく再生してみせ、さらにそれを「内面的な価値に変化させ」、「自分の空間を主体的に形成する」うえで大きな力にしたと指摘している。*注2 故郷は彼女の中で大きな存在だった。

4　日本の植民地教育と婉緒

婉緒は一九三八年七歳のとき、まだ義務教育化されていなかったソウルの梅洞《メドン》国民学校（小学校）に入学しているが、学校では日本語しか使えなかった。それまでは日常的に朝鮮語を話し、ハングルも祖父や母から手ほどきを受けていた。無縁だった日本語がいきなりできるはずもなく、最初に覚えた日本語は天皇の勅語を納めた「奉安殿」で、次に「学校」、「先生」、「運動場」、「教室」などだった。

婉緒は小学校時代と解放を迎える淑明《スンミョン》高女《コニョ》二年生（七歳～一四歳）までの七年間余り、ハングルが自分たちの国の文字であると意識することもなく、たまに故郷の祖父にご機嫌伺いの手紙を書くときに使うぐらいで、学校で使用する「国語」が日本語であることにも違和感を覚えることなく過ごした。解放後、学校では国語としてハングル学習が始まったが、しばらくは友人との難しい意思疎通には日本語を使わざるをえず、読みふけったトルストイの小説なども日本語訳されたものだった。

祖父や母はハングルを習得していたが、婉緒が教育を受けた時期は日本の朝鮮民族文化抹殺政策によりハングルが最も弾圧されていた時代だった。日本は植民地支配を進める中でハングルを国語の地位から追い落とし、日本語の「国語」化を推し進めたものの、ハングルを守ろうとする根強い抵抗を受けてきた。だが日本が中国侵略、太平洋戦争を進める中で、その抵抗も強引に押しつぶそうとしてハングルの抹殺を進めていたまさにその時期が、婉緒の日本語での学びの時期と重なっていた。*注3

婉緒は学校では日本語を使い、家に帰れば朝鮮語の世界に戻るという二重の言語生活を送っていたことになる。しかしこれは単なる言語の二重生活に留まるものではなく、背後で朝鮮的なものを抹殺され日本精神、文化を強要されていたことを意味する。

婉緒の女子高のクラスメイトであり早くに作家デ

ビューした韓末淑《ハンマルスク》、同世代作家の李浩哲《イホチョル》なども日本語での教育を受け、一九五〇年代中盤からハングルで書いた小説を発表しているが、この世代の作家たちがハングルで小説を書くには植民地下で強いられた言語の二重性・精神の二重性という問題をどのように克服していったのだろうか。こうした課題は遅くにデビューした婉緒にも影響があったのではないかと思う。

5　解放空間と輝かしく見えた未来

第二次世界大戦後の世界のあり方を連合国の首脳が議論するポツダム会談で朝鮮の独立が確認され、朝鮮は解放を迎えることになったが、この後の数年間は朝鮮半島の運命を決めるとても重要な時期だった。

解放後、独立後の国家をどのように構想し実現していくのか、それを担う政治勢力が十分に結集しえないまま熾烈な冷戦構造に巻き込まれていった。三八度線以南に米軍が進駐して軍政を敷き、北側には満州に侵攻しそのままなだれ込んできたソ連軍が駐留した。

そんな中で信託統治案なども協議されたが、最終的にはアメリカとソ連をバックにして李承晩《イスンマン》を大統領とする大韓民国、金日成《キムイルソン》を首相とする朝鮮民主主義人民共和国という分断された二つの国家が成立し、朝鮮戦争の種が蒔かれてしまった。

植民地支配から解放されたことで婉緒たちが住むソウルにも新しい世の中が出現するかに見えた。

婉緒が半年ぶりに開城《ケソン》の疎開先から女子高に復学してみると日本的なものは一掃され、ハングルを習う声があちこちから聞こえてきた。街には「自由」や「民主主義」という言葉が氾濫し、学校でも自治会や学生集会がもたれ激しい議論が交わされた。婉緒もそうした解放後の熱気の中で、兄の影響もあって共産主義のパンフレットを読んで共感したり、民主青年同盟の読書会やメーデーに参加したりした。

一九五〇年春、ソウル大学文理学部に合格していた婉緒は、母たちが兄の勤務する中学校の宿舎に移るのを機にソウル市内の二番目の叔父宅から通学することにし、六月からの変則的な新学期と母から離れて自由になれる日を夢見ていた。

*注4

6　朝鮮戦争と婉緒一家

第二次世界大戦後の冷戦の強い影響下で、同一民族がイデオロギーや政治体制を異にして三八度線をはさんで睨み合い、ついには戦争を勃発させた。そのために婉緒たちがいたソウルは、激しい戦闘の果てに統治者が次のようにほぼ三カ月ごとに四回も入れ替わった。

《1》第一次人民軍のソウル占拠（一九五〇年六月二八日〜九月二七日）
《2》李承晩政権の一度目のソウル奪還（一九五〇年九月二八日〜翌年一月四日）
《3》第二次人民軍・中国軍のソウル再占拠（一九五一年一月五日〜三月一三日）
《4》李承晩政権の二度目のソウル奪還（一九五一年三月一四日〜）

Ⅱの巻頭、婉緒は《作家の言葉》で「私の人生は平凡な個人史かもしれないが、いざ広げてみると荒々しく織りこまれた時代の横糸のせいで、自分の望みどおりの模様を織りこめなかった」とあるように、この戦争によって婉緒の希望に満ちていた未来は粉微塵にされ、過酷な体験を強いられることになった。《1》から《4》のそれぞれの局面で婉緒一家はどのような目に遭い、身内を亡くす中でどう対処して生きのびたのか。また、そんな過酷な状況下にあって婉緒自身が何を感じ考え、庇護される存在から否応なしに一家を支える大人の女性へと成長せざるをえなかったか、自叙伝小説ⅠとⅡからその過程をみてみる。

《1》第一次人民軍のソウル占拠（一九五〇年六月二八日〜九月二七日）

三八度線をはさんでの小競り合い程度に思われていた紛争が一変し、人民軍が怒涛の進撃をしてきて六月二八日にはソウルは人民軍の支配下に置かれた。

この第一次人民軍侵攻時、兄が自転車に乗って帰宅途中、刑務所から解放された左翼政治犯の凱旋トラックに知人がいたことで引き上げられ、彼らと共にトラックごと家に帰ってきた。やむを得ず母は家で宴会を催したが、そのことで近隣からアカの大物家族とみられ大きな禍根を残すことになった。兄は共産主義への再転向が危惧されるなかで中途半端な態度を取り続けるうちに義勇軍として徴発され、行方が分からなくなってしまう。

婉緒は激変した世の中に期待して大学に行ってみたが、民主青年同盟が牛耳っていて、金日成《キムイルソン》の教旨を何度も感極まった様子で学習させられたり、学生を義勇兵として北に送りだすための手伝いをさせられそうになった。婉緒が脳裏に描いていた共産主義的理想はみごとに裏切られ、共和国が目指す現実の共産主義を目の当たりにして幻滅してしまった。

《2》李承晩《イスンマン》政権の一度目のソウル奪還（一九五〇年九月二八日〜翌年一月四日）

ソウルの人民軍を追い払い、残っていた市民を解放したはずの李承晩政権は、その市民を人民軍に同調・加担したのではと疑い、警察や反共団体を使ってアカ狩りに狂奔した。

なかでも婉緒一家はアカの大物家族とみられていたために執拗に告発された。兄不在の中で矢面に立たされた婉緒は、「メスアカ」「虫けら」扱いされた。人民軍の食事の世話をさせられた二番目の叔父が警察に捕まって死刑判決を受け、処刑されたようで、李承晩政権に対しても一家は不信感を募らせた。

李承晩政権はソウル奪還後、勢いに乗って国連軍とともに三八度線を越え中朝国境に迫ったが、中国の参戦によって押し返され、今度はソウルに市民をだれ一人として残さない完全撤退令を出して避難を強制し、再び釜山《プサン》に逃亡した。

行方不明だった兄が体はボロボロ、被害妄想症の廃人のようになって北から逃れて帰ってきた。兄は避難に必須の市民証に代わる道民証を手に入れたものの、国軍の銃の誤発射によって足を撃たれるという不運にまたもや遭い、一家の足手まといになってしまった。そんな中でも避難しなければまたどんな目に遭うかもしれないと兄をリヤカーに乗せ避難民の列に加わるものの、漢江《ハンガン》を渡る前に脱落し、一家は避難して空き家になっている知人の家に転がり込んだ。

《3》第二次人民軍・中国軍のソウル再占拠（一九五一年一月五日〜三月一三日）

転がり込んだ知人宅には食糧はほとんどなく、生き抜くために兄嫁と婉緒は周辺の空き家に夜毎忍び込んだ。近くに井戸があり、井戸水を汲みに来た少女と知り合った。彼女の父が北に行ったために避難せず、ソウルで待つことを選んだ一家だった。彼女の隣家に「峴底洞《ヒョンジョドン》人民委員会」の看板がかかり、若くて学歴のある婉緒は目をつけられて統治の手助けをさせられる。

ソウルから人民軍が再び撤退しそうな状況下で、三人組みが婉緒家族の前に突然現われた。兄を国軍の負傷兵か警察官ではないかと疑い、いまにも銃殺せんばかりの修羅場が展開されるなかで、妻子と妹を北に行かせるよう強制された。

トラックで開城に搬送されそうになるが、口実を作って逃れたものの、徒歩で北に向かわざるをえなくなる。

婉緒と兄嫁と幼子の三人は空爆を避けて、開城《ケソン》に通じる国道沿いの夜道をチェックされながら四日間歩き、あと一日歩けば臨津江《イムジンガン》河にたどり着きそうというとき、甥っ子が高熱を出し、山間部の村に留まって過ごす。じきに辺り一帯が再び戦場になりそうだと言われて交河《キョハ》に移った。

交河には開城から南下してきた避難民が多数いた。婉緒たちはこれまでのように「北に向かう避難民」と名乗っていては危険だと感じ、自分たちも「開城から南下してきた避難民」のふりをしてその場に溶け込んだ。戦闘もなく、ある日、突如人民軍の勢力圏から解放されたので、今度は「漢江以南からソウルに戻る避難民」を装ってソウルに戻ることにした。

途中、渡江してきた人からその様子を聞いてソウル市内に入るための検問も無事通過でき、敦岩洞《トナムドン》〔城北区《ソンブク》〕の家に駆け戻った。

《4》李承晩政権の二度目のソウル奪還（一九五一年三月一四日〜）

敦岩洞の家には少しは歩けるようになった兄と母ともう一人の甥っ子が戻っていた。郷里にいた一番目の叔父家族までもが避難してきており、大所帯一二人の暮らしが始まった。村役場で部長だった叔父が市場で背負子を担いで稼ぎ、みんなの面倒を見てくれていたが、その叔父が人民軍が残していったスパイではないかと告発され刑事がやってきた。叔父と婉緒の供述がちがったために連行されそうになったが、どうしたわけか、婉緒は反共防諜の啓蒙活動をする郷土防衛隊への就職を斡旋されることになる。

一九五一年初夏、人民軍の南下を恐れて婉緒は郷土防衛隊と共に念願の漢江《ハンガン》を渡って南に向かい、母と兄夫婦と子ども二人は天安《チョナン》の前妻の実家に向かった。叔父家族はそのままソウルに残った。ソウルからおよそ百キロの水原《スウォン》、温陽温泉《オニャンオンチョン》まで南下したところでソウルは無事とみられ、婉緒は行動を共にしていたクンスク姉さんとトラックに便乗してソウルに戻った。

母と兄家族たちが亡霊のように戻ってきた。兄は戻って間もない五日目に亡くなる。兄の死は覚悟していた事態とはいえ、母や兄嫁は生きていく力を失った。顔を見合わせるのもつらいただ生きている日々、そんな日々から婉緒はなんとしてでも抜け出そうとクンスク姉さんに頼み、アメリカ第八軍の購買部・PX内に設けられた韓国物産の店に職を得た。

7　新たなる展開

十分に暮らせる婉緒の給料によって一家を覆っていた暗雲がしだいに晴れ、兄嫁もなんとしてでも未来を切り開こうと、基地村に出向き娼婦相手に下着、ブラウスなどを売って荒稼ぎし、東大門《トンデムン》市場に店を出そうと必死になって働いた。

自分たちの暮らしがヤンキーに依存・寄生していることを思い知った婉緒は、PXを辞めたいと思った。しかし、婉緒の給料が一家の命綱となっており、兄嫁の東大門市場への出店の目途がつくまでがんばるしかなかった。

その一方で婉緒は恋愛と結婚問題に悩み始めた。

婉緒は、Iで伝統的な暮らしが残る郷里で祖父らに庇護されながら送った幼年期、ソウルという大都会で新しい世を予感して模索する兄や母と共に過ごす一九歳になるまでの過程を描き、Ⅱでは過酷な朝鮮戦争の体験をする中で兄や二番目の叔父を失ない、これまでの庇護される身から否が応でも一家を支える担い手となり、自立的な大人の女性へと変貌していく姿を描いた。

8　朝鮮戦争の詳細な記録

この自叙伝小説Ⅰ・Ⅱには自立的な大人の女性へと変貌していく姿を描いただけではない重要な要素がある。それは朴婉緒が一九歳で始まった朝鮮戦争の詳細な記録を小説の中でみごとに再生していることだ。彼女は同じ戦時下を生きた人たちより、《1》〜《4》で見てきたように幅広く深い経験をしている。それを鋭い感受性と洞察力で受け止め、抜群の記憶力に基づいて細部にわたって描き出すことによって、あの戦乱下の状況を生々しく再生している。

《3》で人民軍に強要されて北に向かう途中、大きな村が灰になりいくつかのかめ置き場だけが残る中で、傍らに立つ干からびた木蓮の枝に花の蕾が膨らんでいるのを見つける場面では、この木が春を感じてしまうと一気に開花するのを婉緒は知っていた。

「その狂気に取り憑かれたような開花が目に浮かび、あら、この子おかしい、狂っちゃったのかなと私は悲鳴を漏らした。……木を擬人化したのではなく、私がその木になったのだ。それは私が木蓮になり長い冬の眠りから覚めて目にした光景、極めて残酷な人間が犯した狂気の沙汰に対する悲鳴だった」。

また交河《キョハ》で人民軍の勢力圏から解放され、ソウルの敦岩洞《トナムドン》の家に戻る途中、だれも住んでいない住宅街の庭で春の機運がやけに華やいでいるのが見えた。

「人がいなくても季節は巡り、花は咲くという事実になぜか鈍い痛みを感じ、わけのわからない悲しみがこみ上げてきた。……／ある家の垣根の向こうに木蓮がびっしりと花を咲かせていた。……白木蓮だった。」

木蓮の白色は喪服を連想させ、家の者たちの安否へとつながり、戦争の不条理さを浮かびあがらせている。

《4》でスパイ容疑をかけられた叔父と共に城北《ソンブク》警察署に連行されそうになった場面で、婉緒は恐怖感が極限に達しあらんかぎりの声で悪態をついた。

「そうよ、うちの家族はアカよ。二番目の叔父もアカに追いこまれ、死刑にされた。国民を人民軍の支配下に放りだしておいて自分たちは逃げてしまったくせに、戻ってくると人民軍に飯をつくったことも罪だと死刑にする、そんな国で私も生きたくない。いっそのこと殺せ。……なんだかんだと言っては殺し、あっちこっちから人を引き抜き、どっち側も使える人材はふるい分けして殺さないと思ったら連れていき、いまソウルには粃《しいな》しか残っていないじゃないか。まだ何が足りないといってふるいにかけようっていうのか？　一気に焼き殺せば簡単だろう――」。

ここでは漢江《ハンガン》を渡河して南に避難した人たちを「渡江派」として優遇する一方で、ソウルに残った人たちを南北が選別しては殺し、取り合い、年寄りや使えない者を粃扱いしていたことを浮き彫りにする。

他にもＰＸ建物の周辺に横行していた物乞いと盗みを働く子どもの描写等々、まるで私たちがその現場に居合わせているかのようなリアリティがある。

9　朴婉緒の自叙伝小説Ⅰ・Ⅱの位置

朝鮮戦争に関する小説は一九五〇年代に多く書かれ、[*注5] 七〇年代以降にもまた書かれている。

すでに長編小説『三代《サムデ》』[*注6] などを書き、新聞の編集者、作家として名をなしていた廉想渉《ヨンサンソップ》（一八九七〜一九六三年）が一九五〇年代に書いた小説に『驟雨《チウ》』[*注7] がある。ソウルが最初に占領された一九五〇年六月二七日夜から、李承晩《イスンマン》政権が一回目のソウル奪還をしていた一二月一三日までを舞台にした『驟雨』では「戦争は驟雨だ。激しく降るにせよ、にわか雨だからいつまでも続くはずがない。退避して徹底的に逃げてやり過ごせ」という冷徹な立場からこの戦争を描き、市民生活が不断に営まれ、恋愛さえもが進行していく様子が描かれる。

一方、一九歳のときに朝鮮戦争に飲み込まれ翻弄されながらも、必死になって生きのびて道を切り開いた朴婉緒と廉想渉とでは、世代もちがい朝鮮戦争への向き合い方や小説の描き方も明らかにちがう。

前出のイ・ナモ氏は、五〇年代の朝鮮戦争小説は事実性はあるが、客観的な距離を置く視点から記述しているところに脆弱性があるという。一方で七〇年代以降の朝鮮戦争小説は、全体的に眺望する視点の設定に忠実ではあるものの、作為的な空間設定が多いと指摘する。

朴婉緒のこれまでの作品はこうした弱点から自由になれていなかったが、Ⅱは五〇年代の朝鮮戦争小説と七〇年代以降の朝鮮戦争小説の長所を併せ持っており、事実性と具体性を確保しつつ、客観的距離を取った視点から記録しているとしている。＊注2

10 終わりに

二〇一五年初夏、韓国を訪れていた私は朴婉緒が通っていた梅洞《メドン》国民学校の通学路を歩いた。婉緒が住んでいた峴底洞《ヒョンジョドン》から仁王山《イナンサン》の麓を歩く道だ。もちろん当時とは大きく変わっているのだろうが、やはりアカシアの木々が多かった。「六年ものあいだ、山を越えて通学しながら、めったに怖いとか退屈だと感じ」ることなく、「一人で通学するほうが気楽でいい」と歩いた道だ。

母が針仕事のかたわら話してくれた三国志などの昔話に触発され、空想する楽しさを知り、その楽しさを歩きながら味わっていた道。

少女期に空想する楽しさを覚えた婉緒は淑明高女《スンミョンコニョ》五年生のクラス分けのとき、詩人や小説家になろうとは考えていなかったが、自然と文化クラスを選んだ。そこでクラス担任となった左翼作家の朴魯甲《パクノガプ》と出会い、自分にも文学的資質があるかもしれないと思えるようになった。

空想する楽しさや文学的資質に目覚めながらも、実際に小説を書き始めたのは約二〇年後であった。一男四女を産み育て、移ろう戦後社会のなかで、自分の内にある朝鮮戦争で負った深い魂の傷を意識し続け、あきらめずに作品化できたのも、こうした資質の蓄積があったからではないかと思う。

＊脚注

注1 金允植《キムユンシク》著『韓国小説史 改訂増補版』（未邦訳）第十章「分断・離散小説の展開」（四七七頁〜四八〇頁、二〇〇〇年刊）

注2 朴婉緒著『あの山は本当にそこにあったのか』（韓国・熊津《ウンジン》知識ハウス社）の解説、イ・ナモ「あのときそこにあった痛みと美しさについて」

注3　植民地下のハングルの状況を見るのに次の文献を参考にした。

＊韓国の代表的歴史家姜萬吉《カンマンギル》の著作『韓国近代史』（第二部第四章、小川晴久訳、高麗書林、一九八六年刊）、『韓国現代史』（第一部第四章、高崎宗司訳、高麗書林、一九八五年刊）

＊『朝鮮一九三〇年代の研究』（むくげの会、三一書房、一九八二年刊、森川展昭「朝鮮語学会の語文運動」）

＊『朝鮮民衆と「皇民化」政策』（朝鮮近代史研究双書2、宮田節子著、未來社、一九八五年刊）

注4　太平洋戦争が終結に近づいたとき、日本は「朝鮮と満州における対米ソ作戦準備の強化」（一九四五年五月三〇日）のため作戦分担地域を、おおむね三八度線を境界にして分割し、北側は日本の関東軍の指揮下に、南側は日本の大本営の直接指揮下に編入した。これがいわゆる三八度線の元になった。

注5　朝鮮戦争後に活躍し始めた韓国人作家の朝鮮戦争を題材にした中短編小説一一編を収録した『王陵と駐屯軍』（朴暻恩《パクキョンウン》・真野保久編訳、二〇一四年、凱風社）も参考になるかと思う。

注6　『三代《サムデ》』（廉想渉《ヨンサンソップ》、白川豊訳、朝鮮近代文学選集6、二〇一二年、平凡社）

注7　『驟雨《チウ》』（廉想渉・白川豊訳、二〇一九年、書肆侃侃房）

訳者あとがき

◉真野保久

『あんなにあった酸葉《すいば》をだれがみんな食べたのか』（Ⅰ）は朴晥恩《パクキョンウン》さんと、『あの山は本当にそこにあったのか』（Ⅱ）は李正福《イジョンボク》さんと共に翻訳した。

共訳のやり方は、まず私が翻訳した日本語の文章をたたき台に週一回、誤訳になっていないか、原文のニュアンスが日本語訳の中に出ているか、韓国語ならではの表現をどう日本語として表現するか等々を検討して再度文章化する作業を繰り返した。とくにⅡでは初めのころ、正福さんと意見が折り合わず予定の半分も進まなかったこともあったが、少しでも婉緒の原文が持つおもしろい表現やきめの細かい表現なども訳出していこうと話し合って進めた。Ⅱではそうした点を踏まえて書き直した訳文も読み返してみると、まだ双方が納得できなくて再度見直しをしたために予定を一年余り越えてしまった。

日本人と韓国人が一緒になって韓国の現代小説の日本語訳に挑んでみた。それぞれの持ち味を出し合って朴婉緒の世界を日本語で再現したつもりだ。

今回、婉緒の自叙伝小説ⅠとⅡを一冊にしたことで、婉緒が田舎で過ごした幼年期から苦難に満ちた朝鮮戦争の体験、一家の再生のために婉緒がＰＸに勤める状況などが一貫した文体で連続して読めるようになったと思う。
すでに翻訳書がある今回の複雑な版権については、朴婉緒の著作権を引き継いでいらっしゃる長女のホ・ウォンスクさんや、版権の交渉・管理を一任されている世界社のカンフン部長に大変お世話になった。また韓国側との版権交渉や編集・出版を引き受けてくださった影書房の松浦代表に厚くお礼を申し上る。
ⅠとⅡの全文に目を通してチェックし、アドバイスしてくれた友人の矢澤憲司さんにも謝意を表わしたいと思う。

◉朴暻恩《パクキョンウン》　박경은

『あんなにあった酸葉《すいば》をだれがみんな食べたのか』は、リアルに描写された作品の中で故郷を失った朴婉緒がいた。彼女は生きるため、生き残るために身悶えし苦しんでいた。決してそれは戦の傷痕・歴史的な痛みの一部ではない一人の生、人間としての痛みであることを日本の方々と分かちあいたいと思う。

◉李正福《イジョンボク》　이정복

韓国で朴婉緒の名を知らない者はいないと言えるほど、彼女の作品は小学校、中学校、高校の教科書から修学能力試験という韓国の大学入試センター試験にまで広く使われ、高く評価されている。

朴婉緒は、自伝的体験を基にして日常の現実を実在的かつ正確に描くことで、韓国社会の内面の変化を徹底的に暴いている。平凡な人たちの日常や体験的真実から家族構成の原理とその構成員の関係、つまり家族内問題から社会・倫理的判断基準を提示し、家族構造の変化を歴史上の変動様式として表現している。

とくに、韓国戦争（朝鮮戦争）は朴婉緒に大きな影響を与え、見るも無残な痛々しい戦争の惨状やそれによる悲劇的な現実を辛辣に描いた作品が多い。一九九二年作『あんなにあった酸葉をだれがみんな食べたのか』、一九九五年作『あの山は本当にそこにあったのか』はフィクションを排して朴婉緒の実体験を記憶に依存して残した作品である。韓国戦争の小説を描いた経緯について朴婉緒は《この時代の小説家、朴婉緒を探して》のインタビューでこう語っていた。

「私は彼らから自由になりたかった。飲みこんでいた死を吐きだしたかった。（中略）私は人と会うたびにその話をした。実はね。韓国戦争のときの話よ。うちの父はね。うちの兄がね。溜飲が下がるまで話した。けれど、だれも私の秘密に興味がなかった。私の話に耳を傾けてくれなかった。」

戦争は終わったが、韓国戦争は依然として朴婉緒の小説の中で生き残っていて、戦争の爪痕は分断という形で現在まで続いている。彼女が残した戦争の経験を私たちはどう受け止めるべきだろうか。

韓国の現代文学を代表する小説家である朴婉緒の『あの山は本当にそこにあったのか』の共訳者として参加でき、光栄に思う。

●あんなにあった酸葉《すいば》をだれがみんな食べたのか
初版発行　一九九二年一〇月一五日　熊津《ウンジン》知識ハウス社刊
底本＝熊津知識ハウス社　再版　第一二四刷　二〇〇七年七月六日発行
●あの山は本当にそこにあったのか
初版発行　一九九五年一一月二五日　熊津《ウンジン》知識ハウス社刊
底本＝熊津知識ハウス社　再版　第一八刷　二〇一四年二月一四日発行

訳者略歴

◉**真野保久**（まの やすひさ）

1948年富山県生まれ。神奈川大学在学中に日韓近代史に関心を持ち、歴史を学ぶ。横浜市に勤務しながら仲間たちと韓国現代文学を読む。定年退職後、延世大語学堂に語学留学。翻訳書に、朝鮮戦争を扱った中短編小説集『王陵と駐屯軍—朝鮮戦争と韓国の戦後派文学』（朴暻恩氏との共訳、凱風社、2014年）がある。

◉**朴暻恩**（박경은 パク キョンウン）

1980年ソウル生まれ。2006年来日。東京女子大学現代文化部卒業後、外国語学院で韓国語講師として勤務。翻訳書に『王陵と駐屯軍—朝鮮戦争と韓国の戦後派文学』（真野保久氏との共訳、凱風社、2014年）がある。

◉**李正福**（이정복 イ ジョンボク）

1982年韓国で生まれる。2006年来日し、横浜国立大学教育学部卒業。2010年APEC JAPANの韓国記者団の通訳や2011年横浜トリエンナーレで北仲スクール（横浜文化創造都市スクール）が主催した「アートと戦争」にも参加。以後、企業向けの翻訳・通訳の仕事と韓国語講師として活動。

著者について

朴 婉緒　パク ワンソ　（1931年10月20日－2011年1月22日　享年79）

1931年、開城（現在の北朝鮮南部の都市）近くの田園地帯で両班の家系に生まれる。14歳の時、日本の植民地支配から解放。19歳でソウル大学国文科に入学するも、すぐに朝鮮戦争が勃発。戦時下に兄と叔父を亡くす。戦後、ソウルの米軍用購買部・PXに勤務。学業を諦め、そこで知り合った韓国人男性と22歳で結婚、一男四女を産み育てる。

39歳の時（1970年）に小説「裸木」で文壇にデビュー。長編小説「都市の凶年」や「よろめく午後」では、戦後の中産層のゆがんだ物質主義的な欲求と虚栄意識を批判的に描いた。中編小説「母さんの杭」では、母が手術後の病床で兄の朝鮮戦争時の悲劇的な死を思い出し、恐怖のあまり発狂する場面を母と「私」だけが共有する記憶として描き出し、李箱文学賞を受賞した（山田佳子訳『現代韓国短編選 下』所収、岩波書店、2002）。また、1990年には「未忘」で大韓民国文学賞を受賞するなど、韓国の主だった文学賞を数多く受賞し、誰もが知る国民的作家となった。

邦訳に、「盗まれた貧しさ」（古山高麗雄編『韓国現代文学13人集』所収、新潮社、1981）、『結婚（原題：立っている女）』（中野宣子訳、學藝書林、1992）、『新女性を生きよ（原題：あんなにあった酸葉をだれがみんな食べたのか）』（朴福美訳、梨の木舎、1999）、『慟哭―神よ、答えたまえ』（加来順子訳、2014）、『あの山は、本当にそこにあったのだろうか』（橋本智保訳、以上かんよう出版、2017）ほか。また、アメリカ、フランス、スペイン、タイ、中国などでも諸作品が翻訳・出版されている。

あんなにあった酸葉《すいば》をだれがみんな食《た》べたのか／あの山《やま》は本当《ほんとう》にそこにあったのか

二〇二三年五月二九日　初版第一刷

著者　朴《パク》 婉緒《ワンソ》

カバー装画　李 晶玉

発行所　株式会社 影書房
〒170-0003 東京都豊島区駒込一―三―一五
電話　〇三（六九〇二）二六四五
FAX　〇三（六九〇二）二六四六
Eメール　kageshobo@ac.auone-net.jp
URL　http://www.kageshobo.com
〒振替　〇〇一七〇―四―八五〇七八

印刷／製本　モリモト印刷

落丁・乱丁本はおとりかえします。

定価　2、900円+税

ISBN978-4-87714-496-8